O CÓDIGO DA ROSA

Obras da autora publicadas pelo Grupo Editorial Record:

A rede de Alice
A caçadora

KATE QUINN

O CÓDIGO DA ROSA

Tradução
Cecília Camargo Bartalotti

1ª edição

Rio de Janeiro | 2023

CIP-BRASIL. CATALOGAÇÃO NA PUBLICAÇÃO
SINDICATO NACIONAL DOS EDITORES DE LIVROS, RJ

Q64c
    Quinn, Kate
       O código da rosa / Kate Quinn ; tradução de Cecília Camargo Bartalotti. – 1. ed. – Rio de Janeiro: Bertrand Brasil, 2023.

       Tradução de: *The Rose Code*
       ISBN: 978-65-5838-206-5

       1. Romance americano. 2. Romance histórico. I. Bartalotti, Cecília Camargo. II. Título.

23-85144
    CDD: 813
    CDU: 82-31(73)

Gabriela Faray Ferreira Lopes - Bibliotecária – CRB-7/6643

Copyright © Kate Quinn, 2021

Título original: *The Rose Code*

Texto revisado segundo o Acordo Ortográfico da Língua Portuguesa de 1990.

Todos os direitos reservados.
Não é permitida a reprodução total ou parcial desta obra, por quaisquer meios, sem a prévia autorização por escrito da Editora.

Direitos exclusivos de publicação em língua portuguesa somente para o Brasil adquiridos pela:
EDITORA BERTRAND BRASIL LTDA.
Rua Argentina, 171 — 3º andar — São Cristóvão
20921-380 — Rio de Janeiro — RJ
Tel.: (21) 2585-2000,
que se reserva a propriedade literária desta tradução.

Impresso no Brasil

Seja um leitor preferencial Record.
Cadastre-se no site www.record.com.br
e receba informações sobre nossos
lançamentos e nossas promoções.

Atendimento e venda direta ao leitor:
sac@record.com.br

Aos veteranos de Bletchley Park — vocês mudaram o mundo.

Introdução

No outono de 1939, o avanço de Hitler parecia irrefreável.

As comunicações militares alemãs eram transmitidas usando cifras manuais, códigos de teletipo e, principalmente, máquinas Enigma — instrumentos portáteis de criptografia que embaralhavam instruções criando textos sem sentido que podiam, então, ser transmitidos via código Morse por transmissores de rádio e depois desembaralhados no campo de combate.

Mesmo que as instruções embaralhadas fossem interceptadas pelos Aliados, ninguém conseguiria decifrar a criptografia. Os alemães achavam que a Enigma era indecifrável.

Eles estavam enganados.

Prólogo

8 de novembro de 1947
Londres

O enigma chegou pelo correio à tarde, selado, manchado e devastador.
Osla Kendall, vinte e seis anos, cabelo escuro, com covinhas e a testa franzida, estava de pé no meio de um minúsculo apartamento em Knightsbridge que parecia ter sido bombardeado por Junkers, usando apenas uma combinação de renda e com o humor péssimo enquanto olhava para as pilhas de seda e cetim amontoadas por todo canto. *Doze dias para o casamento do século!*, havia alardeado a revista *Tatler* naquela manhã. Osla trabalhava para a *Tatler*; ela teve de escrever toda aquela coluna detestável. *O que você vai vestir?*

Osla pegou um vestido de cetim cor-de-rosa com pedrinhas de cristal formando círculos.

— E você? — perguntou ao vestido. — Você transmite a mensagem "eu estou maravilhosa e pouco me importa que ele esteja se casando com outra"? — As aulas de etiqueta na escola de boas maneiras nunca deram orientações a respeito *disso*. Qualquer que fosse o vestido, todos na cerimônia saberiam, antes de a noiva entrar em cena, que Osla e o noivo eram.

Uma batida soou à porta. Osla pôs um roupão para atender. Seu apartamento era minúsculo, tudo que ela conseguia bancar com seu salário na *Tatler* se quisesse morar sozinha *e* estar perto de onde tudo acontecia. "Meu amor, você não tem empregada? Nem porteiro?" Sua mãe ficara horrorizada. "Venha morar comigo até encontrar um marido. Você não precisa de um *emprego*." Mas, depois de dividir quartos em casas temporárias durante toda a guerra, Osla teria vivido em um armário, desde que fosse seu.

— Correio, senhorita Kendall. — A filha sardenta da proprietária a cumprimentou à porta, os olhos voaram na mesma hora para o vestido cor-de-rosa pendurado no braço de Osla. — Aaah, vai usar no casamento real? Você fica encantadora de rosa!

Não basta ficar encantadora, pensou Osla, pegando sua correspondência. *Quero ofuscar uma princesa, uma princesa de verdade, nascida para a coroa, e a verdade é que não consigo.*

— Pare com isso — disse Osla a si mesma assim que fechou a porta. — *Não* se deixe abater, Osla Kendall.

Por toda a Grã-Bretanha, mulheres estavam planejando o que iam vestir para a ocasião mais festiva desde o Dia da Vitória. Os londrinos se enfileirariam por horas para ver a passagem das carruagens de núpcias adornadas de flores. E Osla fora convidada a comparecer à Abadia de Westminster. Se ela não fosse grata por isso, seria como aquelas detestáveis resmungonas de Mayfair que se queixavam de como era *cansativo* ir ao evento do século; que *chateação* ter de pegar os diamantes no banco! Ah, como é difícil ser tão tediosamente *privilegiada*!

— Vai ser incrível — disse Osla, mesmo não tendo certeza, voltando para o quarto e jogando o vestido sobre o abajur. — Simplesmente incrível.

Ver Londres flanando em bandeiras e confetes, a febre do casamento afastando o frio de novembro e a melancolia do pós-guerra... A união de conto de fadas entre a princesa Elizabeth Alexandra Mary e seu belo tenente Philip Mountbatten (antes príncipe Philip da Grécia) marcaria o alvorecer de uma nova era, em que as leis de racionamento seriam finalmente revogadas e os pãezinhos seriam lambuzados com manteiga à vontade. Osla era totalmente favorável a inaugurar essa nova era com uma comemoração estupenda; afinal, para os padrões femininos, ela havia alcançado seu final feliz de conto de fadas. Um honroso período de serviço durante a guerra, ainda que ela não pudesse nunca, *jamais*, falar sobre ele; um apartamento em Knightsbridge sustentado com o próprio salário; um guarda-roupa repleto de vestidos, todos da moda; um emprego na *Tatler* no qual escrevia amenidades de entretenimento. E um noivo que pôs um reluzente anel de esmeralda em seu dedo; não podia se esquecer dele. Não, Osla Kendall não tinha nenhuma desculpa para ficar triste. Afinal, toda a história com Philip havia ocorrido anos antes.

Mas, se pudesse ter inventado uma desculpa para sair de Londres — encontrado uma maneira de estar geograficamente em outro lugar (o deserto do Saara, os confins do polo norte, *qualquer lugar*) — no momento em que Philip inclinasse a cabeça loira e declarasse seus votos para a futura rainha da Inglaterra, Osla o teria feito em um piscar de olhos.

Passando a mão pelos cachos escuros despenteados, ela deu uma olhada na correspondência. Convites, contas... e um envelope quadrado e manchado. Nenhuma carta dentro, apenas um pedaço de papel rasgado com letras de forma sem sentido.

O mundo girou por um instante, e Osla voltou a si: o cheiro de fogões a carvão e blusas de lã molhadas em vez de lustra-móveis e papel de seda; o raspar de lápis em vez das buzinas do trânsito de Londres. *O que quer dizer Klappenschrank, Os? Quem está com o dicionário de alemão?*

Osla não parou para se perguntar quem teria mandado o papel. As transmissões em seus neurônios logo se conectaram, aquelas que diziam: "Sem perguntas, apenas faça." Ela já estava passando os dedos pelas letras de forma. *Cifra de Vigenère*, disse uma voz baixa de mulher em sua memória. *É assim que a gente decifra usando uma chave. Embora também dê para fazer sem...*

— Não por mim — murmurou Osla.

Ela não havia sido um dos crânios que conseguiam decifrar códigos com um toco de lápis e uns momentos de reflexão olhando para o nada.

O envelope tinha um carimbo postal que ela não reconhecia. Sem assinatura. Sem endereço. As letras da mensagem cifrada haviam sido traçadas com tanta pressa que a caligrafia poderia ser de qualquer pessoa. Mas Osla virou o pedaço de papel e viu um cabeçalho de papel timbrado, como se a folha tivesse sido arrancada do bloco de alguma instituição.

Sanatório Clockwell

— Não — sussurrou Osla —, não...

Mas ela já estava caçando um lápis na gaveta mais próxima. Outra memória, dessa vez uma voz risonha recitando: "Aqui forjaram sua queda e sua ruína sem vocês saberem de nada; garotas inglesas mexendo em papéis na noite fria de Bletchley!"

Osla sabia que a chave para a mensagem seria: GAROTAS.

Ela se curvou sobre o papel, o lápis em movimento, e lentamente o criptograma revelou seus segredos.

— STONEGROVE 7602.

Osla respirou fundo enquanto as palavras chiavam pela linha, vindas de Yorkshire. Incrível como é possível reconhecer uma voz com duas palavras, mesmo depois de anos sem ouvi-la.

— Sou eu — disse Osla por fim. — Você recebeu?

Pausa.

— Adeus, Osla — disse sua velha amiga friamente. Nenhum *quem está falando?* Ela sabia também.

— Não desligue na minha cara, senhora... Bem, seja lá qual for seu sobrenome agora.

— Calma, Os. Está irritada porque não é você que vai se casar com um príncipe daqui a duas semanas?

Osla mordeu o lábio para não retrucar.

— Não vou ficar perdendo tempo. Você recebeu a carta ou não?

— Que carta?

— A Vigenère. A minha menciona você.

— Acabei de chegar de um fim de semana na praia. Ainda nem olhei a correspondência. — Um ruído distante de papéis. — Por que está ligando para mim? Eu não...

— É *dela*, está me entendendo? Do *manicômio*.

Um silêncio estático, atordoado.

— Não pode ser. — Enfim, veio a resposta. Osla sabia que estavam ambas pensando na ex-amiga delas. A terceira pessoa do extraordinário trio do tempo da guerra.

Mais ruído de papel, um som de rasgar. Osla respirou fundo e soube que lá longe, em Yorkshire, outro código havia saído do envelope.

— Decifre, do jeito que ela nos mostrou. A chave é *garotas*.

— *Garotas inglesas mexendo em papéis na noite fria de...* — E parou antes da palavra seguinte.

Sigilo era um hábito forte demais para que elas dissessem qualquer coisa significativa pelo telefone. Depois de viver sete anos com a Lei de Segredos Oficiais em volta do pescoço como uma corda, você se acostuma a refrear cada palavra e pensamento. Osla ouviu o som de lápis riscando um papel do outro lado da linha e começou a andar de um lado para o outro, três passos até o canto do quarto, três passos de volta. As pilhas de vestidos por todo quarto pareciam espólios baratos de piratas, espalhafatosos e semissubmersos em um naufrágio de papel de seda e papelão, lembranças e tempo. Três garotas rindo e abotoando uma a roupa da outra em um quarto de hóspedes apertado: *Vocês ficaram sabendo que tem um baile em Bedford? Uma banda norte-americana. Eles tocam as músicas mais recentes de Glenn Miller...*

Por fim, veio a voz de Yorkshire, inquieta e teimosa:

— Não sabemos se é ela.

— Não seja boba, é claro que é ela. O papel timbrado, é de onde ela... — Osla escolheu as palavras com cuidado. — Quem mais pediria nossa ajuda?

Havia fúria nas palavras que vieram como faíscas do outro lado.

— Não devo absolutamente nada a ela.

— Ela evidentemente não pensa assim.

— Quem pode saber o que ela pensa? Ela está *louca*, lembra?

— Ela teve um colapso nervoso. Isso não significa que esteja maluca.

— Ela está internada em um hospício há quase três anos e meio — disse a voz, em um tom indiferente. — Não temos ideia de como ela está agora. Mas ela certamente *parece* maluca. Essas coisas que está alegando...

De jeito nenhum elas mencionariam, em uma linha telefônica pública, o que a ex-amiga estava alegando.

Osla apertou os olhos com a ponta dos dedos.

— Temos que nos encontrar. Não tem outra maneira de falarmos sobre isso.

A voz da velha amiga era afiada como cacos de vidro.

— Vá para o inferno, Osla Kendall.

— Servimos lá juntas, lembra?

No outro lado da Grã-Bretanha, o fone bateu com força no gancho. Osla baixou o próprio fone com uma calma trêmula. *Três garotas durante uma guerra*, pensou ela. As melhores amigas.

Até o Dia D, o fatídico dia, em que elas haviam se separado e se transformado em duas garotas que não suportavam nem se ver, e uma terceira que desaparecera e fora parar em um sanatório.

Dentro do relógio

Muito longe, uma mulher esquelética olhava pela janela de sua cela, rezando para que acreditassem nela. Tinha pouquíssima esperança. Ela vivia em um hospício, onde a verdade se tornava loucura; e a loucura, verdade.

Bem-vindos a Clockwell.

A vida ali era como um enigma. Um enigma que ela ouvira durante a guerra, no país das maravilhas chamado Bletchley Park.

— Se eu lhe perguntasse em que direção os ponteiros do relógio andam, o que você diria?

— Hum — respondera ela, confusa. — Em sentido horário?

— Não se você estiver dentro do relógio.

Eu estou dentro do relógio agora, pensou ela. *Onde tudo anda ao contrário e ninguém jamais acreditará em nenhuma palavra que eu disser.*

Exceto... talvez... as duas mulheres que ela havia traído, que a haviam traído, que uma vez foram suas amigas.

Por favor, rezou a mulher no hospício, olhando para o sul, para onde as mensagens cifradas tinham voado como frágeis passarinhos de papel. *Acreditem em mim.*

Oito anos antes

Dezembro de 1939

1.

—*Eu queria ser uma mulher de aproximadamente trinta e seis anos, com um vestido de cetim preto e um colar de pérolas* — leu Mab Churt em voz alta. — Essa é a primeira coisa sensata que você diz, sua boboquinha.

— O que você está lendo? — perguntou a mãe, folheando uma revista velha.

— *Rebecca*, de Daphne du Maurier. — Mab virou a página. Ela estava fazendo uma pausa em sua muito manuseada lista de "Cem clássicos da literatura para uma dama culta". Não que Mab fosse uma dama, ou particularmente culta, mas ela pretendia ser as duas coisas. Depois de quase abandonar o número cinquenta e seis, *O retorno do nativo* (aff, Thomas Hardy), Mab achou que merecia um mergulho rápido em algo prazeroso como *Rebecca*. — A heroína é totalmente sem sal, e o herói é um desses homens mal-humorados que intimidam as pessoas e, supostamente, isso o torna atraente. Mas, mesmo assim, não consigo parar de ler. — Talvez fosse apenas o fato de que, quando Mab se imaginava aos trinta e seis anos, estava definitivamente usando cetim preto e pérolas. Havia também um labrador deitado aos seus pés nesse sonho e uma sala repleta de livros que eram realmente *dela*, e não os exemplares com as páginas cheias de orelhas retirados da biblioteca. Lucy estava naquele sonho também, com a pele rosada e o uniforme da escola cor de ameixa, do tipo que as meninas usavam quando estudavam em um colégio caro e andavam de pônei.

Mab levantou os olhos de *Rebecca* para observar a irmãzinha que imitava com os dedos um cavalo pulando por cima de cercas imaginárias: Lucy, com quase quatro anos e magra demais para o gosto de Mab, estava com uma saia e um blusão sujos, tirando as meias toda hora.

— Lucy, para com isso. — Enfiou a meia de volta no pé de Lucy. — Está frio demais para correr por aí descalça como um órfão de Dickens. — Mab havia lido Dickens no ano anterior, números vinte e seis a trinta e três, desbravando os capítulos nos intervalos para o chá. Argh, *Martin Chuzzlewit*.

— Pôneis não usam meias — disse Lucy, séria.

Ela era doida por cavalos; todos os domingos, Mab a levava ao Hyde Park para ver as pessoas cavalgando. Ah, os olhos de Lucy quando ela via aquelas menininhas refinadas passarem com suas calças e botas de montaria! Mab queria tanto ver Lucy montada em um shetland bem escovado.

— Pôneis não usam meias, mas menininhas usam — disse ela. — Senão pegam resfriado.

— Você brincou descalça a vida toda e nunca pegou resfriado. — A mãe de Mab balançou a cabeça. Mab havia herdado a altura dela, quase um metro e oitenta, mas, enquanto Mab andava de queixo levantado e ombros retos, a sra. Churt estava sempre com as costas curvadas. O cigarro entre os lábios oscilava enquanto ela lia em voz alta uma edição antiga da revista *Bystander*: — "Duas debutantes de 1939, Osla Kendall e a honorável Guinevere Brodrick, conversam com Ian Farquhar no intervalo das corridas." Olha só esse vison da Kendall...

Mab deu uma olhada na página da revista. A mãe achava tudo aquilo fascinante: qual filha do lorde X tinha cumprimentado a rainha, qual irmã da lady Y havia aparecido em Ascot de tafetá violeta. Mas Mab estudava as páginas da sociedade como um manual de instruções: qual traje poderia ser copiado com o orçamento de uma vendedora de loja?

— Será que vai ter outro evento desse no ano que vem, com essa guerra agora?

— A maioria das debutantes deve ir para o Wrens, o serviço feminino da Marinha Real. Para pessoas como nós, é o Land Army ou o Serviço Territorial Auxiliar, mas as meninas ricas vão todas para o Wrens. Dizem que quem desenha a farda delas é Molyneux, o mesmo que veste Greta Garbo e a duquesa de Kent...

Mab franziu a testa. Havia fardas por toda parte naqueles dias; por enquanto, era o único sinal de que uma guerra estava em curso. Ela estava naquele mesmo apartamento de East London, fumando, tensa, ao lado da mãe enquanto ouviam o anúncio de Downing Street pelo rádio. Sentia-se gelada e estranha enquanto a voz cansada de Chamberlain entoava: "Este país está em guerra com a Alemanha." Mas, desde então, não houve nenhum pio dos "hunos".

A mãe estava lendo em voz alta outra vez:

— "A honorável Deborah Mitford no padoque com lorde Andrew Cavendish." Olha esta renda, Mabel...

— É Mab, mãe. — Já que não podia se livrar do *Churt*, pelo menos o *Mabel* ela não tinha de aturar. Em *Romeu e Julieta* (número vinte e três da lista), ela havia lido a fala de Mercúcio, "Vejo que a Rainha Mab esteve com vocês!", e a pegara para si na mesma hora. "Rainha Mab." Parecia uma garota que usava pérolas, comprava um pônei para a irmãzinha e se casava com um cavalheiro.

Não que Mab tivesse alguma fantasia com duques à paisana ou milionários donos de iates no Mediterrâneo. A vida não era um romance como *Rebecca*. Nenhum herói rico e misterioso ia tomar nos braços uma garota de Shoreditch, por mais culta que ela fosse. Mas um *cavalheiro*, um homem bom, com uma vida confortável, com estudo e uma boa profissão... Sim, um marido como este estava a seu alcance. Ele estava por aí. Mab só precisava encontrá-lo.

— Mab! — A mãe balançou a cabeça, sorrindo. — Quem você acha que é?

— Alguém que pode se sair melhor do que *Mabel*.

— Você e o seu *melhor*. O que é bom para nós não é bom o bastante para você?

Não, pensou Mab, sabendo que não deveria dizer isso em voz alta, porque havia aprendido que ninguém gosta de ver o outro desejando mais do que já tem. Ela era a quinta de seis filhos, todos amontoados naquele apartamento apertado que cheirava a cebola frita e amargura, com um banheiro que tinha de ser compartilhado com duas outras famílias. É claro que ela não tinha vergonha disso, mas era mais óbvio ainda que não era *o bastante*. Seria uma coisa tão terrível assim querer mais do que trabalhar em uma fábrica até se casar? Querer um marido melhor do que um dos operários da fábrica, que provavelmente beberia demais e acabaria sumindo, como o pai? Mab nunca tentou convencer sua família de que eles poderiam ter mais; tudo bem para ela se eles estavam satisfeitos com o que tinham, então por que não podiam deixá-la em paz?

— Você acha que é boa demais para trabalhar? — perguntara a mãe quando Mab protestou contra ter de largar a escola aos catorze anos. — Todas essas crianças e sem o seu pai...

— Não sou boa demais para trabalhar — revidara Mab. — Mas quero que meu trabalho também tenha um propósito. — Mesmo aos catorze anos, trabalhando na mercearia e se desviando dos funcionários que beliscavam seu traseiro, ela olhava para a frente. Arrumou um emprego de balconista e estudou como as melhores clientes falavam e se vestiam. Aprendeu a se portar, a olhar as pessoas nos olhos. Depois de um ano observando as garotas que trabalhavam nos balcões da Selfridges, ela entrou por aquelas portas duplas na Oxford Street, usando um conjunto barato de saia e casaco e sapatos bons que lhe haviam custado meio ano de salário, e conseguiu um emprego como vendedora de pó compacto e perfumes.

— Que sorte a sua! — dissera a mãe, como se aquilo não tivesse dado trabalho algum.

E Mab ainda não havia terminado, estava bem longe disso. Acabara de concluir um curso de secretariado para o qual economizara muito e, quando fizesse vinte e dois anos, no começo do ano seguinte, pretendia estar sentada a uma mesa reluzente, datilografando o que lhe ditavam e cercada por pessoas que diriam "bom dia, srta. Churt", em vez de "oi, Mabel!".

— O que você pretende conseguir com todo esse planejamento? — perguntou a mãe. — Arrumar um namorado chique para pagar a conta de uns jantares?

— Não tenho interesse em namorados chiques.

Para Mab, histórias de amor eram para romances. Amar não era seu objetivo. Nem casar, para falar a verdade. Um bom marido talvez fosse o caminho mais curto para a segurança e a prosperidade, mas não era o único. Melhor viver como uma solteirona com uma mesa reluzente e um salário, orgulhosamente conquistado com o suor do próprio esforço, do que acabar frustrada e velha antes do tempo por causa das longas horas de trabalho em uma fábrica e de um excesso de partos.

Qualquer coisa era melhor do que aquilo.

Mab olhou para o relógio. Hora de ir para o trabalho.

— Me dá um beijo, Luce. Como está esse dedo? — Mab examinou a articulação do dedo da irmã na qual, no dia anterior, havia entrado uma farpa. — Novinho em folha. Caramba, você está suja... — Esfregou as bochechas de Lucy com um lenço limpo.

— Um pouco de sujeira nunca fez mal a ninguém — disse a sra. Churt.

— Vou dar um banho em você quando eu chegar. — Mab beijou Lucy, tentando controlar a irritação com a mãe.

Ela está cansada, só isso. Mab ainda estremecia ao lembrar como a mãe havia ficado furiosa com aquela adição tardia a uma família que já tinha cinco filhos. "Estou velha demais para correr atrás de bebês", suspirara ela, olhando Lucy rastejar pelo chão como um caranguejo. Mas não havia nada que eles pudessem ter feito a não ser se virar.

Só por mais um tempo, pensou Mab. Se conseguisse um bom marido, ela o convenceria a ajudar a irmã; assim, Lucy nunca teria de abandonar a escola aos catorze anos para trabalhar. Se ele lhe desse isso, Mab nunca pediria mais nada.

O frio açoitou seu rosto quando ela saiu apressada do apartamento. Cinco dias para o Natal, mas nada de neve ainda. Duas garotas com a farda do Serviço Territorial Auxiliar passaram às pressas, e Mab se perguntou onde se alistaria se o serviço se tornasse obrigatório...

— Quer dar uma volta, boneca? — Um rapaz com farda da Força Aérea Real começou a caminhar ao seu lado. — Estou de licença, vamos nos divertir um pouco.

Mab lhe deu o olhar que havia aperfeiçoado aos catorze anos, uma encarada feroz lançada por baixo de sobrancelhas muito retas, muito escuras, e acelerou o passo. *Você poderia entrar na Força Aérea Auxiliar Feminina*, pensou ela, lembrada pela farda do rapaz de que a Força Aérea Real tinha um ramo auxiliar para mulheres. Melhor que ficar no Land Army, limpando merda de vaca em Yorkshire.

— Nossa, isso não é jeito de tratar um homem que vai para a guerra. Me dá um beijo...

Ele passou o braço pela cintura dela e a apertou. Mab sentiu cheiro de cerveja, de creme de cabelo, e uma centelha indesejada de memória veio à tona. Ela a enterrou depressa, e sua voz saiu mais como um rosnado do que ela pretendia:

— Cai fora...

E chutou a canela do piloto com uma eficiência rápida e firme. Ele gritou, cambaleando no calçamento gelado de pedras. Mab tirou a mão dele de sua cintura e seguiu para o metrô, ignorando as coisas que ele ficou gritando atrás dela, tentando afastar o calafrio da memória. O lado bom: as ruas podiam estar cheias de soldados com mãos bobas, mas muitos deles queriam levar uma garota para o altar, não só para a cama. Se tinha uma coisa que a guerra havia trazido a reboque eram casamentos às pressas. Mab já havia visto aquilo em Shoreditch: noivas fazendo seus votos sem nem esperar por um vestido de casamento de segunda mão, qualquer coisa para ter aquele anel no dedo antes que os noivos partissem para lutar. E cavalheiros instruídos partiam para a guerra tão rápido quanto os homens de Shoreditch. Mab não diria que a guerra era uma coisa boa: ela havia lido Wilfred Owen e Francis Gray, embora poesia de guerra fosse considerada muito indelicada para os "Cem clássicos da literatura para uma dama culta". Mas teria de ser burra para não perceber que a guerra ia mudar seu mundo, para além do racionamento.

Talvez ela não fosse precisar de um emprego como secretária, afinal. Poderia haver um trabalho que contribuísse para a guerra em algum lugar em Londres para uma moça que era nota dez em datilografia e taquigrafia, alguma função em que Mab pudesse fazer sua parte pelo rei e pelo país, conhecer um ou dois homens bons e cuidar de sua família?

A porta de uma loja se abriu de repente, deixando escapar umas breves notas de "The Holly and the Ivy" de um rádio do lado de dentro. No Natal de 1940, pensou Mab, as coisas poderiam estar totalmente diferentes. Este ano, as coisas tinham de mudar.

Guerra significava mudança.

2.

Preciso de um emprego. Este tinha sido o primeiro pensamento de Osla ao retornar à Inglaterra no fim de 1939.

— Minha querida, você não deveria estar em Montreal? — exclamara sua amiga Sally Norton. Osla e a honorável Sarah Norton tinham o mesmo padrinho e haviam comparecido ao baile de gala de debutantes com um ano de diferença; Sally foi a primeira pessoa para quem Osla telefonou quando pisou de novo em solo inglês. — Achei que sua mãe tinha despachado você para ficar com os primos quando a guerra começou.

— Sal, você acha que *alguma coisa* ia me impedir de arrumar um jeito de voltar para casa?

Osla tinha levado seis semanas, inquieta e furiosa, para planejar a fuga depois que a mãe a mandou para Montreal. Alguns flertes descarados com homens influentes para conseguir autorizações de viagem, algumas invencionices criativas para os primos canadenses, um pouquinho de fraude — aquela passagem aérea de Montreal a Lisboa fora *muito* mais útil a Osla do que ao dono original —, depois uma viagem de barco de Portugal e *voilà*. "Adeus, Canadá!", cantarolou Osla, jogando a mala dentro do táxi. Osla havia nascido em Montreal, mas não tinha nenhuma recordação anterior à sua chegada à Inglaterra com quatro anos, trazida pela mãe recém-divorciada com malas e um escândalo. O Canadá era lindo, mas a Inglaterra era seu lar. Melhor ser bombardeada em casa entre amigos do que estar segura e morrendo aos poucos no exílio.

— Preciso de um emprego — disse Osla a Sally. — Bem, primeiro preciso de uma cabeleireira, porque aquele barco horroroso de Lisboa me infestou de piolho e estou parecendo um monstro. Mas *depois* preciso de um emprego. Minha mãe ficou tão enfurecida que cortou minha mesada, e não a culpo. Além disso, temos que ser duronas e fazer a nossa parte na guerra. — A velha ilha coroada em sua hora de necessidade e essa história toda. Não dava para ser expulsa de tantos colégios internos como Osla Kendall havia sido sem absorver uma boa dose de Shakespeare.

— O Wrens...

— Sem clichês, Sal, todo mundo espera que garotas como nós entrem no Wrens. — Osla já havia sido chamada de "debutante avoada" muitas vezes para que aquilo doesse. A rainha da festa, a descolada, o brotinho desmiolado de Mayfair. Pois este brotinho de Mayfair ia mostrar para todo mundo que uma jovem da alta sociedade também podia pôr a mão na massa. — Vamos para o Land Army. Ou construir aviões, o que você acha?

— O que você entende de construir aviões? — Sally tinha rido, imitando a expressão cética do superintendente de obra na fábrica da Hawker Siddeley, em Colnbrook, aonde elas foram procurar emprego alguns dias depois.

— Sei tirar o braço do rotor de um automóvel para impedir que ele seja roubado pelos hunos se nós formos invadidos — replicou Osla, petulante. E, em um piscar de olhos, ela estava com um macacão, furando placas de metal oito horas por dia na sala de treinamento da fábrica ao lado de outras quinze moças. Podia ser um trabalho maçante, mas Osla estava recebendo um salário, sendo independente pela primeira vez na vida.

— Achei que nós íamos trabalhar com Spitfires e flertar com pilotos — reclamou Sally do outro lado da bancada de trabalho na véspera do Ano-Novo. — Não só furar, furar, furar.

— Sem resmungos — avisou o instrutor, ouvindo de passagem. — Estamos em guerra!

Todos diziam aquilo agora, havia observado Osla. O leite acabou? *Estamos em guerra!* Meia desfiada? *Estamos em guerra!*

— Vai me dizer que não odeia isso... — murmurou Sally, batendo em sua chapa de duralumínio, e Osla olhou para a própria com aversão.

O duralumínio era usado no revestimento externo dos Hurricanes das esquadrilhas da Força Aérea Real (se as esquadrilhas da Força Aérea Real de fato voassem em alguma missão nessa guerra em que ainda não havia nada acontecendo), e Osla havia passado os dois meses anteriores aprendendo a perfurá-lo, lixá-lo e rebitá-lo. O metal resistia e cuspia e espirrava aparas que grudavam no cabelo e no nariz, formando uma camada tão grossa que a água do banho ficava cinza. Ela não sabia que era possível nutrir um ódio tão profundo por uma liga de metal, mas ali estava.

— É bom que você salve a vida de um piloto da Força Aérea Real desacordado quando estiver encaixada na lateral de um Hurricane — disse ela para a chapa, apontando a furadeira como a pistoleira de um filme de cowboy.

— Ainda bem que hoje à noite estamos de folga por causa do Ano-Novo — disse Sally quando o relógio finalmente marcou seis horas da tarde e todos se dirigiram para a saída. — Que vestido você trouxe?

— O verde de cetim. Posso me trocar na suíte da minha mãe no Claridge's.

— Ela perdoou você por ter fugido de Montreal?

— Mais ou menos. Ela está nas nuvens ultimamente porque arranjou um namorado novo. — Osla só esperava que ele não se tornasse o padrasto número quatro.

— Falando em admiradores, tem um rapaz muito lindo a quem prometi que ia apresentar você. — Sally lançou a Osla um olhar travesso. — Ele é coisa fina.

— É melhor que tenha cabelo escuro. Homens loiros não são confiáveis.

Elas saíram rindo, em passos ligeiros, pelo portão da fábrica. Com apenas vinte e quatro horas de folga a cada oito dias, não podiam desperdiçar um minuto sequer desse tempo precioso voltando para a casa que compartilhavam; pegaram uma carona direto para Londres em um Alvis antigo, os **faróis com** protetores para atender às exigências da lei do blecaute, dirigido por dois tenentes já completamente bêbados. Estavam todos cantando "Anything Goes" quando estacionaram em frente ao Claridge's, e, enquanto Sally se demorava um pouco mais flertando, Osla subiu correndo os degraus da frente em direção ao porteiro que, havia muitos anos, era um misto de mordomo, tio e secretário particular.

— Olá, senhor Gibbs.

— Boa noite, senhorita Kendall. Está na cidade com a senhorita Norton? Lorde Hartington perguntou por ela.

Osla baixou a voz.

— Sally arrumou um encontro para mim. Ela lhe deu alguma dica?

— Deu, sim. Ele está lá dentro: salão principal, farda de cadete da Marinha Real — comentou o sr. Gibbs, discreto. — Devo dizer a ele que a senhorita descerá em uma hora, depois que tiver se trocado?

— Se ele não me amar de macacão de trabalho, não merece que eu me arrume para ele.

Sally chegou correndo e começou a interrogar Gibbs sobre Billy Hartington, e Osla entrou. Divertia-se vendo a aparência protocolar de homens com fraques noturnos e mulheres com vestidos de cetim enquanto atravessava despreocupadamente os salões *art déco* com um macacão sujo. Tinha vontade de gritar: "Olhem para mim! Acabei de sair de um turno de oito horas em uma fábrica de aviões e agora vou dançar a conga no Café de Paris até o amanhecer. Olhem para mim, Osla Kendall, dezoito anos e finalmente *útil*."

Ela o avistou no pub com sua farda de cadete, virado de costas, de modo que não conseguia ver seu rosto.

— Você também marcou um encontro aqui? — perguntou Osla para aqueles ombros esplêndidos. — O senhor Gibbs disse que estava esperando por mim, e qualquer pessoa que já esteve no Claridge's sabe que o senhor Gibbs nunca erra.

Ele se virou, e o primeiro pensamento de Osla foi, *Sally, sua traidora, você podia ter me avisado!* Na verdade, este foi seu segundo pensamento. O primeiro pensamento foi que, embora nunca tivessem se encontrado, Osla sabia exatamente quem ele era. Havia visto seu nome na *Tatler* e na *Bystander*; sabia quem era sua família e seu grau de parentesco com o rei. Sabia que ele tinha a mesma idade que ela, que era cadete em Dartmouth e havia retornado de Atenas a pedido do rei quando a guerra começou.

— Você deve ser Osla Kendall — disse o príncipe Philip da Grécia.

— Devo? — Ela conteve o impulso de passar a mão pelo cabelo. Se soubesse que seu encontro era com um príncipe, teria reservado um momento para tirar as aparas de duralumínio dos cachos.

— O senhor Gibbs disse que você estaria aqui a esta hora, e o senhor Gibbs nunca erra. — O príncipe se recostou no balcão do bar. Era queimado de sol, seu cabelo reluzia como uma moeda, tinha olhos muito azuis e não desviava o olhar. Ele examinou o macacão sujo de Osla e abriu lentamente um sorriso. *Minha nossa*, pensou Osla. *Que sorriso!* — Um traje absolutamente encantador — disse ele. — É isso que todas as garotas estão usando nesta estação?

— É o que Osla Kendall está usando nesta estação. — Ela fez uma pose de revista, recusando-se a lamentar o vestido de cetim verde em sua bolsa. — Não ficarei confinada aos limites estreitos da moda de nenhum país...

— *Henrique v* — disse ele prontamente.

— Aaah, você está com Shakespeare na ponta da língua.

— Me fizeram ler bastante em Gordonstoun. — Ele fez um sinal para o garçom e uma taça de borda larga espumando de champanhe se materializou ao lado de Osla. — Nos intervalos entre fazer trilhas e velejar.

— É claro que você veleja...

— Por que "claro"?

— Você parece um viking. Aposto que passou um tempo remando. Tem um navio estacionado na esquina?

— Só a Vauxhall do meu tio Dickie. Sinto desapontá-la.

— Vejo que vocês dois estão se entendendo. — Sally riu, aparecendo ao lado deles. — Os, nosso padrinho, lorde Mountbatten, é tio do Phil, daí a ligação. O tio Dickie disse que Phil não conhecia *ninguém* em Londres, e eu bem conhecia uma boa moça que poderia acompanhá-lo...

— Uma *boa moça* — resmungou Osla, dando um gole no champanhe. — Nada é mais maçante do que ser chamada de *boa moça*.

— Não vejo você como uma boa moça — disse o príncipe.

— Que coisa gentil de se dizer. — Inclinou a cabeça para trás. — O que eu sou então?

— A coisa mais bonita que já vi com um macacão de operária.

— Você tinha que me ver rebitando uma chapa de metal.

— Quando quiser, princesa.

— Vamos dançar ou não? — protestou Sally. — Vamos subir e nos trocar, Os!

O príncipe Philip ficou pensativo.

— Se eu a desafiasse...

— Cuidado — alertou Osla. — Não recuso desafios.

— Ela é famosa por isso — confirmou Sally. — Na classe da senhorita Fenton, as meninas do último ano a desafiaram a pôr pó de mico na calcinha da diretora.

Philip olhou para Osla do alto de seu um metro e oitenta, sorrindo outra vez.

— Você fez isso?

— Claro. Depois roubei a cinta-liga dela, subi no telhado da capela e a pendurei na cruz. Ela ficou *muito* brava. Qual é o seu desafio?

— Dançar como você está — propôs o príncipe. — Não troque para seja lá o que for de cetim que você tem nessa bolsa.

— Feito. — Osla virou o resto do champanhe, e eles saíram rindo do salão principal. O sr. Gibbs deu uma piscada para Osla quando abriu as portas. Ela sorveu a noite gelada e estrelada do lado de fora. Com o blecaute, agora dava para ver *estrelas* por toda a Londres. Deu uma olhada para o príncipe Philip atrás dela, que também havia parado e levantado a cabeça. Sentiu o champanhe borbulhando no sangue e levou a mão à bolsa. — Tenho permissão para usar isto? — Tirou seu calçado de dança dali de dentro: sandálias de cetim verde com strass. — Uma princesa não pode dançar a conga sem seus sapatinhos de cristal.

— Permissão concedida. — O príncipe Philip pegou as sandálias, segurou a mão de Osla e a colocou no ombro. — Segure... — E se ajoelhou ali mesmo nos degraus da frente do Claridge's para desamarrar as botas de Osla. Esperou que ela as tirasse, depois removeu suas meias de lã. Calçou nela as sandálias de cetim, dedos queimados de sol em contraste com os tornozelos brancos dela sob a luz tênue da lua. Então, levantou a cabeça, os olhos semicerrados.

— Fale *sério*. — Osla sorriu para ele. — Com quantas garotas você já usou esse truque, marinheiro?

Ele estava rindo também, incapaz de manter a concentração. Riu tanto que quase se desequilibrou e apoiou a testa por um instante no joelho de Osla. Ela tocou o cabelo brilhoso dele. Os dedos de Philip ainda estavam enlaçados no tornozelo dela, quentes na noite fria. Ela viu os transeuntes passarem olhando para a garota de macacão nos degraus do melhor hotel de Mayfair, o homem fardado de joelho na frente dela, e deu uma batidinha bem-humorada no ombro de Philip.

— Chega de romantismo.

Ele se levantou.

— Como quiser.

Eles dançaram durante a chegada do novo ano no Café de Paris, tendo descido os luxuosos degraus atapetados até a boate no piso subterrâneo.

— Eu não sabia que dançavam o foxtrote na Grécia! — gritou Osla sobre o ressoar dos trombones, girando nas mãos de Philip. Ele era um dançarino rápido e vigoroso.

— Eu não sou grego... — Ele a rodopiou, e Osla ficou sem fôlego para continuar a falar até começar uma valsa suave.

Philip diminuiu o ritmo, arrumando o cabelo todo desalinhado antes de segurar Osla com um braço pela cintura. Osla pôs a mão na dele e os dois entraram facilmente no ritmo.

— Como assim, você não é grego? — perguntou ela, enquanto casais se chocavam um com o outro e riam em volta deles.

O Café de Paris tinha uma intimidade aconchegante que nenhuma outra casa noturna de Londres conseguia superar, talvez por ficar seis metros abaixo do solo. A música sempre parecia mais alta ali, o champanhe, mais gelado, o sangue, mais quente, os sussurros, mais próximos.

Philip deu de ombros.

— Fui tirado de Corfu em uma caixa de frutas quando ainda não tinha nem um ano, fugindo de uma horda de revolucionários. Não passei muito tempo lá, não falo muito bem grego e não terei motivo para falar.

Osla percebeu que ele quis dizer que não seria rei. Tinha um vago conhecimento de que a família real grega havia recuperado o trono, mas Philip estava longe na linha de sucessão e, com avô e tio ingleses, parecia e falava como qualquer primo da realeza.

— Você parece mais inglês do que eu.

— Você é canadense...

— E nenhuma das meninas com quem vim para a corte jamais me deixava esquecer disso. Mas, até os dez anos, eu tinha sotaque alemão.

— Você é uma espiã dos hunos? — Ele levantou a sobrancelha. — Não sei de nenhum segredo militar que compense você me seduzir para obter, mas espero que isso não a faça desistir.

— Você é muito malcomportado para um príncipe. Uma clara ameaça.

— Todos os melhores são. Por que o sotaque alemão?

— Minha mãe se divorciou do meu pai e veio para a Inglaterra quando eu era pequena. — Osla rodopiou sob a mão dele e voltou para seu braço. — Ela me confinou no campo, com uma governanta alemã, e lá eu falava só alemão às segundas, quartas e sextas e só francês às terças, quintas e sábados. Até eu ir para o colégio interno, eu só falava inglês um dia por semana, e *tudo* com sotaque alemão.

— Uma canadense que fala como uma alemã e mora na Inglaterra. — Philip começou ele próprio a falar alemão. — Por qual país bate de fato o coração de Osla Kendall?

— *England für immer, mein Prinz* — respondeu Osla, e logo voltou para o inglês, antes que eles fossem *realmente* acusados de serem espiões alemães naquela sala cheia de londrinos patriotas e embriagados. — Seu alemão é perfeito. Você falava em casa?

Ele riu, mas a risada tinha um toque irônico.

— Como assim, "casa"? No momento, estou dormindo em uma cama de acampamento na sala de jantar do tio Dickie. Casa é onde me convidam para ficar ou onde tem um primo meu.

— Sei como é.

Ele pareceu não acreditar que ela soubesse.

— Neste momento, estou dividindo quarto com Sally. Antes disso, fiquei com uns primos horríveis em Montreal que não me queriam. Antes disso, meu padrinho me deixou ficar com ele quando fui ao baile de gala das debutantes. — Osla deu de ombros. — Minha mãe tem uma suíte permanente no Claridge's, onde não posso ficar mais do que uma noite sem me sentir um estorvo, e meu pai morreu anos atrás. Não saberia dizer para você onde é minha casa. — Ela abriu um sorriso largo. — E com certeza não vou entrar em parafuso por causa disso! Todas as minhas amigas que ainda moram com os pais estão loucas para sair de casa, então quem é que tem mais sorte?

— Neste instante? — Philip apertou mais a cintura dela. — Eu.

Eles valsaram em silêncio por um tempo, movendo-se em perfeita sincronia. A pista de dança estava pegajosa de champanhe; o conjunto musical continuava tocando. Eram quase quatro da manhã, mas a pista permanecia lotada. Ninguém queria parar, inclusive Osla. Ela olhou sobre o ombro de Philip e avistou um cartaz pregado na parede, um dos onipresentes cartazes da vitória que haviam brotado como erva daninha por toda a Londres: NÓS OS VENCEMOS ANTES E VAMOS VENCÊ-LOS DE NOVO!

— Queria que a guerra começasse de uma vez — afirmou Osla. — Essa espera... Sabemos que eles virão para cima de nós. Parte de mim quer que eles façam isso logo. Quanto mais depressa começar, mais depressa vai acabar.

— Pode ser — disse Philip apenas, e se moveu de modo que sua face ficasse encostada no cabelo dela e eles não estivessem mais olhando nos olhos um do outro.

Osla teve vontade de bater em si mesma. Era muito fácil dizer que queria que a guerra começasse logo quando *você*, do sexo frágil, não estaria na linha de frente. Osla acreditava que todos deveriam lutar pelo rei e pelo país, mas também tinha consciência de que aquela era uma posição muito teórica quando se era mulher.

— Eu quero lutar — disse Philip, junto ao cabelo de Osla, como se estivesse lendo os pensamentos dela. — Ir para o mar, fazer minha parte. Principalmente para que as pessoas parem com as especulações sobre eu ser ou não um huno disfarçado.

— O quê?

— Três irmãs minhas se casaram com nazistas. Não que eles fossem nazistas quando... Enfim. Quero calar a boca das pessoas que me consideram ligeiramente suspeito por causa das afinidades da minha família.

— E eu quero calar a boca dos que acham que uma debutante desmiolada não pode fazer nada de útil. Você vai logo para o mar?

— Não sei. Se pudesse escolher, estaria em um navio de guerra amanhã. O tio Dickie está vendo o que pode fazer. Pode ser na semana que vem, ou daqui a um ano.

Que seja um ano, pensou Osla, sentindo o ombro firme e anguloso dele.

— Então, você vai estar no mar caçando submarinos alemães, e eu, fixando rebites em Slough. Não é tão desprezível para uma socialite cabeça de vento e um príncipe ligeiramente suspeito.

— Você poderia fazer mais coisas além de fixar rebites. — Ele a apertou mais, sem tirar o rosto de seu cabelo. — Já perguntou ao tio Dickie se tem alguma coisa no Departamento de Guerra para uma garota com suas competências linguísticas?

— Prefiro construir Hurricanes, pôr a mão na massa. Fazer algo mais importante para a guerra do que bater em teclas de máquinas de escrever.

— A guerra... Foi por isso que você arrumou um jeito de voltar de Montreal?

— Se seu país está em perigo e você tem idade para ajudar a defendê-lo, é isso que você deve fazer — afirmou Osla. — E não tirar proveito de seu passaporte canadense...

— Ou grego...

— E fugir para um lugar mais seguro. Isso não é aceitável.

— Concordo totalmente.

A valsa terminou. Osla deu um passo atrás e olhou para o príncipe.

— Tenho que ir para casa — disse ela, com pesar. — Estou acabada.

Philip levou Osla e Sally, que não parava de bocejar, de volta para Old Windsor em seu carro, dirigindo tão vigorosamente quanto dançava. Ajudou Sally a sair do banco traseiro; ela deu um beijinho sonolento no rosto dele e se afastou pela rua escura. Osla ouviu um barulho de água e um grito, depois a voz de Sally, contrariada:

— Cuidado com as sandálias, Os. Tem um lago na frente da nossa porta...

— É melhor eu colocar minhas botas — riu Osla, levando a mão à fivela de strass da sandália, mas Philip a ergueu nos braços.

— Não posso pôr em risco os sapatinhos de cristal, princesa.

— Ora, *ora* — assobiou Osla, pondo os braços em volta do pescoço dele. — Quão mais sedutor você consegue ser, marinheiro?

Podia quase senti-lo sorrir enquanto ele a carregava pelo escuro. As botas e a bolsa penduradas no ombro de Osla batiam nas costas dele, e ele cheirava a loção pós-barba e champanhe. O cabelo de Philip estava despenteado e molhado de suor de tanto dançar, os fios enrolando nos dedos de Osla quando ela os entrelaçou em sua nuca. Ele atravessou a poça, e, antes que pudesse baixá-la no degrau, Osla lhe deu um beijo.

— Para acabar logo com isso — disse ela, desenvolta. — Assim, não precisamos passar por aquele momento constrangedor *será-que-vai-será-que-não-vai* no degrau.

— Nunca nenhuma garota me beijou só para acabar logo com isso. — Sua boca sorriu de encontro à dela. — Pelo menos faça direito então...

Ele a beijou outra vez, longa e vagarosamente, ainda a segurando nos braços. Philip tinha gosto de mar azul aquecido pelo sol, e, em algum momento, Osla largou as botas na poça de água.

Por fim, ele a pousou no chão, e eles ficaram parados um instante no escuro, Osla recobrando o fôlego.

— Não sei quando vou para o mar — disse ele. — Mas antes quero ver você outra vez.

— Não tem muita coisa para fazer por aqui. Quando não estamos martelando duralumínio, Sal e eu comemos mingau e ficamos à toa ouvindo discos no gramofone. Muito monótono.

— Não imagino você tão monótona assim. Na verdade, eu diria que é o contrário. Aposto que você vai ser difícil de esquecer, Osla Kendall.

Várias respostas espirituosas de flerte vieram aos lábios de Osla. Ela havia flertado a vida toda, instintivamente, defensivamente. *Você joga esse mesmo jogo*, pensou, olhando para Philip. *Ser charmoso com todos, para que ninguém chegue perto demais.* Sempre havia pessoas rodeando para chegar perto de uma menina bonita de cabelos escuros cujo padrinho era o lorde Mountbatten e cujo pai havia deixado de herança um sem-número de ações da Canadian National Railway. E Osla poderia apostar que havia muito mais pessoas rodeando para se aproximar de um príncipe bonito, ainda que tivesse cunhados nazistas.

— Venha me ver qualquer noite, Philip — disse Osla simplesmente, sem joguinhos, e sentiu o coração acelerar quando ele tocou no quepe e voltou para a Vauxhall.

Era a aurora de 1940, e ela havia entrado no novo ano dançando com seu macacão de trabalho e suas sandálias de cetim com um príncipe. O que mais aquele ano ia trazer?

3.

Junho de 1940

Mab estava fazendo o possível para desaparecer dentro do exemplar de biblioteca do *Vanity Fair*, mas nem Becky Sharp jogando um dicionário pela janela da carruagem conseguiu desviar sua atenção do trem saindo de Londres tão lotado e do homem no banco à sua frente se tocando pelo bolso da calça.

— Como é o seu nome? — cochichara ele quando Mab arrastou sua maleta marrom para dentro do trem, e ela lhe lançara seu olhar mais gélido.

Ele tinha sido forçado a ir para o lado quando o vagão se encheu de homens fardados, a maioria deles seguindo esperançosamente uma moça de cabelos escuros de parar o trânsito que usava um casaco de pele, com os pelinhos na gola e na ponta da manga. Mas, depois que o trem partiu de Londres para o norte, o vagão foi se esvaziando de soldados a cada parada e, **quando era**m apenas Mab e a jovem, aquele homem começou sua conversinha de novo.

— Dê um sorrisinho, linda!

Mab o ignorou. Havia um jornal no chão, manchado de pegadas de botas enlameadas, e ela estava tentando ignorá-lo também: a manchete falava sobre Dunkirk e desastres.

— Somos os próximos — dissera a mãe de Mab quando a Dinamarca, a Noruega, a Bélgica e a Holanda caíram, uma após a outra, como rochas rolando inexoravelmente de um penhasco. Depois até a *França* caiu, e a sra. Churt balançou a cabeça ainda mais sombriamente. — Somos os próximos — afirmava ela a todos que estivessem por perto, e Mab perdeu as estribeiras. *Mãe, será que você se incomodaria de não falar de assassinatos, hunos estupradores e o que eles vão fazer com a gente?* Tinha sido uma briga terrível, a primeira de muitas depois que Mab tentou convencer a mãe a sair de Londres com Lucy. Ela disse: "Só por um tempo." E a mãe respondeu: "Só saio de Shoreditch em um caixão."

E *aquela* briga tinha sido tão séria que foi bom Mab ter recebido aquela estranha convocação uma semana antes para um posto em Buckinghamshire. Lucy não entendeu bem que ela estava indo embora; quando Mab lhe deu um abraço apertado naquela manhã antes de partir, ela só inclinou a cabeça e disse: "Noite!" O que significava: "Até de noite!"

Não vou ver você de noite, Luce. Mab nunca havia passado uma noite longe de Lucy, nunca.

Bem, ela pegaria o trem de volta para Londres no primeiro dia de folga que tivesse. Qualquer que fosse a posição que ela iria assumir, tinha de haver dias de folga, mesmo em tempos de guerra. E talvez sua vida em — como era o nome da cidade mesmo? — ficasse confortável o bastante para que ela pudesse levar a família para o interior. Melhor no meio do nada entre campos verdes do que em uma Londres prestes a ser bombardeada... Mab estremeceu e voltou a ler *Vanity Fair*. Becky Sharp estava seguindo para um novo emprego no interior também, sem parecer se importar muito com o fato de sua terra natal estar sendo invadida. Mas, no tempo de Becky, havia sido Napoleão, e Napoleão não tinha aqueles malditos Messerschmitts, certo?

— Como é o *seu* nome, belezinha? — O homem focara sua atenção na garota de cabelos castanhos com o casaco de pele nas extremidades, que era agora a única outra passageira no vagão. A mão dele começou a se mexer dentro do bolso. — Dê um sorrisinho para mim, lindeza...

A jovem levantou os olhos de seu livro, enrubescida, e Mab se perguntou se deveria intervir. Normalmente, ela seguia a regra estrita dos londrinos de *não meter o nariz onde não fosse chamado*, mas a garota parecia um carneirinho perdido na floresta. Exatamente o tipo de mulher de quem Mab se ressentia ligeiramente e que ao mesmo tempo invejava: roupas caras, pele bem cuidada que um romance bem sentimentaloide descreveria como *de alabastro*, o tipo físico miúdo que todas as mulheres queriam ter e de que todos os homens queriam tirar um pedaço. Em suma, o tipo de debutante mimada e cabeça de vento que havia crescido montando pôneis e que não precisaria levantar um dedo sequer para arrumar um marido com recursos e estudo, mas que, tirando isso, era totalmente inútil. Qualquer garota de Shoreditch saberia lidar com um pervertido em um vagão de trem, mas aquela menininha bonitinha seria engolida em um instante.

Mab baixou o livro ruidosamente, irritada com o homem e muito irritada com a mocinha por precisar ser salva. Mas, antes que ela pudesse começar com um "olhe aqui, seu...", a garota falou:

— Meu Deus, olha esse *inchaço* dentro da sua calça. Acho que nunca vi nada tão óbvio assim. A maioria dos homens faz algo mais criativo com o chapéu nesse lugar.

A mão do homem se paralisou. A jovem inclinou a cabeça e arregalou os olhos inocentemente.

— Está tudo bem? Você não está com dor? Os homens sempre agem como se estivessem com tanta *dor* a esta altura, não sei por que...

O homem, observou Mab, estava vermelho como um pimentão e tinha tirado a mão do bolso.

— Sério, você precisa de um médico? Acho que está precisando...

Ele fugiu resmungando do vagão.

— Melhoras! — gritou ela, depois olhou para Mab com os olhos brilhantes. — Que lhe sirva de lição... — Ela cruzou a perna, revestida de meia de seda, com evidente satisfação.

— Bom trabalho. — Mab não pôde deixar de dizer. Ela não era só uma mocinha bonita facilmente engolível, afinal, ainda que não parecesse ter mais que dezoito anos. — Quando tenho que me livrar de um sujeito desses, dou um baita olhar frio ou um chute nas canelas.

— Não consigo fazer um olhar frio nem que minha vida dependesse disso. Esta cara aqui não consegue ficar ameaçadora. Se eu tento, os garotos me dizem que estou *adorável*, e não tem nada mais irritante que chamarem você de *adorável* quando você está furiosa. Mas você é alta e tem as sobrancelhas de uma imperatriz, então tenho certeza de que deve ter um olhar frio bem impressionante. — E inclinou a cabeça em desafio.

Mab ia voltar a ler, mas não resistiu. Arqueando a sobrancelha, ela olhou por cima do nariz e curvou o lábio.

— Ah, esse olhar é de congelar a espinha! — A jovem estendeu a mão. — Osla Kendall.

Mab apertou a mão dela, surpresa ao sentir calos.

— Mab Churt.

— *Mab*, genial — disse Osla. — Eu ia chutar Boadiceia ou Scarlett O'Hara. Alguém capaz de dirigir uma biga segurando uma lança ou atirar em ianques na escada. Eu me chamo *Osla* porque minha mãe foi para Oslo e disse que foi uma experiência totalmente divina. O que ela quis dizer é que fui concebida lá. Então agora tenho o nome de uma cidade que está sendo infestada por alemães e estou tentando não ver isso como um prenúncio.

Poderia ser pior. E se você tivesse sido concebida em Birmingham? — Mab ainda estava tentando entender as mãos calosas de trabalho da jovem em contraste com seu sotaque de Mayfair. — Esses calos certamente não vieram da escola de boas maneiras.

— Vieram de construir Hurricanes na Hawker Siddeley, em Colnbrook. — Osla fez uma saudação. — Vai saber o que vou fazer agora... Fui chamada para uma entrevista em Londres, depois chegou uma convocação muito estranha me dizendo para ir à estação Bletchley...

— Mas é para lá que eu estou indo também.

Surpresa, Mab procurou na bolsa a carta que a deixara tão intrigada quando chegara a Shoreditch. Ao se virar, viu uma carta idêntica na mão de Osla. Elas puseram os papéis lado a lado. A carta de Osla dizia:

Apresente-se, por favor, à Estação X na estação Bletchley, Buckinghamshire, daqui a sete dias.
Seu endereço postal é caixa 111, A/c Departamento de Relações Exteriores. Isso é tudo de que precisa saber.

Comandante Denniston

A de Mab tinha um tom mais oficial: *Fui encarregado pelo chefe do departamento de informá-la de que você foi selecionada para o cargo de funcionária temporária. Deve se apresentar para assumir seu posto daqui a quatro dias. Pegue o trem das 10h40 em Londres (Euston) até a terceira parada (Bletchley).* Mas o destino era claramente o mesmo.

— Cada vez mais curiosa. — Osla parecia pensativa. — Bem, sem chance. Nunca ouvi falar em Bletchley *nem* em Estação X.

— Nem eu — disse Mab, mas desejou ter dito "tampouco eu". A eloquência e as gírias espontâneas de Osla a estavam deixando constrangida. — Fiz uma entrevista em Londres também. Eles me perguntaram se eu sabia datilografia e taquigrafia. Devem ter encontrado meu nome no curso de secretariado que fiz ano passado.

— Eles não me perguntaram nada de datilografia. A mulherzinha de cara feia testou meu alemão e meu francês e me mandou ir embora. — Osla deu uma batidinha na carta. — Para que será que eles nos querem?

Mab deu de ombros.

— Ajudo na guerra fazendo o que eles quiserem. O que importa para mim é ganhar um salário para mandar para casa e estar perto o bastante de Londres para poder voltar para lá nos dias de folga.

— Não seja tão sem graça! Quem sabe não estamos entrando num romance de Agatha Christie? *O mistério da Estação X...*

Mab adorava Agatha Christie.

— *Assassinato na Estação X: um mistério para Hercule Poirot...*

— Prefiro a Miss Marple — declarou Osla. — Ela é igualzinha a todas as governantas solteironas que já tive. Só que com arsênico em vez de giz.

— Eu gosto do Poirot. — Mab cruzou as pernas, ciente de que seus sapatos, por mais que ela os tivesse lustrado com todo cuidado, pareciam baratos perto dos sapatos costurados à mão de Osla. *Pelo menos minhas pernas são tão boas quanto as dela*, Mab não pôde deixar de pensar. *São melhores até*. Isso parecia muito baixo e mesquinho, mas Osla Kendall era tão claramente uma garota que tinha tudo... — Hercule Poirot escutaria uma moça como eu — continuou ela. — As Miss Marple do mundo dariam uma olhada em mim e diriam que sou uma vadia.

Quando o trem finalmente chegou à terceira parada, Osla gritou:

— Iuhuu!

Mas as esperanças de Mab logo se esvaíram.

Depois de arrastarem a mala por aquela estação deprimente e lotada por quase um quilômetro, elas se viram diante de um alambrado de dois metros e meio de altura com rolos de arame farpado no alto. Os portões eram vigiados por dois guardas com ar de tédio.

— Vocês não podem entrar — disse um deles, enquanto Mab procurava seus documentos. — Não têm autorização.

Mab afastou o cabelo do rosto. Naquela manhã, ela havia feito um penteado com cachos perfeitos e grampos, e agora estava suada e irritada e seus cachos estavam se desfazendo.

— Escute, nós não sabemos o que temos que...

— Então vieram para o lugar certo — disse o guarda, com um sotaque do interior que ela quase não entendia. — A maioria deles aqui parece que não sabe onde está, e sabe lá Deus o que estão fazendo.

Mab lhe lançou o olhar frio, mas Osla avançou, com olhos arregalados e os lábios trêmulos, e o guarda mais velho ficou com pena.

— Vou acompanhar vocês até a casa principal. Se querem saber onde estão — acrescentou ele —, aqui é Bletchley Park.

— O *que* é aqui? — perguntou Mab.

O guarda mais jovem fez um som de desdém.

— É a maior casa de doidos da Grã-Bretanha.

A MANSÃO DAVA para um amplo gramado e um pequeno lago. Tijolos vermelhos em estilo vitoriano com uma cúpula verde de cobre, cheia de janelas e frontões, como um bolo inglês de Natal enfeitado com cerejas cristalizadas.

— Parece uma casa de banho gótica — disse Osla, com desgosto, mas Mab estava encantada e não resistiu à vontade de seguir pela trilha em direção ao lago.

Uma casa de campo, como Thornfield Hall ou Manderley, o tipo de casa onde homens solteiros cobiçados sempre moravam nos romances. Mas, até ali, a guerra tinha deixado sua marca tanto na mansão quanto nas pessoas. Havia galpões pré-fabricados horríveis por toda parte, e pessoas se apressavam confusamente pelos caminhos — menos homens fardados do que Mab estava acostumada a ver em Londres e certamente mais mulheres do que ela esperava. Todos andavam depressa entre os galpões e a mansão com roupas de tweed e malhas de lã e com expressões concentradas.

— Parece que todos estão perdidos dentro de um labirinto sem saída — observou Osla, seguindo Mab em direção ao lago enquanto o guarda esperava na trilha, com ar impaciente.

— Exatamente. Onde você acha que nós?...

As duas pararam. Saindo do lago, encharcado, com juncos grudados no corpo e uma caneca de chá na mão, estava um homem nu.

— Ah, olá — cumprimentou ele, alegremente. — Recrutas novas? Já não era sem tempo. Pode voltar, David — gritou ele para o guarda que estava esperando. — Eu levo as duas para a mansão.

Mab viu com certo alívio que o homem não estava inteiramente nu, mas de cueca. Ele tinha um peito magro e sardento, um rosto que lembrava o de uma gárgula amistosa e cabelos que, mesmo molhados, eram tão vermelhos quanto uma cabine telefônica.

— Eu me chamo Talbot, Giles Talbot — explicou ele, com um sotaque de Oxbridge, andando até uma pilha de roupas na margem, enquanto Osla e Mab murmuravam seu nome e tentavam não ficar olhando. — Mergulhei no lago à procura da caneca de chá do Josh Cooper. Ele a jogou no meio dos juncos enquanto estava refletindo sobre um problema. Minhas calças — murmurou Giles Talbot, sacudindo as roupas. — Se aqueles moleques do Galpão Quatro as esconderam de novo...

— Pode nos dizer para onde temos que ir? — interrompeu Mab, irritada. — Tem que haver *alguém* responsável por este hospício.

— Deve ter, não é? — Giles Talbot abotoou a camisa, depois vestiu uma velha jaqueta xadrez. — O comandante Denniston é o mais próximo que temos de um supervisor. Em frente! Sigam-me.

Pulando primeiro sobre um pé, depois sobre o outro, para calçar os sapatos, ele partiu em direção à mansão, as fraldas da camisa balançando sobre a cueca molhada e as pernas brancas nuas. Mab e Osla se entreolharam.

— É tudo um disfarce — sussurrou Osla. — Vamos ser drogadas assim que pusermos os pés naquela casa medonha e depois vendidas em cativeiro. Espere só para ver.

— Se eles estivessem tentando nos atrair para o cativeiro, enviariam alguém mais apetitoso do que uma cegonha seminua — disse Mab. — E que cativeiro, afinal...

O saguão de entrada da mansão era amplo e revestido de carvalho, com salas ramificando para todos os lados. Havia um quadro de avisos com um exemplar do *London Times* pregado, uma saleta em estilo gótico, uma escadaria visível do outro lado de uma arcada de mármore rosa... Giles as levou até um quarto do andar de cima com janelas salientes que foi transformado em escritório, com armários no lugar da cama, tudo cheirando a fumaça de cigarro. Um homem pequeno com aparência cansada e cara de professor, sentado à mesa, levantou os olhos. Ele não pareceu surpreso ao ver as pernas nuas de Giles e apenas perguntou:

— Você encontrou a caneca de chá do Cooper?

— E algumas recrutas novas, acabaram de chegar de Londres. Elas não estão ficando mais bonitas? A senhorita Kendall aqui, é só dar um assobio que qualquer um vai atrás. — Giles abriu um sorriso para Osla, depois olhou para Mab, que era meia cabeça mais alta que ele. — Caramba, adoro uma mulher alta. Você não está apaixonada por algum piloto da Força Aérea Real, está? Por favor, não parta meu coração!

Mab pensou em usar o olhar frio dela, mas decidiu guardá-lo para outro momento. Aquela atmosfera toda era estranha demais para ofender.

— Olha só quem está falando de beleza. Nunca vi nada mais sem graça do que essa sua turma de crânios magricelas de Cambridge, Talbot. — O comandante Denniston, ou pelo menos Mab presumiu que fosse ele, balançou a cabeça para as pernas brancas nuas de Giles, depois olhou para os documentos de identificação e as cartas de Osla e Mab. — Kendall... Churt...

— Acho que foi meu padrinho quem sugeriu meu nome para a vaga — lembrou Osla. — Lorde Mountbatten.

Ele fez uma expressão satisfeita.

— Então a senhorita Churt é a do grupo da escola de secretariado de Londres. — Ele devolveu os documentos enquanto se levantava. — Muito bem. Vocês duas foram recrutadas para Bletchley Park, o quartel-general da ECCG.

O que é isso?, pensou Mab.

Como se estivesse lendo sua mente, Giles explicou:

— Elite da Ciência, do Café e do Golfe.

O comandante Denniston o olhou com enfado, mas prosseguiu.

— Vocês serão designadas a um galpão, e o chefe do galpão de vocês dirá quais são suas atribuições. Mas, antes, preciso deixar claro que vocês estarão trabalhando no lugar mais secreto da Grã-Bretanha e que todas as atividades aqui são cruciais para o resultado da guerra.

Ele fez uma pausa. Mab estava paralisada e sentia Osla igualmente imóvel ao seu lado. *Caramba*, pensou Mab. *Que lugar é este?*

Ele continuou:

— O trabalho aqui é tão secreto que só lhes será dito o que for necessário vocês saberem, e vocês não tentarão descobrir mais do que isso. Além de respeitar a segurança interna, vocês terão que estar atentas à segurança externa. Nunca mencionarão o nome deste lugar, nem para a família nem para os amigos. Verão que seus colegas se referem ao local como BP, e vocês farão o mesmo. Acima de tudo, vocês nunca revelarão a ninguém o tipo de trabalho que fazem aqui. O mínimo que for contado pode colocar em risco todo o progresso da guerra.

Outra pausa. *Eles vão nos treinar para ser espiãs?*, perguntou-se Mab, atordoada.

— Se alguém perguntar, vocês estão fazendo um trabalho comum de escritório. Façam parecer muito entediante. Quanto mais entediante, melhor.

Osla interveio.

— Que trabalho nós *de fato* vamos fazer, senhor?

— Meu Deus, garota, você não ouviu uma palavra do que acabei de dizer? — A voz de Denniston assumiu um tom impaciente. — Não sei o que vocês vão fazer especificamente nem quero saber. — Ele abriu uma gaveta da mesa e pegou duas folhas de um papel amarelado, colocando-as uma na frente de cada uma delas. — Esta é a Lei de Segredos Oficiais. Ela determina claramente que, se vocês fizerem alguma das coisas que disse para não fazer, se revelarem qualquer informação que possa ser usada pelo inimigo, serão acusadas de traição.

Um silêncio absoluto instaurou-se.

— E traição — concluiu o comandante Denniston, brandamente — torna vocês passíveis das punições mais severas da lei. Não tenho certeza se no momento é enforcamento ou pelotão de fuzilamento.

Não tinha como o escritório ficar mais quieto, mas Mab sentiu o silêncio se solidificar. Ela respirou fundo.

— Senhor, temos permissão de... recusar esse posto?

Ele ficou surpreso.

— Não tem nenhuma pistola apontada para a sua cabeça. Aqui não é Berlim. Se recusar, você simplesmente será conduzida para fora da propriedade com instruções estritas de nunca mais mencionar este lugar.

E nunca vou saber o que realmente acontece aqui, pensou Mab.

Ele pôs duas canetas na frente delas.

— Assinem, por favor. Ou não.

Mab respirou fundo outra vez e assinou no fim do papel. Viu Osla fazer o mesmo.

— Bem-vindas a BP — disse o comandante Denniston, dando o primeiro sorriso da conversa.

E assim a entrevista estava encerrada. Giles Talbot, ainda com as fraldas da camisa molhadas e balançando, conduziu-as até o corredor. Osla segurou a mão de Mab assim que a porta se fechou, e Mab não ficou muito orgulhosa de apertar a mão dela.

— Eu não levaria tão a sério se fosse vocês. — Por mais incrível que parecesse, Giles estava rindo. — Esse discurso é assustador na primeira vez que a gente ouve. Na minha vez, o Denniston estava fora e tive que ouvir essa ladainha toda de um comandante de voo que tirou uma pistola da gaveta e disse que atiraria em mim se eu rompesse o silêncio sagrado de etc. etc. Mas a gente se acostuma. Venham, vamos ver onde vocês vão ficar...

Mab parou na escada e cruzou os braços.

— Escute, será que você não pode nos dar uma dica do que as pessoas deste lugar realmente *fazem*?

— Não é óbvio? — Ele estava surpreso. — ECCG... Chamamos de Elite da Ciência, do Café e do Golfe porque o lugar está lotado de professores de Oxford e de campeões de xadrez de Cambridge, mas o que a sigla significa mesmo é Escola de Cifras e Códigos do Governo.

Mab e Osla devem ter feito uma expressão de perplexidade, porque ele **sorriu**.

— Nós deciframos códigos alemães.

4.

No dia em que as hóspedes de Bletchley Park iam chegar, Beth Finch perdeu meia hora com uma rosa.

— Francamente, Bethan, eu já chamei quinhentas vezes. Há quanto tempo você está cheirando essa flor?

Eu não estava cheirando, pensou Beth, mas não corrigiu a mãe. Cheirar uma rosa pelo menos era normal: rosas tinham um cheiro bom; todos concordavam com isso. Nem todos olhavam para uma rosa e ficavam hipnotizados não pelo perfume, mas pela forma dela, o modo como as pétalas se sobrepunham como degraus espiralando para dentro... Para dentro... Ela passava o dedo suavemente pela espiral, em direção ao centro, só que em sua mente não era um centro com estames. Havia apenas a espiral, girando e girando em direção ao infinito. Era muito poético — "O que há no centro de uma rosa?" —, mas não era a poesia que hipnotizava Beth, nem o perfume. Era a *forma*.

E, antes que ela se desse conta, havia perdido meia hora, e a mãe estava de pé ali com cara de brava.

— Elas vão chegar daqui a pouco, e olhe só para este quarto! — A sra. Finch pegou o vaso de flor de Beth e o colocou sobre a lareira. — Limpe o espelho agora. Quem quer que sejam essas moças, não quero que elas reclamem de nada desta casa. Se bem que sabe lá que moças são essas que ficam longe de casa. Deixar a família por um *emprego*...

— Estamos em guerra — murmurou Beth, mas a sra. Finch andava em um frenesi desde que soubera que, por terem um quarto livre com duas camas de solteiro, estavam convocados a abrigar duas moças que trabalhavam ali perto, em Bletchley Park.

— Não venha me dizer que é a guerra. São essas meninas sem juízo que aproveitam qualquer desculpa para largar a família e se meter em confusão. — A sra. Finch andou pelo quarto em movimentos curtos e rápidos, arrumando a toalhinha na mesa de cabeceira, ajeitando o travesseiro. Beth e ela tinham o mesmo cabelo loiro acinzentado, as mesmas sobrancelhas e cílios quase invisíveis, mas Beth era miúda e tinha os ombros curvos, enquanto a mãe era imponente, bonita, e seu busto parecia a proa de um navio. — Que tipo de trabalho de guerra elas vão fazer no meio de *Bletchley*?

— Vai saber...

A guerra havia causado tanta agitação naquela cidadezinha pacata: preparações para o blecaute, convocação de supervisores para os grupos de Precauções contra Ataques Aéreos, Bletchley Park logo ali transformada subitamente em um centro de atividades misteriosas... Todos estavam curiosos, especialmente porque, além dos homens, havia *mulheres* trabalhando lá. Mulheres estavam se aventurando em todo tipo de atividades ultimamente, de acordo com os jornais: se alistando na FANY para ser enfermeiras ou partindo para o exterior no braço feminino da Marinha Real. Sempre que Beth tentava pensar em si mesma em uma dessas funções, começava a suar frio. Sabia que teria de fazer sua parte, mas ia se voluntariar para alguma função nos bastidores, algo que nem a pessoa mais burra do mundo conseguiria fazer errado. Primeiros socorros, talvez, enrolando bandagens e fazendo chá. Beth não sabia fazer praticamente nada. Ouvira isso a vida inteira, e era verdade.

— É bom que essas meninas sejam moças decentes — dizia a sra. Finch, nervosa. — E se vêm parar duas vadias de Wapping debaixo do nosso teto?

— Com certeza, não — tranquilizou-a Beth.

Ela não sabia bem o que era uma vadia; era daquele jeito que a mãe chamava qualquer mulher que usasse batom, cheirasse a perfumes franceses ou lesse romances... Com um sentimento de culpa, Beth sentiu no bolso o peso do livro mais recente que retirara na biblioteca. *Vanity Fair*.

— Corra até o correio, Bethan. — A sra. Finch era a única pessoa que chamava Beth por seu nome inteiro. — Estou sentindo que uma das minhas dores de cabeça está chegando... — Massageou as têmporas. — Molhe um pano para mim primeiro. E, depois do correio, a loja da esquina.

— Pode deixar, mãe.

A sra. Finch deu um tapinha afetuoso no ombro da filha.

— A pequena ajudante da mamãe.

Beth ouvira aquilo a vida inteira também.

— A Bethan é tão prestativa! — A sra. Finch adorava dizer às suas amigas. — É tão bom pensar que ela estará comigo quando eu envelhecer!

— Ela ainda pode se casar — dissera a vizinha viúva na última reunião do Women's Institute. Beth estava fazendo chá na cozinha, mas conseguiu ouvir a senhora sussurrando: — Vinte e quatro anos, ainda dá para ter esperanças. Ela não tem muito o que dizer, mas isso não incomoda a maioria dos homens. Alguém ainda pode tirá-la dos seus braços, Muriel.

— Não quero que ela seja *tirada dos meus braços* — declarara a sra. Finch com aquele tom definitivo que fazia tudo parecer predeterminado.

Pelo menos não sou um fardo, Beth lembrou a si mesma. A maioria das solteironas era apenas uma despesa para a família. Ela era um consolo, tinha o seu lugar, era a pequena ajudante da mãe. Tinha sorte.

Mexendo na fina trança loira acinzentada que pendia sobre o ombro, Beth foi pôr a chaleira no fogo, depois torceu um pano em água fria do jeito que a mãe gostava. Levou-o para ela no andar de cima e em seguida se apressou para cumprir suas outras tarefas. Todos os irmãos de Beth haviam saído da cidade depois de se casarem, mas não passava uma tarde sem que Beth fosse despachada para o correio com uma carta cheia de conselhos maternais ou um pacote com um decreto da mãe. Naquele dia, Beth postou um pacote quadrado para a irmã mais velha, que acabara de ter filho: uma das peças bordadas da mãe, uma guirlanda de rosas cor-de-rosa em volta das palavras *Um lugar para tudo e tudo em seu lugar*. Um bordado idêntico estava pendurado sobre a cama de Beth e sobre a cama de cada bebê que nascia na família Finch. Nunca é cedo demais, dizia a mãe, para instilar as ideias certas a respeito do lugar de cada um.

— Suas hóspedes já chegaram? — perguntou o chefe dos correios. — Alguns hóspedes são estranhos. A senhora Bowden, da pousada Shoulder of Mutton, recebeu uns professores de Cambridge que entram e saem a qualquer hora do dia e da noite! Sua mãe não ia gostar disso, ia? — Ele esperou uma resposta, mas Beth só assentiu, de boca fechada. — Tem alguma coisa errada com essa menina — cochichou o chefe dos correios com seu funcionário quando ela se virou para ir embora, e Beth sentiu as bochechas ficarem vermelhas. Por que ela não conseguia conversar com outras pessoas? Já era ruim ter o raciocínio lento (e Beth sabia disso), mas precisava ser tão atrapalhada e desajeitada também? Outras garotas, mesmo as mais simplórias, eram capazes de olhar as pessoas nos olhos quando falavam com elas. Ser quieta era uma coisa, mas outra bem diferente era ficar paralisada como um coelho assustado em todas as situações sociais. Mas Beth não conseguia evitar.

Ela correu para casa e chegou bem a tempo de tirar a chaleira do fogo. Pelo menos haviam assegurado que a família Finch receberia *moças*, e não homens. Se a vida fosse um romance, os hóspedes misteriosos seriam jovens solteiros impetuosos que rivalizariam imediatamente pela mão de Beth, e Beth não conseguia imaginar nada mais aterrorizante.

— Beth — chamou distraidamente o sr. Finch de sua poltrona, na qual fazia palavras cruzadas. — Peixe de água doce da família das carpas, cinco letras.

Beth jogou a trança para trás, enquanto arrumava as coisas para o chá.

— *Tenca*.

— Pensei em *barbo*...

— *Barbo* não encaixa na vertical. — Beth pegou o bule de chá, visualizando perfeitamente em sua cabeça as palavras cruzadas em que dera uma espiadinha logo cedo quando colocara o jornal ao lado do prato do café da manhã do pai. — Na vertical é *codificar*.

— Vertical... Organizar em um sistema, como em um conjunto de leis, nove letras... Certo, *codificar*. — O pai sorriu. — Não sei como você faz isso.

Meu único talento, pensou Beth, melancólica. Ela não sabia cozinhar, não sabia tricotar, não sabia conversar, mas conseguia completar as palavras cruzadas de domingo em oito minutos cravados, sem nenhum erro!

— Malfadado ou desafortunado, sete letras... — começou de novo o pai de Beth, mas, antes que ela pudesse dizer *infeliz*, passos soaram do lado de fora e logo suas hóspedes estavam sendo convidadas a entrar em meio ao som de malas.

O sr. Finch segurou a porta, a sra. Finch desceu as escadas correndo como um furão se metendo em uma toca de coelhos, e, quando Beth terminou de cuidar da chaleira, as apresentações estavam a todo vapor. Duas moças, ambas claramente mais jovens do que Beth, entraram na cozinha imaculada e imediatamente foi como se elas tivessem sugado todo o ar dali. As duas tinham cabelos castanhos, mas as semelhanças terminavam aí. Uma era linda, com covinhas, envolta em um casaco de pele, com pelinhos na gola e na manga, e muito eloquente. A outra tinha cerca de um metro e oitenta e traços sérios, batom vermelho impecável e sobrancelhas escuras arqueadas como sabres de cavalaria. Beth sentiu uma pontada de tristeza. Aquelas moças eram exatamente o tipo que a deixava desajeitada, lenta e... Bem, *infeliz*.

— É um enorme prazer — a sra. Finch conseguiu dizer entre os lábios franzidos — recebê-las na minha casa. — O olhar dela percorreu de cima a baixo a jovem alta, que retornou o olhar com frieza. *Vadia*, Beth sabia que a mãe estava pensando. Não sabia da moça com covinhas, mas a de sobrancelhas escuras sem dúvida havia sido classificada como vadia antes mesmo de abrir a boca.

— Estamos *tão* contentes por termos sido mandadas para cá! — a moça com covinhas disparou a falar, os cílios curvos se movendo com entusiasmo. — Sempre dá para reconhecer de cara pessoas *legais*, não é mesmo? Tive certeza assim que vi aquela sua horta incrível...

Beth viu a mãe amolecendo diante daquelas vogais chiques de Mayfair.

— Esperamos que vocês se sintam muito à vontade aqui — disse ela, deixando o próprio sotaque mais elegante. — Vocês vão ficar no quarto ao lado do da minha filha, no primeiro andar. O banheiro, quer dizer, o toalete, fica no fundo do jardim.

— Do lado de fora? — A jovem mais baixa ficou espantada. A mais alta a olhou com ar bem-humorado.

— Você se acostuma, Osla Kendall. Nunca morei em um lugar com toalete dentro de casa.

— Ah, cale a boca, Rainha Mab!

A sra. Finch franziu a testa.

— O que vocês vão fazer em Bletchley Park?

— Trabalho de escritório — respondeu Osla, com naturalidade. — Um tédio total.

A mãe de Beth franziu a testa mais uma vez, mas resolveu deixar o assunto de lado, pelo menos por enquanto.

— Luzes apagadas às dez. Banho quente toda segunda-feira, sem fazer hora na banheira. Temos um *telefone* — disse ela com orgulho, poucas casas no bairro tinham —, mas é só para ligações importantes. Se me acompanharem até lá em cima...

Fez-se um eco na cozinha quando Osla e Mab saíram rapidamente. O sr. Finch, que não havia dito nenhuma palavra depois dos apertos de mãos, sentou-se de novo com o jornal. Beth olhou para a bandeja de chá, esfregando as mãos no avental.

— Bethan... — A sra. Finch voltou à cozinha. — Não fique aí parada, leve o chá.

Beth escapou depressa, feliz por ser poupada da dissecação das duas hóspedes que a mãe certamente estava prestes a fazer. Parou do lado de fora do quarto, criando coragem para bater à porta, e ouviu malas sendo desfeitas.

— Um banho por *semana*? — A voz de Mab, seca e desdenhosa. — Que coisa mais mão de vaca! Não estou pedindo água quente, tudo bem um banho com água fria, mas quero lavar meu cabelo, seja como for.

— Temos uma pia, pelo menos... Ei, oi de novo! — exclamou Osla Kendall, quando Beth entrou. — Chá, que delícia! Você é um amor.

Beth não se lembrava de já ter sido chamada de amor.

— Vou deixar vocês à vontade — murmurou ela, mas viu o *Vanity Fair* tirado de uma das malas e não conseguiu se conter. — Ah! Este é muito bom.

— Você leu?

Beth enrubesceu até as raízes do cabelo.

— Não contem para a minha mãe.

— Nem em sonho! — Osla pegou um biscoito na segunda melhor porcelana da sra. Finch. — Ninguém deveria contar para a mãe mais de um terço do que faz. Fique aqui com a gente, e vamos bater um papo.

Sem saber como aquilo havia acontecido, Beth se viu sentada ao pé da cama de Osla. Não foi exatamente uma conversa; ela não contribuiu nem com duas palavras enquanto as outras duas falavam sobre Thackeray e cogitavam começar um clube de leitura. Mas ambas sorriam de tempos em tempos para ela, cheias de olhares encorajadores.

Talvez elas não fossem *tão* intimidadoras, afinal...

Não há pequenos capítulos na vida de todo mundo, havia lido Beth em *Vanity Fair* naquela manhã mesmo, *que parecem não ser nada e, no entanto, afetam todo o resto da história?*

Era cedo demais para dizer, mas talvez aquele fosse, de fato, um deles.

Doze dias para o casamento real

8 de novembro de 1947

5.

Dentro do relógio

Três moças e um livro — foi como tudo começou. Ou assim parecia para a mulher no manicômio, deitada na cela, lutando contra o coquetel de letargia que havia sido injetado em suas veias.

— Nossa instituição é muito progressista — havia dito um médico com princípio de calvície quando ela chegou, rosnando e resistindo, ao sanatório Clockwell. Quase três anos e meio antes: 6 de junho, o dia da invasão da Normandia, o dia que deu início à libertação da Europa, e à própria prisão.
— Você talvez tenha ouvido histórias de horror sobre pacientes acorrentados a paredes, recebendo banhos de mangueira com água gelada, essas coisas. Mas nós acreditamos no tratamento gentil, em atividades amenas e em sedativos para acalmar os nervos, senhorita Liddell.

— Esse não é o meu nome — protestara ela.

Ele a ignorou.

— Seja uma moça comportada e tome seus remédios.

Remédios de manhã, remédios à noite, remédios que anuviavam suas veias e sua mente. Quem se importaria, naquele estado, com *atividades amenas*? Havia ferramentas sem ponta para trabalhar no roseiral em volta da grande casa de pedras cinzentas; havia tecelagem de cestos na sala comunitária; havia romances com páginas faltando. Mas pouquíssimos pacientes faziam uso dessas coisas. Os internos de Clockwell cochilavam em poltronas ou ficavam sentados ao ar livre, olhando para o sol, o olhar vazio e distante por causa da confusão mental em forma de remédios que engoliam todas as manhãs.

Tratamento progressista. Aquele lugar não precisava de correntes nem de choques elétricos; não precisava de punições físicas nem de banhos de gelo. E, ainda assim, era um lugar mortífero, um devorador de almas.

Em sua primeira semana ali, ela se recusara a engolir qualquer coisa que os médicos lhe dessem. Então os funcionários a seguravam para aplicar injeções. Depois ela cambaleava de volta para sua cela — eles chamavam de quarto, mas qualquer quarto com fechadura apenas do lado de fora era uma cela: janelas vedadas com tela de metal, cama pregada no chão, um teto alto para que ela não conseguisse alcançar o fio da lâmpada e se enforcar.

Ela pensou em se enforcar naquela primeira semana. Mas aquilo seria se render.

— Está com uma aparência boa hoje! — O doutor sorriu, entrando na cela em sua ronda diária. — Ainda um pouco de tosse daquela pneumonia da primavera, não é, senhorita Liddell?

A mulher registrada com o nome *Alice Liddell* não se importava mais em corrigi-lo. Ela engoliu os remédios obedientemente e, assim que ele saiu, foi até a bacia de plástico que servia de urinol à noite. Pondo os dedos na garganta, vomitou os comprimidos com um jato de bile, depois enfiou indiferentemente o dedo no vômito e esmagou e misturou tudo para que as enfermeiras não percebessem. Havia aprendido algumas coisas em três anos e meio. Como vomitar os remédios. Como enganar os médicos. Como evitar os funcionários maldosos e se aproximar dos bondosos. Como manter a sanidade no meio da loucura... porque seria fácil, muito fácil, ficar louca de verdade ali.

Não eu, pensou a mulher de Bletchley Park. Podia até estar pálida e tossindo, sentada em uma cela de hospício, mas ela não havia sido sempre *aquilo.*

Eu vou sobreviver. Eu vou sair daqui.

Não que fosse ser fácil. Os muros que cercavam Clockwell eram altos e com arame farpado em cima; ela andara ao lado deles milhares de vezes.

Toda a entrada — os grandes portões da frente, as portas de acesso menores que os funcionários usavam — era trancada, e as chaves, mantidas sob guarda. E, mesmo que ela conseguisse passar pelo muro, a cidade mais próxima ficava a quilômetros de distância, do outro lado das charnecas de Yorkshire. Uma mulher de chinelos e bata da instituição não tinha chance; ela ia apenas vagar entre os juncos até ser recapturada.

Desde sua segunda semana ali sabia que, se quisesse sair, precisaria de ajuda.

Havia conseguido fazer suas mensagens cifradas saírem de lá na semana anterior. Duas missivas desesperadas lançadas no éter como mensagens em garrafas, enviadas para duas mulheres que não tinham motivos para ajudá-la.

Elas me traíram, sussurrou o pensamento.

Você as traiu, o sussurro respondeu.

Será que elas já haviam recebido as cartas?

Se sim, elas iriam lhe dar ouvidos?

Londres

Osla ficou ali parada com sua combinação de renda e roupão, olhando para a mensagem que havia tirado seu dia dos trilhos. O eco da batida furiosa do telefone do outro lado da linha, em Yorkshire, ainda reverberava, assim como a voz abafada da ex-amiga. *Vá para o inferno, Osla Kendall.*

Um relógio soou no canto, e um vestido de cetim azul deslizou da pilha sobre a cama. O que ela ia usar para ver a princesa Elizabeth casar-se com seu ex-namorado parecia naquele momento a coisa mais patética do mundo. Osla jogou no chão a mensagem cifrada, e a luz do sol ricocheteou em faíscas verdes nas linhas do código, refletida pelo grande anel de esmeralda que o noivo havia posto em seu dedo quatro meses antes.

Qualquer outra mulher, refletiu Osla, teria corrido para seu futuro marido se recebesse cartas ameaçadoras de alguém internada em um hospício. Era o tipo de coisa que um noivo gostaria de saber, se a mulher que ele amava estivesse sendo ameaçada por lunáticos. Mas Osla sabia que não ia contar para ninguém. Alguns anos em Bletchley Park transformavam qualquer mulher em um túmulo.

Osla, às vezes, se perguntava quantas mulheres como ela havia na Grã-Bretanha; mulheres que mentiam para suas famílias o dia todo, todos os dias, sobre o que tinham feito na guerra. Sem dizer uma única vez as palavras: "Posso ser só uma dona de casa agora, mas antes eu decifrava códigos alemães no Galpão Seis." Ou: "Posso parecer uma socialite desmiolada, mas traduzia comandos navais no Galpão Quatro." Tantas mulheres... no fim da guerra, na Europa, em Bletchley Park e em seus postos remotos havia quatro mulheres para cada homem, ou pelo menos era o que parecia quando se via a enxurrada de penteados *victory rolls* e vestidos do Esquema Utilitário de Vestuário que saíam nas mudanças de turno. Onde estavam todas aquelas mulheres agora? Quantos homens que haviam lutado na guerra agora liam o jornal matinal sem se dar conta de que a mulher sentada à sua frente diante dos potes de geleia também havia lutado? As mulheres de BP podiam não ter enfrentado balas ou bombas, mas elas haviam lutado — ah, e como elas haviam lutado. E, agora, eram rotuladas simplesmente como donas de casa, ou professoras primárias, ou *debutantes avoadas*, e provavelmente mordiam a língua e escondiam suas feridas, assim como Osla. Porque as mulheres de BP haviam certamente recebido sua cota de ferimentos de guerra.

A mulher que mandara para Osla o quadrado com o código de Vigenère não foi a única que fundiu os neurônios e acabou em um manicômio, falando coisas sem sentido sob a pressão.

Me tirem daqui, dizia a mensagem cifrada. *Vocês me devem isso.*

A mensagem em código dizia muitas outras coisas também...

Osla quase pulou de susto quando o telefone soou com estridência. Ela pegou depressa o fone.

— Mudou de ideia a respeito do encontro?

Aquilo a surpreendeu, a vibração de alívio que percorreu seu corpo. Osla e a velha amiga se odiavam, mas se tinha uma pessoa que conseguiria enfrentar aquele problema com ela...

— Encontro com quem, senhorita Kendall? — A voz era masculina, insinuante, mais pegajosa que o cabelo cheio de Brylcreem de um vendedor de sapatos de Cheapside. — Para onde está indo? Um encontro secreto com o noivo da realeza?

Osla enrijeceu, o tremor dos nervos retrocedendo em uma onda de puro ódio.

— Não lembro para que tabloide de escândalos você escreve, mas pare de falar besteiras e caia fora.

Ela bateu o telefone. Os farejadores de fofocas andavam atrás dela desde que o noivado real fora anunciado. Não importava que não houvesse nada para encontrar; eles queriam os podres. Uma hora antes, ela estava procurando uma desculpa para fugir deles, da histeria do casamento, de Londres...

Ouviu a voz furiosa no telefone outra vez: "Vá para o inferno, Osla Kendall."

— Ah, que se dane — disse Osla em voz alta, tomando uma súbita decisão. — Vou falar com você quer goste ou não.

Porque nada a respeito da mulher no hospício poderia ser conversado pelo telefone, e a única pessoa com quem ela podia falar sobre isso agora morava em York. Longe, *bem* longe de Londres.

Dois coelhos com uma cajadada só.

Sete anos antes

Junho de 1940

6.

Querido Philip: *trabalho em uma casa cheia de loucos*, Osla se imaginou escrevendo para seu príncipe loiro — ela não podia lhe dar detalhes sobre seu novo trabalho naquelas cartas encaminhadas para o navio de Philip, mas adquiriu o hábito de conversar com ele em sua cabeça, transformando as trivialidades do dia a dia em histórias engraçadas. *É uma pequena casa de loucos enfiada dentro de uma maior. A grande é Bletchley Park, a pequena é o Galpão Quatro. O Galpão Quatro é simplesmente impossível de descrever.*

Ela havia chegado pontualmente ao seu primeiro turno às nove horas da manhã depois de assinar a Lei de Segredos Oficiais, entusiasmadíssima por estar fazendo algo mais importante do que rebitar placas de metal. Tudo que ela queria no mundo era *provar* seu valor, provar de uma vez por todas que uma mocinha risonha de Mayfair que havia cumprimentado o rei com pérolas e plumas podia ser séria nos tempos de guerra e servir tão bem quanto qualquer outra pessoa. Podia até fazer algo importante...

Bem, construir Hurricanes podia ter sido útil, mas aquilo era um serviço completamente diferente. Osla já havia jurado que permaneceria ali, por mais difícil que fosse. Só sentia muito por ela e Mab não trabalharem juntas. *Querido Philip: a moça que está morando comigo é simplesmente divina e proíbo você de pôr os olhos nela, porque você provavelmente iria se apaixonar à primeira vista e então eu teria que odiá-la. Não você. Você não resistiria a ela; Mab levantaria aquela sobrancelha esplêndida para você, e pronto, seria o fim. Mas não posso me dar ao luxo de odiá-la, porque é evidente que vou precisar de aliadas se quiser sobreviver na casa da Temível Senhora Finch. Mais sobre ela nos próximos capítulos.*

Osla e Mab haviam caminhado até os portões de Bletchley Park naquela luminosa manhã de junho, onde Mab foi direcionada ao Galpão Seis; e Osla, ao Galpão Quatro.

— Pois bem... — Mab inclinou seu chapeuzinho de palha trançada de um jeito que ficasse chique. — Mostre-me apenas um solteiro desejável, Galpão Seis, e nós vamos nos entender.

Osla esperava que Mab tivesse sido recebida por um homem mais desejável do que o sujeito que a atendeu quando ela bateu à porta de seu galpão: um homem calvo e atarracado com um suéter de Fair Isle.

— Seção naval alemã — cumprimentou ele quando Osla entrou no longo galpão pintado de verde que se encolhia ao lado da mansão como uma rã. — Você tem o alemão então?

— Quer saber se tenho um alemão dentro da bolsa? — brincou Osla. — Não, não tenho, meu querido.

Ele fez cara de quem não entendeu nada. Osla suspirou e recitou um fragmento do impecável *Hochdeutsch* de Schiller. Ele fez sinal para ela parar.

— Está bem. Você vai ajudar no registro, na classificação das mensagens do telégrafo, no tráfego do teletipo...

Ele a levou para dentro e lhe mostrou as instalações: duas salas grandes separadas por uma porta, uma pequena sala no fim, outra pequena sala depois dessa, que havia sido subdividida em duas menores ainda. Mesas longas repletas de papéis e atlas, cadeiras giratórias, estantes com escaninhos, arquivos de aço verde... Estava sufocantemente quente, os homens em manga de camisa e as mulheres enxugando o rosto suado com lenços. Com um distraído "vá em frente!", ele passou Osla para uma mulher de meia-idade e com um jeito maternal que recebeu a evidente confusão da recém-chegada com um sorriso.

— Como ele explica bem! Essa turma de Oxbridge é um caso perdido para explicar *qualquer coisa*.

Querido Philip: toda a minha introdução ao mundo da decifração de códigos foi "vá em frente!".

A mulher de meia-idade disse que se chamava srta. Senyard e apresentou as outras: algumas moças como Osla, com sotaque de Mayfair e pérolas; algumas com "universidade" escrito na testa, eficientes e amistosas enquanto mostravam os detalhes para a garota nova. Algumas estavam classificando mensagens telegráficas; outras, coletando códigos navais alemães desconhecidos e identificando indicativos de chamada e frequências a lápis. Osla recebeu uma pilha enorme de papéis soltos e um perfurador...

— Pegue estes sinais de rádio e coloque-os juntos numa pasta, querida. É o tráfego antigo da Enigma naval. Os armários do pobre senhor Birch estão lotados, e nós precisamos arquivar os papéis.

Osla examinou uma folha: algum tipo de relatório, traduzido para um alemão fragmentado e remendado, como se partes da frase não tivessem chegado.

— Por que isto está em alemão e aquilo não? — perguntou ela para a jovem ao lado, indicando as fichas com chaves e indicativos de chamada, boa parte coisas sem sentido.

— Esse é o material não decifrado. Nós catalogamos, registramos e mandamos para os crânios da seção naval decodificarem. Os crânios são os sabe-tudo — disse ela, com admiração. — Sabe-se lá o que fazem ou como fazem, mas o material não decifrado volta para nós decifrado em alemão inteligível.

— Ah.

Então era lá que o trabalho importante era feito. Osla tentava entender o perfurador de papel enquanto lutava contra uma sensação de inferioridade. Fazer furos para juntar papéis e enfiá-los em armários; aquela era mesmo a melhor forma de usar suas habilidades linguísticas? Ela tinha vindo parar mais uma vez em um lugar onde o trabalho de verdade era feito por outras pessoas? Não que fosse ficar emburrada; ela só queria que aproveitassem *bem* o que tinha para oferecer...

Deixa para lá, repreendeu-se ela. *Tudo é importante. E este é só o seu primeiro dia.*

— O que fazemos depois com todos estes relatórios e mensagens? Quando eles voltam decifrados em alemão?

— Tudo é traduzido, registrado, analisado. As caixas de arquivo da senhorita Senyard têm cópias de todas as mensagens navais e aéreas alemãs. Com frequência chega alguém aqui com uma pressa danada pedindo uma cópia deste ou daquele relatório. E nós enviamos as decodificações brutas para o almirantado e passamos atualizações por telefone. Temos uma linha direta. É o Hinsley que liga, porque ele é a conexão, aí dão uma cortada nele e ele passa a hora seguinte resmungando insultos.

— Por que dão uma cortada nele?

— Você acreditaria se um estudante magricela de Cambridge ligasse do nada e dissesse onde os submarinos alemães estão, e, quando você perguntasse como ele obteve essa informação, a resposta dele fosse "você não precisa saber"?

Querido Philip: o almirantado que atualmente toma decisões para a sua amada Marinha atua com base em dar de ombros, caixas de arquivos improvisadas e ignorância. Esta guerra inteira está sendo comandada por imbecis? Isso explicaria por que estamos prestes a ser invadidos. É lógico que ela jamais teria escrito para Philip algo tão derrotista. As cartas de Osla eram alegres; a última coisa que um homem na guerra precisava ouvir era desânimo vindo de casa. Mas, para si mesma, em sua cabeça, ela não se importava de ser pessimista. Era difícil manter o queixo erguido, o tempo todo imaginando como Londres ficaria quando placas com nomes de ruas alemães tivessem sido pregadas sobre as de Piccadilly e St. John's Wood. Isso poderia acontecer. Não que alguém falasse a respeito, mas todos estavam de cabelo em pé, com medo de que *pudesse* acontecer.

Os norte-americanos não estavam vindo para ajudar. A maior parte da Europa tinha caído. A Inglaterra era a próxima. Aquela era a dura realidade.

Talvez eu veja a notícia aqui primeiro, pensou Osla, pegando um informe. Ela talvez ficasse sabendo antes de qualquer outra pessoa no país — antes de Churchill, antes do rei — quando a Inglaterra estivesse sendo invadida, porque o próximo informe alemão decodificado poderia ser a ordem para que uma frota de contratorpedeiros partisse em direção a Dover. O fato de os rapazes inteligentes dali conseguirem decodificar o que os nazistas diziam uns para os outros não significava que podiam detê-los.

Não sei o que vocês estão fazendo aí, Osla pensou sobre os crânios decifrando códigos dos U-boats, os submarinos alemães que caçavam navios como o de Philip, *mas preciso que façam mais rápido.*

Isso a fez refletir.

— Se esta é a seção naval, podemos encontrar nossos navios nos informes decodificados? Ver se os alemães os identificaram em seu tráfego de rádio? — Como o HMS *Kent*, que atualmente levava certo cadete loiro da realeza para Bombaim... — Ou não temos permissão para perguntar sobre essas coisas? — As ordens tinham sido não falar com ninguém fora de Bletchley, e não falar com ninguém fora ou dentro sobre o seu trabalho, mas aquelas instruções ainda deixavam algumas dúvidas. Osla não tinha nenhuma intenção de violar a Lei de Segredos Oficiais logo no seu primeiro dia. *Querido Philip: vou ser enforcada por traição, ou talvez morta pelas mãos de um pelotão de fuzilamento.*

Mas veio uma resposta tranquilizadora.

— Nós todos conversamos dentro do galpão. É permitido, desde que tudo que você souber *fique* dentro do galpão. Você pode tentar procurar um navio se tiver um conhecido a bordo, mas não pode contar nada do que descobrir para a mãe dele.

Aquilo não seria um problema, pensou Osla. Philip nunca falou sobre a mãe dele. Ele falava das irmãs, as que se casaram com nazistas e para quem ele não podia mais escrever; falava da irmã que tinha morrido em um acidente de avião com a família inteira alguns anos antes; até do pai, com quem havia muito tempo não mantinha contato. Mas nunca da mãe.

— Então, a pessoa que está a bordo... — Uma cutucada com o cotovelo. — É o seu noivo?

— Ah, só namorado — murmurou Osla, apertando o perfurador.

Ela tivera namorados desde os dezesseis anos, namoricos casuais em pistas de dança nos fins de noite e beijos no banco detrás de um táxi de vez em quando. Nada sério. Philip partira para o mar em fevereiro; não fazia nem seis semanas que haviam se conhecido, dançando no Café de Paris quando Osla teve uma noite de folga da fábrica de Hurricanes; longas noites em que ele ia para a casa dela e deitava a cabeça em seu colo enquanto ouviam discos no gramofone e conversavam horas a fio.

— Você está se apaixonando por seu belo príncipe? — provocou-a Sally Norton certa vez, após Philip ter ido embora depois da meia-noite.

— Ele não é *meu* príncipe — replicou Osla. — Ele só está querendo uma moça com quem se divertir antes de ir para a guerra, só isso. Para mim, é só mais um namorado.

Exceto que Philip era o único que deixava seu corpo em chamas. Os primeiros beijos de sua vida que pareciam perigosos. Na noite antes de embarcar, ele havia apertado sua mão com mais força do que o normal e dito abruptamente:

— Você escreve para mim, Os? Se escrever, eu escrevo para você. Não tenho ninguém para quem escrever.

— Vou escrever — disse Osla, sem brincadeiras, sem piadinhas.

Ele se inclinou para mais um daqueles beijos longos e quentes na porta de casa, aqueles que duravam uma eternidade, as mãos se movendo pelas costas dela, os dedos dela afundados no cabelo dele. Antes de se afastar, ele pôs algo na mão de Osla, depois baixou a cabeça e pressionou longamente os lábios sobre os dedos fechados dela.

— Até mais, princesa.

Ela abrira a mão e vira o brilho frio da insígnia naval de Philip, como um pequeno alfinete de pedras preciosas. Enquanto o prendia na lapela como um broche, alertou a si própria outra vez: "Cuidado." A mãe vivia sendo tratada mal por homens que não prestavam, e Osla estava determinada a fazer com que seu fruto caísse *bem* longe daquela árvore.

Alguém entrou no galpão, um tipo acadêmico com um blusão desfiado, interrompendo as divagações de Osla.

— Me deem uma mãozinha, meninas? Preciso deste informe... — E recitou uma série de números.

— Faça uma cópia para ele, meu bem — instruiu a srta. Senyard, pegando o informe, e Osla obedeceu enquanto o homem praticamente dançava para lá e para cá de tanta impaciência.

Osla se lembrou de Giles, o ruivo, dizendo que Bletchley Park estava cheia de professores de Oxford e campeões de xadrez de Cambridge e se perguntou onde *ele* trabalhava, se era um dos crânios do estágio intermediário daquele processo: pegar os códigos sem sentido do tráfego de rádio alemão, as coisas que elas estavam registrando e classificando, e decodificá-los até que algo pudesse ser lido, traduzido, analisado e arquivado em seções como aquela.

— Obrigado.

O homem saiu às pressas com uma cópia do informe, deixando Osla com uma sensação ao mesmo tempo de satisfação e frustração, e ela voltou a juntar e arquivar documentos. Não tinha absolutamente nenhuma ideia do que acabara de acontecer, de por que precisavam daquele informe específico, e *nunca* ia saber. Tudo bem; era importante para alguém e ela havia feito sua parte... mas não tinha dúvida de que aquele trabalho era muito mais simples do que ela havia esperado. O ritmo podia ser frenético, mas qualquer pessoa com dois neurônios e o mínimo de atenção para detalhes poderia juntar e arquivar documentos.

Querido Philip: sou uma bruxa ingrata se tiver passado de querer fazer mais para a guerra do que martelar chapas de duralumínio para querer fazer mais para a guerra do que operar um perfurador?

— Meu trabalho é um tédio, então me conte do seu — disse Osla à sua companheira de quarto naquela noite. Mab tinha acabado de voltar do banheiro externo, e Osla estava deitada em sua cama estreita de combinação e calcinha, tentando terminar um capítulo de *Vanity Fair* antes que chegasse a hora de apagar as luzes. — Dia um. Como foi?

— Normal. — Mab tirou o roupão que havia vestido para ir ao banheiro e também ficou de combinação e calcinha. — Não posso dizer muito mais do que isso, posso? Todo esse sigilo. Será que a gente tem permissão de perguntar uma para a outra: "Como foi o trabalho?"

Mab estava com a combinação de náilon que ela tinha fazia um tempo. Osla, com seda cor de pêssego e detalhes de renda, lembrou-se das meninas de sua temporada de debutante rindo das garotas *pobres*, aquelas que usavam o mesmo vestido duas vezes em uma semana. Ela havia visto Mab tirar da mala e pendurar no guarda-roupa compartilhado quatro vestidos, não mais que isso, todos perfeitamente passados, e sentiu-se constrangida de pendurar mais de quatro.

— E olha — prosseguiu Mab, pegando a escova de cabelo. — Acho que essa dona da casa intrometida não gosta de segredos. Você viu o jeito como ela ficou fazendo bico no jantar quando não respondemos a todas as perguntas?

— E boa sorte para qualquer outra pessoa que tentar puxar conversa.

Osla tinha tentado perguntar uma ou duas coisas para a filha caladona, mas a pobrezinha não havia dito um "a" em meio à chuva de perguntas da mãe. Osla ainda não tinha certeza se o nome da jovem era Beth ou Bess. Ela se perguntou se conseguiria se virar chamando-a de *querida* durante toda a guerra.

— Vou lhe dizer só uma coisa sobre o meu galpão. — O cabelo de Mab estalava sob as escovadas vigorosas. — Meu futuro marido está em algum lugar lá dentro. Nunca vi tanto homem solteiro na minha vida.

— Aaah. Bonitos?

— Eu disse solteiro, não bonito. — Mab sorriu daquele jeito que desfazia a expressão impassível e reservada em seu rosto um tanto severo e a fazia parecer uma pirata que acabara de avistar um galeão espanhol cheio de tesouros no horizonte. HMS Rainha Mab, *pronta para caçar e abordar os solteiros desavisados de Bletchley Park*, pensou Osla. — Achou alguém interessante no seu galpão?

— Ah, não estou procurando um homem — disse Osla, com desinteresse.

Querido Philip: é uma casa de loucos, e talvez meu trabalho seja um pouco trivial... mas acho que gosto daqui.

7.

Junho de 1940

Se Bletchley Park tivesse um lema, pensou Mab, seria "você não precisa saber".

— Tem outros galpões parecidos com este? — perguntou Mab enquanto era conduzida pelo corredor central do Galpão Seis.

— Você não precisa saber — disse sua nova supervisora, uma mulher de meia-idade com um sotaque escocês bem marcado. — Você está designada para a Sala de Decodificação...

E levou Mab a um lugar que parecia uma caixa, todo de linóleo, com cortinas corta-luz, arquivos e mesas de cavalete de madeira. Mas foram as duas máquinas que chamaram sua atenção: coisas estranhas e complexas equipadas com três fileiras de teclas e um conjunto de rotores de um lado, grandes bobinas de fita presas de alguma forma. Para Mab, pareciam uma mistura de máquina de escrever, máquina registradora e central telefônica. Havia uma mulher sentada datilografando em uma delas, curvada como Quasímodo (*O corcunda de Notre-Dame* era o número trinta e quatro em "Cem clássicos da literatura para uma dama culta").

— Senhorita Churt, certo? — A escocesa levou Mab para a máquina desocupada. — A maioria das nossas meninas estudou na Newnham College ou na Girton College. Onde você se formou?

— Fiz o curso de secretariado de Claybourn, primeira da classe.
Engole essa, Girton College. Mab não ia ficar constrangida por sua falta de escolaridade, do mesmo modo que não ficaria constrangida por sua roupa de baixo de náilon diante das rendas de Osla.

— Acho que isso não importa — disse a escocesa, um pouco incerta. — Esta é a sua máquina Typex. Ela decifra as mensagens criptografadas que os alemães enviam por rádio para os oficiais deles no campo. Cada uma das divisões das forças armadas alemãs envia essas mensagens usando uma chave de código específica, pelas próprias redes sem fio, e as combinações dessa chave são alteradas todo dia. Nossas estações de escuta por toda a Grã-Bretanha e no exterior interceptam essas mensagens, transcrevem-nas e as enviam para BP. Quando chegam à Sala de Decodificação, são entregues a você como mensagens codificadas. — Ela levanta o dedo. — Você vai receber combinações, uma combinação diferente para cada chave. — O segundo dedo. — Vai alinhar sua máquina de acordo com essas combinações. — O terceiro. — E inserir as mensagens codificadas na máquina para que elas possam ser decodificadas em alemão. Entendeu?

Não muito.

— Entendi, sim.

— Você terá uma hora para o almoço a partir do meio-dia, e tem um banheiro do lado de fora. Este galpão funciona dia e noite, senhorita Churt. Catorze dias no turno das nove às quatro, depois catorze dias das quatro à meia-noite, depois doze dias da meia-noite às nove.

A escocesa foi até outro compartimento do Galpão Seis. A moça na outra máquina Typex, usando um suéter de lã cheio de bolinhas e encurvada como um caracol, deslizou uma pilha de papel para Mab enquanto ela se sentava.

— Este é o resto dos Vermelhos do dia — disse ela sem preâmbulo. — Estamos um pouco atrasadas hoje. Os rapazes do Galpão Três ficam de cara feia quando a gente não manda isto para eles até o café da manhã. Aqui está a combinação. — Ela mostrou a Mab como ajustar a máquina para decodificar o tráfego Vermelho: a ordem para os três rotores, ou rodas; depois algo que ela chamou de *Ringstellung*, girar números que equivaliam cada um a uma letra do alfabeto... Mab foi acompanhando, meio atordoada. — Depois verifique para ter certeza de que a combinação está correta. Coloque os três rotores no A e pressione todas as letras do teclado em ordem. Se corresponder letra por letra, você está pronta para começar. Entendeu?

Não muito.

— Entendi, sim.

— Agora é só datilografar cada mensagem o mais rápido que puder. — Indicou os grandes rolos de papel presos à Typex. — Datilografe o material codificado, e ele sairá em linguagem clara. Se parecer alemão, passe adiante. Se não parecer nada, deixe de lado e uma das garotas mais experientes dará uma segunda olhada.

— Eu não falo alemão...

— Não precisa falar. É só saber reconhecer. O truque é ver além dos grupos de cinco letras em que tudo é convertido, mas você vai pegar o jeito.

Mab olhou para a pilha.

— Não vamos terminar isso nunca.

— Recebemos até mil mensagens por dia no Vermelho desde que a França foi conquistada — disse a moça, o que não tranquilizou Mab.

Lentamente, ela pegou a primeira mensagem. Blocos de letras: ACDOU LMNRS TDOPS, seguindo assim pela página inteira. Mab olhou para a colega, curvada sobre uma folha idêntica de grupos de cinco letras sem sentido, e se perguntou o que Lucy estaria fazendo em casa. *Eu não devia ter deixado você por isto, Luce. Você está sozinha com a mamãe em uma cidade que qualquer dia vai ser bombardeada, enquanto estou enfiada em um galpão datilografando um monte de palavras sem sentido.*

Mas não adiantava ficar choramingando, então Mab ajeitou a postura, datilografou alguns grupos de letras que a outra jovem havia dito que eram a introdução e o signatário, depois começou a mensagem principal: ACDOU LMNRS TDOPS FCQPN YHXPZ... E, para sua surpresa, as letras saíram diferentes: KEINE BESON DEREN EREIG NISSE.

— *Keine besonderen Ereignisse* — disse a moça à esquerda de Mab. — Você vai ver isso de vez em quando. Sei um pouquinho de alemão agora. Significa "nenhum desenvolvimento especial".

Mab ficou olhando para a mensagem. *Nenhum desenvolvimento especial.* Então aquela mensagem não era muito importante... ou talvez fosse. Talvez viesse de uma área onde algum desenvolvimento era esperado. Talvez aquela fosse uma notícia fundamental. Ela continuou datilografando, e a máquina continuou produzindo grupos de cinco letras de alemão até o fim.

— O que eu faço com isso quando...

— Escreva a posição final dos rotores sob a mensagem, assine, prenda a mensagem original nela e coloque naquela bandeja. E continue. O ritmo vai desacelerar mais tarde, mas agora estamos com pressa para decodificar todo o Vermelho.

— O que *é* Vermelho? Se é que posso perguntar.

— Vermelho é a chave para as comunicações da força aérea alemã.

— Por que Vermelho? — perguntou Mab, fascinada.

Ela deu de ombros.

— Era a cor dos lápis que os crânios estavam usando quando começaram a tentar decifrar isto. Também temos Verde, Azul, Amarelo... todos chaves diferentes para tráfegos diferentes.

— Quem são os crânios?

— Os geniozinhos que começam a decifrar o código. Eles encontram a combinação para cada cifra. Se eles não fizessem isso, não saberíamos como ajustar nossas máquinas para decodificar todas as mensagens. — Ela deu uma batidinha nos três rotores da Typex. — Os alemães mudam as combinações todo dia, então em todo turno da noite, quando dá meia-noite, os crânios começam tudo de novo para descobrir a nova combinação para *cada uma* das chaves.

— Como?

— Vai saber... Independentemente disso, nós decodificamos e, depois, as mensagens passam para o Galpão Três para serem traduzidas e analisadas.

Mab supôs que fosse aquilo que moças que falavam alemão, como Osla, faziam: pegavam a confusão do alemão em blocos de cinco letras e transformavam em relatórios legíveis em inglês. Comunicações da força aérea e do exército interceptadas em estações de escuta distantes (o que quer que aquilo fosse — Mab imaginou homens com fones de ouvido escutando canais de rádio alemães e digitando loucamente em código Morse), depois transmitidas pelos vários galpões de Bletchley para que universitários pudessem decifrá-las, para que as moças do grupo da datilografia, como Mab, pudessem decodificá-las, e jovens bilíngues como Osla pudessem traduzi-las. Como uma esteira rolante em uma fábrica. *Estamos lendo sua correspondência*, pensou Mab, pegando o informe seguinte. *Engole essa, Herr Hitler.*

Ela datilografou outra mensagem na Typex, imprimiu e processou, e começou a próxima. Ao meio-dia, já tinha pegado o jeito de identificar aqueles grupos de cinco letras, vendo quais não faziam sentido e quais estavam em alemão. Suas costas doíam por causa de quão curvada ficava, os dedos estavam doloridos de tanto bater nas teclas duras, mas ela estava sorrindo. *Olhe só para mim*, pensou ela. *Mabel de Shoreditch, decodificando informações nazistas.* A mãe nunca teria acreditado, mesmo que Mab pudesse lhe contar.

Passaram-se dois dias, e Mab viu os homens que a colega chamava de crânios.

— Esta caixa de lápis e suprimentos é para os rapazes da sala ao lado. Leve para eles, senhorita Churt. — Mab obedeceu, louca para dar uma olhada nos outros ocupantes do Galpão Seis.

Giles Talbot, ruivo e magro como um caniço, abriu a porta para ela.

— Ah, é você! "Divinamente alta deusa..."

— Tennyson — disse ela, satisfeita por ter reconhecido a citação.

Ele sorriu.

— Não me diga que você acabou caindo no nosso círculo do Inferno, senhorita Churt.

— Estou na Sala de Decodificação — respondeu Mab, pensando em como era estranho ver Giles de calça, em vez das pernas brancas cheias de plantas aquáticas grudadas. — Pode me chamar de *Mab*, e não de *senhorita Churt*.

— Só se você me chamar de *Giles*, ó rainha das fadas...

— Spenser! E, sim, tudo bem.

Mab lhe entregou a caixa de suprimentos, olhando em volta. Mais uma sala abafada cheia de homens curvados sobre mesas, as superfícies abarrotadas de pilhas de papel, lápis e tiras de letras embaralhadas. O clima de concentração na sala era tão denso quanto fumaça de cigarro; os homens murmuravam e escreviam. Eles estavam exaustos, pareciam de outro planeta. Mas Mab podia apostar que aqueles eram os geniozinhos que decifravam os códigos... e que tinham todos estudado em Cambridge ou em Oxford. Suas esperanças cresceram. Diplomas universitários não eram uma coisa exatamente abundante em Shoreditch.

É lógico que ter se formado em uma boa universidade não significava ser um bom homem. Mab sabia disso melhor que ninguém. Afastou aquela lembrança específica antes que seu estômago se transformasse em uma bola de gelo. *Vá embora, droga,* pensou ela, e sorriu para a sala cheia de potenciais maridos. *Só preciso que um de vocês seja bom e educado e gentil, e eu serei a esposa com que você sempre sonhou.*

— Aonde uma moça vai para se divertir por aqui quando o turno acaba? — perguntou Mab a Giles com um sorriso faiscante.

— Tem muitos clubes por aqui. Dança tradicional de Highlands, xadrez...

— Não sou de dança nem de jogos de tabuleiro. Você gosta de livros? Osla Kendall e eu criamos um clube de leitura...

— Eu adoro uma boa história. Estou com você.

Talvez esteja, pensou Mab, que havia inventado o clube de leitura naquele instante. Não era o tipo de isca que ela teria usado para os rapazes de seu bairro, mas naquele grupo...

— Primeira reunião no próximo domingo. Leve os rapazes. — Ela deu outro sorriso para a sala inteira e voltou para sua Typex.

— Estou acabada — gemeu Osla, quando o domingo seguinte finalmente chegou. — O trabalho não é difícil, mas parece que o ritmo dobra a cada dia que passa.

— No meu galpão também. — Se aqueles fossem tempos de paz, a velocidade frenética do trabalho teria feito Mab pensar em se transferir para outro lugar, mas, com a guerra, só o que podia fazer era criar coragem e lidar com a situação. Ela levou a mão ao cabelo para ajeitá-lo. — Esqueça o trabalho hoje. É hora de diversão.

A pousada Shoulder of Mutton seria o local da primeira reunião do Clube de Leitura de Bletchley Park. Giles disse que o *fish and chips* deles era imperdível, e, depois dos ensopados insossos da sra. Finch, peixe frito com batata frita parecia o paraíso.

— Ah, por falar nisso, chamei um cara para o encontro de hoje. Especialmente para você. — Osla também parecia determinada a deixar sua semana muito longa para trás, bem como a guerra e todas as outras coisas desagradáveis. — Ele é do Galpão Oito e é uma delícia. O homem mais alto que você já deve ter visto. Feito sob medida para uma esposa de um metro e oitenta. Você não vai ficar limitada a usar sapatos sem salto a vida inteira.

— Não me importo com homens mais baixos que eu. Eu me importo com homens que ficam incomodados por serem mais baixos que eu.

— Que tal o Giles então? Ele é bem-humorado demais para se incomodar com qualquer coisa, principalmente mulheres altas.

— Algo me diz que ele é do tipo solteirão... vamos ver depois de hoje. — Mab sorriu. — O bom de conhecer homens aqui é que eles não podem passar horas falando do que fazem. Eles *são obrigados* a falar de livros, ou do tempo...

— Ou, Deus me livre, perguntar uma ou duas coisas sobre você. — Osla sorriu, balançando sua bolsa de pele de crocodilo. — Vai passar *chez Finch* primeiro para se trocar?

— Vou, vestido vermelho estampado.

— Você vai arrasar. Acho que nem vou me trocar então, só vou direto para lá toda descabelada e manchada de tinta, e ninguém vai olhar para mim quando você entrar.

Osla poderia rolar na sarjeta, que, mesmo assim, todo mundo olharia para ela, pensou Mab. Mesmo no fim de um turno muito longo, ela não parecia destruída e exausta, somente amarrotada e adorável. Teria sido fácil se ressentir de Osla, mas Mab não conseguia. Como poderia se ressentir de uma garota que ia atrás de homens com mais de um metro e oitenta para acrescentar à lista de possíveis maridos de outra?

— Aí está você — disse a sra. Finch quando Mab entrou na cozinha impecável. — Trabalhando domingo, é?

— Não há descanso quando se está em guerra, senhora Finch. — Mab tentou escapar, mas a sra. Finch bloqueou o caminho.

— Por que você não dá pelo menos uma dica do que faz? — perguntou ela, com uma risadinha. — O que vocês todos andam aprontando atrás daqueles portões, pelo amor de...

— De verdade, senhora Finch? É entediante demais para comentar.

— Você pode confiar em mim! — A sra. Finch claramente não estava disposta a desistir. Sua voz era aconchegante, mas seu olhar, desconfiado. — Só uma dica. Eu aumento um pouco a sua porção de açúcar.

— Não, obrigada — respondeu Mab com frieza.

— Tão zelosa. — A sra. Finch deu uma batidinha no braço de Mab, seu olhar ficando mais severo, mas saiu do caminho.

Mab revirou os olhos enquanto a sra. Finch se afastava e até sua voz ficar quase inaudível, sem perceber que a filha quieta da dona da casa estava sentada no canto da cozinha, descascando ervilhas.

— Você devia contar alguma coisa para a minha mãe. Ela não vai sossegar enquanto não souber.

Mab olhou para a jovem. Era adulta; tinha vinte e quatro anos e servia como voluntária no Women's Voluntary Services quando não era explorada pela mãe. Mas parecia uma menina, com aquela pele sem cor que revelava cada fluxo de emoção e aqueles olhos que nunca se desviavam do chão. Mab não pôde conter um lampejo de irritação.

— Não estou aqui para satisfazer a curiosidade de sua mãe, Bess.

A garota ficou muito vermelha.

— Beth — disse ela, quase não dando para ouvir.

Estava sentada com os ombros encurvados, como um cachorrinho encolhido, de um jeito que praticamente convidava certo tipo de pessoa a dar um bom pontapé. Quando ela levou as ervilhas descascadas até a bancada, Mab viu o contorno do livro escondido no bolso da saia dela.

— Já terminou *Vanity Fair*?

Beth estremeceu e mexeu na ponta rala da trança.

— Você não contou para minha mãe, contou?

— Ah, pelo... — Mab engoliu as palavras menos educadas.

Uma mulher de vinte e quatro anos não deveria pedir desculpas à mãe por frequentar a biblioteca. *Levante a cabeça*, Mab queria dizer. *E aproveite para passar um suco de limão nesse cabelo e tentar olhar as pessoas nos olhos.* Se havia algo que Mab não suportava eram mulheres frouxas. As mulheres de sua família estavam longe de ser perfeitas; na verdade, a maioria delas era uma megera autoritária. Mas pelo menos não eram *frouxas*.

Beth se sentou de novo à mesa da cozinha. Provavelmente ia ficar ali sentada pelo restante da noite até que a mãe lhe dissesse para ir dormir.

— Pegue seu casaco, Beth — disse Mab sem nem pensar.

— O... O quê?

— Pegue seu casaco enquanto eu troco de roupa. Você vai à primeira reunião do Clube de Leitura de Bletchley Park.

8.

A Shoulder of Mutton e seu teto de colmo ficavam na esquina da rua Buckingham com a Newton. O bar era aconchegante e claro; e a sala de estar privativa — com teto de vigas baixas —, convidativa. Era tudo que Beth temia em eventos: local pequeno, barulhos altos, fumaça de cigarro, conversas rápidas, pessoas estranhas e homens. Ela sentiu um nó na garganta e não conseguia parar de mexer na ponta da trança, como se fosse uma corda salva-vidas.

— ... você está hospedado aqui, Giles? — Alguém estava perguntando ao homem ruivo muito magro. — Puxa, que sorte!

— E eu não sei? A senhora Bowden é uma joia rara. Não liga muito para racionamento. E ela é a rainha do mercado clandestino local, juro. Temos a sala privativa só para nós, fiquem à vontade com seus drinques...

Beth se viu segurando uma taça de xerez que não ousava beber. E se a mãe sentisse o cheiro de álcool em seu hálito?

— Beba — aconselhou Mab.

— O... O quê?

Beth estava olhando para o grupo reunido à mesa. Osla, rindo enquanto um tenente do Exército acendia seu cigarro, vários universitários desengonçados olhando para Mab e babando como cachorrinhos, o ruivo Giles e um homem muito grande de cabelo preto que tivera de se abaixar para passar embaixo das vigas do teto... todos eles trabalhavam no misterioso Bletchley Park, então o que *Beth* estava fazendo ali? Ela não sabia o que pensar daquelas pessoas: alguns pareciam tão maltrapilhos com seus tweeds com remendo de couro nos cotovelos que a mãe poderia tê-los tomado por mendigos, mas falavam de forma tão erudita que ela quase não entendia o que diziam.

— Relaxe — disse Mab. Ela segurava um copo de cerveja e havia cruzado as pernas de uma maneira casual e elegante. — Nós só estamos aqui para falar sobre livros.

— Eu não devia estar aqui — sussurrou Beth.

— É um clube de leitura, não um bordel.

— Não posso ficar. — Beth pousou o copo de xerez na mesa. — Minha mãe vai ter um ataque.

— E daí?

— É a casa dela, as regras dela, e eu...

— É a *sua* casa também. E, na verdade, é a casa do seu pai!

Beth calou-se. Era impossível explicar como era de fato insignificante a presença do pai na casa dos Finch. Ele nunca tomava as rédeas da situação. Não era esse tipo de marido, esse tipo de pai. "O melhor dos homens", a mãe de Beth sempre dizia com satisfação quando outras mulheres do bairro reclamavam de seus maridos autoritários.

— Não posso ficar — repetiu Beth.

— "Os maiores tiranos das mulheres são as mulheres" — citou Mab. — Você já chegou a essa parte de *Vanity Fair*? — Ela arqueou a sobrancelha, depois se dirigiu aos homens do outro lado da mesa. — Então, vamos eleger um livro para cada mês? Como vamos decidir...

— Voto popular — disse um dos acadêmicos magricelas. — Ou as moças vão nos obrigar a ficar lendo bobagens românticas?...

— Bobagens românticas? — perguntou Osla, espremendo-se para sentar-se ao lado esquerdo de Beth. — A última coisa que li foi *Vanity Fair*!

— É sobre garotas, não é? — contestou Giles.

— Ah, mas foi escrito por um homem, então tudo bem — disse Mab, asperamente.

— Por que vocês, homens, ficam tão incomodados quando têm que ler qualquer coisa escrita por uma mulher? — perguntou Osla. — Não faz um século que a pobre Charlotte Brontë teve que assinar como Currer Bell para conseguir ser publicada?

Os *fish and chips* chegaram, escorrendo gordura. Beth nem ousou tocar no dela, como não tocara no xerez. Boas moças não comiam em lugares públicos; nem fumavam nem bebiam nem discutiam com homens...

Osla é uma boa moça, pensou Beth, juntando argumentos para mais tarde. Nada que Mab fizesse teria aprovação da sra. Finch, mas Osla era outra história. *Ela foi ao baile de debutantes da realeza. Você não pode dizer que ela não é uma dama, mamãe!* E ali estava Osla, mastigando pedaços de peixe frito, tomando xerez e discutindo com Giles sobre *Alice através do espelho*, de Lewis Carroll, obviamente se divertindo muito.

Mas Beth achava que aquele argumento também não teria tanto peso assim para a mãe. A sra. Finch só ia ligar para o fato de Beth ter *saído*, sem a sua permissão.

— Eu voto em Conan Doyle — afirmou o homem grande de cabelo preto à direita de Beth. — Quem não gosta de Sherlock Holmes?

— Você já leu tudo que Doyle escreveu, Harry...

Ele não tinha cara de *Harry*, pensou Beth, tentando não olhar demais para o homem. Não era só enorme, quase uma cabeça mais alto até que Mab — tão largo que quase teve de passar de lado pela porta —, também tinha cabelos e pele escuros. Beth podia imaginar as vizinhas cochichando: "Ele é um mouro ou um carcamano?" Mas ele não falava como estrangeiro. Tinha exatamente o mesmo sotaque universitário que os outros.

— Maltês, árabe e egípcio — disse ele, olhando para Beth.

Ela estremeceu.

— O quê?

— A família do meu pai é de Malta, minha mãe é filha de um diplomata egípcio e da filha de um banqueiro de Bagdá. — Ele sorriu. — Não fique constrangida. Todo mundo sempre fica curioso. Eu me chamo Harry Zarb, a propósito.

— Seu inglês é muito bom — ela conseguiu responder.

— Bem, minha família está em Londres há três gerações. Fui batizado na Igreja da Inglaterra, depois estudei na King's College, em Cambridge, assim como meu pai e meu avô, então... seria muito constrangedor se meu inglês *não* fosse bom.

— Eu... Desculpe — murmurou Beth, morta de vergonha.

— As pessoas olham para mim e acham que nasci em uma tenda, em uma duna de areia.

Ele deu de ombros, mas Beth estava constrangida demais para responder. Ela deixou a conversa morrer, pegou o jornal abandonado na mesa ao lado e procurou as palavras cruzadas. Quase metade dele estava sujo de manchas de gordura, mas ela ficou grata pela distração e a completou com um toco de lápis.

— Você terminou isso aí mais rápido que um vencedor da Derby. — Riu Osla, mas Beth só olhou para os pés. Aquela noite não ia acabar nunca?

BASTOU OLHAR PARA a mãe, sentada à mesa da cozinha com sua Bíblia e as bochechas pegando fogo, para Beth sentir até os pelos da alma arrepiarem.

— Não precisa ficar brava, senhora Finch — tentou Osla, com seu sorriso mais cativante, quando entraram na cozinha. — Não é culpa da Beth...

— Nós a arrastamos com a gente — acrescentou Mab. — Juro...

— Não é melhor vocês irem para a cama, meninas? — A sra. Finch olhou para o relógio da cozinha. — As luzes vão ser apagadas em vinte minutos.

Não havia mais nada que as outras duas pudessem fazer, a não ser subir para o quarto. A sra. Finch torceu o nariz com o cheiro de fumaça de cigarro, cerveja e xerez.

— Desculpe, mãe... — começou Beth, mas isso foi tudo que conseguiu dizer antes de a mãe segurar seu braço.

— Todo o bairro vai ficar comentando. Você não pensou nisso? — A sra. Finch não gritou, mas falou *cheia de tristeza*, o que tornava tudo muito pior.

— A ingratidão, Bethan. A vergonha. — Ela levantou a Bíblia, aberta em Deuteronômio. — "Se alguém tiver um filho rebelde e indócil, que não obedece ao pai e à mãe e não os ouve mesmo quando o corrigem..."

— Mãe...

— Você achou que isso não se aplicava a filhas? "E dirão aos anciãos da cidade: 'Esta nossa filha é rebelde e indócil, não nos obedece, é devassa e beberrona.'"

— Não bebi nem uma gota...

A sra. Finch balançou a cabeça tristemente, entregando-lhe a Bíblia. Beth pegou o pesado livro e o segurou aberto, os olhos cheios de lágrimas fixos na página de Deuteronômio. O tempo mais longo que tivera de mantê-lo levantado fora trinta torturantes minutos. Como era tarde, com certeza a mãe não ia...

— Você me decepcionou, Bethan.

Ela beliscou com força a parte interna do braço de Beth quando a Bíblia começou a baixar, e a mansa reprovação prosseguiu. Beth tinha se comportado mal. Havia desgraçado a mãe, que cuidou dela quando ela foi burra e avoada demais para cuidar de si mesma. Beth tinha sorte de que nunca ia se casar e ter filhos, assim nunca saberia como eles conseguiam partir o coração de uma mãe... Quinze minutos depois, Beth estava chorando de soluçar. Lágrimas escorriam pelo seu rosto quente, os braços trêmulos, doendo com o esforço de manter o livro na altura dos olhos.

— É claro que perdoo você, Bethan. Pode baixar a Bíblia. — Ela deu um tapinha em vez de um beliscão no braço de Beth quando ela largou o livro. — Isso está me dando uma daquelas minhas dores de cabeça...

Beth saiu depressa, com os olhos marejados de lágrimas, em busca de uma toalha fria e um banquinho para os pés. Ainda demorou meia hora até ela receber autorização para ir se deitar. Seus braços estavam moles como macarrão, os músculos em brasa. Finalmente ousando massagear a pele dolorida do lado de dentro do cotovelo — a sra. Finch tinha dedos fortes que beliscavam com *muita* força —, Beth chegou ao segundo andar e ouviu vozes pela porta de Osla e Mab.

— Coitadinha da Beth — dizia Osla.

— Ela podia ser mais corajosa — respondeu Mab, com acidez. — Se a minha mãe viesse para cima de mim daquele jeito, eu revidaria na mesma moeda.

— Ela não é você, Rainha Mab. Nunca vi ninguém tão perfeitamente e tão irremediavelmente parecida com Fanny Price em minha vida. — Mab fez um som com entonação de pergunta. — A heroína boboca de *Mansfield Park*, que anda pela casa parecendo uma coitada e jogando um balde de água fria na alegria de todo mundo. Não me diga que nunca leu Jane Austen...

Beth não esperou para ouvir mais. Com as lágrimas descendo dos olhos outra vez, as bochechas ardendo de humilhação, ela cambaleou até o quarto. Que burrice, que *patético*, achar que, só porque as garotas de Bletchley

Park haviam lhe dito algumas palavras gentis da mesma forma que alguém joga um osso para um cachorro, elas tivessem de fato o mínimo de afeição por ela. Mais burrice e patético ainda pensar que, só porque a mansão de tijolos vermelhos no fim da rua passara a fervilhar de atividade nos tempos de guerra, a vida ia mudar.

Nada para Beth ia mudar, nunca.

9.

Junho virou julho, e Osla estava desesperada por um projeto. O trabalho na seção naval alemã tinha um ritmo frenético, mas exigia tanto dela quanto um jogo da velha. *Preciso de um desafio*, pensou Osla, bocejando enquanto ajudava a srta. Senyard a fazer a marcação de códigos alemães desconhecidos que seriam enviados para identificação. *Ou pelo menos vou precisar quando voltar aos turnos diurnos...* O turno das nove às quatro não era ruim, mas, quando mudou para o horário das quatro à meia-noite, Osla tinha de lutar para não se entregar ao desânimo. Uma coisa era voltar para casa depois da meia-noite após ter se esbaldado no Café de Paris. Outra muito diferente era cair na cama à uma da manhã após uma noite se preparando para a invasão do inimigo.

— Existem planos de organizar uma seção móvel da ECCG — informou a srta. Senyard às jovens, como se aquilo não fosse nada de mais. — Os membros da seção naval alemã que forem escolhidos vão receber passaportes especiais, para o caso de uma partida rápida.

Para poderem fugir para as colinas e continuarem lutando depois que os alemães tiverem tomado este lugar, pensou Osla com um frio incômodo na barriga. Até aquele momento, ela havia conseguido apenas imaginar a tomada de seu país, uma nuvem escura no horizonte. Mas ver os preparativos em prática para o dia em que os tanques alemães entrassem em Bletchley...

Se o anúncio da srta. Senyard tivesse vindo durante o turno do dia, Osla talvez pudesse ter erguido a cabeça de forma desafiadora: *Nunca precisare-*

mos de uma ECCG móvel para fugir para as colinas, porque você não vai conseguir invadir aqui, Herr Hitler. Primeiro vai ter que passar seus tanques sobre o meu cadáver e de todos os habitantes da Grã-Bretanha.

Mas na escuridão abafada e sinistra da noite, o anúncio da srta. Senyard e suas implicações se infiltraram nos ossos de Osla como veneno. Se documentos estavam sendo emitidos, e ordens, dadas, era bastante óbvio que a Alemanha não ia demorar muito tempo para invadir.

Querido Philip: se você parar de receber minhas cartas...

— Pelo menos ainda não estamos no turno da noite — disse uma das colegas indexadoras, bocejando e notando o longo silêncio de Osla. — Os geniozinhos decifradores de código trabalham da meia-noite às nove também, porque os alemães mudam as combinações dos códigos à meia-noite.

— Queria saber como eles fazem isso... decifrar os códigos. — Osla se perguntava se ela também poderia aprender aquele trabalho e ser transferida da função de arquivar e organizar para algo mais exigente. Algo que afastasse sua mente da invasão. — Não que a gente vá perguntar. O comandante Denniston nos faria ser arrastadas para os fundos da mansão e fuziladas. Mas dá vontade de saber. Eles devem ser inteligentes pra dedéu, esses rapazes.

— Não só rapazes. — A resposta surpreendeu Osla. — Tem até que muitas mulheres na seção do Knox, aquele prediozinho ao lado do bloco do estábulo, sabe? *O harém*, é como eles chamam, porque o Knox só recruta mulheres.

— Deixe-me adivinhar... elas são todas de parar o trânsito e nenhuma tem mais de vinte anos. — Osla não estava ansiosa por *aquele* tipo de transferência, por mais que quisesse fazer um trabalho mais útil.

— Não, nada disso. O Hinsley estava furioso um mês atrás porque o Knox se apossou de uma moça que falava alemão e que ele queria para a nossa seção, uma garota chamada Jane. Bem, eu *vi* a Jane e ela tem uma boca que parece um bico de pato. Ninguém que estivesse tentando encher seu escritório de beldades a escolheria. Mas ela é inteligente. As moças inteligentes vão para o Dilly Knox. Não tenho ideia do que elas fazem.

As coisas eram assim em Betchley Park; as fofocas corriam como um rio, mas ninguém tinha certeza de nada.

Osla saiu bocejando do Galpão Quatro à meia-noite, que havia chegado escura e sem nuvens. Decifradores de códigos e linguistas estavam debandando para casa, para a cama, enquanto outro fluxo de acadêmicos amarfanhados e moças com vestidos de crepe se arrastavam para o temido turno da noite, já parecendo totalmente exaustos.

— Se a senhora Finch bater à nossa porta às seis da manhã outra vez, vou ter um surto — resmungou Mab, vindo ao encontro de Osla. — Preciso do meu sono de beleza esta noite. Vou almoçar com o Andrew Kempton antes do turno de amanhã.

— Esse é o terceiro homem que chama você para um encontro, Rainha Mab?

— Quarto. — Mab não falou isso com presunção, apenas com naturalidade. — Ele nasceu em Whitstable, estudou filosofia alemã em Cambridge, não tem pais...

— Aproveite e examine os dentes dele. Você vai atacar o delicioso do Harry Zarb também?

— Ele é casado — disse Mab, em tom de lamento. — Pelo menos ele contou isso logo de cara. A maioria dos homens só conta que é casado *depois* de tentar conseguir um pouco do velho você-sabe-o-quê.

— Que pena que ele é casado... Vocês dois teriam tido os filhos mais altos do mundo. — Toda aquela conversa de casamento fez Osla pensar na eterna solteirona na casa dos Finch, e o desejo latente de um projeto reapareceu depois da aterrorizante preocupação com a invasão alemã. — Precisamos fazer alguma coisa pela Beth. A Temível Senhora Finch envenena muito a mente dela.

— Não dá para ajudar as pessoas se elas não querem ser ajudadas. Ela não está nem olhando na nossa cara depois da reunião do clube de leitura.

Osla tinha certeza, depois daquela noite duas semanas antes, de que tinha visto *hematomas* em toda a parte interna do braço de Beth. Do tipo causado por beliscões fortes na pele sensível da parte interna do cotovelo, como um passarinho bicando a parte mais macia de uma ameixa. Introduzir um pouco de emoção e diversão na vida de Beth sem provocar a irritação de sua mãe — *aquele* era um projeto ao qual valia a pena se dedicar.

Osla e Mab estavam virando a esquina no bairro de Bletchley, andando no meio da rua para evitar os sulcos lamacentos nos cantos, quando um par de faróis surgiu atrás delas. Osla gritou e pulou em uma moita, e Mab perdeu o equilíbrio e caiu em um sulco fundo. O carro parou com os pneus cantando, e a porta do motorista se abriu de imediato.

— Vocês estão bem? — Um homem contornou o carro, sua silhueta no escuro era atarracada e desprovida de chapéu. Na luz dos faróis do carro, ele levantou Osla facilmente da moita. — Só vi vocês depois que fiz a curva.

— Também é culpa nossa — disse Osla, recobrando o fôlego. — Mab...

A amiga se levantou com o corpo rígido. Osla fez uma careta. Mesmo na luz indireta dos faróis com a tampa de blecaute, podia ver que o vestido de algodão estampado de Mab era só lama, do decote à bainha. Mab se curvou, tirou o sapato esquerdo e examinou o salto quebrado, e Osla a viu fazer uma careta no escuro. Toda noite ela via Mab lustrar aqueles sapatos baratos antes de ir para a cama, por mais cansada que estivesse, até deixá-los um brinco.

— Depois damos um jeito nisso — começou Osla, mas a expressão triste de Mab se esvaiu.

Ela levou a mão para trás e atirou o sapato quebrado direto no peito do homem que quase as havia atropelado.

— *Como que você faz uma curva nessa velocidade, seu imbecil?* — gritou ela. — *Você tem algum problema?*

— Obviamente — disse o homem, pegando o sapato por pouco. Ele era meia cabeça mais baixo que Mab, uma mecha de cabelo avermelhado lhe caía sobre a testa enquanto ele protegia os olhos da luz para olhar para ela. — Mil perdões.

— Também não tem como negar que *estávamos* andando no meio da rua — observou Osla, mas Mab continuou ali no meio do barro só com um pé calçado, descontando sua raiva no estranho.

Ele a deixou falar, sua expressão mais de admiração do que de desagrado.

— Seu pneu está furado — concluiu Mab, com um olhar de desprezo. — Acho que vai ter que se sujar de lama para trocar.

— Eu faria isso se pudesse — respondeu ele. — Vou deixar o carro aqui e ir a pé até a estação. Tem trem a esta hora da noite?

Mab cruzou os braços, as bochechas ainda muito vermelhas de indignação.

— É mais fácil colocar o estepe, se você tiver o equipamento.

— Eu não tenho ideia de como fazer isso.

Mab descalçou o outro sapato, colocou-o com força na mão dele, marchou com as meias pelo barro até o porta-malas do carro e o abriu.

— Conserte os meus sapatos, e eu troco seu maldito pneu.

— Feito. — Ele ficou olhando, sorrindo, enquanto Mab pegava as ferramentas.

— Como você sabe trocar pneu? — perguntou Osla. — Eu não tenho a menor ideia.

— Meu irmão trabalha em uma oficina. — Mab enrolou a saia na cintura para que a barra não encostasse na lama. O olhar incisivo que direcionou ao homem prometia uma morte lenta e dolorosa se ele ficasse olhando para as pernas dela. — Você tem uma lanterna? Ilumine aqui para eu ver o que estou fazendo.

Ele colocou os sapatos arruinados de Mab no capô do carro e acendeu sua lanterna, ainda sorrindo.

— Vocês duas trabalham em BP?

Osla sorriu educadamente, sem responder.

— Você trabalha lá, senhor...

— Gray. E não. Estou em um dos escritórios em Londres. — *Serviço de Inteligência*, pensou Osla, aceitando a resposta vaga dele. *Ou Relações Exteriores*. — Eu vim apresentar algumas informações para o comandante Denniston pessoalmente, a mando do meu chefe. Ele demorou para me dar uma resposta, por isso estou aqui dirigindo à meia-noite.

Osla estendeu o braço, e ele apertou sua mão por cima do facho da lanterna.

— Osla Kendall. Aquela é Mab Churt, xingando o seu pneu.

— Vou precisar de ajuda para levantar o carro. — A voz irada de Mab se elevou. — Você não, Os. Não faz sentido nós duas arruinarmos nossas meias.

Osla observou enquanto o sr. Gray ajudava. Ele trouxe o estepe no escuro e passou mais algumas ferramentas para Mab, até ela resmungar:

— Você está me atrapalhando. Saia da frente e só segure a lanterna.

— Que pena que trabalha em Londres, e não em BP, senhor Gray... — disse Osla, quando ele endireitou o corpo. Difícil dizer no escuro, mas ele parecia ter uns trinta e seis ou trinta e sete anos, seu rosto era largo e pacífico e com linhas de expressão do sorriso. — Precisamos de mais rapazes no nosso clube de leitura.

— Clube de leitura? — Ele tinha um sotaque do interior, as vogais suaves. Falava com Osla, mas estava observando Mab fazer algo incrivelmente habilidoso com o estepe. — Achei que vocês, garotas de BP, eram mais ligadas à matemática e a palavras cruzadas.

Algo se acendeu no inconsciente de Osla. Algo sobre palavras cruzadas...

— Pronto. — Mab se levantou, afastando o cabelo do rosto sujo de barro. — Assim você vai conseguir chegar a Londres, senhor Gray, e consertar o outro pneu. — Suas sobrancelhas se levantaram. — Espero que devolva meus sapatos novinhos em folha.

— Tem minha palavra, senhorita Churt. — Ele levantou o pneu furado para guardá-lo no porta-malas. — Não quero ser encontrado morto na sarjeta.

Mab assentiu de má vontade e virou-se para Osla.

— Vamos, Os?

— Vá indo na frente — respondeu Osla, enquanto o sr. Gray fazia um cumprimento de despedida no escuro e entrava no carro. A menção a palavras cruzadas havia encaixado em sua mente com um clique. — Tive uma ideia absolutamente fantástica.

Ela não voltara à mansão desde seu primeiro dia; mesmo à meia-noite, o lugar estava agitado como uma colmeia, com homens exaustos em mangas de camisa. Osla não conseguiu falar com o comandante Denniston, mas o ruivo Giles estava no jardim de inverno flertando com uma datilógrafa e Osla passou a mão pelo braço dele.

— Giles, você sabe se o Denniston ainda está recrutando pessoas?

— Opa, sim. A velocidade do tráfego está crescendo, as entrevistas estão a todo vapor.

— Eu me lembro de ter ouvido alguma coisa sobre palavras cruzadas...

— Há uma teoria de que pessoas que são boas em palavras cruzadas, matemática e xadrez são boas no tipo de trabalho que fazemos aqui. Pessoalmente, acho isso uma besteira. Eu, por exemplo, não sei a diferença entre uma torre e um bispo e...

Osla o interrompeu.

— A filha da proprietária da casa onde estou morando é um prodígio em palavras cruzadas.

— Aquela garotinha tímida que vocês levaram à Shoulder of Mutton? Está doida, sua debutante cabeça de vento?

— O nome dela é Beth Finch. E *não* me chame assim.

Osla se lembrava da velocidade com que Beth havia completado as palavras cruzadas do jornal no pub. *Osla Kendall, não basta não ser uma debutante cabeça de vento, além de tudo você é um* gênio. Talvez o que Beth precisasse era de um tratamento para o cabelo, um vestido novo da moda e um encontro com um ou dois aviadores, mas ela não ia ter nenhuma dessas coisas se nunca saísse *de casa*. Ficar sentada atrás de uma máquina de escrever e arquivar informes no turno da noite tinha de ser melhor do que trabalhar para a Temível Senhora Finch até os nazistas entrarem marchando em Bletchley.

— Me dê uma mãozinha, Giles, e fale com o Denniston. A Beth vai ser perfeita para Bletchley Park.

10.

Agosto de 1940

— Você vai servir.
Beth ficou olhando para ele horrorizada.
— Estava preocupada, senhorita Finch? — O homem de aparência cansada, o tesoureiro-comandante Bradshaw, como ele havia se apresentado no começo da entrevista de Beth, carimbou alguma coisa no arquivo diante dela. — Nem todos se formaram em Oxford aqui. Seu histórico é impecável e, morando perto, não teremos que arranjar um lugar para você ficar. Pode começar amanhã. Você estará no turno da manhã. Precisa assinar isto...

Beth nem ouviu as terríveis ameaças da Lei de Segredos Oficiais enquanto elas eram informadas. *Eles não deviam me aceitar,* pensou ela, em uma crise de pânico. Nunca lhe ocorrera que Bletchley Park a contrataria, nem quando a convocação chegou na semana anterior.

— Só diz para eu comparecer a uma entrevista — Beth havia tranquilizado a mãe, que abrira a carta quando ela chegara e exigiria explicações.

Ela compareceria, mas não levaria jeito para Bletchley Park. *Sou muito burra,* pensou ela, perguntando-se como eles tinham conseguido seu nome. E a entrevista, feita em uma salinha abafada atrás da escadaria da mansão de tijolos vermelhos, pareceu ser só protocolar: perguntas sobre datilografar e arquivar, que Beth não sabia fazer; instrução, que Beth não tinha; e línguas estrangeiras, que Beth não falava. Ela murmurou respostas monossilábicas, parte de sua mente voltada para as coisas estranhas que havia visto quando caminhara até a mansão: um homem de bicicleta passando pelos portões com uma máscara de gás, como se esperasse um ataque a qualquer momento; quatro homens e duas mulheres jogando *rounders* no gramado... Mesmo enquanto subia até a entrada, Beth já havia começado a ficar mais aliviada com a ideia de ir logo para casa e contar para a mãe que não tinha dado certo.

E então, de repente: "Você vai servir."

— D-deve haver um engano. — Ela conseguiu gaguejar uma resposta.

Mas o sr. Bradshaw estava estendendo uma caneta para ela.

— Assine a Lei, por favor.

Atordoada, Beth assinou.

— Excelente, senhorita Finch. Agora, quanto ao seu crachá permanente... — O sr. Bradshaw parou de falar quando ouviu um vozerio do lado de fora. — De madrugada, esses decifradores de códigos são piores do que gatos brigando.

E saiu pela porta. Beth piscou. *Decifradores de códigos?!*

Ela o seguiu em direção à entrada e viu um homem de aparência cansada em mangas de camisa falando com um senhor grisalho com ar de professor que andava mancando de um lado para o outro do saguão revestido de carvalho.

— Dilly, meu velho, pare de gritar.

— Não, *não* vou parar — rugiu o homem de andar claudicante.

Para Beth, ele parecia o Cavaleiro Branco de *Alice através do espelho*, que Osla e Mab estavam lendo e fora o primeiro livro selecionado para o clube de leitura: comprido, desengonçado, ligeiramente cômico, olhos movendo-se agitados por trás de óculos de aro escuro.

— Denniston, não vou permitir que meu trabalho seja feito pela metade...

— Dilly, você não tem gente o bastante e recusa todas as pessoas novas que mando para você.

— Não quero um punhado de Wrens todas iguais...

— Não temos nenhuma Wrens...

— E não quero nenhuma debutante cheia de pérolas que os pais enfiaram em BP porque conheciam alguém no almirantado.

— Esta pode lhe servir, Dilly — interrompeu o sr. Bradshaw, e Beth se encolheu quando todos os olhos no saguão se voltaram para ela. — Ia encaminhá-la para a administração, mas você pode fazer uma experiência com ela, já que está com falta de pessoal.

— Ah, é? — O Cavaleiro Branco se virou com um olhar penetrante. Seus olhos atrás das lentes percorreram Beth, e ela ficou sem reação. — Você é boa em línguas?

— Não. — Beth nunca se sentira tão tímida, lenta, tensa e travada em toda sua vida.

Pelo olhar agradecido do comandante Denniston para Bradshaw, ela soube imediatamente que aquela tinha sido uma maneira de mudar de assunto. Jogá-la na linha de fogo para evitar mais gritos. Suas bochechas ardiam.

— E linguística? Literatura? — continuou disparando o Cavaleiro Branco. — Matemática?

— Não. — Então, por alguma razão, Beth sussurrou: — E-eu sou boa em palavras cruzadas.

— Palavras cruzadas, hein? Peculiar. — Ele empurrou os óculos mais para o alto do nariz. — Venha comigo.

— A senhorita Finch ainda não está com o crachá oficial...

— Ela assinou a Lei? Então está pronta. Se já podem atirar nela caso ela dê com a língua nos dentes, quem se importa com o crachá? — Beth quase desmaiou. — Eu sou Dilly Knox. Venha — disse o Cavaleiro Branco por cima do ombro, e a conduziu através do espelho.

Que lugar é este? Seguindo o sr. Knox enquanto ele coxeava para fora da mansão em direção ao que parecia ser um estábulo reformado, Beth não conseguiu evitar que Lewis Carroll surgisse em sua cabeça zonza. Seu cérebro fazia aquilo às vezes, fazia uma associação instantaneamente e ficava ligando com outras para criar um padrão. Olhando para o relógio de mostrador de cobre instalado na torre de enxaimel, ela não teria se surpreendido se visse os ponteiros andando para trás. Por que Osla e Mab não a haviam alertado? Mas elas não podiam dizer nada; tinham assinado um juramento... e, agora, Beth também. O que quer que acontecesse ali a partir daquele momento, ela não poderia contar absolutamente nada para a mãe.

Ela sentiu um frio na barriga. *Minha mãe vai ficar* furiosa.

Depois do pátio do velho estábulo havia um bloco de um andar só: três *cottages* de tijolos unidos em uma única unidade caiada, com duas portas. O sr. Knox abriu a da direita.

— Nós trabalhamos aqui — disse ele, fazendo um gesto para que Beth entrasse no corredor. — O resto de BP é como uma grande fábrica. Aqui é onde fazemos a criptografia propriamente dita.

Criptografia, pensou Beth. *Eu agora faço* criptografia.

Não havia nenhum País das Maravilhas dentro da sala cheia de mesas e de pó de giz para onde ele a conduziu, apenas cinco ou seis mulheres trabalhando concentradas — baixas e altas, bonitas e comuns, com aproximadamente dezoito a trinta e cinco anos, usando casacos e saias. Nenhuma delas levantou os olhos.

— Estava gritando com o Denniston outra vez, Dilly? — perguntou uma mulher mais velha que ela, de cabelos loiros.

— Fui doce como um cordeirinho. Tinha dito a ele semana passada que ele não podia...

— Dilly, meu querido, não. — A mulher estava manipulando um conjunto de tiras de papelão em um padrão que Beth não conseguiu acompanhar. — Você não disse nada ao Denniston na semana passada.

— Não? — Ele coçou a cabeça, toda sua raiva de antes estava se dissipando. — Achei que semana passada alguém tinha dito que a coisa certa...

— Ninguém disse nada antes de hoje. Faz duas semanas que você não fala com o Denniston. — A mulher de cabelos loiros trocou sorrisos com as moças mais novas.

— Isso explica por que ele ficou tão surpreso. — O sr. Knox deu de ombros e virou-se de novo para Beth. — Estas são as minhas meninas. — Ele fez um gesto para a sala. — As Garotas do Dilly, é como as chamam na mansão. Podre, mas pegou, e é isso. Senhoras, esta é... — Ele olhou para Beth. — Você me falou seu nome?

— Beth Finch...

— Senhoras, Beth Finch. Ela é... — Ele parou, apalpando os bolsos. — Onde estão os meus óculos?

— Na sua cabeça — disseram pelo menos três das mulheres, sem levantar os olhos.

Ele localizou os óculos e os posicionou no nariz.

— Escolha uma mesa — disse ele, acenando para Beth. — Você tem um lápis? Estamos decifrando códigos.

Ele se jogou em uma cadeira a uma mesa perto da janela, procurando uma latinha de tabaco e parecendo ter se esquecido da presença de Beth. A maioria das moças continuou trabalhando como se aquela fosse uma situação perfeitamente normal, mas a mulher miúda de cabelos loiros se levantou e estendeu a mão para Beth.

— Peggy Rock. — Era uma das mulheres mais velhas, trinta e cinco ou trinta e seis anos, e tinha um rosto comum que resplandecia inteligência. — Vou orientar você. Esse é o Dillwyn Alfred Knox — disse ela, apontando para o Cavaleiro Branco — e ele já decifrava códigos alemães na guerra de 1914 a 1918. Nós, a equipe de Dilly, pesquisamos o material que tem que ser tratado com a delicadeza de abrir um cadeado em vez da força bruta de linha de montagem dos outros galpões. Neste momento, estamos trabalhando na Enigma naval italiana...

— *Enigma*? — perguntou Beth, totalmente confusa.

— A máquina que o inimigo usa para criptografar a maior parte do tráfego de comunicação militar deles — respondeu Peggy. — Italianos e alemães, tráfego naval, tráfego aéreo e tráfego do exército, e cada cifra tem uma combinação diferente. A máquina tem... Bem, digamos que um número estonteante de combinações de configurações, e essas combinações mudam todos os dias, o que deveria tornar qualquer coisa que eles criptografem com a Enigma indecifrável. — Ela deu um sorrisinho. — Mas não é tão indecifrável quanto eles pensam.

Beth se perguntou se Osla sabia daquilo tudo. Ou Mab?

— Aqui, nós geralmente temos uma noção melhor do quadro geral do que os outros em Betchley Park — acrescentou Peggy, como se tivesse lido sua mente. — Eles são *obcecados* por compartimentalização aqui. A maioria das pessoas só vê aquele pedacinho na sua frente, e talvez juntem algumas peças a partir do que veem entrando e saindo dos outros galpões, mas é...

— Podre — disse Dilly da mesa. — Quero que as minhas meninas tenham um panorama amplo e sem obstruções. É uma vantagem ver o quadro geral, e não só pedaços dele.

— Por quê? — perguntou Beth.

— Porque nós fazemos a parte mais difícil. — Peggy Rock abriu as mãos. — O tráfego é registrado e arquivado em outro lugar, e, depois que o código é decifrado, ele é traduzido e analisado. Mas nós fazemos a parte do meio, que é muito importante. A parte de abrir o código, cada mensagem individualmente. Usamos uma técnica chamada *rodding* para identificar a posição inicial da mensagem, conforme marcada pelos indicadores. Vou mostrar a você...

— Eu não vou entender — falou Beth. — Não sou inteligente, entende? Eu não posso... — *Rodding*. Criptografia. *Isto*. Ela sentia um aperto no peito, sua respiração estava acelerada, as paredes pulsavam à sua volta. Ficava paralisada só de sair um pouco de sua rotina, e ali havia um *mundo* novo. A qualquer momento ela ia entrar em pânico. — Eu vou atrapalhar vocês — insistiu ela, quase chorando. — Sou muito burra.

— Ah, é? — Peggy Rock olhou para ela calmamente, balançando um punhado daquelas estranhas tiras de papelão como uma mão de cartas vencedora. — Quem lhe disse isso?

11.

Estou com saudade de você, Os.
Para ser sincero, com muita, muita saudade.

A caligrafia de Philip era precisa, sem floreios. Vê-la sempre fazia o coração de Osla bater mais forte. *Cale a boca, coração*, repreendeu ela.

— A senhora Finch está armando um fuzuê. — Mab estava escutando sem nenhum pudor a conversa no andar de baixo, a cabeça esticada no patamar escuro da escada.

O primeiro turno de Beth em Bletchley Park havia sido naquele dia, logo em seguida à sua entrevista, e a sra. Finch estava *pegando fogo de raiva*. Agora Beth estava de volta; não que elas pudessem ouvi-la. Era só a voz insistente da sra. Finch, citando algo da Bíblia sobre "porque o filho insulta o pai, a filha levanta-se contra a sua mãe..."

— Acha que deveríamos descer? — Osla olhou da cama, onde estava acomodada relendo as cartas antigas de Philip. — Dizer várias coisas patrióticas como "deixe sua filha trabalhar, sua bruxa intrometida, estamos em guerra"?

— As coisas só iam piorar — respondeu Mab. — A senhora Finch está citando Ezequiel agora.

Mordendo o lábio, Osla voltou para a carta manchada de sal que Philip tinha escrito em maio. *Ser transferido para o* Kent *quando eu estava começando a me acostumar com o* Ramillies *foi um pouco frustrante. Os marinhei-*

ros aqui não gostam muito da ideia de ter alguém da realeza a bordo, mesmo de terceira classe como eu. Você tinha que ver todo mundo revirando os olhos quando entrei no navio. Há rumores de que vamos ter alguma ação logo. Não se preocupe, princesa...*

Ele não vira nenhuma ação no *Kent*, mas agora estava sendo transferido de novo, para outro cruzador. Quem sabe para onde este ia levá-lo? Osla estremeceu. Um bando de submarinos alemães rondando o mar e, lógico, ele ia querer se meter bem no meio de...

— Aí vem ela — sussurrou Mab quando os passos de Beth soaram nos degraus.

Osla levantou da cama, enfiando a carta de Philip em seu *Alice através do espelho*. Quando Beth apareceu no topo da escada, Osla e Mab a puxaram para dentro do quarto e fecharam a porta.

— E aí? — Osla deu uma olhada nos braços de Beth: nenhum hematoma, felizmente. — É óbvio que sua mãe não pode recusar! Achei que fosse demorar mais tempo quando falei de você. Às vezes leva semanas para a avaliação...

— Ah, então foi você que me indicou. — A voz de Beth era impassível.

— Foi. — Osla sorriu. — Achei que você precisava de uma desculpa para sair um pouco de casa...

— *Você* achou. — Osla nunca tinha ouvido Beth interromper ninguém, mas ela a tinha cortado. Suas bochechas estavam muito vermelhas. — Sabe o que *eu* acho? Acho que quero que me deixem em paz. Acho que quero que minha mãe não fique brava comigo, nem me faça segurar a Bíblia lá em cima por vinte minutos. O que não quero é um emprego com pessoas estranhas fazendo um trabalho que não entendo.

— Nós também ficamos perdidas nas primeiras semanas. — Mab a tranquilizou. — Você vai pegar o jeito. Só estávamos tentando...

— Vocês querem que eu *seja mais corajosa*. — A imitação de Beth da voz de Mab foi feroz. — Mas talvez vocês duas devessem ter pensado que alguém como eu, alguém *tão perfeitamente e tão irremediavelmente parecida com a Fanny Price*, teria preferido ficar em casa, onde é o meu lugar.

Ela saiu, e a porta do quarto bateu um instante depois. Mab e Osla se entreolharam, atônitas.

— Eu devia ter perguntado antes de sugerir o nome dela. — Osla se jogou na cama. — Eu não devia ter me intrometido.
— Você não teve a intenção de...
— Decidir a vida dela, como a mãe dela faz?
Mab suspirou.
Querido Philip, pensou Osla. *Perdão pelo termo, mas armei uma* régia *confusão.*

12.

Setembro de 1940

— Olá, podemos nos sentar aqui?
Duas semanas antes, Beth teria dado um pulo de pavor. Agora, estava tão cansada e desanimada que não fez mais do que assentir para os dois jovens que se sentaram à mesa com ela no refeitório da mansão.

— Eu conheço você. — O rapaz grande de cabelo preto parou ao pousar a bandeja na mesa. — Você estava na primeira reunião dos Chapeleiros Malucos.

— O quê?

— O clube de leitura. Nós lemos *Alice através do espelho*, e, na segunda reunião, o Giles levou pão e margarina, resmungando que a Alice pelo menos tinha manteiga quando tomou chá com o Chapeleiro Maluco. Desde então, somos o Clube dos Chapeleiros Malucos. É menos formal do que Clube de Leitura de BP. — Ele estalou os dedos. — Você só foi na primeira reunião, não é? Espere aí, não diga seu nome... Beth Finch. — Um sorriso. — Sou bom com nomes.

Beth forçou um sorrisinho, empurrando a comida de um lado para o outro no prato. Eram duas e meia da madrugada, o meio do turno da noite, e o salão convertido em refeitório cheirava a creme para cabelo, gordura rançosa e rim com torrada. Por toda volta, havia trabalhadores do turno da noite sentados, alguns semiadormecidos, outros com o olhar vívido e fazendo piadas como se estivessem num intervalo de almoço de um emprego como qualquer outro. O estômago de Beth ainda não havia se acostumado com a comida de cafeteria, e, depois de quase um mês, sua pele já devia ter parado de formigar quando estava cercada por estranhos, mas não foi isso que aconteceu.

— Senhor... Zarb? — arriscou ela, enquanto ele e seu amigo se acomodavam à sua frente.

— Pode me chamar de Harry. Este é o Alan — acrescentou ele, indicando o jovem ao seu lado, que olhava para o teto enquanto mastigava. — Alan Turing. Nós o chamamos de Professor, porque é um cara muito inteligente.

Todos ali pareciam se tratar por apelidos ou pelo primeiro nome. Todos ali pareciam excêntricos também — veja só aquele sr. Turing (Beth não conseguia associar o homem que acabara de conhecer aos nomes *Alan* ou *Professor*), com uma gravata velha segurando a calça de flanela em vez de usar um cinto.

— Estes rins são horrendos — prosseguiu Harry Zarb, alegremente. — Não servem nem para um cachorro. Se meu filho estivesse aqui, ele ia dizer que precisamos *arrumar* um cachorro para não jogar esses rins fora. Tudo faz com que ele peça um cachorrinho, pelo menos na minha casa...

Beth sempre quis um cachorro, mas a mãe não queria nem ouvir falar daquilo. Pulgas...

— Eu vi você entrando no *Cottage* ontem — continuou Harry, dirigindo-se a Beth. — A seção do Knox? Você deve ser bem esperta. O Dilly só pega as garotas inteligentes para o harém dele.

Beth começou a chorar.

— Ei... — Harry procurou um lenço. — Desculpe, eu não devia ter dito *harém*. Ninguém fala isso com má intenção. O Dilly é um bom sujeito...

— Me deem licença — disse Beth chorando e saiu correndo do refeitório.

Bletchley Park à noite poderia ser o lado oculto da Lua: todas as janelas dos galpões eram tampadas para bloquear qualquer traço de luz. Beth procurou seu caminho pelo gramado, tropeçou em um bastão de madeira que alguém esquecera depois do jogo de *rounders* da tarde e, por fim, apenas parou, exausta.

Era cansativo passar o dia sendo burra. Fazia três semanas que ela estava trabalhando no *Cottage*: olhando fixamente para blocos de código da Enigma, tentando manipular as tiras de papelão da maneira como lhe haviam mostrado, procurando encontrar algum sentido na total falta de sentido. Hora após hora, dia após dia. Beth sabia que era uma palerma, mas imaginava que, com três semanas de bastante concentração, conseguiria fazer *alguma coisa*. Havia algo do outro lado da cortina do código, ela sentia isso, mas não conseguia *chegar* lá. Sentia-se bloqueada. *Totalmente empacada, minha querida*, como Osla teria dito com seu jeito chique de falar. *Completamente desnorteada. Absolutamente perdida.*

— Você está pensando demais — lhe dissera Peggy Rock. — Pense nisso como um jogo de palavras.

Eu não entendo...

— Não precisa. Fazer isso é mais ou menos como dirigir um carro sem ter a menor ideia do que está embaixo do capô. Só faça.

Peggy lhe dera muito apoio, como todas as outras garotas. Mas elas tinham a própria montanha de trabalho; nenhuma delas podia ficar ajudando Beth o dia todo. Elas se sentavam com dicionários de italiano e tabelas de pequenos trechos decifrados que chamavam de cribs, manuseando para cá e para lá tiras de papelão com fileiras de letras, e periodicamente uma delas dizia algo inexplicável como "achei um besouro aqui..." e outra falava: "Aqui tem uma estrela-do-mar." E Beth mergulhava ainda mais em seu desespero.

— Para mim parece que está tudo em grego — explodiu ela em sua primeira semana.

Dilly Knox riu:

— Minha cara, eu adoraria que fosse!

— Ele é um acadêmico conceituado em grego antigo — sussurrou Peggy, rindo também, e Beth se encolheu na cadeira.

Dilly era muito gentil, mas ficava tão envolvido no próprio trabalho que mal sabia onde *ele* mesmo estava, que dirá qualquer outra pessoa. A única razão que Beth podia imaginar para não ter sido demitida até aquele momento foi que todos estavam ocupados demais para perceber o grande fracasso que ela era.

E depois ir para casa todo dia e enfrentar a mãe, tão magoada que nem *falava* com ela, mesmo quando Beth lhe entregava todo o seu salário, conforme ela exigia...

— Você não tem ideia do que está fazendo com ela — lhe dissera o pai na véspera, balançando a cabeça.

Osla e Mab a andavam evitando; Beth estremecia ao se lembrar do modo como havia falado com elas, mas não se arrependia. Osla não devia ter se metido. Beth Finch não se encaixava naquele lugar, e isso era um fato.

Vou entregar os pontos, pensou ela. *Amanhã.* Três semanas antes, ela nem teria sonhado em se dirigir à imponente fachada que parecia um bolo inglês de Natal da mansão e pedir demissão, mas agora sabia que teria coragem.

Havia poucas garotas no *Cottage* quando Beth voltou. A maioria trabalhava de dia com Dilly. Beth tirou o cardigã e se sentou à sua mesa, olhando para a confusão de tiras de papel.

— O ponto crucial da Enigma — havia dito Peggy (embora Beth nunca tivesse nem *visto* uma Enigma) — é que ela tem uma grande falha que podemos explorar. Você pressiona a tecla A, uma corrente elétrica passa pelos três rotores e por um refletor, que envia a corrente de volta pelos rotores e acende a lâmpada correspondente a uma letra do alfabeto diferente no painel de lâmpadas: o A muda para, digamos, F. Você pressiona a tecla A outra vez e outra corrente é transmitida, e dessa vez ela sai como Y. Não tem um equivalente direto, um A não é sempre um F. O A sempre sai diferente, é por isso que a Enigma é tão difícil de decifrar. Exceto por um detalhe, felizmente. Ela nunca faz o A sair como A. Nenhuma letra pode ser criptografada como ela mesma.

— Isso é uma falha? — perguntara Beth, totalmente perdida.

— Tão grande quanto o Canal da Mancha, minha cara. Olhe para qualquer bloco de letras criptografadas: ADIPQ. Bem, você sabe que A é qualquer letra menos A, e D é qualquer letra menos D... — Peggy fizera uma pausa para acender um cigarro. — A maioria das mensagens que são criptografadas tem expressões ou palavras comuns: nós as chamamos de cribs. Na Enigma italiana, a maioria das mensagens começa com o oficial para quem a mensagem é endereçada: *Per Comandante*. Então, percorra cada bloco de letras procurando uma sequência em que nenhuma letra corresponda a p-e-r-x-c-o-m-a-n-d-a-n-t-e. O X é para o espaço entre as palavras. E aí está. Você encontrou uma correspondência. Não estou dizendo que é fácil — acrescentou ela. — Estamos batendo a cabeça com a Enigma italiana há meses, tentando descobrir se é a mesma máquina que usavam na Espanha na década de 1930, onde o Dilly decifrou os códigos deles. Mas é assim que é feito, e é assim que você encontra a porta de entrada. — Peggy viu a expressão de desânimo de Beth. — Olha, é mais ou menos como brincar de forca em uma língua estrangeira. Você tem uma frase que é só espaços em branco, você chuta uma letra que é comum à maioria das palavras, e talvez ela preencha um ou dois espaços na frase. Depois você adivinha outra letra e, à medida que vai acertando, a frase aos poucos se revela. — Ela sorriu. — O que estou dizendo é: se concentre menos e deixe sua mente brincar.

wiqko qopbg jexlo, era o começo do código na frente de Beth, blocos de cinco letras, um após outro. Ela olhou para o relógio. Três da manhã.

Sem esperança alguma, ela definiu perxcomandante para o rotor direito da máquina e começou a experimentar diferentes posições: segundo Peggy, aquele processo se chamava *rodding*, por causa das *rods*, estreitas tiras de papelão com letras impressas na mesma ordem em que apareciam na fiação de cada rotor da Enigma. Peggy havia mostrado a Beth como deslizar as tiras sob o texto cifrado para tentar encontrar um ponto em que o texto daquelas frases comuns e tão importantes começasse a aparecer. *Cribs*, Beth lembrou a si mesma, *e não frases. Tudo tem um nome especial aqui.* Parecia fácil procurar lugares na mensagem em que não houvesse nenhuma coincidência de letras, mas havia setenta e oito combinações diferentes para cobrir todas as vinte e seis posições de cada um dos três rotores da máquina...

Seus olhos já estavam doendo quando ela encontrou algo. As três primeiras letras pareavam com a tira, p-e-r... mas dava a quarta letra como S, não X. Ela quase passou para a frente, mas parou.

Tem algum outro crib que comece com pers?

Beth hesitou, e então pegou o dicionário de italiano de Dilly e passou as páginas até a letra P. *Persona... personale...*

— Jean — ela começou a perguntar à moça mais próxima —, *personale* poderia ser um crib? — Era a primeira vez que ela se dirigia a alguém no *Cottage* sem que falassem com ela primeiro.

— Talvez — respondeu a moça, distraidamente. Beth girou em sua cadeira, jogando a trança para trás.

— *Personale* — murmurou ela.

Significava "pessoal para". Certamente a Marinha italiana teria situações em que poderia marcar coisas como *pessoal para* qualquer um. Isso lhe dava mais cinco correspondências de letras para testar: tinha P-E-R-S; agora tentaria O-N-A-L-E...

Cliques. Tinha ouvido as outras moças falando aquela palavra havia semanas e agora entendia por quê. Porque as coisas encaixavam como se fizessem um *clique* com as tiras à sua frente. Cliques diretos quando ambas as letras de um crib apareciam lado a lado na mesma tira; Dilly chamava aquilo de *besouros* por alguma razão. E cliques cruzados quando uma letra do crib vinha em uma tira e a outra em uma segunda tira; Dilly chamava aqueles de *estrela-do-mar*, e Beth parou de respirar por um instante quando se deu conta de que tinha uma. Ela não conseguia *ver* antes, não fazia sentido, mas, de repente, aquele pedacinho bem na sua frente saiu flutuando do meio das fileiras de letras.

Bem, se aquilo era "pessoal para", então era lógico supor que em seguida houvesse um nome, um título, uma forma de tratamento... Ela extraiu duas letras, N-O. Beth largou as tiras e foi examinar a tabela de cribs de novo. *Signor*? Meticulosamente, extraiu S-I-G do emaranhado de letras, depois o R, e então algo ininteligível que provavelmente era o nome de um homem. Mas tinha o suficiente, então podia ir atrás de algumas das correspondências que estavam faltando... A trança escorregou para a frente, atrapalhando-a, e ela a enrolou para cima e a prendeu com um lápis na nuca. Outro *clique*...

— Beth — disse uma das outras garotas. — Vá para casa, seu turno acabou.

Beth nem a ouviu. Seu nariz estava quase tocando o papel à frente, as letras marchando em uma linha reta sobre as tiras de papelão, mas, em algum lugar em sua mente, ela conseguia vê-las espiralando como pétalas de rosas, desenrolando, flutuando da confusão para a ordem. Ela estava trabalhando rápido agora, deslizando as tiras com a mão esquerda, segurando com o cotovelo o dicionário de italiano aberto. Perdeu uma hora em um crib que não funcionou, depois tentou outro e esse foi melhor, os cliques começaram a vir de imediato...

Dilly Knox chegou, já com cara de exausto.

— Alguém viu meu fumo? — As garotas do novo turno, como de hábito, saíram à caça da latinha de tabaco. — O que ainda está fazendo aqui, senhorita... Como é seu nome mesmo? Achei que você estivesse no turno da noite.

Beth apenas entregou a ele a mensagem em que havia trabalhado e esperou, o pulso acelerado. Nunca havia se sentido assim na vida, muito leve e distante, como se não estivesse inteiramente no presente. Dedicara-se àquilo por seis horas sem interrupção. A mensagem era uma confusão de rabiscos, ainda ininteligível em algumas partes, mas ela conseguira transformá-la em linhas de italiano.

O sorriso do chefe fez seu coração pular de alegria.

— Ah, muito bem! — praticamente cantarolou ele. — Muito bem mesmo! É Bess seu nome?

— Beth — disse ela, sentindo um sorriso se abrir. — O que... o que diz aí?

Ele passou o papel para uma das outras garotas, que falava italiano.

— Provavelmente um informe meteorológico de rotina ou algo assim.

— Ah. — Seu prazer cauteloso e nascente afundou.

— Não importa o que *diz*, minha cara. O que importa é que você decifrou o código. Desde que a Itália entrou na guerra, estamos tendo muita dificuldade com a Enigma italiana. Esta talvez seja a melhor resolução que tivemos em muito tempo.

— Sério? — Beth olhou em volta para as outras, se perguntando se estariam pensando que ela estava se exibindo. Mas elas estavam sorrindo; Peggy bateu palmas. — Foi um acidente...

— Não faz diferença. É assim que acontece. Agora que temos isto, vamos conseguir o resto mais depressa. Pelo menos até os carcamanos mudarem tudo de novo. — Ele a avaliou com um olhar rápido. — Você precisa de um café da manhã de verdade. Venha comigo.

Dilly saiu com sua Baby Austin pelos portões de Bletchley Park como se os Quatro Cavaleiros do Apocalipse estivessem atrás deles, e logo estava acelerando pela Watling Street sem absolutamente nenhuma preocupação com os obstáculos antitanque ou com o trânsito em volta. Em qualquer outro momento, Beth teria certeza de que estava prestes a morrer em uma vala, mas, em vez de se agarrar à porta e choramingar, permaneceu quieta como uma estátua no banco do carona. Ainda estava vindo de outro mundo, elétrico e distante, e espirais de letras giravam preguiçosamente quando ela fechava os olhos.

Dilly não parecia estar querendo conversar. Alternando as mãos no volante, ele desceu adernando pela Clappins Lane, depois seguiu por uma longa entrada de veículos arborizada e parou, por fim, diante de uma casa grande e graciosa com telhado de duas águas.

— Courns Wood — anunciou ele, saindo do carro. — Eu a chamo de lar, ainda que agora, com a guerra, eu fique pouco aqui. Olive! — chamou ele, entrando em um corredor escuro e revestido com painéis de madeira. Uma mulher roliça de cabelos grisalhos apareceu, limpando farinha das mãos. — Minha esposa — disse Dilly, mas nem precisava. — Olive, esta é a Beth, uma promissora criptoanalista que necessita de comida.

— Olá, meu bem — cumprimentou-a a sra. Knox tranquilamente, como se não estivesse nem um pouco surpresa de encontrar uma jovem descabelada entrando atrás do marido depois do que havia sido claramente uma noite muito longa. Quando se era casada com Dilly Knox, talvez a pessoa se acostumasse a viver em um eterno País das Maravilhas. — Você comeria um omelete? — perguntou ela, depois respondeu à própria pergunta, claramente vendo que Beth não conseguia falar. — Vou trazer dois. Vão para a biblioteca, queridos...

Sem nem saber como, Beth se viu em um escritório desorganizado com estantes de livros em toda a volta e aquecido por uma lareira acesa, com um copo de gim-tônica na mão.

— Beba — disse Dilly, preparando um para ele também e acomodando-se em uma poltrona de couro na frente dela. — Nada como um gim forte depois de uma noite difícil com as tiras e os cribs.

Beth não parou para pensar no que sua mãe diria. Ela simplesmente levou o copo à boca e bebeu metade. O gim efervescia como limões e raios de sol.

— Saúde. — O chefe levantou o próprio copo, os olhos brilhando. — Acho que você será uma boa aquisição para o *Cottage*, minha cara.

— Achei que ia ser demitida.

— Imagina. — Ele riu. — O que você fazia antes de vir para BP?
Nada.
— Eu só... ficava em casa com a minha mãe.
— Universidade? — Beth fez que não com a cabeça. — Pena. Quais são seus planos?
— Que planos?
— Para depois da guerra, ora!

Havia obstáculos antitanque por toda a Watling Street, e as manchetes dos jornais estavam cheias de Messerschmitts alemães metendo o bedelho por todo o litoral.

— Vai ter um *depois da guerra*? — Beth se ouviu questionando.

Era o tipo de coisa que ninguém dizia em voz alta, mas Dilly não a repreendeu pelo pessimismo.

— Sempre tem um depois. Só não sabemos como vai ser. Termine sua bebida. Você vai se sentir bem melhor.

Beth levantou o copo e parou. Em um súbito acesso de cautela, ela se deu conta daquela situação: uma jovem de vinte e quatro anos tomando gim às dez horas da manhã com um homem na casa dos cinquenta, sozinhos na biblioteca particular dele. O que as outras pessoas iam pensar?

Ele pareceu entender o que estava passando pela cabeça dela.

— Sabe por que só recruto mulheres para a minha equipe? — perguntou ele, não mais com olhos vagos atrás dos óculos. — Não é porque quero carinhas bonitas à minha volta, embora não tenha dúvida de que é melhor olhar para vocês do que para um punhado de geniozinhos universitários com dentes de cavalo e caspa. Não, recruto mulheres porque, pela minha experiência, vocês são muito melhores nesse tipo de trabalho.

Beth se surpreendeu. Ninguém nunca lhe dissera que moças eram melhores do que rapazes em um tipo de trabalho, a menos que esse trabalho fosse cozinhar e costurar.

— Esses jovens matemáticos e jogadores de xadrez dos outros galpões... eles fazem um trabalho semelhante ao nosso, *rodding* e cribs, mas os homens colocam os *egos* deles nisso. Eles competem, se exibem e já começam me dizendo qual é o melhor jeito de fazer sem nem tentar fazer do meu jeito. Não tenho tempo para isso, estamos em guerra. E venho fazendo esse trabalho desde a guerra anterior. Pelo amor de Deus! Eu ajudei a decodificar o telegrama Zimmermann.

— O que é isso?

— Não importa. O que estou dizendo é que não precisamos de um punhado de frangotes se pavoneando e competindo entre si. Mulheres — Dilly levantou o dedo para Beth — são mais flexíveis, menos competitivas e mais inclinadas a se dedicar ao trabalho que precisam fazer. Elas prestam mais atenção a detalhes, provavelmente porque estão acostumadas a contar pontos de tricô e medir coisas na cozinha. Elas *escutam*. É por isso que prefiro abelhas a zangões, minha cara, e não porque estou montando um harém. Agora, tome seu gim.

Beth tomou. A sra. Knox trouxe o café da manhã e se retirou com outro sorriso tranquilo, e uma onda de fome assolou Beth.

— Não sei se consigo fazer isso de novo — admitiu ela, enquanto equilibrava o prato no colo. Nenhuma comida jamais lhe pareceu tão gostosa.

— Você consegue. A prática leva à perfeição. Eu transformei mais meninas escolarizadas em criptoanalistas de primeira do que consigo contar.

— Mas não recebi muito treinamento quando comecei.

Dilly deu uma garfada em seu omelete.

— Isso porque eu queria que você chegasse bem aberta e inventiva, não com todos os instintos e impulsos moldados pelo treinamento. Imaginação, esse é o nome do jogo.

— Isto não é um jogo. — Beth nunca contradisse um superior em sua vida, mas, naquela biblioteca aconchegante com vista para um jardim, nenhuma das regras habituais parecia se aplicar. — É a guerra.

— Ainda assim é um jogo. O mais importante. Você ainda não viu uma Enigma, viu? São coisinhas monstruosas. As máquinas da Força Aérea e da Marinha têm cinco rotores possíveis, o que significa sessenta ordens possíveis dependendo de quais forem os três rotores escolhidos para aquele dia. Cada rotor tem vinte e seis posições iniciais possíveis, e o painel de plugues atrás dela tem vinte e seis cabos. Isso dá *cento e cinquenta trilhões* de posições iniciais... e aí os alemães mudam as combinações a cada vinte e quatro horas, e então, à meia-noite, nós começamos tudo de novo. É isso o que temos pela frente. A Enigma italiana não é uma fera tão terrível, não tem o painel de plugues, mas já é ruim o bastante. — Dilly fez um brinde a ela com um sorriso de canto. — São números de fazer chorar, e é por essa razão que temos que pensar nisso como um jogo. Ou fazemos isso ou enlouquecemos.

Beth estava tentando calcular quantos zeros havia em cento e cinquenta trilhões e não conseguiu. Eles ficavam girando em sua cabeça em blocos de cinco, 00000 00000 00000, até o centro da rosa.

— Se as chances são tão ruins, nunca vamos conseguir.

— Mas estamos conseguindo. Os criptoanalistas poloneses liam o tráfego alemão da Enigma desde o começo da década de 1930, e decifravam o código após cada mudança até 1938. Não estaríamos aqui se não fosse por eles, e agora o bastão passou para nós. — Outro brinde silencioso aos poloneses. — Vamos avançando de pouquinho em pouquinho.

— Os alemães não têm mesmo nenhuma ideia disso?

— Não. Nosso pessoal do alto escalão é muito cuidadoso com as informações decodificadas que nós passamos. Imagino que existam salas cheias de pessoal da inteligência que não fazem nada além de simular maneiras plausíveis de como poderíamos ter encontrado nossas informações de algum outro jeito que não decifrando a Enigma. — Dilly fez um gesto com a mão. — Essa parte não é com a gente. Mas eles devem estar fazendo do jeito certo, porque parece que os alemães não perceberam que estamos lendo as correspondências deles. A arrogância alemã. Eles têm a máquina perfeita, o sistema infrangível, então como alguém poderia estar passando por cima dele? O que dizer então de um punhado de rapazes e moças ingleses e desengonçados no interior do país, trabalhando apenas com tocos de lápis e um pouco de pensamento lateral?

— *Pensamento lateral*?

— Pensar nas coisas por diferentes ângulos. De lado, de cima para baixo, de dentro para fora. — Dilly pousou seu prato vazio. — Se eu lhe perguntasse em que direção os ponteiros do relógio andam, o que você diria?

— Hum. — Beth torceu o guardanapo. — Em sentido horário?

— Não se você estiver dentro do relógio. — Dilly fez uma pausa. — Entende? — E sorriu.

— Entendo — disse Beth Finch.

*

NÃO HAVIA SORRISOS no dia seguinte quando ela chegou para seu próximo turno. Dilly estava preocupado ao entregar a Beth algumas novas tabelas de cribs.

— Não é a Enigma italiana hoje. Os rapazes do Galpão Seis precisam de ajuda com este material. Ele está se acumulando e é crítico. Enigma alemã, essencialmente tráfego Vermelho...

Beth automaticamente enrolou a trança atrás da cabeça e a prendeu com um lápis para que não caísse para a frente, esperando que o nervosismo tomasse conta dela, como vinha acontecendo todos os dias havia semanas. O medo terrível de fracassar, de ser burra, inútil e de estar desperdiçando o tempo de todos.

O medo, a preocupação e o nervosismo vieram — mas muito menores. O que Beth mais sentia era avidez: *Por favor, Deus, me ajude a fazer de novo.*

13.

Setembro de 1940

> *Seus sapatos, senhorita Churt, não tinham mais conserto. Espero que me permita substituí-los, junto a um pedido de desculpas por ter arruinado os predecessores. — F. Gray*

Mab soltou um *hum* surpreso, desacelerando os passos conforme entrava em Bletchley. Um pacote havia chegado em sua remessa do correio, que, como a de todos os outros, era entregue em Bletchley Park vindo de uma caixa postal em Londres, depois separada e enviada a cada seção dos galpões para ser coletada depois do turno. Mab tinha aberto o envelope de Lucy primeiro (outro desenho em giz de cera de um cavalo, aquele com uma crina roxa), depois voltou-se para o pacote com um breve bilhete. Soltou uma exclamação de espanto ao tirar da caixa um par de sapatos: não simples substitutos de seus agora defuntos sapatos comuns, mas sapatos de couro com tira no calcanhar e salto carretel, não excessivamente elegantes para usar de dia, mas perfeitos e maravilhosos.

— Desculpas aceitas, senhor Gray. — Mab sorriu para os sapatos. — Pena que eu não tinha vocês, suas coisinhas lindas, ontem à noite. — Ela havia saído para jantar com Andrew Kempton: Galpão Três, rapaz gentil, um pouco maçante, que estava ficando muito entusiasmado. Mab achou que ele daria um bom marido, do tipo que usava pijamas engomados e fazia as mesmas piadas nos almoços de domingo. Ela havia permitido um beijo de boa noite depois do jantar e, se as coisas continuassem progredindo, talvez lhe permitisse abrir um botão de sua blusa... Não mais que um, até que as coisas ficassem realmente sérias. Uma moça não podia se deixar levar pelo calor do momento; isso era para homens, que não tinham nada a perder.

Mab estava cantarolando "Only Forever" de Bing Crosby quando entrou em casa. O som do rádio veio da sala de estar. Todos estavam reunidos em volta dele, o sr. Finch mexendo no seletor de estações. A voz de Tom Chalmers na BBC encheu o aposento. "Posso ver praticamente toda a Londres estendida à minha volta. E se isto não fosse tão apavorante..."

Osla estava de pé, os olhos enormes, os braços apertando a própria cintura. Beth se encostava na mãe, que segurava com força a mão dela, em vez de empurrá-la, como vinha fazendo ultimamente para puni-la por aceitar o emprego. Mab deu mais um passo, olhando para o rádio.

"Toda a linha do horizonte ao sul está iluminada por um brilho vermelho, quase como um nascer ou pôr do sol..."

Osla falou em um tom monocórdico:

— Os alemães estão bombardeando Londres.

A voz de buldogue do primeiro-ministro, vindo pelo rádio: "Ninguém deve ignorar o fato de que uma invasão pesada e de grande escala a esta ilha está sendo preparada com todo o detalhamento e o método usuais dos alemães..."

Churchill parecia tão calmo, pensou Mab. Como ele conseguia? O martelo de ferro da Luftwaffe havia se redirecionado dos campos da Força Aérea Real para triturar Londres. Pelo rádio, Mab ouvira petrificada as descrições de chamas subindo, prédios desabando, onda após onda de bombardeiros alemães ressoando no ar e despejando bombas incendiárias nas docas de East End, da London Bridge até Woolwich. Não havia nada lá de valor militar, nada.

Apenas londrinos.

Esses monstros, pensou Mab. *Esses* monstros.

A voz de Churchill prosseguiu: "Cada homem e mulher deve, portanto, se preparar para cumprir o seu dever..."

Dever?, pensou Mab. Mais de quatrocentos mortos haviam sido registrados depois da manhã do primeiro ataque. Suas pernas ficaram moles quando ela finalmente conseguiu ligar para sua família e ouvir a voz tagarela e empolgada de Lucy.

— Foi um *barulhão*! A mamãe e eu corremos para o abrigo...

— É mesmo? — Mab havia deslizado até o chão do corredor, as costas na parede. *Ah, Lucy, por que não trouxe você comigo? Por que não obriguei minha mãe a ir embora?*

E, agora, dias depois, ali estavam elas, enquanto Churchill entonava: "Este é um momento em que todos devem se unir e aguentar firme..."

Vá para o inferno, pensou Mab.

— Não — disse o chefe de seção do Galpão Seis, quando Mab o abordou no dia seguinte. — Não será concedida licença para você ir a Londres ver se seu namorado está seguro.

— É para ver minha mãe e minha irmã, não meu namorado. E não preciso de um dia inteiro, só meio...

— Você acha que não está todo mundo pedindo a mesma coisa? Volte ao trabalho, mocinha.

— Se você acha que o chefe de pessoal vai passar por cima do chefe do seu galpão e lhe dar uma licença — disse Harry Zarb enquanto Mab se dirigia para a mansão batendo o pé —, sinto dizer que ele não vai.

— Você lê pensamentos agora? — revidou Mab.

— É só um palpite. — Harry estava de pé do lado de fora da mansão, olhando para o gramado, com um cigarro aceso entre os dedos grandes. — Estou aqui faz um tempo fumando quase um maço inteiro e as pessoas não param de entrar com ar esperançoso e sair xingando.

A raiva de Mab se acalmou. Ela gostava de Harry; afinal, ele era um membro irônico e divertido do Clube dos Chapeleiros Malucos.

— Você me dá um? — Indicou o cigarro com a cabeça.

Ele lhe deu um. Mab se lembrou de quando tinha dezesseis anos e ia ao cinema para estudar como as atrizes norte-americanas fumavam. Como deixar a mão se demorar em volta da mão do homem enquanto ele segurava o fósforo para você. Mais um item de seu metódico autoaperfeiçoamento, como sua lista de leituras e a pronúncia correta de suas vogais. Quanto aquilo tudo parecia ridículo. Mab não se preocupou em segurar a mão de Harry enquanto ele lhe acendia o cigarro, mas sugou a fumaça o mais depressa que pôde, como um homem que acabou de sair de um turno difícil de trabalho de guerra.

— Você tem sorte — disse Harry por fim.

A raiva dela se inflamou outra vez.

— Minha irmã e minha mãe estão no East End, que está sendo trucidado por Heinkels. Você tem uma esposa, não é? Será que *ela* está em Londres? Você tem família em alguma das áreas que estão sendo atacadas?

— Não, arrumei uma casa onde ficar aqui perto quando vim para BP. A Sheila está em Stony Stratford com o Christopher. — Um orgulho discreto ficou nítido em sua voz. — Nosso filho.

— Fico feliz que eles estejam seguros no interior. Mas minha família não está. Então, não, não acho que tenho *sorte*.

Uma pausa tensa.

— Eu estava tentando ver se conseguia ser liberado daqui para me alistar — disse Harry por fim. — O Denniston nem quis me ouvir. O Giles me contou por quê. Nenhum de nós jamais terá permissão para se alistar. Nenhum, por maior que seja a necessidade. Porque e se formos capturados, sabendo de tudo isto? — Fez um gesto para o lago, tão pacífico com seus patos nadando; os feios galpões fervilhando de segredos. — Então, estou preso aqui por enquanto. — Harry olhou para ela. — Sabe o que as pessoas pensam quando veem um cara jovem e forte como eu *sem* farda? Pelo menos ninguém vai julgar você por estar aqui.

Mab já estava acostumada ao tamanho dele, mas, ao reavaliar os braços e pernas longos e o peito largo, o corpo forte que dava para preencher um vão de porta, ela imaginou como seriam aqueles olhares: Harry Zarb era exatamente o espécime físico feito para usar uma farda.

— Mas este trabalho não é menos importante — disse ela, suavizando o tom de voz. — E o Christopher deve preferir ter o pai em casa, não no front.

— Vou dizer isso a ele na próxima vez que alguma senhora cuspir em mim no parque quando eu o levar para ver aviões. — Harry jogou a bituca do cigarro no chão, tentando sorrir. — Olha eu aqui choramingando. É melhor voltar para meu galpão. Vejo você na próxima reunião do clube de leitura, Mab. Aguente firme, ok?

— Aguente firme — disse Mab também.

Maldito Churchill. Ela terminou o cigarro na luz do fim do dia, passando os dedos no bolso em que estava o desenho mais recente de Lucy. O cavalo com a crina roxa. *Aguente firme.*

Ela conseguiu aguentar firme por quase uma semana inteira.

Eram quase dez horas; Osla estava na frente do espelho escovando o cabelo, e Mab estava deitada folheando o *Alice através do espelho* de Osla. Os Chapeleiros Malucos estavam lendo *O cão dos Baskerville* agora, mas Mab não tinha conseguido terminar o Carroll.

— Odeio este livro — falou ela de repente, com ferocidade. — Tudo de cabeça para baixo e parecido com um pesadelo, quem escreve um livro desses? O *mundo* inteiro já é assim! — Sua voz oscilou.

Ela havia tido uma briga terrível com a mãe ao telefone no dia anterior, primeiro implorando, depois gritando para ela pôr Lucy no próximo trem de evacuação para fora Londres, para *qualquer lugar* fora de Londres. A sra. Churt não quis saber; ela continuava afirmando que os alemães não iam fazê-la dar nem um passo para fora de casa, nem Lucy. Era ótimo para manter o otimismo, aquele tipo de atitude, mas Lucy era uma *criança*. As pessoas estavam dizendo que mais de cem crianças londrinas tinham morrido só naquele primeiro e terrível ataque...

Ela atirou *Alice através do espelho* na direção do corredor.

— Vá para o inferno, senhor Carroll. Para o inferno você e seu Jaguadarte...

Sua voz falhou. Mab não chorava desde aquela noite terrível quando tinha dezessete anos, a noite muito profundamente enterrada em sua memória, mas naquele momento ela se enrolou em sua colcha, chorando de soluçar.

Osla se sentou ao lado dela e a abraçou. Por meio das lágrimas que embaçavam sua visão, Mab viu Beth com uma pavorosa camisola de flanela, parada com ar constrangido diante da porta aberta.

— Seu livro — disse ela, segurando *Alice através do espelho*.

Parecia não saber se ia embora ou se entrava para abraçar Mab também, então só fechou a porta e ficou de pé ao lado da cama.

Mab não conseguia parar de chorar. Toda a tensão e o medo que a haviam deixado tão nervosa desde o anúncio da guerra fluíam naquele momento em um único e violento acesso de choro. Ela levantou os olhos, as lágrimas escorrendo, enquanto Osla apertava seus ombros e Beth mudava o peso de um pé para o outro.

— Quanto tempo? — Ela fez a pergunta brutalmente, sem se importar de estar sendo derrotista. — Quanto tempo até termos tanques rolando por Piccadilly? Porque, mesmo que as bombas errassem minha mãe e Lucy em Shoreditch, a invasão iminente não as pouparia.

— Pode não acontecer — disse Osla, sem muito ânimo. — A invasão não pode avançar se a maré...

— A invasão foi adiada.

As palavras saíram de Beth como se disparadas de um fuzil. Mab e Osla olharam para ela, a Beth sem graça e recatada com sua camisola abotoada até o pescoço, tão ruborizada que quase resplandecia.

— Beth... — Na mente de Mab passaram voando todas as coisas que ela tinha e não tinha permissão para perguntar, sabendo que já haviam ultrapassado todos os limites. — Como você sabe... — Ela não conseguiu terminar, mas também não conseguiu conter a pergunta. Seu coração batia acelerado, e o quarto estava tão silencioso que ela quase achou que podia ouvir o coração de Beth e o de Osla batendo rápido também.

As luzes se apagaram de repente: a sra. Finch desligando tudo no quadro geral no andar de baixo, determinada que ninguém deixasse uma luz acesa depois de sua hora de recolher. Mab quase deu um pulo de susto na súbita escuridão. Um instante depois, a pequena mão fria de Beth encontrou seu punho e presumivelmente o de Osla também, porque, no escuro completo, ela puxou as duas para tão perto que suas testas se tocaram.

— A invasão foi adiada — repetiu Beth em um sussurro quase inaudível. — Pelo menos acho que foi. Parte da minha seção foi mandada para ajudar o Galpão Seis a cuidar de um acúmulo de tráfego da Força Aérea alemã. A mensagem foi decodificada na mesa ao lado da minha. Era sobre equipamentos de transporte aéreo em campos de pouso holandeses que estavam sendo desmontados. Havia mais, eu não sei o quê, mas o jeito como o chefe do galpão reagiu...

— Se o equipamento de carga foi desmontado, a invasão está sendo adiada. — Osla despejou essas palavras como se a confissão de Beth tivesse rompido uma barragem. — Isso poderia explicar as mensagens que vi na seção naval alemã, indo para todas as redes navais...

— Mas na minha seção continuamos recebendo mensagens sobre a ampliação das forças — disse Mab, sentindo a própria represa se romper também. — Então com certeza é só um adiamento, não um cancelamento...

— Mas provavelmente significa que não vai acontecer antes da primavera — completou Osla. — Ninguém ia querer lançar barcos de invasão nas marés de inverno.

As três refletiram sobre aquilo, ainda imóveis e com as testas se tocando no escuro.

— Quem mais sabe disso? — sussurrou Mab por fim.

— Alguns poucos chefes de galpões. O senhor Churchill, sem dúvida. Ele não pode tornar isso público. Provavelmente não vai descartar a invasão este ano até que possa ter certeza absoluta. Mas ele e as pessoas lá bem do alto sabem. — Osla engoliu em seco. — E nós.

É por isso que eles não querem que conversemos uns com os outros, pensou Mab, lembrando-se das regras rígidas do comandante Denniston. *Cada um de nós vê apenas um pedaço do quebra-cabeça, mas, quando começamos a conversar e juntar essas peças...*

— Vocês não podem contar. — As palavras de Beth saíram apressadas. — Não podem contar a ninguém que estamos seguros até a primavera, por mais apavorados que eles estejam. Eu não devia ter contado. Eu... — Sua respiração falhou. — O Denniston pode nos demitir, nos prender...

— Ele não vai descobrir. E não é possível que sejamos as primeiras a compartilhar informações, por mais que eles ameacem...

— Vocês sabem quantas moças me pedem para procurar o navio em que o namorado ou o irmão está, por eu estar na seção naval alemã? — disse Osla baixinho. — Elas não deveriam, mas pedem.

A invasão adiada. Isso não significava que não haveria bombardeios; não significava que estariam seguros na primavera... mas fazia tanto tempo que não ouviam absolutamente nenhuma notícia boa que o peso que tiraram das costas parecia muito maior do que realmente era. Sim, ainda haveria ataques aéreos. Sim, os alemães poderiam cruzar o canal no próximo ano. Mas quem poderia saber onde eles todos iam estar no próximo ano? Tudo em que se podia pensar nos tempos de guerra era naquele dia, naquela semana. Não haveria nenhum barco alemão entrando em Dover naquela semana, e, sabendo disso, Mab achava que conseguiria voltar ao trabalho e aguentar firme.

— Juro — sussurrou Mab — que não direi nenhuma palavra para minha mãe nem para ninguém fora deste quarto. Ninguém vai ficar em apuros com o Denniston por minha causa.

— Mesmo assim eu não devia ter contado. — Havia uma vergonha agoniante na voz de Beth.

Mab surpreendeu a si mesma puxando Beth para um abraço muito forte.

— Obrigada — murmurou ela. — Sei que você não vai fazer isso outra vez, mas... obrigada.

Quando uma mulher viola a segurança nacional para te tranquilizar em relação à situação da sua família, de estar em uma rota de invasão, ela se torna oficialmente uma amiga.

Onze dias para o casamento real

9 de novembro de 1947

14.

Londres

— Case por amizade, não por amor — Osla tinha ouvido a mãe brincar. — Amigos escutam melhor do que amantes! — O que pensar daquilo quando se ficava noiva de um amigo e ele não ouvia uma palavra sua sequer?

— Meu querido — disse Osla, tentando manter a voz calma. — Já pedi várias vezes a você que não me chamasse de *gatinha*. Eu disse educadamente que não gosto disso, que abomino isso, e estou lhe dizendo agora com todas as células do meu corpo que detesto isso. — Mais ainda do que odiava ser chamada de debutante avoada.

— Guarde as garras, gatinha! — Ele riu pela linha telefônica, ainda na cama, pelo jeito. — Por que ligou tão cedo?

Osla soltou o ar lentamente.

— Vou ficar fora da cidade por alguns dias. Uma velha amiga está meio em crise.

— Achei que você vinha aqui hoje. — A voz dele baixou. — Dormir aqui.

Tenho certeza de que você consegue encontrar outra pessoa para animar sua cama enquanto eu estiver fora, pensou Osla. Ele certamente não havia abdicado de outras mulheres desde que ficaram noivos, e Osla não se importava muito. Eles tinham um acordo, não um grande amor. *Vamos tentar,*

Os, fora a proposta de casamento dele. *Romance é para livros ruins, mas casamento é para amigos... como nós.*

Por que fui dizer sim?, ela às vezes se perguntava quando olhava para a esmeralda em seu dedo, mas uma resposta sempre vinha rápido logo após esse pensamento, repreendendo-a. *Você sabe perfeitamente bem por quê.* Porque era julho, e o mundo inteiro estava totalmente inebriado com o anúncio recente do noivado da princesa Elizabeth com Philip, e a namorada de Philip nos tempos da guerra havia se tornado da noite para o dia objeto de pena. De repente, não importava que Osla escrevesse para a *Tatler*, que amasse seu trabalho e se divertisse no Savoy com um acompanhante diferente a cada noite de sábado — depois do noivado real, só importava que ela era uma ex-debutante patética, rejeitada pelo futuro marido da princesa e ainda solteira. Uma semana de olhares de compaixão e jornalistas loucos por fofocas, e Osla simplesmente não aguentou mais. Ela entrou na festa seguinte usando um vestido de cetim preto com uma fenda quase até a cintura, pronta para dizer sim ao primeiro homem razoavelmente adequado que a cortejasse, até que um velho amigo apareceu e lhe disse: "Vamos tentar."

E tudo ia ficar bem. Eles não seriam como aqueles casais terrivelmente antiquados que viviam grudados um no outro. Não estavam apaixonados, e quem precisava estar? Era 1947, queridos, não 1900. Melhor se casar com um amigo, mesmo que ele a chamasse de *gatinha*, do que esperar um romance grandioso. Um amigo cuja presença no casamento real asseguraria a todos que Osla Kendall era uma noiva feliz, e *não* uma solteirona amarga.

— Sinto estragar seus planos, meu querido, mas estarei de volta antes que você tenha tempo de sentir minha falta. — Osla desligou e desceu com sua mala.

Um táxi pisou no freio e parou, e logo Knightsbridge ficou para trás. A lembrança dos olhos do noivo foi substituída pela dos sérios olhos azuis de uma mulher: os olhos de uma mulher que havia desaparecido em Clockwell, três anos e meio antes. Na última vez que Osla vira aqueles olhos, eles estavam muito arregalados e vermelhos, enquanto a mulher chorava e ria ao mesmo tempo, balançando para a frente e para trás no chão. Parecia totalmente fora de si, como se o lugar para ela fosse *de fato* um hospital de doentes mentais.

A mensagem cifrada farfalhou no bolso de Osla. *Vocês me devem isso.*
Talvez eu lhe deva, pensou Osla. *Mas isso não significa que eu acredite em você.* Que ela acreditasse na outra metade daquela mensagem escrita em desespero, a primeira linha, que Osla havia lido e relido em choque.

Mas ela se lembrava daqueles olhos azuis, tão dolorosamente sinceros. Olhos que nunca haviam mentido.

O que aconteceu com você?, perguntou-se Osla pela milésima vez. *O que aconteceu com você, Beth Finch?*

Dentro do relógio

— Para o jardim, senhorita Liddell! Um pouco de exercício faz bem, não faz?

Beth se pegou balançando outra vez em seu banco, para a frente e para trás, enquanto se perguntava o que estaria acontecendo no mundo lá fora. Em BP ela estivera mais bem informada do que qualquer pessoa fora do gabinete de Churchill. Viver ali naquela ignorância e superproteção...

Com um esforço, Beth parou. Apenas mulheres loucas ficavam se balançando para a frente e para trás. E ela não era louca.

Ainda não.

— Senhorita Liddell... — A enfermeira-chefe a puxou para cima, sua voz indo de doce para áspera quando os médicos se afastaram. — Para fora, sua vagabunda preguiçosa.

O que Beth mais odiava ali era que qualquer pessoa podia tocá-la sempre que quisesse. Ela nunca gostara de ser tocada a não ser que fosse escolha sua, e agora, todos os dias, havia *mãos*: em seus braços para direcionar, em seu queixo para abrir sua boca, tocando, tocando, *tocando*. Seu corpo não era mais seu. Mas ela foi até o jardim, porque, se não fosse, seria arrastada até lá.

— Essa Liddell me dá arrepios. — Beth ouviu a enfermeira murmurar uma hora mais tarde, dividindo um cigarro com outra colega no roseiral. — Por trás daquele olhar vazio, é como se ela estivesse pensando em como trucidar a gente.

Isso mesmo, pensou Beth, mantendo o olhar vago enquanto caminhava entre as rosas.

— Contanto que fiquem quietas, acho que ninguém se importa com o que elas estão pensando. — A outra enfermeira deu de ombros. — Pelo menos os perigosos estão longe, como em Broadwell ou Rampton. Elas são dóceis aqui.

— Que elas são dóceis é verdade. — A enfermeira-chefe estendeu o braço para a mulher idosa de olhar vazio que havia sido levada para o jardim em sua cadeira de banho e bateu a cinza quente do cigarro no pulso dela. Não houve nenhuma reação, e as enfermeiras riram.

Aguente firme. Beth pegou no chão o cigarro fumado pela metade quando elas foram embora e deu uma tragada muito bem-vinda. *Só aguente firme*.

Ela saiu do roseiral e andou até o alto muro externo. Árvores, arbustos e qualquer coisa que pudesse ajudar a subir nele haviam sido removidos. Um trio de funcionários corpulentos percorria o perímetro de hora em hora, de olho em lençóis com nós ou cordas improvisadas penduradas nas paredes. Mas não olhavam com muita atenção; fazia anos que ninguém tentava escapar dali. *Pretendo ser a próxima*, pensou Beth. *E então vou atrás da pessoa que me pôs aqui.*

Três anos e meio, e ela ainda não estava totalmente certa de quem havia sido. Dissera isto para suas ex-amigas na mensagem cifrada:

Osla & Mab,

<u>*Havia um traidor em Bletchley Park, vendendo informações durante a guerra.*</u>

Não sei quem, mas sei o que ele fez. As provas que encontrei apontam para alguém que trabalhava na minha seção — mas, quem quer que seja, ele ou ela me trancou aqui antes que eu pudesse falar.

Vocês podem me odiar, mas fizeram o mesmo juramento que eu: proteger BP *e a Grã-Bretanha. O juramento é maior do que qualquer uma de nós. Tirem-me deste hospício e me ajudem e pegar o traidor.*

Me tirem daqui.

<u>*Vocês me devem isso.*</u>

— Todos para dentro, agora! Fim do horário de exercícios. — A mesma enfermeira-chefe de rosto severo chamou do outro lado do jardim, impaciente. — Obedeça quando falo com você, Liddell. — Deu um beliscão agressivo e indiferente no braço de Beth quando ela passou.

Beth levantou o cigarro ainda aceso que havia conseguido esconder entre os dedos e enfiou a ponta em brasa na mão da mulher.

— Este. Não. É. Meu. Nome.

Dois funcionários a arrastaram para a cela, enquanto lhe estapeavam o rosto. Beth lutou em cada passo do caminho, arranhando e cuspindo enquanto eles a enfiavam na camisa de força. Ela tentava se manter fora do radar. Ah, como tentava. Mas às vezes não conseguia se conter. Beth rosnou quando sentiu a picada da agulha, a desorientação entrando por suas veias. Sentiu que era carregada como um fardo de feno para sua cama. A enfermeira furiosa permaneceu ali depois que todos se foram, esperando para poder cuspir no rosto de Beth. O cuspe secaria e seria confundido com baba, Beth sabia.

— Você vai ficar deitada aí nesses lençóis até encharcá-los de urina, sua vagabunda. E depois continuar aí mais um pouco.

Vá para o inferno, sua bully *arrogante*, Beth tentou dizer, mas foi tomada por um acesso de tosse de rasgar os pulmões. Quando parou de tossir, já estava sozinha. Sozinha, com a camisa de força, drogada até os ossos, sem nada para pensar a não ser no traidor de Bletchley Park.

Mab e Osla com certeza já haviam recebido as cartas, pensou Beth, tonta. A questão era: elas considerariam o que ela tinha escrito como a fantasia paranoide de uma louca?

Ou acreditariam no inacreditável: que um traidor estivera trabalhando em Bletchley Park e passando informações para o inimigo?

Seis anos antes

Março de 1941

Fuxicos de Bletchley
O novo semanário de BP: tudo que você não precisa saber!
Março de 1941

O *Fuxicos de Bletchley* soube por fonte confiável que algum gaiato desconhecido lambuzou a cadeira do comandante Denniston com geleia de morango durante o turno da noite. Desperdício de uma boa geleia, diz o *FB*!

Este mês, o Clube dos Chapeleiros Malucos está lendo *O grande Gatsby*. É oficialmente a vez de Giles Talbot levar a cartola — para todos vocês de riso frouxo que nunca puseram os olhos nessa monstruosidade, imaginem uma chaminé de fogão dickensiana enfeitada com flores artificiais, medalhas antigas da Guerra dos Bôeres, plumas de Ascot etc. A cartola é usada como um chapéu de burro por qualquer Chapeleiro Maluco que sugerir o *Principia Mathematica* como leitura do mês (estamos falando de você, Harry Zarb), que começar cada frase com "desculpe" (ouviu, Beth Finch?) ou que de alguma outra maneira perturbar os trabalhos. O *FB* não prevê que as cartolas venham a frequentar em qualquer momento próximo as páginas da *Vogue*...

Falando em tendências da moda, Londres continua a exibir a combinação clássica e duradoura de 1941 de prédios destroçados e crateras de bombas, completada com *eau de Messerschmitt* e exuberantes plumas de fumaça. Podem mandar as bombas, alemães. Os crânios e debutantes de BP continuarão indo para Londres todas as noites para dançar desafiadoramente no meio dos escombros. Estamos em uma guerra, afinal, e amanhã podemos estar mortos!

Anônimo

15.

Osla rastejou pelo chão, cegada pelo sangue.
"Daisy Buchanan é uma dessas garotas que andam por aí fingindo ser frágeis demais", proclamou Mab, "e na verdade são resistentes como botas velhas."

"Achei ela um pouco triste", arriscou Beth. "Desculpe. Não quis dizer..."

"A Beth disse desculpe outra vez!" Os Chapeleiros Malucos riram em coro, e o velho chapéu enfeitado com flores foi jogado na direção de Beth...

Aquilo não estava certo, Osla pensou vagamente, sentindo o sangue escorrer em seu cabelo. Ela não estava mais no Clube dos Chapeleiros Malucos. Havia sido à tarde, todos enrolados em seus casacos para se proteger do frio de março, mas determinados a discutir *O grande Gatsby* ao sol de primavera à margem do lago. Mab com as pernas elegantemente cruzadas, Harry todo estendido na grama apoiado no cotovelo, Beth recatadamente de pé com sua caneca de chá.

"Você está muito elegante hoje, Os." Isso fora Harry que havia dito, recolhendo o chapéu e os livros depois da reunião. "É sua noite de folga?"

"Vou pegar o trem da noite para Londres." Osla bateu a mão na sacola em que naquela manhã enfiara seu vestido de festa Hartnell favorito: cetim verde-esmeralda que deslizava sobre a pele como água. "Um velho amigo meu está de licença do trabalho no mar. Vamos ao Café de Paris nos divertir um pouco."

O Café de Paris... Osla olhou em volta, piscando para afastar o sangue dos cílios, mas não conseguia ver nada na escuridão estilhaçada além de escombros e mesas viradas. Havia coisas jogadas pelo chão. Seu olho se recusava a reconhecê-las, o que elas eram. Ali... a famosa escada da casa noturna, que levava as pessoas da rua para o íntimo esplendor subterrâneo de mesas de coquetel e sonhos da vida inteira. Osla tentou segurar o corrimão e se levantar, mas tropeçou em algo. Olhando para baixo, viu o braço de uma jovem, no pulso delicado ainda havia um bracelete de diamantes.

O corpo da moça estava caído e sem braço, um vestido de chiffon azul sobre a mesa mais próxima.

— Ah — sussurrou Osla, e vomitou nos destroços.

Sua cabeça estava cheia de cacos de vidro, seus ouvidos zumbiam com as sirenes, e tudo começou a voltar. Ela olhou em volta, para a carnificina que, minutos antes, havia sido a casa noturna mais glamorosa de Londres: a mais segura da cidade, seu gerente se vangloriava. A Blitz não os alcançaria aqui, seis metros abaixo do solo, então dancem à vontade, a noite inteira.

— Philip — ela se ouviu murmurando —, Philip...

Ken "Snakehips" Johnson e sua banda haviam lotado a casa. O Café de Paris estava abarrotado de gente dançando enquanto os trompetes ressoavam. Mesmo quando a área entre Piccadilly Circus e Leicester Square estava sendo bombardeada pelos aviões alemães, ali se podia esquecer os ataques aéreos. Ali se estava seguro. Talvez parecesse cruel ou indiferente dançar quando o mundo acima estava sendo castigado pelas bombas, mas havia momentos em que era dançar ou chorar — e Osla escolhia dançar, sua mão na mão forte e queimada de sol do parceiro, o braço dele dentro da farda naval em volta da cintura dela.

— Case comigo, Os — disse ele em seu ouvido, girando-a no tango. — Antes que minha licença termine.

— Deixe de ser chato, Charlie. — Ela fez um giro exuberante, sorrindo. — Você só me pede em casamento quando está meio bêbado. — Osla não podia negar que queria estar dançando tango com Philip, mas ele ainda estava no mar. Charlie era um velho amigo de seus tempos de debutante, um jovem oficial que estava indo para o olho do furacão no Atlântico. — Chega de pedidos de casamento, estou falando sério!

— Esse seu coração canadense é frio como gelo...

Snakehips e a banda começaram "Oh, Johnny, Oh, Johnny, Oh!", e Osla inclinou a cabeça para trás e cantou junto. O inverno tinha acabado, e o calor começava a voltar à Grã-Bretanha; o governo podia ainda estar em alerta para uma invasão alemã, mas Osla não tinha ouvido um pio em BP sobre nenhuma operação daquele tipo em andamento. Talvez as manchetes dos jornais fossem sombrias, e talvez Osla estivesse entediada até o último fio de cabelo arquivando e registrando documentos no Galpão Quatro — e sim, não só entediada, mas irritada com alguns comentários maldosos que tinha ouvido sobre *o rebanho de debutantes burrinhas e emperiquitadas de pérolas da senhorita Senyard* —, mas havia, de modo geral, muito mais motivos para cantar naquele início da primavera de 1941 do que no outono de 1940.

Snakehips, de pele escura e esguio com sua jaqueta branca, continuava cantando e dançando com toda a graça espontânea, fazendo jus ao apelido "quadris serpenteantes".

— Ele canta isso melhor que as Andrews Sisters — Osla meio que gritou, afastando-se do parceiro enquanto executava os passos rápidos da dança com seu vestido de cetim verde, e não ouviu as duas bombas que atingiram o prédio na superfície e desceram pela ventilação. Ela só viu o brilho azul explodindo na frente da banda e, um instante antes de tudo se apagar, a cabeça de Snakehips Johnson arrancada de cima de seus ombros.

E agora ali estava ela, mexendo-se para a frente e para trás no chão, seu vestido de festa coberto de sangue.

Havia mais luz agora, lanternas piscando enquanto os sobreviventes começavam a se mover. Um homem com farda da Força Aérea Real tentava ficar de pé com uma das pernas decepada na altura do joelho... um garoto que mal parecia ter idade para se barbear tentando erguer a parceira que gemia no chão... uma mulher com um vestido de lantejoulas rastejando no meio dos destroços... *Charlie*, pensou Osla. Ali estava ele, de rosto para cima na pista de dança. A explosão havia estourado seus pulmões pela frente da farda naval. Por que as bombas o haviam matado e poupado Osla? Não fazia sentido. Ela tentou se levantar, mas as pernas não se moviam.

Alguém desceu as escadas, gritando, e de repente pareceu haver uma movimentação de pés e fachos de lanterna.

— Por favor. — Ela tentou pedir ao homem que passou correndo e estava se movendo de um corpo para outro. — Poderia me ajudar... — Mas o homem não estava ali para ajudar; ele estava arrancando os braceletes do braço ensanguentado de uma mulher, seguindo para um torso separado do resto do corpo perto do palco e tateando à procura de uma carteira.

Ela levou um longo momento para entender o que era aquilo. *Um saque*, ele estava saqueando os corpos. Aquele homem tinha entrado em uma sala cheia de mortos e feridos e estava *roubando joias...*

— Você... — Osla se esforçou para se levantar, a fúria como cacos de vidro em sua boca. — Você... Pare...

— Me dê isso... — Um jovem de cabelo loiro claro estendeu o braço, e a dor desceu como fogo pela coluna de Osla quando ela sentiu seus brincos sendo arrancados. — Me dê isso também — disse ele, os dedos se fechando em volta da insígnia cravejada de joias de Philip.

— Você não pode... levar isso — gritou Osla, mas seus membros estavam se movendo com uma instabilidade espasmódica e ela ouviu a alça do vestido rasgar.

Então uma voz rosnou:

— Saia de cima dela. — E uma garrafa de champanhe voou em um curto arco pela semiescuridão. O som era como o de um prato de porcelana atingindo um chão de tijolos, e o agressor de Osla caiu no lugar onde estava. Ela sentiu um toque gentil em seu braço.

— Está bem, senhorita?

— Philip — murmurou ela.

Ainda segurava com tanta força a insígnia naval que sentia as bordas cortando a palma de sua mão.

— Não sou Philip, meu bem. Como é o seu nome?

— Os... — começou ela, e rangeu os dentes tão forte que não conseguiu terminar o próprio nome.

— Que nem Ozma de Oz? — A voz do homem era suave, tranquilizadora. — Sente-se, Ozma, e deixe-me ver se você está ferida. Depois vamos levar você de volta à Cidade das Esmeraldas, sã e salva.

Ele tinha uma lanterna e a guiou até a cadeira mais próxima. A visão de Osla estava tão embaçada que ela não conseguia ver como ele era. Teve uma vaga impressão de que era magro, tinha cabelo escuro e vestia a farda do Exército sob o sobretudo. *Quem é Ozma de Oz?*

O homem que a havia atacado estava caído, imóvel, entre os destroços.

— Ele... está morto? — gaguejou Osla.

— Não ligo se estiver. Nossa, tem sangue no seu cabelo... não consigo ver se tem algum ferimento por baixo. — Ele pegou a garrafa de champanhe que havia atirado na cabeça do saqueador, abriu a rolha e despejou o líquido com cuidado sobre o cabelo de Osla. Bolhas rosadas escorreram pelo pescoço dela, ainda frias do balde de gelo.

Ela estremeceu e começou a chorar.

— Philip...

— É seu namorado, Ozma? — O homem estava examinando a parte de trás de sua cabeça agora, afastando os cachos ensopados de champanhe. — Parece que não é sangue seu. Não se mexa, um paramédico está a caminho...

— Philip — lamentou Osla. Estava pensando no pobre Charlie, mas sua língua não conseguia dizer o nome certo. Ela tentou se levantar, deveria estar ajudando, encontrando bandagens para os outros, *fazendo alguma coisa*, mas as pernas ainda não lhe obedeciam.

— Fique parada, meu bem. Você está em choque. — O homem de cabelo escuro tirou o sobretudo e o colocou nos ombros dela. — Vou tentar encontrar o Philip.

Ele não está aqui, pensou Osla. *Ele está no Mediterrâneo, sendo alvejado pelos italianos.* Mas seu bom samaritano desapareceu antes que ela pudesse lhe dizer isso, indo se curvar sobre um capitão da Força Aérea Real caído contra a parede. O homem de cabelo escuro puxou a toalha da mesa mais próxima para limpar os ferimentos do capitão, e então uma fila de coristas com plumas e paetês o ocultaram enquanto passavam cambaleando e chorando; elas deviam estar protegidas nos bastidores quando as bombas explodiram...

Para Osla, a passagem do tempo estava estranha. De repente ela estava em uma maca, ainda com o sobretudo, e socorristas a levavam pela escada até a rua, onde alguém a examinou de novo.

— Podemos levá-la ao médico, senhorita, mas você vai ter que esperar horas enquanto eles atendem os casos graves primeiro. Meu conselho é que vá para casa, tome um banho e procure seu médico de manhã. Tem alguém em casa esperando por você?

Como assim, "casa"? Philip havia dito isso no Café de Paris na véspera do Ano-Novo. *Casa é onde me convidam para ficar ou onde tem um primo meu.* Osla, de pé com seus sapatos de dança ensanguentados na rua cheia de escombros, não tinha a menor ideia de onde era sua casa. Ela era uma canadense morando na Grã-Bretanha; o pai estava morto; e a mãe, em uma festa em Kent; tinha um lugar para ficar em Bletchley e mil amigos que lhe ofereceriam uma cama, mas sua casa? Não. Nenhuma.

— Claridge's — falou ela, porque pelo menos poderia tomar um banho quente na suíte vazia da mãe. Teria de pegar o trem do leite de madrugada para chegar a Bletchley a tempo para seu turno.

No hotel, demorou bastante até conseguir se despir. Não suportava a ideia de tocar nos fechos ensanguentados de seu vestido favorito e totalmente arruinado, não suportava a ideia de tirar o sobretudo, que era macio e usado e a abrigava em seus braços quentes. Não sabia sequer o nome de seu bom samaritano, e ele também não sabia o dela. *Sente-se, Ozma... vamos levar você de volta à Cidade das Esmeralda, sã e salva...*

— De quem é isto, senhorita Kendall? — perguntou a sra. Finch no dia seguinte. Geralmente, era no pé de Beth que ela pegava após o expediente, avisando em tom de repreensão que, se *finalmente tivesse terminado* seu *trabalho muito importante*, havia colheres para serem lustradas. Mas, naquele dia, era Osla que ela estava esperando, segurando o sobretudo que Osla usara na viagem de volta e pendurara no cabideiro da entrada. A sra. Finch semicerrou os olhos para o nome escrito na parte interna do colarinho.

— J. P. E. C. Cornwell. Quem é?

— Não faço ideia — disse Osla, pegando o sobretudo e subindo a escada como uma mulher de oitenta anos. Cada articulação de seu corpo doía; ela não pregara o olho e fora direto de Londres para Bletchley Park. O cheiro de sangue e de champanhe permanecia em suas narinas.

— O que aconteceu? — perguntou Mab, seguindo-a para dentro do quarto e tirando os sapatos. — Você está andando de um jeito...

Osla não ia conseguir explicar. Ela murmurou uma desculpa e se enfiou na cama estreita, algo bem lá no fundo fazendo-a tremer, abraçando o sobretudo, que cheirava a urzes e fumaça. *Eu quero a minha casa*, pensou ela, aleatoriamente. Não bastava mais só lutar, fazer sua parte por aquele país que ela amava e tentar se divertir onde pudesse. Osla Kendall estava exausta e assustada, ansiando uma porta por onde pudesse entrar, uma porta com braços acolhedores do outro lado.

Ela queria ir para casa e não tinha a menor ideia de onde encontrá-la.

16.

> *FUXICOS DE BLETCHLEY*, MARÇO DE 1941
>
> Colegas de BP, se vocês tiverem duas namoradas ao mesmo tempo e estiverem tentando evitar que uma descubra sobre a outra, sejam cautelosos. Em outras palavras, não leve sua secretária loira para o Bletchley Odeon, para onde você também leva aquela moça alta de cabelos escuros que conheceu no lago em seu intervalo do chá, senão a morena em questão vai descobrir seu joguinho...

—Descarado... *sem-vergonha* — murmurou Mab, batendo cada tecla em sua Typex com uma raiva especial.

Havia meses ela vinha saindo para o cinema e jantares com Andrew Kempton, pregando uma expressão fascinada no rosto enquanto ele discorria sobre o revestimento de seu estômago e suas frieiras. Talvez ele fosse um pouco chato, mas ela o achava gentil, sensato e honesto. Alguém que oferecia tranquilidade além de estabilidade. Ele disse que não estava saindo com mais ninguém; trouxera à tona a ideia de apresentá-la aos pais. E, durante todo aquele tempo, estava saindo com uma datilógrafa da mansão às escondidas!

Fora naquilo que dera a suposta honestidade. Ele claramente via Mab como nada mais do que uma moça com quem se divertia.

Os homens todos pensam isso de você, um sussurro maldoso disse em seu inconsciente. *Uma vadia idiota e barata.*

Por um momento, chegou a sentir a respiração dele na orelha, do homem que havia dito isso. Então o empurrou de volta para o canto escuro onde deveria ficar e se curvou de novo sobre sua Typex, configurando os rotores na combinação do dia para o Vermelho. Mab ainda tinha muitos candidatos em sua lista de possíveis maridos, homens que seriam de fato gentis, sensatos e honestos, e que não apenas dissessem que eram.

Ela terminou sua mensagem e a registrou na fita, fazendo uma pausa para soprar as mãos. A temperatura dentro do galpão era ártica; todas as mulheres na Sala de Decodificação estavam encolhidas sobre suas Typex com casaco e cachecol, e havia muito mais máquinas agora, em comparação com os dias em que havia apenas duas. Felizmente elas não precisavam mais correr até o lado de fora para levar as mensagens decodificadas para a tradução e análise; *este* trabalho agora era feito no galpão ao lado, e os crânios tinham sido rápidos em inventar um atalho para a transmissão de informações de um para o outro. Mab pegou a vassoura encostada na mesa, bateu com força na escotilha de madeira agora instalada na parede, depois abriu-a e gritou lá dentro do túnel: "Acorda aí, gente!" Alguém do outro lado no Galpão Três gritou de volta: "Não enche." E então, com uma série de ruídos, uma bandeja de madeira foi transportada para a sala. Mab colocou sua pilha de papéis nela, puxou o cabo para mandá-la de volta e retornou à sua Typex.

O informe seguinte saiu com um trecho de palavras sem sentido no meio, mas já fazia tempo que Mab não precisava encaminhar os informes defeituosos para alguém mais experiente. "Erro de máquina, ou perda do sinal de rádio durante a interceptação..." Ela enviou uma solicitação à Sala de Registro, pedindo-lhes para checar os registros de tráfego: se a mensagem tivesse sido interceptada e gravada duas vezes, com frequência era possível recuperar os grupos de código que faltavam na segunda versão...

Um homem com jeito afobado e um suéter de Fair Isle entrou às pressas na Sala de Decodificação.

— Preciso da mulher mais alta que vocês tiverem — disse ele, sem preâmbulos. — Operação nova no Galpão Onze. Recebemos sete Wrens para serem operadoras, mas precisamos de uma oitava, e ela tem que ter pelo menos um e setenta. Quem é a mais alta aqui?

Os olhos se dirigiram para Mab, que se levantou com seu um metro e oitenta.

— Esplêndido. Pegue seu material.

— É uma transferência temporária ou...

— Nesta casa de loucos? Vai saber... Venha, rápido.

Mab juntou suas coisas, franzindo a testa. Não tinha certeza se queria sair da Sala de Decodificação do Galpão Seis. O ritmo ali era alucinante, mas, depois de quase nove meses, ela ficara *boa* em seu trabalho. Elas eram mais do que apenas datilógrafas ali, Mab constatara: era preciso imaginação e habilidade para pegar uma mensagem corrompida e configurar as combinações dos rotores até ela sair clara, ou para analisar possíveis erros no código Morse e encontrar o que havia feito a mensagem sair errada. Ela passara a sentir certa satisfação ao ver um bloco de cinco letras sem sentido se transformar sob seus dedos em blocos ordenados de alemão.

Bem, não importava o que ela achava satisfatório; tinha de trabalhar no que eles mandassem. Mab se apressou pelo caminho de cascalho em direção ao Galpão Onze, apertando os olhos ao sair na claridade do sol de primavera. Logo seria aniversário de Lucy; ela havia combinado tirar o dia de folga e estava planejando levar um bolo para Sheffield, onde Lucy felizmente estava morando naquele momento com a tia, pelo menos enquanto Londres continuasse a ser bombardeada pela Luftwaffe. A pobre Luce não gostava de Sheffield *nem* da tia, que tinha quatro filhos e não queria uma quinta (pelo menos até Mab ter lhe prometido enviar semanalmente uma parte do salário que recebia em BP). Mas, mesmo se sentindo sozinha, Lucy estava segura. A mãe se recusou a sair de Shoreditch, e Mab acordava todos os dias sabendo que aquela poderia ser a manhã em que ela receberia a notícia de que uma bomba havia destruído a casa da mãe.

— Ótimo, chegou a substituta. — Mab foi puxada para dentro do Galpão Onze por um homem que ela reconheceu da fila do chá no quiosque montado pela NAAFI, o órgão governamental que auxiliava a Marinha, o Exército e a Força Aérea. Harold Algumacoisa. O Galpão Onze era abafado e frio, menor que o Galpão Seis e sem subdivisões, uma única grande sala que conseguia ser ao mesmo tempo cavernosa e claustrofóbica. Ao longo de uma parede havia uma fila de Wrens, todas olhando espantadas para as monstruosidades no meio da sala.

— Senhoras — disse Harold Qualquercoisa —, apresento a vocês as máquinas Bomba.

Eram gabinetes cor de bronze, coisas enormes com pelo menos um metro e oitenta de altura. Na frente, havia fileiras de discos de doze centímetros de diâmetro, com letras do alfabeto pintadas em um anel em volta de cada um. Naquele galpão escuro, as máquinas se avultavam como trolls embaixo de pontes, como gigantes transformados em rocha pela luz do sol. Mab ficou olhando, fascinada, enquanto Harold continuava a explicar.

— Vocês estão aqui para ajudar a decifrar códigos alemães, senhoras, e essas máquinas foram projetadas por alguns de nossos colegas mais inteligentes para acelerar esse processo. Vai ser um trabalho tedioso manter estes monstrengos em funcionamento, e precisão é essencial, por isso fui autorizado a compartilhar um pouco mais do que o normal a respeito do que elas fazem. — Ele deu uma batidinha em uma das enormes máquinas como se ela fosse um cachorro. — Cada cifra tem um número muito grande de combinações de máquina possíveis e não podemos avançar na decodificação até termos as combinações, e é muito lento fazer isso à mão. Estes monstrinhos vão acelerar tudo, e é aí que vocês entram. Os crânios enviarão algo deste tipo. — Harold levantou um diagrama complicado de números e letras diferente de qualquer coisa que Mab já tivesse visto no Galpão Seis. — Chamam-se *menus*...

— Por quê, senhor? — perguntou uma das Wrens.

— Provavelmente porque "menu" tem uma sonoridade melhor que "conjetura calculada". — Harold empurrou os óculos para cima. — Vocês pegam o menu e ajustam sua máquina de acordo com ele: os plugues na parte de trás devem corresponder às posições no menu. Depois ligam a máquina e a deixam trabalhar. Cada roda na máquina — continuou ele, indicando as fileiras na máquina mais próxima — percorre milhares de combinações possíveis, mais depressa do que qualquer pessoa poderia fazer à mão. Ela encontra uma correspondência possível para a fiação da roda e a combinação do anel de letras, e uma correspondência possível para uma letra no painel de plugues. Isso deixa, hum, alguns bilhões de combinações possíveis para checar as outras possibilidades do painel. Quando a máquina finalmente parar, vocês vão usar a máquina de checagem para verificar se as correspondências da posição final da Bomba estão corretas, garantir que não tenham um falso positivo, e assim por diante. Pressupondo que não tenham, vocês avisam os crânios nos respectivos galpões deles que conseguiram decifrar a combinação deles para aquela chave, depois ajustam a máquina para o menu e a chave seguinte. Perguntas?

Só umas mil, pensou Mab. Mas não era assim que funcionava ali; em BP você precisava engolir as perguntas e seguir em frente.

— Senhorita Churt e Stevens, vou pôr vocês nesta máquina aqui. Alguém deu a ela o nome de Agnus Dei, ou só Agnes.

Aggie, pensou Mab, já antipatizando com ela. A parte de trás da máquina parecia uma mistura de cesta de tricô com central telefônica, uma massa de plugues pendurados e grandes meadas vermelhas de fios metálicos trançados como lã emaranhada, serpenteando através de fileiras de letras e números. Stevens também estava perplexa.

— Achei que ia navegar para algum lugar glamoroso quando entrei para a Marinha — sussurrou para Mab quando Harold começou a mostrar a elas como manter os fios separados com pinças. — Para Malta ou Ceilão, tomando drinques servidos por tenentes. Não enterrada em um monte de fios no meio de Buckinghamshire!

— Boa sorte para sair agora que você entrou — disse Mab, ainda com os olhos em Aggie. — Ninguém é transferido para fora de BP a menos que fique grávida ou louca, então é só escolher.

Lidar com Aggie era como servir a alguma excêntrica divindade mecânica. Os braços de Mab doíam depois de uma hora levantando discos pesados para seus encaixes; seus dedos ficavam com marcas vermelhas de manusear os grampos pesados que prendiam cada disco no lugar. Ajustar os plugues na parte de trás era um horror: ela brigava com uma confusão de fios e conectores, tentava não produzir faíscas e entender um menu que parecia um exercício de diagramação de arcanos ou talvez um feitiço para ressuscitar os mortos. Mab deu um pulo, a ponta dos dedos formigando, quando tomou um choque pela quarta vez, e ligou a máquina murmurando um palavrão. Com todas as Bombas trabalhando a todo vapor, o barulho no Galpão Onze era ensurdecedor, agredia seus ouvidos como martelos.

— Trabalhem com os outros discos enquanto esperam a máquina parar — gritou Harold, mais alto que aquela barulheira.

Mab abriu os discos, revelando os círculos de fios dentro, e com as pinças certificou-se de que nem um único fio estivesse encostado em outro e pudesse provocar um curto-circuito. Uma hora depois, seus olhos ardiam por causa da extrema concentração e seus dedos estavam vermelhos de tanto os fios de cobre os espetarem.

— O que acontece se os fios se tocarem? — perguntou ela mais alto que o barulho incessante.

— Não deixe os fios se tocarem — respondeu Harold apenas.

Mab trabalhou, o suor se acumulando entre os ombros doloridos, os punhos da blusa e os próprios punhos engordurados do spray fino de gotículas de óleo da bomba. Afastando da testa o cabelo grudado e suado, ela endireitou o corpo quando Aggie e todos os discos pararam de repente.

— O que houve? — perguntou Mab, enquanto as outras máquinas giravam.

— Ela está avisando que é hora de checar os resultados. — Harold mostrou a Stevens como fazer a leitura do outro lado da Bomba e passá-la pela máquina de checagem. — Agnus encontrou a combinação. Trabalho feito, tirem tudo, carreguem os discos novos, comecem com o próximo menu. Excelente.

Ele pôs outro diagrama na mão de Mab. Ela sabia que era de um código do exército porque tinha visto o nome em informes que passaram por sua Typex no Galpão Seis, mas tudo mais no menu era um mistério. Isso era uma parte anterior na rede de informações de BP ao que ela estava acostumada a ver: a parte que ajudava a produzir aqueles textos com blocos de cinco letras que aterrissavam nas mesas das mulheres da Sala de Decodificação.

Mab ficou arrepiada. Trabalhar na Sala de Decodificação tinha um quê de normalidade; uma sala cheia de mulheres datilografando em máquinas Typex não era tão diferente de uma sala cheia de secretárias em um escritório, comentando se ...*E o vento levou* não era mesmo de perder o fôlego, e como você não viu o filme ainda? Ninguém conseguia conversar com aquele barulhão; ninguém ia admirar o vestido umas das outras quando estavam todas pingando de suor na névoa de óleo de máquina, em um lugar sem janelas. Mab trabalhava desde os catorze anos e já sabia que não havia nenhum trabalho no mundo que pudesse fazer aquele parecer normal. Ela terminou de ajustar os plugues de Aggie e deu um passo para trás.

— Pode ligar.

— Hora do intervalo — avisou Harold um tempo depois, indicando metade das garotas. — Voltem em uma hora para render a parceira de vocês.

Mab não queria comida, queria *ar*. As Wrens se dirigiram ao quiosque da naafi para um chá, mas Mab desabou na margem gramada do lago. Seus ouvidos zumbiam por causa das quatro horas de barulho de Aggie; seus dedos estavam picados e ardendo. Ela acendeu um cigarro e pegou o livro que estava lendo, mas desistiu depois de cinco minutos. Os Chapeleiros Malucos tinham escolhido uma antologia de poemas para a leitura daquele mês — *Atolado* era o título dele, conciso e sinistro, um livro de versos de campo de batalha da Grande Guerra —, e o ritmo dos pentâmetros jâmbicos seguia o mesmo padrão *claquet-clac* dos discos das máquinas Bomba.

— Não, obrigada — disse ela em voz alta, jogando o livro na grama.

— Não gosto muito desse livro também — comentou uma voz masculina atrás dela.

Mab virou a cabeça e subiu os olhos do paletó amassado para o rosto largo com linhas de expressão do sorriso. Ele parecia vagamente familiar...

— Estava muito escuro quando nos conhecemos — disse ele, sorrindo.

— Você trocou meu pneu na rua à meia-noite. Os sapatos serviram?

— Perfeitamente, obrigada. — Mab sorriu de volta, lembrando-se do rosto dele, embora não o nome. — Não precisava tê-los mandado.

— Foi um prazer.

— Você teria um cigarro? — Mab só tinha mais um e estava com uma sensação terrível de que precisaria dele no fim do turno. Ele lhe estendeu uma cigarreira. — Achei que você não trabalhava em bp.

— Não, trabalho em Londres. Fui mandado para cá a serviço.

Relações Exteriores? MI-5? Pessoas não identificadas de Londres estavam sempre indo e vindo com suas pastas de documentos e seus cupons de gasolina especialmente emitidos. Mab fez uma avaliação do homem de cabelo castanho-avermelhado que olhava para o lago em silêncio. Bons sapatos, cigarreira de prata, um sorriso bem bonito. Como era o nome dele? Ela não queria admitir que havia esquecido totalmente.

— Não gosta de poesia? — perguntou ela, indicando com um gesto de cabeça o livro no gramado.

Um encolher de ombros.

— Francis Gray não é terrível — continuou ela. Homens londrinos escolarizados gostavam de moças que soubessem falar sobre o uso de metáfora e símile. Só era preciso saber apenas um pouquinho a menos que eles. — "No horizonte, cicatrizes de estrelas de arame farpado." Bons versos, sem dúvida, é só que o tema geral é um pouco óbvio. Quero dizer, comparar uma trincheira de guerra com um altar de sacrifícios não é exatamente original, é?

— Lugar-comum — concordou ele. Mais silêncio.

— É o livro do mês dos Chapeleiros Malucos. — Mab tentou de novo. — O clube de leitura de BP. — Recebeu outro dos belos sorrisos, mas nenhuma resposta. Ele não falava nada? Achou melhor desistir e apagou o cigarro. — Meu intervalo está acabando.

— Você realmente não gosta da poesia do Gray? — perguntou ele. — Ou está só de brincadeira comigo?

— Eu não *des*gosto dele. Ele só não é um Wilfred Owen. Não é culpa dele. Ele não era uma criança quando escreveu isto? — Um daqueles garotos que haviam mentido a idade e se alistado jovens demais, lembrou-se Mab vagamente, colocando o livro na bolsa enquanto se levantava. — Eu não sabia nada de poesia aos dezessete anos.

— Dezesseis.

— O quê?

— Ele tinha dezesseis anos. Escute, o que você acha de comer um curry na sua próxima folga? Conheço um restaurante indiano muito bom em Londres.

— Gosto muito de curry. — Ela nunca havia experimentado.

Ele continuou olhando para Mab com aquele sorriso ligeiro, aparentemente sem se importar com o fato de ela ser meia cabeça mais alta. Aquilo *era* pouco habitual em homens baixos.

— Quando é sua próxima folga, senhorita Churt?

— Na próxima segunda-feira. E estou envergonhada de admitir que não lembro o seu nome. — Mab realmente se sentia constrangida com isso.

— Francis Gray. — Ele a cumprimentou tocando a ponta do chapéu. — Funcionário das Relações Exteriores e poeta medíocre, às suas ordens.

17.

FUXICOS DE BLETCHLEY, MARÇO DE 1941

O *FB* não ousa dizer uma palavra sequer sobre os boatos recentes de ação iminente no Mediterrâneo, portanto a notícia mais importante da semana é a barata encontrada na sobremesa do turno da noite servida no refeitório...

— Mãe, vou me atrasar...
— Se você puder torcer mais um pano para a minha testa... Parece que estão martelando minha cabeça. — Os olhos da sra. Finch estavam fechados com força no quarto escuro.

Beth correu para pegar um pano.

— Tenho mesmo que ir...

— Você faz o melhor que pode, Bethan — disse ela, em um tom frágil. — Compreendo que você não tenha tempo para sua mãe... É que é tão difícil ser deixada assim sozinha...

Beth estava quase chorando de desespero quando conseguiu se livrar. O pai balançou a cabeça enquanto ela vestia o cardigã.

— Quem vai fazer uma boa xícara de chá para sua mãe, com você no trabalho?

Você mesmo poderia pôr uma chaleira no fogo, pai, Beth não pôde deixar de pensar enquanto saía. Mas, assim que entrou correndo no *Cottage* com um "desculpem o atraso, desculpem...", a frustração e a raiva foram embora e ela se esquecia de tudo. Acontecia bem rápido agora: no tempo que levava para sair pela porta de casa até cruzar a porta do *Cottage*, a mente de Beth desopilava, ela ignorava totalmente os assuntos de sua casa e deixava para resolvê-los mais tarde.

— Estamos com menos gente até a meia-noite — disse Peggy da mesa ao lado. — A Jean ficou em casa com gripe, o Dilly está tendo mais uma briga com o Denniston, então mãos à obra.

Beth pegou sua tabela de cribs e seu dicionário italiano de bolso, mexendo na ponta da trança. Alguma coisa estava acontecendo no Mediterrâneo, talvez algo grande. Se o material da Marinha italiana não fosse tão imprevisível — e tão pouco; quase nada com o que trabalhar... Alinhando suas tiras de papelão, Beth conseguiu um conjunto de decodificações fáceis, depois soltou um gemido quando a mensagem seguinte chegou. Era curta, e as curtas eram sempre terríveis. Eram dez horas da noite quando ela conseguiu um clique. Normalmente, as mensagens não significavam nada, apenas italiano que ela não sabia ler, mas aquela ela conseguiu entender.

— Peggy — sussurrou Beth, sem nenhuma emoção na voz.

Peggy veio olhar e ficou paralisada ao ler as palavras que Beth traduziu do italiano.

— *Hoje, 25 de março de 1941, é o dia menos três.* — Foi doloroso dizer aquelas palavras. Ela olhou para Peggy. — O que vai acontecer em três dias?

— Estamos abarrotadas de tráfego urgente. — Beth se forçou a olhar no fundo dos olhos do chefe do Galpão Oito. — Precisamos de qualquer um que vocês possam dispensar. — Peggy estava ao telefone do *Cottage* ligando para Dilly, chamando Jean com gripe ou sem gripe, convocando a equipe inteira, e enviara Beth ao Galpão Oito para pedir reforços. *Eles pedem nosso pessoal emprestado, agora é hora de retribuírem o favor.* Normalmente, Beth teria se encolhido em uma timidez agoniante para fazer as palavras saírem, mas o código ainda a mantinha envolvida em seu espiral, o que a transportava para fora de sua natureza desajeitada. — Por favor?

— Ah, caramba... — O chefe do galpão engoliu algumas palavras indelicadas. — Pode levar o Harry Zarb. Não posso dispensar mais ninguém.

Beth assentiu, os braços em torno do próprio corpo naquela noite fria de primavera, esperando até Harry sair em mangas de camisa.

— Olá — disse ele, alegremente. — Precisa de uma mãozinha com o tráfego carcamano? Posso falar carcamano — acrescentou ele, notando a reação de Beth. — *Eu* sou chamado de carcamano toda hora, quando não de mouro. É inevitável quando se é um pouco mais escuro do que papel na boa e velha Inglaterra. Tome... — Ele estava começando a vestir seu casaco muito usado, mas, em vez disso, colocou-o nos ombros de Beth. Ela tentou protestar, mas ele a ignorou. — Qual é a pressa na seção do Dilly?

Beth explicou enquanto atravessavam o terreno escuro. Estava acostumada a ver Harry nas reuniões dos Chapeleiros Malucos, onde ele era irônico e relaxado, apoiado nos cotovelos sobre a grama úmida junto ao lago ou espalhando migalhas de torrada em cima do livro, mas era um homem diferente nos turnos de BP, alerta e focado, as sobrancelhas movendo-se enquanto escutava. Ele soltou um assobio baixo ao ouvir "hoje é o dia menos três", seus passos se alargando até Beth ter de quase correr para acompanhá-lo. Quando Harry baixou a cabeça para passar pela porta e entrou no *Cottage*, Peggy estava ao telefone, brava.

— Não me importa se seu nariz está escorrendo como o Tâmisa, *volte* para cá...

— Então este é o famoso harém? — Harry olhou em volta, enorme e desarrumado entre o amontoado de mesas apertadas. — O Hugh Alexander me deve dois pences. Ele apostou que vocês tinham espelhos e banheiros. Onde posso trabalhar? Parece que a casa vai ficar cheia.

— Vamos dividir a minha mesa. — Ainda bem que o Galpão Oito tinha mandado alguém conhecido, pensou Beth, não um estranho que ia tomar conta de seu espaço e paralisá-la de nervosismo.

Ele puxou um banquinho para o outro lado da mesa de Beth, o cabelo preto despenteado, e pegou um lápis, que parecia um graveto em sua mão enorme.

— Cribs?

Beth deslizou uma tabela para ele.

— Italiano para *inglês*, *cruzador*, *submarino*. Aqui estão as tiras...

— "Inglese, incrociatore, sommergibili." — Ele leu no papel. — Olha só a gente assassinando o pobre italiano...

Eles levaram a mão simultaneamente à pilha de mensagens e entraram de cabeça na espiral.

— Hoje é o dia menos três. — Toda vez que alguém se levantava da mesa, diziam a frase em voz alta. E, então, ela se tornou "hoje é o dia menos dois", porque ninguém da equipe de Dilly saiu do *Cottage*, nem para uma xícara de Ovaltine.

— Trouxe umas roupas para você. — Osla entregou um pacote para Beth na porta, dando uma olhada em Peggy, que vinha descendo a escada do sótão bocejando. — Vocês estão todos dormindo *aqui*?

Nós nos revezamos na cama no sótão, quando dá para dormir. Beth havia trabalhado dez horas direto em sua cadeira, quinze horas, dezoito... Mal conseguia enxergar o rosto bonito e preocupado de Osla. Beth murmurou um agradecimento, foi ao banheiro pôr uma blusa e roupas íntimas limpas, depois cambaleou de volta para sua mesa, onde Harry lhe passou uma xícara de café de chicória e suas tiras de papelão.

Algo grande. Todos sabiam disso, e nove das dezoito mulheres do *Cottage* haviam sido designadas para se dedicar só a isso, trabalhando como loucas. Dilly mergulhara tão fundo em suas tiras que mal estava presente. Beth o viu tentando enfiar meio sanduíche de queijo no cachimbo em vez do tabaco, murmurando enquanto trabalhava em uma nova mensagem. Ela apenas tirou o cachimbo da mão dele, removeu o sanduíche amassado, entregou-lhe o tabaco e voltou para sua mesa. Jean estava com febre agora, pegando lenço atrás de lenço para assoar o nariz sem parar de mover as tiras, e mover as tiras, e mover as tiras. Às vezes alguém cochilava na mesa e outra pessoa colocava um cobertor sobre seus ombros e a deixava dormir por dez minutos antes de cutucá-la e lembrá-la de que "hoje é o dia menos um".

— Quem é nosso comandante em chefe no Mediterrâneo? — perguntou uma das moças.

— Almirante Sir Andrew Cunningham — respondeu Peggy. — O Dilly disse que ele foi notificado de que algo vai acontecer.

Se nós conseguirmos descobrir o quê. Beth estendeu o braço para sua próxima pilha e só tocou o fundo da cesta de arame. As Garotas de Dilly andavam de um lado para o outro como cavalos de corrida em suas baias, esperando o som de pneu no pátio do estábulo, indicando que os emissários haviam chegado com suas sacolas cheias de novas mensagens em código Morse para decifrar.

— Beth? — Harry tocou seu braço e ela se assustou. Ficara tão acostumada com a presença dele do outro lado da mesa que mal notava que ele estava ali. — Desculpe, mas tenho que ir... Meu filho está doente e preciso ajudar minha esposa. Só algumas horas...

Beth assentiu, roendo a unha do polegar, sua mente ainda girando entre os blocos da Enigma. Poderia haver nome mais adequado?

— Você é boa nisso. — Harry vestiu o casaco. — Muito boa. Estou trabalhando a galope para acompanhar seu ritmo.

Ela se surpreendeu. Desde que percebera que não era tão terrível a ponto de ser demitida, ela nunca se perguntara se era *boa*. Nunca havia sido boa em nada na vida.

— Eu gosto disto — falou ela sem pensar, a voz rouca por ter passado horas sem dizer nem uma palavra. — Eu... eu *entendo* isto.

— Eu também. — Harry tinha olheiras e uma expressão concentrada e distante. Beth supôs que ele não a estivesse enxergando mais claramente do que ela o enxergava. — Poderia fazer isto o dia inteiro e continuar animado no fim. É só esta velha carcaça mortal que atrapalha. Pena que não somos máquinas como as que dizem que estão no Galpão Onze.

Beth concordou. As necessidades físicas atrapalhavam o trabalho, e isso a havia irritado naqueles dois últimos dias. A necessidade de beber às pressas uma xícara de chá, a necessidade de alongar as costas doloridas. Aborrecida, ela percebeu que estava com fome.

— Eu poderia fazer isto o dia inteiro também — confessou ela. — O dia e a noite inteiros.

— E é bom que seja assim. Este é o material mais importante de todos, não é?

— O quê, os códigos?

— Aquilo que os códigos protegem: a informação. Porque não importa se você está lutando uma guerra com espadas, com bombardeiros ou com paus e pedras. Armas não servem para muita coisa se você não souber quando e para onde apontá-las.

Aí entramos nós. Beth sorriu.

Harry olhou para seu relógio, dividido.

— Volto em poucas horas, mas o chefe do meu galpão quer que eu volte ao meu trabalho, não para cá. Detesto não ver aonde isto vai chegar...

Beth se arrancou do teletipo mental com custo.

— Avisaremos se precisarmos pegar você emprestado de novo. Por enquanto, vá para casa.

— Só o suficiente para tirar a temperatura do Christopher, dar um banho nele e explicar de novo por que ele não pode ter um cachorrinho. — Harry fez uma careta. — Coitadinho, odeio decepcioná-lo. Que pai não quer dar um cachorrinho para o filho? Mas comigo nos turnos da noite e a mãe na cantina do serviço voluntário feminino, infelizmente não tem como.

— Eu sempre quis...

O som de motores ressoou no estacionamento no pátio do estábulo, e Beth calou-se. Ela e as outras garotas se levantaram como um raio e se aglomeraram na porta, os olhos semicerrados de exaustão de repente se abrindo de novo. Quase agarraram as sacolas para pegar as novas mensagens, enquanto os emissários riam, "isto precisa ser registrado, moças...". Quando elas voltaram para suas mesas, Harry tinha ido embora e as cestas de arame estavam se enchendo outra vez.

Uma mensagem muito longa veio entre as recém-chegadas, tão longa que todas ficaram olhando enquanto ela se desenrolava sobre a mesa de Dilly.

— Ordens de combate — murmurou ele. — Aposto meu cachimbo que se trata disso.

Elas se entreolharam, nove mulheres esgotadas com dedos sujos de tinta e sem mais nenhuma unha para roer. Cada uma levou uma parte para sua mesa e então, pensou Beth, todas ficaram um pouco loucas. Ela não se lembrava do dia e da noite seguintes, absolutamente nada. Apenas as tiras de papelão deslizando para a frente e para trás e sua mente registrando os cliques, levantando os olhos e percebendo que o sol havia percorrido metade do céu ou ido embora, depois de volta às tiras e aos cliques. Eram quase onze horas da noite quando Dilly determinou que parassem.

— Mostrem-me o que encontraram, meninas. O tempo está acabando.

Beth olhou para Peggy, assustada. Peggy olhou de volta, igualmente alarmada. O tempo estava acabando?

Em terrível silêncio, elas se reuniram à mesa de Dilly outra vez, juntando seus pedaços de mensagem. Uma garota de cabelo crespo chamada Phyllida estava chorando.

— Teve um bloco inteiro em que não consegui entrar, nem um *único* clique... Peggy a abraçou.

A mão de Dilly se movia velozmente enquanto ele traduzia as linhas decodificadas do italiano para o inglês. Beth podia ver o linguista e professor que ele havia sido nos tempos em que traduzia textos do grego antigo em vez de segredos militares. Depois de um longo intervalo, ele levantou os olhos.

— Vocês não costumam ser informadas dos detalhes — disse ele, objetivamente —, mas em vista do trabalho que tiveram... a frota italiana está planejando um grande ataque aos comboios da tropa britânica no Mediterrâneo.

Um silêncio absoluto se instaurou. Beth olhou para seus dedos manchados de lápis. Estavam tremendo.

— Cruzadores, submarinos, localizações planejadas, horários de ataque... — Dilly jogou a caneta, balançando a cabeça. — É praticamente o plano de batalha inteiro. Vocês conseguiram, meninas. Vocês conseguiram.

Peggy apertou a mão sobre os olhos. Phyllida continuou chorando, mas de alívio e exaustão. Beth piscou, a boca seca, sem saber ao certo como reagir. *Vocês conseguiram.* Era difícil fazer aquilo entrar em sua cabeça.

A nossa Beth não é muito inteligente... Que pena que aquela menina Finch é tão lenta...

— Vou levar isto. — Dilly cambaleou ao se levantar, e todas elas estenderam os braços para segurá-lo. Ele parecia exausto, percebeu Beth, com a barba por fazer e trôpego depois de tantas horas de trabalho. Mais do que exausto: doente.

— Eu levo — disse Beth.

— Isto precisa ser transmitido no teletipo do almirantado imediatamente — alertou Dilly. — Ah, Deus, que o Cunningham não faça nenhuma besteira...

Beth saiu no escuro, sem perceber que estava chovendo forte até sentir a água no rosto. Ela não sentiu o frio nem as gotas da chuva; seus pés voavam enquanto ela corria pela trilha sob a torre do relógio, segurando os planos de combate. Não sabia onde ficava o teletipo do almirantado, então correu para a mansão e abriu as portas duplas com as mãos. Todo o turno da noite levantou os olhos quando Beth Finch irrompeu no saguão com uma rajada escura de chuva atrás dela, o cabelo colado no rosto, sóbria como a morte, segurando o precioso trabalho do *Cottage*. O *seu* trabalho.

— Chamem o responsável do turno — disse Beth, dando a primeira ordem direta de sua vida. — *Agora*.

Ela não voltou ao *Cottage* para pegar seu casaco e sua bolsa. Estava com seu crachá no bolso e caminhou direto da mansão para o portão de Bletchley Park e saiu, seguindo pela estrada em total escuridão embaixo da chuva. A exaustão arrebentava dentro dela em ondas, quebrando contra ela como as longas ondas do Mediterrâneo impelindo todos aqueles submarinos e cruzadores italianos pela noite enquanto centravam o alvo nos preciosos navios britânicos... mas era trabalho de outra pessoa pensar neles. Almirante Fulano. Ela não conseguia se lembrar do nome dele. Não conseguia se lembrar de nada que não viesse em blocos de cinco letras.

O som de um gemido veio quietamente no escuro. Beth mal o escutou, mas seus pés fizeram uma pausa. Seguiu meio tateando na chuva, em direção à farmácia — fechada havia muito tempo, é claro; devia ser quase meia-noite. O gemido soou de novo dos degraus da farmácia. Ela agachou, espiando por meio do cabelo ensopado, e percebeu que o pequeno volume encolhido era um cachorro.

Beth olhou para ele, exausta. Ele olhou de volta, tremendo, mostrando os dentes debilmente.

Ele tentou morder quando ela avançou em um movimento rápido e o pegou. Beth ignorou, sentindo as costelas trêmulas do animal de encontro ao braço. A chuva estava mais forte, e ela se virou para percorrer o último meio quilômetro até sua casa.

Havia uma luz acesa na cozinha dos Finch. A mãe de Beth estava sentada à mesa de camisola, as mãos curvadas em torno de uma xícara de Ovaltine, a Bíblia ao seu lado. Quando Beth entrou toda molhada pela porta da cozinha, a sra. Finch começou a chorar.

— Aí está você. Três dias sem nenhuma notícia! Eu... — Ela parou de repente, vendo o volume nos braços de Beth. — O que é isso?

Beth, ainda entorpecida, puxou uma pilha de toalhas imaculadas da gaveta e começou a enxugar o cachorro. Um schnauzer, identificou ela, quando o pelo cinzento começou a se levantar em tufos secos.

— Minhas toalhas boas... Essa coisa com certeza tem *pulgas*... — gaguejou a sra. Finch. — Tire ele daqui!

Beth abriu a geladeira. Dentro havia um prato com uma fatia de *woolton pie* de legumes, provavelmente seu jantar. Ela a colocou no chão e, em um torpor distraído, ficou observando o schnauzer esfomeado comê-la. Ele tinha uma cabeça quadrada e pequena com uma barba peluda como um pequeno cáiser, e toda hora olhava em volta, mesmo enquanto devorava a torta.

— Me diga que esse animal não está comendo na nossa segunda melhor porcelana! — A sra. Finch estava mais chocada do que Beth jamais a tinha visto na vida. Ela pegou a Bíblia como se fosse uma tábua de salvação. — Essa falta de respeito, Bethan... *O olho que desdenha um pai e despreza a obediência à mãe...*

Provérbios, pensou Beth. A sra. Finch levantou o livro, mas, pela primeira vez em sua vida, Beth não o pegou. Estava cansada demais para segurar a Bíblia à sua frente até seus braços tremerem e a fúria da mãe se dissipar. Simplesmente não conseguiria fazer isso. Com um gesto indiferente, ela afastou o livro e ficou olhando o cachorro limpar o prato. A boca da sra. Finch abria e fechava, dizendo alguma coisa, mas Beth não ouvia. A pequena ajudante obediente da mãe não estava ali, ainda não tinha voltado de três dias mergulhada na Enigma. Amanhã ela pediria desculpas.

Ou talvez não.

— E esse cachorro *não vai ficar*! — concluiu a mãe com um gritinho estridente e abafado. — Ponha ele para fora agora mesmo!

— Não — disse Beth.

Ela pegou o schnauzer, não muito perceptivelmente agradecido, e o levou para cima, passando por Osla e Mab, que estavam escutando de olhos arregalados no patamar da escada, até seu quarto. Fez um ninho de cobertores para ele, observando sem ligar muito que ele, de fato, tinha pulgas. Então Beth e seu novo cachorro dormiram que nem duas pedras.

Onze dias para o casamento real

9 de novembro de 1947

18.

Dentro do relógio

Clockwell era onde moravam os mortos-vivos, pensou Beth. Os médicos podiam contar lorotas sobre terapia recreativa e tratamentos por hipnose, mas as pacientes da ala feminina raramente pareciam se recuperar e ir para casa. Elas permaneciam ali: dóceis, drogadas, desvanecendo até desaparecerem. Bletchley Park havia desvendado códigos alemães, mas o sanatório desvendava como arruinar almas humanas.

Algumas das pacientes eram loucas de fato; algumas sofriam oscilações de humor tão violentas que não conseguiam lidar com o mundo exterior... mas havia outras, Beth descobrira ao longo dos anos. A mulher que havia herdado dinheiro que o irmão queria, então ele arrumou um laudo psiquiátrico e a trancou ali antes que ela chegasse à idade de receber a herança... A mulher que havia sido diagnosticada com ninfomania depois que confessou ao marido que havia tido alguns amantes antes de eles se casarem... E a mulher silenciosa que não fazia nada o dia inteiro, todos os dias, além de jogar jogos de tabuleiro. Gamão, *go*, xadrez com rainhas e torres lascadas. Beth nunca havia jogado nenhum daqueles jogos antes de Clockwell, mas aprendeu rápido com a mulher dos olhos atentos, que jogava como uma grande mestre.

— O nome BP significa alguma coisa para você? — perguntara Beth durante um jogo de xadrez. Bletchley Park havia recrutado muitos jogadores de xadrez. Mas a mulher lhe dera um xeque-mate sem responder.

Àquela tarde, elas estavam jogando *go* na sala comunitária, um jogo que Beth achava mais complexo e interessante que o xadrez, avançando rápida e ferozmente uma contra a outra enquanto Beth se perguntava quem poderia ser o traidor de Bletchley Park. Os anos que passara matutando sobre essa questão deveriam ter aliviado a angústia, mas não aliviaram. Só podia ser alguém que trabalhava na seção de Dilly; afinal, o que significava que um de seus amigos a havia traído.

Quem? Beth olhou para o tabuleiro de *go* cheio de pedras pretas e brancas. Três anos e meio ponderando sobre essa questão e ela ainda não tinha certeza de quem na equipe de Knox havia sido a pedra preta entre as brancas. Não era ela, nem Dilly — todos os outros eram suspeitos.

— Hora do exame, senhorita Liddell. Venha.

Intrigada, Beth saiu da sala comunitária com a enfermeira. Ela não havia sido avisada de que veria o médico naquele dia.

— Para que é isso? — perguntou ela ao médico enquanto ele examinava seu crânio, mas ele só riu.

— Algo que vai fazer você se sentir muito melhor! Essa sua mente está hiperativa, minha jovem. Você precisa de um cérebro calmo e desocupado se quiser se recuperar.

Desocupado? Beth quase cuspiu. Tinha vivido com um cérebro desocupado durante os primeiros vinte e quatro anos de sua vida, uma existência como um filme em preto e branco. Não queria uma mente calma e quieta; queria trabalhos impossíveis que seu cérebro convertesse em trabalhos possíveis pelo simples processo de se desdobrar de dentro para fora até que a tarefa estivesse feita. Todos os dias por quatro anos, seu cérebro estivera ocupado até o limite e ela vivera como em um glorioso tecnicolor.

— O que você quer dizer com "desocupado"? — perguntou ela ao médico.

Ele só sorriu, mas um murmúrio chegou aos ouvidos de Beth mais tarde, quando foi liberada para voltar à sala comunitária.

— Vou ficar feliz quando aquela ali fizer o procedimento. — A voz vinha da chefe de enfermagem que Beth havia queimado com cigarro. — Elas costumam parar de criar confusão depois de uma lobotomia...

Beth não conseguiu ouvir o restante, pois a mulher se afastou. Pela primeira vez em semanas, o pensamento de quem era o traidor de Bletchley Park foi totalmente varrido da mente de Beth. Lentamente, ela se sentou diante do tabuleiro de *go* outra vez; sua parceira deslizou uma pedra preta para a frente como se ela nunca tivesse saído dali.

— Você sabe o que é uma lobotomia? — perguntou Beth, tropeçando um pouco na palavra desconhecida, a pele arrepiada de apreensão.

Não esperava uma resposta, mas a mulher do outro lado do tabuleiro de *go* levantou os pequenos olhos atentos e passou o dedo de um lado a outro da testa como um escalpelo.

York

Mab massageou a testa quando uma voz conhecida soou ao telefone, as vogais da escola de boas maneiras espetando seu ouvido como pontas de cristal.

— Como assim, você está *aqui*?

— Acabei de chegar de Londres — disse Osla. — Cheguei a York uma hora atrás.

Mab baixou a mão, fechando o punho nas pregas bordô de sua saia.

— Eu disse ontem pelo telefone que não quero me encontrar com você.

A voz de Osla vindo assim do nada, o texto em Vigenère... tudo isso havia perturbado Mab terrivelmente. Ela queimara a mensagem do hospício, dissera a si mesma para esquecer aquilo e se ocupara em sossegar duas crianças irrequietas e cheias de areia em casa depois de um fim de semana correndo para cima e para baixo pela praia do Castelo de Bamburgh.

— Eu estou aqui — repetiu Osla, implacável. — Sei que você está irritada com isso, mas podemos nos encontrar mesmo assim.

— Estou muito ocupada — mentiu Mab. — Estou preparando o jantar.

Na verdade, ela estava na sala, tentando *não* pensar na mensagem cifrada de Beth Finch, planejando a recepção que ia oferecer em homenagem ao casamento real. Uma dúzia de amigas viria com seus melhores vestidos e elas juntariam suas porções de manteiga e açúcar para fazerem biscoitinhos e uma *bakewell tart* enquanto ouviam a transmissão pela BBC. Mab sabia que o marido ia rir da febre do casamento real e que ele e os outros homens também ouviriam secretamente a transmissão. Planejar a festa não distraíra Mab totalmente da preocupação que sentia ao ouvir o nome de Beth pela primeira vez em anos, mas produzira uma manhã do tipo que Mab achava que jamais deixaria de valorizar, depois de ter vivido uma guerra em que festas tinham sempre um fundo de desespero.

E agora a paz da tarde havia sido destruída.

— Escute, não vim do norte para ser esnobada como um vestido do esquema utilitário nas páginas da *Vogue* — disse Osla. — Estou hospedada no Grand...

— Claro que você está no hotel mais chique de York.

— Bem, você não ofereceu seu quarto de hóspedes com gritos espontâneos de boas-vindas para nós podermos trançar o cabelo uma da outra à noite e compartilhar segredos.

Um silêncio constrangedor se instaurou. Mab percebeu que estava se agarrando ao aparador para continuar em pé. Sabia que estava tendo uma reação exagerada, mas não conseguia controlar o pânico que se espalhava com tudo pelo seu corpo. Havia enterrado tão fundo tudo que acontecera em Bletchley Park, droga. Assim que a guerra terminou, ela guardou essas experiências num lugar em sua mente que não acessava nunca.

Mas, agora, Osla estava do outro lado da linha, e Beth havia voltado pelas linhas de um criptograma.

Você nunca fugiu de uma luta em sua vida, disse Mab a si mesma. *Não fuja agora*. Então ela encontrou os próprios olhos no espelho de moldura dourada acima do telefone, imaginando que estava encontrando o olhar de Osla.

— Não sei o que você achou que ia conseguir vindo aqui.

— Pare de se fazer de desentendida, minha querida. Você *sabe* que temos que conversar pessoalmente sobre a Beth. — Pausa. — Se ela realmente foi posta naquele lugar injustamente...

— Se ela estivesse sã, os médicos a teriam liberado.

— Os médicos já acham que mulheres normais são meio malucas só porque menstruam. Quando foi a última vez que seu médico lhe deu uma aspirina sequer a menos que você levasse um bilhete de seu marido?

Mab se lembrou do nascimento do filho, de como seu médico havia lhe dito no meio das contrações que ela estava fazendo muito escândalo e que fora cientificamente provado que dores do parto podiam ser inteiramente controladas com a respiração apropriada. Mab estava com muita dor para arrancar as orelhas dele e lhe dizer para controlar *aquela* dor com a respiração apropriada.

— O que estou dizendo — continuou Osla — é que, se ela está pedindo a *nossa* ajuda, depois de tudo que aconteceu, é porque está totalmente sem saída e não tem mais ninguém.

A boca de Mab estava seca.

— Tenho uma família agora. Não vou colocá-la em risco por alguém que me traiu.

— Ela diz que nós a traímos também. E não está completamente errada. *Vocês me devem isso*.

— O que você acha do resto da carta dela? — perguntou Mab de repente. — Você acredita?

As palavras não ditas: "Você acredita que havia um traidor em BP?"

Um longo silêncio se instaurou.

— Amanhã, duas horas da tarde, no Bettys — disse Osla. — A gente conversa.

Seis anos antes

Abril de 1941

19.

> *FUXICOS DE BLETCHLEY*, ABRIL DE 1941
>
> Do que falar a não ser de nossa estrondosa vitória no Mediterrâneo? Desde que nossos rapazes destroçaram a frota italiana no Cabo Matapão, alguém aqui deve ter razões para sorrir como pinto no lixo! Como nunca saberemos quem, vamos especular em vez disso se carne de baleia estará de volta ao menu do turno da noite no refeitório e qual grandona sedutora de BP tem um encontro num restaurante em Londres com um poeta de guerra...

Mab jogou a última edição do *Fuxicos de Bletchley* na lata de lixo antes de sair de seu turno. *Quem está escrevendo essas coisas?* Nem o supervisor-geral sabia quem entregava o semanário de fofocas anônimo para ser afixado no quadro de avisos da mansão toda sexta-feira, mas Osla apostava que era Giles, e Mab estava inclinada a concordar.

— Escreva de novo sobre mim em seu jornalzinho, e eu arranco a sua *pele* — ela o alertou, enquanto saía apressada pelos portões.

— Quem, eu? — Giles sorriu. — Arrase, Rainha Mab.

Mab sorriu. Ela havia passado cuidadosamente seu vestido de crepe cor de cereja e calçado os sapatos novos que Francis Gray lhe dera. Osla lhe emprestara um xale de caxemira maravilhoso. Enquanto corria para o trem,

Mab sabia que estava bonita. Mabel Churt de Shoreditch, jantando com um poeta de guerra bastante famoso — aquilo seria empolgante de contar à mãe.

Ele não parecia um poeta de guerra. Esperando por ela na plataforma em Londres, Francis Gray poderia ser qualquer homem de uma cidadezinha do interior em sua viagem anual à capital, atarracado e quieto com um terno cinza comum, um chapéu de feltro que já foi bastante usado em uma das mãos grandes, certamente nem de perto uma celebridade literária lânguida. No entanto...

— Você está muito bonita — disse ele com uma voz suave ao cumprimentá-la, apreciando-a da cabeça aos pés.

— Obrigada. — Um homem que sabia fazer um elogio sem adulação excessiva e sem ficar atrapalhado; isso, depois de meses saindo com estudantes desajeitados, era um bálsamo.

Mab sentiu um quentinho no coração quando ele lhe deu o braço. Em volta deles, corria um rio de pessoas fardadas apressadas em seus afazeres: moças indo para seus turnos para operar armas antiaéreas, vigilantes de incêndios dirigindo-se à vigília noturna em St. Paul's, todos aparentemente ocupados com a guerra... mas não Mab, não naquela noite. Ela estava entrando em um táxi com um homem que a achava bonita e ele estava indicando o caminho para o Veeraswamy na Regent Street, um restaurante *indiano*, olhe só, com garçons de turbantes brancos e tons de vermelho e dourado por toda parte. Pela primeira vez em dias, Mab conseguiu deixar para trás as máquinas Bomba e seu *clac-clac-clac* barulhento. Ela ia se divertir naquela noite.

Ou melhor, tentaria se divertir. Pois era difícil fazer isso quando Francis Gray simplesmente não *falava*.

— Conte sobre seu processo de escrita — começou ela, depois que o garçom anotou o pedido deles. — Eu leio bastante, mas não sei nada sobre o que envolve pôr as palavras no papel. — Ela apoiou o queixo na mão com uma expressão fascinada, pronta para ouvi-lo durante quanto tempo ele quisesse.

— Eu também não — respondeu ele com um sorriso.

Ela esperou, mas parecia que ele não ia dizer mais nada.

— Sei que você publicou *Atolado* depois da guerra de 1914. — Os fatos sobre Francis na contracapa do fino livro de poesia eram poucos, mas ela colheu tudo que foi possível. — Você escreveu os poemas durante sua temporada na França?

Ele girou o copo.

— Depois.

— Puxa, você ainda era muito jovem. — Ele havia se alistado aos dezesseis anos nos últimos seis meses da guerra, o que significava que tinha trinta e nove agora. — Claro, um bom número de meninos no meu bairro mentiu a idade para entrar na guerra. Suponho que seja natural querer servir antes que o mundo ache que você está pronto.

Ele balançou a cabeça.

— Eles vão aprender.

— Imagino se vão se tornar poetas também.

— Espero que não. O mundo já tem muitos poetas ruins.

— Não você.

— Ouvi dizer que meus temas são um pouco óbvios.

Mab fez um esforço para não ficar vermelha, lembrando-se da última vez que se viram. Fora como uma cena de uma comédia ruim, criticar a obra de um escritor na cara dele, sem se dar conta. Mas ela não ia se contradizer e puxar o saco dele agora; se ele a convidara para sair depois de ela ter demolido seus pentâmetros iâmbicos, era sinal de que claramente não estava atrás de adulação.

— Em questão de tema, eles não são os mais originais que já li — disse ela, adicionando um brilho aos olhos —, mas seu uso da linguagem é muito bonito. — Isso não era apenas adulação.

— Vou confiar na sua palavra — disse o poeta. — Não os leio há anos.

O garçom trouxe o primeiro prato. Sopa *mulligatawny*, ou o que quer que aquilo fosse: muito amarela, quase reluzente. Mab pegou a colher, ressabiada.

— Soube que você foi convidado para se encontrar com o rei no aniversário de dez anos da paz.

— Fui.

— Como ele era?

Outro sorriso.

— Um rei.

Mab reprimiu uma faísca de irritação. Por que ele não *falava*? Normalmente os homens que saíam com ela não ficavam de boca fechada: era só ela fazer uma ou duas perguntas e eles já engatavam a marcha.

— Tendo servido em uma guerra — tentou ela —, deve ser muito surpreendente para você se ver mergulhado até o pescoço em outra. — A sopa era quente e picante. Qual seria o cheiro de seu hálito se ele tentasse lhe dar um beijo de boa-noite?

Um sorriso ligeiramente amargo apareceu na boca do poeta.

— Guerras são cíclicas. Não deveria surpreender ninguém, elas acontecerem de novo.

— O que você acha que é diferente desta vez?

— Eu estar mais velho.

Tudo bem, então ele não queria falar desta guerra *nem* da guerra passada. Era justo.

— Então me conte sobre seu trabalho em Londres. O que puder ser contado, pelo menos.

— É entediante. Muito.

Pelo amor de Deus, pensou Mab. Não era justo deixar *toda* a conversa a cargo do outro em um encontro. *Por que não faz uma ou duas perguntas, senhor Gray?*

Mas ele claramente não ia fazer, então ela tentou de novo.

— Onde você mora, quando não está em Londres?

— Coventry.

— Então, quando vai para casa, você pode dizer que foi mandado para o convento — brincou ela.

Ele sorriu.

— Imagino que você já tenha ouvido essa piadinha.

Outro sorriso, mas nenhuma resposta.

A sopa desapareceu, substituída por algo chamado frango madras. Mab olhou para a comida. Tinha uma cor laranja forte. *Estou comendo comida laranja com um mudo*, pensou ela.

Matapão. Com certeza ele podia falar sobre a recente batalha no Cabo Matapão. Qualquer pessoa poderia falar sobre a maior vitória naval desde Trafalgar.

— As notícias sobre Matapão não são maravilhosas?
— Não sei. São?
— Três cruzadores pesados e dois contratorpedeiros afundaram no lado deles, nenhum do nosso. — Mab citou o jornal que ela havia devorado com uma barra de sua porção de chocolate no quiosque da NAAFI durante o intervalo. — Alguns milhares de rapazes de Mussolini mortos, nenhum dos nossos. Eu diria que isso é maravilhoso.

Ele encolheu os ombros.

— A menos que você esteja entre os alguns milhares de Mussolini.

Mais um tema de conversa tão morto quanto aqueles italianos. Sentindo-se ligeiramente derrotada, Mab deu uma mordida no frango, o que encheu sua boca de fogo. Ela baixou o garfo, tentando não sufocar.

— Muito apimentado? — perguntou ele.

— Imagina — conseguiu responder ela. Mab pegaria fogo antes mesmo que alcançasse seu copo.

Ele levou uma garfada à boca sem o menor desconforto. *Que seja, então*, pensou Mab.

Ela recostou-se na cadeira, cruzou as pernas e com os lábios ardidos abriu um sorriso. Ele sorriu também, comendo. O som de uma cítara ecoou. O garçom levou embora o frango cor de laranja explosivo de Mab. A sobremesa chegou, algo chamado *halva*, que não parecia nada com uma sobremesa, mas pelo menos não incendiava a boca como gasolina. Ela comeu tudo, baixou o garfo e sorriu outra vez.

— Você não parece ser uma pessoa tímida — disse ela, por fim. — Então, o que é?

Ele parou de mexer o garfo.

— Como assim?

— A maioria dos homens calados são calados porque são tímidos. Mas acho que não é esse o seu caso, senhor Gray, então tem alguma razão particular para você não estar contribuindo para a conversa com nada além de monossílabos?

— Não gosto muito de falar sobre mim, senhorita Churt.

— Tudo bem. Eu entendo isso, especialmente quando não se tem permissão para comentar seu trabalho. Mas você poderia perguntar sobre mim, ou falar do tempo, ou da comida. Porque, francamente, não é nada educado ficar aí sentado esperando que eu carregue *todo* o peso de conduzir a conversa. Por que tenho que entreter você a noite inteira e você, por algum motivo, não sente a necessidade de corresponder?

— Não pedi a você que me entretivesse — respondeu ele, mansamente.

— É o que as pessoas normalmente esperam, senhor Gray. Um homem convida uma mulher para jantar, ela aceita, e eles fazem um esforço para ser agradáveis um com o outro. Garanto que sei entreter muito bem se me derem uma pitadinha de incentivo. Minha imitação do Churchill é melhor do que o próprio Churchill, tenho um arsenal de piadas do arcano ao profano, li os números um a oitenta e três dos "Cem clássicos da literatura para uma dama culta" e tenho opiniões sobre todos eles. — Mab afastou a cadeira e se levantou. — Se me dá licença, vou ao toalete. Quando voltar, gostaria de ter uma conversa de verdade. Escolha um assunto. Prometo que me garanto.

Ela meio que esperava outro encolher de ombros, mas recebeu um sorriso.

— Você devia usar saltos de quinze centímetros — disse Francis Gray. — Ficaria mais perto dos dois metros e esse discurso soaria ainda mais como a proclamação de uma rainha.

— Homens baixos não gostam de saltos muito altos — contrapôs ela.

— Eu por acaso gosto de mulheres altas. — Ele passou a mão pelo cabelo castanho-avermelhado, hesitando. — Detesto falar sobre mim, senhorita Churt, então já pressuponho que os outros também não gostem. Aprecio o silêncio e esqueço que isso deixa os outros pouco à vontade. Peço desculpas. Quando você voltar do toalete, não serei mais um pilar de sal.

Ela sorriu e saiu para retocar o batom, depois voltou para sua cadeira sentindo de novo aquele calorzinho do início da noite.

— Por que você não gosta de falar de si mesmo?

Ele fez uma careta.

— Porque as pessoas ouvem a palavra *poeta* e começam a pensar coisas idiotas.

— Ué, mas você é poeta, não é?

— Eu era um idiota de dezesseis anos que correu para a guerra porque achava que seria uma aventura gloriosa. Quando percebi que não era, escrevi alguns versos insípidos e infantis sobre meu tempo nas trincheiras em vez de enfiar o cano do revólver na boca. Não escrevi mais nem um verso sequer desde então. — Ele pegou sua cigarreira. — Não sou droga de poeta nenhum, desculpe meu linguajar. Só um cara que trabalha num escritório e gosta de ficar quieto.

Ela apoiou o queixo na mão.

— Tudo bem, então.

Conversaram sobre a casa onde ele cresceu em Coventry, uma cidade pequena e bonita agora quase destruída por bombas alemãs. Mab contou algumas coisas sobre suas colegas de quarto: "Uma mocinha toda tímida que não fala uma palavra com ninguém, mas trabalha com as pessoas mais inteligentes que nós temos, e uma debutante canadense que prende o lençol embaixo da cama para a gente não conseguir enfiar as pernas quando vai deitar e congela nossas calcinhas do lado de fora da janela no inverno..." Falaram sobre as chances de que os Estados Unidos entrassem na guerra e se os italianos estavam liquidados no Mediterrâneo. Mab ainda se encarregava da maior parte da conversa, mas pelo menos ele participava fazendo perguntas e escutando as respostas. Quando o silêncio voltou, Mab não se incomodou de deixá-lo se estender, observando a fumaça do cigarro se enrolar nos dedos grossos dele.

— Você se importaria se eu perguntasse por que me convidou para jantar, senhor Gray? Foi uma ótima noite, mas... Bem, você claramente não está me cortejando. Se estivesse atrás de alguma outra coisa, teria posto a mão no meu joelho antes mesmo de pedir a sopa.

— Não tenho nenhuma expectativa, se é isso que está temendo. — Ele deu um sorrisinho. — Você é um pouco jovem e vivaz demais para um fim de feira como eu.

— Você não é velho, se é isso que quer dizer. Homens da minha idade são imaturos e chatos. — Homens mais velhos gostavam de ouvir aquilo, e muitas vezes era verdade. Claro que muitos homens mais velhos também eram imaturos e chatos, mas *isso* eles não gostavam muito de ouvir. — Por que me convidar para sair se você não esperava nem diversão nem romance? — Ela estava sinceramente curiosa.

— Um lembrete de civilização... — Ele hesitou. — Senhorita Churt, eu vi duas guerras. Se eu puder me sentar em um belo restaurante, comer um bom curry, olhar para uma mulher bonita... é um alívio. Uma pequena e boa ilusão.

— A civilização não é uma ilusão.

— Ah, é, sim. Os horrores são reais. Isto — disse ele, mostrando em volta com a mão — é tudo fumaça.

Mab ficou chocada.

— Que pensamento horrível...

— Por quê? A ilusão faz um belo show, enquanto dura. — Ele lhe ofereceu um cigarro. — Por que não pedimos café e você me conta mais sobre o seu dia a dia?

Ele estava desviando do assunto, mas Mab decidiu aceitar.

— A proprietária da casa onde estou ficando está fazendo um escarcéu, algo digno de Dickens, ou talvez de Bram Stoker, porque a filha levou para casa um cachorro que achou na rua. *Ah*, as lágrimas. Não vou dizer que é bonitinho. Ele tem pulgas e morde. Mas estou do lado do cachorro, nem que seja só para ver a velha irritante fazer um escândalo toda vez que ele entra na sala ameaçando soltar pelos naquela horrível mobília metodista dela. — Mab pressionou a mão trêmula na cabeça em sua melhor paródia da sra. Finch.

As linhas de expressão do sorriso em torno dos olhos dele ficaram mais marcadas.

— Eu disse que sei imitar Churchill também, não disse? — Mab fez um V da vitória e engrossou a voz. — "Cada homem e mulher deve, portanto, se preparar para cumprir o seu dever..."

— Impressionante — disse Francis Gray.

— E *esta* é a minha irmãzinha Lucy, implorando por um pônei...

20.

Para o senhor J. P. E. C. Cornwell,

Desculpe não saber como me dirigir ao senhor. O senhor lavou meu cabelo com champanhe quando o Café de Paris foi bombardeado, depois de nocautear o homem que tentou me roubar, e me emprestou seu casaco. Eu estava tão atordoada que não perguntei o seu nome. Na etiqueta do seu casaco está escrito "J. P. E. C. Cornwell", e consegui encontrar um endereço vinculado a um J. Cornwell em Londres, mas, quando tentei postá-lo, o pacote voltou para mim com um aviso. Aparentemente, o senhor embarcou para o exterior pouco depois de nosso breve encontro. Se este segundo bilhete chegar até o senhor — estou encaminhando-o a quem presumo que esteja te hospedando —, desejo-lhe toda a sorte na batalha por vir.
Se desejar procurar por Osla Kendall na próxima vez que estiver na Inglaterra,

Osla hesitou, então, sem saber ao certo como concluir. Não queria dar ao seu bom samaritano a ideia de que estivesse sugerindo um encontro — ela mal se lembrava de alguma coisa dele a não ser do sobretudo, da farda, da voz calma —, mas queria realmente apertar sua mão pela ajuda que lhe havia prestado.

eu teria muito prazer em lhe devolver o casaco e lhe agradecer pessoalmente.

— GOSTARIA DE MUDAR de seção, senhorita Senyard. — Osla olhou, decidida, para ela. — Minhas habilidades linguísticas estão se esfarelando aqui, organizando informes e enfiando fichas em caixas.

A srta. Senyard estalou a língua.

— O trabalho que fazemos pode não ser gratificante, mas é muito importante.

— Domino muito bem o alemão simples e técnico. *Tem* que haver outros trabalhos aqui na seção naval alemã que eu possa fazer. — Osla deu seu sorriso mais cativante. Desde praticamente o primeiro dia, ela achava o trabalho maçante, mas, depois que sobrevivera ao bombardeio, ficara abruptamente, violentamente, farta daquilo. Ela havia quase morrido no Café de Paris; não estava disposta a voltar com o rabo entre as pernas a BP e desperdiçar suas habilidades arduamente obtidas em um trabalho que qualquer menina de colégio com um pouco de experiência em arquivos poderia fazer. Ainda estava viva, e ia ser alguém na vida. Para começar, queria lutar com mais empenho contra os monstros que despejavam aquelas bombas.

— Sabia que alguns dos rapazes chamam nossa seção de "Toca das Debutantes"? — perguntou ela à srta. Senyard. — Deixe-me provar que sou mais do que uma socialite bobinha, senhorita Senyard.

— Vou odiar perder você, Osla. — A srta. Senyard suspirou. — Mas, com alemão técnico, imagino que possa se juntar à seção que faz as traduções do alemão. Vou falar com o senhor Birch.

— Muito obrigada! Devia pôr a Sally Norton na tradução também. O alemão dela é tão bom quanto o meu. — Sally havia sido recrutada para Bletchley Park naquela primavera e também fora designada para trabalhar com a srta. Senyard, para alegria de Osla.

— Alguma outra mudança de equipe que você gostaria de fazer? — perguntou ela, sorrindo.

— Não, senhora.

Osla não demorou muito para ser transferida, ainda para o Galpão Quatro, mas em uma seção diferente, onde um grupo de homens de tweed que haviam estudado alemão na universidade e um de mulheres de *twinset* que haviam feito o curso de boas maneiras em Munique e Viena estavam sentados a uma longa mesa traduzindo mensagens cifradas. Elas abriram espaço com acenos alegres e passaram para ela uma pilha de textos decodificados.

— Acabaram de ser decodificados em máquinas Typex. Traduza para o inglês.

Estava frio no galpão, então Osla fechou mais seu casaco de lã cor-de-rosa no corpo — aquelas paredes de tábuas verdes demoravam para aquecer ao sol aquoso da primavera — e começou a traduzir a primeira mensagem cifrada. Detalhes sobre um grupo de U-boats, os submarinos alemães, interceptados por intérpretes de código Morse em uma estação Y em Scarborough, de acordo com as informações.

— O que é para fazer se tiver partes faltando? — Trechos inteiros do parágrafo à frente de Osla terminavam em nada.

— Preencha, de acordo com o contexto. Nem sempre conseguimos o texto inteiro, e isso é tudo que temos.

E se essa for a parte que é crucial?, pensou Osla, olhando para o espaço em branco na mensagem. *E se essa for a parte que vai salvar vidas?* Bem, ela queria um trabalho mais difícil, um trabalho mais importante, e ali estava ele. Pegou seu lápis e abriu o dicionário de alemão. *Die Klappenschrank*, o que aquilo significava?...

— Você devia ter vindo para cá no fim de março — disse a moça à sua frente na mesa, enquanto ela terminava sua primeira mensagem. — Leituras emocionantes, você nem imagina. Todo o tráfego de Matapão entrando!

Meu namorado estava em Matapão, Osla queria dizer. *Porque ele foi transferido para o* Valiant. *Foi só quando as informações chegaram às minhas mãos na seção da senhorita Senyard que eu soube que o* Valiant *estava na batalha... e não tive mais notícias dele desde então.*

Ela cortou logo aquele medo pela raiz antes que ele ficasse desproporcional. Pelo amor de Deus, Philip não havia escrito porque estava *ocupado*. Ou talvez ele a tivesse esquecido, lhe dado o velho pé na bunda. Tudo bem. Naquele momento, ela só queria saber se ele estava em segurança. Depois se preocuparia se ele continuava interessado nela ou não.

E, com certeza, ele *estava* em segurança. Ela escutara as notícias no pequeno Bletchley Odeon, petrificada em sua cadeira, ouvindo o locutor falar mais alto que a música metálica triunfante: "Estes são alguns dos navios que destruíram pelo menos três cruzadores e três contratorpedeiros italianos e danificaram, ou possivelmente afundaram, um navio de guerra, sem sofrer nenhum dano ou baixa!"; "Sem nenhuma baixa..." No entanto, Osla sabia como aqueles noticiários podiam ser ingenuamente otimistas. Mesmo em uma vitória esmagadora, homens morriam. Vitórias vinham com um custo. Osla havia arquivado o custo da vitória todos os dias em caixas de sapatos.

"Estes são os projéteis de quarenta centímetros que aniquilaram um cruzador novo em folha com uma única salva...", tinha continuado o locutor, e ela contivera uma onda de náusea, imaginando o que um projétil como aquele poderia fazer com a força e a pele bronzeada de um homem, com um cérebro inteligente dentro do crânio frágil. Aquele não era um conto de fadas; príncipes eram tão mortais quanto qualquer outro homem.

Mas, se ele estivesse morto, isso certamente teria sido informado. A morte de um príncipe nas linhas de frente seria notícia. A menos que o informe ainda não tivesse chegado...

Aquele medo torturante pela morte de Philip tinha sido a gota d'água para Osla, o que a levara a pedir um trabalho mais importante do que copiar, organizar e arquivar. Se era para sofrer tanto, estar com tanto medo, ela pelo menos estaria fazendo algo mais importante.

— Não foi terrível ver aqueles prisioneiros italianos no noticiário? — perguntou ela de repente. — Aqueles que nossos navios pescaram do mar. Fico pensando em quantos se afogaram.

Os outros olharam para ela, surpresos.

— Eles são carcamanos — disse uma moça de cabelo ondulado à la Veronica Lake. — Se eles não quisessem ser afundados por contratorpedeiros britânicos, não deviam ter aplaudido Mussolini.

— Talvez não, mas... — Osla calou-se, frustrada.

A explosão no Café de Paris parecia ter arrancado uma camada de sua superfície polida, tornando-a presa fácil não só do medo, mas da empatia. Olhar para os italianos de expressão desolada no noticiário quase a fizera chorar, pois sabia que, para cada um tirado do mar, outros dois ou três certamente haviam queimado ou se afogado. Tantos no mundo todo morrendo a cada dia que se passava. Osla não conseguia parar de pensar neles: ingleses, franceses, os próprios conterrâneos canadenses, australianos, poloneses... e até alemães e italianos. Eles eram inimigos, mas também sangravam. Morriam. Quando tudo aquilo ia *parar*?

Ela provavelmente saberia antes do noticiário, quando passasse pela mesa à sua frente para traduzir. Havia um pequeno, frio, consolo naquilo — ter conseguido subir para um lugar mais vital na escada de BP e, ali, talvez saber antes dos outros que a guerra tinha acabado. Mesmo que fosse por questão de minutos.

— ENTREM. — UMA mulher com uma expressão preocupada usando um cardigã verde velhinho abriu a porta quando Osla bateu. — Sheila Zarb. É um prazer conhecê-los... — A mulher de Harry sumiu depressa outra vez, antes que alguém pudesse lhe agradecer por ceder sua casa para a reunião do clube de leitura naquela noite. Osla sentiu cheiro de chá em infusão enquanto entrava na pequena e modesta casa. Uma criança gritava no quarto ao lado.

— Ah, a vida doméstica — devaneou Giles, entrando atrás de Osla. — Por que esperar pela morte?

— Não seja desagradável — repreendeu-o Osla, ligeiramente incomodada consigo mesma por ter notado que a esposa de Harry não chegava nem perto de falar da forma culta como ele falava.

Não seja horrível você também, disse Osla a si mesma enquanto Giles e ela avançavam pelo corredor estreito. E então Osla se sentiu realmente um verme, porque Sheila Zarb reapareceu carregando o filho aos berros, as pernas rígidas pendentes ao lado da mãe dentro de aparelhos ortopédicos de metal que pareciam instrumentos de tortura. Pólio, com certeza. Osla tivera uma colega na escola interna que usava aparelhos como aqueles.

— Bem-vindos ao hospício. — Harry apareceu no corredor atrás da esposa e pegou a criança dos braços dela. — Entrem, a sala é por aqui. Christopher, meu chapa, sei que você odeia seu aparelho, mas precisa usar.

O filho de Harry apertou os olhos em revolta, ainda chorando.

— Que gracinha ele é — Osla conseguiu dizer mais alto que o barulho. — Quantos anos?

— Fez três em janeiro.

O menino parecia pequeno demais para três anos, era magro e frágil, quando deveria ser vigoroso e animado. Tinha o cabelo e os olhos pretos de Harry, mas por causa da saúde debilitada tinha a pele pálida.

— Eu sei do que este pequeno precisa. — Mab se espremeu para fora da sala atrás de Harry, equilibrando um copo de xerez e a cartola enfeitada. Ela se dirigiu a Christopher, completamente à vontade: — Quer usar a cartola do Chapeleiro Maluco? Ela é mágica, sabia?

O pequeno Christopher parou de gritar para refletir sobre a proposta. Mab enfiou a cartola na cabeça dele, Harry deu a ela um olhar agradecido, e todos entraram na sala, onde mais Chapeleiros Malucos estavam passando torradas uns para os outros e discutindo *Atolado: versos do campo de combate*, de Francis Gray.

— Prefiro o Siegfried Sassoon — disse alguém.

— "Altar" é meu soneto favorito do Gray, sinistro demais para descrever...

— Quem liga para a poesia dele? Quero saber das fofocas dele. — Giles voltou seu sorriso angelical para Mab. — Comece a falar, rainha das fadas. Você jantou com ele, e o *Fuxicos de Bletchley* diz que vão sair de novo semana que vem...

— Para um concerto, seu enxerido...

— Desculpem! — Beth entrou, corada e atrasada. — Tive que sair para passear com o cachorro. Se ele fizer alguma coisa dentro de casa, minha mãe prometeu que vai se livrar dele.

— Beth! — Harry manobrou o corpo enorme até a cadeira mais próxima, mantendo Christopher e seus aparelhos ortopédicos habilmente equilibrados sobre o joelho. — Não vejo você desde... Bem, você sabe. — Ele sorriu, e Beth enrubesceu, olhando para a caneca de chá que Harry estava enchendo com uma só mão.

— Ora, ora — murmurou Giles no ouvido de Osla, com uma animação travessa. — Nossa menina tímida está apaixonada?

— Não fale besteira — disse Osla, que tinha pensado exatamente a mesma coisa.

— Talvez ele também esteja. — A voz de Giles baixou ainda mais, inaudível para todos sob o zum-zum da conversa, exceto para Osla. — Beth é uma mulher inteligente, e algo me diz que o Harry não tem muitas conversas intelectualmente estimulantes com a esposa...

— Seu esnobe horroroso...

Sheila reapareceu, com um avental embaixo do braço.

— Desculpe por deixar você com o banho e a hora de dormir — falou ela baixinho para o marido enquanto os Chapeleiros Malucos passavam o bule de chá. — O gerente da cantina está insistindo para que eu cubra...

— Pode ir. — Harry acariciou o cabelo preto do filho. — Vamos ficar bem.

Sheila se inclinou e beijou o rosto de Christopher, e Osla se viu contendo as lágrimas ao presenciar toda a ternura que era dedicada àquela criança esquelética aconchegada nos braços do pai com total confiança. Ela teria dado as duas pernas por uma casa em sua infância onde houvesse colos quentes nos quais se abrigar e beijos no rosto à noite — por qualquer tipo de casa *naquele momento*. Mais uma coisa que ela havia aprendido na noite depois da destruição do Café de Paris: ela não tinha de fato uma casa para onde voltar.

E daí?, disse Osla a si mesma com firmeza. *Você tem tantas outras coisas. Até um emprego que faz diferença, finalmente.* Em um mundo em guerra, com certeza era ambição demais querer as duas coisas: um emprego importante e uma casa para voltar.

Então, Osla fixou um sorriso no rosto enquanto a discussão deslanchava e pegou um pedaço de papel para anotar ideias para o próximo *Fuxicos de Bletchley*, que ela datilografava toda quarta-feira. *Uma discussão animada sobre os versos de campo de combate de Francis Gray, embora o* FB *tenha suas dúvidas se poesia de guerra é o ideal para manter os ânimos. Quando alguém termina o turno traduzindo, digamos, uma lista de baixas em um U--boat, será que realmente quer discutir o idealismo esmagado de uma geração perdida afogada na lama em Flandres, representada em angustiantes pentâmetros iâmbicos? Ou será que não preferiria ler um* Jeeves & Wooster?

Cópias do FB estariam invariavelmente espalhadas por todos os galpões de Bletchley Park na sexta-feira, seguidos por muitas risadas. Osla não conseguia fazer a si mesma rir ultimamente, mas, ah, certamente conseguia soltar um semanário de fofocas que fizesse todo o Park fervilhar.

21.

> *FUXICOS DE BLETCHLEY*, MAIO DE 1941
>
> Som de cantos vindo da seção de Knox recentemente — cantos embriagados, pelo que pareceu ao *FB*...

— Nenhuma de vocês consegue cantar nem uma nota certa — comentou Dilly. — Ainda bem que sabem decifrar códigos. — Ele as regeu com seu cachimbo enquanto elas cantavam os versos seguintes de seu poema, escrito especialmente para a ocasião:

> *Quando Cunningham venceu em Matapão*
> *Pela graça de Deus e* MARGARET
> *Foi por ela, disse o almirante,*
> *Que nossos aviões fizeram um banquete!*

Peggy Rock balançou a cabeça sorrindo quando Beth e as outras gritaram seu nome. Cada uma das mulheres do *Cottage* tinha um verso para si.

> *Quando Cunningham venceu em Matapão*
> *Pela graça de Deus e* BETH
> *Foi ela quem encontrou os aviões*
> *De que nossos navios puxaram o tapete!*

*

— Não achei os aviões — protestou Beth —, achei as coordenadas...
— O que rima com "coordenadas"? — perguntou Peggy.
— "Rajadas" — disse Beth imediatamente. — "Encruzilhadas". "Empanadas"...

Peggy jogou uma rolha de vinho nela. Era a primeira oportunidade real que todos eles tiveram de comemorar sua conquista: durante os dias empolgantes após a vitória, houve novos trabalhos para fazer. Mas, naquele dia, Dilly tinha falado a Beth e Peggy que fossem até o pub Eight Bells e trouxessem o máximo de vinho que elas conseguissem carregar: o próprio almirante Sir Andrew Cunningham, herói de Matapão, estava vindo a Bletchley Park para agradecer pessoalmente a Dilly e sua equipe.

Quando terminaram de cantar, elas fizeram um brinde ao chefe.
— A Dilly Knox — disse Peggy. — A razão de nós todas estarmos aqui.
Dilly tirou os óculos, piscando muito.
— Ah, meninas — disse ele —, ah, meninas...

Elas se juntaram em volta dele. Beth ignorou sua aversão por ser tocada para poder abraçar todas que estivessem ao seu alcance. Sentia um nó tão grande na garganta que mal conseguia respirar.

— Ah, não — alguém falou em um súbito pânico —, será que é o almirante? Juro que ouvi um carro...

Estavam todas alinhadas do lado de fora do *Cottage*, muito sérias e bem penteadas (e ligeiramente bêbadas de Chablis barato), na hora em que o almirante Cunningham, com sua farda de galões dourados, aproximou-se do comandante Denniston, todo sorridente. Beth mal conseguiu olhar o homem grande no olho quando ele percorreu a fileira apertando a mão de cada uma delas.

— Tivemos uma grande vitória no Mediterrâneo — disse ele, no fim, segurando o copo que alguém tinha conseguido encontrar para beber aquele vinho ruim. — E isso se deve inteiramente a Dilly Knox e suas moças.

Um momento muito solene, rompido quando o almirante se virou e Beth viu que a parte de trás de sua farda escura imaculada estava manchada de branco.

— O *Cottage* acabou de ser pintado. — Riram duas das mulheres mais jovens. — Nós demos um jeito de fazer com que ele roçasse na parede.

— Isso não é jeito de tratar um almirante! — Mas Beth se deu conta de que o riso crescia nela como a conquista e as bolhas douradas da bebida com que não estava acostumada subiam à cabeça, e, quando o herói do Mediterrâneo percebeu o que havia acontecido e balançou a cabeça com ar bem-humorado e pesaroso, a equipe inteira de Dilly caiu na risada.

Beth ainda estava sorrindo quando entrou em casa.

— Não estou vendo muitos motivos para sorrisos — suspirou a mãe. — Vamos ter panelada de tripa e fígado para jantar se eu não conseguir encontrar uma cebola no mercado. E um cesto inteiro de meias para cerzir!

— Eu faço isso. — Beth beijou o rosto da mãe.

Conheci um almirante hoje, mamãe. Ele disse que sua vitória se devia inteiramente a mim e às pessoas com quem trabalho. Ela queria dizer aquilo, queria muito. Queria que a mãe se orgulhasse dela.

Tudo que podia fazer era se oferecer para cerzir meias.

— Leve esse cachorro lá para fora — ordenou a sra. Finch, pegando sua cesta de compras. — Ele só está esperando eu virar as costas para fazer uma bagunça...

Beth ainda não podia acreditar que havia vencido na questão do cachorro. Se não tivesse sido por aquela exaustão estranha e eufórica que tomara conta dela depois de decodificar o plano de combate italiano... A mãe nem citara Deuteronômio no dia seguinte. Aparentemente nem Deuteronômio tinha alguma coisa a dizer sobre filhas que ficavam três noites fora trabalhando. O cachorro era, ao que parecia, apenas mais uma coisa em meio a tantas outras.

— Sabe, um cachorro pode intimidar ladrões — dissera Mab à sra. Finch com uma expressão sombria que sugeria hordas de possíveis intrusos, e Osla havia começado a contar uma longa e arrastada história sobre como "a princesa Margaret tinha um cachorrinho incrível como esse, a senhora viu na *Tatler*?...". E, então, o cachorro ficou, e Beth o levou com ela lá para fora com a cesta de meias, para cerzi-las nos degraus ensolarados na frente da casa.

— Cachorro engraçado — disse o vizinho enquanto o schnauzer pisoteava mal-humorado a imaculada horta de guerra da sra. Finch. — Como é o nome dele?

— Boots. — O nome tinha vindo sem querer. Mab havia perguntado: "Que nome você vai dar a ele?" E Beth, ainda exausta de decifrar códigos e esperando a pergunta "onde você o encontrou?", murmurara "Boots", o nome da farmácia onde o havia achado.

Osla e Mab entraram animadas pelo portão com seus casacos rosa-shocking e azul-celeste, passando pela sra. Finch, que saía para ir à mercearia.

— Este sol não é uma bênção? — Mab se sentou no degrau da frente ao lado de Beth. — Vocês ficaram sabendo que tem um baile em Bedford? Uma banda norte-americana, ela toca todas as músicas mais recentes do Glenn Miller.

— Quem? — perguntou Beth, procurando a linha.

— Eu disse que ela não ia saber quem era. — Osla sorriu, sentando-se do outro lado de Beth. — Cérebros como o dela estão muito ocupados com coisas inteligentes para se interessar pelas músicas da moda!

— Não precisa ser tão inteligente para fazer o que faço. Só pensamento lateral. Olhem... — Beth hesitou, olhando ao redor. Ninguém as estava ouvindo. Deixando a cesta de meias de lado, ela pegou um pedaço de papel e escreveu algo rapidamente. — Esta é uma cifra de Vigenère. O Dilly me faz praticar isso no meu tempo livre. É um exercício histórico de decifração de códigos, muitíssimo diferente do que fazemos agora, então não é nada que vocês não tenham permissão para saber. Ensino vocês a solucionarem um destes em vinte minutos. — Ainda empolgada com a comemoração no *Cottage*, o vinho e o aperto de mão do almirante, Beth sentia uma necessidade inédita de compartilhar o que sabia fazer. — É assim que a gente decifra usando uma chave. Embora também possa ser feito sem... — Ela demonstrou como fazer. Mab e Osla tentaram em seguida, meio rindo e meio fascinadas. Levou mais de vinte minutos, mas, no fim, ambas conseguiram decifrar. — Viram? Não é tão difícil.

— Queria mostrar isto para todos aqueles sujeitos que ficam fazendo piadinhas sobre "a Toca das Debutantes". — Osla olhou para sua cifra de Vigenère. — Hitler ia ter um ataque de nervos se soubesse que um monte de mulheres está virando a guerra dele de cabeça para baixo.

— "Aqui forjaram sua queda e sua ruína sem vocês saberem de nada." — Beth citou um dos versos irreverentes de Dilly. — "Mulheres inglesas mexendo em papéis na noite fria de Bletchley..."

— Bem, estas mulheres vão para o baile em Bedford — declarou Mab. — Nós merecemos nos divertir. Você também, Beth.

— Você sabe que ela não vai. — Osla sorriu. — Sem chance, minha querida!

Para a própria surpresa, Beth se ouviu dizendo:

— Eu vou.

UMA HORA DEPOIS, ela já estava arrependida da decisão.

— Você não tem ideia de quanto tempo faz que eu estava querendo fazer isso — disse Osla, puxando os fios das sobrancelhas de Beth com uma pinça.

— *Ai!*

— Pare de fazer drama, Beth, a gente tem que sofrer para ficar bonita...

Mab, depois de expulsar Boots da cama e jogar em cima dela todos os vestidos de Beth, levantou um de crepe azul-marinho.

— Este. É o único que você tem que não é marrom, bege ou ferrugem. Todas as cores que você nunca deveria usar, Beth, porque fazem você parecer um sofá. Ah, como eu queria vestir você com alguma coisa *vibrante*...

— Vamos emprestar para ela o meu de cetim roxo — sugeriu Osla, puxando os pelos impiedosamente.

— Muito pequeno...

— E o seu de crepe framboesa?

— Muito grande. — Mab sacudiu o vestido azul-marinho de forma profissional. — Vou emprestar meu lenço vermelho, isso vai dar um impacto...

Beth gritou quando outro pelo foi arrancado. Ela sempre odiou que a olhassem, fugia de ser tocada, e agora ali estava ela sendo examinada e cutucada como uma novilha em um curral. Mesmo assim, havia um estranho fascínio em todo aquele processo. Ela deu uma olhada sobre o ombro de Osla para seu reflexo no espelho, com ar de dúvida. Será que mesmo Osla e Mab conseguiriam deixar o que ela via ali diferente?

— Sua pele é incrível, mas você precisa de cor — decretou Osla. — Pancake Max Factor, uma camada de batom Red Victory da Elizabeth Arden...

— Minha mãe diz que mulheres que usam batom são devassas.

— E ela tem toda razão! Você vai ficar uma devassa *de arrasar*...

— Muito bem, e agora este cabelo. — Mab já havia soltado a longa trança de Beth, passando os dedos pelas ondas dos finos fios loiro-acinzentados. — Se cortássemos uns quinze centímetros... Ei, não faça essa cara, eu corto o cabelo da minha irmã o tempo todo...

— Minha mãe vai me matar!

— Beth — disse Osla, severamente. — Se disser as palavras "minha mãe" mais uma vez, vou jogar você longe. Levante a cabeça! Crie coragem! Passe um batom!

— Mudei de ideia. — Beth tentou se levantar. — Não quero mais ir.

Mas era tarde demais. As amigas tinham ambas um brilho ligeiramente insano e uma determinação implacável no olhar. Seu momento de revolta transformou-se novamente em um fascínio involuntário enquanto ela era despida e girada, puxada e alfinetada; quinze centímetros de seu cabelo desapareceram com algumas tesouradas, então Osla começou a prender os cachos desenxabidos de Beth com grampos enquanto Mab alinhava uma nova bainha em seu vestido azul-marinho.

— Curto demais — gemeu Beth.

— Besteira — repreendeu Mab, sem parar de costurar. — Você tem *umas pernas*, Beth! É um pouco reta demais na frente e não tem muito quadril, mas tem umas pernas bonitas, e esta noite elas vão ser *vistas*.

— Não!

— Sim — disseram as amigas, implacáveis.

Quando elas terminaram, o vestido azul-marinho estava irreconhecível: a bainha na altura dos joelhos de Beth, o decote emoldurado pelo lenço vermelho de Mab, a saia armada pela anágua de seda vermelha de Osla ("Ela vai balançar e cintilar em volta dessas suas pernas bonitas quando você andar!"). Beth se olhou com cautela. Não era exatamente o patinho feio que virara cisne; nenhuma quantidade de pelos arrancados e roupas reformadas e babados de seda poderia lhe dar o porte de Mab ou o brilho de Osla. Mas ela não estava tão horrível quanto receara.

— Vamos fazer um cabelo igual ao da Veronica Lake em você — decretou Mab, tirando os grampos. — Você sempre baixa o queixo quando se encontra com estranhos. Com uma onda de cabelo sobre um dos olhos para se esconder, você vai parecer misteriosa em vez de tímida. — Ela penteou, dividiu e ajeitou o cabelo dela. — O que acha?

Minha mãe vai odiar, pensou Beth. Mas, olhando bem, talvez não estivesse tão ruim...

Mab e Osla estavam colocando os próprios vestidos agora, o de Mab tinha um tom roxo-azulado vibrante que se ajustava à silhueta esguia como um relâmpago.

— Era um forro de cortina velho que achei na sacola de pedaços de pano da minha mãe na última vez que estive em Londres. Não vai durar mais que três lavadas.

— Minha querida, só você e Scarlett O'Hara conseguem se vestir com uma cortina e ficar maravilhosas. — Osla prendeu suas meias na cinta-liga. — Não quero ficar pensando no que vestir, só me passe aquele estampado cor-de-rosa. Agora, Beth... quando a Mab e eu distrairmos sua mãe, corra para fora pelos fundos enquanto nós dizemos a ela que você foi para a cama com dor de cabeça.

Eu vou para o inferno, pensou Beth, enquanto elas giravam no meio de uma borrifada do perfume Soir de Paris de Osla. Mas aquilo não a impediu de dar um beijo de boa-noite em Boots e pegar o casaco.

— Iuhu! A caminho — disse Giles quando elas se amontoaram no carro dele na rua muito escura. — Essa é a nossa Beth? Quero dançar com você depois, lindeza!

— Não sei dançar — disse Beth. — Mesmo que eu soubesse, provavelmente ia odiar.

E o baile estava exatamente tão barulhento e cheio de gente quanto ela temia, uma grande sala abarrotada até o teto de soldados e moças que moravam por ali. Beth mal podia enxergar o palco onde a banda estava tocando "Tuxedo Junction". Giles e Mab voaram para a pista de dança, e, quando Beth viu Osla bater os pés no chão ao ritmo da música com seus sapatos cravejados de strass, ela lhe disse:

— Vá dançar. — A ideia de ficar sentada sozinha era alarmante, mas não tão constrangedora quanto forçar as amigas a serem suas babás a noite inteira.

Assim que Osla foi levada para a pista, Beth encontrou uma cadeira no canto. Um rapaz de cabelo muito claro se inclinou, com hálito de gim.

— Quer dançar, Veronica Lake?

— Não, obrigada.

Beth não podia dizer que gostava de estar no meio de uma multidão, mas descobriu que podia ficar sentada com os babados da anágua de seda roçando deliciosamente seus joelhos e deixar os olhos acompanharem os dançarinos enquanto a música tocava. A saia das mulheres se abria como flores, botões e insígnias cintilavam na farda dos homens... Ela quase podia ver padrões naquilo tudo, como as espirais das pétalas de rosas, ou os padrões de tijolos em uma parede...

— Olá! — Harry desabou na cadeira ao seu lado, grande e alegre, o cabelo preto revolto. Ele não ficou surpreso com a mudança de aparência dela, na verdade nem pareceu notá-la. Beth sorriu, percebendo que preferia assim. A reação galanteadora de Giles fora um pouco ofensiva; será que no dia a dia sua aparência era tão horrível assim? *É óbvio que era.* Mas então Harry não notava aquilo também, o que a deixou feliz. — Achei que você não viria — continuou ele, apoiando o cotovelo no encosto da cadeira.

— Por que não? Sou tão chata assim?

— Não, mas você odeia multidões.

— A Osla e a Mab me obrigaram a vir. — Beth deu uma espiada em Harry por meio de sua nova onda de cabelo e teve vontade de perguntar quais eram as semelhanças e diferenças entre a Enigma naval italiana e a Enigma naval alemã em que o galpão dele trabalhava. Mas não se podia falar em decifração de códigos no meio de uma multidão de pessoas de fora, então ela procurou alguma coisa comum para falar. — Sua esposa também veio?

— A Sheila está em casa com o Christopher. Ontem à noite ela foi a um concerto com uma amiga, então hoje ela me enxotou e disse para eu me divertir.

Ele falava sem nenhuma gota de autopiedade, mas a língua de Beth paralisou com uma compaixão não expressa. Ter um filho tão frágil que sempre precisava de um deles por perto...

— Hum... você acha que os Estados Unidos vão entrar na guerra? — arriscou Beth, buscando algo menos pessoal.

— É melhor que entrem. — A expressão dele ficou séria. — Aqueles U-boats estão esmagando a gente.

Outra conversa que não engatou. Beth poderia falar de cliques e combinações de rotores o dia inteiro, mas conversas comuns eram como nadar contra a correnteza. *Acho que isso é um avanço, já que houve um tempo em que todas as conversas eram como nadar contra a correnteza.*

A banda começou a tocar "In the Mood", e um riff de baixo soou pela pista.

— Eles são bons — disse Beth, por falta de outra coisa para dizer.

— É, eles são, mas gosto de músicas um pouco mais comuns. Padrões, sabe como é. — Harry sorriu quando ela o olhou com espanto. — Você também? Eu tive essa impressão. Não sei se é o jeito como nosso cérebro foi feito ou se é puro hábito depois do que fazemos o dia todo. Pode me mandar um Bach, a qualquer hora. *Cravo bem temperado* tem arranjos para dias inteiros.

— Eu nunca ouvi.

— Em Cambridge eu trabalhava em uma loja de música. Entre um cliente e outro, eu colocava meus fones de ouvido. Ficava muito irritado se alguém aparecia quando eu estava no meio de uma sinfonia.

— Nunca fui a Cambridge. — *Nunca fui a lugar nenhum.*

"In the Mood" terminou, e as pessoas que dançavam na pista se separaram. Algumas foram para os cantos, outras chamaram novos parceiros quando as notas de "Moonlight Serenade" soaram na pista. Harry inclinou a cabeça.

— Quer dançar?

— Na verdade não estou com vontade de dançar — confessou Beth. — Quero voltar ao trabalho.

— Eu também. Pessoas como eu e você são mais obcecadas do que viciados em ópio. — Trocaram sorrisos pesarosos e frustrados. Ela sabia que estavam chegando cada vez mais perto de falar sobre coisas que não podiam. — Venha — disse Harry, em um impulso súbito.

Puxando Beth para a pista de dança, Harry a aproximou de si firmemente com o braço em sua cintura, segurou a mão dela em sua mão grande e começou a rodar ao som da melodia lenta e suave.

— Ninguém vai escutar se conversarmos assim. — Ele baixou a cabeça em direção à dela, a voz travessa e amistosa em seu ouvido. — Tenho alguns truques novos para trabalhar com cribs, nada específico demais para a seção naval. Quer ouvir?

Beth hesitou, mas todos os outros casais em volta dançavam de olhos fechados e ele estava murmurando direto em seu ouvido. Nem o bisbilhoteiro mais dedicado não conseguiria ouvir nada.

— Quero, por favor — sussurrou ela também, com um sorriso sincero, relaxando no braço em volta de sua cintura.

— Então, eu estive trabalhando em uma máquina de quatro rotores...

Beth ouviu. A música era um vibrante padrão de metais sobre o padrão de palavras que Harry estava tecendo. Ela podia quase *ver* se fechasse os olhos.

— O Dilly está me fazendo trabalhar com tabelas de Vigenère.

— Já fiz isso. Você consegue decifrar os códigos sem uma chave?

— Mais fácil que tirar doce de criança.

— Caramba, você é boa. E a...

— Olha só vocês dois aí, aos cochichos. — Giles pôs a mão no braço de Harry. — Posso pegar seu par?

— Não, obrigada — disse Beth com firmeza.

Ela se inclinou novamente sobre o ombro de Harry, querendo dissecar tabelas de Vigenère e Enigmas de quatro rotores, e mal escutou quando Giles se afastou rindo.

— Tudo bem, fiquem aí com seus segredos...

Onze dias para o casamento real

9 de novembro de 1947

22.

Dentro do relógio

Um dos funcionários tinha cabelos ruivos como Giles. Beth o observava fazer as rondas da noite, reabastecendo armários, recolhendo roupas de cama sujas, rindo com um amigo. Ela se lembrou da voz de Giles: "Fiquem aí com seus segredos..."

Não era você que tinha segredos?, perguntou-se ela pela milésima vez. Giles, sempre amigável, o eterno fofoqueiro. Giles, que em certo momento acabou sendo transferido do Galpão Seis para a seção de Knox. Giles, o mais divertido dos Chapeleiros Malucos.

Ela não queria que fosse ele. Mas também não queria que fosse nenhum de seus amigos.

O funcionário ruivo saiu da sala comunitária, e Beth foi atrás dele.

— O que você quer, Liddell? — disse ele, em voz baixa. — Cigarros? Perfume? Isso tem um custo.

Mais uma coisa que Beth havia aprendido em seus anos ali: quais dos funcionários e das enfermeiras negociavam secretamente com as pacientes. Remédios desviados podiam comprar bebida, cosméticos... ou conhecimento.

— Preciso de uma informação. — Beth engoliu em seco, esfregando as palmas úmidas no vestido. — O que é uma lobotomia?

Ele levantou as sobrancelhas.

— Por quê?

Porque vão fazer uma em mim e eu não sei o que é. A sensação incômoda não a largara desde que ouvira as enfermeiras sussurrando aquilo. Nenhuma das mulheres na ala tinha certeza de alguma coisa, só especulavam.

— Me diga.

— Isso é uma informação importante. — Ele se inclinou para perto dela; Beth sentiu o cheiro de suor e desinfetante. — O que você tem para mim?

Ela engoliu de novo, bile desta vez, enquanto o puxava para o armário de roupas de cama mais próximo.

— Entre aqui que eu mostro.

Aquilo era mais uma coisa que ela havia aprendido. Quais dos funcionários apalpavam por baixo de sua bata quando ninguém estava olhando; como evitá-los e escapar de suas mãos insistentes; como mordê-los e chutá-los se eles a pegassem sozinha... e quais não a pegariam à força, mas não diriam não se você oferecesse. Às vezes, se isso lhe conseguisse algo de que você precisava, você oferecia. Não era a primeira vez que Beth tinha ficado de joelhos dentro de um armário, mas seu estômago se revirava com a mesma raiva impotente e viscosa da primeira vez.

— O que é lobotomia? — perguntou ela antes de começar, a voz raspando como uma faca enferrujada.

— Uma cirurgia na cabeça — disse ele, fechando os olhos e enfiando as mãos no cabelo dela. — Só um buraquinho no crânio, pelo que ouvi falar. É feito o tempo todo nos Estados Unidos... Isso... assim, continue...

Beth parou e se afastou.

— Para que serve essa cirurgia?

— Termina aqui primeiro...

— Não. Só depois que você me disser o que essa cirurgia faz.

— O que tudo aqui faz? É para fazer você ficar melhor, para consertar você. Eu não me preocuparia, Liddell — acrescentou ele, sincero. — Dizem que não é muito invasiva. Nem de longe tão ruim quanto esses tratamentos elétricos de que a gente ouve falar.

Beth o pressionou com mais perguntas, mas ele claramente não sabia de mais nada. Ela fechou os olhos e terminou o serviço, pensando em como sua parceira no *go* havia passado um dedo como um bisturi pelo crânio.

— Boa menina. — Ele fechou a calça, mexendo no cabelo dela. — Volte para sua cela agora.

Beth se sentou enquanto ele saía do armário, o cabelo ruivo brilhando fugazmente no breve clarão de luz da porta. Ela tentou não ficar com ânsia de vômito, sentindo o cheiro da água sanitária dos lençóis dobrados ao seu redor, os pulmões cheios de um súbito medo. Uma cirurgia e um traidor para enfrentar, e ela não tinha a menor ideia do que ou quem eles eram, ou se teria alguma ajuda para lidar com um ou com o outro.

Osla, Mab, onde vocês estão?

York

Amanhã, havia dito Osla ao telefone. *Duas horas da tarde, no Bettys. A gente conversa.*

Dane-se, havia respondido Mab, desligando com força e indo cuidar das crianças.

Mab levantou Eddie da cama, um peso macio e quente contra o peito dela. Ele estava agitado, protestando ao ser tirado de seu cochilo, mas se acalmou rapidamente no colo. Ela inalou o cheiro de talco e de menino pequeno, se perguntando se ele estaria mais pesado do que na noite anterior — estava crescendo tão depressa, dezoito meses e já maior do que a maioria dos meninos de dois anos. Ia ter mais de um metro e oitenta, com certeza. Mab saiu do quarto na ponta dos pés, passando a mão pelo cabelo escuro de Lucy. Luce tinha o sono inquieto, chutava os lençóis e balbuciava, mas tranquilizou com a mão de Mab em sua cabeça.

Mab deu comida para Eddie no andar de baixo, evitando as ervilhas que ele tentava cuspir em sua blusa de linho creme, mas depois, quando o colocou no chão para brincar com o trenzinho que o pai lhe fizera, ela não conseguiu sossegar. Ficou de pé virando um cigarro apagado entre os dedos — estava tentando parar de fumar —, o estômago revirando enquanto a mensagem cifrada de Beth ecoava em sua mente.

Não é possível que havia um traidor em Bletchley Park. Os candidatos eram investigados antes mesmo de serem convidados para a entrevista; quando foi transferida das máquinas Bomba para a mansão, Mab ouviu falar sobre as caixas e caixas de arquivos do MI-5 no Galpão Nove. E, se houvesse um traidor, *para quem* ele estaria vendendo as informações? BP havia permanecido seguro, secreto e funcionando ao longo de toda a guerra, o que atestava contra a hipótese de os alemães terem descoberto alguma coisa.

Não. A acusação na mensagem cifrada eram fantasias paranoides de uma louca, ou então mentiras de uma mulher desesperada disposta a dizer qualquer coisa para se ver livre. *De um jeito ou de outro, o que acontece comigo se eu a ajudar?*, pensou Mab. Beth estava confinada por ordem do governo; a comunicação com ela poderia ser uma violação do juramento que Mab fizera. "Receber e encorajar comunicações inseguras de informações privilegiadas", ou como quer que fossem as palavras. Ela poderia ser presa por isso.

Mab olhou à sua volta na sala de estar tranquila. Aquela casa, aquela família, aquela vida, era tudo com que a jovem Mabel Churt de Shoreditch havia sonhado. Sua casa de três andares em pedras lisas de Yorkshire com o jardim de rosas silvestres em volta. Seu banheiro com tampo de mármore cheio de frascos de perfume e cosméticos, em vez de um banheiro compartilhado no corredor. Sua conta no banco, com um saldo que ela não conferia mais compulsivamente para ter certeza de que seria o suficiente para a conta de luz, os sapatos novos de Eddie, a educação futura de Lucy. Seu marido.

Arriscar tudo aquilo, arriscar sua família, arriscar ser presa — em nome de Beth, que a havia traído durante a guerra?

O que ela *arriscou para pedir nossa ajuda?*, sussurrou seu pensamento. *O que ela está arriscando agora?*

Seis anos antes

Maio de 1941

23.

—Pode ir contando, Beth — disse Mab.
Beth fez cara de quem não tinha entendido, segurando a anágua de seda vermelha que ela viera na ponta dos pés devolver, assim como Osla, que estava sentada lixando as unhas à luz de um toco de vela. As três tinham acabado de chegar do baile e entrar sorrateiramente, totalmente exaustas, muito depois do horário de apagar as luzes, e Osla já estava pensando na próxima edição do *Fuxicos de Bletchley*: *Que garota tímida se divertiu a valer no baile de Bedford este fim de semana? Até mesmo o cérebro mais brilhante precisa de um pouco de Glenn Miller para revigorar a velha massa cinzenta, e os crânios de* BP *certamente repararam...*

— Você dançou cinco vezes com o Harry, Beth. — Mab virou-se do espelho na frente do qual estivera penteando o cabelo e encarou Beth com uma expressão séria. — E só músicas lentas e românticas.

Beth fechou a porta do quarto depois que Boots entrou atrás dela.

— A gente estava falando de trabalho. Sobre, vocês sabem...

Decifrar códigos, Osla sabia que era o que queria dizer, mas não conseguia, nem ali em particular.

— De rosto colado? — perguntou Osla, sem conseguir se conter.

Beth parecia confusa.

— É. Para ninguém ouvir. — De volta à sua camisola fechada até o pescoço e com as ondas do cabelo desfeitas, ela parecia totalmente a garota tímida e sem graça que nunca havia tido um único encontro amoroso na vida.

Osla suspirou.

— Não vá me dizer que você gamou no Harry Zarb.

Beth ficou horrorizada.

— Nós já trabalhamos juntos, é só isso. Ele é bom no que faz, e eu também, é fácil conversar...

Osla e Mab se entreolharam.

— Isso se chama gamar. — Mab largou a escova. — Já estava mais que na hora de você se interessar por alguém, Beth, mas não vá atrás de um homem casado que lhe deu uma cantada.

— Não teve nenhuma cantada! — Beth levou a mão à ponta de sua trança para mexer nela, mas ela não estava mais ali. — Ele não... tentou nada. Só me chamou para dançar para podermos conversar em segurança, sem ninguém ouvir.

— Só em BP mesmo. — Mab se sentou na cama com sua combinação de náilon. — Nada de "vou sussurrar bobagens doces no seu ouvido", só "vou sussurrar cifras no seu ouvido". Mesmo assim, não significa que não seja uma cantada, Beth.

Osla não estava certa disso. Harry seria mesmo o tipo de pessoa que pularia a cerca enquanto Sheila, sua esposa gentil e cansada, estava em casa cuidando do filho frágil com aparelho ortopédico? Ela não se preocupava tanto que ele pudesse tentar alguma coisa com Beth. Era mais provável Beth ficar toda deslumbrada com o primeiro homem que flertou despretensiosamente com ela enquanto tocava "Moonlight Serenade".

— Não dá para prever que tipo de homem pula a cerca no casamento — disse Mab, como se estivesse lendo os pensamentos de Osla. — Por isso é melhor passar longe de *todos* os homens casados. Porque começa com uma amizade inocente, depois ele passa a dizer que a esposa dele não o compreende e que vai terminar aquele casamento logo, e quando você vê já está saindo de fininho de casa pelas costas da esposa até que *as coisas se resolvam*, o que nunca vai acontecer. É tudo conversa fiada. Nunca me meti numa situação dessa — acrescentou ela, vendo a expressão no rosto das duas. — Mas conheço garotas que já, e o fim foi o mesmo para todas: *fora* do altar. Porque os homens só estavam atrás daquilo.

— Daquilo o quê? — perguntou Beth, sentada na beirada da cama de Osla.

— *Você* sabe. — Mab olhou para ela. — Não sabe?

— Não...

Osla baixou os olhos para as mãos.

— Na verdade — disse ela, quase sem querer —, eu também não sei. Sobre... aquilo. — As palavras quase não saíram, mas também não poderia mentir. Não naquele quarto de cortinas corta-luz com duas moças com quem ela havia trabalhado, chorado e compartilhado medos secretos durante o último ano.

— Ah, pare com isso! — zombou Mab. — Que a Beth nunca aprendeu nada da vida com a senhora Finch, eu consigo acreditar. Se bem que... suas irmãs não lhe contaram depois que se casaram? — perguntou ela, fazendo um aparte.

Beth ficou confusa.

— Elas disseram para que eu nunca deixasse um rapaz me beijar até ficarmos noivos, então achei que beijar fizesse engravidar.

— Metodistas — murmurou Mab e olhou para Osla. — Tudo bem, eu acredito na Beth, mas não entendo como você poderia estar no mesmo barco com a mãe espevitada que tem, sua debutante tonta.

— *Não me chame assim.* — Osla se enfureceu, sabendo que estava sendo sensível demais, mas sem se importar com isso. Estava cansada, cansada, cansada de subir uma escada interminável em que achava que finalmente havia alcançado um degrau a partir do qual nunca mais seria chamada de *debutante tonta* ou *socialite desmiolada*, para então ver aquelas palavras ainda ressoando em seus ouvidos, ainda a classificando como burra, inconsequente, ignorante. Só que, naquele assunto específico, ela *era* ignorante, não havia como fugir disso. Era possível passar os dias traduzindo telegramas pessoais de Hitler e ser uma total analfabeta em outras esferas. — Você acha que minha mãe já conversou comigo sobre alguma coisa, Mab? Cresci cercada de empregados. Babás me ensinaram a lavar atrás das orelhas. A escola interna me ensinou gramática alemã. A escola de boas maneiras me ensinou a cumprimentar na corte. Minha mãe estava ocupada demais se casando, divorciando e se casando de novo para notar que eu estava lá, quanto mais para me ensinar coisas da vida. Então não sei *nada*, e nenhuma das meninas que estudaram comigo sabia também, porque a mãe de todas elas era muito *educada* para falar desse assunto tão desagradável.

Mab ainda continuava sem acreditar.

— No dia em que nos conhecemos, você constrangeu um pervertido no trem perguntando se ele precisava esconder o inchaço dentro da calça...

— Você acha que eu tinha alguma ideia do que estava falando? Eu só finjo ser terrivelmente mundana, minha querida, é tudo encenação. — Osla baixou os olhos para as mãos outra vez. — No Savoy, no ano passado, eu disse para uma amiga que queria que meu namorado não deixasse a lanterna no bolso da frente da calça enquanto a gente dançava e uma senhora viúva na mesa do lado recuou a cadeira e sussurrou para mim: "Sua bobinha, você não sabe o que é uma ereção?" E ri como se soubesse do que ela estava falando, mas não tinha a menor ideia. E agora tenho vinte anos e estou apaixonada e *ainda* não sei como aquilo acontece. — Osla ficou sem fôlego e finalmente levantou os olhos. — Detesto ser uma... debutante tonta. Será que você poderia me esclarecer?

— Por que você acha que sei tudo sobre isso? — Mab estava peculiarmente tensa na luz do toco de vela. — Porque garotas de Shoreditch são vadias?

— Não, porque você não cresceu como uma boneca de porcelana. — Osla percebeu que havia desviado totalmente da conversa de Beth e Harry e do problema de homens casados, mas quando uma chance daquelas apareceria novamente? — *O que acontece?*

Um curto e constrangido silêncio se instaurou. Boots o rompeu com um ganido, porque Beth, com o rosto muito vermelho, estava torcendo os dedos na coleira dele. Mab olhou para Osla e para Beth e balançou a cabeça.

— Vamos precisar de uma bebida.

— Onde você arranjou isso? — Beth se espantou quando Mab tirou da bolsa um frasco prateado.

— Roubei do Giles. Ele nem vai perceber.

Mab bebeu, Osla bebeu. Beth hesitou, mas, assim que Mab disse "pois bem, quando um homem baixa a calça...", ela estendeu o braço até o frasco e bebeu até engasgar. Osla bateu nas costas de Beth, e as duas ouviram, cheias de vergonha, a palestra breve e direta de Mab.

— Tem umas coisas que vocês vão ouvir — concluiu ela. — Se alguém disser que você não fica grávida na sua primeira vez, está errado. Se alguém disser que você não fica grávida se o homem tirar no fim, errado também. A única coisa que impede você de ficar grávida é se o homem usar uma camisinha. — Mab explicou rapidamente o que era aquilo, enquanto Osla e Beth faziam caretas. — Ou se você conseguir que um médico lhe arrume um trocinho de borracha que você enfia lá dentro. — Ela fez o gesto. — Mas nenhum médico vai lhe dar isso se você não for casada, ou pelo menos noiva, porque médicos são homens. E, se um homem prometer que vai se casar com você se você fizer com ele, não acredite, essa é uma mentira contada desde Adão e Eva.

— Bem — disse Osla por fim. — Não posso dizer que fiquei muito tentada a fazer isso. — Parecia totalmente asqueroso.

— É... bom? — Quase não deu para ouvir a pergunta constrangida de Beth.

— Eu achei bom. — O tom de voz de Mab foi cuidadosamente neutro.

— Muito bom. Mas eu só tinha dezessete anos, então o que eu sabia da vida?

— Quem era ele? — perguntou Osla.

— Uma pessoa que eu não devia ter escutado. — Mab deu mais um gole no gim de Giles. — É o seu Philip que está despertando esse desejo por informações? Ou tem outra pessoa tentando alguma coisa com você?

— Ah, os homens que conheço não tentam nada. Talvez um beijo depois de um encontro, mas só, ou eles entram na lista NSET.

— NSET? — estranhou Beth.

— Não Seguro em Táxis.

— Mas você quer essas informações por alguma razão. — Mab se recusou a mudar de assunto. — Ah, vamos lá, Os. Você nos contou tudo sobre o seu Philip estar no *Valiant* e como os olhos azul-acinzentados dele fazem você tremer... Agora conte a parte sórdida!

De algum modo, aquilo rompeu a tensão. Osla riu, Mab sorriu, e um sorriso quase invisível escapou de Beth.

— Eu adoro o Philip — confessou Osla — e não tive nenhuma notícia dele desde Matapão, então... o que foi? — Beth ficara tensa ao ouvir a palavra "Matapão".

— Nada. — Beth deu outro gole no gim, com uma expressão impassível.

— E, quando ele voltar de Matapão, você acha que vai receber uma proposta para se tornar a senhora Philip... — Mab parou. — Acho que você não contou o sobrenome dele.

— Porque ele não tem, na verdade. — Osla pigarreou. — Ele é... Bem, ele é o príncipe Philip da Grécia.

Ela levantou os olhos. As sobrancelhas de Mab tinham se erguido até quase a linha do cabelo, e o frasco na mão de Beth ficou parado no ar.

— Um príncipe — disse Mab para Beth. — Claro. E um príncipe *estrangeiro*!

— Não exatamente. Ele é dinamarquês e alemão, mas foi para a escola na Escócia e o tio dele é o lorde Mountbatten... É complicado. A família foi embora da Grécia quando ele era bebê. Ele não é herdeiro do trono.

— Ah, bom — falou Mab pausadamente —, porque seria engraçado se eu tivesse acabado de explicar como as coisas funcionam para a futura Rainha Osla.

— Para! — Osla jogou um travesseiro nela. — Foi exatamente por isso que eu não contei, porque você ia começar a me encher e ele não é assim. Ele é só o meu Philip.

Mab pegou o frasco de Beth e o entornou.

— O gim mal deu para esta conversa.

Beth riu alto. Suas bochechas haviam mudado de um vermelho envergonhado para um tom róseo; ela estava bonita. Osla se perguntou se Harry também achava isso.

— Ouça, Beth, sobre o Harry. Eu gosto dele, então prefiro pensar que não estava cantando você. Mas tome cuidado.

Beth torceu o nariz.

— Um homem casado... Eu não conseguiria. — Ela deu uma olhada para o toco de vela; só havia mais uns dois centímetros de cera. — É melhor eu ir dormir.

Ela enfiou Boots embaixo do braço e saiu. Mab olhou para Osla e esperou até ouvirem a porta do outro quarto se fechar.

— Eu me preocupo com a Beth — disse ela sem rodeios. — Mulheres tímidas como ela são exatamente o tipo que cai nos braços do homem errado e se mete em apuros.

— Acho que o atrativo de alguém como o Harry é justamente não ter futuro — refletiu Osla, deslizando sob os lençóis. — Ele é a paixonite perfeita para uma moça que não quer de fato sair da aba de alguém. Consigo imaginar a Betty uma virgem de noventa anos, decifrando códigos e morando sozinha com seu cachorro, feliz da vida. Um amante ou um marido perturbariam isso.

— O fim da guerra vai perturbar isso. Quem vai continuar pedindo para a Beth decifrar códigos? Ela voltar a ser uma solteirona que não sai de casa. — Mab soprou a vela. — Que Deus a ajude.

— As coisas vão ser diferentes depois da guerra. — Osla ficou olhando para o escuro acima de sua cama. — Têm que ser. Senão para que tudo isto?

— Algumas coisas nunca mudam. — A voz de Mab veio da escuridão, repentinamente séria. — Escute, Os... você pode saber um pouco mais de biologia agora, mas não significa que saiba outras coisas.

Osla enrijeceu.

Por que está dizendo isso?

— Você não sabe como os homens às vezes *usam* as mulheres. — Ela soltou o ar bem devagar. — Como eles usam e abandonam mulheres com quem nunca pretenderam se casar. Rapazes bons fazem isso. Cavalheiros fazem isso. Até príncipes.

24.

> *FUXICOS DE BLETCHLEY*, MAIO DE 1941
>
> Caramba, quem diria que o chefe da seção naval já andou pelos palcos de pantomimas em Londres? Parece que sua "Viúva Twankey" fez um enorme sucesso. As coisas que os homens escondem de nós; como fazemos para conhecê-los de verdade?

— Senhorita Churt. — A voz cortês e afável de Francis Gray chiou ao telefone. — Gostaria de jantar no Savoy em sua próxima folga à noite?

Mab sorriu, acenando para Osla ir na frente; elas estavam saindo para o turno da noite.

— A comida vai ser amarelo-ouro?

— O linguado é garantido. Comida branca, completamente sem sabor. Muito inglesa.

— Folgo na terça que vem. Vou para Sheffield ver minha irmã, mas posso pegar o trem da noite para Londres depois.

— Não vejo a hora, senhorita Churt. Use saltos bem altos.

Ele desligou, e o sorriso de Mab se transformou em um franzir de testa pensativo. Aquele seria seu terceiro encontro com seu poeta — depois do jantar indiano no Veeraswamy, ele a convidara para um concerto na hora do almoço na National Gallery, onde ela ouvira algumas peças de música profundamente inexplicáveis — e ele ainda a intrigava bastante. Ele mal falava, mas ouvia com atenção; sorria muito, mas nunca ria. Não insistia em chamá-la pelo primeiro nome; não insistia em nada, na verdade. Mab achava Francis Gray um mistério.

— Ele está na sua lista? — perguntara Giles depois que os Chapeleiros Malucos discutiram a perturbadora poesia de guerra de Francis.

— Acho que não.

Mab sabia quando um homem estava empolgado, e Francis Gray não parecia estar. Ele observava tudo — o alarme de um ataque aéreo, um prato de sopa *mulligatawny*, Mab com seu vestido cor de cereja — com o mesmo distanciamento agradável, como se estivesse sentado, amistoso e resguardado, atrás de uma cortina invisível. Ela releu *Atolado* do começo ao fim, à procura de pistas de como a mente dele funcionava, mas tudo que o livro lhe disse foi que ele havia sido um menino assustado que tentava se livrar dos pesadelos com as trincheiras colocando-os em versos. Mas ele não era mais aquele menino, então quem ele era?

— Faça com que ele suba algumas posições em sua lista — aconselhara Giles. — Ele é um bom partido. Pais mortos, então nada de sogra interferindo. Tem uma casa de bom tamanho em Coventry. Não é milionário, ninguém nunca ganhou muito dinheiro com poesia, mas o pai dele patenteou um remédio para tosse que rendeu bem. Mais do que o suficiente para suas meias de seda e os pôneis de sua irmãzinha.

— Eu sei de tudo isso. — Mab sempre avaliava minuciosamente os homens com quem saía. — Mas não estou atrás só de meias de seda e pôneis, Giles.

— Não?

— Quero estar com alguém com quem eu me sinta satisfeita. — Ela não pedia romances tórridos, somente algo que lhe desse tranquilidade... e Mab achava que alguém tão desinteressado pela vida quanto Francis Gray não lhe daria isso. Ele era um enigma, isso era um fato; o próprio enigma particular em um parque cheio deles.

— Não aprovo ligações de *homens*. — A sra. Finch apareceu no corredor no momento em que Mab desligou. — A menos que seja da família.

— Ele é meu primo.

— Você parece ter muitos primos.

— Família grande! Se me der licença, tenho um longo turno pela frente...

— Fazendo o quê? Você começou a vir para casa com manchas de óleo no punho das blusas... — A sra. Finch sorriu, mas seu olhar era desconfiado. — E vivo encontrando *estas* coisas. Que raios são...

Mab olhou para a tabela de números escrita com sua letra.

— Não tenho ideia. — Desde que Beth ensinara ela e Osla a decifrar um quadrado de Vigenère, elas haviam começado a usar a cifra sempre que deixavam bilhetes umas para as outras. Um pouco trabalhoso, mas elas não podiam resistir: finalmente uma maneira de dar uma rasteira na intrometida da sra. Finch *e* deixá-la irritada ao mesmo tempo! A chave era sempre GAROTAS.

— É a *sua* letra — acusou a sra. Finch, balançando o papel.

— Estou atrasada, senhora Finch!

O fim de tarde estava perfumado e belo. Quando Mab saísse do turno, seria meia-noite e, em cima, meia-lua. Haviam tido tanta sorte ali no interior, nenhum bombardeio... Na semana anterior, Londres havia enfrentado o ataque mais brutal desde o início da guerra. Até os jornais sempre otimistas não tinham mais como tirar algo positivo do fato de que a Câmara dos Comuns havia sido destruída.

Depois de entrar pelos portões de BP e seguir para seu galpão, Mab teve de parar um momento do lado de fora da porta para se preparar para enfrentar aquelas máquinas barulhentas e enigmáticas. *Por que não pedi para ser transferida?* Mais Wrens haviam sido enviadas para trabalhar com as máquinas Bomba; Mab ainda era a única civil designada para aquele trabalho. Provavelmente porque eles tinham até se esquecido de que ela estava ali. Se ela os lembrasse, estaria de volta a uma Typex na semana seguinte.

Mas detestava a ideia de largar um trabalho que precisava ser feito. Ainda que fosse um trabalho que ela detestava — e, caramba, ela odiava as máquinas Bomba. Os turnos diurnos não eram tão ruins; dava para sair para uma dose de sol bem agradável e respirar um pouco de ar puro. Mas, nos turnos da noite, o galpão parecia uma cápsula sem ar em um oceano escuro, sugando o ar e a alegria como uma sanguessuga.

— Você estava no baile em Bedford? — perguntou Stevens enquanto ela e Mab recebiam seu primeiro menu e começavam a conectar os plugues de Aggie.

— Estava. — Mab se esticou para alcançar um plugue no alto. Era sua vez de ficar de pé aquela noite, enquanto Stevens ficaria sentada junto à máquina de checagem para conferir as combinações de Aggie. Ah, como seus pés iam estar doloridos de manhã!

— Fui com um rapaz do Galpão Sete — prosseguiu Stevens. — Que ódio, ele começou a passar a mão em mim assim que entramos na pista de dança.

Os homens que eu conheço não tentam nada. Mab podia ouvir a voz de Osla dizendo isso. A adorável e ingênua Osla, que achava que cavalheiros eram seguros.

Cavalheiros não tentam nada com garotas como Osla, pensou Mab, pondo Aggie em funcionamento com um barulho ensurdecedor. *Com garotas como eu, eles não são tão cavalheirescos. Nem tão seguros.*

Aggie estalou, e Mab ouviu o estalo da caixa registradora da Selfridges quando ela passou a compra... O nome dele era Geoffrey Irving; ele estudava literatura francesa na Christ's College e tinha ido até a Selfridges comprar um presente para a mãe. Mab, atrás do balcão com seu vestido preto de vendedora e com dezessete anos na época, havia vendido a ele um lenço de seda. Ele ficara cheio de papo furado sobre como ela era bonita.

Eu não era bonita, pensou ela, olhando para aquela menina desajeitada que tinha acabado de atingir um metro e oitenta de altura e ainda não havia polido seu sotaque de Shoreditch. *Eu estava disponível e empolgada por ter um encontro com um universitário.* Ele a levou ao cinema e, antes do fim do cinejornal, já estavam se beijando, a mão dele dentro de sua blusa dez minutos depois. Ele não teria tentado aquilo com Osla; que rapaz de Cambridge ia querer ser rotulado de NSET por todas as debutantes de Londres? Mas não havia hesitado com Mab, e ela não o rejeitara. Três semanas depois, ele tirou a calcinha dela no banco traseiro de couro de sua Bentley conversível, e foi *maravilhoso*; nada daquelas histórias de dor e sangue na primeira vez.

— Você é incrível — disse ele depois, ofegante. — Incrível, Mabel...

E eles começaram de novo praticamente sem pausa, Mab radiantemente certa de que estava apaixonada. Radiantemente segura de que aquilo era o começo de algo especial, algo duradouro.

Em especial quando ele disse que queria levá-la para uma noite na cidade com os amigos.

Melhor parar aí, pensou ela, abrindo mecanicamente um disco e separando dois fios com a pinça com extremo cuidado. *Apenas... pare.*

Mas era difícil não pensar naquilo na profundeza sufocante do turno da noite. O turno da noite era quando todos os demônios de Mab davam as caras.

Ela ainda se lembrava do vestido que comprara para conhecer os amigos da universidade de Geoffrey. De raiom, amarelo como o sol, com uma grande rosa vermelha de seda no ombro. Havia gastado metade de suas economias nele, certa de que era a coisa mais chique que já tivera.

— Muito bonito — dissera Geoffrey quando ela veio andando até a Bentley, e seus dois amigos repetiram o que ele disse com seus sotaques idênticos de Cambridge. — Que tal darmos umas voltinhas antes da festa? — Eles já estavam passando um frasco um para o outro quando ela entrou no carro.

Burra, pensou Mab, trocando a ordem das rodas nos discos. *Não havia nenhuma festa. A festa era você.*

A Mab de dezessete anos teria previsto aquilo — *se* eles fossem rapazes de Shoreditch como os que assobiavam para suas pernas desde os doze anos. Mas a Mab de dezessete anos, que já estava totalmente apaixonada por Geoffrey, pressupôs que rapazes que estudavam literatura em Cambridge eram *cavalheiros*.

Burra.

Geoffrey e ela estavam se beijando no banco detrás, o gosto de conhaque nos lábios dele, quando a Bentley parou enviesada na pista e um dos amigos dele começou a enfiar a mão por baixo da saia de Mab. Ela se afastou, batendo na mão dele dizendo "ei...", e Geoffrey riu.

— Espere a sua vez — disse ele para o amigo preguiçosamente, baixando a manga de Mab e mordiscando seu ombro. — Eu a trouxe, então sou o primeiro.

Eu podia ser burra, pensou Mab, afastando mecanicamente com a pinça os fios em outro disco. *Mas não era lerda.* Houve um momento gélido de incompreensão, em que ela ficou olhando para o rapaz por quem se apaixonara, mas foi só aquele momento. Ela o empurrou com toda a força, e então havia mãos em suas costas e em seus seios e vozes rindo.

— Você não disse que ela era tão agitada!

Talvez eles tivessem pensado que seria fácil, que cada um teria sua vez no banco traseiro enquanto os outros dois esperavam fumando fora do carro. Mas eles estavam todos bêbados e Mab era mais alta do que todos eles e ardia de medo e fúria. Geoffrey foi arranhado três vezes em cada lado do rosto e o amigo dele se inclinou sobre os testículos com um gemido silencioso; o terceiro havia se virado para trás para ajudar e Mab puxara seu cabelo com tanta força que um punhado de fios curtos saiu em sua mão. Ela gritou o tempo todo, xingando e rosnando com raiva e terror. Foram precisos os três juntos para arrancá-la do carro, debatendo-se e arranhando. Mab deixou outro rastro de suas unhas no pescoço de Geoffrey enquanto eles a largavam na estrada. Ela se levantou a jato, os joelhos ardendo e esfolados, tirou o sapato e segurou o salto afiado na mão trêmula.

— Se você me tocar — gritou ela, tremendo tanto que mal conseguia ficar em pé —, eu enfio isto na *porra do seu olho*.

— Entao pegue essa sua bunda e esse seu vestidinho de raiom vulgar e vá andando de volta para Shoreditch, sua vadia idiota e barata — zombou Geoffrey, com aquela voz elegante que sempre amolecia os joelhos dela, e a Bentley manobrou com os faróis acesos.

— *Vá para o inferno, seu arremedo de homem!* — gritou Mab atrás do carro, vendo a mancha branca do rosto ultrajado de Geoffrey antes de o carro desaparecer.

Deixando-a sozinha à noite em uma estrada em algum bairro afastado do centro de Londres, sem bolsa e sem dinheiro, um sapato na mão e o outro em nenhum lugar à vista, com o vestido amarelo rasgado até a cintura, sacudindo-se de tanto chorar de humilhação.

Ela levou quatro horas para voltar andando para casa, mancando descalça pelas ruas. Três palavras vibravam dentro dela a cada passo. *Vadia idiota e barata. Vadia idiota e barata.*

Entrou na cozinha com os pés sangrando, tendo chorado tudo que tinha para chorar, as lágrimas secas no rosto, e agradeceu por a mãe estar dormindo. Mab tirou as meias furadas, a combinação rasgada, o vestido que ela achara tão bonito, e jogou tudo na lata de lixo. Ficou parada nua na cozinha, acendeu um cigarro e o fumou até o fim com o rosto inexpressivo.

Foi então que decidiu que não queria mais ser *Mabel*. Mabel era jovem, tonta e fácil de enganar. A partir dali, ela seria *Mab*. A fria, dominadora, intocável Rainha Mab.

25.

> *FUXICOS DE BLETCHLEY*, JUNHO DE 1941
>
> O FB avistou Dilly Knox vindo para o trabalho de pijama outra vez. As moças de sua seção são todas inteligentes demais para se importarem com o guarda-roupa do chefe, mas com certeza há alguns estilistas com tempo disponível por aí. Se o sr. Hartnell e o sr. Molyneux podem vestir a realeza e as Wrens, eles não poderiam ser chamados para vestir Dilly Knox? Afinal, estamos em guerra!

— Senhoras, vocês receberam uma nova missão.

Beth estava absorta em uma nova mensagem e não levantou os olhos para Dilly até Peggy estender o braço e tirar o lápis da mão dela.

— O tráfego naval italiano foi redirecionado para outra seção — prosseguiu Dilly, puxando o cinto de roupão de banho que prendia sua calça —, já que está tão menor agora...

— Não dá para ter muito tráfego naval quando não se tem mais uma Marinha — comentou Peggy com um sorriso.

Beth sorriu também, embora a ideia de sua vitória em Matapão lhe desse uma sensação estranha agora que sabia que o príncipe namorado de Osla tinha participado da batalha. Beth geralmente se esquecia de que o trabalho de decodificação que adorava era algo concreto para as tropas: significava vida ou morte para homens muito longe dali, em um faiscante mar azul. Ficou aliviada por não poder dizer aquilo a Osla. *Foi meu trabalho que jogou o navio de seu namorado no meio da maior batalha naval desde Trafalgar. Será que isso faz com que seja minha culpa, mesmo que só um pouquinho, que você não faça ideia se ele está vivo ou morto?*

— Vocês receberam um novo quebra-cabeça — continuou Dilly, distribuindo mensagens e tiras de papel. — É uma verdadeira confusão de letras, já vou avisando.

Beth folheou a pilha de papéis, franzindo a testa. Algo parecia diferente...

— A Enigma Abwehr. — Dilly viu os olhares intrigados das moças, que, assim como Beth, sabiam trabalhar com cribs alemães, mas não falavam a língua. — A Enigma usada pelo serviço de inteligência militar alemão. Vamos chamá-la de Enigma Espiã. Nossos colegas da inteligência conseguem encontrar os agentes alemães em solo nosso e transmitir informações falsas para eles, mas não fazemos a menor ideia se os oficiais do Abwehr que dirigem o show em Berlim estão acreditando nelas.

— O que é diferente na Enigma deles? — perguntou Peggy.

— Eles usam uma máquina com quatro rotores, e não três. Precisamos encontrar combinações de quatro rotores em vez de três, e eles mudam com muito mais frequência. É um quebra-cabeça dos bons — concluiu Dilly, passando a mão pelo cabelo, que já estava mais ralo do que quando Beth o vira pela primeira vez. — O Welchman acha que, se os rapazes do galpão dele não conseguem decifrar, então é impossível. Mas vamos provar que ele está errado.

Beth tentou por seis horas e tudo que conseguiu foi uma dor de cabeça. Era como suas primeiras semanas no *Cottage*, tateando no escuro, e ela via o mesmo desânimo em todas as outras. Mas Dilly estava otimista.

— Voltem descansadas amanhã e tentem de novo. Vamos chegar lá... Droga, cadê o meu *cachimbo*? — Beth encontrou o cachimbo embaixo de um dicionário de alemão, entregou-o a ele e voltou desalentada para casa.

Ainda estava percorrendo mentalmente indicadores de quatro letras enquanto prendia a guia na coleira de Boots e começava a listar as tarefas que a mãe tinha pedido a ela que fizesse: pegar a correspondência, passar na farmácia. A pequena ajudante da mamãe... Só que a pequena ajudante da mamãe não estava mais tão satisfeita com aquilo. A pequena ajudante da mamãe agora passava o tempo contando as horas para poder voltar ao turno.

Beth suspirou, puxando Boots em direção à farmácia, onde teve de desviar de um par de enormes pés com botas.

— Harry? — disse ela, surpresa.

Ele levantou a cabeça. Claramente havia cochilado sentado no banco da farmácia, apoiado na parede.

— Desculpe. Estou esperando o farmacêutico preparar um remédio para mim, e uma semana no turno da noite me derrubou. — Ele estava com olheiras muito fundas e o colarinho todo amassado. Beth sabia que o Galpão Oito andava trabalhando ininterruptamente no tráfego de U-boats: não era nenhum segredo que as "alcateias" de submarinos alemães vinham afundando quase uma centena de navios aliados por mês, entre março e junho. Harry piscou com força e semicerrou os olhos. — Não vejo você desde o baile, não é?

Onde nós dançamos e conversamos sobre técnicas de decifração de códigos e as pessoas aparentemente acharam que estávamos... Beth sentiu as faces corarem. Ela ficara horrorizada quando Osla e Mab acharam que algo romântico poderia estar acontecendo entre os dois. E constrangida, se perguntando se teria dado a Harry a impressão errada. E envergonhada — porque, sim, talvez ela *tivesse* desenvolvido um interesse inofensivo por seu colega favorito em BP e só agora percebesse isso.

De qualquer modo, ela decidira ficar longe de Harry no futuro.

— Vim comprar uma escova de dentes para o meu pai — murmurou ela, passando por ele, mas Boots havia parado para cheirar a mão estendida de Harry.

— Vim buscar uma infusão para o Christopher — disse ele, afagando o queixo de Boots. — Não sei se adianta, mas o médico acredita que sim.

Beth hesitou e acabou perguntando:

— Faz quanto... Quando ele contraiu poliomielite?

— Com dezoito meses. — A voz de Harry não tinha emoção alguma. — Ele estava correndo pelo gramado e, no instante seguinte, gritando. De manhã, ele não conseguiu ficar de pé... à noite, estava no hospital, em um pulmão de aço. — Harry levantou os olhos. — Você já viu uma dessas malditas câmaras de tortura? Um enorme cilindro de metal, só com a cabecinha minúscula dele aparecendo... Mesmo depois que ele foi transferido para outra ala, ficava ali deitado em um berço estéril, chorando sem parar, e nós na porta do outro lado da grade de arame, sem poder chegar perto por causa da quarentena. Mais cinco meses até ele voltar definitivamente para casa. — Harry colocou a mão grande sobre a cabeça de Boots. — Tivemos sorte por ele conseguir usar os braços. Tivemos *sorte*. Fico dizendo isso para mim mesmo. Mas ele toda hora tem que ir para o hospital. Vai ter que fazer uma cirurgia de fusão do tornozelo em algum momento, para estabilizar o pé. E ele é um molequinho tão *serelepe*, grita de pura raiva quando é colocado no gesso...

O farmacêutico apareceu na porta.

— Sua infusão está pronta, senhor Zarb.

Harry deu um último afago em Boots e se levantou. Beth foi atrás dele e pegou uma escova de dentes na prateleira, chegando ao balcão quando Harry estava contando as moedas. A esposa do farmacêutico olhava para ele com desgosto, percorrendo sua silhueta alta, seu casaco de tweed velhinho com um botão faltando.

— Não sei se deveria estar atendendo você. — Ela empurrou o troco sobre o balcão com a ponta do dedo. — Um rapaz jovem e forte sem farda, que vergonha. Estamos em guerra, sabia?

Harry parou, olhando para ela.

— Eu sei — disse ele, sem levantar a voz. — Eu *sei*. — Ele se inclinou para a frente até o nariz quase tocar o da mulher, enquanto ela recuava, arregalando os olhos. — EU SEI.

Ele jogou as moedas de volta sobre o balcão com tanta força que elas voaram, algumas atingindo-a, algumas caindo no chão. Pegou o frasco da infusão e saiu, batendo a porta com tanta força que ela abriu de novo e bateu na parede. Beth empurrou o valor exato da escova de dentes na direção da mulher de olhos arregalados e saiu atrás dele.

— Harry — chamou ela e hesitou.

Não tinha a menor ideia do que dizer quando as pessoas estavam bravas ou perturbadas. Ele estava brigando com sua velha bicicleta encostada em um poste de luz, movendo as mãos de forma bruta para soltar a corrente, sem levantar os olhos.

— Eu queria ajuda com um problema — disse Beth, por fim.

Não era uma coisa muito agradável de dizer, mas o trabalho *era* um consolo à sua maneira. Talvez não um consolo, mas uma droga. Certamente era assim para ela. Uma droga que podia fazer você esquecer qualquer coisa... até, por alguns instantes, o horror de ver uma criança com dor.

— Qual problema?

Ele olhou para ela, piscando como se seus olhos estivessem ardendo, e a determinação envergonhada de Beth de ficar longe dele se dissolveu. Ele não a estava cantando no baile, apesar de todo o ceticismo de Mab a respeito de homens casados à procura de diversão. Ele não ia tentar nada, e Beth não queria que ele tentasse, estivesse ou não interessada por ele. Harry sempre havia sido, acima de tudo, um amigo.

— O que você pode me dizer sobre sistemas de indicadores de quatro letras? — perguntou Beth, certificando-se de que não havia ninguém por perto.

O olhar dele mudou de bravo para curioso em um segundo.

— Quatro rotores? — indagou ele. Beth confirmou. Ele soltou a corrente da bicicleta e começou a andar com ela ao lado em vez de montá-la, e Beth seguiu ao seu lado. — A Enigma K usa uma máquina com quatro rotores — disse Harry, quando se afastaram do bairro. A estrada rural estava vazia, olmos se curvando acima deles, pintarroxos cantando. — Trabalhei um pouco com isso. Um indicador de quatro letras significa que tem um *Umkehrwalze* configurável...

— É difícil. — Beth sentia que a mente de ambos estava correndo em uníssono, como um par de galgos avançando por aquele caminho a galope.

— Não temos muitos cribs de texto para nos apoiarmos.

— Talvez eu possa ajudar. Você tem um papel?

26.

Olá, princesa. Estou de volta à Inglaterra. Minha carta depois de Matapão se extraviou? Está tudo um caos. Vim fazer as provas para subtenente; no momento, estou hospedado com os Mountbatten. Diga que você pode ir para Londres no próximo sábado. — Philip

— Você vai perder a reunião dos Chapeleiros Malucos. — Beth levantou os olhos do tapete, onde estava escovando Boots. — Vamos discutir *Carry On, Jeeves*.

— Que se dane o Jeeves! Philip não está morto! — Agora que Osla tinha a prova na caligrafia dele, podia rir de todos os seus medos. Mas, como uma criança aterrorizada com um monstro no armário, só se podia rir do medo quando as luzes se acendiam.

— Este? — Osla puxou um vestido. — É a última moda. Como estou?

— Aflita — disse Mab da cama. — Como uma Bórgia que lembrou de repente que esqueceu de jogar cianeto no *consommé* e o jantar será servido a qualquer momento. — Osla olhou confusa para Mab, que levantou seu exemplar de *Carry On, Jeeves*. — Ao contrário de você, eu li.

— Ah, vá procurar o que fazer, Rainha Mab. Espera, você arruma o meu cabelo? Você faz os cachos mais lindos.

A estação Euston naquele sábado à noite estava lotada de mulheres afobadas e soldados forçando passagem, mas toda a multidão não passava de um borrão para Osla enquanto ela corria para o saguão principal.

Quando pequena, eternamente indo e voltando entre Londres e sua escola interna mais recente, Osla havia corrido incontáveis vezes sob os painéis decorativos do teto daquele saguão, sempre deixando a bagagem para trás na pressa de chegar à rua, ao sol e ao começo das férias de verão. Naquele dia, no entanto, ela parou no meio da multidão, sem se importar se veria o sol outra vez. Porque ali estava ele ao pé das amplas escadas duplas, um homem com a farda da Marinha e sobretudo, quepe sobre o cabelo loiro, ombros largos e pés solidamente no chão, inclinado sobre uma carta. A visão dele quase fez o coração de Osla parar.

Philip levantou a cabeça como se tivesse sentido o olhar dela. Estava mais parecido com um viking do que nunca: cabelos dourados, músculos firmes, pele bronzeada pelo sol do Mediterrâneo. Ele a percorreu com os olhos, um pouco incerto, como se tentasse fundir a Osla irreverente e de macacão que ele havia conhecido no Claridge's com aquela Osla: de rosto sério, vestido de crepe cor-de-rosa, chapeuzinho fúcsia inclinado sobre um olho. Uma Osla que, sem ele saber, havia passado o dia traduzindo segredos navais alemães.

— Os... — começou ele e parou.

— Philip. — Ela também estava repentinamente gaguejando. — Tenho que voltar ao trabalho amanhã de manhã. Só tenho esta noite, depois preciso pegar o trem de volta. — Desesperada por uma distração, ela gesticulou para o grande saguão à volta deles. — Euston é um pouco demais, não é? Sempre preferia descer em Paddington quando era pequena, porque tinha a estátua do Soldado Desconhecido. Sabe qual é, de pé com seu sobretudo de bronze, lendo uma carta de casa? Sempre quis perguntar a ele quem escreveu a carta. Se a moça era bonita, se ele voltou para ela, se ela o amava...

— Ele alguma vez lhe respondeu?

Os olhos de Philip passearam pelo rosto dela como se não se lembrasse mais daqueles traços com precisão. Eles não se viam havia mais de um ano, pensou Osla. Ela também não se lembrava dele muito bem: seus olhos não eram azul-acinzentados, mas apenas azuis. Muito azuis.

Ela deu mais um passo na direção dele.

— Não, nunca respondeu. Ele é uma estátua, não podemos nos esquecer disso.

— Acho que eu poderia responder por ele. — Philip levantou a carta na mão, e ela viu a própria caligrafia. — A mulher que escreveu esta carta é definitivamente bonita. E ele definitivamente sobreviveu e voltou para ela...

Philip parou antes da terceira pergunta. *Ela o amava?* Será que ele queria mesmo uma resposta?

Osla sabia que seria mais fácil guiar aquele trem para uma direção mais segura. Eles não haviam passado tanto tempo juntos, afinal, e fazia mais de um ano. Ela podia assumir o papel da amiga que gostava de flertar, cantarolar um: "Meu querido Phil, há quanto tempo!" E então eles partiriam para se divertir no Savoy e depois se separariam sem sofrimento, como qualquer dupla de amigos que se encontra para uma noite animada na cidade. Aquele provavelmente seria o melhor caminho, pensou Osla, lembrando-se do alerta de Mab a respeito de príncipes e das mulheres com quem eles não pensariam em se casar.

Mas: a terceira pergunta.

Ela o amava?

Osla deu dois passos para a frente, pôs os braços em volta do pescoço de Philip e colou os lábios nos dele. Ele a puxou para si com ímpeto, fazendo com que ela ficasse na ponta dos pés. Ela estava ocupada demais se afogando nos beijos dele para notar quando as luzes da estação Euston se apagaram.

— Acho que estamos presos aqui, princesa.

— Que tragédia, marinheiro.

A sirene de ataque aéreo ainda soava em algum lugar à distância, mas Osla não ouvia aviões. Se bombas estivessem caindo, devia ser do outro lado de Londres. As luzes da estação haviam se acendido outra vez, mas só parcialmente; o lado onde eles se encontravam estava envolto em sombras. Philip se sentou com as costas apoiadas na parede e Osla aconchegada em seu colo. O sobretudo dele estava sobre os ombros dela e ele a abraçava por baixo. O quepe de Philip estava no chão com o chapeuzinho fúcsia de Osla em cima, ao lado da bolsa dela. Nenhuma das outras pessoas presas na estação prestava qualquer atenção ao marinheiro e sua namorada decifradora de códigos, escondidos na sombra do saguão, abraçados com tanta força que quase se fundiam.

Um som retumbou do lado de fora, e o rosto de Philip se levantou do pescoço de Osla, todos os seus músculos se retesando sob ela.

— É só a artilharia antiaérea — murmurou ela, puxando a cabeça dele de volta para a dela. — Nosso lado. A gente se acostuma com o som. — Ela estava inebriada dele, cada nervo de seu corpo comemorava. Eles já haviam se beijado, mas com cautela, de pé na entrada de casa, onde não podiam ser tentados a ir longe demais. Não daquele jeito, com a boca aberta e cheia de desejo, as mãos deslizando sob as mangas e por dentro de decotes e colarinhos, toda a superfície de sua pele em chamas.

— Os ataques aéreos não deixam você nervosa — murmurou Philip nos lábios dela.

— Os londrinos não esboçam mais nenhuma reação com a Blitz. — Os viajantes que desceram na estação haviam se acomodado para esperar, desembrulhando sanduíches e conversando com seus vizinhos. — Euston sofreu alguns ataques no ano passado, mas continua de pé.

— Ainda bem que você está enfurnada em Bucks, longe da pior parte. — Ele beijou o queixo de Osla, deslizando a ponta dos dedos na pele dela por dentro do decote. Ela sentiu o sorriso dele junto à sua face quando ele tocou a pequena protuberância dura de sua insígnia naval, presa no sutiã dela, entre os seios. — Você guardou.

— Ela quase foi roubada uma vez. — Osla apertou o rosto contra o pescoço dele e repousou ali, sentindo o gosto do sal de sua pele. — Fui ao Café de Paris na minha noite de folga. O rapaz com quem eu estava dançando, ele... — Ela fechou os olhos, vendo os pulmões do pobre Charlie expostos pela frente. — O lugar foi bombardeado, e um saqueador tentou roubar minhas joias. Um estranho o afastou e cuidou de mim. — *J. P. E. C. Cornwell*, quem quer que ele fosse... Osla não havia recebido nenhuma resposta à sua carta. — Eu o ficava chamando de Philip.

Não sou Philip, meu bem. Como é o seu nome?

Philip estava ali agora, lhe dando um abraço apertado, uma das mãos acariciando seu ombro nu onde a manga tinha deslizado, a outra afagando sua panturrilha envolta na meia três-quartos de seda. Osla não lembrava a última vez que sentira que conseguia passar por tudo simplesmente porque alguém a estava abraçando. Aquilo a deixava meio desorientada, o misto de conforto simples e desejo bruto.

— Sinto muito por não ter estado lá com você — disse Philip, baixinho.

— Você estava indo lutar no Cabo Matapão. — *E acho que uma de minhas colegas de quarto sabe algo sobre as ordens que o enviaram para lá.*

— Eu não estava em perigo, Os. Estávamos em cima deles naquela noite, como raposas em um galinheiro. — Seus lábios tocaram o cabelo de Osla, o restante do corpo dele totalmente imóvel. — Eu estava nos holofotes do *Valiant*. Manobrando o holofote do meio do navio e fixando-o no cruzador inimigo até nossas armas o deixarem em chamas. Então o oficial de artilharia gritava: "Apontar para a esquerda." Ou: "Apontar para a direita." E, assim que eu iluminava o próximo navio, ele era destruído de popa a proa. Dois cruzadores italianos com canhões de oito polegadas afundaram em cinco minutos. Foi todo o assassinato que teve. Os cruzadores simplesmente... explodiram em imensas cortinas de fogo. — Ele soltou o ar no cabelo dela. — Tenho sonhos com eles.

— Eu sonho com o Café de Paris. Acordo sentindo cheiro de fogo e, por um momento, acho que enlouqueci.

— Não diga isso, Os. — Ele já estava tenso, mas ficou rígido. — Nunca.

Ela afastou a cabeça e olhou para ele no escuro.

— É um assunto delicado para mim. — Ele se forçou a encolher os ombros. — Minha... minha mãe enlouqueceu.

Alice de Battenberg, de uma das famílias mais nobres da Alemanha.

— Você nunca falou dela.

— Ela teve um colapso mental quando eu tinha oito ou nove anos. Tantos médicos... Eles não conseguiam decidir se era neurose, esquizofrenia paranoide ou... — Um longa pausa; seus olhos fixos num ponto atrás do ombro de Osla. — Eu não estava lá quando a levaram. Eles mandaram as crianças passarem o dia fora. Mas soube depois que ela tentou fugir. Aplicaram uma injeção nela à força antes de a enfiarem em um carro e a levarem para Bellevue, na Suíça.

Osla sentiu a respiração irregular dele junto ao seu corpo.

— Você era tão pequeno...

— Foi a última vez que nossa família viveu junta. Ela chegou a receber alta, mas meu pai já estava na França, minhas irmãs, casadas, e eu, na Inglaterra...

Os braços de Osla se apertaram em volta do pescoço dele.

— Foi isso que aconteceu — disse ele, asperamente. — Ela ficou louca. A família se separou. Tive que seguir em frente. A gente segue. Todos seguem. E ela melhorou. Saiu da clínica, voltou para Atenas... ainda está lá. Vivendo discretamente.

E você ainda não encontrou um lar de verdade desde que ela foi levada embora, pensou Osla.

— Como ela fez isso? Como se recuperou?

— Reunindo todas as forças que tinha dentro de si? Não sei... — Philip a puxou mais para junto do peito. — Então... nem brinque sobre enlouquecer, Os.

— Tudo bem. — Ela recebeu o segredo dele como um presente dolorido e precioso. — E, antes que você peça, não vou contar a ninguém. Nunca.

— Eu sei disso. Não confio em muitas pessoas, mas sei em quais posso confiar. — Ele afundou o nariz no cabelo dela, inalando. — Seu cheiro é tão bom. Vivo em um navio com uma centena de homens, e você não faz ideia. Você cheira a... peônias. Earl Grey. Mel...

Eles se beijaram e conversaram e se beijaram um pouco mais embaixo do sobretudo dele, até muito tempo depois da sirene indicando o fim da emergência. As luzes na parte onde estavam continuaram apagadas, mesmo quando os trens começaram a ressoar outra vez e os passageiros retomaram seu alvoroço. Osla estava cochilando no braço de Philip quando ele se moveu e a beijou na testa.

— Seu trem vai chegar em quinze minutos, princesa. Nem saímos da estação, e já está na hora de você voltar para casa.

— Quanto tempo até seu navio partir? — Ela tentou dizer isso com ar de despreocupação, mas o medo lhe dava um frio na barriga. *Você acabou de voltar.*

— Meses. Preciso me preparar para as provas para subtenente.

Sob o abrigo do sobretudo, ele a ajudou a fechar os botões que estavam desabotoados. Osla sorriu enquanto arrumava o colarinho da farda de Philip, que tinha aberto para poder deslizar os dedos no peito dele. Quanta coisa dava para fazer embaixo de um sobretudo à meia-luz durante um ataque aéreo! Se eles não estivessem em público, vai saber o que poderia ter acontecido...

Philip a ajudou a se levantar, ficando muito menos corado e desarrumado enquanto colocava o quepe. Algum poder do sangue real, talvez, a capacidade de se recompor para o olhar público em um instante. *Mas ele não é só um príncipe*, pensou Osla. *Ele é o meu Philip*. E sorriu quando ele abotoou o sobretudo às pressas, porque sabia muito mais (obrigada, Mab!) sobre o estado biológico de um homem depois de horas e horas de carícias encostado em uma parede.

— Bem-vindo de volta, marinheiro — disse ela com suavidade.

— Eu não estou só de volta. — Ele a abraçou e pousou o queixo em sua cabeça. — Eu estou em casa.

Em casa, pensou Osla. A segunda das duas estrelas-guias ardentes pelas quais ela tentava nortear sua vida: um trabalho útil e uma casa para onde voltar.

Será que finalmente, *finalmente*, tinha ambas as coisas?

Pelo resto de junho até o outono dourado, Osla ia e voltava feliz e de olhos brilhantes entre as duas: correndo direto do Galpão Quatro, onde passava horas fatigantes traduzindo, para se jogar nos braços de Philip em Londres, deslocando-se entre Bletchley e a estação Euston sem se lembrar direito de olhar para as estrelas.

27.

> *FUXICOS DE BLETCHLEY*, SETEMBRO DE 1941
>
> Nada aqui nos surpreende mais. Um bando de Wrens cantando madrigais na margem do lago, atacadas pelos cisnes mais malvados de Bucks? Banal. Um grupo de garotos da seção naval tomando sol nus no gramado lateral e mulheres fugindo aos gritinhos à visão de todos aqueles branquelos? Pfff. O general Montgomery avistado na sala de refeições às três horas da madrugada com os dedos enfiados em um prato de carne enlatada e ameixas secas? Poderia passar o sal, general?
>
> Mas, francamente, o *FB* teve uma síncope ao ver nosso visitante mais recente...

Mab estava em um intervalo das máquinas Bomba e um grupo de decifradores estava jogando uma partida improvisada de *rounders* no gramado e discutindo.

— Cantwell não está fora. Ele passou a conífera...

— Não, foi o decíduo...

Giles acenou para Mab.

— Venha se juntar a nós, minha rainha. Precisamos de pernas longas neste time de pernetas.

A ideia de esticar as pernas foi tentadora. Mab pendurou seu chapéu novo no galho da árvore mais próxima, enrolou a saia para cima e pegou uma vareta, que era tudo que eles tinham para servir de bastão. Dez minutos depois, ela deu um golpe forte na bola e correu para a árvore.

— Base um... base dois...!

E, de repente, ela parou, o queixo tão caído que quase chegou ao chão, porque um grupo de pessoas de ternos escuros estava avançando da mansão como uma pequena frota, conduzido pelo comandante Denniston, que explicava algo para um homem baixo com jeito de buldogue... que Mab reconheceu.

Winston Churchill passou à distância de um braço, fazendo um rápido cumprimento de cabeça para os jogadores.

Giles estava boquiaberto.

— Mas o que?...

O primeiro-ministro não era de modo algum como Mab imaginara. Mais baixo, bastante coxo, o cabelo ralo acima do terno preto risca de giz. Nem sinal de seu famoso chapéu, ou de seu charuto. Mab sempre imaginara que ele seria cheio de bravatas e discursos sonoros, mas ele passou em silêncio, olhando à sua volta com uma expressão circunspecta.

— Ele está fazendo um tour? — sussurrou ela. — Meu Deus...

Ela correu para seu galpão, ultrapassando o grupo ministerial quando eles se dirigiram ao Galpão Sete. Estava em posição ao lado de sua máquina, a saia desenrolada e o cabelo penteado, quando a porta se abriu e Churchill foi conduzido para dentro. As Wrens se colocaram em posição de sentido e bateram continência. Mab as imitou. Ela era civil, mas era o *primeiro-ministro* ali no piso manchado de óleo, olhando para as máquinas que ela odiava tanto.

— Stevens — disse o comandante Denniston. — Uma demonstração, por favor.

Stevens ficou paralisada.

— Esta máquina é chamada de Agnus Dei, senhor primeiro-ministro — interferiu Mab, quando ficou evidente que sua parceira não conseguiria pronunciar nenhuma palavra.

Ela fez uma demonstração clara: ajustou os plugues na parte traseira de acordo com o menu, carregou os discos, separou os finos fios com a pinça. Ele fez perguntas, querendo saber de tudo. Ela respondeu da melhor forma que pôde. Stevens finalmente se recompôs e começou a responder também. O primeiro-ministro assobiou, impressionado com o barulho quando Aggie e suas máquinas irmãs foram postas em funcionamento. Uma parada completa poderia levar horas, então Mab interrompeu o processo e explicou o que significava quando a máquina Bomba ficava silenciosa.

Quando Churchill lhes agradeceu, ela sentiu um impulso quase violento de *cuidar dele*. Ele parecia tão cansado, com olheiras, os ombros curvos. Será que não havia ninguém cuidando dele enquanto ele cuidava de toda a nação? Ela queria cozinhar um ovo para o primeiro-ministro e ficar ao seu lado enquanto ele comia; queria lhe desejar uma boa noite de sono e dizer que não se preocupasse com o funcionamento das máquinas Bomba; queria lhe dizer que elas iam fazer seu trabalho, que não era preciso ter receio disso, e que então ele podia ir para casa e *descansar* antes que caísse duro no chão. Teve de apertar as mãos para controlar a vontade de arrumar o sobretudo dele quando ele se virou para ir embora.

Talvez a preocupação tenha se refletido em seus olhos, porque Churchill — o homem mais poderoso do mundo ocidental, o principal antagonista de Adolf Hitler — baixou pesadamente uma pálpebra em uma piscada. Mab levou a mão à boca, mas uma risada incontrolável passou pela barreira dos dedos. Stevens ficou horrorizada, mas o primeiro-ministro assentiu e disse, bem-humorado:

— Tenho de ir parabenizar as pessoas que fizeram essas máquinas esplêndidas.

Elas todas se entreolharam ofegantes quando a porta se fechou.

— As máquinas já estão paradas — disse alguém. — Ninguém mais vai trabalhar mesmo enquanto ele estiver aqui...

Todas elas correram para fora, seguindo discretamente o grupo ministerial. Churchill e seus seguidores desapareceram no Galpão Oito, e Mab ficou surpresa ao ver que um dos homens que permaneceu do lado de fora era Francis Gray.

— O que está fazendo aqui? — perguntou ela, baixinho, quando ele foi encontrá-la perto da quadra de tênis. — Não sabia que você trabalhava em Downing Street.

— Não, nas Relações Exteriores. — Ele sorriu, o casaco se agitando ao vento em volta de seus joelhos. — Eles ligaram de Downing Street hoje de manhã. Estavam precisando de um motorista e queriam alguém que já conhecesse BP, para não terem que chamar um dos motoristas que não foram investigados para atuar neste nível. Ninguém precisava de mim lá, então aqui estou.

— Não vejo você desde o jantar no Savoy — respondeu Mab. — Quando foi isso? Maio?

— Depois que a Rússia se uniu aos Aliados as coisas ficaram bem agitadas.

— Tomara que os ianques tirem a bunda da cadeira e sigam o exemplo do Tio Joe. — Ela disse "bunda" de propósito, esperando fazê-lo rir. Francis Gray nunca tinha rido, não que ela lembrasse. Mas ele deu apenas seu sorriso habitual de cordialidade distante.

O primeiro-ministro visitou o Galpão Oito e o Seis, e havia uma multidão ali na hora em que ele saiu. Mab viu Osla do outro lado e ficou satisfeita ao perceber que até a amiga cosmopolita estava de olhos arregalados para Churchill. Mab achou que ele ia seguir direto para o carro, mas ele hesitou, olhou em volta e subiu em uma pilha de entulho de construção. Mab se sentiu um pouco sufocada, e ela e todos os demais se espremeram para chegar mais perto.

Churchill ficou parado por um momento, a mão no bolso do colete.

— Olhando para vocês, ninguém imaginaria que guardam tantos segredos — disse ele, como em uma conversa. — Mas eu sei, e estou orgulhoso de vocês. Estão aqui, trabalhando todos os dias, e trabalhando arduamente... Tenho de lhes agradecer. — Ele parou, olhando para baixo. Mab o ouvira falar no rádio muitas vezes, havia sentido sua autoconfiança e grande força de vontade, mas agora ele era apenas um homem baixo em cima de uma pilha de entulho, claramente falando com um nó na garganta, e ela sentiu seus olhos se encherem de lágrimas. — Vocês devem saber como são importantes para o esforço de guerra — prosseguiu ele. — Nada poderia ser mais importante, no entanto pouquíssimos britânicos sabem o que vocês estão fazendo. — Ele deu seu súbito sorriso entusiástico, e Mab ficou toda arrepiada. — Vocês são minhas galinhas dos ovos de ouro, que os chocam sem cacarejar!

Uma aclamação se ergueu da multidão, e Mab se viu aclamando também, aplaudindo. Se uma esquadrilha de bombardeiros alemães tivesse aparecido no céu para atacar Bletchley Park, cada pessoa presente ali teria se jogado sobre o primeiro-ministro. E Mab teria assumido a frente.

Ele acenou uma última vez e saiu em direção à mansão, uma falange de auxiliares à sua volta. A multidão ainda permaneceu ali por um instante, todos falando animadamente, até que os chefes dos galpões começaram a chamar seu pessoal de volta. Mab lembrou que havia deixado o chapéu em um galho. Ao correr para pegá-lo, ela avistou Francis esperando na frente da mansão, fumando um cigarro Woodbine.

— Esperando o primeiro-ministro? — perguntou ela, enquanto estendia o braço para pegar seu chapéu.

— Sabe o que ouvi o primeiro-ministro dizer para o Denniston quando eles entraram? — Um sorriso. — "Sei que eu lhe disse para caçar gente de todo lado para este lugar, mas não esperava que você me levasse *tão* a sério."

Mab riu.

— Somos uma turma esquisita, sem dúvida. Ah, não...

Francis franziu a testa.

— A aba amassou. — Mab levantou o chapéu novo: uma versão preta e de abas largas de um chapéu de feltro masculino, com uma faixa vermelho--granada em volta da copa. Mab sabia que ele a fazia parecer um cruzamento de Branca de Neve com Rainha Má e que provavelmente não compraria algo bonito assim pelos próximos meses. — Você não tem ideia de como chapéus são importantes para as mulheres.

— Então me conte.

— Chapéus não são racionados, pelo menos ainda não. Mandei a maior parte dos meus cupons de roupa do ano para minha tia em Sheffield. Ela está cuidando da minha irmã e não anda muito feliz com isso, então resolvi fazer um agradinho. Ela vai comprar um casaco novo e eu vou me virar com o que tenho até o ano que vem, mas pelo menos ainda posso ter um chapéu novo. — Mab foi até a janela mais próxima no andar térreo e arrumou o chapéu na cabeça. Ela sabia que estava falando sem parar. O que havia naquele homem que a fazia sentir a necessidade de preencher todos os silêncios? — Nós, mulheres, economizamos e nos viramos cerzindo meias e usando graxa de sapato como delineador, mas pelo menos podemos completar um conjunto medíocre com um chapéu lindo de morrer. Isso é muito bom para o moral, em tempos de guerra.

A voz dele saiu estranha.

— É?

— Claro. — Mab examinou seu reflexo embaçado na janela, a aba inclinada sobre a testa. — Não podemos fazer nada quanto a horários, mudanças de turnos ou galpões sufocantes, mas *podemos* vir elegantes para a guerra todos os dias. A sociedade teatral de Bletchley Park está compondo uma canção sobre isso para a apresentação de Natal deste ano. Já os ouvi ensaiando. — Ela se virou, com as mãos na cintura, e cantou:

O preto sofisticado é de rigueur,
E um chapéu bonito é um cri de coeur!

Ela terminou com um gesto teatral, consciente de que não sabia cantar. Ele ficou em silêncio, o cigarro queimando entre os dedos imóveis, e o sorriso dela desapareceu.

Senhor Gray, eu oficialmente desisto de tentar entendê-lo. Você obviamente acha minha conversa torturante. Ela olhou para o relógio de pulso.

— Bem, tenho que voltar...

— Case comigo.

Ela hesitou por um instante.

— O quê?

Ele não repetiu. Ficou ali parado na brisa fria, o cabelo castanho-avermelhado balançando, só olhando para ela, despido do escudo de cordialidade distante. O véu na frente dos olhos dele havia caído, pensou Mab, revelando algo que brilhava como uma lanterna.

Ela tentou um sorriso.

— Você está brincando comigo? — Aquilo parecia bem mais provável do que receber uma proposta de casamento de um homem que ela mal conhecia.

— Não — disse ele, jogando fora o cigarro. Havia algo de estranho na voz dele, como se ele estivesse tão confuso com a proposta quanto ela. — Case comigo. — Quer houvesse confusão na voz dele ou não, seu olhar era penetrante.

— Eu... — Como ela havia sonhado com aquele momento, em que um cavalheiro cujas botas Geoff Irving e os amigos nojentos não eram dignos de lamber lhe fizesse aquele pedido. Ela imaginara que estaria no comando das coisas, tendo conduzido seu pretendente ao longo de uma série contínua de marcos, até que ele achasse que era tudo ideia dele. Francis Gray não alcançara nenhum dos marcos. Eles tiveram três encontros, e Mab se encarregara de noventa por cento da conversa nos três. — Senhor Gray... você me pegou de surpresa.

— É ridículo, eu sei — disse ele. — Certamente rapazes bem mais jovens e mais agradáveis do que eu estão lhe fazendo essa proposta. Ainda assim, quero entrar no páreo.

— Por quê? — perguntou Mab. — Você não me conhece. — Mas ele a conhecia, pensou ela. Tudo que ela falara, ele havia escutado. Era ela que não o conhecia, por mais que tentasse.

Ele ficou em silêncio quase um minuto inteiro, olhando para ela como se pudesse enxergar seu interior. Ameaçou falar e tornou a ficar em silêncio. Estendeu o braço, tocou a lateral da testa de Mab, sua face, seus lábios.

— Eu conheço você. — Ele enrolou um tufo do cabelo dela nos dedos e a puxou para perto. Ela poderia ter se afastado, mas, em vez disso, deixou suas bocas se fundirem. Foi um beijo tão leve, e ela ficou sem reação.

— Case comigo — disse ele, os lábios ainda nos dela.

— Sim. — Ela se ouviu sussurrar nos lábios dele.

Seu coração não estava pulando no peito como ela achou que aconteceria; batia lento e forte, como se estivesse atordoado demais para acelerar. Francis Gray, poeta de guerra e funcionário do Departamento de Relações Exteriores, a havia pedido em casamento. E ela havia dito sim.

Mab tentou recuperar o fôlego, organizar as ideias. Quem poderia saber o que havia removido aquele véu de distância respeitosa dos olhos dele e o levado a fazer aquela proposta inesperada? Mas quem se importava? Casamentos apressados em tempos de guerra eclodiam por toda a Grã-Bretanha. Mab seria muito burra se não o aceitasse; ele tinha tudo que ela esperava em um marido, e mais. Gentileza, cortesia, instrução, carreira... talvez fosse um pouco mais velho do que imaginara, mas isso significava que ele era estável, respeitado, e não um garoto inexperiente. Podia não conhecê-lo muito bem, mas tinha o resto da vida para fazer isso.

Tudo era mais do que ela havia esperado.

Os dedos dele saíram dos cabelos de Mab e seguraram sua mão. Virou-a sobre sua palma e ficou olhando para os dedos longos.

— Não foi o melhor momento do mundo — disse ele, com uma risada curta. — Semana que vem vou ser enviado para os Estados Unidos.

Mab hesitou por um instante.

— *Estados Unidos?*

— Washington, DC. Desculpe, não posso dizer mais nada, mas vou passar uns meses no exterior.

Ele hesitou, e Mab soube que não precisaria de muito para estar casada em uma semana, antes de ele partir. Que não demoraria para dizer: "Vamos logo para Londres resolver isso!" Homens em serviço e suas namoradas faziam aquilo o tempo todo, espremer um casamento em uma licença de dois dias. Mab quase sugeriu isso, mas mordeu a língua. Ela não ia correr para o altar sem conferir umas coisas; conhecia muitas garotas em Shoreditch que se casaram às pressas e tiveram tempo de sobra para se arrepender depois.

— Vamos fazer isso quando você voltar — falou Mab, apertando a mão dele. — Só me prometa que vai conhecer minha mãe e minha irmã antes de ir.

Se ela esperava levar Lucy para sua casa depois que se casasse, precisava ver como Francis reagiria à ideia e como ele se daria com a irmã. Se ele se recusasse, bem, então ela terminaria com ele. Mas ela achava que ele não ia se opor. Ele ia adorar Lucy, e ela teria todas as vantagens do mundo: meias muito brancas, um blazer de escola e um *pônei*...

— Droga. — Francis deu uma olhada para trás. Havia movimento na porta da mansão, o grupo ministerial começava a sair. — Mais dez minutos, é tudo que peço. — Ele olhou para ela. — Vai ser uma espera grande para você. Com a correspondência do exterior do jeito que está, não sei com quanta frequência vou conseguir escrever.

— Só preciso que você me avise que chegou em segurança — disse ela, suavemente.

A preocupação já lhe dava um frio na barriga. Diplomatas estavam o tempo todo indo para cá e para lá pelo Atlântico, claro; era diferente dos comboios de carga, que eram alvos dos submarinos alemães. *Ele estará perfeitamente seguro*, disse a si mesma. Assim que Francis voltasse, eles se casariam. Aquele homem ia ser seu marido. E ela seria a melhor esposa de toda a Grã-Bretanha.

— Chá na semana que vem com a sua família, antes de eu partir. — Francis passou o polegar sobre os nós dos dedos dela. — Quer um anel?

— Quero — disse ela, rindo. — Quero um anel, sim.

— Deve haver um rubi em algum lugar em Londres que combine com seus lábios. — Ele soltou a mão de Mab e seguiu em direção à pequena frota de carros. O primeiro-ministro já havia entrado e o motorista estava ligando o motor; os assistentes aguardavam o motorista em volta do veículo seguinte. Francis olhou para Mab por um bom tempo outra vez, agora como se não houvesse véu nenhum na frente. Ninguém jamais tinha olhado para ela daquele jeito.

Seu noivo entrou no carro e partiu. Mab, ainda atordoada, tomou o rumo de seu galpão. *Mab Gray*, pensou ela. *Senhora Gray*.

Mab viu o rosto de Winston Churchill virar na janela do carro da frente quando ele fez a curva em direção aos portões. Ela levantou a mão e fez um V com dois dedos, o famoso sinal dele. *V de vitória*. Porque, caramba, naquele dia ela havia vencido. *Vencido*.

O primeiro-ministro pôs a mão para fora da janela e fez um V para ela.

28.

> *FUXICOS DE BLETCHLEY*, OUTUBRO DE 1941
>
> Preocupado: adjetivo, "absorto em pensamentos". Levado a outro nível pelo pessoal de BP, que está frequentemente preocupado demais para notar se colocou a calcinha pelo avesso, se o primeiro-ministro veio para um chá, ou se qualquer coisa exceto o lápis em sua mão está pegando fogo.

Beth não viu nada naquele outono. A visita de Churchill, o noivado de Mab — tudo passou por ela como um borrão.

— Falando sério, onde vocês, meninas do *Cottage*, vivem? — perguntou Osla. — Na *lua*?

Beth só ficou olhando, exausta. Andava dormindo muito mal. À noite, seu cérebro ficava repassando tantos grupos de cinco letras e quartetos de rotores que era muita sorte se ficasse virando na cama apenas por algumas horas. Boots tinha desistido de dormir aos seus pés e se retirara com desgosto para a cesta no chão.

— O MI-5 administra os agentes alemães que temos sob controle — refletira Dilly em voz alta no início, com sua habitual e total desconsideração pela paranoia de Bletchley Park de não contar nada aos seus trabalhadores. — O MI-5 faz eles mandarem informações falsas em seus transmissores sem fio, conforme direcionados pelos nossos oficiais da inteligência, usando as próprias cifras manuais, dadas a eles pelos alemães. Seus controladores geralmente estão em Lisboa, Madri ou Paris. Eles analisam tudo antes de transmitir para Berlim. Só precisamos decifrar a que *eles* usam para ter certeza de que Berlim está engolindo tudo isso...

Mas aquele "só" ainda não havia acontecido, embora a seção inteira de Dilly estivesse queimando os neurônios já havia três meses. Aquilo não era como a corrida louca de três dias na qual eles haviam embarcado para decodificar as ordens de combate de Matapão, exaustiva, mas finita. Aquilo era uma progressão árdua, desesperada e interminável, cheia de becos sem saída, de caminhos promissores que não davam em nada, e então era preciso tentar outro. Sem nenhum tempo para recuperação nem descanso.

— Se eu analisar o tráfego de cifras manuais da rede individual, devemos obter uns bons cribs — murmurou Dilly.

Mas ele estivera analisando o tráfego todo aquele tempo, e nada de consistente aparecera. Com a Enigma naval italiana, os cribs davam um ponto de partida. Ali, eles não tinham nada. Eram aqueles malditos quatro rotores da Enigma Abwehr, que mudavam com muito mais frequência e sem nenhum padrão previsível.

Tenho que decifrar isto, tenho que decifrar. Todo o corpo dela estava tenso como arame e ela estava tão imbuída naquilo que tinha vontade de gritar. Se gritasse, provavelmente gritaria em blocos de cinco letras. *Tenho que decifrar.*

Beth não ia para lugar algum exceto o *Cottage*, onde ficava até depois do expediente, e quando ia para casa mal tinha tempo de andar com Boots antes de ser puxada para a cozinha. Então, ficava parada diante do fogão mexendo o arroz-doce e vendo as cadeias de indicadores se desenrolando em sua cabeça até a mãe a sacudir pelo cotovelo.

— Bethan, você deixou queimar...

Cinco minutos depois, Beth se daria conta de que havia se perdido em seus pensamentos outra vez e não ouvira nenhuma palavra do sermão da mãe. Às vezes, ela conseguia murmurar:

— Desculpe, mãe, o que você estava falando?

E a sra. Finch se afastava tremendo de raiva e dizendo:

— Eu acho que você está ficando louca, só pode!

Também acho, Beth às vezes pensava.

Dilly irrompeu no *Cottage* em um dos intermináveis turnos da noite, agitando os óculos.

— *Lobsters!*

Beth olhou para Phyllida na mesa ao lado.

— *Lobsters?*

Quando Dilly estava de bom humor, disparando ideias para todo lado como fogos de artifício, era melhor fazer perguntas pacientemente até ele começar a falar coisas com sentido. Peggy era melhor naquilo do que Beth, que sabia que ela própria não vinha juntando lé com cré. Fora só no dia anterior que ela notara o grande rubi faiscando na mão de Mab e dissera:

— Há quanto tempo você está com isso?

Mab olhara para ela com uma expressão um pouco estranha.

— Há um mês, Beth. Francis me deu antes de partir para o exterior. Depois que o levei para conhecer minha mãe e a Lucy.

— Depois daquela tempestade em copo d'água que os metidos a intelectuais fizeram a respeito do novo livro da Agatha Christie — contribuiu Osla, vendo que Beth continuava com cara de atordoada. — Não me diga que você esqueceu isso também!

Aparentemente, sim. E agora estavam pedindo que ela pensasse em *lobsters*.

— No momento em que todos os quatro rotores da máquina giram entre as duas primeiras letras do indicador e mais uma vez em sua posição repetida, pensem nisso como um *crab*, ou caranguejo. — Dilly imitou um caranguejo com quatro dedos da mão.

— Isso não ajuda a entrar na cifra. — Beth despejou café frio em uma xícara e a colocou na mão dele.

— Mas, se houver rotações dos quatro rotores em ambos os lados do bloco de letras do indicador, poderia haver mais rotações de apenas *um lado* do bloco de letras. Pensem nisso como um *lobster*, uma lagosta...

Ele imitou as garras de uma lagosta, derramando café e falando entusiasmadamente enquanto Beth ouvia. Nada fazia sentido, mas ela já estava acostumada à lógica à la Lewis Carroll de Dilly e seu cérebro entrou na onda do que ele acabara de propor.

— Se conseguirmos encontrar a sua lagosta — disse ela devagar — e um bloco longo de texto depois dela, talvez tenhamos mais sorte de decifrar os blocos de indicadores na mesma combinação... — Ela ainda não sabia de fato aonde ia chegar com aquilo, mas a melhor maneira de descobrir era *ir em frente*, como Dilly sempre dizia. Beth pegou o lápis que estava prendendo seu cabelo. — Vamos caçar lagostas.

Levou quatro dias para encontrar uma mensagem com a rotação certa, mas, assim que Beth conseguiu, números começaram a espiralar e se encadear loucamente.

— Isso! — gritou ela no meio do turno do dia. — Se tenho um pareamento de letras cifradas na posição um, posso encadear algumas deduções nos outros pareamentos... — Suas palavras tropeçavam umas nas outras. — Está vendo? — terminou ela rapidamente, o sangue fervendo.

Phyllida esfregou o nariz.

— Mais ou menos.

Peggy veio olhar mais de perto.

— Me mostre.

— Cadê o Dilly? — Beth olhou em volta. — Ele foi para casa?

— Foi. — Peggy estava com uma expressão cansada. — E não vamos incomodá-lo. Mostre para mim.

Outubro havia passado, as árvores flamejando em amarelo e laranja em volta do lago, quando Beth conseguiu encontrar a combinação de um rotor. As geadas de novembro endureceram o chão antes que as garotas do *Cottage* pudessem formular uma hipótese sobre a frequência com que os técnicos alemães, ao escolherem combinações de quatro letras dos rotores para o tráfego do dia, repetiam palavras específicas: NEIN, WEIN, NEUN...

— Nomes de quatro letras também — sugeriu Peggy.

Então Beth decifrou uma combinação de um tráfego com base nos Bálcãs depois que chegou a S e A para os dois rotores da direita e se perguntou, com olhos sonolentos, de madrugada, se o operador nos Bálcãs podia ter uma namorada chamada ROSA. Com R e O fixos na posição, tudo se encaixou; alfabetos de texto e cifras gerados puderam, então, ser rapidamente recuperados e listas de nomes e palavras alemãs de quatro letras logo foram colocadas em todas as paredes do *Cottage*.

— Estamos chegando lá — encorajou Dilly, deixando cair tabaco sobre o trabalho de Beth. — Está vindo, moças.

No início de dezembro, o momento veio. Todos se agruparam em volta da mesa de Beth, quase sem respirar enquanto ela extraía blocos de alemão do meio do caos. Ali estava, uma mensagem decodificada: as mulheres que falavam alemão confirmaram que era legível. Beth não perguntou o que a mensagem dizia, nem se importava. Ela mordeu com força a mão fechada, pequenos fragmentos de código se dissipando em espasmos em sua visão. De repente sentiu fome e não sabia quando tinha comido pela última vez, quando estivera em casa pela última vez ou que dia era. Não sabia de nada, a não ser que havia conseguido. Elas haviam conseguido. Haviam decifrado a Enigma Espiã.

Peggy oscilou atrás de Beth. Ela colocou o rosto nas mãos, e, de repente, o silêncio se rompeu. Phyllida se jogou nos braços da atônita moça do chá, que chegara com café de chicória que acabara de fazer. Elas riam como se estivessem bêbadas, gritavam, todas tão precariamente equilibradas entre a euforia e a exaustão que não conseguiam falar uma única palavra coerente.

Por fim, Peggy levantou a cabeça, como quem precisa resolver algo, e disse:

— Vou telefonar para o Dilly, e depois informar o comandante Denniston. — Ela pegou a mensagem na mesa de Beth e apertou seu ombro com firmeza.

Outra pessoa estava conferindo a escala e chamando as moças que deveriam ficar até a meia-noite.

— Beth, é seu dia de folga amanhã. Vá para casa antes que desmaie aqui.

Beth vestiu o casaco com certa dificuldade e saiu meio cambaleante, o frio de inverno batendo no rosto. Estava totalmente escuro, mas ela não fazia ideia se eram seis da tarde ou meia-noite. Seus ouvidos ressoavam quando atravessou o pátio do estábulo, e levou um tempo para perceber que aquele som não vinha de sua cabeça: mas da mansão. Homens e mulheres estavam saindo pela porta da frente, gritando, rindo, falando uns com os outros. "Você ouviu?"; "Eu ouvi!"; "Até que enfim!"

— O quê? — perguntou Beth, abalroada com o fluxo de decodificadores em êxtase. — O que aconteceu? — Ela avistou um chapéu familiar de abas inclinadas e faixa vermelha e segurou o cotovelo de Mab. — O que houve?

Mab abraçou Beth, abandonando totalmente sua postura normalmente imperturbável.

— Eles entraram, Beth! Os norte-americanos entraram na guerra! Depois que os japoneses atacaram uma das bases deles...

— Eles *atacaram*?

— Não me diga que você não viu isso também. Pearl Harbor! — Mab puxou o ar. — Sabíamos que não ia demorar. Estávamos todos reunidos na mansão em volta do rádio. Não faz nem uma hora que o presidente Roosevelt se pronunciou, e os ianques estão dentro!

Os Estados Unidos na guerra, a Enigma Espiã decodificada. Depois de tantos meses ansiando e esperando por aquilo, as duas coisas vieram ao mesmo tempo. Beth ofegou, trêmula, e começou a chorar. Ficou ali parada, com as lágrimas correndo pelo rosto, totalmente esgotada e muito, muito feliz.

Mab a abraçou, um clarão de luz da mansão arrancando faíscas vermelhas de seu anel de rubi.

— Chore quanto quiser, não vou contar para ninguém. Amanhã você está de folga, como a Os e eu? Precisamos dormir até mais tarde...

Quando o choro de Beth se esgotou em um silêncio arquejante no ombro de Mab, ela estava completamente sem forças e Osla as havia encontrado.

— Queridas, que *incrível*! — Osla e Mab conduziram Beth entre elas em direção à casa, conversando animadamente.

Aos olhos de Beth, o mundo começava a voltar aos trilhos quando elas passaram pela porta dos Finch e, enquanto desabotoava o casaco, ela disse, cheia de entusiasmo:

— Você ouviu, pai? O rádio estava ligado?

— Ouvimos. — O pai de Beth veio pelo corredor, sorrindo. — Notícias excelentes, excelentes. Agora a guerra não vai demorar para acabar! Mabel, o seu noivo telefonou. Ele voltou dos Estados Unidos antes do que esperava.

O sangue no rosto de Mab se esvaiu.

— Meu Deus, ele estava navegando no meio de...

— Não, ele chegou anteontem. Disse que ficou tão surpreso com Pearl Harbor quanto nós. Ele está na casa onde fica em Londres, se você quiser ligar. — O pai de Beth sorriu quando Mab voou para o telefone, mas ficou sério quando olhou de volta para Beth. — Sua mãe está na cozinha. Ela teve um dia muito difícil...

Beth beijou o pai no rosto, correu para a cozinha e abraçou a mãe pela cintura, na frente do fogão.

— As notícias não são maravilhosas? Deixe que eu faço isso. Sei que fiquei séculos fora de casa, mas você não imagina a carga de trabalho.

A exaustão e a frustração dos últimos meses estavam se dissipando como um sonho. A primeira mensagem tinha sido decodificada; e elas decodificariam mais. *Posso decifrar qualquer coisa*, pensou Beth, sorrindo. *É só me dar um lápis e um crib e eu decifrarei o mundo.*

Ela pegou um avental, olhando em volta.

— Onde está o Boots? — Estava horas atrasada para sair com ele.

— Arrume a mesa. — A mãe continuou mexendo em uma panela. — É, são ótimas notícias. Mas quando penso naquelas pobres pessoas em Pearl Harbor...

— Vou passear com o Boots e depois arrumo a mesa. — Beth assobiou, mas nenhum peludinho cinza mal-humorado entrou na cozinha.

— Eu avisei, Bethan. — A mãe levantou os olhos da panela com um sorriso sereno. — Avisei que aquele cachorro ia para fora se fizesse sujeira aqui dentro. Você garantiu que sempre estaria em casa para sair com ele. Eu avisei...

Beth deu um passo, subitamente atordoada.

— O que você fez?

— Boots!

Beth tropeçou em uma pedra. Bletchley era um breu depois do pôr do sol, qualquer luzinha tinha de ser coberta. Estava com uma lanterna, mas encapada com papel segundo as regras, portanto apenas um facho tênue saía dela. O bairro por onde ela andara a vida inteira se tornara, de repente, uma paisagem alienígena.

— Boots!

Boots tinha feito xixi na sala de estar porque Beth tinha chegado em casa muito atrasada. E a mãe o levantara pela coleira, o largara na rua escura e fechara a porta.

— Beth — dissera o pai, tentando apaziguar a situação. — Tente entender o lado da sua mãe...

Mas Beth pegara a lanterna e saíra correndo para a rua, esquecendo-se de tudo exceto que Boots estava vagando pela noite de inverno sozinho.

Ela tropeçou de novo, enchendo os pulmões de ar e gritando de novo:

— Boots!

Uma fresta de luz apareceu na rua quando uma porta se abriu. A ondulação indistinta da voz de Osla: "Por favor, será que a senhora viu..." Mab estava com a outra lanterna, procurando na direção oposta. Elas haviam seguido Beth sem nem hesitar, enquanto a sra. Finch, de braços cruzados, balançava a cabeça mais em lamento do que irritação: "Eu disse para você o que ia acontecer, Bethan. Você não pode me culpar."

Posso, sim, pensou Beth. Mas naquele momento não dava para se concentrar na raiva tremeluzente; o desespero a dominava. Como ela ia encontrar um cachorrinho no meio da noite? Ele estava perdido, o tão desejado cachorrinho que ela reivindicara para si no mais monumental ato de vontade de sua vida. Ele estava perdido, e ela nunca o encontraria. Ou, se o encontrasse, encontraria apenas um corpo, meio comido por raposas ou esmagado por um carro que seguia em alta velocidade para Londres...

Ela gritou no escuro, arrancando o papel que encapava a lanterna.

— Boots!

— Beth! — A voz de Mab.

Beth se virou, avançou tropeçando em direção ao facho sacolejante da lanterna da amiga, o coração subitamente um canhão dentro das costelas. A figura alta de Mab surgiu no escuro, com um pequeno volume trêmulo nos braços.

— Achei ele embaixo de um arbusto quatro casas depois — disse Mab. — Ele não foi longe. Pare de tentar me morder, seu safadinho, estou do *seu* lado.

Beth pegou Boots e, pela segunda vez no dia, chorou de soluçar no ombro de Mab. O schnauzer estava molhado, fedorento e tremendo de frio, resmungando como um velho mal-humorado quando ela o apertava demais. Beth achava que nunca mais conseguiria largá-lo.

— Espero que tenham uma boa razão para essa algazarra — soou uma voz em tom de desaprovação. Um dos supervisores civis da ARP, como todos eles, intrometido. — Luzes descobertas apesar das regras de blecaute...

Mab apagou a lanterna, e Osla as alcançou e começou a despejar seu mel verbal. Elas se livraram do homem e voltaram para casa, com Beth no meio. Agora que Boots estava em segurança, uma centelha quente de algo duro como diamante havia se instalado na garganta de Beth, e crescia a cada passo em direção à sua casa.

— Será que a sua mãe vai deixar você?... — começou Osla, e parou.

Beth entrou, puxou o casaco da mãe do cabide e enxugou Boots ali na porta mesmo. Estava vendo os sapatos da sra. Finch no tapetinho bordado à mão, mas se recuscu a levantar os olhos. Osla e Mab pararam atrás, fazendo sons vibrantes indicando quão frio estava lá fora, mas o silêncio sob suas exclamações se estendia como um lençol de gelo. Beth não levantou a cabeça até Boots estar seco e ter parado de tremer. Então endireitou o corpo e encarou a mãe com um olhar inexpressivo.

A sra. Finch soltou um suspiro suave e vitimizado.

— Ele pode ficar mais *uma* noite, Bethan. Amanhã ele...

Beth não planejou, não pensou, nem sequer soube o que estava acontecendo até ver sua mão se erguer e acertar o rosto da mãe.

Ela nunca havia batido em ninguém na vida. Provavelmente machucara mais a própria mão do que o alvo. Mas a sra. Finch recuou, os dedos subindo para o rosto em choque, e Beth deu um passo para trás também, em horror. *Eu não queria*, ela quase disse — mas na verdade queria. *Desculpe*, ela quase disse — mas não estava arrependida. A centelha de raiva na garganta, dura como diamante, continuava ardendo, cada vez mais.

Não conseguiu pensar no que dizer, então falou apenas:

— Como você pôde fazer isso?

Com o rosto vermelho, a sra. Finch pegou a Bíblia.

— *Quem ferir seu pai ou sua mãe será...*

Beth não esperou que ela terminasse Êxodo capítulo 21, versículo 15, ou estendesse o livro e lhe dissesse para segurá-lo até seus braços queimarem.

— Não.

— O que você disse?

Por puro hábito, Beth quase baixou os olhos e mexeu na ponta da trança. Mas, quando seus dedos procuraram a ponta espetada da longa trança à que passara a vida toda se agarrando como uma corda salva-vidas para não ter de olhar ninguém nos olhos, a trança não estava lá. Agora, tinha um elegante corte ondulado até os ombros, e tinha um cachorro e amigos e um emprego decodificando cifras alemãs.

Então Beth respondeu muito tranquilamente:

— Não vou segurar a Bíblia por meia hora enquanto você me faz um sermão. E você não vai pôr meu cachorro para fora.

— Vamos conversar sobre isso amanhã. — O pai de Beth falou alto para que todas se espantassem. — Estamos todos com os nervos à flor da pele, com essa notícia sobre os norte-americanos...

Mas a sra. Finch falou mais alto que ele, os olhos cheios de lágrimas.

— Por que você está se comportando assim, Bethan? Por quê? Você não é a mesma desde que arranjou esse emprego.

— O que isso tem a ver com meu emprego? — Beth teve de levantar a voz para ser ouvida. — Você expulsou meu *cachorro*! Que tipo de pessoa...

— Você não precisava desse emprego. Eles não precisam de *você*!

— Precisam, sim. — Beth ergueu a cabeça. — Ninguém lá consegue fazer o que eu faço.

— E o que é que você faz? — A voz da sra. Finch se elevou. — Se é tão importante, me conte. Me conte *agora*.

Beth se recusou a falar daquele assunto.

— Não vou pedir desculpas por ter aceitado o emprego em BP. — Desde que começara a trabalhar, tudo que fizera em casa fora pedir desculpas por isso. Não mais.

— Seu trabalho é aqui! Você é minha ajudante. O que eu vou fazer sem sua ajuda em casa?

— Eu ajudo você o tempo todo quando estou em casa. Fico *feliz* em ajudar. E, mesmo assim, você *jogou meu cachorro na rua*!

— Você se importa mais com um cachorro e um emprego do que com a própria mãe. — A sra. Finch pressionou a têmpora. — Sua mãe, que não está bem...

A voz de Mab soou atrás de Beth, divertida e zombeteira:

— Lá vem a dor de cabeça.

— Sempre pontual — concordou Osla.

— Não me respondam, suas vadias — irritou-se a sra. Finch. — Incentivando a minha Bethan a se comportar como uma...

— Como uma *o quê*? — De repente, Beth não conseguia mais ficar calada. — Mãe, eu trabalho para ajudar na guerra. Encontro meus amigos para falar sobre livros. Às vezes tomo um copo de xerez. Por que isso faz de mim uma vadia?

A sra. Finch estendeu a Bíblia para Beth.

— *Não profanes a tua filha, fazendo-a prostituir-se...*

Beth bateu no livro, derrubando-o no chão.

— Não estou fazendo nada de errado, e você sabe muito bem disso. Então por que isso *incomoda* você?

— Eu não lhe dei permissão...

— Eu tenho vinte e cinco anos!

— Esta é a minha casa e você vai obedecer às minhas regras...

— BP me paga cento e cinquenta libras por ano, e eu dou tudo para você! Ganhei o direito de...

A sra. Finch agarrou o braço de Beth. Pela primeira vez, Beth pôs as mãos nos ombros da mãe e a empurrou. A pele no interior de seu cotovelo ardeu, e ela percebeu como os dedos fortes da mãe encontravam sempre aquele ponto onde a carne era mais delicada. Não lembrava quando fora a última vez que não tivera hematomas nos braços.

— Por favor. — O pai de Beth estava torcendo as mãos. — Que tal tomarmos um chá e...

— Onde *você* estava quando ela pôs meu cachorro para fora? — Beth se virou para ele. A centelha de raiva havia crescido para uma nuvem, expandindo-se dentro da garganta de Beth, sufocando-a. — Por que você não a impediu? Por que não levantou dessa poltrona e passeou com ele, já que eu estava trabalhando até tarde, para ele não fazer xixi aqui dentro?

— É que... — O sr. Finch mudou de posição, atrapalhado. — Ela disse que eu não devia...

— É a sua casa também! — gritou Beth. — Mas você nunca diz não para ela. Faça *alguma coisa*, pai. Diga a ela que posso ficar com o Boots. Diga a ela para parar de me atormentar. Diga a ela para *parar*.

A sra. Finch cruzou os braços apertados, as bochechas muito vermelhas.

— Quero esse cachorro fora daqui. Ponto final.

Silêncio. Boots choramingou ao lado dos pés de Beth. Ela sentia Osla e Mab atrás de si, como sentinelas. O sr. Finch pigarreou e abriu a boca, mas a fechou.

A sra. Finch fez um movimento de aprovação com a cabeça e fixou os olhos em Beth.

— O que tem a dizer agora, mocinha?

— Se o cachorro sair, eu saio também — disse Beth, respirando fundo. — E na próxima vez que tiver uma dor de cabeça, pode torcer a própria toalha, sua beata abusadora.

Dessa vez foi a mão da sra. Finch que levantou. Beth recuou, e o golpe não a atingiu. O sr. Finch segurou o braço da esposa antes que ela pudesse tentar de novo.

— Muriel... Beth... vamos nos sentar...

— Não. — Beth se virou e tornou a vestir o casaco, atordoada e trêmula. — Eu vou embora.

— Nós também. — Mab passou pela sra. Finch, Osla logo atrás.

Um momento depois, Beth ouviu as duas subindo os degraus rangentes, a porta do quarto abrir e malas sendo arrastadas de baixo das camas. A sra. Finch ficou vermelha, os lábios uma linha reta. Beth olhou para ela por mais um longo e terrível momento, depois lhe deu as costas para pegar a bolsa e a guia de Boots. Sabia que devia subir e pegar algumas coisas, mas não suportava dar mais nem um passo para dentro daquela casa. O silêncio horrível se estendeu e estendeu.

Não demorou para Mab e Osla voltarem, carregando não só suas malas, mas também a de Beth, estufada com blusas e combinações enfiadas às pressas.

— A estrada que você está seguindo leva ao *inferno* — disse a sra. Finch, muito furiosa.

— Pelo menos você não vai estar lá — respondeu Beth.

As três saíram da casa onde Beth morara a vida inteira, Boots trotando ao lado de seus calcanhares, e fecharam a porta.

29.

Até onde Mab sabia, príncipes se casavam com princesas, não com plebeias canadenses. Portanto Philip da Grécia não tinha nada que fazer Osla se apaixonar daquele jeito, e Mab não estava disposta a sentir simpatia por ele. No entanto, teve de admitir que era bonito quando ele foi buscar as três na estação Euston em sua pequena Vauxhall conversível, os cabelos loiros revoltos.

— Oi, princesa — ele cumprimentou Osla, e seu sorriso fez até o pulso impassível de Mab acelerar. — Soube que você e suas donzelas estão precisando de resgate.

— Sem brincadeiras, Philip, quase não escapamos com vida. — Osla se inclinou na porta da Vauxhall para beijá-lo, e, embora tenha sido um beijo rápido, a intensidade dele fez Mab se perguntar se aquela conversa à meia-noite sobre os coisas da vida tinha vindo no momento certo. — Philip, essas aqui são Mab Churt e Beth Finch — prosseguiu Osla. — Nós três estamos temporariamente desabrigadas e totalmente exaustas.

Philip saiu do carro e apertou a mão delas. Mab fez o possível para dar a impressão de que se encontrava com príncipes todos os dias, e Beth falou pela primeira vez desde que saíram de Bletchley no trem que pegaram de última hora.

— Você tem alguma coisa para beber?

— Espumante, é para já. — Os olhos de Philip brilharam enquanto ele colocava as malas no bagageiro. — Então, por que o pedido de socorro tão tarde da noite? Sinto que tem uma história aí.

Osla deu de ombros.

— A mãe da Beth aprontou com ela...

— Bruxa — murmurou Mab, sem conseguir se conter. — Desculpe, Beth, mas ela é.

— Eu sei — disse Beth.

Ela estava pálida e cansada ao entrar no banco traseiro com Boots, mas Mab achava que algo dentro de Beth havia *se libertado* de alguma maneira. Aquilo tudo a havia deixado trêmula, mas desafiadora, os ombros eretos como nunca. *Muito bem, Beth*, pensou Mab com uma sensação de orgulho enquanto a Vauxhall saía pela noite. Onde quer que o responsável pelos lares temporários em BP as acomodasse agora, não tinha como ser pior do que a casa da sra. Finch. Estariam livres de perguntas enxeridas, de *woolton pie* borrachenta...

— Claridge's, amor — Osla estava dizendo para Philip. — Minha mãe foi a Kelburn Castle para uma festa que vai durar dias, então a suíte dela está vazia...

O porteiro no Claridge's cumprimentou Osla como se ela fosse uma sobrinha que ele não via havia tempos, e Mab e Beth como se fossem da realeza.

— Tem um cavalheiro à sua espera lá dentro, senhorita Churt. Um tal senhor Gray...

Mab correu para dentro. O saguão art déco do hotel com seus candelabros cintilantes e piso preto e branco estava lotado de mulheres em cetim e homens de farda, rolhas de champanhe estourando, todos comemorando a entrada dos norte-americanos na guerra. Para Mab, parecia que aquilo havia acontecido um ano antes. Ela esticou o pescoço, e ali estava Francis, parado com as mãos nos bolsos, observando a festa com o ar de apreciação distante que ela conhecia tão bem. Ele parecia menos queimado — evidentemente não vira muito sol naqueles dois últimos meses nos Estados Unidos —, mas o sorriso era o mesmo.

— Francis — chamou ela, e houve um incômodo momentâneo porque os dois hesitaram, sem saber se deveriam se abraçar ou apertar as mãos. Ainda não haviam tido tempo para lidar com aquilo. Não haviam tido tempo para lidar com *nada*, na verdade, embora estivessem noivos desde setembro. Por fim, Mab se aproximou e lhe deu um beijo no rosto. Ele cheirava a sândalo, e seu cabelo parecia tão macio que ela teve vontade de passar a mão nele, mas não se atreveu. — Achei que você não conseguiria vir me encontrar assim tão de improviso. — Mab havia ligado para ele da estação de Bletchley, mas que jeito de se reencontrarem depois de quase três meses!

— Você parece bem. — Os olhos dele a percorreram, aquele olhar que a fazia se sentir nua. — Sua família, tudo bem com ela?

— Tudo bem, a Lucy está em Londres de novo com minha mãe, agora que os bombardeios diminuíram. — Francis as havia conhecido dois dias antes de partir para os Estados Unidos. A mãe de Mab parecera incomodada com o salão de chá elegante onde se encontraram e Lucy ficara com o pé atrás, pouco convencida de que aquele estranho não ia afastar Mab ainda *mais* dela... mas Francis se mostrara amistoso, sereno, e nem sequer insinuara um franzir de testa quando Mab sugeriu, depois do chá, que Lucy talvez pudesse morar com eles. Com isso, Mab havia eliminado seu último resquício de cautela. Tudo ia ficar bem.

Outro silêncio.

— Queria que tivéssemos podido nos corresponder mais. — Mab tentou não parecer que o estava culpando. O correio no exterior era instável e ligações telefônicas custavam uma fortuna. Francis havia mandado um telegrama quando chegara a Washington, mas depois disso só cartões-postais. Foi difícil não ficar se perguntando se ele tinha se arrependido de sua proposta. Se ele tinha voltado se perguntando onde estava com a cabeça quando pôs aquele grande rubi no dedo dela. — Nem acredito que faz quase três meses! — exclamou ela, com entusiasmo.

— Dois meses, uma semana e quatro dias — disse ele, e o nó de ansiedade no estômago de Mab se desatou. Se um homem estava contando os dias longe dela, não era porque queria pedir seu anel de volta.

— Como foi em Washington?

— Não posso lhe contar muito, infelizmente. Agitado. Frio. Norte-americanos demais. E o seu trabalho?

— Não posso lhe contar muito, infelizmente. Agitado. Quente. Máquinas demais.

Outra troca de sorrisos, e uma visível hesitação quanto a se deveriam ficar de mãos dadas ou se beijar outra vez ou... *Com certeza vamos aprender a conversar um com o outro*, pensou Mab, *quando estivermos casados*. Quando pudessem *não conversar* deitados em uma cama. Mab queria deixar logo aquela enrolação — a gravata dele estava desarrumada, e algo dentro dela começava a subir, desejando *arrancá-la*...

Não dê nada de graça, disse a voz de aço no fundo de sua mente. A voz que a mantivera em pé quando Geoffrey Irving e seus amigos a largaram na beira da estrada. *Não dê nada de graça. Nem no último minuto.*

Àquela altura, os outros haviam se espremido pelo meio da multidão eufórica. Depois de feitas as apresentações, Osla floreou a história da partida delas — "A Beth foi *impressionante*!" —, e Philip saiu para pegar champanhe Bollinger e voltou com taças cheias até a borda. Beth entornou a dela com uma velocidade surpreendente.

— Vai com calma... — disse ele, quando ela bebeu a segunda taça antes de ele a ter enchido até a metade.

— Acabei dizer para a minha mãe que ela era uma beata abusadora — disse Beth.

— Beba. — Ele tornou a encher a taça dela antes de se virar para Francis. — É um homem de sorte, senhor Gray. Quando será o grande dia?

Francis olhou para Mab, um daqueles olhares silenciosos em que algo queimava por trás.

— Vou embora de Londres outra vez depois de amanhã — respondeu ele. — Não há tempo para organizar um casamento e uma lua de mel adequados até eu voltar. Mais três semanas...

— Mas tem o cartório — disse Mab sem pensar. — Que tal amanhã?

— Senhor Gibbs — disse Osla, abordando o porteiro com um sorriso encantador. — Minha amiga vai se casar amanhã, e ela precisa de uma festa de casamento sensacional. Pode me ajudar?

— Posso, senhorita Kendall — respondeu ele, sem hesitação.

— Que bom! Poderia providenciar champanhe Bollinger, em quantidade suficiente para embebedar Londres inteira, e o melhor café da manhã de casamento que o racionamento permitir? Quantos ovos acha que pode conseguir? Foie gras? Beluga? Ponha na conta da minha mãe. Também vou precisar do número do quarto de todos os hóspedes do hotel que tenham uma filha de... — Osla olhou para Mab atrás de si. — Quantos anos tem a Lucy?

— Quase seis. — Mab mal conseguia conter o riso.

— Entre cinco e sete anos — concluiu Osla. — Por favor, envie bilhetes para os pais e implore que eles emprestem com urgência para amanhã de manhã o melhor vestido que a filha deles tiver. Vou passar amanhã às nove da manhã em ponto para inspecionar a seleção.

— Eu não sei se...

— Não me decepcione, senhor Gibbs. — Osla colocou um maço de notas na mão dele e se virou, as mãos na cintura, fazendo uma supervisão geral das tropas. — Francis, vá para casa, para que sua noiva possa ter um sono de beleza. Volte às onze, com seu melhor terno, as alianças e os papéis que forem necessários para uma licença de casamento. Philip, você pode pegar a mãe e a irmã da Mab às nove e deixá-las no Cyclax logo aqui do lado, onde nós vamos fazer a maquiagem. Qual o endereço da sua mãe, Mab?

Rindo, Mab deu o endereço da mãe. *Ela vai desmaiar quando vir que um príncipe a está trazendo para o meu casamento!*

— Certo. — Philip sorriu, claramente achando a coisa mais divertida do mundo usar seus preciosos cupons de gasolina em uma corrida louca através de Londres para buscar a mãe da noiva em Shoreditch. A determinação de Mab em não confiar nele derreteu. — Vamos lá, meu chapa. — O príncipe bateu no ombro de Francis. — Vou deixá-lo em casa. É possível que eu conheça uma pessoa que poderá acelerar as coisas no cartório...

— Excelente. Vamos nos reunir aqui às onze da manhã, e vocês, seus preguiçosos, tratem de *não* se atrasar! Despeça-se de seu noivo, Mab, você e eu temos um guarda-roupa para assaltar. — Osla pegou uma garrafa de Bollinger e três taças e se dirigiu à escada. Beth seguiu com Boots e, depois de um beijo rápido em Francis, Mab foi atrás, ainda rindo. — A suíte da minha mãe — disse Osla, convidando-as a entrar no aposento luxuoso, com uma cama imensa, um banheiro com uma banheira enorme e espelhos reluzentes. — Você pode usar para seu casamento, você e o Francis. O senhor Gibbs vai encontrar outro quarto para mim e para a Beth.

— Está bem — disse Mab imediatamente.

Ela havia se preparado para uma noite de núpcias no quarto de solteiro de Francis antes de ele partir de Londres e ela voltar para Bletchley, mas, meu Deus, não ia recusar uma noite de luxo. Não só porque nunca havia ficado em um hotel suntuoso, mas porque certamente seria mais fácil começar a conhecer um marido novinho em folha e praticamente mudo se estivessem cercados de lençóis de cetim e champanhe em baldes de gelo. Mab deu um grande gole em sua taça, sentindo a primeira onda de ansiedade em relação ao casamento. Ela era uma noiva. Ia se casar *no dia seguinte*. Com um homem com quem ela só se encontrara seis vezes...

— Beth, mantenha os copos cheios. — Osla abriu o guarda-roupa da mãe e começou a tirar vestidos. — Agora vamos ver: um vestido bem bacana que pareça um vestido de noiva...

— Sua mãe vai saber se eu assaltar a coleção de Hartnells dela! — exclamou Mab.

— Ela nunca vai dar pela falta de um, e você *não* vai se casar com seu forro de cortina azul, Scarlett O'Hara. — Osla ergueu um vestido: mangas longas, cintura justa, pregas de cetim creme descendo em cascatas da cintura em dobras perfeitas. — Este.

Mab desejou aquele vestido mais do que tudo.

— Eu não posso...

Osla nem lhe deu atenção, para alívio de Mab.

— Não vai chegar até o chão em você, porque a mamãe é muito mais baixa, então vamos fazer uma bainha na altura do joelho. Até o joelho é melhor para um casamento diurno. Agora, para a Beth... Nós vamos ser as damas de honra, claro. Este chiffon azul-celeste vai ficar maravilhoso com uma faixa...

— Foi uma noite muito estranha — disse Beth, sentada na cama, bebendo direto no gargalo da garrafa. Ela estava tonta e cansada, mas um sorriso pairava nos cantos de seus lábios. — Uma noite *muito* estranha — repetiu ela, olhando para Boots enrodilhado na almofada mais próxima, roncando.

Osla ergueu sua taça, as lindas faces de alabastro rosadas.

— À senhora Gray.

— E a você, Os. — Mab levantou a própria taça. — E à Beth... — Queria dizer alguma coisa sobre o que as duas significavam. Que nunca em sua vida tivera amigas assim. Mas não encontrava as palavras para explicar tudo que sentia, então apenas ergueu seu champanhe, com um nó na garganta. — A Bletchley Park.

Dez dias para o casamento real

10 de novembro de 1947

30.

York

Osla sentia o garçom da casa de chá Bettys a rodeando, irritado porque a mulher com o casaco escarlate New Look e o elegante chapeuzinho preto ainda não havia pedido nada. Osla estava atenta às janelas que ocupavam a parede inteira, esperando ver a silhueta esguia de Mab atravessar a praça, mas não conseguia parar de olhar para o letreiro do estabelecimento. *Bettys*. A ausência do apóstrofo a irritava. Por que as pessoas não escreviam direito?

E, de repente, Mab estava de pé à porta, vestida na última moda: um sobretudo longo no tom meia-noite de azul, com uma saia ampla, o pequeníssimo chapéu azul-safira inclinado em um ângulo insolente, pérolas negras nas orelhas e no pescoço. Seu olhar cruzou o salão até Osla com a força de um tiro de fuzil. *Mantenha a classe se ela mostrar as garras*, disse Osla a si mesma, olhando para ela também sem sorrir. *Atenha-se ao assunto que deve ser tratado.*

— Chá? — O garçom veio assim que Mab avançou pelo agrupamento de pequenas mesas e mulheres elegantemente vestidas e se sentou à mesa que Osla havia escolhido em um cantinho discreto ao lado da janela, onde ninguém poderia ouvir a conversa se elas falassem baixo.

— Um bule de Earl Grey — disse Mab.

— Com *scones*, por favor — completou Osla.

O garçom se afastou, e Mab arqueou aquelas sobrancelhas de cimitarras.

— *Scones*? Achei que você estivesse de dieta por causa do casamento real. *E lá se foram a classe e o assunto que devia ser tratado.*

— Uma chatice sem fim — disse Osla, com indiferença. — Não acredito que vou desenterrar os diamantes da minha mãe só para ir até um bando de pedra empilhada com uma vista deslumbrante para colunas e mais nada.

Mab tirou as luvas de um tom de azul escuro como tinta.

— Você está nos jornais até aqui no norte. Nos tabloides de fofocas, pelo menos. Muita especulação sobre se *certa beldade canadense de cabelos escuros* estará presente na festa de despedida de solteiro do príncipe Philip.

— Você sabe como são esses tabloides. — Osla tirou as luvas, para que Mab pudesse ver o anel de esmeralda. — Felizmente meu noivo não dá crédito a colunas sensacionalistas.

Mab admirou o anel.

— Que pena que verde não combina com você... Seu noivo sabe o motivo desta escapadela?

— Claro que não, minha querida. Aposto que seu marido também não sabe. Assim como ele não sabe que você o escolheu não por causa do sorriso dele, e sim por causa dos *benefícios*.

— Sou uma mulher prática, Os. Quem está escrevendo amenidades na *Tatler* é você. Contos de fadas... só que neles a mocinha não costuma ficar com o príncipe no fim.

O garçom escolheu aquele momento para voltar com o chá e os *scones*. Xícaras e pires Minton com estampas florais retiniram no silêncio pesado. Elas deram um gole, disparando farpas com o olhar.

— Escute, vamos parar de falar bobagens — disse Osla, por fim. — Eu adoraria ficar sentada aqui trocando indelicadezas, mas temos uma decisão para tomar.

Dava quase para ver Beth pairando sobre a mesa. A expressão de zombaria de Mab se dissipou, e sua voz baixou para um murmúrio que apenas Osla conseguia ouvir.

— É difícil acreditar nessa conversa de traidor. Se alguém estivesse passando informações para os alemães em troca de dinheiro, a Luftwaffe teria despejado bombas sobre nós. O fato de termos passado pela guerra sem termos sido alvo prova que eles nunca descobriram que estávamos lendo a droga das mensagens deles.

Osla tinha pensado naquilo também.

— Eles podiam estar fazendo contrainteligência, passando informações falsas para nos desorientar.

— Mas nesse caso eles não teriam *perdido*.

— Bem, talvez não fosse para os alemães que o traidor estivesse vendendo as informações.

— Mas a guerra acabou. Por que isso ainda é tão urgente?

— Não seja boba. Traição não tem data de expiração. E o bilhete diz que esse traidor ainda é uma ameaça...

— Isso parece paranoia de uma mente perturbada — declarou Mab.

— Paranoia ou simplesmente alguém que trabalhou em BP? Olhe só para *nós*. — Osla fez um gesto para o lugar, com seus cristais e pratas refulgentes, suas cortinas de brocado. — Escolhemos a mesa mais longe das outras e, mesmo assim, estamos sussurrando e parando de falar sempre que alguém passa perto. Quando precisei de um tratamento dentário no ano passado, fiquei com tanto medo de murmurar algo sigiloso enquanto estava tonta de clorofórmio que fiquei acordada durante todo o procedimento. Foi uma *agonia*.

Longa pausa.

— Eu não quis tomar nada para dor no parto. — Mab mexeu seu chá, sentindo um enorme desgosto por concordar com qualquer coisa que Osla dissesse. — Pela mesma razão.

— Está vendo? Estamos *todas* paranoicas. Já é nosso instinto. A Beth está sendo cautelosa, e não necessariamente mentindo.

— Ou de repente ela acredita na história que ela mesma inventou. Loucos tendem a fazer isso.

Osla pegou um *scone* do prato intocado.

— Se ela estiver mesmo louca.

— Lembra como ela estava histérica no fim? Nós duas achamos...

— Eu sei — admitiu Osla. — Mas, pensando melhor agora... será que ela enlouqueceu ou só chegou ao limite dela? Nós todas estávamos no nosso limite naquele ponto. Eu não aguentava mais, você ficava bêbada toda noite...

— Não ficava.

— Você estava péssima, e todos sabiam disso.

Mab fez cara de poucos amigos e cruzou as pernas para o outro lado sob a ondulação de crinolina azul.

— Então você acha que a Beth não está louca?

Osla olhou para seu *scone*, que agora era uma pilha de farelos.

— Até o dia em que a levaram, eu teria apostado que a Beth era a pessoa com menos probabilidade de perder o juízo em BP. Ela era uma máquina em perfeito funcionamento. E, mesmo que *tivesse* perdido o juízo, ela pode ter melhorado. As pessoas podem melhorar. — Osla lembrou-se de Philip lhe contando que sua mãe havia se recuperado de um colapso nervoso e recebido alta de Bellevue. *Força de vontade de ferro*, fora a suposição dele. Quem tinha mais força de vontade que Beth?

Mab olhou para ela. Tomaram goles do Earl Grey ao mesmo tempo, e Osla teve a sensação de que ambas queriam que fosse gim. Talvez devessem ter se encontrado em um pub, não em uma casa de chá.

— Mesmo que ela não esteja louca — disse Mab por fim —, não consigo engolir que um dos amigos da Beth na seção do Knox era um traidor. Eles eram considerados os melhores dos melhores. *Quem* poderia ser?

— É por isso que temos que perguntar para a Beth. — Osla a olhou nos olhos. — E é por isso que vamos para Clockwell.

Dentro do relógio

As enfermeiras do sanatório não falavam de nada que não fosse o casamento real.

— Oito damas de honra, todas vestidas por Hartnell. A princesa Margaret, claro...

Calem a boca, Beth queria gritar pela porta de sua cela. *Falem dessa cirurgia de que o novo médico daqui parece gostar tanto, essa tal de* lobotomia.

— Princesa Alexandra de Kent. Lady Caroline Montagu-Douglas-Scott...

Beth se virou na cama, tentando ouvir, contendo a tosse com catarro que não a abandonava desde a crise de pneumonia que tivera na primavera. Estava tentando cochilar um pouco naquela tarde, porque na noite anterior não conseguira dormir nada, com o frio implacável e penetrante e as lembranças amargas dos minutos que passara ajoelhada diante do funcionário ruivo.

— Sabia que a princesa teve que usar cupons de racionamento para o vestido de casamento, como qualquer outra noiva? Eu me lembro do casamento da minha irmã durante a guerra, ela fez um véu com toalhinhas de bandeja bordadas...

Beth se lembrou do casamento de Mab em Londres. A correria para o cartório, Mab com seu vestido de pregas de cetim cor de marfim; o café da manhã do casamento no Claridge's com salada de presunto e champanhe, seguidos por um bolo feito sem ovos; a pequena Lucy girando em um vestido de renda rosa-bebê emprestado enquanto Mab e Francis eram praticamente carregados escada acima para a suíte nupcial...

Foi um dia bonito, pensou Beth, segurando sua tosse. Nenhuma cerimônia pomposa em Westminster poderia se igualar. Embora, ironicamente, o acompanhante de Osla tenha sido o noivo do iminente casamento real.

— Vocês viram a foto do príncipe Philip? — suspirou uma das enfermeiras do lado de fora. — *Tão* bonito.

— Mas ele é alemão. Acho que nossa princesa poderia ter escolhido algo melhor do que um huno.

— Achei que ele fosse grego...

— Ele lutou do nosso lado. Além disso, os alemães não são inimigos agora. Eu ficaria muito mais preocupada se ele fosse russo...

Rússia. O novo inimigo. Quando Beth não estava pensando em quem poderia ser o traidor de Bletchley Park, ela ponderava sobre para quem ele ou ela poderia estar trabalhando. Estava razoavelmente segura de que não devia ser para a Alemanha. As evidências que ela decodificara eram de origem soviética, não alemã. Além disso, se os nazistas tivessem tido acesso ao tipo de informações que passava pela seção de Dilly, eles certamente teriam bombardeado Bletchley.

Silêncio do lado de fora. As enfermeiras tinham ido embora. Beth cedeu ao acesso de tosse, o som horrível e carregado de catarro de seus pulmões. *A pneumonia vai voltar neste inverno*, pensou ela, tossindo no travesseiro. *E, desta vez, pode me matar.*

Se a lobotomia não a matasse antes, seja lá o que ela fosse... Mas Beth afastou aquele pensamento. Tossiu meio pulmão para fora e, por fim, se virou, a mente desenhando velhos e gastos círculos. Osla e Mab, criptogramas e traidores, Alemanha e Rússia... O traidor só podia estar trabalhando para os soviéticos. A URSS e a Grã-Bretanha eram aliadas na época, mas isso não significava que Churchill confiasse nela. Beth podia muito bem imaginar o Tio Joe caçando mais informações do que seus colegas estavam dispostos a compartilhar. E BP sempre tivera sua cota de simpatizantes marxistas, diletantes políticos de Cambridge e Oxford que citavam Lênin e falavam sobre o proletariado.

Quais dos meus amigos simpatizavam com a Rússia?, ela se perguntava agora. E desejou pela milésima vez não ter estado tão envolvida no seu trabalho que não prestava atenção nas discussões que aconteciam em volta dela na seção de Knox.

Porque a guerra contra a Alemanha podia ter terminado, mas os problemas com a União Soviética estavam só começando. E Beth, curvando-se em mais um acesso de tosse, não podia deixar de se perguntar se o traidor que a havia posto ali dentro continuava enviando informações para a URSS.

Cinco anos antes

Fevereiro de 1942

31.

> *FUXICOS DE BLETCHLEY*, FEVEREIRO DE 1942
>
> A casa de loucos tem um novo diretor! O comandante Travis assumiu a posição de Denniston, pelo menos no lado do Serviço. Boa sorte para ele controlando os internos...

— Ah, você de novo, não — disse o comandante Travis, pouco receptivo.

— Isso é jeito de cumprimentar sua tradutora favorita da seção naval, senhor? — Osla sorriu.

Os outros homens no escritório de Travis, do tipo que usava ternos, provavelmente homens da inteligência de Londres, franziram a testa com ar de reprovação, mas Travis só suspirou.

— O que foi agora? Levar um fogareiro elétrico para o armário de sinais para poder fazer torradas no turno da noite?

— Isso foi semana passada — disse Osla.

— Esgueirar-se para o novo bloco assim que as paredes já estiverem pela metade e seguir pelo corredor dentro do cesto de rodinhas da lavanderia até o banheiro masculino?

— Duas semanas atrás.

Travis suspirou outra vez, olhando pela janela onde, à distância, decifradores de folga patinavam no lago congelado.

— Então me diga o que é.

— Nenhuma brincadeira desta vez, senhor. — Embora Osla não entendesse qual era o problema de fazer algumas travessuras. BP *precisava* de um pouco de risadas para manter o ânimo lá em cima. Depois da euforia de dezembro, todos comemorando com alegria a entrada dos norte-americanos na guerra, o novo ano não começara com festa. Os ianques podiam estar na briga agora, mas ainda não haviam chegado ali, e a queda de Cingapura na semana anterior, com mais de sessenta mil soldados britânicos, indianos e australianos sendo conduzidos para os campos de prisioneiros de guerra japoneses, lançara um clima sombrio em Bletchley Park. E algo ruim estava acontecendo no Galpão Oito com os códigos navais alemães; Osla não tinha ideia do quê, mas Harry e o restante de sua seção andavam com cara de morte. — Na verdade, estou aqui para chamar atenção para um problema, comandante Travis — disse ela, concentrando-se novamente no assunto.

Travis e os homens atrás dele ficaram observando com um sorriso intrigado, depois constrangidos, e então alarmados, enquanto Osla enfiava a mão discretamente dentro da roupa e tirava um quadrado de papel dobrado do cós da saia, outro preso no alto da meia de seda e um terceiro que fora encaixado no sapato com uma tira no tornozelo. Ela colocou os três sobre a mesa de Travis.

— Ninguém me viu tirar isto do Galpão Quatro, senhor.

A voz dele mudou de cautelosa para fria.

— Que ideia foi essa de tirar mensagens de inteligência decodificadas de seu local de trabalho?

— É só papel em branco. — Osla desdobrou os papéis, mostrando a ele. Não era tão burra a ponto de tentar ilustrar seu argumento com criptogramas reais. — Estou provando ao senhor como é fácil tirar pedaços de papel de um galpão. Desde que fui trabalhar como tradutora, tenho notado como é simples desviar mensagens de BP sem ninguém perceber. Achei que seria útil trazer isso à sua atenção...

— Ninguém aqui pensaria em roubar informações confidenciais, senhorita Kendall. Todo mundo passa por uma inspeção minuciosa antes de ser admitido.

— Não estou dizendo que talvez tenhamos um espião em BP, senhor. Mas, se a pessoa errada daqui fosse chantageada ou ameaçada para dar informações, poderia fazer isso com muita facilidade, dependendo de onde trabalhasse. É a coisa mais simples do mundo enfiar um pedaço de papel dentro do sutiã quando todos estão bocejando no turno da noite. — Os homens se agitaram diante da palavra "sutiã", e Osla quase revirou os olhos. Você apontava uma falha de segurança, e eles davam de ombros; mas a menção a uma peça de roupa íntima feminina deixava todos nervosos. — Evidentemente, só posso dizer isso a respeito da seção naval, mas áreas como a minha parecem ser os lugares óbvios para reforçar a segurança. Onde as informações passam pelos tradutores e são legíveis...

— Não acho que precisemos de conselhos sobre segurança de uma debutante avoada — disse um dos homens da inteligência atrás de Travis, com muita grosseria.

— Os senhores claramente precisam que *alguém* faça isso — retrucou Osla.

— Senhorita Kendall, tenho certeza de que veio aqui com a melhor das intenções, mas essa questão já foi abordada. Atenha-se ao seu trabalho — disse Travis, sério — e a escrever bobagens em seu jornalzinho de fofocas.

Osla não perguntou como ele sabia que ela escrevia o *Fuxicos de Bletchley*. Aquele era um departamento de inteligência, afinal.

— O fato de eu escrever bobagens em um jornalzinho de fofocas — *e que mal há afinal de contas em escrever bobagens se isso faz as pessoas rirem durante uma guerra?* — não significa que eu só tenha bobagens na cabeça.

— Sua preocupação com nossa segurança é louvável. Mas foi muito insensato de sua parte tirar qualquer coisa de dentro de seu galpão, mesmo que seja um papel em branco. Volte à sua seção e não faça mais esse tipo de coisa.

Osla saiu batendo os pés, furiosa.

— Se deu mal? — perguntou Giles, recostado em um dos grifos de pedra que ladeavam as portas da frente.

— É, e dessa vez eu não mereci. — O que era necessário para que a levassem a sério? Osla sabia que era a melhor tradutora em sua seção; ela mantinha um ritmo alucinado de trabalho e ainda encontrava tempo para escrever o semanário de fofocas que fazia Bletchley Park inteiro cair na risada; havia apontado um possível e legítimo problema de segurança aos seus superiores. No entanto, continuava sendo apenas um brotinho de Mayfair. — Por que você nunca se dá mal, Giles? Você tira tantos intervalos para fumar que me surpreende você render alguma coisa no trabalho.

— Não estou tirando um intervalo agora. — Giles exalou uma baforada de fumaça perfumada. Ele só fumava Gitanes; quem poderia saber quanto ele pagava por eles no mercado clandestino. — O chefe do meu galpão me disse para ir dar uma volta antes que ele me enchesse de porrada.

Osla franziu a testa.

— Por quê?

— Eu estava no quiosque da NAAFI tomando um chá e ouvindo o Harry expressar a opinião bastante moderada de que os russos poderiam se sair um pouco melhor contra a Operação Barbarossa se de fato compartilhássemos informações com eles. O Tio Joe é um aliado, afinal.

— Como você ou o Harry sabem que *não estamos* compartilhando?

— Se os russos vissem metade das coisas que passam pelo meu galpão, eles não estariam levando a pior do jeito que estão na frente oriental. — Giles ofereceu um Gitanes para Osla. — O Harry estava bem irritado por causa disso.

— Talvez não estejam usando adequadamente as informações que nós damos.

— Não, acho que o primeiro-ministro está escondendo o jogo. Ele não confia no Tio Joe.

— Bem, com certeza não há nada que possamos fazer.

— Foi o que eu disse ao Harry, mas ele estava bem bravo. E então o chefe do meu galpão disse que isso era conversa de comunista. O Harry disse que não precisava ser um comunista para querer ajudar um aliado, e falei que esse era um bom argumento, e o chefe do meu galpão me disse para ir dar uma volta ou ele ia me dar um soco. — Giles revirou os olhos. — Era o Harry que estava reclamando, não eu!

— É, mas o Harry é gigante. Ninguém ia ameaçar dar um soco nele. — *Se eu fosse um homem do tamanho do Harry, eles teriam me levado a sério naquele escritório...* Osla deu uma longa tragada no cigarro, ainda furiosa com o "debutante avoada" daquele sujeitinho da inteligência. — Não suporto esses fulanos do MI-5. — Ela ia detoná-los no próximo *FB*.

— É recíproco, eu lhe garanto — disse Giles, indiferente. — Os sujeitos da inteligência odeiam o fato de que as informações que eles usam vêm de pessoas que eles destratavam na escola. Ou seja, mulheres, caras magricelas melhores em matemática do que em esportes e gays.

— Quem é gay? — perguntou Osla, intrigada.

— O Angus Wilson, por exemplo. A gente ouve umas coisas sobre o Turing também.

— Nossa, quem poderia imaginar?

— Eu, porque sou um sabe-tudo.

— Você não é um sabe-tudo, você é *irritante* — disse Osla.

— Concordo, mas você me ama mesmo assim.

— Ah, eu amo?

— Porque eu não fico como um babão atrás de você, e mulheres como você estão tão acostumadas a ter caras aos seus pés que gostam de qualquer um que só queira ser amigo.

Osla sorriu.

— Não é que você é mesmo sabidinho?

— Sabidinho o suficiente para saber que ninguém vai ganhar do Príncipe Encantado. Não perca tempo, esse é o meu conselho. Eu hesitei demais e perdi a garota dos meus sonhos.

— Não sabia, Giles. Quem é ela? Talvez não seja tarde demais para você marcar seu gol.

— Ah, é tarde demais, sim. A tinta ainda nem secou na certidão de casamento da Rainha Mab. — Giles levou a mão ao coração em um gesto melodramático. — Fico mole como mingau perto dela. Totalmente bobo. Quando eu finalmente me senti pronto para dar um passo, o senhor Poeta de Guerra entrou na jogada.

— Você não parece *muito* arrasado, Giles. Eu te conheço, você vai se consolar com uma fileira de Wrens.

Giles grunhiu, Osla apagou o cigarro na sola e eles foram cada um para o seu lado.

— Eu disse que o Travis ia esnobar você! — exclamou Sally Norton quando Osla voltou para o Galpão Quatro.

— Já estou com saudades do Denniston — resmungou Osla, se espremendo na mesa lotada de tradutores.

A proximidade não adiantava para aquecer; todos tremiam diante das pilhas de informes, enrolados em cachecóis e luvas para se proteger do frio ártico do galpão. Osla estava aconchegada no enorme sobretudo de lã que pertencia ao seu bom samaritano do Café de Paris, o sr. J. P. E. C. Cornwell. Ela não ligava que ficava parecendo uma tenda de circo: era *quente*. E ainda tinha o cheiro dele, uma combinação de fumaça e urzes... Podia não saber seu nome, mas só de usar seu casaco sabia que ele tinha um gosto excelente para colônia e ombros do tamanho dos Alpes.

Ela soprou as mãos, preparando-se para pegar o informe semitraduzido à espera de ser terminado: uma página de conversa à toa entre operadores de rádio alemães que deveriam ter mantido mais disciplina quando estavam no ar, mas as estações Y transcreviam tanto conversa fiada quanto tráfego oficial... e aqueles homens estavam discutindo os boatos de que judeus vinham sendo assassinados na frente oriental, alinhados na borda de valas e mortos a tiros conforme o exército alemão avançava.

Não está comprovado, Osla disse a si mesma. *São boatos cruéis entre homens entediados.* Mas, mesmo em uma transcrição fragmentada com palavras faltando, ela não podia deixar de notar a indiferença, o fato de que aqueles operadores de rádio achavam aquilo tudo uma grande diversão. Mesmo que não fosse verdade, eles consideravam uma ideia totalmente admissível.

Meu Deus, eu queria ser a Mab ou a Beth. Pelo menos era o que Osla queria às vezes. Ela não estava renegando o trabalho que se empenhara tanto para conseguir — ele era muito importante —, mas nem Mab nem Beth falavam alemão, então não enfrentavam o peso de entender todas as informações que passavam por suas mãos. À noite, Osla sonhava com as informações que traduzia, sonhos que inevitavelmente se misturavam com a explosão no Café de Paris. Às vezes, ela conseguia acordar antes de testemunhar a cabeça de Snakehips sendo arrancada, mas, com mais frequência, ficava presa até o amargo fim. Só que *não* tinha fim; ela só sabia tremer e chorar no meio dos destroços ensanguentados e ninguém a enrolava em um casaco com cheiro de fumaça e urzes e a chamava de Ozma de Oz.

Sente-se, Ozma, e deixe-me ver se você está ferida...

— Quem é Ozma de Oz? — perguntou-se em voz alta quando encontrou Mab e Beth no fim do turno.

— O quê? — indagou Mab, abotoando o casaco.

— Nada. É outra carta de Francis que eu vejo despontando em seu bolso, senhora Gray? — Elas entraram no ônibus de transporte. A única desvantagem da nova casa onde ficariam era que ficava a doze quilômetros dali, não mais a uma caminhada de cinco minutos. Não que não valesse a pena uma viagem diária de ônibus para evitar a Temível Senhora Finch. — Vocês finalmente vão ter uma lua de mel de verdade?

— O Francis vai me levar para Lake District.

— Já estava na hora. Vocês passaram alguma noite juntos nesses dois meses desde que assinaram os papéis?

— Nossas agendas ainda não permitiram. Só jantar em cafés ou um chá na estação de trem entre turnos.

O rosto de Mab não ficava exatamente terno ao mencionar o marido. A Rainha Mab não era de ficar melosa. Mas ela girou a aliança no dedo com satisfação, e Osla sentiu uma pontada que não conseguia fingir que não era inveja.

Assim que chegou em casa, ela ligou para Londres.

— Alô, marinheiro.

— Alô, princesa.

A voz de Philip veio afetuosa pela linha telefônica. Ele ficaria hospedado com lorde Mountbatten até fazer as provas para tenente. Osla ouviu o barulho de papel.

— Queimando as pestanas até tarde?

— Escrevendo uma carta, na verdade.

— Enviando bilhetes de amor para alguma vadia? — brincou Osla. — Eu sei que você caía nos braços de uma ou duas sirigaitas sempre que seu navio parava em um porto.

— Querida, isso não é algo que um cavalheiro deva comentar. — O que significava, claro, que havia acontecido.

Mulheres tinham de ser comportadas, mas não homens no mar, a meio mundo de distância. Injusto, mas era assim.

— Desde que essas sirigaitas estejam do outro lado do mundo, não me importo com elas — declarou Osla. — Para quem é a carta?

— Para a prima Lilibet, e ela ainda está na escola, então não precisa ficar com ciúmes.

— A princesa *Elizabeth*? Essa prima?

Quase deu para ouvir o dar de ombros dele.

— Ela começou a me escrever quando tinha treze anos. Escrevo para ela de vez em quando. É uma boa menina.

De tempos em tempos, Osla era lembrada de que seu Philip era, na verdade, um príncipe. Sabia que ele era descendente da rainha Vitória; que às vezes visitava o Castelo de Windsor — e, aparentemente, estava escrevendo cartas para a futura rainha da Inglaterra, que ele tinha a liberdade de chamar de *Lilibet*. Ainda assim, era difícil conciliar o príncipe com o oficial naval irreverente e de cabelos revoltos que dirigia rápido demais e a deixava tonta com seus beijos.

— O que você está pensando, Os?

Tantas coisas. A frustração de ser posta para fora do escritório de Travis sem que ele a ouvisse direito; a preocupação de que alguém *realmente* roubasse informes decodificados de BP. Pesadelos com o Café de Paris; o horror de ler que judeus estavam sendo assassinados na Europa oriental... Se ao menos ela pudesse dizer essas coisas em voz alta. Philip lhe contava bastante coisa: sobre sua mãe, sobre seus sonhos com o Cabo Matapão, sobre a tristeza que sentira por ter sido separado das irmãs na Alemanha. O que ela podia lhe contar? Absolutamente nada.

Como podia esperar construir alguma coisa com um homem quando tantas das coisas que tinha de dizer a ele eram mentiras?

— Nada — respondeu ela, alegremente. — Só entediada até a alma aqui!

— Melhor entediada do que em perigo. Você não tem ideia de como fico feliz por você estar segura no velho e entediante Buckinghamshire. — Uma pausa. — Eu amo você.

Osla ficou sem ar. Ele nunca havia dito aquilo antes, não em voz alta. Ela também não.

— Eu amo você — sussurrou ela também.

Então vamos tornar isso oficial, Philip. As palavras estavam na ponta de sua língua. *Correr para o cartório como Mab e Francis, fazer de quartos de hotel nossa casa sempre que você estiver de licença. Por que não?*

"Porque príncipes não se casam com plebeias", Mab teria dito. Às vezes, Osla achava que ela estava certa, que com certeza ela e Philip não tinham muito futuro, embora já estivessem juntos havia mais de dois anos. Outras vezes, ela se sentia inclinada a aguentar firme e arriscar. Philip não tinha um reino para governar; ele fizera da Inglaterra seu lar, como Osla; lutara pela Inglaterra, como Osla. Não havia razão para que ele não pudesse fazer o que quisesse e se casar com quem escolhesse. E a srta. Osla Kendall não era nenhuma corista dançando em um bar com as pernas de fora. Ela havia sido apresentada para o rei e a rainha; tinha recursos de seu falecido pai que herdaria quando tivesse trinta anos ou quando se casasse, o que viesse primeiro. Tinha um emprego importante, que ajudava a salvar vidas, e era boa para valer nele. *Eu sou boa o bastante para Philip da Grécia*, pensou Osla, desafiadora. *Eu sou boa o bastante para* qualquer pessoa.

— Tem certeza de que não tem nada passando pela sua mente, princesa?

— Só bobagens, meu querido. Você me conhece. — Se ainda houvesse um mundo depois daquela guerra, haveria tempo para descobrir o que aquele mundo guardava para ela e Philip. Naquele dia, havia apenas o agora, e ela não ia desperdiçar o agora preocupando-se com o que viria depois. — Quer levar esta debutante avoada para dançar?

— Você é muito mais do que uma debutante avoada.

— Fico feliz que alguém pense assim.

32.

> *FUXICOS DE BLETCHLEY*, FEVEREIRO DE 1942
>
> Esses homens que vêm de Londres para cá, vocês conhecem o tipo, com seus ternos risca de giz e suas indiretas a respeito de todos os segredos que conhecem... por que todos eles têm de ser tão, *tão* insuportáveis? Ian Fleming, do almirantado (chamado de Fleuma pelas muitas mulheres que ele encurralou em BP), é um exemplo clássico: mãos úmidas, cheiro de gim, esgueirando-se pelos corredores como um personagem de romance de espionagem barato. O FB fica se perguntando se seus equivalentes em Berlim são iguais...

Mab se queixou quando o despertador tocou, e Osla enfiou a cabeça embaixo do travesseiro com um gemido, mas Beth sempre pulava da cama cedo, o sangue zunindo em suas veias.

— Espero que vocês três não se importem de dividir o quarto de cima — dissera a dona da casa quando as recebeu na casa de tijolos vermelhos, parecida com a da Queen Anne, em Aspley Guise. — Eu sei que vocês, meninas, gostam de privacidade, mas já tenho um professor de filosofia alojado no outro quarto de hóspedes.

— Vamos ficar aconchegadas como bolinhos no forno — assegurara Osla, enquanto Beth, parada no meio da casa nova, pulava de felicidade.

Um quarto grande bem iluminado com duas camas e um sofá largo para uma terceira pessoa; um banheiro só para elas e dentro de casa! E um gramado alto atrás da casa onde a proprietária prometeu passear com Boots todo os dias que Beth ficasse trabalhando até tarde, porque ela *gostava de cachorros*. Parecia o paraíso, um lugar decente onde as três pudessem ficar juntas. Beth ficara aterrorizada com a ideia de ter novas colegas de quarto, mulheres estranhas que a achariam esquisita, ririam de suas distrações e girariam o dedo na altura da têmpora quando Beth dissesse algo que não fizesse sentido porque estava pensando na Enigma Abwehr.

Foi Giles quem mexeu os pauzinhos e conseguiu pôr as três juntas.

— Este lugar é uma graça — disse ele da bonita e acolhedora Aspley Guise. — Aceito alegremente demonstrações físicas de gratidão... — Mab e Osla deram imediatamente um beijo no rosto dele, e Beth se forçou a lhe dar um abraço.

Não era só a casa. *Eu não tenho que ver minha mãe. Não tenho que vê-la, nem ouvi-la, nem sentir as unhas dela no meu braço.* E Beth tinha seu trabalho — um trabalho em que estava ficando muito boa. Uma nova rede de mensagens complicada, que Dilly chamou de GGG, tinha aparecido no início do mês, o indicativo do escritório da Abwehr em Algeciras, que o usava constantemente.

— Ponha a Beth neste — disse ele, levantando-se depressa demais e equilibrando-se com a mão sobre a mesa. — Ela vai virá-lo pelo avesso se você lhe der uma alavanca, um cinzel e café à vontade. É todo o tráfego deles no Estreito de Gibraltar, e Deus sabe que não podemos deixar os espiões deles começarem a se divertir com *isso*...

Beth não se importava com o que a Enigma GGG fazia ou que tipo de informações transmitia. Era apenas um novo quebra-cabeça.

— Eles estão transmitindo semanalmente? — Pegando a pilha de papéis de Dilly com a mão, ela levantou a outra para tirar os óculos do nariz dele, onde ele os havia colocado ao contrário, e recolocá-los na posição certa.

— Mensagens dos escritórios da Abwehr em Tetuán, Ceuta e Algeciras para Madri quase todo dia. Movimentação de navios e aeronaves avistados perto da entrada para o Mediterrâneo, provavelmente. Elas vão para Berlim na cifra Abwehr padrão, mas essa cifra local é outro monstrengo.

Mas Beth já estava cuidando do monstrengo agora. *Você é só mais um ovo feio de quatro rotores esperando para ser quebrado e decifrado*, falou ela para a pilha de mensagens, puxando o lápis que mantinha seu cabelo preso. Tinha uma *intuição* para o jeito como aqueles quatro rotores trabalhavam; não saberia descrever melhor do que isso. Não que não fosse um trabalho difícil e meticuloso, pois lógico que era, mas ela tinha uma noção do que precisava, do tipo de mensagem que a tão ansiada decifração do código poderia produzir. Claro, eles estavam tentando encontrar a mensagem enviada na GGG e a sua mensagem correspondente na cifra principal...

— Preciso de uma mensagem GGG em que o horário e a duração da interceptação coincidam com a própria mensagem repetida, com o mínimo de acréscimos textuais... — Ela comemorou com um gritinho quando uma dessas apareceu em sua mesa. — Venha aqui, você...!

Beth levou duas semanas. Desejou muito que Harry pudesse ter trabalhado com ela, porque teria sido muito menos frustrante, mas, quando a fiação daquele rotor saiu do meio da névoa de letras à sua frente, ela soltou um grito.

— Consegui — disse ela, olhando em volta. — Com o rotor da direita fixado, o trabalho-padrão com as tiras de papelão e as tabelas vai abrir o restante. — Ela massageou o pescoço, que só agora percebia que estava doendo como se tivesse sido espremido em um torno. — Cadê o Dilly? — Ela não via a hora de lhe contar.

Phyllida e Jean estavam olhando para ela de um jeito meio estranho.

— O Peter, você quer dizer?

— Quem é Peter?

— Peter Twinn, do Galpão Oito. É ele que é o chefe da nossa seção agora.

— O quê?

— Pelo amor de Deus, Beth. Ele está em outro turno, mas veio se apresentar para a seção inteira semanas atrás, quando substituiu o Dilly.

— Ah, sim. Mas isso é só temporário?... — Sua afirmação acabou se transformando em uma pergunta. Lembrava-se de alguém fazendo um discurso: "Olá, eu vou ficar no comando das coisas agora." Mas havia trabalhado onze horas seguidas em um turno dobrado, seguindo as cadeias pela espiral, quase não ouvindo ninguém. — Eu achei que o Peter estava substituindo até o Dilly se sentir melhor. — Não é possível que ele tenha ido embora de vez. Toda a seção era chamada de Serviços Ilícitos do Knox. O que seria do SIK sem o Dilly?

— O Dilly não vai melhorar. Você não presta atenção em nada além de tiras e *lobsters*? — Phyllida deu uma breve puxada de ar. — Ele está *morrendo*.

— OI, MINHA QUERIDA — cumprimentou a sra. Knox na porta de Courns Wood, nem um pouco surpresa por ver Beth ali, muito pálida e torcendo as mãos. — Um dos motoristas te trouxe até aqui?

— Eu trouxe uns papéis para o Dilly. — Arquivos geralmente eram trazidos por um portador, mas Beth tinha agarrado a oportunidade naquele dia. — Posso falar com ele?

— Claro, querida. Ele vai ficar muito feliz de te ver; fala tanto de você. Peggy Rock vem quando pode...

Beth se contorcia de vergonha enquanto seguia a sra. Knox. Peggy tinha vindo visitar. Peggy sabia que Dilly estava passando menos tempo em BP desde o outono e por quê. Beth nem havia percebido que ele estava indo para o trabalho cada vez menos, quanto mais ter alguma ideia do porquê. Na verdade, só o que via havia meses era um criptograma à espera de ser decifrado.

Dilly levantou os olhos quando a porta da biblioteca se abriu, os óculos no topo da cabeça. Estava sentado em sua poltrona de couro de frente para a ampla vista do terraço, e tinha mensagens e tiras de papelão no colo.

— Ah, olá, Beth — disse ele, distraidamente. — Você viu meus óculos?

Por um momento, Beth não conseguiu falar. Ela queria chorar, porque, agora que estava realmente olhando para Dilly, via como ele havia emagrecido, como seu cabelo, antes quase todo escuro, estava ficando grisalho. Atravessou a sala e pegou os óculos no topo da cabeça dele, as mãos trêmulas.

— Aqui, Dilly.

Ele arrumou os óculos no nariz, semicerrando os olhos para ela.

— Ouvi dizer que alguém andou contando histórias — disse ele. — É melhor bebermos alguma coisa.

Ele pôs os papéis de lado, levantou-se com certa dificuldade e foi até o bar. E, como havia feito no dia em que Beth decifrou pela primeira vez a Enigma, misturou gim e tônica.

— Beba. Você trabalhou a noite inteira, não é?
— Trabalhei — Beth conseguiu dizer. — Eu decifrei a Enigma GGG.
— Muito bem! — exclamou ele com alegria. — A melhor das minhas meninas. Você e a Peggy, mas você talvez seja um pouquinho mais durona que a Peggy.
— Aconteceu alguma coisa com ela? — Agora que Beth pensava nos últimos meses, em todas as coisas que havia ignorado completamente, percebia que não via Peggy no trabalho fazia um tempo. — Eu achei que ela tivesse trocado de turno...

Não, disse Beth a si mesma, severamente. *Você não achou isso*. Ela nem havia notado que sua colega favorita, que ela considerava uma amiga, não aparecia mais.

— Peggy está um pouco debilitada. — Dilly se sentou novamente na poltrona, e Beth notou a expressão de dor em seu rosto. — Pleurisia, mas também está muito esgotada mentalmente. Ela está em casa, de cama.

Esgotada mentalmente. Colapso nervoso. Havia uma centena de eufemismos em BP, mas todos sabiam o que significava. Significava que alguém havia se exaurido, surtado, chegado ao limite. Peggy Rock, tão inabalável quanto a rocha de seu nome, havia chegado ao seu limite. Beth apertou seu copo. O que mais aquele dia guardava para ela?

— Ela vai voltar — disse Dilly, seguro. — Acontece. É a pressão. Pega até os melhores cérebros. Às vezes os melhores cérebros são os que sofrem o maior impacto.

Ficaram em silêncio, bebendo.

— Como o Peter Twinn está se saindo? — perguntou Dilly, por fim. — Ele é um bom sujeito, para um matemático. Prometeu que ia deixar minhas meninas trabalharem do jeito que elas estavam acostumadas.

— Você realmente parou de trabalhar? Isso não é... — Beth apontou as mensagens e tiras de papelão que ele havia posto de lado.

— Ah, eu não estou fora do jogo. Twinn administra minha seção no dia a dia, mas eu ainda estou participando, trabalhando em casa, onde Olive pode ficar de olho em mim. Vou olhar para tiras e cribs até sair de lá em um caixão.

Ele riu, mas Beth se retraiu como se tivesse levado um soco.

— Não diga isso. Não pode ser tão sério assim...

— Câncer linfático, minha cara. Fiz a primeira cirurgia pouco antes de me encontrar com os criptoanalistas poloneses em 1939 para reunir o que sabíamos sobre a Enigma. — Ele sorriu. — Não olhe para mim com essa cara! Um pouco de descanso e um cruzeiro vão me pôr de volta nos eixos, tenho certeza.

Mas Beth não tinha. Ele parecia *tão* doente... Era chocante que, no meio de uma guerra envolvendo o mundo inteiro, com tantos morrendo em bombardeios e nos campos de combate, pessoas ainda pudessem sofrer de doenças mundanas. Talvez também fosse chocante ficar tão abalada com a mortalidade de um único homem quando tantos outros morriam todos os dias, mas ela não podia evitar. Beth reagiu com um sobressalto antes que pudesse controlar.

Dilly lhe passou um lenço, depois pegou sua pilha de mensagens e textos decodificados e caminhou até a parede, claramente dando espaço para ela se recompor. Ele pressionou um painel de carvalho que se abriu, revelando um pequeno cofre de parede.

— Desde que eu tome algumas precauções, Travis me deixa trazer para casa o que eu quiser. As redes aleatórias, aquelas em que ninguém tem tempo para trabalhar a não ser eu. — Ele enfiou a pilha de papéis no cofre, começou a fechar a porta, deu outra olhada para dentro e tirou um cachimbo com um murmúrio de como quem diz: "Então era aqui que você estava se escondendo esse tempo todo, né?" Depois trancou o cofre com a chave pendurada na corrente de seu relógio e fechou o painel outra vez. — Não se pode deixar material de inteligência solto por aí, nem em Buckinghamshire! Agora, me conte, como você decifrou a GGG?

33.

> *FUXICOS DE BLETCHLEY*, FEVEREIRO DE 1942
>
> Que mulher alta recém-casada de BP está indo para o norte enquanto escrevemos isto, rumando para um fim de semana romântico em Lake District com o marido poeta de guerra? Ponha seu Wordsworth na mala, isso é tudo que o *FB* pode dizer. E mais alguém por acaso acha que todos aqueles poetas de Lake District deveriam ter arrumado um emprego em vez de ficar divagando sobre narcisos?

Mab Gray. Parecia o nome de uma heroína das irmãs Brontë, uma mulher que caminhava destemida pelo alto das colinas. Um dia, pensou Mab, ela *ia* caminhar pelo alto das colinas; Francis disse que a casa dele em Coventry não chegava a ser muito longe da área rural. Mab se imaginou atravessando uma campina ensolarada, com um cesto de piquenique balançando entre os dois, Lucy correndo na frente, se enroscando em ramos de tojo com suas flores douradas. *O que é tojo, afinal*?, perguntou-se a Mab criada em Londres. Pelo menos soava pitoresco.

O compartimento estava frio, lotado de soldados que a ficavam importunando para que tomasse um drinque com eles. Do lado de fora, a chuva fria e melancólica açoitava as janelas do trem, e Mab se perguntava se Lake District era sempre assim tão úmido. Ela havia proposto que se encontrassem em Coventry, mas seu recém-marido foi educadamente firme.

— Prefiro não levar você à nossa casa até que possamos morar lá definitivamente — dissera ele ao telefone na semana anterior, quando souberam que teriam trinta e seis horas juntos no fim do mês. — Que tal Keswick? É um lugar em Lake District que poderia muito bem estar num cartão-postal.

Mab girou a aliança dourada em seu dedo anelar, ainda desejando que estivesse viajando para Coventry. Se pudesse andar pela casa que seria o lar deles algum dia, talvez se sentisse mais... casada.

Era tão *estranho* aquele limbo em que estavam vivendo. Aquele casamento às pressas em Londres e, no dia seguinte, uma despedida rápida na estação Euston antes de Mab pegar o trem de volta a Bletchley com Osla e Beth, e Francis partir em outra viagem para o Departamento de Relações Exteriores. Eles concordaram que seria melhor ela não se mudar para o quarto de solteiro dele na casa onde estava hospedado em Londres. Afinal, ou ele estava no escritório ou viajando, e Mab também tinha um trabalho importante a fazer.

— E prefiro você segura em Buckinghamshire a você em Londres — disse Francis. — Os bombardeios amenizaram, mas não há garantia de que a Luftwaffe não vá vir com tudo outra vez.

Desde a noite do casamento no Claridge's eles não haviam passado nem uma única noite juntos, só os encontros ocasionais para um chá, ou um jantar cedo em um bairro afastado do centro de Londres ou em um café na estação. Mab nunca previra que a vida depois do casamento continuaria praticamente do mesmo jeito que antes.

Mas não sou só eu, lembrou-se ela. Maridos e esposas em toda a Grã-Bretanha estavam na mesma situação: os homens fora lutando, as mulheres com trabalho de guerra até o pescoço, aproveitando os fins de semana sempre que alguém tinha uma licença. Pelo menos Francis não estava nas linhas de frente, como um homem mais jovem estaria; ele passava seus dias em um escritório e Mab não tinha de se preocupar como Osla se preocupava quando seu príncipe estava no mar servindo de alvo para submarinos alemães. *Só temos de esperar o fim da guerra, então nossa vida de casados poderá começar.* E então eles morariam juntos, e Mab passaria manteiga na torrada dele de manhã, e faria a casa ficar acolhedora, e seria uma esposa de quem ele se orgulharia.

Como fazer isso à distância?

Escrevendo cartas, Mab havia dito a si mesma. Cartas alegres, não muito longas, porque homens não gostavam de ser sufocados, apenas de saber que sua falta era sentida. E ela *sentia* falta dele, então escreveu sua primeira carta como se moldasse um vestido, com cuidado, afeto, amor, sem esperar nenhum tipo de resposta longa. Todo mundo sabia que homens odiavam escrever cartas, e Francis já não falava muito pessoalmente. Por isso Mab se surpreendeu com os envelopes gordos que começaram a chegar de Londres.

Querida menina,

Algumas linhas rápidas no meu intervalo da tarde. O chá aqui é horrível: uma água suja viscosa, gelatinosa, castanha, pela qual uma folha de chá talvez tenha passado na última geração ou bem brevemente. Você arquearia suas sobrancelhas régias e ele se derramaria da xícara para nunca mais voltar. Eu careço de sua coragem para desafiar este horror gélido no meu pires e o bebo com pouco mais do que um gemido revoltoso. Sinto falta de suas sobrancelhas régias...

Ou:

Minha Rainha das Fadas,

Que dia! Você pode impedir que eu sonhe com ele? Estou certo que sim. A Rainha Mab é a senhora dos sonhos, a crer em Shakespeare (e em quem mais neste mundo podemos crer, se não nele?). Venha galopando pelo meu cérebro sonolento esta noite em sua carruagem feita pelo esquilo e faça-me ter sonhos de amor. Embora Shakespeare chame sua Mab de bruxa, o que não é galante para uma metáfora conjugal. Talvez você seja Y Mab Darogan da lenda galesa, em vez de uma fada — a Predestinada que expulsará os ingleses da ilha. Eu certamente consigo imaginá-la liderando exércitos, a espada erguida bem alto, o rosto sério e determinado...

Mab não sabia o que pensar daquelas cartas. Como um homem que falava como se racionasse palavras tanto quanto carne podia ser tão loquaz por escrito? Não só loquaz, mas engraçado, irônico, melancólico, terno... No entanto, ela não tinha certeza se conseguia entendê-lo melhor. Nada que escrevia era sobre ele mesmo, mas envelopes continuavam chegando de Londres quase dia sim, dia não. O que ela poderia escrever de volta? Que a casa nova era ótima, que a proprietária era muito boa, que o tempo estava muito bom? Não podia dizer nada sobre seu trabalho e não tinha o talento do marido para encher páginas com trivialidades. Tentar manter uma conversa com Francis parecia destinado a ser uma via de mão única, com a diferença de que, enquanto ele era o quieto pessoalmente, por carta era *ela* que ficava sem palavras.

Vai ser diferente, ela disse a si mesma, *depois da guerra*. Quando eles não estivessem tentando levar um casamento quase totalmente via correio.

Ele estava esperando na plataforma quando Mab desceu do trem, sem chapéu e sob um guarda-chuva com água escorrendo pela borda.

— Achei que o tempo fosse estar diferente — disse ele, beijando-lhe as mãos enluvadas.

— Sem caminhadas em volta do lago, sem piqueniques à margem da água? O que vamos fazer? — perguntou ela. Ele sorriu, o olhar percorrendo-a com lento cuidado. Mab riu, tocando o cabelo. — Eu estou muito horrível?

— Não. — Ele pegou a maleta dela. — Eu esqueço um pouco da sua aparência, todas as vezes, então vê-la sempre me impacta.

— É... muito bom ver você também — disse Mab, sem jeito. — Eu, hã, recebi suas cartas.

— Eu divago, eu sei. É uma mania feia.

— Não, eu gosto... As minhas cartas são um tédio.

O hotel era estreito, eduardiano, de frente para a larga extensão do Lago Derwentwater, castigado pela chuva. O quarto ficaria alegre com a luz do sol, mas agora estava cinzento e turvo, como se estivesse embaixo da água.

— Podemos comer algo lá embaixo se você estiver com fome — começou Francis assim que fecharam a porta, mas as palavras desapareceram quando a maleta desabou no chão e eles se agarraram um ao outro como ímãs.

Na noite de seu casamento, na suíte emprestada do Claridge's, o marido novinho em folha de Mab estava abrindo uma garrafa pequena de champanhe quando ela apareceu com seu *négligé* e ele ficou tão paralisado quanto uma estátua de cera. Algo tremeluziu na expressão dele, rápido demais para identificar, mas fez com que seu rosto largo, calmo e comum se tornasse quase bonito.

— Venha aqui... — sussurrara ele, enquanto o champanhe estilhaçava no chão sem ser aberto. Mab se entregara a ele sem medo, determinada a ser afetuosa e acolhedora sob os lençóis amarfanhados. *Deixe-me fazê-lo feliz.*

— Imagino que você tenha percebido... que já fiz isso antes — arriscou ela, hesitante, depois de terminarem. Havia passado muitas noites sem dormir planejando como abordar o fato de que ela não era uma menininha inocente. Sentiu-se culpada por não ter contado antes do casamento, mas tivera muito medo de arruinar tudo. Talvez ainda arruinasse; se ele se virasse para ela e dissesse algo sobre "mercadoria estragada", ela ia murchar e morrer. — Não sou uma vadia, Francis. Foi só uma...

— Ah, querida menina. Isso não importa — disse ele, sonolento, e Mab adormeceu quase desfalecida de alívio.

O último empecilho estava fora do caminho. Só que, mais tarde naquela mesma noite, Mab acordou e viu Francis sentado perto da janela com a camisa semiabotoada, a vidraça aberta para a noite fria de inverno, o cigarro desprendendo fumaça entre seus dedos imóveis. Ele estava com uma cara tão fechada, olhando para as ruas escuras de Londres, que Mab se sentara na cama, meio dormindo, meio alarmada.

— Francis?

Lentamente, seus olhos se voltaram para ela; ele lhe deu aquele sorrisinho misterioso e educado.

— Volte a dormir, minha linda.

Seus ouvidos sonolentos tentaram identificar sirenes de ataque aéreo, enquanto ela deslizava de volta para a terra dos sonhos.

— Não há nada errado?

— Só o mundo. — Foi o que ela acha que o ouviu dizer.

Você disse isso?, Mab se perguntou agora, com os braços em volta do pescoço dele. *Será que eu sei alguma coisa de você?*

Bem, aquela era certamente uma maneira de conhecê-lo melhor. Ela começou a puxá-lo para a cama, como tinha feito no Claridge's, mas Francis a deteve dessa vez, pegando as mãos dela e virando-as sobre as dele, como se nunca tivesse visto algo tão lindo. Levou-as aos lábios, inclinou-se para beijar cada palma, depois segurou o rosto dela entre as mãos e a fitou por um bom tempo daquele jeito pungente. Mab não conseguiu sustentar aquele olhar; fugiu o beijando, para que ele tivesse que fechar os olhos. Ele a beijou com as mãos em seu cabelo, seus ombros, os dedos deslizando como plumas por sua coluna em movimentos lentos, não apenas usando a boca de Mab como apoio enquanto se livravam das roupas. Nem um pouco constrangido por ser ela quem inclinava a cabeça para beijá-lo.

— Você tem a altura perfeita — murmurou ele nos seios de Mab, e a luz subaquática do quarto tocou os ombros largos dele enquanto sua camisa caía por cima do vestido dela no chão, seguido pela combinação e pelas meias dela, os suspensórios e a calça dele.

— Espera aí só um minuto... — Mab se lembrou com um sobressalto, recuando e estendendo o braço para a bolsa. — Tenho que fazer uma coisa primeiro.

Sem dizer nada, ela lhe mostrou a bolsinha com o apetrecho de látex para evitar gravidez, sentindo-se enrubescer. Na noite do casamento, ela havia cuidado de tudo quando tirou o vestido de noiva; depois, quando ele procurou um pacote de preservativo na carteira, ela simplesmente murmurou: "Não precisa, eu consultei um médico e ele me preparou..." Ele havia sorrido e deixado a carteira de lado, e pronto. Mas, agora, ela teve de se soltar dos braços dele, levar a bolsa acanhadamente até o banheiro e se arrumar ali dentro enquanto o relógio lá fora corria. Ah, como era embaraçoso! Ela saiu de novo, nua e tímida, ciente de que estava ruborizada.

— Linda. — Seu marido não parecia nem um pouco constrangido e a tomou de volta nos braços sem nenhuma pressa. Ele estava queimado de sol, era forte, seu corpo era firme. Parecia que estivera andando por uma fazenda, não pelos corredores das Relações Exteriores. Ele sorriu, descendo a mão pela perna longa e clara de Mab. — Como um pangaré caipira como eu conquistou essa puro-sangue de ossos longos? — perguntou ele, beijando-a em um ombro, depois no outro.

Mab sempre achara que maridos queriam tudo feito de maneira respeitável: no escuro, sob as cobertas; lembrava-se dos gemidos rítmicos que atravessavam a parede fina à noite quando o pai ainda estava em casa. Na noite do casamento, a suíte do Claridge's era iluminada apenas pela luz das velas e Francis não fez nenhuma objeção quando Mab deslizou para baixo dos lençóis; ele se cobrira com ela e a puxara silenciosamente para si. Agora, porém, ele estendeu o braço e acendeu a luz e, quando Mab se enfiou por baixo das cobertas, ele as puxou para baixo.

— Deixe-me ver você — disse ele, baixinho.

Não, quase respondeu Mab. Ela não sabia por que se sentia tão incomodada ao ser olhada; queria se eriçar e se esconder; queria puxá-lo para cima dela e acabar logo com aquilo. Realmente não gostava de ficar nua, de ser vista. Não sabia se algo daquilo se revelou em seu olhar, mas ele se deitou de lado em vez de ficar sobre ela, aconchegando as costas dela em seu peito.

— Assim? — perguntou Mab, confusa. Ocorreu-lhe que, para alguém que havia instruído suas duas colegas de quarto acerca dos fatos da vida, havia muitas coisas que ela mesma não sabia.

Francis beijou-lhe as costas, entre os ombros.

— Assim. — Ele massageou toda a extensão das costas dela, de cima a baixo, provavelmente sentindo a tensão que Mab não conseguia evitar que se enovelasse dentro de si, por ter alguém às suas costas que ela não conseguia ver. — Confie em mim — disse ele, a boca ao encontro de sua coluna.

Eu não confio em ninguém, foi inevitável Mab pensar. Um pensamento tão frio e detestável para ter na cama com o próprio marido, que nunca lhe dera nenhuma razão para ficar alerta, mas ela não conseguia evitar. Sentia-se ficando rígida nos braços dele, sem conseguir controlar, mas ele só passou a se mover mais lentamente, os lábios pousados atrás de sua orelha, um braço forte a abrigando junto ao peito, uma das mãos afagando sem pressa todo seu corpo. Ele a acariciou até os músculos apreensivos de Mab relaxarem e continuou a acariciando ainda mais devagar, até eles começarem a ficar tensos de novo, mas por outra razão bem diferente. Mab mordeu o lábio quando a mão dele percorreu sua barriga.

— Confie em mim — disse ele de novo na orelha dela, e Mab viu a chuva deslizando pela vidraça do lado de fora, lançando sombras onduladas no braço dele enquanto a mão descia mais, torturantemente. E mais. — Relaxe... — Ele a acariciava muito lentamente, fazendo-a se desdobrar de toque em toque. Ela arqueou as costas com força de encontro a ele e fechou os olhos bem forte, e ele só a segurou mais firme junto ao peito, ancorando-a à cama, ao mundo.

— Eu estou aqui com você — sussurrou ele quando ela estremeceu inteira, e ela sentiu os lábios dele em sua nuca.

Mab abriu os olhos, tonta e sem forças, tentando se virar e puxá-lo sobre ela, mas ele só a envolveu mais forte em seus braços, seus joelhos atrás dos dela, seus ombros atrás dos dela, cada centímetro já aninhado no corpo dele antes de ele a penetrar. Mab ouvia vagamente a chuva batendo enquanto eles balançavam juntos, encaixados como um par de colheres. Apertou as mãos dele, como se sua vida dependesse disso, sentindo que os dedos dele a apertavam também enquanto chegava lá.

Francis não se afastou depois, só levantou um braço o suficiente para puxar as cobertas sobre eles e ajeitá-las, quentes, nos ombros de Mab. Ela abriu a boca para dizer algo, não sabia bem o quê — "Será que perdemos a hora do chá lá embaixo? Nossa, está chovendo muito!" —, mas, para seu horror, começou a chorar. Não sabia por quê.

Francis passou a mão pelos cabelos de Mab e pousou a cabeça dela sobre seu ombro. Beijou cada uma de suas pálpebras molhadas.

— Você pode confiar em mim, Mab — disse ele bem baixinho.

Ela ficou em silêncio, o corpo mole e fraco, os olhos ainda vertendo lágrimas, e pensou: "Talvez eu possa."

Mas, quando acordou na escuridão silenciosa das três da madrugada, com o lado dele da cama vazio, ela o viu sentado diante da janela aberta outra vez, com a camisa semiabotoada, olhando para a noite.

HAVIA UM BILHETE em seu travesseiro quando ela acordou de manhã.

Querida Mab, Francis havia escrito. *Fui dar uma caminhada ao amanhecer. Sim, na chuva — já vejo você erguendo as sobrancelhas.* Como ela fez de fato. *Eu sempre preciso de uma caminhada quando a noite chega ao fim, qualquer que seja o tempo, e você estava dormindo tão profundamente que não tive coragem de acordá-la. Você ronca, a propósito. É delicioso. Tome um banho gostoso, que eu levarei torradas. — F.*

Havia um OBS.: *não vou perguntar o nome dele, se não quiser compartilhar comigo, mas suponho que ele a machucou de alguma maneira.*

Mab hesitou, contendo a pontada imediata e dolorida de reação, a urgência de enterrar essa história. Ela nunca falara sobre Geoff Irving ou os amigos horríveis dele ou aquela noite horrível, com ninguém, nunca. Era tão óbvio assim que alguém?...

Sim, talvez fosse. Se um homem se importasse com ela a ponto de prestar atenção.

Ela ainda achava que não conseguiria forçar as palavras a saírem de sua boca.

Talvez eu não precise, pensou ela, olhando para o bloco de papéis de carta do hotel.

Caro Francis, ela ainda não conseguia dizer "querido"; não parecia natural. Hesitou por um bom tempo, e então escreveu:

Sim, ele me machucou.
E eu não ronco. — M.

Ela estava esfregando o cabelo no banho quando o ouviu entrar no quarto. Escutou o som de papel sendo desdobrado e ficou ali sentada na banheira, abraçando os joelhos, a água escorrendo pelas costas nuas.

Um momento depois, uma folha de papel dobrada passou por baixo da porta do banheiro. Ela estendeu o braço sobre os ladrilhos lascados pretos e brancos e a pegou.

Eu imaginei. Não tocarei mais nesse assunto, se você não quiser.
Você ronca. Mas como uma dama. Jane Eyre devia roncar como você. — F.

Mab sorriu, saindo da banheira e se enrolando em uma toalha. Ela enxugou as mãos, procurou em volta e encontrou um lápis de sobrancelha em seu nécessaire. Maquiagem era muito preciosa para ser desperdiçada, mas ela queria muito escrever uma resposta e empurrá-la por baixo da porta, o coração disparado.

Agora você está tentando me impressionar com livros que não leu. Nunca conheci um homem que tenha lido um romance das Brontë. Você não imagina como os rapazes dos Chapeleiros Malucos resmungaram por causa de Jane Eyre. — M.

Ela ouviu um bufado de resposta do outro lado, enxugou o cabelo com calma e recolocou seu pequeno contraceptivo. Seu coração se encheu de esperança quando a folha voltou.

Eu li Jane Eyre. *Você quer um cachorro chamado Pilot um dia, como o do senhor Rochester?* — F.

Quero. — M.

Mab saiu, enrolada na toalha. Francis estava inclinado sobre a mesa, escrevendo algo com um suporte com torradas esfriando ao lado. A camisa estava aberta no colarinho; pingos de chuva cintilavam em seu cabelo. Ele levantou os olhos, sorriu, largou a caneta ao mesmo tempo que Mab largou a toalha, e eles colidiram em um novo arroubo. Ainda estavam se beijando quando ele a apoiou na ponta da mesa. Mab emitiu um som, sentindo-se instável e insegura fora da cama. Teve de se agarrar a ele, os braços em torno de seu pescoço, as pernas em volta de sua cintura.
— Eu estou aqui. — Ele levou os lábios ao ouvido dela e murmurou: — Mexa-se quanto quiser, não vou deixar você cair. — Mab se agarrou a ele, seus braços e pernas se enrolando nele como uma videira, as mãos dele na cintura dela para firmá-la e, no final, ela tremia tanto que mal conseguia se manter em pé. Francis franziu a testa, tocando uma marca vermelha no seio dela, depois passando a mão pela barba por fazer. — Eu não me barbeei esta manhã — disse ele. — Hábito de solteiro. Vou ter que melhorar.
Ele estava fazendo a barba na pia do banheiro, de calça, suspensórios e pés descalços, quando Mab fechou a porta com o propósito claro de poder deslizar um bilhete por baixo dela. Ela o ouviu abrir o papel.

Almoço?

Pela primeira vez desde que conhecera Francis Gray, ela o ouviu rir.

ELA ESTAVA NO trem no dia seguinte. Tinha chovido o fim de semana inteiro, e Mab não pusera os pés fora do quarto. Comia refeições que Francis trazia em bandejas preparadas pela recatada proprietária, leu metade de *Por quem os sinos dobram* (a escolha dos Chapeleiros para a semana seguinte, já que todos os homens, exceto seu marido, não pareciam dispostos a ler *Jane Eyre*), enquanto Francis saía para suas caminhadas matinais, faziam amor quando ele voltava, trocava bilhetes com ele em uma estranha competição para ver quem conseguia falar o mínimo de palavras e escrever o máximo, e faziam amor de novo. Ele não disse nada na plataforma do trem, só pegou as mãos dela, virou-as e deu um beijo em cada palma.

— Você não vai voltar para Londres? — perguntou Mab por fim.

— Tenho que resolver um negócio em Leeds primeiro. — Um sorrisinho. — Vejo você quando as estrelas se alinharem para o próximo fim de semana, minha linda.

Quando aquilo ia acontecer, ninguém sabia. Mab o beijou com vontade, sem saber ao certo se estava aliviada ou chateada. Nunca se sentira tão de cabeça para baixo e pelo avesso. Parte dela gostava da ideia de voltar à rotina frenética e copos de Ovaltine à meia-noite em BP; nada inesperado para deixá-la insegura. Mas parte dela queria ficar com o marido quietinho e ver para onde ele a levaria em seguida.

Foi só quando se acomodou no compartimento que Mab encontrou a carta que Francis havia colocado no bolso de seu casaco.

Querida menina,

Você está dormindo enquanto escrevo isto. Você se pergunta por que fico sentado toda noite fumando e olhando pela janela, não é? A verdade é que não durmo mais do que quatro horas por noite desde que voltei das trincheiras em 1919. Antes eu me debatia e gritava, alucinava, sonhava — mas descobri ao longo dos anos que

um cigarro e uma janela aberta são o que mais me fazem bem, depois uma caminhada ao amanhecer para desopilar. Isso não me deixa novinho em folha, sou um vaso remendado demais para isso, mas pelo menos fico bom o bastante para conter um pouco de água durante o dia seguinte.
Pronto, agora você sabe. Isso a estava incomodando, não estava? — F.

Mab tornou a recostar a cabeça e piscou rapidamente, se perguntando se conhecia outro homem em qualquer outro lugar que simplesmente *admitiria* algo assim sem disfarce. Em sua experiência, os homens negavam totalmente aquelas coisas ou, se forçados a reconhecê-las, o faziam com piadas grosseiras e dar de ombros exagerados.

Ela olhou para a chuva torrencial, desabando sobre a curva que o trilho fazia à frente. Ainda tinha a sensação de que estava nua, mesmo protegida com seu casaco e suas luvas. Mesmo Francis não estando mais ali. Antes que a sensação se dissipasse e ela vestisse de novo a armadura, Mab pegou uma caneta na bolsa.

O nome dele não é importante, escreveu em um papel de carta, a boca completamente seca, *mas em certo momento achei que o amava.* Ela escreveu tudo que aconteceu com Geoffrey Irving e seus amigos, a história real e feia; enfiou a folha em um envelope, endereçou-a à casa em Londres onde Francis estava hospedado e a selou antes que mudasse de ideia.

Você pode confiar em mim, Mab.

Eu espero que sim. Colocou a carta na caixa de correio mais próxima quando trocou de trem, o coração acelerado. *Não me pergunte mais nenhum de meus segredos, Francis.*

Porque não posso lhe contar o último.

34.

FUXICOS DE BLETCHLEY, MARÇO DE 1942

Não é todo dia que vemos um vice-almirante em BP, mas o chefe de operações conjuntas apareceu do nada para conhecer o local. O propósito de uma instalação como esta não é justamente que o alto escalão não possa dar uma passadinha aqui quando lhe der na telha? O comandante Travis parecia que tinha engolido uma mariposa...

— Tio Dickie, o que está fazendo aqui? — exclamou Osla, levantando-se em um pulo da mesa dos tradutores.

Não só o tio Dickie, mas uma comitiva de indivíduos da Marinha e alguns funcionários de BP com ar nervoso se aglomerando na sala atrás dele.

— Sabia que minhas afilhadas favoritas estariam aqui. — O vice-almirante sorriu para Osla e Sally Norton, as duas igualmente petrificadas, embora não tão petrificadas a ponto de se esquecer de virar rapidamente o trabalho que tinham à sua frente na mesa. — Quis ver como vocês estavam indo. Me mostrem o tal índice de referências cruzadas de que ouvi falar...

Osla viu os olhares rígidos, bravos, dos oficiais de BP atrás do padrinho. Ah, *que ótimo*. O comandante Travis ia subir pelas paredes. Ela tentou ficar para trás quando Sally conduziu lorde Mountbatten para a seção da srta. Senyard, mas o padrinho lhe deu o braço enquanto o grupo atravessava o Galpão Quatro.

— Fique de olho naquele maroto do meu sobrinho! Philip se mete em muita confusão quando você não está por perto. Acabou com a minha Vauxhall no fim de semana passado, apostando corrida com David Milford Haven. O garoto navega por todo o Mediterrâneo sendo atacado pelo inimigo e ganha seu primeiro ferimento em um blecaute em Londres...

Osla riu por educação enquanto o grupo fazia sua visita e, depois, encaminhava-se para fora. A chuva daquela manhã tinha parado; o dia estava claro e muitos decodificadores curiosos tinham corrido para dar uma olhada no visitante com seus galões dourados.

— Se bem que não dá para ficar tão empolgado com um almirante depois de Churchill? — ela ouviu Giles dizer, vindo do Galpão Seis.

— Estamos fritas — disse Sally, baixinho, ao lado de Osla. — Travis vai mandar nos enforcar, estripar e esquartejar.

— Não fale bobagem. Não é culpa nossa o tio Dickie ter aparecido aqui do nada.

— Eles não podem gritar com um vice-almirante, então vão gritar com a gente, espere só para ver.

— Não tenho nenhuma intenção de esperar. Tenho trabalho para fazer.

Osla acompanhou o padrinho até a entrada da mansão, depois se enfiou pela multidão de curiosos e voltou ao Galpão Quatro. Caramba, Bletchley Park estava ficando lotado, a cada semana novos recrutas: rapazes de Oxford, secretárias, vendedoras e soldados dispensados do serviço...

O Galpão Quatro estava quase vazio; a equipe ainda não havia voltado depois da interrupção naval. Ao sair da claridade do sol lá fora e entrar no galpão, a visão de Osla demorou a se acostumar com a escuridão e, quando ela protegeu os olhos com a mão, percebeu de relance um pequeno movimento — um casaco, ou uma saia — se esgueirando rapidamente para fora da sala.

— Oi? — chamou ela, intrigada.

Pessoas entravam e saíam do galpão o tempo todo, mas geralmente resmungando e equilibrando canecas de chá, sem nenhum discrição. E com certeza não escapulindo furtivamente como se tentasse não ser vista.

Osla seguiu para onde tinha visto o movimento e entrou no que era jocosamente chamado de Toca das Debutantes. As prateleiras organizadas de caixas de arquivos da srta. Senyard haviam se tornado uma sala de referência, caixas empilhadas sobre caixas, tudo arquivado e identificado com precisão... e as tampas de duas caixas de informes indexados estavam tortas, como se alguém as tivesse remexido com pressa. *Provavelmente alguém que fez uma solicitação de informações*, ela disse a si mesma. Mas foi dar uma espiada em cada uma das outras salas. Nada fora do lugar em sua seção; o escritório do sr. Birch ainda estava trancado... Achou ter ouvido outro passo, um rangido rápido de sapato de couro sobre o linóleo, e voltou pelo galpão.

A porta para o exterior ainda estava balançando. Osla a empurrou e parou. O caminho entre o Galpão Quatro e a mansão continuava abarrotado de gente, não só decodificadores, mas auxiliares da comitiva do tio Dickie. Quem quer que tivesse escapado logo à frente de Osla poderia estar em qualquer lugar naquela aglomeração. E ela não tinha a menor ideia de quem estava procurando, se aquele movimento rápido de uma bainha de roupa havia sido uma mulher de saia ou um homem de casaco.

Provavelmente não era nada sinistro, pensou Osla, tentando afastar aqueles pensamentos. Apenas uma arquivista que saiu correndo para ver a alta patente e deixou algumas caixas abertas na pressa. Lentamente, Osla voltou para dentro e olhou as duas caixas com as tampas tortas. Havia centenas de fichas ali; impossível saber se algo estava faltando. Com certeza, não.

Mas ela se ouviu dizendo apenas algumas semanas antes, argumentando com Travis: "Como é simples desviar mensagens de BP sem ninguém perceber... É a coisa mais simples do mundo enfiar um pedaço de papel dentro do sutiã quando todos estão bocejando no turno da noite."

Ou distraídos com todo um almirantado de visitantes notáveis.

Alguém havia estado ali. Osla respirou fundo para se acalmar e sentiu um arrepio na nuca. Sentiu um cheiro que ativou sua memória, algo exasperantemente familiar. Era uma colônia, um perfume, pairando no ar? Inspirou outra vez, mas a sala estava carregada da fumaça dos fogões a carvão, combinada com a chuva matinal e o desodorante Odo-Ro-No que uma mulher havia aplicado nas axilas naquela manhã. Qualquer que fosse aquele cheiro que havia arrepiado a pele de Osla, já havia se dissipado.

Você está imaginando coisas, ela disse a si mesma. Mas foi procurar o comandante Travis mesmo assim, logo que o carro da equipe do tio Dickie se afastou roncando, e encontrou Sally às lágrimas diante da mesa de Travis, jurando que nunca havia deixado escapar uma palavra sequer para o padrinho sobre a seção naval. Antes que Osla pudesse dizer qualquer coisa sobre caixas de arquivo remexidas, ela entrou na bronca também.

— O lorde Mountbatten talvez tenha acesso a algum nível de informações sobre Bletchley Park, mas se você ou a senhorita Norton tiverem lhe dado algum detalhe sobre seu trabalho...

— Nós *não* demos.

Por um longo instante, Osla sentiu seu emprego oscilando em uma corda bamba. O trabalho pelo qual ela havia se empenhado tanto. Sally estava chorando de soluçar; Osla conseguiu manter os próprios olhos secos com muito custo.

— Está bem. — Travis soou áspero, mas ofereceu um lenço a Sally. — Acredito em vocês, moças. Agora caiam fora.

— Senhor, eu gostaria de informar mais uma coisa... — começou Osla, mas hesitou.

O que ela havia visto de fato? Um relance de uma barra de saia ou de um casaco, uma caixa deixada aberta, um perfume familiar... e Travis já estava de mau humor. *Você quer parecer uma socialite frívola dando um chilique?*

— Pois não, senhorita Kendall.

— Não, não é nada. Nada importante.

35.

> *FUXICOS DE BLETCHLEY*, ABRIL DE 1942
>
> Galpão Oito, o que afinal de contas está acontecendo aí? Vocês todos parecem que não dormem desde que os ianques eram "aqueles malditos colonizadores", e não aliados. O *FB* não tem ideia do que está acontecendo aí dentro, obviamente, mas tomem um pouco de sol e de gim antes que caiam duros.

Os Chapeleiros Malucos estavam se reunindo todo mês havia quase dois anos, mas aquela era a primeira vez que Beth se lembrava de alguém ter saído no soco.

— ...*E o vento levou* é uma droga — declarou Harry.

— Como você se atreve? — Osla riu. — É um livro absolutamente incrível.

— É longo demais — reclamou Giles, se espreguiçando sob a cartola superenfeitada. — Oitocentas páginas...

Abril tinha chegado agradável e fresco, e eles haviam levado a reunião para o gramado fora da mansão, as mulheres sentadas sobre seus casacos, os homens recostados sobre os cotovelos na grama. Beth chegou atrasada, vinda de uma visita a Dilly, e agora desejava nem ter ido. Harry estava mal-humorado, e sua irritação estava aumentando.

— É um lixo. — Ele jogou ...*E o vento levou* no centro do círculo. — Toda essa bobajada sobre os escravos serem felizes e agradecidos... Alguém acredita nisso?

— Scarlett acredita nisso porque é isso que ensinaram para ela — comentou Mab. — O livro é basicamente a perspectiva dela. Não dá para vermos coisas que ela não vê.

Harry pegou uma fatia de pão do prato. Ele estava mais magro, pensou Beth, e suas mãos grandes tremiam um pouco. Vinha tentando ser mais observadora em relação aos seus amigos depois de se dar conta de como havia falhado miseravelmente em perceber a decadência de Dilly.

— Scarlett não merece ser a heroína — prosseguiu Harry. — Ela é uma imbecil egoísta.

— Concordo. — Giles bocejou. — Ela é dura como uma placa de ferro.

Mab revirou os olhos.

— E ai das mulheres nos livros se forem mais duras do que uma esponja...

— Ai das mulheres na *vida* se forem mais duras que uma esponja. — Os cachos escuros de Osla se agitavam à brisa. — Viver em uma zona de guerra não é só diversão e festa. Todos estamos um pouco mais duros que alguns anos atrás, e os alemães nem estão pondo fogo em nossa casa como os ianques em Tara. Por que Scarlett não seria dura?

— Ela supostamente adora Mammy, mas nem uma única vez a chama pelo nome, nem parece saber que ela tem um nome — começou Harry.

— Você está levando isso um pouco para o lado pessoal, não está? — pontuou Giles, preguiçosamente.

— Talvez se seu padrasto lhe perguntasse na sua cara se você tem sangue negro você também levasse um pouco para o lado pessoal — respondeu Harry bruscamente.

— O livro tem falhas. — Beth tentou levar a discussão para um caminho mais neutro. — Mas eu gosto da Scarlett. Não me lembro de outro livro em que a heroína fosse boa em matemática ou números...

Mas Harry e Giles já estavam trocando farpas entre si e ignorando a discussão.

— Você é um pouco melindrado demais, não acha? — disse Giles. — Aprenda a rir, Harry. Não precisa ter casca grossa além de escura.

Em um piscar de olhos, Harry agarrou Giles pelo colarinho e o levantou da grama. Beth ficou imóvel ao ver a mão dele se fechar em um punho, mas Mab o segurou pelo cotovelo antes que ele desferisse o golpe.

— Não onde o comandante Travis consiga ver — disse ela, rispidamente. — Ele está punindo todo mundo desde que aquelas decodificações do Galpão Três sumiram. Demitiu duas mulheres da Sala de Decodificação só por fofocarem sobre BP na estação e você vai brigar bem na vista do escritório dele?

Harry baixou o braço. Seu rosto estava tenso e furioso.

Giles estava contrito.

— Desculpe, amigão. Não tive intenção de ofender. — Ele estendeu seu maço de Gitanes. — Paz?

— Vá à merda — disse Harry muito claramente.

Ele se levantou em um movimento fluido e zangado e foi embora.

— Com certeza precisamos de um livro menos controverso no próximo mês — disse Osla, tentando deixar o clima mais leve. — O que acham de *A princesinha*?

Mab se virou para Giles e começou a lhe dar um sermão. Alguns dos outros também se juntaram, parte defendendo, parte divergindo. Beth se levantou e foi atrás de Harry.

Ele havia descido até o lago e estava sentado com os cotovelos apoiados nos joelhos dobrados. Olhou para Beth quando ela se sentou ao seu lado e desviou o olhar logo em seguida.

— Queria ter quebrado a cara dele — disse Harry.

— Eu sei que isso não é só por causa do que Giles falou — respondeu Beth. Ela não era boa em consolar pessoas, mas compreendia Harry um pouco melhor que os outros, então se sentiu obrigada a tentar. Compartilhar uma mesa por quarenta e oito horas decifrando planos de combate era uma forma de conhecer alguém. — É o trabalho? Ou alguma coisa em casa?

— Sessenta e quatro dias — disse Harry.

— O quê?

— Faz sessenta e quatro dias que não conseguimos entrar no tráfego de U-boats. — Harry se virou para ela, os olhos fundos. — O almirante Dönitz configurou os códigos dos submarinos para uma chave diferente da dos navios de superfície e... — Ele estalou os dedos — Ficamos fora.

— Você não pode me contar isso... — Ela não se encolheu involuntariamente.

— Você não sabe o nome da chave, não conhece os detalhes. Além disso, metade de Bletchley Park provavelmente já sabe. Uma olhada nos malditos jornais e qualquer um consegue ver o número de navios afundados nos últimos sessenta e quatro dias. — Harry estava arrancando punhados de grama. — Estamos trancados fora do código. Não tenho a menor ideia de como vamos entrar outra vez.

— Vocês vão conseguir. — Ela se lembrou de como ficara fritando o cérebro com a Enigma Espiã todos aqueles meses. — Levei seis meses para decifrar meu código mais recente.

— Mas nós não temos nenhum crib. A chave mudou, e nós não temos nada. Ficamos todos ali sentados, noite após noite, tentando enfiar um pé na fresta da porta, sem chegar a lugar algum. Sessenta e quatro dias de *fracasso*. Isso está me enlouquecendo, Beth. Está me deixando maluco. Eu vejo o tráfego chegando, aqueles abomináveis grupos de cinco letras, noite dia noite dia noite dia. Não param nunca. Mesmo quando durmo, eles continuam girando...

A voz dele falhou. *Colapso nervoso*, pensou Beth, desalentada. Ela não havia percebido que estava acontecendo com Peggy, mas não havia como não deixar de perceber em Harry. Ele estava no limite, e Beth não tinha ideia de como agir. *Deixe-me ajudá-lo*, ela queria dizer — talvez o SIK pudesse emprestá-la para o Galpão Oito, assim como o Oito havia emprestado Harry para eles durante a emergência de Matapão. Mas o SIK não poderia dispensá-la agora, sem Dilly e sem Peggy, que ainda não voltara de sua crise de pleurisia. Ninguém mais decifrava o tráfego da Abwehr tão rápido quanto Beth. "Mantenha o ritmo", Dilly tinha dito para ela naquela tarde. "Soube que as informações obtidas pelas nossas decodificações da Enigma Espiã formaram um quadro tão bom das operações da Abwehr que o MI-5 está no controle de todos os agentes alemães que operam na Grã-Bretanha." Eles não manteriam aquele nível de sucesso se a seção de Dilly não conseguisse entregar o tráfego da Abwehr rapidamente.

— Eu gostaria de poder ajudar — disse Beth por fim. — Sinto muito.

— Eu daria meu fígado para ter você na minha mesa, mas não faria diferença agora. Não é de mais cérebros que precisamos, é de informações que nos permitam abrir a porta. Uma boa olhada em um manual meteorológico de um U-boat para ver como eles mudaram de método... — Ele respirou fundo, e Beth notou como seus enormes ombros estavam subindo e descendo. — Precisamos de um milagre, Beth. Porque comboios vão vir dos Estados Unidos trazendo a ajuda que ficamos tão felizes de conseguir quando eles entraram na guerra em dezembro. Mas, do jeito que as coisas estão, esses navios são alvos fáceis. Milhares e milhares de...

Os ombros dele estremeceram de novo. Ele virou para o outro lado, bruscamente, e se deitou na grama de novo, cobrindo os olhos com a parte interna do cotovelo, o peito subindo e descendo como um fole. Beth ficou ali sentada, procurando desesperadamente algo para dizer.

— Eu já lhe contei — disse ela, por fim — sobre a resolução da Enigma mais engraçada que tivemos?

— Não. — A voz dele estava rouca. — Conte.

— Foi a Enigma naval italiana... coisa antiga, então não é nada que você não possa saber. — Beth se deitou na grama também, seu ombro firme ao encontro do de Harry. Ela olhou para cima, para o céu infinito, não para ele. — Peguei uma mensagem e soube de cara que havia alguma coisa estranha. Um segundo depois, vi que não havia um único L na página inteira. Todas as outras vinte e cinco letras do alfabeto, sim, mas nenhum L. E a máquina não codifica nenhuma letra como ela mesma, portanto...

Ela esperou. Ele ergueu o braço dos olhos e o baixou de novo na grama.

— Exato — disse ela, como se ele tivesse respondido. — Devem ter dito ao operador para enviar uma mensagem fictícia, do jeito que eles fazem depois de mudar as fiações. Só qualquer coisa. Mas ele não se preocupou em inventar algo. Só pressionou a letra L na página inteira e a máquina inseriu todas as outras letras, *menos* L. Então fiquei com o melhor e mais longo crib que alguém poderia pedir. Uma página inteira de L.

— Caramba. — A voz de Harry era irregular, mas aquele subir e descer dos ombros a cada respiração havia parado. — Que imbecil! Provavelmente estava fumando um cigarro tarde da noite e pensou: "Dane-se o protocolo."

— E só ficou pressionando o L, pensando na namorada — concordou Beth. — Encontro combinações de nomes de namoradas também. Havia um operador nos Bálcãs que sempre configurava uma máquina de quatro rotores para R-O-S-A. Outro operador no mesmo distrito também estava usando R-O-S-A. Ficávamos nos perguntando se não seria a mesma Rosa.

— Não foi muito legal da parte dela enganar os dois.

— Uma mulher cujos únicos pretendentes são operadores telegráficos fascistas dos Bálcãs tem problemas maiores do que não ser legal.

— Verdade. — Harry virou a cabeça na grama e olhou para Beth.

Beth olhou para ele também.

— Vocês vão conseguir seu L — disse ela. — Em algum momento.

— Se não conseguirmos, acabou para a gente — disse ele muito seriamente. — Aquele tráfego é tudo. Não é só que não podemos manter os norte-americanos seguros sem ele. Não podemos receber os comboios cheios de suprimentos sem ele. Não podemos comer sem ele. Não vencemos sem ele. E eu não consigo entrar. Não consigo.

— Você vai conseguir.

Ele se ergueu sobre um cotovelo, inclinou a cabeça para perto da de Beth e lhe deu um beijo rápido e feroz. Seu gosto era de chá forte e de puro desespero. Ele se afastou antes que ela pudesse reagir, levantou e bateu a grama das mangas. Beth se sentou, sentindo o rosto esquentar como uma fornalha. Sua boca queimava.

— Não se preocupe. — Ele estava ali de pé, grande e inexpressivo contra o sol, o cabelo revolto, as mãos enfiadas nos bolsos como para impedir que se estendessem até ela. — Não vai acontecer de novo. Eu só... Foi só essa vez, e acabou.

Beth olhou aflita para um lado e para o outro na margem do lago. Ninguém à vista. Ainda assim, ela sussurrou:

— Você é *casado*.

— Eu não... Quer dizer, minha esposa e eu não somos casados do jeito que você acha... — Ele balançou a cabeça e voltou a falar: — Não importa. Não vou arrumar desculpas. O fato é este: eu quero você, mas não posso ter você, e por um momento eu me esqueci disso. Desculpe.

— Você só está querendo se divertir um pouco? — disparou Beth.

Talvez ele tivesse percebido que ela sentia certo interesse, talvez tivesse notado o sorriso involuntário que surgia em seus lábios sempre que o via. *Beth, querida!* O pensamento veio no expressivo sotaque de Mayfair de Osla, exceto que Osla nunca era cruel. *Você é totalmente, absurdamente patética!* Beth teve vontade de mergulhar no lago.

— Não, eu... De jeito nenhum. — Harry olhou no fundo dos olhos dela. — Você é tão inteligente que me deixa sem ar. Desde que vi você decifrar a Enigma italiana, não consigo nem respirar direito perto de você.

Beth não conseguia pensar em nada para dizer. Tinha vinte e seis anos e nunca chegara remotamente perto de ser beijada. Ninguém pensava na tímida e retraída Beth daquele jeito em Bletchley Park ou no bairro. *Eles pensariam*, Mab havia dito, na última vez em que retocou o corte do cabelo dela para manter o cacheado Veronica Lake, *se você não ficasse tentando se fundir com a paisagem.*

Eu gosto de me fundir com a paisagem, Beth havia respondido. A chance de um cinema ou alguns beijos não era suficientemente tentadora para valer a agonia de tentar conversar com um estranho em um encontro. Ela já tinha tudo de que precisava: um lugar para morar longe da mãe; um trabalho que ela amava mais do que a vida; Dilly Knox e amigos maravilhosos e um cachorro que se enrolava nos seus pés todas as noites. Não ocorrera a Beth querer mais do que isso.

E certamente não passara por sua cabeça que alguém a quisesse.

Sua boca ainda queimava. O beijo havia sido muito bom, e isso a enfurecia. Seu interesse por Harry era só dela, um calorzinho que desfrutava sozinha. Agora, isso estava arruinado.

— Você não deveria brincar com isso — disse ela, rígida, consciente de que ainda estava vermelha e envergonhada por isso. — É horrível provocar alguém com algo que não pode lhe dar.

— Não estou provocando você. Sou seu, se você me quiser. — Harry parecia infinitamente cansado. — Eu só não sei por que você ia me querer. Não sobrou muito de mim, Beth. Mas tudo que resta pertence a você. — Ele olhou para os galpões do outro lado do lago, e ela sentiu os blocos de cinco letras começarem a espiralar no interior dele, subindo para seus ombros até eles ficarem parecendo muros de pedra. — E tudo que resta preferiria morrer a magoar você.

Ele partiu para sua mesa como se estivesse caminhando para a forca.

36.

Querida menina, Francis havia escrito rapidamente no papel de carta do Departamento de Relações Exteriores,

> Só posso sair do escritório à noite. Passe na casa de sua família, depois volte para a casa onde estou e fique à vontade. Vou ver quando posso sair. Espero que não tão tarde que não possa prender você em minha cama estreitíssima e fazer com você um punhado de coisas imorais com que venho sonhando, muito inapropriadamente, durante o trabalho. — F.

Mab reprimiu um desejo violento de xingar. Aquilo sem dúvida ia chocar a proprietária com jeito de vovó da casa onde o marido se hospedara, que havia lhe entregado a carta e agora estava de pé no corredor modesto e elegante com uma expressão solidária.

— Ele enviou esse bilhete mais ou menos uma hora atrás, minha querida. Pediu que eu desse a chave do quarto para sua linda esposa se ela quisesse esperar por ele.

Eu não quero esperar, Mab tinha vontade de gritar. *Eu quero ele* aqui! Maio já havia chegado ao fim, e ela quase não vira o marido desde Lake District. Eles simplesmente não tinham nenhuma sorte em termos de agenda. Primeiro Francis foi enviado à Escócia por quase cinco semanas, completamente fora de alcance, e então, quando voltou e conseguiram marcar outro fim de semana, com Mab acumulando folgas, trabalhando doze dias direto para poder pedir uma licença de quarenta e oito horas, tudo fora por água abaixo quando Stevens lhe implorou, chorando, para cobrir o turno dela.

— Jimmy vai para o Ceilão, é minha última chance de vê-lo!

O que Mab ia dizer? Bem, ela poderia ter dito "não", se fosse tão insensível quanto alguns pareciam pensar, mas não teve coragem. Francis não ia partir para um lugar perigoso; eles teriam todo o tempo do mundo depois que a guerra terminasse. E sabe-se lá se o noivo da pobre e chorosa Stevens ia voltar vivo.

Assim, o único tempo juntos que Mab e Francis haviam conseguido ter nos últimos meses tinha sido tomando chá em uma lanchonete da estação ferroviária, entre Londres e Bletchley, cercados por garçonetes mal-humoradas e gritos de crianças. Quase não conseguiam ouvir um ao outro no alvoroço; a conversa morreu depois de algumas débeis tentativas. Tudo que puderam fazer foi dar as mãos sobre a mesa instável, sorrindo silenciosa e pesarosamente para a situação, Mab impossibilitada de perguntar em meio a tanto barulho: "O que você achou da minha carta?"

Francis havia respondido àquele despejar de sua alma com uma carta breve: *Eu acho você corajosa e linda, Mab. Nunca mais vou tocar no assunto desse homem — embora ele não mereça ser chamado assim — a menos que você queira conversar sobre isso.* Mab havia ficado com as pernas fracas de alívio ao ler aquelas palavras, mas ainda se perguntava se algo mudaria no jeito como Francis olhava para ela. Não *achava* que alguma coisa havia mudado, mas como saber ao certo em vinte e cinco minutos em uma lanchonete lotada?

Agora, em vez de passarem toda uma tarde, noite e manhã juntos antes de Mab retornar a Bletchley, Francis estava preso no escritório. Mab descarregou todos os palavrões de East End que conhecia em um grito silencioso.

A proprietária ainda estava falando:

— Estou tão feliz de ver o senhor Francis casado! Um homem tão bom, um dos meus melhores hóspedes. Quer esperar lá em cima, minha querida?

— Vou visitar minha família primeiro.

Lucy recebeu Mab em Shoreditch com um grito.

— Eu fiz um desenho! Quer ver? A mamãe está ocupada fazendo chá e não pode olhar...

— Lindo — disse Mab, por cima do som de pratos batendo, admirando o desenho de Lucy no verso de um envelope velho: um cavalo com uma crina verde e cascos amarelos. Lucy ainda queria um pônei mais que tudo na vida.

— Não posso comprar um pônei para você, Luce, mas trouxe uma montanha de papel. Você vai poder desenhar pôneis durante meses.

Lucy lhe deu um beijo rápido e começou a examinar a pilha de papéis de rascunho que Mab havia juntado de Bletchley Park. Lucy tinha seis anos agora, animada como um macaquinho, o cabelo cheio de cachos escuros rebeldes. Mab franziu a testa, falando na direção da cozinha:

— Mãe, Lucy não devia estar andando por aí com roupas íntimas.

O apartamento era tão abafado que não ficava frio nem em um dia chuvoso de maio, mas Mab queria ver Lucy vestida com algo melhor do que uma camiseta suja e calcinha.

— Você também andava assim até os oito anos. — A mãe de Mab apareceu com canecas de chá e um cigarro pendurado no canto da boca. — E veja só como ficou quando cresceu, senhorita Fina e Elegante.

A sra. Churt não conseguia eliminar da voz uma admiração ligeiramente beligerante sempre que se dirigia a Mab agora. Ter sido levada de carro a um hotel chique de Londres por um príncipe grego, usar um vestido de seda emprestado e ver a filha com um Hartnell fazendo seus votos para um homem distinto com um terno de Savile Row deixara a sra. Churt impactada. "Por que minhas outras meninas não são como Mabel?" Mab ouvira a mãe dizer a uma das vizinhas. "Elas se contentaram com estivadores e operários, enquanto a Mabel agarrou um homem fino e bem de vida com a mesma facilidade que tirar o doce de uma criança!"

— Será que você poderia me arrumar umas libras? — perguntou ela, enquanto Mab entregava todos seus cupons extras de roupas para Lucy.

— Isso é quase o salário de uma semana, mãe...

— Como assim? Seu marido não lhe dá dinheiro para despesas pessoais?

Francis havia oferecido, mas ela achou que seria muito ganancioso aceitar, já que tinha um lugar onde ficar e refeições grátis. Mab não queria que ele pensasse que ela era o tipo de mulher que estava sempre com a mão estendida.

— Eu não fico em casa fazendo tarefas domésticas para ele, então não é necessário. — Mab deslizou duas notas de uma libra sobre a mesa, depois vestiu Lucy direito e levou-a para o parque. — Você quer morar em Coventry depois da guerra, Luce? É bem no meio da Inglaterra e tem uma casa lá que vai ser minha, e você poderia aprender a andar a cavalo.

— Não quero aprender a andar a cavalo *depois*. Quero aprender *agora*.

— Eu não a culpo. — Mab segurou a mão dela enquanto atravessavam a pista de Rotten Row. — Tem muitas coisas que quero agora também. Mas estamos em guerra.

— Por que todo mundo fala isso? — revidou Lucy, irritada.

Ela provavelmente não se lembrava dos tempos em que não estávamos em guerra.

Mab voltou para a casa onde Francis ficava no fim da tarde, esperando que... mas a proprietária balançou a cabeça.

— Ele ainda não chegou. Quer esperar no quarto? Normalmente eu insistiria em ver a certidão de casamento antes de deixar uma jovem entrar no quarto de um homem sob meu teto, mas o senhor Francis é um cavalheiro tão perfeito...

Não tão perfeito assim, pensou Mab com um sorriso, enquanto subia os degraus atapetados. Mesmo com seu jeito quieto, Francis sabia escrever cartas absolutamente indecentes. Mais uma coisa que ela havia aprendido sobre ele desde Lake District.

Estou sentado diante da minha mesa, em mangas de camisa, sob um horrendo lampião a gás, sonhando com o longo mapa do seu corpo desdobrado sobre minha cama desfeita. Um mapa que eu ainda nem cheguei perto de terminar de explorar, embora já conheça alguns relevos suficientemente bem para alimentar meus sonhos. Suas colinas e seus vales, suas baixadas e seus montes, seus olhos travessos. Você é uma escada caracol infinita em direção ao paraíso, e eu queria enrolar seu cabelo nas minhas mãos e escalá-la como aquela grande montanha no Nepal onde incontáveis exploradores morreram em êxtase à procura do pico. Estou misturando metáforas horrivelmente, mas o desejo faz isso com um homem, e você já sabia que eu era um poeta ruim. Eu recorreria a outro poeta melhor e me apropriaria do trabalho dele, mas você já leu muito para que isso funcione. "Deixa que minha mão errante adentre atrás, na frente, em cima, embaixo, entre..." Ah, minha Mab, minha ter-

ra à vista! John Donne está na sua lista de literatura clássica? Ele provavelmente é considerado indecente demais para mulheres. Com certeza não ajuda a paz de espírito de um cavalheiro também, especialmente quando estou sonhando com você, meu belo mapa, minha escada ainda não percorrida...

O quarto de Francis ficava no último andar. Mab entrou, dando-se conta de que não tinha a menor ideia de como ele vivia. Apesar de todas as suas cartas, ele nunca descrevera aquele lugar. Ela olhou em volta do quarto arrumado e anônimo, sem enxergar nada de Francis ali; era cheio de toalhinhas de crochê e flores de seda da proprietária vitoriana. Nada ali tinha o cheiro dele, de seu tônico capilar, ou de suas camisas, ou de seu sabonete.

Fique à vontade, ele havia escrito no bilhete. Ela não queria bisbilhotar, mas estava muito curiosa. As roupas de cama estavam tão esticadas que daria para fazer uma moeda ricochetear nelas. Era evidente que ele não havia perdido os hábitos do exército que adquirira na guerra anterior. Não havia nada sobre a mesa além de caneta, mata-borrão e papel. Uma única foto em uma moldura bem velhinha, virada para baixo... Ao desvirá-la, Mab viu quatro rapazes fardados. Com uma pontada na barriga, como se tivesse recebido um golpe de baioneta, ela viu que o mais baixo era Francis, com uma farda tão grande que o tecido se acumulava nos tornozelos. Ele segurava sua arma com um enorme sorriso no rosto, como se estivesse na maior aventura do mundo. Os três homens à sua volta pareciam mais sérios, seus sorrisos, mais céticos, ou será que ela estaria vendo coisas naqueles rostos indistintos e desconhecidos? A data escrita no canto era "Abril de 1918".

— Seu pobre pirralho — disse ela ternamente, tocando o rosto jovem de seu marido.

Nunca tinha visto um sorriso tão largo no rosto de Francis. Talvez ele nem *tivesse* mais sorrido assim desde abril de 1918. Não havia o nome de nenhum dos homens em volta dele. *Eles não sobreviveram*, pensou Mab, pondo a foto de volta. *Apostaria minha vida nisso.*

Nenhuma outra fotografia, nem dos pais dele, nem de Mab. Ela não tinha uma única foto sua para lhe enviar — precisava fazer alguma coisa em relação a isso —, e eles não haviam tirado fotos no casamento. Osla não conseguira encontrar uma câmera tão em cima da hora. Mab foi até a estante: nenhum livro de poesia, a maior parte sobre história antiga, dinastias chinesas e imperadores romanos. Ele parecia gostar que suas leituras o levassem para o mais longe possível do século XX. Bem no fundo da estante, quase não dando para ver, ela encontrou *Atolado: versos do campo de combate*, com 1919 na página de créditos: deve ter sido a primeira tiragem. A lombada estalou como se não fosse aberta havia anos, mas havia rabiscos furiosos pelas páginas, quase todos os poemas anotados. De "Altar", seu poema mais conhecido:

> Onde a lama fétida se espalha
> ampla como a nave
> Onde orações são
> quietamente murmuradas
> Onde a quietude ressoa,
> como um sepulcro grave,
> Em ressecados ouvidos
> ensurrados de granadas.
> No horizonte, cicatrizes
> de estrelas de arame farpado
> A brasa dos cigarros
> equilibrados em dedos trêmulos
> A perna estirada, flácida,
> de um que foi tombado
> A multidão de rostos, tantos jovens abatidos.
> Uma nuvem amarela de cegueira e podridão
> Uma tropa de cordeiros
> em botas descomunais
> O gracioso arco escarlate respingado pelo chão
> A pilha de telegramas
> e horripilantes jornais.
> Assim como na lama os narcisos
> jazem pisoteados,
> O arame prendeu os
> cordeiros, todos crucificados.

Anotações nas margens:

— Ninguém reza formalmente nas trincheiras, é só meuDeusmeuDeusmerda
— Ensurrado por acaso existe, seu picareta?
— Você é um [inintelígivel]
— Você também devia ter morrido lá
— KitArthurGeorge MichaelRobHenry MarcusBernardDerek
— Narcisos não crescem em trincheiras, seu afetadinho

302

Mab pôs o livro de lado, totalmente arrasada. Ele escrevera tantas cartas, mas nunca dissera uma palavra sequer sobre nada daquilo. Mas por que ele deveria dizer? Ninguém falava sobre seu tempo na guerra depois que passava. Caso chegasse o dia em que Hitler fosse derrotado e Bletchley Park fechasse para sempre, Mab constatou de repente que ela e todos os demais nem precisariam da Lei de Segredos Oficiais para mandá-los incinerar tudo aquilo em suas mentes. Eles fariam isso de qualquer forma. Isso era o que Francis e seus amigos que sobreviveram haviam feito depois da guerra passada; provavelmente era o que os soldados romanos e chineses de seus livros de história haviam feito depois das guerras tanto tempo antes.

Na primeira gaveta da mesa, Mab encontrou um maço de cartas suas. Deu uma passada por elas, todas visivelmente muito manuseadas, até o primeiro bilhete que ela havia escrito depois de ficarem noivos: apenas algumas linhas sugerindo uma data em que ele poderia conhecer a família dela. Sob a assinatura dela, ele havia anotado a lápis:

A garota do chapéu!

Uma batida soou à porta, e Mab pulou de susto. Ainda segurando as cartas, ela se levantou para atender.

— O senhor Gray telefonou, minha querida. Ele não vai conseguir sair esta noite. Talvez amanhã de manhã. Ele pediu desculpas... Alguma coisa sobre uma linha de questionamento da qual ele não consegue se livrar.

Mab ficou decepcionada.

— Você quer jantar? É só carne de glúten e salada de nabo, mas ninguém sai da minha casa com fome, nem no meio de uma guerra.

Mab recusou educadamente, depois fechou a porta e olhou em volta, para o pequeno quarto. Podia não ter a personalidade de Francis, não ter seu cheiro nem guardar a forma dele em suas sombras, mas, naquele momento, ela podia jurar que o sentia respirando em seu ombro. Antes que a sensação desaparecesse, ela se sentou na cadeira dele e pegou caneta e papel.

Caro Francis,

Estar aqui sentada em seu quarto sem você me enche de perguntas. Sei a direção em que você inclina seu chapéu quando o coloca com uma mão só. Sei que você toma chá sem açúcar, mesmo quando o açúcar não está racionado. Sei que você tem um ponto na cintura em que sente cócegas e sei a canção que você cantarola quando está fazendo a barba ("I'm Always Chasing Rainbows"). Mas, às vezes, sinto que não sei nada de você... e você parece me conhecer tão bem.

Gostaria de ter conhecido o menino que vi na foto em cima da sua mesa, com um sorriso de orelha a orelha. Gostaria de saber quem eram os seus amigos. Gostaria de saber por que você me chamou de "a garota do chapéu".

Gostaria que você estivesse aqui. — M.

Querida Mab,

Foi por míseros oito minutos que não encontrei você esta manhã. Fui para casa correndo, empurrando desavergonhadamente criancinhas para valas e velhas senhoras para o meio dos carros. Seu cheiro ainda estava no ar quando abri a porta. Nessa hora, eu disse muitas palavras que a dona da casa não aprovou. Droga de trabalho, droga de Relações Exteriores, droga de guerra.

Não lamente não ter conhecido o menino naquela foto. Ele era um idiota. Teria ficado com a língua totalmente travada na sua presença, e você teria passado a noite toda conversando com os três amigos dele, que a teriam encantado. Eram todos homens muito melhores do que o soldado F. C. Gray. (C é de Charles. Você sabia disso? É bem possível que eu nunca tenha lhe contado.)

Quanto à garota do chapéu, ela é você. Ou melhor, tornou-se você.

Eu tinha dezesseis anos e estava nas trincheiras havia quatro meses, tempo suficiente para perder qualquer ideal que eu tivesse tido. Você leu meus poemas canhestros, não vou repetir lugares-comuns sobre arame farpado ou balas voadoras. Eu ia ter uma licença de quarenta e oito horas com meu amigo Kit — na foto, ele é o loiro da ponta. Os outros dois já tinham morrido, Arthur, duas semanas antes de peritonite, George, três semanas antes de um arranhão que infeccionou. Só restamos Kit e eu, e ele ia me levar a Paris na nossa próxima licença. Só que ele morreu seis horas antes, com um tiro, em um confronto breve e sem sentido. Eu o ouvi gritar por uma hora antes de um atirador de elite do nosso lado finalmente acabar com o sofrimento dele. Então fui para Paris sozinho.

A Torre Eiffel, a Sacré Coeur... Andei por tudo muito atordoado, olhando para todas as coisas que dissemos que íamos ver, e não me lembro de nada. Uma espécie de véu havia descido sobre o mundo inteiro e eu seguia aos tropeços por trás dele, tentando enxergar através da névoa. O mundo simplesmente ficara cinza.

Havia uma loja de chapéus na Rue de la Paix, e, por alguma razão, parei diante dela. Não estava olhando para os chapéus na vitrine, não estava olhando para nada. Não estava pensando em nada. Mas, aos poucos, tomei consciência de que havia uma garota lá dentro, experimentando chapéus.

Não me lembro de como ela era. Sei que era alta e usava um vestido azul-claro. Ela parecia bem modesta apesar de estar na Rue de la Paix. Claramente havia economizado para comprar um chapéu naquela loja muito cara e de jeito nenhum aceitaria ser esnobada por nenhuma daquelas vendedoras de cabelo arrumado. Ela examinava aqueles chapéus como Napoleão inspecionava sua artilharia. Era evidente que o chapéu perfeito ia selar seu destino de alguma maneira e ela estava determinada a encontrá-lo. Fiquei ali como um tonto, olhando pela vitrine enquanto ela experimentava um atrás do outro, até encontrar O Chapéu. Lembro que era de palhinha clara, com uma fita azul celeste em volta da copa e uma redinha meio ondulante na frente. Ela parou diante do espelho, sorrindo, e percebi que *a estava vendo como em uma luz brilhante, como se ela tivesse saído de trás daquele véu que bloqueava toda a cor do mundo. Uma moça bonita com um chapéu bonito no meio de uma guerra feia. Quase chorei. Em vez disso, fiquei ali, hipnotizado. Poderia ficar olhando para ela para sempre.*

Ela comprou o chapéu com a fita azul e saiu, balançando a caixa toda feliz. Não a segui. Não era sobre descobrir seu nome ou onde ela morava. Não era sobre apaixonar-me por ela, quem quer que ela fosse. Foi um momento luminoso e belo no meio de um mundo medonho, e, quando voltei para as trincheiras, eu resgatava aquele momento e dormia com ele toda noite, até a guerra terminar. A garota do chapéu, a alegria dela.

O véu basicamente desceu de novo sobre mim, Mab — ele não havia de fato ido embora. Não vi mais o mundo com todas as suas cores desde os meus dezesseis anos e me enfiei no barro no front. Saí daquele lugar terrível com meus braços e minhas pernas e a maior parte de minha sanidade, mas não posso dizer que voltei a me juntar inteiramente à raça humana. Jamais consegui afastar a sensação de estar nos bastidores de uma peça teatral, separado dela por uma cortina.

Só que às vezes, de tempos em tempos, a cortina se levanta e eu vejo as coisas coloridas. Sou puxado para o palco, atordoado e piscando, e eu sinto.

Houve um momento em Bletchley Park durante a visita do primeiro-ministro em que você pôs seu chapéu novo e cantou algo sobre como um chapéu bonito é o cri de coeur de uma mulher. Naquele momento, você se tornou a Garota do Chapéu.

Eu já gostava da sua companhia antes disso, porque você era adorável e interessante. Uma companhia agradável para uma saída à noite, para um homem que frequentemente tenta lembrar a si mesmo que o mundo tem coisas civilizadas a oferecer, e não só horrores. Mas ali, no gramado, você me enfeitiçou. Você quer as coisas tão intensamente, você é tão determinada a arrancar do mundo o seu destino, e que se danem os horrores, que as dificuldades parecem nunca intimidá-la. Você simplesmente colocará um chapéu bonito e conquistará o mundo. E, naquele momento, eu amei você.

Não posso dizer que o véu sobre meus olhos desapareceu apenas porque você entrou na minha vida. Ele basicamente ainda continua lá, dificultando que eu chegue até você. Passei décadas sem tentar de fato alcançar alguém. Mas ele está começando a se abrir com mais frequência do que antes. Quando você levanta a sobrancelha fazendo uma expressão cética. Quando entro em você e a sinto se arquear de encontro a mim. Quando vejo você arrumar seu chapéu.

Querida Mab, você é e sempre será a Garota do Chapéu. A garota que faz a vida valer a pena. — F.

Mab levou a carta para o trabalho e a leu ao lado da máquina de checagem enquanto esperava Aggie parar. Leu três vezes, depois a guardou, com as mãos trêmulas. Francis nem sequer precisava estar na mesma cama, ou no mesmo aposento, ou na mesma *cidade* para lhe dar aquela sensação de estar fora de sua casca, nua como um pintinho saído do ovo. Ela queria chorar e sorrir, dançar e enrubescer.

Seus planos para a vida incluía se casar, mas não falava nada sobre ser amada. Porque amor era para romances, não para a vida real.

No entanto...

Ela sorriu e leu a carta outra vez.

37.

> *FUXICOS DE BLETCHLEY*, MAIO DE 1942
>
> Todo mundo gosta de pensar que acadêmicos reclusos são inocentes resguardados, mas os acontecimentos entre esta gente marota de BP fariam um marinheiro corar. Trocas de casais que envergonhariam um garanhão de raça pura, adultério suficiente para uma dúzia de peças de Oscar Wilde — vocês não acreditariam o que esta estufa de acadêmicos reclusos é capaz de aprontar quando o turno termina! Se ao menos o *FB* pudesse dar nomes...

— Com licença... por acaso você é a Beth? A Beth que trabalha em Bletchley Park?

Beth levantou o olhar enquanto acomodava Boots no cestinho da bicicleta. A mulher de aparência cansada com um cardigã verde parecia ser alguns anos mais velha que ela e carregava um cesto de compras.

— Você trabalha em BP? — perguntou Beth, com cautela, vendo de relance o cartaz pregado logo atrás do ombro da mulher: "Língua comprida perde a briga!"

Beth estava com as pernas fracas devido ao longo trajeto de bicicleta de volta de Courns Wood, aonde ela tinha ido dar a Dilly a notícia de que Peggy logo estaria de volta ao SIK; já estava quase escurecendo, e ela só parara para deixar o cachorro reclamão se aliviar em um poste. Não queria demorar-se ali conversando com uma estranha curiosa.

— Não — respondeu a mulher, examinando Beth da onda de cabelo que caía sobre o olho ao vestido de algodão de florzinhas vermelhas que ela agora podia usar sem imaginar a mãe torcendo o nariz e dizendo: "Só vadias usam vermelho!" — Mas meu marido trabalha.

— Desculpe, mas não posso falar do trabalho com ninguém. — Agora Beth conseguia dizer isso sem corar nem desviar os olhos, mesmo com estranhos. Se bem que aquela mulher tinha algo de familiar...

— Mãe! — Um menininho saiu cambaleando da loja e agarrou a saia da mulher. — Vamos para casa? — Cambaleando porque ele usava enormes aparelhos ortopédicos. Foi então que Beth soube exatamente quem ela era.

— Sheila Zarb — disse a mulher. — Esposa do Harry. Você foi à minha casa uma vez, para a reunião do clube de leitura. Conheci muitas pessoas nessa ocasião, e não me lembrava quem era a Beth.

Beth sentiu um rubor horrendo subir do decote do vestido. Ficou ali parada como um tomate de orelhas, lembrando-se exatamente da sensação de quando o marido daquela mulher a beijara.

— É, você definitivamente é a Beth. — Sheila assentiu. — Quer beber alguma coisa? Vai ajudar.

O BAR DA pousada Shoulder of Mutton era aconchegante e claro; valia a pena a caminhada para ter um pouco de privacidade, disse Sheila, carregando o filho enquanto Beth empurrava a bicicleta. Ela perguntou ao garçom se poderiam ficar na sala de estar privativa, depois foi para trás do balcão e serviu habilmente dois copos de cerveja.

— Eu às vezes cubro alguns turnos aqui — contou para Beth, que estava de pé em silêncio, segurando a guia de Boots.

Não fazia ideia se ela ia lhe bater ou gritar, nem do que Harry havia dito à esposa, e sentia uma vergonha alheia. *Eu não fiz nada*, sua mente insistiu. *Não pedi a ele que me beijasse.*

Mas você sem dúvida gostou, disse uma segunda voz em sua cabeça, sem melhorar a situação.

A esposa de Harry levou as cervejas para a sala privativa, fazendo sinal para Beth segui-la, e fechou a porta com o pé.

— Ah, não precisa ficar com vergonha. Eu não vou comer você. Christopher pode brincar com o seu cachorro?

Beth soltou Boots, que caminhou destrambelhado em direção ao menininho encantado. Com os dedos apertando o copo, Beth se sentou à mesa de frente para a esposa de Harry, que a fitava com olhos penetrantes e curiosos. Beth a estudou também. Sheila era alta e magra, com ossos salientes, tinha cabelo loiro-escuro e um rosto que era mais agradável do que bonito.

— Senhora Zarb — começou Beth.

— Se você é a mulher por quem meu marido ficou louco, pode me chamar de Sheila.

O rosto de Beth esquentou outra vez. Ela deu uma olhada para o filho de Harry, mas o menino estava brincando despreocupadamente com Boots do outro lado da longa sala, e o som de alguém tocando piano estava mais alto que suas vozes.

— O que... o que ele lhe contou? — perguntou Harry.

— Quase nada. Harry é um túmulo. Mas ficou bêbado umas noites atrás, o que não é do feitio dele, e murmurou algo sobre ter beijado uma Beth na última reunião do clube de leitura. E ficou falando sem parar sobre como você ia pensar que ele era um cafajeste agora.

Beth não tinha contado para ninguém o que acontecera. Osla teria feito advertências consternadas, e Mab teria proclamado: "Lógico que ele vai lhe dizer que não é casado, *casado*. Todo homem diz isso!" Então Beth decidira deixar aquele beijo para trás e se concentrara na avalanche de trabalho. E, enquanto trabalhava, ficava tudo bem. Era depois do trabalho, com os olhos exaustos fixos no teto sobre sua cama, saindo gradualmente das espirais mentais de códigos, que ela se perguntava o que teria acontecido se tivesse deixado Harry continuar o beijo. O que teria vindo em seguida, como teria sido. O beijo despertara sua curiosidade. Ela queria *saber*.

— Você gosta dele? — perguntou Sheila sem rodeios.

Beth baixou os olhos, sem conseguir evitar o pensamento de pura alegria que sentira ao trabalhar com Harry, passando tiras de papelão e xícaras de café e dicionários de italiano um para o outro, esperando em silêncio e com impaciência que os mensageiros trouxessem mais material, o sorriso rápido que eles trocavam quando os carros chegavam...

Desde que vi você decifrar a Enigma italiana, não consigo respirar direito perto de você.

— Vou entender isso como um sim — disse Sheila.

— Não importa — Beth disse logo, olhando para ela. — Eu não faria... nada. Porque ele é seu marido.

— É isso que está te impedindo? — Sheila deu um longo gole na cerveja. — Escute. Eu tenho outra pessoa. Harry sabe e não se importa. Continuamos casados por causa daquele menininho ali. — Ela moveu a cabeça em direção ao filho, deitado nariz com focinho com Boots do outro lado da sala, e seu rosto se enterneceu. — Ele é um milagre. Daria minha vida por ele. Nós dois daríamos nossa vida por ele. Nosso filho é a única coisa que temos em comum. Henry Omar Darius Zarb, com sua educação universitária e sua família chique cheia de diplomatas e banqueiros de Londres, e Sheila Jean McGee, ex-garçonete no Eagle, em Cambridge, onde ele costumava estudar tomando uma cerveja. Nunca foi nenhum grande romance. Ele gostava de mim porque eu não o chamava de mouro ou carcamano, eu gostava dele porque achava que ele parecia o xeique de um filme. Ele foi respeitoso comigo quando descobri que estava grávida do Christopher e é um excelente pai, mas me deixa meio louca às vezes. Ele e as equações dele, e o fato de que não recolhe as malditas meias do chão nem que a vida dele dependesse disso. — A voz dela tinha uma irritação afetuosa; parecia uma irmã mais velha em vez de uma esposa. — Nós nos damos muito bem, mas, se ele quiser ter um caso com alguém como você... Bem, se você quiser também, vá em frente.

Beth a encarou, atônita. Pegou o copo e virou metade da cerveja.

— Isso seria *imoral* — disse ela, sem conseguir evitar, ouvindo a voz de sua mãe.

— Imoral por quê, se não está fazendo mal a ninguém? — Sheila deu de ombros. — Mantemos tudo em sigilo, então nada reflete em Christopher. Fora isso, não nos metemos na vida um do outro. Quero ver Harry feliz. Ele é meu melhor amigo e me deixa ser feliz com essa outra pessoa. Não existem muitos homens que fariam isso. Você é do tipo inteligente, como Harry. Eu não sei o que vocês fazem em BP, mas está na cara que é importante. Ele bem que gostaria de uma mulher com quem conversar sobre equações, ou qualquer outra conversa de travesseiro que agrade a vocês de Cambridge.

— Não fiz faculdade.

— Mas você é como ele mesmo assim. Tem aquilo de ficar olhando para o nada, como estava fazendo quando vi você do lado de fora da mercearia... Harry faz isso também. — Sheila balançou a cabeça. — Não sei se você trabalha na mesma coisa que ele em BP, mas ele anda bastante tenso nos últimos tempos...

São mais de oitenta dias bloqueado do tráfego de U-boats agora, pensou Beth. Ela sabia só de passar por Harry no novo refeitório, de ver seus ombros curvados e a cara fechada acima da bandeja do jantar, que eles ainda não haviam decifrado o código.

— Quando vi você hoje e me perguntei se você era a moça de quem ele gosta, achei que não custava lhe explicar em que pé as coisas estão.

— Eu e ele não temos um caso — explodiu Beth. — Se ele quiser ter um caso, pode pegar alguma vadia no cinema.

— Ele provavelmente faz isso de vez em quando. Eu não sei. — Beth se perguntou como Sheila conseguia ficar tão tranquila. A ideia de Harry com outra mulher lhe dava ânsia de vômito. — Homens gostam de um pouco do bom e velho você-sabe-o-quê — prosseguiu Sheila —, e Harry e eu não fazemos mais isso, desde que conheci meu Jack. Então pode ser que ele tenha tido um ou dois casinhos para desestressar, ou talvez não, mas uma coisa posso lhe dizer: ele não se apaixonou por ninguém, exceto você. É o seu nome que ele murmura quando está bêbado, e o de mais ninguém.

Beth ficou novamente sem saber o que dizer.

— Escute. — Sheila terminou sua cerveja e empurrou o copo para o lado. — Não estou aqui para ser cupido de ninguém. Se você prefere ficar longe de homens casados, tudo bem. Provavelmente é o mais inteligente a fazer, porque Harry nunca vai nos deixar. Ele rompeu com a família chique dele por nossa causa, quando o pai quis me pagar para dar um jeito no problema e sair fora. Harry não quis saber disso, e o pai dele cortou relações sem lhe deixar um centavo, e é por isso que um homem chamado Henry Omar

Darius Zarb, o primeiro da turma em Cambridge, mora em uma casa alugada e tem furos nos cotovelos de seus casacos. Houve um tempo em que estávamos planejando nos separar e ter um divórcio discreto quando percebemos que nunca haveria amor entre nós. Mas então nosso menino ficou doente, e foi isso. Christopher precisa de nós, sempre vai precisar, e isso significa que Harry e eu estamos nessa juntos até o fim. Nunca vou ter meu Jack além das poucas noites em que ele está de licença da Força Aérea Real, e Harry não vai pôr você nem qualquer outra mulher acima de Christopher. — Uma pausa. — Mas, em algum lugar no meio disso tudo, se ele puder ser feliz, ele merece. E, se você quiser ser essa mulher e estiver disposta a ser discreta, tem a minha bênção.

Ela se levantou, então, estendendo os braços para Christopher.

— Venha aqui me dar um abraço, rapazinho. O que acha de levarmos *fish and chips* para o jantar? Seu pai vai gostar.

Ela o ajudou com os aparelhos ortopédicos, pegou o cesto e foi embora antes que Beth pudesse murmurar mais do que um adeus atordoado.

Beth continuou sentada, olhando para sua cerveja pela metade. *O que você quer?*, sussurrou um pensamento.

Nenhuma resposta. Ela suspirou, pegou Boots e saiu do pub. Andando sem olhar para a frente, colidiu com o que parecia ser uma estátua de vestido florido. Antes sequer de ouvir a exalação ultrajada, Beth sabia quem era.

— Oi, mãe.

— Bethan! — Os olhos da sra. Finch percorreram o vestido de florzinhas vermelhas de Beth, seu cabelo cacheado até os ombros, os sapatos vermelhos de tiras nos tornozelos que pegara emprestado de Osla. — O que você está fazendo em um *pub*?

— Tomando uma cerveja. — *E discutindo detalhes de um adultério*, Beth acrescentou sorrindo por dentro.

— Bethan... — A sra. Finch se recompôs, apertando a bolsa. — Você precisa parar com essa coisa vergonhosa de saracotear por aí. Ontem mesmo...
— Beth a deixou desabafar, inclinando-se para afagar Boots. Ele estava olhando para a sra. Finch friamente entre as sobrancelhas peludas. — Sabe o que as pessoas na capela estão dizendo de você? — finalmente concluiu a sra. Finch.

— Não muito — disse Beth. — Todo mundo sorri para mim do mesmo jeito. Gosto muito mais de ir à capela agora que não tenho que voltar para casa e ficar segurando a Bíblia sobre a cabeça por quinze minutos porque me distraí durante o sermão.

Beth se sentava na capela e deixava os louvores a envolverem, pensando na Enigma Abwehr, e não achava que Deus se incomodasse nem um pouco com aquilo. Não achava que Deus era de forma alguma tão severo quanto a mãe o pintava.

A sra. Finch inspirou, surpresa.

— Se você voltar para casa, tudo estará perdoado. A filha pródiga será bem-vinda, eu prometo. Você pode até ficar com o cachorro. Não é isso que você quer?

— Quero muito mais que isso, na verdade — disse Beth. Levou a mão aos lábios e sorriu. — Adeus, mãe.

38.

> *FUXICOS DE BLETCHLEY*, JUNHO DE 1942
>
> O *FB* já reclamou antes sobre esses sujeitos de terno risca de giz que vemos toda hora se rastejando de Londres até aqui para cuidar de negócios furtivos, mas eles são mesmo umas *cobras*. Cretinos zurradores, sanguessugas, empolados, insidiosos com seus chapéus de feltro, e o *FB* não vai admitir nenhuma contestação desse veredito.

— Ah, pelo amor de Deus — falou Osla, antes que o comandante Travis pronunciasse qualquer palavra em sua cadeira. — Não sei qual foi a confusão desta vez, mas não fui eu. — Será que agora ela ia levar a culpa por tudo de errado que acontecesse em BP?

— Terça passada, você foi vista no Galpão Três. — A voz do comandante Travis era fria, e a expressão do homem encostado na parede atrás dele, gorducho e vermelho com um terno risca de giz, era igualmente gélida. — Por quê?

Osla teve de pensar um pouco.

— O senhor Birch me mandou ir até lá entregar uma mensagem. Fiquei esperando a resposta.

— Você se convidou a entrar para esperar?

— Só no corredor. Estava chovendo muito...

— Você não tem autorização para pôr nem um dedo sequer em qualquer galpão onde não esteja trabalhando. Temos uma razão para manter tudo compartimentalizado.

— Eu...

— E você não esperou no corredor. Você foi vista em uma das salas internas.

— Uma moça que eu conheço do refeitório acenou para mim. Fui até a porta para acenar para ela também, mas não entrei. — Osla olhou de um para o outro. — O que aconteceu?

— Você tirou alguma coisa do Galpão Três, senhorita Kendall? Arquivos, talvez?

— Claro que não. Alguma coisa sumiu?

Eles não responderam. Não precisavam. A mente de Osla voltou imediatamente para as caixas de arquivos que ela achou que tivessem sido remexidas no dia da visita do padrinho. Mas Travis falou Galpão *Três*, não Quatro.

— Eu não peguei nada — repetiu ela, juntando pensamentos esparsos.

Havia conseguido se convencer de que aquele movimento furtivo no dia em que tio Dickie veio fora coisa da sua cabeça; agora, todas as suas dúvidas voltavam em um turbilhão. Estava prestes a contar tudo quando Travis falou de novo, mais friamente ainda.

— Você tirou coisas de sua seção antes.

— Como assim? Eu tirei uns pedaços de papel em branco só para provar como isso seria fácil de fazer.

— Por acaso estava querendo provar algo de novo?

— Não. Estou totalmente por fora do que aconteceu no Galpão Três. — Mas Osla não se surpreenderia se alguém mais tivesse chegado à mesma conclusão que ela, a respeito de como era fácil tirar arquivos dali. Nunca em sua vida sentira tanta vontade de falar: "Eu te avisei."

O homem de rosto vermelho e terno risca de giz — MI-5 ou MI-6, Osla de repente teve uma certeza desagradável — pigarreou e abriu uma pasta que tinha sob o braço.

— Chegou ao meu conhecimento que a senhorita está, hã, *envolvida* com um tal príncipe Philip da Grécia.

Osla hesitou por um instante.

— O que isso tem a ver?
— Responda à minha pergunta.
— Não foi uma pergunta. Foi uma afirmação. — *Uma afirmação com uma sugestão maldosa carregada na palavra* envolvida, *diga-se de passagem*. Mas aquele não era um homem com quem ela podia ser petulante. — O príncipe Philip é meu namorado, sim.
— Vocês dois foram ao cinema na última quinta-feira.
— *Lady Hamilton, a divina dama*. Não é muito bom. — Philip tinha rido muito da maneira como a Batalha de Trafalgar foi representada.
— Por acaso a senhorita... *deu* alguma coisa a seu namorado naquela noite?
— O que o senhor quer dizer com isso? — perguntou Osla, friamente.
— A senhorita tem consciência de que os cunhados dele são membros do partido nazista? — Havia um tom de superioridade na voz dele. Como se ela fosse burra demais para ligar os pontos. — Ele é parente, de sangue ou não, de um punhado de nazistas.
— O rei George também — revidou ela. — Isso não o complicou.
— Não seja impertinente.
— Os parentes de Philip não são uma questão de escolha nem refletem nenhum aspecto dele. — Ela sentia a raiva encurtando sua respiração. — Ele abomina as ligações da família com o Terceiro Reich. Acabou de passar nas provas para tenente da Marinha Real. Se ele tem a aprovação da família real, a ponto de ter permissão para se corresponder privadamente com a futura rainha da Inglaterra, como ele pode ser considerado um risco? — O homem de terno risca de giz estava irritado. Osla sabia que ele não podia dar o braço a torcer e voltar atrás no que dissera, mas também não podia dizer que o rei era um idiota. Ela cruzou os braços. — Agora é o senhor que não respondeu à *minha* pergunta.
Em vez disso, ele mudou de estratégia.
— A senhorita tem absoluta certeza de que ele não escreve para essas irmãs atrás das linhas inimigas? Quem sabe o que ele poderia estar contando a elas? Especialmente considerando que a namorada dele tem acesso a tantas informações cruciais.
— Não fale bobagem, senhor. — Osla podia sentir o cabelo desgrenhado de Philip sob a mão, a sensação exata dele. A aspereza da barba arruiva-

da que ele estava deixando crescer enquanto continuava de licença. — Philip não escreve para os parentes alemães dele. E, mesmo que escrevesse, ele nem imagina que tenho acesso a informações cruciais. Ele acha que tenho um trabalho chato de escritório.

— Ah, vamos lá, senhorita Kendall. Nenhum segredinho na cama?

A voz de Osla ficou muito séria.

— Não tem *cama*, coisa nenhuma.

— Não precisa ser indelicado — disse Travis ao mesmo tempo, muito descontente.

Risca de Giz deu de ombros, sem se constranger.

— Você tem que admitir que as circunstâncias são ruins. Ela é descuidada com as regras, sabe como surrupiar informações, solta coisas para seu padrinho...

— Eu *não*...

— De namorico com um maldito alemão que tem um punhado de nazistas na árvore genealógica. Especificamente denunciada a nós por ter aparecido no Galpão Três, onde não deveria estar...

Alguém me denunciou?, pensou Osla, com repugnância. *Quem faria isso?*

— E canadense, para completar.

— Igual aos canadenses que estão lutando pela Inglaterra neste momento? — Osla aumentou a voz. — É desses canadenses que o senhor está falando?

— Baixe seu tom de voz.

— Não vou baixar. Eu saí de Montreal e voltei à Grã-Bretanha para lutar por este país. Estou mentindo para todos que amo, inclusive para Philip, para não violar a Lei de Segredos Oficiais. Não vou aceitar ser rotulada de estrangeira nem ser acusada de inconfiável. — Osla descruzou os braços. — Eu nunca teria pegado um arquivo de informes contra todos os regulamentos e regras. Sou uma das trabalhadoras mais cuidadosas e inteligentes que vocês já contrataram em Bletchley Park.

Eles pareciam céticos. Para eles, ela ainda era a menininha tonta que não tinha nada na cabeça, a não ser travessuras e príncipes bonitos. Quem acreditaria em uma palavra dela?

— Se quer provar sua lealdade — disse Risca de Giz por fim —, então estou certo de que não fará objeções a entregar toda a sua correspondência com o príncipe Philip.

Por um momento, Osla não conseguiu falar. Um juramento poderia exigir isso?

Aparentemente, sim. Ela assentiu brevemente, com um gosto amargo na boca.

Risca de Giz ficou satisfeito, mas Travis levantou a mão.

— Seria melhor para BP se você rompesse de vez com esse indivíduo — disse ele, sem rodeios. — Uma jovem com acesso ao tipo de informações a que você tem acesso não pode ter conexões nazistas, mesmo que muito indiretas.

Osla sentiu um nó no estômago. *Tirem tudo*, pensou ela. *Tirem tudo logo de mim, por que não?* As duas coisas que lhe haviam trazido felicidade depois da escuridão devastadora do Café de Paris: Philip, cujos braços haviam se tornado um lar, e seu orgulho pelo trabalho. E fora nisso que dera sua radiante esperança de que, depois de ser transferida para a tradução, finalmente havia se provado digna de ser levada a sério. Sua palavra de honra claramente não significava nada ali. Eles não acreditavam que uma moça como ela conseguiria manter o bico fechado com o namorado, então simplesmente *termine com ele, sua socialite avoada.* Ela teve vontade de gritar, de bater na mesa de raiva.

— Eu entendo, senhor — respondeu ela, com muito custo.

O que mais ela poderia dizer?

A VOZ DE Philip ao telefone era exultante.

— Recebi meu posto, Os. Primeiro tenente no *Wallace*. É um velho contratorpedeiro classe Shakespeare, mas está inteiro.

— Fantástico — Osla conseguiu dizer.

Ele não ia lhe contar onde o navio patrulharia, mas ela já tinha uma ideia, depois de traduzir tantos informes sobre ações navais de superfície. Provavelmente o Canal dos E-boats, aquela passagem traiçoeira entre o Firth of Forth e Sheerness...

— Vou partir em dois dias. Alguma chance de você vir a Londres para uma despedida?

Osla fechou os olhos com força. Teve de engolir em seco duas vezes, mas sua voz saiu leve, despreocupada:

— Estou totalmente destroçada, querido. Vejo você na volta?

Então ela desligou e subiu ao quarto para juntar todas as cartas dele. A ideia de que alguém ia bisbilhotar sua correspondência a deixava enjoada, mas, quanto antes Risca de Giz constatasse que era tudo inofensivo, melhor. Agora era entregar as cartas, e seria bom se ela começasse a dissuadir Philip de continuar escrevendo. O fato de ele ser próximo de uma das tradutoras de Bletchley Park estava claramente deixando a inteligência de Londres com uma pulga atrás da orelha em relação à lealdade dele. Era absurdo, mas Osla sabia exatamente como o MI-5 podia ser paranoico. Havia escutado toda a história sobre a confusão que eles criaram no ano anterior por causa de um romance de Agatha Christie, só porque a autora de mistérios policiais tinha dado a um espião o nome de *Coronel Bletchley*...

A visão de Osla ficou embaçada enquanto ela terminava de empacotar as cartas de Philip, mas não deixou as lágrimas caírem. Qualquer heroína de Agatha Christie que se prezasse levantaria a cabeça e faria o que era preciso fazer. Mesmo que isso significasse partir seu coração.

Uma heroína de Agatha Christie, se estivesse na situação de Osla, talvez também fizesse uma pequena investigação. Talvez desse uma olhada aqui e ali naquela questão dos arquivos desaparecidos. Porque aquele era o segundo conjunto de arquivos que havia sido remexido ou perdido e Osla não parava de se perguntar, com uma inquietação correndo pelas veias, se alguém estaria roubando informações.

Dez dias para o casamento real

10 de novembro de 1947

39.

Dentro do relógio

De volta à camisa de força. Uma das enfermeiras, ao que parecia, havia denunciado que Beth tinha vomitado seus remédios matinais.

— Só até você se acalmar — disse o médico enquanto ela era afivelada.

— Se eu tomar essas drogas de remédio, eles vão praticamente me induzir ao *coma* — rosnou Beth, se debatendo. — Quanta calma você quer que eu tenha, hein, seu picareta?

— Uma dose extra, doutor? — perguntou a enfermeira-chefe, toda doce. A mesma cujo braço Beth havia queimado com um cigarro. — A senhorita Liddell tem sido muito malcriada ultimamente. Um funcionário disse que ela fez propostas indecentes para ele em um armário de roupas de cama. Essas ninfomaníacas...

O olhar da enfermeira era de puro desprezo. Beth recuou a cabeça e cuspiu na frente do avental dela.

Uma agulha a picou.

— Espere só para ver, sua coisinha indigesta — disse a enfermeira-chefe assim que o médico saiu. — Quando eles passarem o bisturi em você...

— *Quando?* — sibilou Beth, mas a enfermeira já tinha ido embora e o mundo era só fumaça e espelhos. As veias de Beth pareciam sujas, como se seu sangue estivesse oleoso. Ela se pegou chorando em certo momento e afastou as lágrimas com custo. Lágrimas ruiriam sua mente como a água desgasta pedras, e sua mente era tudo que ela tinha.

Eu decifro códigos. Eu devoro segredos. A Enigma não foi páreo para mim, e este lugar também não é.

Inspirar, expirar. Ignorar o entorpecimento das mãos presas. Pensar em outra coisa que não bisturis, enfermeiras maldosas e médicos indiferentes com suas punições injustas.

Punição injusta... A memória entorpecida de Beth trouxe à tona algo havia muito esquecido: Osla questionada pelo comandante Travis em BP, repreendida por causa dos parentes nazistas do príncipe Philip, interrogada sobre o que Osla presumira que haviam sido as mensagens decodificadas que sumiram do Galpão Três. Quando aquilo havia acontecido, junho de 1942? Se alguém tinha roubado arquivos, podia facilmente ter denunciado a bela e altamente conspícua Osla, que tinha saído do Galpão Quatro em um trabalho de rotina e desviado a atenção da presença de um traidor.

Quem?, pensou Beth. De volta àquilo outra vez, eternamente revirando lembranças antigas, esperando uma luz... mas nenhuma de suas colegas no SIK jamais havia trabalhado no Galpão Três.

Então não foque no onde, pensou Beth. *Foque no quando. Junho de 1942...*

Peggy Rock tinha voltado a Bletchley Park depois de seu colapso nervoso naquele mesmo mês. Peggy, a mulher mais inteligente que Beth conhecia. Será que ela realmente havia tido um colapso nervoso? Ou será que havia estado... em outro lugar? Encontrando-se com alguém, passando informações?

Beth já havia examinado o nome de Peggy em sua lista de suspeitos e sempre fez vista grossa. Peggy, uma traidora? A loira e brilhante Peggy, que havia ensinado a ela como usar as tiras de papelão?

Mas Peggy trabalhava no SIK. Havia desaparecido e ficado ausente por meses. E tinha voltado para o trabalho, a melhor decifradora de códigos de Dilly ao lado de Beth. Uma mulher tão inteligente como Peggy podia ter, sem dúvida, encontrado uma maneira de entrar no Galpão Três e sair dali com um arquivo. E sem Dilly ali para ficar de olho no dia a dia de sua seção...

Peggy. É, poderia ser ela.

Ou qualquer um da equipe de Dilly. Amigos queridos, todos eles, porque Beth havia feito amizades quase exclusivamente na seção de Knox. Exceto Osla e Mab, que agora a odiavam.

Que cruel ironia do destino seus amigos serem todos suspeitos, e suas inimigas, as únicas em que ela confiava...

Venham logo, vocês duas, pensou Beth ao longo daquela tarde interminável, presa na camisa de força, impotente. *Venham logo.*

York

Mab derrubou a colherinha.

— Você quer que a gente vá para *onde*?

— Para Clockwell, ver Beth. — Osla percebeu que estavam atraindo olhares dos outros clientes, e aquilo não a surpreendia: duas mulheres bem-arrumadas, com saias ondulantes no estilo New Look, olhares cortantes, discutindo e tomando chá havia meia hora. — Tente não parecer tão irritada, pode ser? Estamos atraindo atenção.

Mab expôs todos os dentes em um sorriso, mexendo violentamente seu chá.

— Eu não vou para um hospício.

— Você está disposta a abandoná-la porque está com medo? — perguntou Osla, sussurrando, ao ter certeza de que não havia ninguém passando por perto. — Sendo que ela pode estar perfeitamente sã e pode de fato haver um traidor que enganou Bletchley Park, que enganou *todos* nós, andando livremente por aí? Que decepção, minha querida. — Osla lançou um olhar corrosivo para Mab. — Eu sabia que você era impiedosa, mas não imaginei que tinha se tornado covarde.

— Não estou com medo, sua escritora barata. — Mab estava sussurrando também. — Estou lembrando você de que podemos estar infringindo a lei se tentarmos entrar em contato com ela.

— Também estaríamos infringindo a lei se comprometêssemos o sigilo do nosso trabalho. — Osla se inclinou para a frente. — Posso ser uma escritora barata agora, mas levo meu juramento a sério.

— Mas não acredito que você esteja mesmo achando que alguém em BP...

— Estou, sim. Lembra quando fui chamada à sala do Travis e acusada de roubar arquivos do Galpão Três? Reclamei muito disso com você e Beth. — As caixas de arquivos remexidas no Galpão Quatro também...

Mab mexeu em seu colar de pérolas negras.

— Então vamos comunicar isso a alguém num cargo mais acima. Alguém que não tivesse ligação com a seção de Beth.

— Ninguém vai levar a sério, porque acham que Beth endoidou. Mas moramos com ela durante anos e a conhecemos melhor do que ninguém. Se a virmos na nossa frente, se perguntarmos pessoalmente para ela... — *Seja lá como vamos fazer isso*, pensou Osla. — Vamos saber se ela está louca ou não. Vamos *saber* se ela está mentindo.

Mab falou muito baixo:

— E se não acharmos que ela está mentindo?

Um longo silêncio.

— Vamos pensar em alguma coisa. — Osla empurrou sua xícara de chá.

— Talvez meu padrinho possa fazer algo. Mexer uns pauzinhos...

— Ou você poderia telefonar para o Philip — sugeriu Mab. — Pode ser bom ter o futuro consorte real em sua agenda. Ele deve servir para uma aliança de negócios, por mais que não tenha servido para colocar uma aliança no seu dedo.

— Se você tocar no nome do Philip mais uma vez — retrucou Osla —, vou enfiar essas pérolas no seu nariz até você espirrar madrepérola, Rainha Mab.

— Para quem quer minha ajuda, você não está exatamente me seduzindo.

— Eu não *quero* a sua ajuda, sua imbecil. Eu preciso dela. Preciso de outro par de olhos em Beth para decidir se ela está falando besteira ou não. — Osla começou a recolocar as luvas. — O trem sai amanhã às onze e cinco da manhã e para a três quilômetros de Clockwell. Eu planejo estar nele.

— Não conte comigo. — Mab finalmente cedeu e pegou um biscoito e estendeu o braço para a manteiga.

— Ninguém nunca pôde contar com você para nada, Mab. Me surpreenda pelo menos uma vez, que tal? — Osla se levantou, sorrindo docemente. — Não exagere na manteiga, querida. Cuidado com o corpo! No momento, é tudo que você tem a seu favor.

Cinco anos antes

Junho de 1942

40.

> *FUXICOS DE BLETCHLEY*, JUNHO DE 1942
>
> Crânios e cavalheiros, parem de tentar espiar dentro daquele galpão de máquinas barulhentas. É só *um boato* que as Wrens às vezes tiram a roupa e trabalham só de calcinha.

— Trabalho feito!
Mab parou para pensar que sempre havia um momento em que uma parada correta era registrada em uma das máquinas Bomba, em que todas as verificações voltavam certas e não era um erro que havia parado o movimento dos discos, mas o sucesso. Quem poderia adivinhar o que viria da decodificação mais recente das máquinas Bomba? Talvez informações importantes o suficiente para irem direto para a mesa de Churchill. Desde a visita dele, Mab tinha sentimento de posse com o primeiro-ministro. Ele não era apenas o primeiro-ministro da Grã-Bretanha, era *seu* primeiro-ministro.

— Tirar tudo — suspirou Stevens enquanto ela e Mab começavam a desconectar os fios da grande parte traseira da máquina. — Queria que *nós* pudéssemos tirar tudo. — Haviam finalmente sido transferidas do Galpão Onze, claustrofóbico e sem janelas, para o recém-construído Onze-A, que tinha até um ar-condicionado, mas que estava com defeito, tornando o calor do verão dentro do galpão insuportável. Mab sentia o suor escorrendo pelas costas, e as Wrens, com suas elegantes fardas com botões de metal, sofriam ainda mais.

— E por que não fazemos isso? — respondeu ela, com um sorriso. — Quem vai nos ver? — As Wrens riram, hesitantes, mas Mab estava animada, despreocupada e feliz. Ia ver Francis no dia seguinte, e ficariam três dias juntos em Keswick. — O que acham de uma pequena travessura? — Ela tirou o vestido suado pela cabeça e em seguida a combinação grudenta e os pendurou em um prego. Estendeu os braços, de sutiã e calcinha. — Muito melhor.

— Estou dentro. — Stevens começou a desabotoar a farda, e logo todas elas estavam se despindo e voltando a operar as máquinas só com roupas íntimas. Mab separou cuidadosamente os pequenos fios do disco, configurou para um novo menu e fez um afagozinho em Aggie.

— E lá vamos nós, sua máquina doida.

Ela a pôs em movimento, sem se importar, desta vez, com o zumbido metálico. Havia muito mais máquinas Bomba agora além daquelas; tanto tráfego de mensagens passava por BP que o punhado que tinham ali não daria conta. E era perigoso, de qualquer modo, manter todas as máquinas em um só lugar, onde um único ataque da Luftwaffe poderia acabar com toda a capacidade de decodificação da Grã-Bretanha. As Wrens disseram que havia estações em Adstock Manor, Wavendon e Gayhurst agora. Mab se perguntou se alguma Wrens naquelas outras estações estaria trabalhando de calcinha.

O turno estava prestes a terminar, e as operadoras vestiam de novo suas roupas, quando uma jovem Wrens entrou na sala com uma expressão abatida.

— Por que essa cara? — perguntou Mab.

— Alguém aqui conhece a Wrens Bishop? — perguntou a moça. — Que serve na Força Aérea Real em Chicksands?

— Eu a conheci no treinamento em Dunbartonshire — respondeu uma das outras Wrens.

— Ela foi mandada para casa. Foi horrível. — A Wrens baixou o tom de voz. — Ela teve um *bebê*! Estava saindo com um oficial norte-americano...

Parece que já estava de seis meses, tentando esconder. Até a noite passada. Na noite passada, ela... ela teve o bebê. Ou alguma coisa aconteceu. E ele nasceu morto, e ela tentou escondê-lo em uma g-*gaveta*... E os oficiais que ouvi falando sobre isso, eles nem se importaram. Só ficavam falando sobre f-falta de moral...

Ela caiu no choro. Duas das outras a abraçaram. Mab apertou os braços em volta do corpo, subitamente gelada apesar do calor sufocante.

— Malditos *homens* — revoltou-se uma das Wrens. — Ela está fora da WRNS agora, e o que vai acontecer com o sujeito que a engravidou?

— Ele vai falar as mesmas frases melosas no ouvido de outra garota daqui a uma semana — disse Mab. — "O mesmo ianque de sempre, a mesma história de sempre."

Ela não havia conhecido a Wrens Bishop, mas a notícia foi como um balde de água fria. Não conseguiu sorrir na viagem de trem para o norte na manhã seguinte, até descer sob uma garoa fina em Lake District e ver Francis. Ele estava encostado na parede da estação, o chapéu inclinado sobre a testa, e, quando levantou os olhos e a viu, ficou paralisado. Mab parou, deixando-o olhar, deixando os outros passageiros se desviarem dela. Havia vasculhado Londres atrás daquele chapéu: palhinha clara, com uma fita azul-celeste em volta da copa e uma redinha de seda. O mais próximo que conseguiu encontrar do chapéu que a moça de tempos antes escolhera em uma loja de Paris em 1918, que ele descrevera na carta que Mab já tinha lido umas trezentas vezes. Gastara uma quantia chocante nele, mas não se importava. Mab levantou o queixo, arrumou o chapéu como se estivesse diante de um espelho imaginário e ergueu as sobrancelhas.

Quando ele parou de beijá-la, o chapéu tinha caído e sido soprado pelo vento na estação.

— Isso não é jeito de tratar uma inspiração poética — repreendeu-o Mab, pegando-o de volta.

— Como você encontrou o mesmo chapéu? — Ele o recolocou ternamente na cabeça dela.

— Não me deixando abalar com a cara feia de todos os vendedores de Londres quando me ouviam pedir uma "rendinha meio ondulante". Você não podia ter sido mais específico quando decidiu fixar essa lembrança na mente para sempre? — Mab deu o braço a ele. — Lembrar se era de tule poá ou de trama fechada teria sido bem mais útil.

— Continuo com *ondulante*. Não conheço nada de roupa feminina. Vamos logo para o hotel para eu poder tirar a sua.

Eu não mereço isso, pensou Mab, enquanto eles desabavam na cama. *Eu não o mereço*. Ela sempre pensara em ser uma boa esposa em termos de manter a casa em ordem, arrumar a mesa bem bonito, esquentar uma cama acolhedora... mas como retribuir isso? Essa maré baixa e devastadora de devoção? Como ser merecedora disso?

— Mab? — disse Francis, surpreso, quando ela se arrastou para fora da cama à luz rosada do alvorecer enquanto ele calçava as botas de caminhada. — Você não tem que me acompanhar nas minhas caminhadas. Você odeia levantar cedo, odeia ficar com o cabelo molhado...

— Está na hora de eu aprender a ser uma garota do campo — respondeu Mab, determinada. — Longas caminhadas no bosque, sapatos práticos. Eu vou adorar!

Antes de saírem de Keswick, ela já estava xingando mentalmente.

— Tem uma vista linda do alto da ladeira mais ou menos perto daqui — disse Francis.

Pelo jeito, "mais ou menos perto" significava "oito quilômetros". Ele caminhava sem dificuldade, com as mãos nos bolsos, livrando-se das velhas teias de aranha da guerra que pudessem ter surgido durante a noite, então Mab fez o possível para enfrentar o percurso em silêncio, a garoa fina molhando o cabelo.

Estava muito ofegante para apreciar a vista quando chegaram ao topo. De qualquer modo, com a água que caía, era difícil ver alguma coisa além das rajadas cinzentas de chuva soprando sobre Derwentwater. Francis assobiou entre os dentes, olhando do cume rochoso para a água. O maldito não estava nem cansado.

— Bem, *costuma* ser uma vista linda — comentou ele.

— Estupenda — resmungou Mab, massageando os dedos dos pés.

— Está bem, garota do campo. — Francis sorriu. — Quanto você odiou isto?

— Eu olho para uma vista como esta — disse Mab, fazendo um gesto para a água, as árvores, as nuvens — e tenho vontade de ver algo *pavimentado*.

— Esta é a minha garota da cidade. — Ele abraçou Mab pela cintura. — Talvez amanhã de manhã possamos ficar os dois na cama. E pular a caminhada.

— Pelo menos não está quente. — Mab deu um sorrisinho. — Você não imagina a estufa que meu galpão virou. — Ela lhe contou a história das Wrens tirando a roupa e trabalhando de sutiã e calcinha, feliz por poder contar a ele sobre seu trabalho, mesmo que só um pouquinho. Odiaria ser Osla, tendo de sempre guardar segredo de seu namorado da realeza. Francis riu quando Mab terminou e ela se sentiu recompensada. Ele ainda não ria com muita frequência.

— Você está ciente de que todos os homens de Bletchley Park vão tentar dar uma bisbilhotadinha quando essa história se espalhar, não é? E quando os ianques chegarem...

O sorriso de Mab desapareceu quando ela se lembrou do ianque que supostamente havia engravidado a Wrens Bishop.

— No que você está pensando? — Francis percebeu a mudança de expressão dela.

— Em uma Wrens de BP.

Apoiada na pedra mais próxima, seu ombro encostado no de Francis, Mab se surpreendeu contando a história para ele. Ela nunca imaginara conversar com um marido sobre aquelas coisas.

— Coitada... — Ele balançou a cabeça. — Isso é... horrível.

— A mesma história de sempre — disse Mab. — Mulheres engravidam e, se os homens não se casam com elas, elas não têm muitas alternativas. Torcer por um aborto espontâneo, ou fazer algo para ajudar isso a acontecer e correr o risco de morrer também, ou se esconder em algum lugar para ter o bebê e dá-lo para alguém.

— Ou ir para algum lugar com sua mãe, algum lugar onde ninguém a conheça, e dar o nome dela no hospital em vez do seu — disse Francis com calma. — Depois voltar para casa e dizer aos amigos e parentes que ela teve o bebê e você tem uma nova irmãzinha.

Mab congelou. Por um instante, achou que seu coração tinha parado.

— Ah. — Ele se virou, com as mãos nos bolsos e um sorrisinho. — Não foi minha intenção chocar você... Achei que, a esta altura, você já tivesse adivinhado que eu sabia.

Mab ainda não tinha certeza se seu coração estava batendo ou não.

— Como... — ela conseguiu dizer, antes que sua garganta travasse.

— Na primeira vez que vi você com Lucy. O jeito como você olhou para ela, o breve instante em que você tocou o cabelo dela.

Eu me entreguei, pensou Mab. Tanta discrição obsessiva ao longo dos anos e foi preciso apenas um olhar inoportuno quando alguém que se importava estava observando.

— Isso não me chocou, Mab. Já ouvi essas histórias.

Foi algumas semanas depois daquela noite horrível, em que Mab foi largada na beira da estrada, que se deu conta de que Lucy estava vindo. Àquela altura, ela preferia ser dilacerada por anzóis incandescentes a sequer pensar em entrar em contato com Geoffrey Irving outra vez.

— Por isso que a primeira coisa que você me perguntou foi o que eu achava de levarmos Lucy para morar com a gente — disse Francis. — Percebi por que era tão importante para você.

— Minha mãe... não é uma mãe muito boa. — Mab sentiu as palavras se torcendo e puxando, como se estivessem sendo forjadas entre seus dentes. — Ela distribui tapas e não se importa se seus filhos correm por aí com calcinhas furadas. Vai tirar Lucy da escola e mandá-la trabalhar assim que puder. Foi isso que ela fez com todos os filhos. Não é uma mulher ruim, só cansada e impaciente. Mas não posso brigar muito com ela. Porque ela aceitou criar minha...

Mab ficou quieta por quase um minuto inteiro. Nunca havia dito as duas palavras em voz alta, quase não as havia dito em sua cabeça. Desde o dia em que dera à luz em um hospital de caridade anônimo e vira a bebê ser levada em um cobertor, ela repetia para si mesma sem parar: "Essa é minha irmã. Minha irmã Lucy."

— Ela aceitou criar minha filha para mim — sussurrou Mab, sentindo as lágrimas começarem a escorrer. — Minha mãe não precisava fazer isso. Ela podia ter me posto para fora de casa. Podia ter me dado dinheiro e me dito para dar um jeito de me livrar daquilo. Podia ter falado para o bairro inteiro que eu era uma vagabunda. Ela me chamou disso muitas vezes e bateu em mim até me deixar com hematomas, mas disse que não ia deixar sua filha mais nova morrer em uma viela com um gancho de cabide e uma garrafa de gim. E então disse que achava que eu não ia ser a filha mais nova dela, afinal de contas, e até o fim da semana começou a correr uma história de como ela e meu pai tinham passado um fim de semana juntos na última vez em que ele esteve na cidade, antes de ela o mandar embora, e que havia planos de ir visitá-lo no norte comigo e ver se as coisas se ajeitavam. Ninguém ficou muito surpreso quando ela voltou seis meses depois com uma filha... Algumas pessoas sabiam, claro, mas tudo foi explicado da forma adequada. — Mab passou as mãos pelo rosto. — Então realmente não tenho o direito de dizer que minha mãe não está criando bem Lucy. Ela nem tinha a obrigação de criá-la.

— Mas você quer uma vida melhor para Lucy. — Francis era todo ouvidos, apoiado na pedra, seu ombro encostando no de Mab.

— Tudo que consegui na vida foi lutando. Os livros, as roupas, o curso de secretariado, tudo. Com minha mãe e todo mundo dizendo que eu era metida a importante. Não quero isso para Luce. Quero que ela vá à escola, uma boa escola onde possa jogar hóquei com um uniforme limpo e aprender matemática. Quero que ela aprenda a pronunciar as vogais que eu tive que aprender prestando atenção no jeito de falar dos universitários. Quero que ela tenha botinhas de montaria lustradas e um *pônei*.

Francis a abraçou. Mab se aconchegou nele, esgotada.

— Por favor — ela se ouviu suplicar. A Mabel durona de Shoreditch, que nunca implorava nada a ninguém, de repente precisava mais de apoio do que de ar. — Por favor, me diga o que você está pensando. — *Por favor, me diga que não vou perder você por causa disso.*

— Estou pensando... — Ele se afastou um pouco e tirou uma mecha de cabelo molhado do rosto dela. — Que a droga do meu escritório vai me mandar para a Escócia por alguns meses, mas, quando eu voltar, você devia trazer Lucy para Coventry, para ela poder ver sua futura casa. Inclusive onde o pônei vai morar.

Então, ele abraçou Mab em silêncio enquanto ela se agarrava a ele. Por cima do ombro do marido, ela viu que as nuvens cinza haviam se afastado de Derwentwater. O lago assumira subitamente um tom espetacular de azul, e o verde ao redor agora parecia veludo dourado, por causa do banho de sol que tomavam.

— Você tem razão — disse ela, engasgando. — É uma vista linda.

41.

> *FUXICOS DE BLETCHLEY*, JUNHO DE 1942
>
> Este agradável clima de verão está impregnado de paixão, a julgar pelo número de rumores sobre novos casais em BP! O que os galpões e turnos noturnos uniram ninguém separa...

Duas semanas depois da conversa com Sheila Zarb, Beth se tornou uma ladra.

— Beth Finch. — A voz de Giles era meio divertida, meio ofendida. — Você está realmente mexendo na minha carteira?

— Não. Quer dizer, sim. — Beth sentia as coisas que havia pegado quase queimando seu bolso. Acabara de conseguir colocar a carteira de Giles de volta no casaco dele, pendurado sobre a cadeira, algo muito mais fácil de fazer no grande e lotado refeitório novo do que teria sido na velha sala de refeições na mansão, mas ele voltara com sua bandeja mais rápido do que ela havia previsto. — Precisava de uma coisa... Eu não roubei! Deixei dois xelins no lugar.

— Não gosto muito da ideia de outra pessoa enfiando a mão na minha carteira. — Ele colocou a bandeja na mesa. — Do que é que você tanto precisava?

— Eu... — Beth não conseguia dizer mais nada. Eram quatro da madrugada, e o refeitório estava cheio de pessoas cansadas brigando por pratos de carne enlatada e ameixas. Beth baixou a cabeça, evitando os olhos dele. — Eu... não posso dizer.

Giles examinou a carteira e levantou as sobrancelhas.

— Bem. Estou com dois xelins a mais e duas...

— Porfavornãodiga. — Beth fechou os olhos com força, em agonia. — *Por favor*, Giles.

Ele recostou na cadeira com um sorriso.

— Eu nunca nem sonharia.

Ela fugiu antes que ele pudesse fazer mais piadinhas.

— Beth? — Harry parou, surpreso, ao sair do Galpão Oito cinco horas mais tarde. Beth estivera pensando no que fazer se ele tivesse um turno duplo, mas ali estava ele, amarfanhado e com a aparência cansada, com seu casaco.

— Seu turno acabou? — Claro que sim, eram nove horas e as pessoas estavam afluindo para o sol luminoso da manhã em direção aos portões, mas grande parte das conversas casuais girava em torno do óbvio. Como alguém aguentava aquilo? — Para onde está indo?

Ela esperava que ele dissesse "para casa" e tinha uma resposta na ponta da língua, mas ele a surpreendeu.

— Vou pegar o trem e passar o dia em Cambridge. Sheila já está lá, visitando os pais dela com Christopher. É melhor eu não ir com eles, então vou fazer hora até mais tarde e depois trazê-los de volta para casa.

— Por que você não vai visitar os pais dela?

Alguém esbarrou em Harry; ele se moveu para o lado, perto da meia parede de tijolos erguida para proteger o galpão de ataques aéreos.

— Quando o pai dela bebe, ele começa a fazer comentários sarcásticos a meu respeito, e a mãe dela fica sempre se lamentando de como Christopher está ficando escuro e reclama de eu ensinar árabe para ele. — O rosto de Harry estava tenso.

— Não consigo imaginar Sheila aceitando isso.

— Ela fica possessa com eles. Mas Christopher chora, e... — Harry fica quieto. — Como você sabe o que a Sheila aceita ou não?

— Nós nos encontramos algumas semanas atrás. — Beth baixou os olhos para sua bolsa. — E conversamos.
— Sobre o quê?
Beth não conseguiu responder.
— Então você está indo para a estação?
— Estou.
Ela respirou fundo. Soltou o ar.
— Nunca fui a Cambridge.
Ele olhou para ela, exausto, e foi direto:
— Quer vir comigo?

ELES NÃO FALARAM nada na plataforma da estação, nem no trem. Harry posicionou seu grande corpo na multidão apertada de modo a dar um pouco de espaço a Beth, e ficaram em silêncio, com a expressão distraída. Beth conhecia aquele olhar, pois o vira no espelho um sem-número de vezes. Ela mesma ainda estava lutando contra a possessão hipnotizante do código, e havia tido um *bom* turno, a concentração fixa possibilitando um texto decodificado e limpo. Não havia passado horas batendo a cabeça numa parede impenetrável. No pequeno espaço entre eles, ela levantou a mão, ergueu cinco dedos rapidamente, como um grupamento de tráfego da Enigma, depois os girou como um turbilhão e envesgou os olhos. Harry assentiu, as pálpebras subindo brevemente enquanto sorria. Quando ela baixou a mão, as costas de seus dedos roçou nos dele com o balanço do trem. Beth ficou quieta, focando no toque casual.

Desceram em Cambridge, e Harry segurou a mão dela com toda naturalidade para conduzi-la pela plataforma abarrotada. Ele não a soltou depois, e ela tampouco fez um movimento para desvencilhar-se. Viu pináculos e prédios de pedras douradas; uma cidade semimedieval e totalmente intocada por bombardeios. Não parava de olhar para todos os lados, maravilhada.

— Cambridge é mais bonita do que Oxford — disse Harry. — Não deixe nenhum daqueles sujeitos de Oxford te convencerem do contrário.

Beth não via como algo poderia ser mais lindo do que aquilo. Eles andaram pelas ruas enquanto Harry apontava seus locais favoritos.

— Ali é o Eagle, o melhor pub da cidade. Eu costumava resolver problemas de cálculo tomando uma cerveja à noite... Aquela torre ali é o Caius College. Meu primo Maurice me desafiou a subir no telhado uma noite e saltar para a Casa do Senado mais abaixo, do outro lado da rua. Maurice foi recrutado para BP também. Eu nem imaginava, até que o vi mostrando o crachá dele no portão... — Cambridge não era tão intimidadora quanto Londres, mas era muito maior do que Bletchley. *E aqui absolutamente ninguém me conhece.* Beth passara a vida em uma redoma de vidro, onde não conseguia atravessar a rua sem encontrar cinco pessoas chamando seu nome.

Harry comprou sanduíches de pasta de carne, e eles comeram na grama em uma curva do rio. Ele se sentou com os joelhos dobrados para cima, um tremor irregular passando pelos ombros de tempos em tempos, e o medo persistente voltou à mente de Beth: *colapso nervoso.* Como a pobre Peggy, que havia retornado do período de repouso pálida e sem querer comentar o tempo que passara fora.

— Você não está ficando louco, Harry — disse Beth, sem rodeios.

— Mas parece que estou. — Ele olhou para ela e perguntou igualmente direto: — O que Sheila disse a você?

Beth esperara conseguir passar por aquilo sem enrubescer, mas era o mesmo que querer guardar a lua num potinho.

— Sobre alguém com quem ela está saindo... Alguém com quem você não se incomoda.

— Eu nunca me encontrei com ele. — Harry atirou uma casca de pão no rio. — Mas espero que ele esteja louco por ela.

— Você... realmente não se incomoda?

— Ela tem que ser feliz enquanto pode. — Harry balançou a cabeça. — Ela se apaixonou por um *aviador*... se ele sobreviver à guerra será um milagre.

— Então... — Beth não conseguiu terminar a frase nem o sanduíche.

Ele olhou no fundo de seus olhos.

— Isso é tudo que tenho a oferecer para você: uma tarde aqui e ali. Porque não vou deixar Sheila nem meu filho. Você não prefere sair com um sujeito que a leve para conhecer seus pais e que lhe dê uma aliança um dia?

— Não.

Mab adorava estar casada, e Osla claramente queria se casar também, mas Beth não sentia essa vontade. Ela acabara de sair de uma casa que parecia uma prisão; a ideia de começar algo com um homem que poderia um dia prendê-la em outra casa lhe dava agonia. Beth queria a vida que já tinha, só que...

— Por que você está aqui? — perguntou Harry, baixo.

Porque não sei se você é meu único amigo que faz o que eu faço e ama o que eu amo, ou se é algo mais, pensou Beth. *E eu quero saber. Porque você me deixa inebriada.*

Ela não sabia como dizer isso.

— Por que você me convidou para vir aqui com você? — perguntou ela, então.

— Porque você tem um cérebro incrível, grande e belo, borbulhando com *lobsters*, rotores e rosas — disse Harry —, e eu poderia ficar emaranhado nele a noite inteira.

Você se expressou melhor, pensou Beth, meio fora do ar, e antes que tivesse a chance de parar e pensar, antes que encontrasse uma desculpa, disse:

— Podemos ir para algum lugar?

Harry sorriu. Ele ainda parecia exausto, mas o sorriso o deixou mais leve, como se ele estivesse pairando sobre a grama e não afundado nela como uma rocha. Ele estendeu o braço e entrelaçou os dedos nos de Beth.

— Você gosta de música?

A PLACA ACIMA da porta dizia *Scopelli's Music Shop*. O lugar estava com as portas e janelas fechadas. Era domingo de manhã, Beth se lembrou; todos estavam na igreja ou em casa. Ela poderia estar na capela naquele instante, ignorando os olhares de reprovação da sua mãe — em vez disso, estava de mãos dadas com um homem casado, pensando em...

Bem, em coisas que não eram adequadas para uma capela.

— Trabalhei aqui no meu último ano na King's College. — Harry abriu a porta para eles entrarem e começou a acender luzes. — O idoso senhor Scopelli me deixou ficar com uma chave para que eu pudesse vir ouvir música nas minhas tardes de folga.

A maior parte da loja estava escura, mas Beth viu reservados com cadeiras e fones de ouvido.

— O que você gosta de escutar? — Ela havia escutado tão pouca música, apenas o que tocava na estação de rádio que a sra. Finch achava apropriada. Em Aspley Guise elas não tinham rádio.

Harry foi até a parede de discos e passou os dedos ao longo da prateleira superior.

— Desde o blecaute das mensagens dos U-boats, Bach.

— Você disse uma vez que ele é esplendidamente simétrico — lembrou-se Beth. — Arranjos para dias inteiros.

— Talvez seja por isso que eu venho mergulhando nele. Tentando encontrar chaves para submarinos no *Cravo bem temperado*. Pelo menos é algo que não tentamos no trabalho. — O rosto dele se anuviou brevemente, mas ele sacudiu a cabeça com força como se quisesse mandar o Galpão Oito e tudo que o envolvia de volta para o buraco de onde haviam saído. Ele pegou um disco. — Aqui... — Indicou o reservado do fundo. Beth se sentou, Harry ocupou a cadeira ao lado dela, ligou a vitrola e ajustou vários botões. Tirou o casaco e arregaçou as mangas. — Assim nós dois ouvimos — disse ele, pegando dois pares de fones de ouvido e colocando um nos ouvidos de Beth. Ela ficou surpresa com quão rápido se isolou do mundo e desejou poder ter um daqueles no SIK, para se concentrar de fato, sem as distrações dos pigarros de Phyllida ou do cantarolar baixinho de Jean...

No silêncio artificial, ela olhou para Harry, depois fechou os dedos em torno de seu pulso e o puxou. A mão grande dele tocou a nuca de Beth, a outra se moveu para seus cabelos, se emaranhando lentamente, e o silêncio foi preenchido enquanto ele a beijava. Não com sons, pensou Beth, segurando o colarinho aberto de Harry e puxando-o mais para perto, mas com cores. Amarelo-mel, amarelo-sol, preencheram seu interior na quietude completa.

Ele se afastou, a mão ainda quente na lateral do pescoço de Beth, e lançou a ela um olhar confuso. Ela sorriu.

Ele inclinou a cabeça e beijou o pescoço dela, depois tirou o disco da capa. Beth viu o título: *Partita Número Dois em Dó Menor de Bach*. Ele pousou a agulha, e um som de piano começou.

Arranjos. Beth os *ouvia*, ricas linhas horizontais, melodias se somando à primeira melodia. Arranjos se misturando, mãos esquerda e direita. Arranjos que ela não precisava resolver, só admirar. Harry a beijou outra vez. Beth fechou os olhos, acompanhando o arranjo da mão esquerda que se ampliava, seguindo a pulsação no pescoço de Harry, que aumentava sob seus dedos. Desceu pelas linhas fortes do pescoço dele até dentro do colarinho, ouvindo, movendo os lábios para o pescoço dele. Ela o sentiu engolir, sentiu a mão dele se fechar em seu cabelo, e sentiu uma dor maravilhosa. Nunca havia gostado de ser tocada, mas agora só queria ficar mais e mais perto. Normalmente, Harry se sentava com as costas curvadas, como para impedir que seu tamanho intimidasse os outros, mas, agora, ela tinha a sensação de estar sendo puxada para o afloramento de granito inabalável de uma montanha. Ele poderia quebrá-la entre as mãos como se ela fosse um palito de dentes, e aquilo não a assustava nem um pouco. Na verdade, lhe dava uma vibração feroz de prazer, porque ele estava quase tremendo com o esforço de conter toda aquela força, para deixar que o primeiro movimento fosse dela.

Beth ficou desorientada quando ele tirou os fones de ouvido dela.

— Melhor parar — disse ele.

— Por quê? — Tudo estava muito intenso. Beth estava no colo dele, sua blusa e seu sutiã, no chão, a camisa de Harry, desabotoada, ambos ofegantes. A música vinha com um som metálico dos fones de ouvido descartados.

— Não quero arrumar problema para você. — Harry procurou algo nos bolsos resmungando um palavrão. — Não trouxe nada, não imaginei que fosse acontecer algo assim hoje.

Beth pegou a bolsa e mostrou a ele o que havia roubado de Giles.

— Eu trouxe.

Harry começou a rir.

— Não me diga que você entrou em uma loja e pediu...

— Como se alguém fosse vender para mim! — Ela enrubesceu. — Peguei do Giles.

— Meu Deus, Beth. — Harry apoiou a testa na dela e deu uma gargalhada. Era como se ele não risse havia meses.

— Isso faz de mim uma... — Beth hesitou. — Achei que devia estar preparada. Só para me prevenir.

— Você é uma gênia. — Ele pegou os dois envelopinhos da mão dela. — O senhor Scopelli transformou a sala dos fundos em um abrigo antibombas. Tem uma cama de campanha e cobertores... — Harry parou, dando-lhe uma olhada de cima a baixo que queimava como carvão incandescente. — Meu Deus, até seus mamilos ficam vermelhos.

— Fica quieto. — Beth pegou os fones de ouvido. — Quero ouvir o fim da partita...

Ele a tirou de seu colo, ainda a segurando bem perto dele ao se levantar, seus olhos pretos famintos.

— Que se dane a partita.

42.

Carta de Osla para seu bom samaritano do Café de Paris, postada para a proprietária da casa onde ele está morando em Londres

> Não sei por que estou escrevendo... Minha primeira carta depois de nosso encontro no Café de Paris não teve resposta. Você ainda está fora do país? Ainda está vivo? Espero que sim. Você me ofereceu consolo em um dos piores momentos de minha vida e, de algum jeito, tornou-se importante para mim. Talvez isso seja bobo... Imagino também que esteja escrevendo para você porque não posso mais escrever para o meu namorado (não importa por quê) e, às vezes, preciso de um papel para desabafar. Esta guerra é tão horrorosa e eu estou tão cansada de fazer todos rirem...

—Não está faltando nada. — A srta. Senyard fechou a tampa da última caixa de arquivo. — Vai sossegar agora, Osla?

Osla mordiscou a unha. Levara meses e meses para conferir todas aquelas caixas que ela achou que pudessem ter sido remexidas. Dissera à srta. Senyard que estava preocupada que arquivos estivessem faltando e ela se mostrou cética, mas ninguém poderia dizer que não foi cuidadosa: ela e suas meninas (e Osla também, ajudando por pelo menos uma hora depois de cada turno) tinham examinado cada caixa e cada armário em que sinais, informes e cópias eram guardados. As pilhas ocupavam paredes inteiras agora que a seção naval alemã estava unificada.

— Caramba — dissera um coronel norte-americano com um assobio na semana anterior, enquanto visitava. — Se aqui fosse o Pentágono, teria fileiras e fileiras de móveis de arquivo reluzentes sem nada dentro, e vocês guardam tudo isto em caixas de sapato!

Bem, Osla tinha visto cada uma delas ser conferida e foi vencida em todos os pontos: nada parecia estar faltando. *Talvez quem mexeu aqui só copiou o que queria antes de escapar*, pensou ela. Mas, se havia uma maneira de checar isso, ela não sabia como.

— Muitíssimo obrigada — disse ela à srta. Senyard. — Sei que está feliz de encerrar este projeto sem encontrar problemas.

Ela havia feito algumas investigações em relação aos arquivos desaparecidos do Galpão Três também (os que Travis não queria admitir que haviam sumido) e encontrara um muro de *Você não precisa saber*. Não houve alvoroço nem novas investigações por parte da mansão, e ninguém tinha sido demitido de BP por negligência — aquele tipo de notícia sempre acabava correndo pelo Park —, então talvez os arquivos tivessem reaparecido sem alarde. Talvez simplesmente tivessem sido guardados no lugar errado. Com milhares de informes fluindo por BP, certamente volta e meia uma pilha qualquer de papéis acabava caindo na gaveta errada.

Então deixe isso pra lá, o bom senso de Osla aconselhou enquanto ela voltava para Aspley Guise, mas ela não *queria* deixar pra lá. Pelo menos o mistério a mantivera ocupada, e ela não vinha tendo muitos consolos ultimamente. O Galpão Quatro deixara de existir agora que tinham se mudado para o grande e anônimo bloco novo; havia menos brincadeiras e mais caras estranhas por todo lado. Não havia Philip para trazer uma injeção de sol às suas veias; ele estava no mar. Não havia como escapar da tragédia quando Osla traduziu em julho boletins nazistas entusiasmados sobre o Comboio PQ17 ter sido rastreado e vinte e quatro de trinta navios terem sido afundados...

E certamente o pesadelo não era interrompido quando ela fechava os olhos à noite. Osla escreveu para seu bom samaritano contando isso, principalmente porque não tinha mais ninguém para quem contar, enrolada no velho sobretudo dele, que ainda cheirava a urzes e fumaça. Às vezes ela dormia vestida nele. Tinha cheiro de homem, ainda que não fosse de Philip, mas ela pelo menos podia fingir que repousava a cabeça no ombro dele e não que estava apenas deitada no escuro em sua cama estreita, sozinha.

— Vamos para o telhado — propôs Mab, quando voltou para Aspley Guise. — Não vamos ter outro dia quente como este até a primavera, e você está muito branca.

— É o bloco novo. — Ainda o bloco *novo*, embora a seção naval tivesse se mudado para lá em agosto. — Nunca pensei que ia sentir falta daquele galpão decrépito, mas esses blocos grandes têm o charme de um sanatório de tuberculosos. Esteiras rolantes rangendo, tubos pneumáticos, mensageiros do Park entrando e saindo o tempo todo... — Osla pôs de lado a depressão, vestiu sua roupa de banho (um biquíni branco com desenho de cerejas vermelhas) e seguiu Mab pelas escadas do sótão até o teto: plano, isolado e perfeito para tomar sol. Osla estendeu a toalha enquanto Mab tirava a roupa até ficar só de sutiã e calcinha; ninguém ia vê-las ali em cima. O dia estava quente, parecia mais junho do que outubro. Osla observou um Hurricane zumbindo no céu, vindo da base de treinamento mais próxima, e começou a formular um boletim meteorológico cômico para o *Fuxicos de Bletchley*: "Quente com uma leve névoa, trinta por cento de chance de Messerschmitts!" Escrever o FB era praticamente a única coisa que trazia alegria aos dias de Osla.

— Recebi sua mensagem em Vigenère. — A voz de Beth pairou atrás delas.

Mesmo sem a Temível Senhora Finch bisbilhotando, as três nunca haviam abandonado o hábito de deixar bilhetes codificados umas para as outras. *No telhado, traga sua roupa de banho!*, havia cifrado Osla antes de correr para cima atrás de Mab.

— Carta para vocês duas — continuou Beth, o vento agitando seu cabelo loiro enquanto ela subia no telhado.

Osla já havia se surpreendido antes com a mudança em sua quieta colega de quarto. Algo tinha mudado em Beth, além do cabelo e do batom. Ela mal parecia *presente* agora, a menos que estivesse a caminho de BP, impaciente como um cão ansioso para chegar ao trabalho. Se não estivesse trabalhando, Beth nem sequer parecia estar ali. Não do jeito "por favor, não olhe para mim" da moça quieta e submissa que Osla havia conhecido; mais no sentido de que ela não estava realmente interessada em nada que acontecesse fora da seção de Knox. Ou em ir para Cambridge em todas as suas folgas para ouvir discos; mais uma coisa que a Beth de antes jamais teria feito, então Osla supunha que era um progresso... Ainda assim, recentemente havia algo de inquietante no olhar preocupado da colega de quarto.

— Para você, e para você. Enviadas para cá, não pela caixa postal de Londres. — Beth entregou as cartas, sentou-se no piso de ardósia e levantou o rosto. — Aquele avião está fazendo outro loop.

— Um Hurricane. Eu fazia eles.

— É mesmo? — perguntou Beth vagamente.

— É. — A voz de Osla ficou irritada. — E você já ouviu essa história várias vezes. Será que poderia pelo menos fingir que não ignora totalmente qualquer coisa que não esteja em um maldito código?

Beth ficou confusa. Osla soltou um suspiro e abriu sua carta, com o já familiar arrepio de alegria ao reconhecer a letra de Philip.

Querida Os,

Não recebo uma carta sua há séculos. Fiz alguma coisa que a ofendeu? Não me diga que você conheceu outra pessoa, porque, se for isso, eu vou acabar com ele.

E logo depois da alegria: tristeza. Porque ela não podia contar a Philip a razão de ter parado de escrever.

Isso pode te magoar por um tempo, disse Osla a Philip em pensamento, *mas só quero te proteger.* Seu comandante fora claro: se ela não parasse de ter contato com Philip e acontecesse mais uma violação de segurança, Osla não seria a única a ser chamada para prestar contas. Philip poderia ser chamado também, e ele tinha mais a perder. Sua nova posição de tenente, seu orgulho de servir no mar, a aceitação da família real quando ele praticamente não tinha mais a própria família... tudo disso poderia sumir se houvesse suspeitas de traição.

Ele nunca se recuperaria de um golpe desses. Até um homem corajoso como Philip tinha seu calcanhar de aquiles.

Estou protegendo você, pensou Osla, dobrando a carta. *Mesmo que você nunca fique sabendo.*

Seus ouvidos zumbiram de repente quando Mab deu um grito.

— Ele está voltando para casa! *Francis está voltando para casa!*

— De Inverness? — perguntou Osla, ao mesmo tempo que Beth dizia: "De onde?"

— Achei que iam segurá-lo lá até brotar urze nele. — Mab folheou o maço de páginas, ainda lendo. O marido sempre lhe escrevia cartas volumosas, e o verão inteiro ela estivera respondendo com cartas volumosas.

Osla pegou seu fio involuntário de inveja, esmagou-o e pisou nele repetidamente.

— Quanto tempo já faz?

— Quatro meses, muito mais tempo do que ele imaginou a princípio... — Mab abraçou os joelhos. — Ele vai ter três dias, de oito a dez de novembro. Como eu vou conseguir esperar *mais um* mês? Ele quer que eu pegue o trem para Coventry e leve Lucy. — Um sorriso rápido. — Ele vai mostrar a casa dele, a casa onde todos vamos morar depois da guerra.

A inveja de Osla emergiu de novo e ela lhe deu outra pisada feroz.

— Que incrível!

— Venham comigo — disse Mab na mesma hora. — Vou precisar de alguém para me ajudar a cuidar da Lucy.

— Para que você possa transar com seu marido até desmaiar toda noite? — perguntou Beth.

Osla e Mab se viraram para ela, boquiabertas.

— Onde você aprendeu essa expressão, senhorita Finch? — Mab riu. — Parece que tem andado em má companhia.

— Beth, você anda se encontrando com algum rapaz às escondidas? — exclamou Osla, fingindo estar horrorizada. — Todos esses domingos em Cambridge...

Ela quis fazer uma brincadeira, mas Beth levantou a cabeça para o céu, evitando contato com os olhos dela.

— Aquele Hurricane voltou.

Os sentidos de Osla se aguçaram. Talvez houvesse uma explicação melhor para o distanciamento de Beth do que excesso de trabalho.

— Não fique aí toda atrapalhada, me conte...

— Escutem, sobre Coventry... uma de vocês poderia ir comigo? — implorou Mab.

Suas bochechas rosadas fizeram Osla se esquecer de Beth. Mab estava radiante, não com a autoconfiança dura e fria que ela irradiara desde o dia em que se conheceram, mas com alegria pura. *Ela está apaixonada*, pensou Osla. *Pode ter se casado com Francis por razões práticas, mas agora está louca por ele.*

— Bom, é melhor eu ir para você poder ter seu idílio — disse Osla, com leveza. Três dias com um casal vibrando de adoração mútua... Aquilo ia exigir *muitas* pisadas mentais. Mas Osla não poderia dizer não quando Mab estava ali, visivelmente se agarrando à própria felicidade como se fosse o mais frágil dos vasos. — Se você levasse Beth, ela ia ter um chilique, desaparecer no centro de uma rosa por uma hora e, quando você se desse conta, Lucy ia estar em Timbuktu.

O Hurricane circulou de novo. Mab sorriu, os olhos faiscantes.

— Vamos dar a ele algo para olhar, meninas.

Ela arrancou o sutiã e o girou acima da cabeça enquanto o avião zumbia no alto. Osla tirou a parte de cima do biquíni e fez o mesmo, rindo.

— Não, obrigada — disse Beth, mantendo a blusa abotoada, mas ela fez um aceno. O Hurricane oscilou as asas em resposta, e Mab mandou um beijo.

— Adivinhe só, garoto voador! — gritou ela para cima. — *Meu marido vem para casa!*

43.

> *FUXICOS DE BLETCHLEY*, NOVEMBRO DE 1942
>
> O que a esquadrilha local da Força Aérea Real vai fazer agora que está frio demais para as senhoritas de BP em Woburn Abbey e Aspley Guise subirem no telhado para tomar banho de sol de calcinha e sutiã? Vão lá espiar as *Fräuleins* em Berlim, rapazes, e aproveitem para soltar umas bombas...

Uma hora de intervalo a cada oito horas de trabalho. Às vezes, Beth e Harry estavam exaustos demais para fazer qualquer coisa além de engolir um sanduíche lado a lado no refeitório antes de voltar para seus respectivos blocos, mas, com mais frequência, eles trocavam um olhar silencioso, seguiam separadamente para o abrigo antiaéreo abandonado de Bletchley Park e caíam nos braços um do outro. Não se tratava de fazer amor ali, dentro do relógio de BP; mas de um alívio rápido e urgente. Em Cambridge, nos dias de folga, eles podiam ficar deitados na cama de campanha do Scopelli's, conversar, rir... Mas, ao se encontrarem no meio de um turno, ambos estavam muito envolvidos com a Enigma para que conseguissem pensar em outra coisa.

Beth estava quebrando a cabeça com a Enigma Espiã havia semanas; quando se via nos braços de Harry no intervalo, tudo que queria eram alguns minutos sem pensar em *nada*. Harry estava preso havia nove meses no bloqueio do tráfego dos submarinos alemães; depois de quatro horas de trabalho infrutífero, ele irrompia no abrigo antiaéreo com os músculos duros como pedra, sentindo-se igualmente frustrado e furioso, que tudo que queria era uma válvula de escape — um desejo que Beth entendia muito bem. Eles dedicavam alguns minutos silenciosos a extravasar, depois trocavam beijos ternos, sem dizer nada, e voltavam para o código.

O código e Harry — Beth não sabia o que faria sem eles. *Quando vencermos a guerra*, as pessoas estavam começando a dizer com crescente otimismo; porque a guerra começava a parecer vencível: tropas e suprimentos norte-americanos estavam atravessando o Atlântico apesar do bloqueio das mensagens dos U-boats, o avanço de Hitler no leste tinha atolado no gelo implacável da União Soviética, e algo insondável estava tomando forma para lidar com Rommel no deserto. A maioria das pessoas estava cautelosamente jubilante. Mas, quando Beth ouvia as palavras "quando vencermos a guerra", precisava conter uma onda de pânico. Sem a guerra, ela não teria aquele trabalho. Sem a guerra, não haveria desculpa para ver Harry. Sem a guerra, ela seria uma solteirona desempregada com um cachorro, forçada a voltar para casa por não ter mais um lugar onde ficar e um salário?

Sinto que estou desmoronando, Harry às vezes dizia baixinho junto ao cabelo dela quando estavam sozinhos. Mas a única coisa que fazia a mente de Beth perder o prumo era a ideia de não ter mais tudo aquilo. Ela podia enfrentar as longas horas de trabalho, o segredo, o ritmo massacrante, mas não podia enfrentar a ideia de que tudo um dia ia desaparecer.

— Cadê o Jumbo? — gritou alguém quando ela voltou à sua seção depois do intervalo. Eles haviam se transferido do *Cottage* para um prédio escolar de tijolos vermelhos em estilo gótico, ao lado de BP. Beth sentia falta do *Cottage* caiado no pátio do estábulo, mas agora ele era pequeno demais para acomodar tantas novas adições ao Serviços Ilícitos de Knox. Não só mais mulheres, mas homens também ("Homens no meu harém", suspirou Dilly em uma de suas raras visitas à seção). Não importava onde o SIK estivesse alojado ou quantas pessoas tivessem entrado; as mulheres que decifraram o Matapão juntas ainda estavam no centro da operação. — *Cadê o Jumbo?* — repetiu Jean, agitada.

— Aqui. — Beth pegou um elefante de pelúcia em sua cadeira e o entregou a Jean, para uma esfregada na orelha.

O elefante tinha vindo de Dilly e ficava em um armário até se verem no meio de uma correria grande como um elefante, que fora intensa durante todo o mês de outubro e começo de novembro. Uma enxurrada de tráfego da Abwehr sobre uma tal Operação Tocha (o que quer que aquilo fosse), que estaria chegando ao seu ponto crítico.

— Eu aposto que são confirmações — especulou Giles. Ele tinha sido transferido para o SIK algumas semanas antes; Beth ainda achava estranho vê-lo trabalhando na mesa ao seu lado. — Se for mesmo verdade que temos todos os agentes duplos alemães na palma da mão, com certeza os estamos usando para transmitir informações falsas e dar cobertura à Tocha. Não adianta nada planejar uma grande investida sem uma tática de desorientação. Convencer os alemães de que os comboios aliados estão indo para um lado, quando na verdade estão indo para o outro... Todo esse tráfego da Abwehr é só para confirmar se eles estão acreditando no que estamos mandando para eles.

— Pode ser. — Beth estava tentando encontrar a posição do rotor direito, rápida e automática.

— Você não fica nem um pouquinho curiosa?

— Não.

— Não sei se você é um monumento à indiferença ou o cérebro mais puro que já encontrei. — Giles cruzou as mãos atrás da cabeça, estudando-a como se ela fosse um espécime científico raro. — Os telegramas privados de Hitler ou as palavras cruzadas de domingo, é tudo a mesma coisa para você.

— Eu decodifico mensagens. Não as interpreto. — Beth afastou o cabelo do rosto. — Não importa para mim o que estamos decodificando. Por que complicar as coisas se não temos horas suficientes no dia para isso?

— Principalmente no meu ritmo. — Giles fez uma careta. Ele não era um criptoanalista ruim, mas estava acostumado a trabalhar com três rotores em seu galpão anterior, e ele demorava muito para trabalhar com material de quatro rotores como a da Abwehr.

— Você está ficando mais rápido — disse Beth, caridosa.

— Nunca vou ser tão rápido quanto você. — Ele falou isso sem ressentimento, o que Beth apreciou.

Alguns dos homens do Galpão Seis ficavam incomodados com os métodos não convencionais da equipe de Dilly. *Não é assim que se faz*, um dos novos matemáticos tinha dito em sua primeira semana, e Giles tinha batido um maço de papel na testa dele e dito: "Se você quebrar a chave da Espiã sozinho, Gerald, vou fazer do seu jeito. Até lá, vou fazer do jeito da Beth."

Beth concluiu sua pilha de mensagens antes de levantar os olhos e alongar o pescoço.

— O que mais temos? — Deu uma esfregada na orelha de Jumbo.

Peggy trouxe café de chicória recém-feito.

— O turno da noite acabou, Beth. Vá para casa.

— Isto é o que me acalma. — Osla e Mab iam partir aquela manhã para Coventry. Seria chato em Aspley Guise sem elas, e Beth preferia ficar trabalhando no turno diurno. — Me dê o material do Galpão Seis que ainda não foi terminado, se não tiver mais nada.

Peggy empurrou uma pilha para ela.

— Mais possíveis locais de bombardeio. Giles tem a lista de códigos de cidades.

— *Loge* para Londres, *Paula* para Paris... — listou Giles rapidamente.

Beth pegou suas folhas de cribs e suas tiras de papelão e começou a trabalhar. Agora não havia nem de perto tantos ataques aéreos quanto no início da guerra, mas nunca se sabia quando uma esquadrilha de bombardeiros alemães ia aparecer de supetão.

— Giles — chamou Beth distraidamente algumas horas mais tarde. *Korn* é o código para qual cidade?

— *Korn... Korn...* — Ele largou o lápis e massageou os dedos. — Coventry. Não me diga que vão atacar de novo a pobre Coventry?

— Ela já foi atacada antes?

— Em que planeta você vive? Ela quase foi destruída dois anos atrás.

Beth ficou olhando para a confusão de palavras alemãs que saíam da mensagem à sua frente. Ela ainda não falava alemão, mas algumas palavras via com frequência suficiente para reconhecer. Olhou para aquela mensagem específica e viu *Korn* e números que poderiam ser coordenadas... E então seus olhos detectaram a data do ataque. *Oito de novembro.*

— Giles — disse Beth devagar —, que dia é hoje?

44.

Mab estava acostumada a ver os danos de ataques aéreos, mas, ao olhar para Coventry, ela percebeu quanto o tamanho de Londres havia aliviado o impacto da destruição. Lá, se uma casa estava faltando, pelo menos ainda havia casas de pé de um lado ou do outro; se havia crateras de bombas em uma rua, também se viam automóveis desviando delas em suas obrigações diárias. Coventry, tão menor e mais compacta, tinha sido arruinada de forma bem mais abrangente. Era quase impossível contar uma construção a cada três que não tivesse sido reduzida a escombros ou cujas janelas estivessem tampadas com tábuas. A antiga catedral estava aberta para as intempéries, o piso de pedra sujo de neve, as janelas medievais, com seus arabescos de pedra marcados pelo fogo, desoladas contra o céu cinzento.

— "Coros em ruínas nuas" — ecoou Mab. Os Chapeleiros Malucos estavam lendo sonetos de Shakespeare naquele mês.

— O grande ataque foi em novembro de 1940 — disse Francis, também olhando para a catedral. — Mais de quinhentos mortos. Eu não estava na cidade, mas conhecia muitos que morreram. Houve mais dois ataques depois, mas nada como aquele. — Ele passou a mão pelos cabelos castanho-avermelhados. — É tudo muito deprimente, mas espero que vocês possam ver como Coventry voltará a ser, depois da guerra.

Ele disse isso em voz baixa para que Lucy, que corria na frente pisando em uma poça, não escutasse.

— Volte aqui, Luce! — chamou Osla, e correu atrás dela com seu casaco cor-de-rosa.

Ela e Mab haviam se despedido de Beth no refeitório de BP naquela manhã, depois pegaram Lucy, que tinha sido posta no trem para Bletchley aos cuidados do condutor, e as três foram para Coventry. Francis as esperava na estação, com uma caixa achatada sob o braço que ele ainda não havia explicado do que se tratava. Lucy se escondera atrás de Mab, olhando-o com desconfiança por meio da franja.

— Oi, Lucy — cumprimentara ele com naturalidade. — Que tal darmos uma volta pela cidade?

— Não — disse Lucy. — Quero ver pôneis, não quero andar. Tem pôneis aqui?

— Vamos ver se conseguimos encontrar um pônei para você.

E eles foram, os quatro enrolados em casacos e cachecóis, e Mab estava feliz pela conversa fácil de Osla, que funcionava como uma camada de tinta colorida sobre o silêncio habitual de Francis e os olhares ressabiados de Lucy. *Esperem até vermos nosso futuro lar*, prometeu Mab silenciosamente à sua família. Quando os três estivessem morando juntos ali, Lucy ia relaxar e Francis ia rir mais e a Catedral de Coventry teria um teto outra vez. Tudo que precisavam era dos tempos de paz.

— Achei bonita a cidade — disse Mab, quando se afastaram da catedral.

Francis deu um sorrisinho. Ele estava ainda mais quieto do que de costume, seu rosto mais branco depois de meses sob o céu cinzento da Escócia. Mab se perguntou o que ele teria feito por lá. Talvez, quando estivessem casados há uns quarenta anos e nenhum desses segredos importasse mais, eles pudessem se abrir um com o outro.

— Então... — Francis lhe ofereceu o braço. — Quer ver a casa?

Era alta, de pedras amarronzadas, cercada por um jardim descuidado e sujo de neve. Mab imaginou rosas, não mais hortaliças para subsistência, porque, quando a guerra acabasse, ela compraria repolhos na mercearia. A porta da frente rangeu, convidativa, quando ele a destrancou.

Mab entrou quase na ponta dos pés. Uma entrada de lajotas, um relógio de pedestal tiquetaqueando no fim... Lucy, instantaneamente fascinada, tentou entrar nele. Mab olhou para a sala de estar com uma enorme lareira de pedra — podia imaginar um fogo aconchegante dançando à noite; a sala de jantar arrumada para almoços de domingo em um futuro em que carne assada e manteiga não fossem mais racionadas...

Francis começou a abrir as cortinas corta-luz, e Mab viu como as janelas eram grandes, como a casa ficaria inundada de sol no verão.

— Uma caseira vem toda semana para manter tudo limpo e arejado — disse ele. — Ela deixou o almoço preparado para nós. Vou arrumar as coisas enquanto as senhoritas dão uma olhada por aí.

— Bom para escorregar — disse Lucy, passando a mão pelo corrimão de carvalho polido.

— Muito bom mesmo — concordou Mab, seguindo-a até o segundo andar. Um quarto com uma enorme cama de dossel; mais três quartos. Ela viu Lucy parar no que tinha um banco embutido na janela. — Este pode ser o seu — disse Mab, e conteve a respiração.

Lucy franziu a testa.

— A mamãe vai deixar?

— Vai. — A mãe de Mab não tinha conseguido esconder o alívio com a ideia de não ter de criar mais uma criança até a maioridade. *Não, claro que não me importo se você a levar, está louca?* Mab não tinha dúvida de que a mãe amava Lucy do jeito brusco dela, mas ela estava com mais de cinquenta anos e cansada. Não tinha muita animação para continuar cortando franjas e economizando para sapatos novos. — Está tudo bem para a mamãe — assegurou-lhe Mab. — Vamos visitá-la toda semana, mas você vai morar aqui comigo.

— Agora?

— Depois da guerra.

— Ele também vai morar aqui? — Deu uma olhada pela porta, na direção da cozinha embaixo, onde Francis estava mexendo nas coisas.

— Sim, ele também.

Lucy franziu a testa. Ela desconfiava de todos os homens estranhos, e Mab se perguntou, em uma onda de amargura, se teria transmitido aquilo inconscientemente para a filha.

— Ele é um homem muito bom, Luce. Você vai gostar de morar aqui com a gente.

— Mas não é Londres... — Na curta vida de Lucy, ela havia sido tirada de Londres e enviada para Sheffield, depois transportada para cá e para lá entre as duas dependendo da maré dos ataques aéreos alemães. Mab podia ver que a filha resistia à perspectiva de mais uma mudança radical. Mas Lucy continuava olhando para o assento na janela, que tinha o tamanho perfeito para uma menininha se aconchegar enquanto desenhava.

— Este vai ser seu quarto então — disse Mab, e levou Lucy lá para baixo.

Francis e Osla tinham arrumado a mesa na cozinha para o almoço: um bule de chá, sanduíches frios, um bolo sem ovos com geleia de framboesa. Abençoada fosse Osla, que falava sobre assuntos gerais enquanto Francis servia o chá em silêncio. Ele deu a Lucy uma xícara de chá de verdade, não só uma mistura infantil de água quente com leite, e, sobre a cadeira dela, Mab viu a caixa achatada que ele estivera carregando.

— Isso é para você, Lucy — disse Francis, dando um gole em seu chá.

Lucy abriu a tampa, olhou para o ninho de papel de seda... e seu rosto corou. Mab nunca, em sua vida inteira, tinha visto uma criança tão feliz.

— *Ah* — ofegou Lucy, e ergueu um par de pequenas e reluzentes botas de montaria até o joelho.

— Para quando você começar as aulas de montaria — disse Francis. O que ele devia ter gastado de cupons de roupas e benefícios para comprar um presente daqueles! — Tem uma não muito longe daqui.

— *Sério?*

— Sério.

Mab olhou para a filha, abraçada às botas novas, radiante como um pequeno sol enquanto sussurrava um tímido e extasiado "obrigada", e ficou muito emocionada. *Eu te amo*, pensou, olhando para o marido à sua frente na mesa. *Como eu te amo, Francis Gray.*

45.

A sirene de ataque aéreo disparou bem depois da meia-noite.

Osla acordou com um susto. Levou um momento para se lembrar de que estava dividindo um dos quartos no primeiro andar da casa de Francis em Coventry com Lucy. Eles haviam jogado gamão e brincado de charadas, depois ligaram o rádio e ouviram quase sem respirar as notícias dos desembarques conjuntos dos Aliados no norte da África. Quando Lucy já estava caindo de sono e Mab e Francis a ponto de subirem pelas paredes sem um tempo sozinhos, Osla sugeriu que fossem dormir.

Agora, as sirenes de ataque aéreo gritavam lá fora.

— Lucy, acorde...

A menina estava num sono profundo do outro lado da cama. Quantas sirenes de ataque aéreo uma criança de East End já tinha ouvido até 1942? Lucy provavelmente não se dava ao trabalho de acordar por menos do que uns quinhentos Junkers sobrevoando. Mas Osla não enfrentava um ataque aéreo desde o Café de Paris e sentiu o medo subir como uma gosma espessa e terrível pela garganta enquanto procurava os sapatos e vestia o casaco por cima da camisola. *Não entre em pânico*, disse a si mesma, pegando Lucy ainda dormindo nos braços e saindo para o corredor totalmente escuro.

— Mab? — chamou Osla.

Um zumbido penetrante soou no céu. Os bombardeiros já estavam ali? Osla tateou à procura da porta e a abriu quando a encontrou. A escuridão ali fora era tão espessa que chegava a ser sufocante, perfurada por fachos de holofotes cortando um céu nublado, avermelhado. Osla viu algo metálico passar reluzindo por um dos holofotes: um avião. Um bombardeiro alemão, conduzido por algum jovem piloto da Luftwaffe que naquele exato momento estava dando o melhor de si para transformar Osla, Lucy e o restante de Coventry em cinzas. Sentiu uma pontada de ódio tão intensa que quase se desequilibrou, e então ouviu passos descendo a escada, Francis de calça e em mangas de camisa, Mab enrolada no casaco dele.

— Tem um abrigo antiaéreo a uns quinhentos metros daqui — disse Francis, tão calmo que o pulso de Osla se estabilizou. — É mais seguro do que o porão...

Eles seguiram juntos pelo jardim de plantas emaranhadas. Francis vestiu seu casaco reserva enquanto Mab tentava pegar Lucy, mas a menina se agarrou a Osla como uma craca, ainda semiadormecida.

— Deixe — arfou Osla. — Pelo menos ela está quieta. — Mab pôs o braço em volta de Osla e a apertou com um amor firme e silencioso, e eles se juntaram ao fluxo de pessoas que lotavam a rua no ar frio: uma criança arrastando um cachorro em pânico, uma mulher com um lenço sobre os cabelos enrolados em tiras de pano para cachear, um homem de calça de pijama enfiada em galochas. Não havia muito barulho ainda; apenas respirações apressadas e arrastar de pés, palavrões abafados e motores zumbindo. Os dedos sem meias de Osla raspavam no interior do sapato; seus braços doíam de segurar o peso sólido e quente de Lucy. Ela via foguetes de sinalização descendo como vaga-lumes dos aviões, iluminando o solo para ataques do ar, e pensou em Philip no Cabo Matapão, iluminando os navios inimigos para ataques do mar. *Foi todo o assassinato que teve...*

Lucy se mexeu, confusa, mas Osla cobriu a cabeça dela de novo com o cobertor.

— Estamos no meio de um jogo, meu bem. Você tem que ficar bem quietinha, essa é a regra...

— Quase lá — disse Francis, quando a multidão começou a ficar mais compacta. Ele estava com um dos braços em volta de Mab e a outra mão segurando o ombro de Osla, calmo e confiável, e Osla mantinha seu pânico firme entre os dentes. O abrigo antiaéreo brilhava como um farol em sua imaginação: um lugar subterrâneo aconchegante onde todos dividiriam cobertores, onde alguém teria uma garrafa de uísque, e talvez eles cantassem "Could You Please Oblige Us with a Bren Gun?" até que o alarme do fim do ataque aéreo soasse. Não seria nada parecido com o Café de Paris.

Então a mão de Francis foi arrancada do braço de Osla quando um grupo de rapazes entrou empurrando e correndo pelo meio da multidão. Com o impacto, o pé de Osla se desequilibrou no meio-fio e torceu. A dor subiu até seu joelho. Ela caiu, conseguindo virar para não esmagar Lucy quando as duas atingiram o chão com um tranco. O corpo de Osla vibrava como se ela tivesse sido lançada através do para-brisa de um carro. Lucy gritou e se contorceu para se livrar do cobertor.

— Lucy! — A voz de Mab, aguda e em pânico. Osla não conseguia ver a amiga. A noite era escura e vermelha, pessoas vinham de todas as direções.

— Lucy, aqui... — Tudo girava, mas Osla se equilibrou e estendeu o braço para segurar a menina. Seus dedos se fecharam em volta do pequeno pulso dela. — Fique comigo, minha querida...

Um alto som percussivo soou, e Osla ouviu janelas estilhaçando. Por um instante, viu o brilho azul da explosão que destruíra o Café de Paris, que arrancara os pulmões do peito de seu parceiro de dança, e estremeceu, abrindo os dedos em um reflexo de susto.

Naquele momento, Lucy escapou e sumiu na noite.

46.

— *Lucy!* — A garganta de Mab estava doendo de tanto gritar. Ela quase caiu sobre um pedaço de parede na rua, equilibrou-se com dificuldade e desviou de uma mulher que arrastava uma corrente de crianças para o abrigo antiaéreo. O barulho era ensurdecedor; bombas caíam, fumaça subia, gritos se erguiam, mas Mab não ouvia nem via Lucy. Como uma criança cercada por três adultos desaparece em um instante? A filha tinha escapado para o meio daquela torrente desenfreada de pânico e bombas e sumido como um peixinho em águas turbulentas. — *Lucy!*

— Mab... — A mão de Francis parecia um anel de aço em seu braço. — Entre no abrigo, vou procurar ela.

Ela nem sequer respondeu, só se soltou e continuou se enfiando entre as pessoas pela rua, o pânico crescendo e rasgando seu peito. Osla a alcançou com a mão trêmula, a outra no rosto que havia se esfolado no chão da rua.

— Mab... — O sangue escorria entre seus dedos. — Nós vamos encontrá-la. Eu prometo, nós vamos encontrá-la...

— Por que você não a segurou direito? — rosnou Mab. Ela teria dado um tapa em Osla se Francis não tivesse pegado seu braço outra vez.

— Vocês duas olhem por aqui. Vou ver se ela está voltando para a casa.

Mab se deu conta, atordoada, de que aquilo fazia sentido e começou a procurar pelo seu lado da rua enquanto Osla cambaleava para o outro lado e Francis refazia o caminho por onde tinham vindo. Mab viu um relance do cabelo dele em um raio entrecortado de luz vermelha, então ele se foi. Ela se lançou contra a porta mais próxima, uma casa com janelas de blecaute reduzidas a lascas de madeira.

— *Você viu uma criança...*

Não adiantava. O barulho era ensurdecedor; explosões, madeira caindo e a crescente fúria seca do fogo aumentavam a cada segundo. Todos estavam correndo para a proteção de um abrigo ou de um porão. A noite sufocava, escura de terror, e Lucy não estava em nenhum lugar à vista. Mab soluçava, tropeçando de casa em casa, batendo em portas, olhando atrás de vasos e postes, onde quer que uma criança pudesse ter se encolhido, pequena e assustada como um besouro. Viu vagamente Osla procurando do outro lado da rua. Com um estrondo ensurdecedor, uma casa desabou, e Mab sentiu um estilhaço afiado como uma foice entrar em sua mão.

— *Lucy!*

Nenhuma resposta. No alto, motores rugiam enquanto aviões pulsavam pelo céu. Holofotes cortavam o ar, caçando os aviões para que as defesas antiaéreas pudessem alinhar um tiro. *Acabem com eles*, Mab tinha vontade de gritar, *derrubem todos eles para eu poder encontrar a minha filha*. Mas os bombardeiros continuavam zumbindo intocados, desaparecendo em meio à fumaça. Outra casa desabou, e braços se fecharam em volta de Mab, puxando-a para baixo.

— Para o chão — Osla estava gritando. — Para o *chão...*

Não, Mab queria gritar, mas Osla quase que a derrubou na sombra de um grande depósito de tijolos, colocando os braços em volta da cabeça dela. As explosões estavam em todo lugar agora, paralelepípedos e tijolos rachando e pulando como gotas de gordura em uma frigideira quente. Ela tentou se levantar, e uma nuvem de fumaça a forçou a abaixar de novo, sufocada. Mab não sabia onde o céu estava; aquele era seu primeiro ataque aéreo e o mundo tinha se transformado em fumaça e rangidos de metal. Sentiu Osla tremendo, rígida de terror, e se agarrou a ela como se fosse a última coisa que faria na vida.

Assim que a onda ensurdecedora acima delas passou, Mab estava de novo em pé e seguindo pela rua, chamando o nome da filha. Chamando até a garganta arder.

— *Mab!* — Osla gritava direto no rosto dela. Os ouvidos de Mab zumbiam tanto que ela mal conseguia ouvir. — Mab, está parando!

Mab oscilou, puxando o ar com gosto de cinzas. Olhou para cima: nenhuma esquadrilha de bombardeiros aparecia nas listras prateadas dos holofotes. Ainda havia o estalar faminto do fogo, mas ela achava que estava ouvindo bombeiros gritando, a água jorrando de mangueiras.

— Está parando — repetiu Osla.

Mab nunca tinha visto a bela e estilosa colega de quarto tão destruída, os cachos empapados de cinzas e colados no pescoço, o rosto escurecido de fumaça.

— Está parando — repetiu Mab, trêmula. Ela sentia o sangue escorrendo de seus tímpanos perfurados. — Lucy vai sair de onde estiver escondida agora. — Ela estava só se escondendo; ia ficar tudo bem.

As pessoas começavam a sair antes mesmo do sinal de fim da emergência, pondo o nariz cautelosamente para fora das portas, subindo dos porões. Mab corria para cada rosto que via.

— Você viu uma menininha de seis anos, de cabelos escuros? — As pessoas, não mais empurrando umas às outras em pânico, paravam para escutar.

Ninguém a tinha visto.

— Mab — tentou Osla, a voz oscilante, mas Mab a empurrou e continuou pela rua em direção à casa de Francis.

Ela se perdeu no emaranhado escuro de ruas desconhecidas, mas, quando o sinal de fim de ataque finalmente soou, se encontrou. O céu havia clareado para um tom cinzento, Mab percebeu vagamente. Quanto tempo o ataque tinha durado? Parecia ter sido um século.

Soltou um suspiro sufocado. A casa ao lado da de Francis tinha sido destruída quase pela metade, a fachada desmoronara, expondo o interior. Uma pia estava pendurada sobre o jardim, suspensa no ar, e a parede que subia encostada à casa de Francis até quase a chaminé inclinava-se como se estivesse prestes a desabar. Mas a casa de pedras amarronzadas para onde Mab levou Lucy na tarde anterior, onde eles haviam comido bolo com geleia e Mab havia imaginado jantares de Natal em tempos de paz; onde Lucy escolhera seu quarto e onde no quarto deles Francis e ela fizeram amor, lenta e sonolentamente à meia-noite, estava intocada.

E a porta da frente estava se abrindo com um rangido cotidiano, habitual.

Mab se agarrou ao portão do jardim quando Francis saiu da casa e desceu os degraus, com Lucy confortavelmente em seus braços. Ele estava em mangas de camisa, o cabelo castanho-avermelhado brilhando no amanhecer; seu casaco enrolado em Lucy, que tinha um braço em volta do pescoço dele. Com o outro, ela apertava as botas de montaria contra o pequeno peito.

— Ela voltou para pegar as botas — disse Francis, perfeitamente calmo, e a garganta de Mab se fechou, meio chorando, meio rindo. Lucy acenava alegremente para Mab, como se a cidade não tivesse sido reduzida a cinzas e terror por todo lado.

Mab ouviu Osla chorando de alívio atrás dela.

— Está tudo bem, Os — ela conseguiu dizer, levando o braço para trás para apertar a mão da amiga. — Eles estão bem.

Francis levantou os olhos para a casa ao lado, com a fachada arrebentada. A banheira de pés de metal tinha sido arrancada do banheiro do primeiro andar e aterrissara na entrada da casa dele.

— Vamos passar por cima da cerca, Lucy — disse ele, com um de seus raros sorrisos, desviando do amontoado de fragmentos de cerâmica. — Já que tem uma banheira no nosso jardim.

Lucy estava gargalhando, e Mab sorria enquanto Francis passava Lucy por sobre a cerca — e então...

Foi tudo muito rápido.

Quando Mab, aliviada, estendeu os braços para Lucy, a parede inclinada da casa vizinha desabou em um súbito rugido, e os três andares de tijolos e vigas desmoronaram diretamente no jardim.

Francis conseguiu olhar para cima.

Lucy conseguiu dar um pequeno gemido aterrorizado.

E então desapareceram, sob uma torrente de pedras.

— Eu NÃO CAVARIA, *se fosse a senhora...*
— *Minha filha está aí embaixo, ela não consegue respirar...*
— *Senhora, sua filha está...*

— Mab, venha. Por favor, venha...
— Me larga, Os...

— Olhe as mãos dela... Senhora, pare de tirar essas pedras...
— Mab, pare. Pare, eles estão mortos...
— Vá para o inferno, Osla Kendall...

— Não olhe, senhora. Não vai querer lembrar deles assim...
— Alguém tire essa mulher daqui de uma vez...
— Senhora Gray...

— Eu disse para não olhar, senhora...
— Eu disse para não olhar.

Alguém estava gritando...
Alguém estava arrancando sangue e lascas de madeira de baixo das unhas...
Alguém estava tentando limpar uma mancha cinzenta, pegajosa e úmida da manga, pó de pedras e fragmentos de cérebro...
Sou eu, Mab percebeu.

47.

> *FUXICOS DE BLETCHLEY*, DEZEMBRO DE 1942
>
> O dístico final de "Faísca", soneto de *Atolado*, versos do campo de combate:
>
> *A faísca se extingue — depois outra perde a cor...*
> *Tão frágeis para brilharem acima de toda a dor.*
>
> Duas faíscas se apagaram, e Bletchley Park chora junto a um dos seus.

Havia mais pessoas presentes no funeral do que Osla esperava: um grupo de colegas de Francis do Departamento de Relações Exteriores, alguns amigos de Coventry, seu editor de Londres, um punhado de admiradores da obra dele... e Mab. A viúva sra. Gray estava sentada no banco da frente da igreja de Keswick, batom vermelho perfeitamente aplicado, vestido preto contrastando com um chapéu curiosamente frívolo de palhinha com uma fita azul.

— Por que Mab decidiu enterrá-lo aqui? — sussurrou Giles quando a cerimônia terminou e as pessoas se dirigiram para o cemitério.

— Porque ela e Francis foram felizes aqui. — Osla não havia chorado durante a cerimônia, mas quase chorou agora, lembrando-se do rosto feliz de Mab depois de seus fins de semana em Lake District.

— Mas seria de esperar que ela fizesse isso em Coventry, onde ele morreu — disse Beth.

— Por que ela ia querer voltar lá? Pelo amor de Deus...

Beth enrubesceu, cabisbaixa, com seu feio vestido preto.

— Não é culpa da cidade. Eles não sabiam que o ataque ia acontecer. Mesmo que soubessem, não teriam evacuado a tempo.

Osla reprimiu a vontade de gritar: "Você já disse isso umas oito vezes, Beth." Que diferença fazia? *Ninguém* sabia que um dos maiores ataques do ano assolaria a pobre e pequena Coventry de novo.

— Mesmo que eles tivessem recebido um aviso, a cidade não poderia ter sido evacuada a tempo — insistiu Beth, como se tivesse que convencer alguém.

— Não importa. Mab não quer enterrar Francis em Coventry, e ele não tem nenhuma família para se opor, então por que ela não pode fazer como acha melhor?

Mab não havia falado com nenhuma das colegas de quarto desde o ataque. Ela foi direto para Londres e se recusava a atender o telefone quando elas ligavam. Foi a sra. Churt que contou para Osla, com a voz rouca, que Lucy já havia sido enterrada. "Aqui, onde nossa família poderia comparecer. Mabel foi para Keswick agora, para enterrar o marido dela."

As pessoas se reuniram em volta do túmulo enquanto o caixão era baixado. Osla desejou que os Chapeleiros Malucos pudessem ter vindo. Mas Mab também não havia falado com nenhum deles e só Osla, Beth e Giles tinham conseguido licença de última hora.

Eles ficaram olhando Mab jogar o primeiro punhado de terra no túmulo. O rosto dela era uma máscara pálida, a mesma máscara que Osla tinha visto quando ela fora arrancada da terrível pilha de destroços no jardim em Coventry. Seus gritos dilacerantes tinham parado como se ela tivesse apertado um botão. *Ah, Mab, volte*, implorou Osla em silêncio, olhando para o rosto vazio da amiga.

Será que Mab *ia* voltar — não só a si, mas a Buckinghamshire? Como seria Bletchley Park sem Mab?

De alguma maneira, a cerimônia em volta do túmulo terminou. As pessoas se afastaram, guiadas por uma mulher de meia-idade com um vestido de crepe preto.

— Preparei uma refeiçãozinha no meu salão — disse ela a Osla. — Venha comer um pouco, minha querida. Como você conheceu o senhor Gray? Um homem tão bom...

Osla viu Mab sair do cemitério da igreja com seu chapéu.

— Era mesmo.

Beth ainda estava olhando para o túmulo.

— Coventry não poderia ter sido evacuada — sussurrou ela, enquanto a mulher de meia-idade seguia na frente.

— Cale a boca! — explodiu Osla.

Beth se assustou como se tivesse levado um tapa. Giles pôs o braço em seus ombros em um gesto de consolo, e Osla desviou o olhar, apertando seu lenço de bordas pretas. Sabia que devia pedir desculpas, mas não conseguia. Tudo que conseguia ver era os próprios dedos soltando o fino pulso de Lucy; a silenciosa, terrível pilha de pedras e vigas; Mab de joelhos nos destroços, embalando uma botinha de montaria e gritando daquela forma terrível e esganiçada...

No salão do hotel, Mab conseguiu aceitar um abraço apertado de Giles antes de ser rodeada por pessoas de ternos e condolências. Osla e Beth deixaram o pudim de ameixa intocado no prato, esperando uma chance de falar com ela, mas isso não aconteceu. Em certo ponto, a multidão se dispersou, mas Mab havia desaparecido.

— Ela foi andar — disse a dona do hotel, recolhendo os pratos. — Em volta de Derwentwater, até o mirante. Tem uma vista linda lá de cima.

Osla, Beth e Giles se entreolharam, e Osla soube que estavam todos pensando na mesma coisa.

Mab não se jogaria... não é?

Não, pensou Osla. *Não a Mab.*

Mas ela sentiu um frio na barriga de terror, e um flash horrendamente nítido do pequeno corpo de Lucy, tirado dos escombros, atravessou sua mente. *Foi culpa sua*, o pensamento sussurrou. *Você soltou Lucy. E, se algo acontecer com Mab, será sua culpa também.*

— Vão — disse Giles, movendo-se para interceptar alguns bisbilhoteiros que se aproximavam. — Ela precisa de vocês duas.

48.

A última vez que Mab fizera aquela caminhada fora com Francis. *Vamos trazer Lucy,* pensou ela na ocasião, a cabeça no ombro dele enquanto olhavam para o lago. Deixou-se afundar nesse sonho agora: Francis apontando as flores que ela não sabia identificar; Lucy correndo atrás de borboletas; Mab seguindo-os com um chapéu de verão de palhinha. Francis teria carregado Lucy pelas partes mais íngremes da subida; Lucy teria deixado. Bem no fim, em Coventry, ela teria deixado que ele a pegasse no colo. Estaria aprendendo a confiar nele. Ela teria deixado que ele a carregasse até o topo daquele mirante.

Só que, agora, isso nunca aconteceria.

Por quê. Estas palavras vinham ecoando no cérebro de Mab havia três semanas, em relação a tudo. Por quê. *Por quê.* POR QUÊ.

Por que você não se casou com ele logo em seguida, em vez de esperar até ter certeza de que ele era um bom partido?

Por que você não largou o trabalho em Bletchley Park e veio logo construir um lar para ele e Lucy?

Por que você teve tanto cuidado em não engravidar?

Por que e se. As palavras mais dolorosas que existiam. *Se* ela tivesse se casado com Francis Gray na semana em que ele a pediu em casamento, eles teriam tido três meses a mais de vida de casados. *Se* ela tivesse saído de BP, sua família teria se reunido todas as noites quando Lucy voltasse para casa da escola e Francis, do trabalho, e eles não estariam separados e esperando porque o trabalho de guerra havia, de alguma forma, parecido mais importante. *Se ela não tivesse sido tão cuidadosa em evitar uma gravidez, poderia ter tido algo de Francis além de um ramalhete de cartas de amor.*

Você tem mais que isso, lembrou ela a si mesma, amargamente. *Você tem tudo que já sonhou, Mab Gray.* Ela queria se livrar do nome "Churt" e se tornar uma senhora de recursos, sem nenhum resquício de escândalo de ter sido em algum momento uma vadia barata de East End que teve uma filha fora do casamento. Pois bem, ela era a sra. Gray agora, e certamente era uma senhora de recursos: o testamento de Francis a indicava como única herdeira de seus modestos direitos autorais e de contas bancárias não tão modestas assim. Ela podia comprar todos os chapéus finos e livros encadernados em couro que quisesse, e ninguém jamais saberia que ela havia dado à luz fora do casamento, porque sua filha estava morta.

Percebeu que estava rasgando seu chapéu de fita azul em pedaços e jogando-os do mirante. A fita caiu pela encosta da colina, tão azul quanto a superfície de Derwentwater, depois a aba de palhinha, em seguida a redinha ondulante. Na carteira de Francis, que com outros bens dele foi devolvida a ela, Mab encontrou uma folha dobrada com algumas linhas rabiscadas na caligrafia dele:

"A garota do chapéu"
um soneto de Francis Gray

Deus do céu, isto está horrível, Gray. Quem disse que você sabia escrever poesia?

No espelho a rainha das fadas se alinha
Posando, virando, sorrindo
Angulando na cabeça o chapéu de palhinha

Mas havia mais versos, retrabalhados e riscados e retrabalhados, e, bem no fim, ele havia introduzido uma nota: *Inserir Lucy na metáfora? Flor-de-ervilha, a fada de Titânia? Ou Lucy está mais para semente-de-mostarda?...*

A dor cravou suas garras em Mab como uma fera faminta, fazendo-a se dobrar. A dor nunca a atacava quando ela esperava; ela havia ficado inteiramente entorpecida durante o funeral de Lucy em Londres, e no de Francis ali. Às vezes, avançava sobre ela à noite, deixando-a aos soluços, ou tomava conta dela quando estava se servindo um conhaque e se perguntando se conseguiria dormir se tomasse uma garrafa inteira. Ela nunca sabia quando a dor estava vindo, só sabia que nunca ia parar. Tinha vinte e quatro anos; havia sido mãe por seis anos e esposa por menos de um, e a dor nunca ia parar.

Então ela se virou e viu Osla e Beth subindo pelo caminho até o mirante.

Mab não esperou nenhuma delas falar. Jogou a cabeça para trás e, com o impulso, cuspiu em Osla, atingindo a borda do casaco preto de caxemira dela.

— Como você se atreve a aparecer no funeral dele, Osla Kendall? Como você *se atreve*?

— Eu vim por você — sussurrou Osla. — Sou sua amiga.

— Você os matou — falou Mab, ácida. — Você soltou Lucy. Você a soltou e Francis saiu correndo atrás dela...

— Eu sei. — Osla estava trêmula e pálida como giz, mas não se esquivou da acusação. — É culpa minha.

— *Tudo que você precisava fazer era segurá-la, e você a soltou.* — Mab ouviu sua voz subindo e a controlou. Ela mataria Osla e Beth ali mesmo se começasse a chorar na frente delas. — Se tivéssemos chegado ao maldito abrigo antiaéreo...

— Você não pode culpar Osla — murmurou Beth.

— Posso, sim. — Mab se viu sorrindo sem nenhuma alegria. O sorriso doeu. Ela acolheu a dor, enterrou-se nela, devorou-a crua e sangrenta. — Posso culpar quem eu quiser. — A Luftwaffe, por bombardear Coventry. Ela mesma, por insistir que Francis as levasse para lá. Francis, por ter ido para a esquerda e não para a direita para sair do jardim. — Mas tudo que Osla tinha que fazer era segurar a mão da Lucy, e ela *a soltou, porra*.

— É verdade. — Os olhos de Osla se encheram de lágrimas, que começaram a escorrer pelo seu rosto.

— Ela era minha filha — sussurrou Mab. — Você matou a minha *filha*.

— Ela era sua ir... — começou Beth automaticamente, literal como sempre, e então até ela parou, com os olhos arregalados.

Osla tremeu.

— Ah, Mab...

— Cale a boca. — Mab também estava tremendo agora. — Nunca mais diga nenhuma palavra para mim, Osla Kendall. Não *se atreva*.

49.

À s vezes, no inverno, dava para patinar no pequeno lago em Bletchley Park. Naquele dia, alguns decodificadores que não estavam trabalhando estavam jogando hóquei, deslizando no gelo com seus tacos, mas Beth os ignorou. Ficou à margem, olhando para o céu de aço batido, pensando em Coventry. Francis e Lucy — *filha* de Mab. Osla e Mab...

Eu não posso contar, pensou Beth, respirando pesadamente. *Nunca.*

Não poderia contar a elas como o caos se instalara no SIK, afastando Beth da mensagem sobre o ataque a Coventry que ela estivera decodificando... alguém gritando sobre as forças aliadas e o norte da África. De repente, todos estavam reunidos em volta do rádio, ofegantes de empolgação. Era o tipo de reviravolta que fazia com que todo aquele trabalho dobrado valesse a pena, pensou Beth; o momento em que finalmente se entendia no que se esteve trabalhando por tantos meses.

— Então *isso* era a Operação Tocha — concluiu ela, maravilhada, ouvindo as notícias sobre os desembarques dos Aliados na Tunísia, no Marrocos e na Argélia, e as mulheres da seção de Dilly comemoraram, porque agora podiam olhar para a correria de outubro e entender o que haviam feito.

Porque elas decodificaram a Enigma Espiã, os agentes alemães foram descobertos e forçados a transmitir informações falsas a respeito dos destinos dos comboios da Operação Tocha. Por causa do SIK, a Operação Tocha havia caído como um raio do céu azul, e Rommel, em seu quartel-general no deserto, estava tendo de enfrentar uma situação muito, muito difícil.

Beth demorou horas para voltar à mensagem sobre o ataque a Coventry e, quando o fez, seu dever lhe parecera bastante claro. Ela havia acabado de testemunhar em primeira mão a importância do sigilo: se a menor das informações tivesse vazado do Park, a Operação Tocha teria virado uma chacina. *Você não pode contar a Osla nem a Mab*, pensou ela, ao arquivar a mensagem sobre Coventry. *Você fez um juramento*. Então, quando se despediu delas no refeitório mais tarde naquela manhã, sabendo que as duas iam pegar o trem para Coventry, ela nem pestanejara. Quais eram as probabilidades, afinal, em uma cidade cuja população estava acostumada a correr para abrigos antiaéreos ao primeiro soar de uma sirene, de que suas amigas se machucassem?

Você estava errada, pensou Beth agora, o peito doendo quando respirava.

Mas não importava. De que adiantaria contar a elas naquele momento, quando não há mais como voltar atrás?

Então respirou fundo, pegou o segredo e o guardou no fundo da mente, parada ali à margem do lago congelado. Começara a achar muito fácil separar as coisas. Havia o código e tudo que o envolvia. E havia todo o restante, suas amigas, sua família, Harry, todos, que tinham que vir em segundo lugar.

O código vinha na frente.

Depois de compartimentar adequadamente Coventry e todas as suas perdas, Beth acenou para os jogadores de hóquei e seguiu pela trilha do lago congelado, parando no meio quando avistou um grupo de criptoanalistas do Galpão Oito se espalhando pelo gramado e comemorando a plenos pulmões. A brilhante Joan Clarke, que Dilly queria ter puxado para sua seção; Rolf Noskwith, bebendo no gargalo de uma garrafa de vinho. E Harry, afastando-se do grupo, levantando Beth pela cintura e girando-a sobre a grama coberta de geada.

— Nós conseguimos! Caramba, nós conseguimos! O submarino U-559 foi capturado, e estamos dentro outra vez. Estamos dentro do maldito tráfego de U-boats!

— Que bom, Harry! — Ela o beijou, radiante, esquecendo-se de todas as preocupações que a vinham consumindo. — Eu sabia que vocês iam conseguir.

As pessoas estavam saindo dos galpões e blocos e juntando-se aos gritos de alegria conforme a notícia se espalhava. O blecaute dos U-boats tinha durado tanto tempo que todo Bletchley Park estava sabendo, ainda que ninguém fora do Galpão Oito soubesse dos detalhes.

— Puxa, Beth — sussurrou Harry no cabelo dela, ainda se agarrando a ela como se fosse uma boia salva-vidas. — Queria poder contar para você como deciframos o código. Queria que você estivesse lá.

— Tudo bem você não poder me contar, eu não me importo...

Ele a beijou outra vez, colocando as mãos no cabelo dela, e Beth ouviu as pessoas à sua volta cochichando. Todo Bletchley Park saberia em questão de horas: a pequena Beth Finch e Harry Zarb, que tinha uma esposa e um filho em casa. Ela não se importava com o que as pessoas pensariam. Aquele não era um segredo importante.

Não quanto o que ela acabara de enterrar.

Dez dias para o casamento real

10 de novembro de 1947

50.

Dentro do relógio

Só tiraram a camisa de força de Beth depois do jantar. Esfregando as mãos entorpecidas, lutando contra a ressaca das injeções, ela foi até a sala comunitária à procura de um jogo de *go* e de sua parceira. Mas o tabuleiro estava abandonado, a mulher do olhar atento em nenhum lugar.

— Você não sabia? — disse outra mulher. — Ela foi levada hoje à tarde. Cirurgia.

Beth tentou controlar o incômodo que lhe subiu pelo peito.

— Que cirurgia?

Ela deu de ombros. Beth se sentou atrás do tabuleiro, lutando contra a inquietude. Uma enfermeira entrou com a lista das visitas do dia seguinte, mas Beth a ignorou. Em três anos e meio, ela só havia recebido uma visita.

Fora por isso que demorara tanto para passar suas cartas codificadas para Osla e Mab.

Tanto esforço em vão... Tentar enfiar as mensagens cifradas no meio da correspondência do manicômio. Tentar subornar um funcionário para postá-las fora do prédio. Convencer uma colega interna a deixá-la colocar uma carta sua dentro de uma dela. Ouvira negativas e fora pega todas as vezes. *Senhorita Liddell, você não pode enviar ou receber cartas!* Quando fora mandada para lá, as instruções do MI-5 tinham sido claras: uma interna como Beth, com a enorme quantidade de informações secretas que detinha, *não* tinha permissão para trocar correspondências com o mundo exterior.

Apenas algumas semanas antes ela finalmente conseguira enviar seu pedido cifrado de socorro.

— Visita, senhorita Liddell! — anunciara a enfermeira, deixando Beth sem palavras. Três anos e meio sem um único visitante... *Harry?*, pensara ela, o pulso acelerando conforme se aproximava da sala de visitas.

— Bethan. — Seu pai estava parado no meio da sala, que poderia ser a sala de estar de sua mãe, se todos os objetos menores não estivessem pregados para evitar que internas histéricas os atirassem em seus entes queridos que as visitavam. Ao ver o horror na expressão do pai enquanto ele assimilava seu cabelo curto e o rosto magro, Beth não achava má ideia a possibilidade de atirar um ou dois vasos. — Você está... bem? — arriscou ele, quando os funcionários os deixaram a sós.

— Eu pareço estar bem? — respondeu Beth, friamente.

— Você parece... — Ele não terminou a frase. — Você está melhorando? Eu queria tanto que você voltasse para casa.

— Por quê? Minha mãe não quer.

— É óbvio que quer! Não que ela tenha dito... hã, ela não sabe que estou aqui. — A declaração mais desnecessária do mundo, pensou Beth. — Ela está visitando sua tia em Bournemouth, e eu achei que podia...

— Vir escondido dela? — A garganta de Beth ardia constantemente de vomitar seus remédio duas vezes por dia; olhando para o pai, era como se estivesse expelindo carvões em brasa com as palavras. — Mais de três anos, pai. Nem *uma* visita sequer.

— Sua mãe achou melhor... Quer dizer, nós decidimos esperar um pouco para você se curar. — Os olhos dele passaram rapidamente pela bata que ela usava, por seus lábios rachados. — Disseram para nós que era um lugar bom.

— E minha mãe ficou foi feliz de acreditar nisso, tenho certeza. Um lugar onde eu não estivesse mais por perto para fazê-la passar vergonha.

Beth se conteve. Poderia descontar toda raiva no pai, mas aquilo só faria com que ele fosse embora. *Não desperdice esta chance.*

— Obrigada por vir — disse ela, deixando o tom de voz mais delicado.

Ele relaxou, então, e contou as novas da família, respondeu a perguntas que ela manteve inofensivas. Não, ele não sabia o que havia acontecido com Boots... Beth engoliu a decepção profunda, mas continuou amistosa.

— Eu tiraria você daqui se pudesse — disse o pai por fim, hesitante. — Os homens de Bletchley disseram que autoridade parental não valia de nada aqui. Você está internada como uma funcionária do governo, por ordem do governo, para seu bem e para fins de segurança.

— Eu sei.

Talvez a pessoa certa fizesse tanto barulho a ponto de conseguir que o caso de Beth fosse revisado, mas não é do feitio do pai sair chutando portas em Londres. Ele quase não criara coragem para visitá-la escondido da esposa. O desprezo quase a sufocou, mas, ao mesmo tempo, ela sentia vontade de chorar, lembrando-se de como ele a deixava ajudar a fazer as palavras cruzadas quando ela era pequena. *Ah, pai...*

E então ela se lembrou de como ele havia ficado quieto a vida inteira enquanto sua mãe a intimidava.

— Pai, preciso que você faça uma coisa por mim.

— Bethan, eu não posso...

A voz dela estalou na sala como um chicote.

— *Você me deve isso.*

E ele tinha saído dali levando no bolso duas mensagens cifradas escritas às pressas, prometendo enviá-las para Mab e Osla, onde quer que elas estivessem morando naquele momento.

Ele prometeu que faria, Beth pensou agora, duas semanas depois, olhando para o tabuleiro vazio. Ele prometeu.

Mas ninguém tinha vindo.

York

Mab não conseguia dormir.

Vou para Clockwell, ou não?

Era quase meia-noite quando ela saiu da cama e desceu silenciosamente a escada para se sentar diante da grande janela da sala de jantar. Sobre a mesa havia uma pilha de guardanapos adamascados que Mab tirara da gaveta para passar, preparativos da festa que daria para acompanharem o casamento real pelo rádio. Seu marido riu quando a pegou praticando como dobrá-los em forma de cisnes.

Eu decodificava ordens de combate nazistas, pensou Mab, *e agora estou dobrando guardanapos na forma de cisnes.*

A mudança que sua vida havia sofrido às vezes a espantava. Andava pelo mercado apertando peras para ver se estavam maduras, ou fofocava com as vizinhas, e aquilo lhe vinha à mente de repente: poucos anos antes, ela estava cercada de máquinas barulhentas, exausta, suja de óleo e no limite, mas fazendo algo *importante*. Agora tinha paz, prosperidade, tudo com que havia sonhado durante os anos da guerra, e às vezes lhe parecia...

Mab procurou uma palavra, mas não achou nenhuma. Não que a vida agora não fosse *importante* — meu Deus, lógico que era. Poder criar seus filhos em paz, rezando para que a paz durasse, era um presente que ela jamais deixaria de valorizar. Olhando para a pilha de guardanapos, ela se perguntou se o que lhe faltava era *propósito*; mãos que produziam cisnes de guardanapo, mas ansiavam por máquinas de guerra... Olhou para onde seu marido dormia, se perguntando se ele alguma vez teria sentido uma inquietude parecida com a transição de suas habilidades da guerra para a paz. Se sentiu, ele nunca disse. Parecia que ninguém falava sobre aquelas coisas. Todo mundo simplesmente deixou a guerra no passado e seguiu em frente.

E isso é tão ruim assim?, repreendeu-se Mab. Talvez a vida não fosse mais tão empolgante; não havia grandes arrebatamentos de paixão ou propósito em seus dias, mas também não havia sofrimento nem tensão. Aventura, entusiasmo, paixão; aquelas eram coisas incertas. Os anos em Bletchley Park haviam oferecido tudo isto, amor, mudança e amizades para durar mais que o mundo, ou assim lhes parecia. Mas tudo havia desabado, e Mab construíra aquela nova vida sobre as ruínas, pedra sobre pedra, dolorosamente.

Por que arriscar tudo por uma mulher que ela odiava?

Mas...

Vocês podem me odiar, Beth tinha escrito, *mas fizeram o mesmo juramento que eu.* E, ainda que Beth fosse louca ou conspiradora, ela havia se arriscado muito ao ultrapassar os muros do hospício para pedir ajuda.

Mab franziu a testa e tomou uma decisão.

Quatro anos antes

Outubro de 1943

51.

> *FUXICOS DE BLETCHLEY*, OUTUBRO DE 1943
>
> Bletchley Park está infestado — não de ratos, mas de ianques. *Pestus americanus* podem ser identificados por seus dentes anormalmente brancos e seus cigarros Camel...

Mab desmoronou exatamente trezentos e quarenta e quatro dias depois que Lucy e Francis morreram. Ela contou os dias na enfermaria, deitada na cama, olhando para o teto.

Havia sido chamada para mostrar a única máquina Bomba que restava no Galpão Onze-A. Todas as outras tinham sido transferidas para estações remotas, com as Wrens que as operavam, mas demonstrações ainda eram necessárias de tempos em tempos, e um grupo de norte-americanos estava assistindo à apresentação agora.

— É assim que colocamos a máquina para funcionar — disse Mab em um tom monocórdico mais alto que o barulho da máquina.

— Que trabalho meticuloso... — Um tenente se aproximou mais, passando pelo meio dos outros.

Tinha cabelos claros e um sorriso descontraído, e provavelmente só estava tentando ser simpático, mas Mab quase não aguentava olhar para ele. Não queria ser simpática. A única razão de ter retornado a Bletchley fora porque era trabalhar ali ou servir em outro lugar; porque trabalhar ali significava poder ajudar a deter os malditos alemães que haviam matado sua família; e, por fim, porque Francis teria ficado decepcionado se ela se enfiasse debaixo das cobertas depois dos funerais e deixasse o sofrimento tomar conta dela. Ele teria lhe dito para continuar lutando.

Então Mab havia voltado a BP em surpreendentes dois dias depois do enterro de Francis — ela sabia que as pessoas tinham comentado — e não faltara a nenhum turno desde então. Jogou-se no trabalho; o que mais poderia fazer? Francis e Lucy estavam mortos, e isso não ia mudar. Ela não poderia reconfigurar os fios de sua vida como se fosse uma máquina Bomba e colocá-la para funcionar outra vez. Tudo havia simplesmente... parado.

— Vi máquinas maravilhosas por aqui — continuou o ianque, sem ter a menor ideia. — E tantas moças atraentes. Pelo que sei, as máquinas foram feitas pela British Tabulating Machine Company, e as moças, por Deus!

Deu uma gargalhada. Mab olhou para ele. Não baixou as sobrancelhas e fez a cara de brava que costumava fazer, apenas o fitou, impassível, até o sorriso dele se desfazer. Mab não sabia o que andava transmitindo com o olhar, mas pouquíssimas pessoas olhavam em seus olhos por muito tempo.

Ela terminou com os discos, mudou as ordens das rodas, conferiu os fios nas novas rodas. Seus lábios estavam rachados e ressecados devido à falta de circulação de ar dentro do galpão; Mab procurou seu espelho de bolso, equilibrou-o nos cabos e pegou o batom. Ainda tinha um restinho de Victory Red de Elizabeth Arden. Uma lembrança súbita lhe veio do dia em que Lucy tinha mexido em suas maquiagens e usado metade do batom fazendo uma pintura de guerra no rosto. *Eu gritei com ela. Por que fiz isso?* A mão de Mab tremeu quando ela levantou o batom, segurando firme o espelho com a outra mão, e a eletricidade dos cabos percorreu a moldura de metal do espelho, chegando aos seus dedos. Ela se virou, entorpecida, e o norte-americano deu um grito, surpreso, apontando para a garganta dela. Mab ergueu a mão formigante, tocou algo pegajoso e viu algo vermelho na ponta dos dedos.

Estou morta, pensou ela, calma, olhando no espelho e vendo a linha vermelha que cruzava seu pescoço. Mas não era de sangue o cheiro em seus dedos, apenas de batom. Ao recuar a mão que recebeu o choque, ela acabou fazendo um risco com o batom no próprio pescoço; devia parecer que ela havia cortado a garganta.

Eu não estou morta, ela tentou dizer, olhando para os ianques pálidos. Em vez disso, começou a rir com um tom agudo, a rir e a se sacudir ao lado da máquina Bomba, que prosseguia com seu zumbido monótono e horrível. Mab tentou se equilibrar, mas acabou caindo de joelhos no piso sujo de óleo, ainda rindo, esfregando e raspando com as unhas a linha vermelha em seu pescoço.

E então mãos a puxaram da Bomba.

— Levem ela para a enfermaria.

Quando Mab se recompôs, estava de pé, fraca e cambaleante, diante de uma enfermeira séria em uma sala onde nunca havia posto os pés.

— O que aconteceu com você?

— Eu não sei — disse Mab, atordoada. — Em que mês estamos?

A mulher olhou para ela por um momento.

— Outubro, minha querida. Mil novecentos e quarenta e três.

Dez meses desde que ela enterrara Francis e Lucy. Dez meses. Logo faria um ano. O que tinha acontecido com todos aqueles dias? Mab não se lembrava de levantar da cama naquela manhã, nem de pegar o ônibus até ali. Não sabia se estava no turno da manhã, da tarde ou da noite. Tentou se agarrar ao cobertor de algodão que havia abafado suas reações durante meses, mas ele foi ficando fino e desfiado. Mab começou a chorar tanto de soluçar que seu corpo se sacudia.

Não chorara desde Coventry.

— Está tudo bem, minha querida. — A enfermeira a conduziu até uma estreita cama branca atrás de um anteparo. — Você teve uma estafa mental, só isso. Quatro dias de descanso na cama...

— Meu marido morreu — Mab conseguiu dizer. Queria acrescentar "minha filha morreu", mas não aceitaria que todos ficassem pensando em Lucy como uma bastarda, e não conseguiu dizer "minha irmã" depois de uma vida dizendo apenas isso. Então, disse apenas: — Meu marido morreu.

— Eu não tenho uma cura para isso, meu bem. Bem que eu queria. — Apertou o ombro de Mab. — Mas muitas horas de sono e água ainda lhe farão bem de alguma forma. Tire a roupa e se deite...

— *Trabalho feito* — sussurrou Mab. — *Trabalho feito, tirar tudo...* — Ela tirou o vestido de crepe preto, foi para baixo dos lençóis e dormiu profundamente por quase três dias.

Quando acordou, viu dois vultos masculinos ao lado da cama, um enorme e escuro, outro magricela e ruivo. A visão de qualquer homem que não fosse Francis às vezes lhe doía, mas Harry e Giles eram tão total e reconfortantemente diferentes em todos os aspectos, mas de um jeito que não a fazia estremecer.

— Bom dia, Bela Adormecida — disse Giles. — Os Chapeleiros Malucos têm passado por aqui entre um turno e outro para ver se conseguimos te ver sem estar roncando.

Você ronca. A voz de Francis. *Mas como uma dama...*

— Trouxemos a cartola do Chapeleiro Maluco — comentou Giles entusiasmado, como se nada tivesse acontecido. — Achamos que você fosse querer ver.

— Ele pôs o absurdo objeto nas mãos dela, e Mab afagou as flores de seda, tentando se lembrar da última vez que havia ido a uma reunião do clube.

Não conseguia se lembrar nem da última vez que tinha lido um livro. *Eu fiquei meio maluca,* pensou ela, hesitante, *como o Chapeleiro Maluco.* E achava que tinha mais por vir. Estava totalmente despedaçada por dentro, e nem tinha mais o cobertor de algodão.

— Você quase pegou Beth indo embora — disse Harry. — Ela teve que ir para o trabalho. Na verdade, ela não sabe muito bem o que fazer perto de uma cama de enfermaria. Você não é uma linha de código, então ela fica perdida.

Você e Beth?, perguntou-se Mab, olhando para ele. Havia algo nos olhos de um homem quando ele estava apaixonado, um enternecimento bem no meio deles. Ela havia aprendido isso com Francis. De repente, desejou que Harry fosse embora. Não queria olhar para um homem apaixonado quando ela havia perdido o seu. Mab se lembrava de ter lido alguma bobagem sobre a nobreza da dor... Que imbecilidade. A dor não fazia ninguém mais nobre. Ela tornava as pessoas egoístas e as deixava cheias de ódio. Mab se forçou a sorrir para Harry, mas ficou feliz quando ele se foi.

Giles continuou ali, como uma garça ossuda empoleirada em seu banquinho baixo demais.

— Você tem vontade de gritar — disse ele —, não tem?

— Tenho. — Ela tirou a mão da cartola do Chapeleiro Maluco e a deslizou para cima até seu pescoço, onde a linha de batom parecera um corte de faca. *Eu queria que fosse.*

— O que você precisa — disse Giles — é de uma transferência.

— Para onde? — Quando as máquinas Bomba foram tiradas dali, assim como as Wrens, Mab havia ficado para trás no Galpão Seis, primeiro em uma Typex, mais recentemente na Sala das Máquinas, onde avaliava e testava mecanicamente menus de bombas. — Não sou inteligente como Beth ou Harry. Não falo alemão; não serve de nada me colocar com mulheres como...

Osla. O nome ficou preso em sua garganta como uma ponta de gelo. Talvez não odiasse Osla com o ódio visceral que a havia tomado depois do funeral, mas um murmúrio interior permanecia irredutível: *se você não tivesse soltado a mão da Lucy...*

Não era justo. Mab *sabia* que não era justo. Ela sabia que, se destrinchasse sua raiva, encontraria sentimentos muito mais complicados que o simples ódio. Mas não tinha energia suficiente e, a cada dia que passava, o vazio aumentava, então Mab só continuava evitando a ex-amiga. Odiar Osla era menos complicado, mais confortável. E evitá-la era moleza. Manter distância de alguém em BP era fácil quando não se trabalhava no mesmo galpão ou no mesmo horário. Mab havia se mudado do quarto compartilhado para uma cama na sala, então, mesmo morando sob o mesmo teto de Osla, quase nunca cruzava com ela.

— Há vários tipos de funções aqui — prosseguiu Giles. — Você não está presa ao Galpão Seis. Vamos ver se conseguimos transferir você para a mansão. A equipe do Travis, talvez... Vou mexer uns pauzinhos.

— Obrigada — agradeceu Mab, sem entusiasmo.

Ele percebeu o esforço que aquilo exigiu dela.

— Aconteceram coisas terríveis com você este ano. Sinto muito.

Sinto muito. Todos lhe diziam que sentiam muito. Por que, em vez disso, não lhe diziam como continuar vivendo? Como seguir em frente, dia após dia, já que faria um ano que ela enterrara Lucy e Francis... depois dois anos... depois três?

Por que ninguém lhe dizia como continuar vivendo?

52.

> *FUXICOS DE BLETCHLEY*, NOVEMBRO DE 1943
>
> Para os oficiais norte-americanos que se propuseram a explicar às moças da seção de Knox como elas deveriam trabalhar — tudo que FB pode dizer é: sério mesmo, cavalheiros? Vocês por acaso não repararam que essas mulheres têm uma insígnia da Grã-Cruz na parede? Ninguém é condecorado Companheiro da Ordem de São Miguel e São Jorge por Melhores Rabanetes nas Hortas de Guerra...

— Mais bela das árvores, a cerejeira agora se enfeita de flores em torno dos ramos... — ecoou a voz de Dilly, feliz e despreocupada.

— Mas ela está coberta de neve — respondeu Beth em voz alta, olhando para a árvore arqueada acima dela.

Mais cedo naquele ano, um inverno mais quente a havia feito florir bem antes do tempo; Beth vinha a Courns Wood com o tráfego da Abwehr, alternando os dias com Peggy, e ela e Dilly estendiam um cobertor no jardim e se sentavam com seu material de decodificação enquanto pétalas brancas esvoaçavam ao redor. Agora era quase inverno de novo; a cerejeira estava desfolhada.

E Dilly Knox estava morto.

Beth ficou sozinha sob a árvore — mas não realmente sozinha. Virando a cabeça, ela conseguia visualizar Dilly ao seu lado muito vividamente: fumando seu cachimbo, não mais magro e grisalho, porque, em sua imaginação, ele ainda estava saudável. Quando ia ali, ela conseguia repetir conversas inteiras que haviam tido antes de ele morrer, contar a ele o que havia acontecido desde então, imaginar suas respostas... Às vezes imaginava-o sentado à mesa ao seu lado no trabalho, para que pudesse lhe pedir um conselho a respeito de um crib difícil.

— É sinistro quando você faz isso — disse Phyllida, estremecendo. — Parece coisa de louco, você conversando com um homem morto.

— Me ajuda a trabalhar. — *A aceitar, também.*

— *A cerejeira coberta de neve, esse é o terceiro verso do poema* — continuava Dilly na imaginação de Beth. — *Você devia ler mais poesia, minha cara.*

— Quando? — perguntou Beth ao homem morto. Ela jogou um graveto para Boots, que o ignorou e continuou andando todo desajeitado no chão congelado. Seu cachorro parecia o cachorrinho da lata de biscoito amanteigado escocês, só que mal-humorado com um pequeno casaco quadriculado que Mab havia feito com o tecido de um cobertor velho. Mab... mas Beth afastou aquela culpa tão familiar. — Estou tentando decifrar o tráfego de KK, Dilly. — Uma captura durante a Operação Tocha havia produzido uma máquina de múltiplas rotações da Abwehr, com uma fiação nova e usada para uma ligação que ainda não havia sido decifrada criptograficamente. — Seis semanas de tráfego passado decodificado, mas ainda não conseguimos entrar de novo. Onde está o tempo para poesia?

— *Versos podem ser muito úteis em nossa linha de trabalho. Já decifrei mais de uma chave de código que tinha sido tirada de um verso de Goethe. Os operadores deveriam escolher letras aleatórias, mas não fazem isso. Não é da natureza humana ser aleatório.* — Ele falava com afeto dessa falha universal. — *Então, às vezes eles pegam fragmentos de poesia como chaves.*

— Ou palavrões — respondeu Beth. — Já decodifiquei muito mais tráfego com palavrões do que com versos de Schiller.

— *Ah, não acredito. Minhas garotas bem-criadas estão sendo submetidas a palavrões em alemão?*

— *Scheisse* — disse Beth, e Dilly riu até ficar sem ar. — Como é aquela nova cifra em que você está trabalhando?

Dilly havia lhe falado sobre isso em sua última visita: "Uma coisinha bem complicada. Me faz lembrar uma rosa, as pétalas se sobrepondo e descendo em direção ao núcleo." Ele tinha feito com as mãos movimentos vagos de florescência sobre a cama, uma cama que ele já estava fraco demais para deixar. "Travis não se importou de eu trazer para casa para fazer umas tentativas, não que eu tenha avançado muito..."

Beth queria que ele estivesse ali, para lhe contar mais sobre aquilo.

— Sinto sua falta — murmurou ela alto.

Nada era como antes. Suas colegas de quarto ainda estavam se evitando, o que deixava Beth em cima do muro, determinada a *não* pensar no que havia causado o rompimento e se parte daquilo poderia ser culpa sua. Bletchley Park, com todos os novos blocos e recrutas, não era o porto seguro de antes; Beth sentia ondas de sua velha timidez incapacitante toda vez que entrava no meio da massa de estranhos saindo na mudança de turno. No entanto, as coisas estavam *melhores* agora que antigamente, no *Cottage*, Beth tinha de admitir: com as operações de U-boats suspensas no Atlântico, soldados e suprimentos norte-americanos chegavam com regularidade; tropas alemãs e italianas estavam se rendendo no norte da África; a invasão maciça da Sicília havia derrubado a porta do avanço para o interior da Itália e agora os Aliados estavam comemorando em Nápoles. Um retorno dos Aliados às praias francesas vinha sendo discutido em pubs e mesas de chá como algo que *ia* acontecer, não como algo que todos tinham esperança de que acontecesse. As coisas estavam melhores.

Mas...

— Eu sinto falta das minhas meninas — disse Dilly, melancólico. Onde quer que ele estivesse agora, Beth tinha certeza de que sentia falta delas. — Queria ter estado presente quando vocês baixaram a crista daqueles ianques.

— Ver o cmj pôs todos eles em seu devido lugar.

Era janeiro quando chegou a notícia de que Dilly Knox seria condecorado cmj, ou Companheiro da Ordem de São Miguel e São Jorge. Dilly estava doente demais para viajar até Londres para a cerimônia, mas recebeu o emissário do palácio em Courns Wood, aceitou a insígnia... que guardou por não mais que dez minutos antes de despachá-la de carro para o SIK com um bilhete:

> *Condecorações deste tipo dependem inteiramente do apoio de colegas e associados. Quero, portanto, encaminhá-la a quem tem direito!*
>
> *Infelizmente cabe a mim, ao mesmo tempo, me despedir.*

Todos, a seção de Dilly inteira, choraram.
Ele morreu não muito depois.
Beth se deu conta de lágrimas pingando de seu queixo. Ela pegou a guia de Boots e, sem mais nenhuma palavra, voltou para casa. Não precisou nem olhar para trás para visualizá-lo sentado ali, com seu cachecol da universidade, pensando em cifras espirais e em versos de A. E. Housman.
A sra. Knox saiu da cozinha enxugando as mãos no avental.
— Beth, você poderia levar uma pilha de papéis de volta a Bletchley para mim? O comandante Travis deu permissão para Dilly mantê-los na biblioteca enquanto estava trabalhando, mas agora...
A voz dela falhou. Seus olhos estavam vermelhos, e Beth não conseguiu encará-los. Era muito doloroso.
A sra. Knox se recobrou.
— Eles devem chegar lá sãos e salvos. Devia ter pensado nisso meses atrás, mas ninguém veio perguntar, e eu andei tão mal... Imagino que não seja nada terrivelmente importante, já que não mandaram buscar até agora, mas ninguém deve deixar essas coisas espalhadas por aí.
— Eu levo, claro.
Beth a seguiu até a biblioteca e esperou enquanto o pequeno cofre de Dilly atrás do painel da parede era destrancado e uma pasta de mensagens, tirada dele. Sentiu-se tentada a espiar, a ver se aquela era a cifra que Dilly havia comparado a uma rosa, mas a enfiou fechada no casaco. Ia pedir autorização para trabalhar com aquilo em seu tempo livre, se tivesse algum. Haveria mais uma correria grande como um elefante assim que os planos para a invasão se firmassem, o que *certamente* aconteceria no próximo ano.

Mais trabalho para a seção de Knox, fornecer informações falsas por meio de agentes duplos, depois decodificar o código da Abwehr para garantir que Berlim tivesse acreditado...

Beth telefonou para que a buscassem. Chegaria antes de seu horário, mas como estava com uma pasta da Enigma precisava voltar para Bletchley Park imediatamente. Ao se aproximar dos portões de Bletchley Park quase uma hora depois, Beth se surpreendeu ao ver uma pessoa conhecida discutindo com um dos guardas.

— Vou ficar aqui — disse Beth ao motorista e desceu. — Pai?

Ele se virou, com o rosto vermelho, frustrado.

— Esses sujeitos não me deixam entrar.

— Eles não deixam ninguém sem crachá entrar. — Ela o puxou do portão. — O que foi?

— Sua mãe está alvoroçada. As coisas que ela tem ouvido sobre você...

Na última vez em que Beth fizera uma visita de praxe à sua casa, a mãe a chamara de vadia e ingrata, e Beth lhe dera as costas e fora embora. Não havia tido muitas notícias da família desde então.

— Qual é o drama agora?

— As pessoas estão *falando*, Beth. Que você está se misturando com um sujeito *negro*. A esposa do pastor viu você em Cambridge andando com um homem e insistiu que ele era pelo menos cinquenta por cento negro...

— Ele não é negro — disse Beth.

— Bem, fico feliz em saber...

— Ele é maltês, egípcio e árabe. Quer que eu o leve lá em casa para tomar um chá? — Beth não resistiu.

— Não brinca. Um *pagão*?

— Ele foi criado na Igreja da Inglaterra, como toda a família. — Embora Beth achasse que Harry tivesse mais fé na matemática que em Deus, eles haviam tido algumas conversas acaloradas sobre teologia. — O nome dele é Harry Zarb. Ele é tão fluente em árabe quanto em inglês. É uma língua muito bonita. Ah, e ele é casado! Mas é *incrível*, pai.

— Bethan — pediu ele, em tom de súplica —, volte para casa.

— Não — falou Beth brandamente, mas com firmeza, chamando Boots para seu lado. — Terei prazer em visitar vocês, se a mamãe não tiver nenhum ataque, mas nunca vou me mudar de volta para lá.

— Eu sou seu pai. Eu tenho o direito...

— Não, você não tem. — Beth olhou no fundo dos olhos dele. — Você não a impediu de me pôr para fora. Você nunca me defendeu. Nunca me disse que eu era inteligente, mesmo eu fazendo as palavras cruzadas de domingo dez vezes mais rápido que você. Você nunca me disse que eu era coisa alguma. — Ela pensou em Dilly Knox, frágil e veemente, lhe dizendo que ela era a melhor. — Tenho que ir para o trabalho agora.

— Bethan...

— Não me chame assim — disse ela, sem se virar. — Não é mais quem eu sou.

Ela registrou adequadamente a pasta com o trabalho de Dilly, depois a levou para o SIK (agora transferido para um dos novos blocos), pois pelo visto ninguém sabia ao certo onde arquivá-la.

— O que é isso? — perguntou Peggy, quando Beth abriu o arquivo. — E o que é *aquilo*? — continuou, olhando para Boots.

— Aquilo é um schnauzer. Isto é uma coisa em que Dilly estava trabalhando.

— Por que o SIK precisa de um schnauzer? Os ianques já acham que somos bobocas por causa do Jumbo.

Beth improvisou uma caminha com seu casaco embaixo da mesa para Boots.

— Ele vai ficar quietinho. Não pude voltar para casa e deixá-lo lá porque estava carregando isto. Você reconhece a cifra? Dilly estava trabalhando nela.

— É estranha... — Peggy franziu a testa. — Ele me disse que estava trabalhando em cifras soviéticas.

— Mas os russos não usam máquinas Enigma, e isto é definitivamente tráfego da Enigma.

— Não significa que eles não tenham capturado uma máquina dos alemães, no vai e vem na frente oriental. — Peggy folheou a pilha. — Talvez eles estejam testando a máquina.

— Mesmo que estejam, por que estamos interceptando? Os russos são nossos aliados. Não lemos as comunicações deles.

— Quem disse? — Peggy lhe devolveu a pasta. — Ponha na pilha de material não decodificado e qualquer um com uma hora livre pode dar uma tentada.

Beth deixou a pasta de lado, pegou o tráfego da Abwehr do dia e rapidinho se esqueceu do projeto russo de Dilly.

Mais tarde, ela se lembraria daquele momento e gritaria no ouvido de seu eu do passado: "Não se esqueça daquele arquivo. Trabalhe nele agora mesmo, Beth Finch." Trabalhe nele!

53.

> **FUXICOS DE BLETCHLEY**, NOVEMBRO DE 1943
>
> Recado para os pombinhos que deixaram uma calcinha com babados na margem do lago depois do que se presume ter sido um encontro amoroso: pelo amor de Deus, falsifiquem uma certidão de casamento e vão para um hotel!

— De novo — Mab instruiu Beth.
— Meu noivo é piloto e trabalha em Kent — recitou Beth, parada na rua gelada na frente da porta estreita do consultório do ginecologista. À volta delas, as pessoas se empurravam, apressadas. — Ele tem quarenta e oito horas de licença para se casar antes do Natal. Não quero ter filhos enquanto a guerra não acabar...
— Diga que é o seu noivo que não quer — corrigiu Mab. A maioria dos médicos só receitava anticoncepcional para mulheres casadas, mas, por causa da guerra, alguns receitavam para mulheres noivas. Mab tinha ido ela mesma ali fazia quase dois anos, antes de seu casamento. *Não pense nisso.*
— Se disser que é você que não quer ter filhos ainda, vai ouvir um sermão.
— Certo.
Beth estava determinada. Ela mal havia enrubescido quando Mab a encurralou, pouco depois de sair da enfermaria, dizendo sem rodeios: *Eu sei*

o que você e o Harry estão fazendo. Acho que você é uma idiota, mas, por favor, me diga que está se prevenindo. Beth havia murmurado algo sobre camisinhas, e Mab suspirara. *Tem meios mais seguros.* Quem teria adivinhado que a tímida Beth acabaria fazendo parte do grupo da pesada de BP, aquele que descarregava descaradamente o estresse da decifração de códigos em cantos escuros com qualquer parceiro que pudesse encontrar? Mesmo que Beth não parecesse estar se esgueirando para cantos escuros com mais ninguém além de Harry. Mab fez Beth repetir a história outra vez, depois tirou sua luva esquerda.

— É melhor você... usar isto. O médico não vai acreditar se você não estiver com um anel.

Doeu tirar o anel de rubi de Francis. Beth o colocou no dedo, sabendo o que aquilo custava para Mab.

— Obrigada. Eu sei que você não aprova...

— Não é da minha conta — Mab disse apenas. — Se você quer se envolver com um homem casado... Bem, já sabe o que eu penso.

— Não tenho vergonha. — Beth levantou o queixo. — Não estou machucando ninguém.

— Só você mesma, se acha que vai pisar no altar.

— Não quero pisar no altar.

Beth devia mesmo ser a pessoa mais estranha com que Mab já fizera amizade. *E agora ela é praticamente a única amiga que me restou.* Sem Osla, sem as Wrens... A maioria das outras mulheres em BP não sabia mais como conversar com Mab. Aquelas que como ela haviam perdido maridos, noivos, namorados, estavam sofrendo tanto com o próprio luto que Mab as evitava, e as mulheres que não haviam perdido ninguém ficavam incomodadas diante da dor que Mab não conseguia esconder ou estremeciam diante do luto dela porque tinham medo de perder seus entes queridos. Quer achassem que Mab era mau agouro ou má companhia, no geral elas tendiam a evitá-la. Todas exceto Beth, que estava olhando para a porta do consultório do médico.

— Isso funciona mesmo, esse diafragma? Melhor do que... Você sabe. — Ela enrubesceu.

— Funciona — respondeu Mab um pouco amargurada.

Nos últimos tempos, ela andava sonhando com filhos. Nunca meninas — todas as menininhas eram Lucy —, mas meninos. Bebês meninos com o cabelo castanho-avermelhado de Francis; meninos de dez anos com a mesma estrutura óssea de Francis, correndo com bastões de críquete... meninos tão reais que ela quase podia estender o braço e tocá-los antes que eles se dissolvessem na névoa do sonho. Ela acordava com uma saudade tão forte que sentia náuseas.

Beth desapareceu dentro do consultório, e Mab seguiu para seu compromisso em Trafalgar Square. Mesmo em um dia frio de inverno, a praça estava lotada: namorados se encontrando sob a Coluna de Nelson, crianças jogando migalhas de pão para os pombos.

— Conte-me sobre o seu marido, senhora Gray.

O jornalista a encontrou ao lado do grande leão de bronze atrás da Coluna de Nelson, conforme combinado. Uma troca de nomes e cumprimentos, e ele já estava sacando seu bloco de notas. *É um correspondente muito conhecido*, o editor de Francis havia dito quando telefonou para Mab. *Está escrevendo um artigo sobre Francis. Será que você poderia responder a algumas perguntas na próxima vez em que for a Londres?* Mab preferia mastigar vidro a remexer suas lembranças com um estranho, mas, já que não havia dado a Francis um filho de cabelos castanho-avermelhados, ela faria um esforço para falar sobre a poesia dele.

— O que quer saber, senhor?... — O nome dele já havia lhe escapado. Ela não conseguia mais gravar nada.

— Graham. Ian Graham. — Ele tinha uma bela voz de barítono e vogais de escola de elite: um homem alto e esguio com um sobretudo amarrotado e um chapéu de feltro bem velhinho. — Estou escrevendo uma série de artigos sobre o papel da arte em tempos de guerra. Primeiro um texto sobre a Dame Myra Hess e os concertos da hora do almoço na National Gallery... O quê?

— Meu marido me levou a um desses concertos. — Mab se aconchegou mais em seu casaco preto. — Foi nosso segundo encontro.

Ela havia passado toda a apresentação estudando as roupas das mulheres do público, enquanto Francis era absorto pela música. *Que maravilha*, ele dissera depois. *Você sabe como estes concertos começaram? As obras de arte foram tiradas da galeria para serem guardadas em segurança, então a Dame Myra se organizou com os músicos mais famosos da Grã-Bretanha para virem tocar para o público entre as molduras de quadros vazias, para que a Londres em blecaute pudesse ouvir algo belo.*

Maravilhoso, respondera Mab, admirando um vestido de seda com estampa de folhas na fileira seguinte.

— Não vai ser uma matéria bajuladora, senhora Gray. — Ian Graham pescou a desconfiança no silêncio dela. — A poesia de Francis Gray ajudou a definir as trincheiras para uma geração que as desconhecia. Na guerra, a arte é um bálsamo.

— Então pergunte o que quiser — disse Mab, ríspida.

— Primeiro sobre a senhora... Pelo que sei, está alojada em Buckinghamshire, fazendo trabalho de guerra.

— É, trabalho de escritório. Bem entediante. — Realmente era entediante, não havia nenhuma necessidade de inventar. Giles arrumara uma posição para ela que envolvia arquivar e datilografar na mansão; era uma função tranquila e monótona e Mab achava que poderia fazer aquilo para sempre.

— Onde exatamente em Buckinghamshire? — O lápis corria sobre o papel.

— Uma cidadezinha, pouco mais do que uma estação ferroviária.

— É mesmo? A senhora não é a primeira pessoa que encontro que faz algo terrivelmente entediante e vago em Buckinghamshire, em uma cidadezinha que quase não passa de uma estação ferroviária.

— Ah, é?

— É. A maioria dos outros era... Como posso dizer? Gente do governo, das Relações Exteriores. Eles são rápidos em falar do próprio trabalho, especialmente depois de uns dois copos de uísque, mas todos ficavam quietos com qualquer referência a Buckinghamshire.

Mab olhou para ele como se não estivesse entendendo.

— Não sei do que o senhor está falando.

Ian Graham sorriu, um sorriso como um rápido raio de sol.

— Certo — disse ele, depois mudou de assunto.

Perguntas de rotina: quanto tempo ela e Francis estiveram casados, onde eles haviam se conhecido. Mab pressionava as unhas com força na palma da mão enquanto se forçava a relatar os encontros deles, o casamento às pressas...

— Seu marido gostava de música. E quanto a artes plásticas? Pintura, escultura?

— Eu... eu não sei.

— Ele nunca dizia nada sobre a guerra em que esteve, senhora Gray?

— Não.

— Ele fez uma viagem que ficou muito conhecida em 1919, coletando terra de campos de combate para as famílias que não puderam enterrar seus filhos. A carta dele sobre isso foi publicada no *Times*. Por acaso ele...

— Eu... Ele não me contou isso — disse Mab, seca.

O sr. Graham mudou de tática.

— Não tenho intenção de me intrometer na sua vida, senhora Gray. É que a senhora era esposa de Francis. Os editores e leitores dele podem me falar sobre a poesia, mas a senhora pode me contar sobre ele enquanto homem. Alguma história pessoal, talvez?

Pessoal. De repente, Mab não conseguia respirar. Não era como a histeria que se apoderara dela durante a demonstração da máquina Bomba. E sim raiva e desespero, duas emoções que flamejavam como fogo. Ela se virou e segurou o jornalista surpreso pela manga.

— Preciso de um drinque.

Ele lhe comprou um gim no pub mais próximo e não pestanejou enquanto ela o virava numa golada só. O lugar perfeito, escuro e meio sujo, cheio de pessoas bebendo que não queriam ser incomodadas. Ninguém olhou quando Mab começou a despejar palavras com dificuldade:

— Quer uma história pessoal, senhor Graham? — Ela pegou seu segundo drinque, virando-se para o jornalista. — A verdade é a seguinte: eu não tenho. Francis foi o melhor homem que já conheci, e fui esposa dele por menos de um ano. Sabe quantas vezes nós nos vimos? Catorze. Ele estava sempre viajando, e eu tinha um emprego que entramos em comum acordo que era importante, então fizemos o melhor que pudemos. Tivemos um casamento/lua de mel de quarenta e oito horas. Tivemos dois fins de semana em Lake District. De vez em quando, comíamos algo no café das estações ferroviárias. Fizemos amor um total de quinze vezes. — Ela não se importava se estava sendo indecente. Não se importava de estar dizendo aquilo para um jornalista. Precisava dizer para alguém, depois de pensar naquilo por tantas noites, senão ia explodir. Ian Graham escutou sem interromper, e isso era tudo que importava. — Nós nos amamos por meios indiretos, senhor Graham. Ele me amou por meio de uma moça que viu uma vez em Paris em 1918, e eu o amei por meio de suas cartas, mas tivemos pouco tempo juntos. Eu *não* tenho nenhuma história pessoal sobre meu marido. Não tivemos tempo para ter.

A voz dela falhou. Ela virou metade do gim.

— Sei que ele gostava de curry e de caminhadas ao amanhecer. Sei que ele odiava a própria poesia e nunca dormia a noite inteira, por causa de tudo que tinha visto nas trincheiras. Mas eu não conhecia a pessoa *dele*. É preciso conviver com alguém para conhecer essa pessoa. Convivi com minhas colegas de quarto por três anos e meio, eu as conheço de trás para a frente. Eu amava Francis e para mim ele era perfeito, e essa é uma prova de que eu realmente não o conhecia muito bem. Nunca cheguei a ver as imperfeições dele. Não pude chegar ao ponto em que a música que ele assobiava enquanto fazia a barba me deixasse irritada, ou saber se dias chuvosos o deixavam mal-humorado. Ele nunca chegou a perceber que eu não sou um grande amor dos tempos de guerra, e sim só uma moça frívola que vive por sapatos bonitos e romances de biblioteca. Nunca brigamos por causa da conta do leite, ou se íamos comprar geleia de morango ou de laranja...

Era isso que matava Mab todas as noites. Quando ela sofria por Lucy, sofria pela mulher que a filha nunca se tornaria — a jovem que faria suas provas, a estudante entusiasmada que iria para a universidade —, mas pelo menos conhecia a Lucy de seis anos de novembro de 1942 até o último fio de cabelo. Boa parte de Francis ainda era um continente inexplorado, um homem que ela estava apenas começando a conhecer.

E ele não me conhecia, pensou ela, *senão não teria me amado como amou. Ele teria percebido que sou uma arrivista ordinária que só se casaria com um homem bom como ele para subir de status. Teria percebido que merecia coisa melhor do que eu.*

— Não tenho nenhuma foto de nós dois juntos. — Mab ficou olhando para o copo. — Nenhuma. Não conseguimos uma câmera no dia do nosso casamento, foi muito de última hora, e depois disso estávamos tão ocupados arrumando um tempo para ficar juntos que nem pensamos em tirar uma foto. Um casamento inteiro que passou, sem nenhuma foto.

Ela olhou para o rosto sério do jornalista.

— Olha aí uma coisa bacana para seu artigo — disse ela, com ironia. — A viúva bêbada de Francis Gray derramando gim em você em um pub. Não me importo se você publicar isso. Não me importo com o que você disser sobre mim...

— Sou jornalista, não um monstro — disse Ian Graham.

— Mas me importo com o que você disser sobre Francis. Faça jus a ele. Ele foi um bom poeta e um grande homem. — Terminou seu gim com um gole só.

— Tem alguma coisa que eu possa fazer para ajudar? — perguntou o jornalista, a voz séria.

Mab se virou abruptamente e quase escorregou do banquinho. Ele segurou a mão dela, equilibrando-a, e a pele de Mab formigou. Ah, Deus, como sentia falta das mãos de Francis. Seus dedos entrelaçados nos dela, a mão dele em sua cintura. Uma parte enorme de seu entorpecimento tinha se desfeito na enfermaria. À noite, ela agora ficava acordada, abraçando-se, tentando fingir que eram os braços de Francis, desejando ser abraçada outra vez.

Fique comigo, ela quase disse. O impulso a percorreu em uma faísca de desespero: levar aquele homem, que ela não conhecia, para um quarto alugado e deixá-lo fazer o que quisesse com ela, desde que Mab pudesse manter os olhos fechados e fingir que ele era Francis.

Logo em seguida, ela afastou a ideia da cabeça, tão nauseada de vergonha que quase vomitou.

Ian Graham pegou um copo de água com limão no bar e o deslizou para ela.

— Beba. — Esperou enquanto ela bebia, depois se levantou. — Tenho o suficiente. Posso acompanhá-la até a estação de trem, senhora Gray?

— Vou encontrar uma amiga. Vamos voltar para Buckinghamshire juntas.

Ele hesitou, claramente querendo não deixá-la sozinha, mas Mab lhe ofereceu a mão.

— Até logo, senhor Graham. Depois quero ler seu artigo.

Ele tocou a ponta do chapéu e foi embora. Ela se perguntou para onde ele seria enviado em seguida, sobre qual praia ensanguentada ou cidade bombardeada ele ia escrever, então pediu outro gim e pensou apenas em Francis e Lucy.

Três drinques depois, ela estava cambaleando. Quase se perdeu na volta para o consultório médico. Beth teve de praticamente carregá-la para casa.

54.

Carta de Osla para seu bom samaritano do Café de Paris

> Eu me pergunto por que continuo escrevendo para você a esmo. Postar todas essas cartas (cinco agora? Seis?) no limbo, ou pelo menos para a proprietária de onde você está morando... é mais ou menos como colocar uma mensagem dentro de uma garrafa e atirá-la no mar: nunca se sabe quem vai ler, ou se alguém vai ler. Talvez seja melhor se ninguém nunca ler, pelo tanto que me abri.
> Feliz Natal, senhor Cornwell, onde quer que esteja. — Ozma de Oz

Por incrível que pareça, Osla estava de bom humor quando passou pelas portas adornadas de trepadeiras do Claridge's. A última decodificação que ela havia traduzido no turno antes de correr para pegar o trem foi uma mensagem de rádio para um contratorpedeiro alemão na costa da Noruega: "Por favor, informar a Oberleutnant W. Breisbach que sua esposa teve um menino."

Parabéns, Oberleutnant, pensou Osla, sorrindo. *Espero que você sobreviva e veja seu filho crescer.* Certamente no Natal era permitido fazer bons votos ao inimigo, afinal ele também era um ser humano. Osla queria que o tenente Breisbach criasse o filho em um mundo em que ele não tivesse de se juntar à Juventude de Hitler, e sem dúvida isso era o mínimo a desejar. Estavam entrando em 1944. Com certeza agora poderiam ter esperança do começo do fim.

— Queria lhe dar minhas felicitações, senhorita Kendall — cumprimentou o sr. Gibbs, o porteiro. — Que novidade boa para a sua mãe!

Padrasto número quatro, que pensamento esdrúxulo...

— Ela está em casa?

— Infelizmente, não. A pantomima em Windsor...

Osla suspirou.

— Por acaso teria como me arranjar um acompanhante adequado para o casamento dela no mês que vem, senhor Gibbs?

Um tempo antes, Osla teria levado Mab. Mab seria uma amiga maravilhosa para um casamento chique em Londres, analisaria cada vestido, riria de cada chapéu horroroso... mas já fazia um ano que ela quase não via Mab, a não ser no refeitório. O sorriso de Osla sumiu quando lhe veio a memória de outro casamento: Mab e Francis naquele mesmo hotel, tão felizes que as pessoas paravam para olhá-los.

Sinto falta da minha amiga.

— O príncipe Philip não vai acompanhá-la, senhorita Kendall?

— Não vai ser possível. — Philip havia, afinal, desistido de escrever um tempo antes... Tentando recuperar sua alegria natalina, Osla deu uma boa-noite ao sr. Gibbs e subiu as escadas. Já que sua mãe não estava ali, pelo menos podia passar a noite na suíte dela e escrever o próximo FB. Desde Coventry, ela estava tendo dificuldade para deixar o FB engraçado. As piadas ainda vinham, mas cada vez mais com um toque mais mordaz. Mas talvez não houvesse problema nisso; o humor podia ser cortante e ao mesmo tempo fazer as pessoas rirem. Talvez Osla Kendall pudesse tentar se tornar a próxima grande satirista depois que a guerra acabasse.

Ah, quem ela estava querendo enganar? Quando um homem escreve coisas engraçadas sobre a vida cotidiana, chamam de sátira. Quando uma mulher escreve coisas engraçadas sobre a vida cotidiana, chamam de frivolidades.

Com a testa franzida, Osla saiu do elevador, fez a curva no corredor... e deu um encontrão em Philip.

— Opa! Hã...

— Desculpe... Os, é você?...

Eles pararam. *Meu Deus, faz tanto tempo*, pensou Osla, tentando não ficar olhando e não rir. Philip parecia estar mais alto e queimado de sol, mais viking do que nunca... mas também estava de roupão de banho e chinelos, e nenhum viking jamais fica à vontade sendo pego de roupão de banho e chinelos. Ele pôs as mãos nos bolsos, claramente constrangido.

— Você está bonita, princesa.

— Eu não sabia que o *Wallace* tinha voltado.

— Voltou... é... eu ia ficar com os Mountbatten, mas eles estão com a casa cheia de hóspedes para o Natal.

Eles se encararam por mais um tempo. Philip não parecia muito receptivo; sua expressão estava fechada da maneira que Osla se lembrava das poucas vezes que o vira bravo. *Você tem razão de estar bravo*, pensou ela. *Eu dispensei você. Por uma boa razão, mas você não sabe.* Ela não podia dizer isso, então começou a tagarelar:

— Só passei por aqui hoje para fazer uma surpresa para minha mãe. Mas é lógico que ela não está em casa. E pensar que recusei uma ida ao cinema com as gêmeas Glassborow. Sempre quis uma irmã gêmea, mas, a julgar pelas risadinhas que as duas dão ao mesmo tempo, eu provavelmente não teria ouvido nenhuma palavra do filme. — Osla ficou sem ar. — Como você está?

— Me recuperando de uma gripezinha. — Agora que olhava com mais atenção, ela viu que o rosto dele estava corado e a testa tinha uma camada de suor. — Saí do quarto para pegar uns lenços que o mensageiro me deixou.

Philip pegou o pacote na soleira da porta, e Osla o viu oscilar.

— Firme aí, marinheiro. — Ela pôs as mãos nos ombros dele, equilibrando-o, e por reflexo Philip colocou os braços em volta da cintura dela. Os dois ficaram parados, não querendo se aproximar mais, e ela praticamente o ouvia pensar: "Eu não quero passar gripe para você." Osla não se importava. Ela puxou a cabeça dele, e eles começaram a se beijar, encostados na porta. A boca de Philip era firme e agressiva, mas as mãos em suas costas eram suaves, como se ele não conseguisse deixar de se derreter junto dela. Ele estava quente de febre. — Você está doente — disse ela, interrompendo o beijo.

— Não tão doente que me impeça de notar como você é cheirosa. — Isso pareceu sair involuntariamente, e ele franziu a testa e recuou.

Osla fez o mesmo, dando-se conta de onde estavam. Nenhum hotel em Londres permitiria que uma moça subisse com um rapaz a menos que eles apresentassem uma certidão de casamento. Mas ali estavam eles, com um quarto atrás e sem olhos em volta para vê-los.

— Tenho que ir à pantomima real em Windsor hoje à noite — murmurou ele. — *Aladdin*. As princesas vão encenar.

— Você não vai a lugar algum. — Osla pôs a mão na testa dele. — Entre aí. — Ela abriu a porta para ele e entrou em seguida. Um quarto modesto para os padrões do Claridge's, nada como a suíte de sua mãe. A mala de Philip estava no canto; a cama estava desarrumada, como se ele tivesse se agitado e se virado sobre ela. — Para a cama — ordenou Osla, tirando os sapatos dele. — Vou cuidar de você.

— Você é uma péssima enfermeira, princesa.

— E você, um paciente terrível, marinheiro. Ponha esse termômetro embaixo da língua...

— Você está gostando disso — acusou ele, parecendo prestes a morder o termômetro.

— Com certeza. — Osla se acomodou no pé da cama e puxou os pés de Philip para seu colo.

Os dedos dele eram longos e ossudos, e ela pensou em fazer cócegas neles.

— É só um resfriado...

— Você é um desses caras que dizem "eu só torci o pé" quando o osso está para fora, não é?

Ele ficou ofendido.

— Você não sabe o que está falando.

— Sei, sim!

Philip olhou para o teto, o termômetro apontando para cima.

— Nunca tive ninguém para cuidar de mim quando eu estava doente. Não de verdade...

— Além dos empregados, você quer dizer, ou das enfermeiras de mãos frias do internato? — Osla fez uma pausa. — Eu também nunca tive.

Ela se levantou para pegar um copo de água para ele. *Eu estou gostando disso.* Talvez fosse o aspecto doméstico de tudo aquilo, tão comum e, no entanto, tão estranho. Em sua experiência, estar envolvida com um homem significava *ir* a lugares: passear de carro, ir dançar, ir ao cinema. A naturalidade simples e cotidiana de andar descalça pelo quarto de Philip, sentindo-se à vontade...

— Deitado — ordenou ela, empurrando-o para baixo quando ele tentou se sentar.

— Mandona — disse ele, cuspindo o termômetro.

— Exatamente, meu querido, e está funcionando. Sua temperatura baixou. Você não está muito bem, mas acho que podemos beber um pouco. — Ela o fez pedir uma garrafa de champanhe e uma sopa de frango. Líquidos efervescentes eram bons para doentes; todo mundo sabia disso. — Você está na cidade faz muito tempo? — perguntou ela, abrindo o champanhe.

Ele olhou fixamente para ela.

— Vai me perguntar por que não liguei para você?

Ela encheu duas xícaras de chá com champanhe.

— Eu sei por que você não me ligou.

Um silêncio incômodo se instaurou.

Ele se apoiou no cotovelo.

— Você conheceu alguém, Os? Foi por isso que parou de me escrever?

— Não, não conheci ninguém. Pare com essa bobagem.

— Então por que você perdeu o interesse?

Eu estava protegendo você.

— Pensei que você estava se afastando — disse ele, por fim. — Deixando as coisas esfriarem. Não posso dizer que gostei da ideia, mas isso provavelmente era a melhor coisa a fazer.

— Por quê? — Osla olhou para ele, mas ele só deu de ombros. — Eu não estava me afastando... Foi um ano terrível, Philip. Eu vi o marido e a irmãzinha da minha melhor amiga morrerem bem na minha frente em um bombardeio. Ela colocou parte da culpa em mim. — Osla ainda se culpava por ter soltado a mão de Lucy. — Então eu a perdi também. E todo dia no trabalho datilografando informes de guerra, e os detalhes às vezes eram tão horríveis...

Pronto, não havia muitas mentiras nessas palavras. Algumas coisas foram omitidas, como sua caçada infrutífera durante meses por arquivos que tinham sumido e depois não mais. Um ladrão ou um informante que poderia ou não ter sido real... Osla ainda não tinha certeza. Tudo que ela podia fazer era manter os olhos abertos; até agora, nada mais parecia ter desaparecido.

— Enfim — concluiu ela —, passei por uma fase bem deprimente e, como não pensava em nada alegre para dizer, não quis escrever, quanto mais o silêncio se estendia, mais difícil ficava retomar. — Osla tocou a mão dele. — Você me perdoa?

— Eu também tive um ano ruim — disse ele, quietamente.

Osla hesitou. *Fique longe. Vai ser melhor para ele.* Mas não poderia deixar Philip ali assim, com febre e sozinho em um quarto de hotel impessoal às vésperas do Natal. Além disso, desde que ela decidira se afastar de Philip, tinha visto Mab perder Francis, tinha visto sua raiva e sua dor por não poderem ter tido mais tempo, mais amor, mais tudo...

Osla se estendeu na cama na frente de Philip e enroscou seus pés com meia nos pés ossudos dele.

— Me conte.

Ele contou devagar, em fragmentos curtos, enquanto bebiam o champanhe. Até o outro lado do Atlântico e de volta com um comboio; alvo de bombardeiros de mergulho Stukas por todo o Mediterrâneo quando o *Wallace* foi designado para ajudar na invasão da Sicília.

— Uma noite em julho — disse Philip —, o luar estava tão intenso que parecia dia. Estávamos deixando uma esteira que reluzia como a Estrada de Tijolos Amarelos. O navio já havia sido atingido, todos sabiam que eles iam voltar para acabar com a gente de vez. Tínhamos que pensar em algo depressa... Eu não sei por que o capitão ouviu a minha ideia, mas ele ouviu. Construímos uma grande jangada com tábuas e engradados, empilhamos destroços sobre ela, prendemos um sinalizador de fumaça em cada extremidade e a lançamos no mar, depois nos afastamos o mais rápido possível na outra direção e cortamos tudo no *Wallace*, motores, luzes, tudo. Ficamos ali sentados no escuro, torcendo para que os alemães acreditassem que tínhamos afundado e que a jangada de destroços e fumaça era tudo que restava...

— Pelo visto eles acreditaram — disse Osla, quando ele ficou em silêncio. — Senão você não estaria aqui.

— Eles acreditaram, sim. Ouvimos bombardeiros zunindo no céu, atirando na jangada para afundá-la. Aqueles malditos, bombardeando o que achavam que eram marinheiros agarrados aos destroços...

— Mas não eram. Parece que você salvou seus marinheiros, tenente.

Outro dar de ombros.

— Juro que envelheci cinco anos naquela noite, Os.

— Cinco anos... — Osla virou para o outro lado na cama, e ele a aconchegou junto ao seu peito, puxando o lençol sobre eles. — Não faz só cinco anos que nos conhecemos?

— Quatro.

— Só isso?

— Foi no fim de 1939, no bar aqui embaixo. Você com seu macacão de trabalho. Parecia Winston Churchill, mas estava linda.

— Meu Deus. Eu era um bebê.

— Eu também. Achava que a guerra ia ser moleza.

Eles ficaram quietos, os pés entrelaçados, abraçados no quarto escuro. Para Osla, já quase dormindo, era como estar em casa outra vez.

EM ALGUM MOMENTO da noite, ela acordou. O peito quente de Philip não estava pressionado em suas costas; em vez disso, ela sentiu algo macio e fofo.

— Por que você pôs um travesseiro entre nós? — perguntou ela, bocejando.

— Porque eu não tinha uma espada — murmurou ele, semiadormecido.

— O quê?

— Uma espada... é uma velha história. Um cavaleiro põe uma espada na cama se tiver que dormir ao lado de sua dama. Assim ela sabe que ele não vai passar dos limites.

— E se ela quiser que ele passe?

Nenhuma resposta.

Osla levantou da cama e começou a tirar seu vestido de lã cinza. Eles não haviam fechado as cortinas de blecaute; o luar lançava uma frágil luz prateada no quarto escuro. Viu Philip sentado na cama; ele deve ter tido febre enquanto dormia, porque havia tirado a camisa e os cobertores e estava com o lençol na altura dos joelhos levantados. Era a primeira vez que ela o via sem camisa e, meu Deus, que visão.

— Os — disse ele, sonolento, enquanto ela tirava as meias. — É melhor eu dormir no sofá.

— De jeito nenhum, marinheiro. Você ainda está meio febril.

— Eu não sou de ferro. — Ele fez um gesto para a combinação de cetim dela. — O travesseiro só funciona até certo ponto...

— Bem, eu não vou dormir de vestido de lã, nem naquela droga de sofá. Ela voltou para a cama ao lado dele, ouvindo o próprio coração bater forte.

— Você é uma diabinha — disse ele no escuro, puxando-a para mais perto. Sua pele ainda estava quente de febre e Osla se contagiou com o fogo, perdendo o fôlego e fazendo Philip perder o dele enquanto rolavam nos lençóis engomados. — Segure em mim — disse ele em certo momento, mãos e lábios deslizando pela bainha da combinação dela, e fez algo que Osla não sabia como nomear, algo que ela não sabia que as pessoas faziam, e que a fez se contorcer e ofegar, pendurada nos ombros largos dele como se estivesse prestes a cair de um penhasco. Ela sentiu o sorriso de Philip de encontro à sua pele. — Você finalmente está se comunicando, princesa.

— A comunicação tem que ser de mão dupla — arfou ela e encontrou algumas formas de fazer isso, deixando as mãos dele e seus sussurros ofegantes a guiarem. Eles pararam, apertando-se e respirando forte, colados um ao outro, testa contra testa. Um cavalheiro nunca forçava além de um determinado ponto com uma moça a menos que houvesse algum entendimento entre eles de que as coisas logo se tornariam permanentes. Até aquele momento, sempre que chegavam a esse ponto, Philip nunca levara adiante... mas eles nunca tiveram uma oportunidade como aquela, completamente sozinhos. Livres para fazer o que quisessem. Desta vez, Osla sentia, conseguiria passar dos protestos dele. Ele estava delirante o suficiente para esquecer a prudência — se ela fosse impiedosa o bastante até fazê-lo perder o controle.

Mas ele não teria continuado se fosse ela que estivesse com febre e zonza.

— Os — disse Philip, ainda ofegante. — É melhor pôr o travesseiro de volta.

Osla deixou sua cabeça baixar, batendo a testa com delicadeza no ombro dele.

— Odeio agir com dignidade.

— Ah, eu também — gemeu ele. Eles conseguiram se rearranjar, as pernas alinhadas mais ou menos onde deveriam estar, o travesseiro enfiado virtuosamente entre ambos, a cabeça de Osla no ombro dele.

— Nós poderíamos fazer isso toda vez que quiséssemos — disse Osla, no escuro. — Nada nos impede de ser... mais.

Foi o mais próximo a que ela já havia chegado de dizer, ou até de sugerir, aquilo. *Pare de me chamar de princesa, porque eu não sou. Mas poderia ser. Se você quisesse.*

Mas ele já havia voltado à terra dos sonhos.

Dormiram até tarde, e, ao meio-dia, a febre dele tinha sumido por completo e ele estava sentado na cama, com vontade de comer torradas. Fizeram os pedidos, comeram na cama... Osla olhou para o relógio, suspirando.

— Uma hora para o meu trem sair.

— E eu não tenho mais desculpas para escapar da pantomima de Natal em Windsor.

Ela tirou uma migalha de pão dos lábios dele.

— Não consigo imaginar você em uma pantomima para crianças.

— É mais do que isso. As princesas a encenam todo ano para um público seleto, para levantar dinheiro para os homens no front. — Ele sorriu. — Lilibet sempre tem que fazer o papel dos homens, porque Margaret tem que ficar com o papel da princesa.

— Ela já é uma princesa. Será que ela não pode representar outra coisa por uma noite?

— Você não conhece Margaret. — Philip olhou para seu prato e esmagou o último pedacinho de torrada. — Os... você não respondeu à minha pergunta ontem à noite. — Ele a encarou. — Por que você parou de me escrever?

— Eu disse...

— Um monte de coisas vagas sobre ter tido um ano terrível. Isso não é resposta. — O olhar dele era aguçado. — Eu conheço você. Independentemente disso, a Osla que eu conheço mantém o queixo erguido e a bola em jogo. Então, o que realmente aconteceu?

Ela não conseguiu olhar para ele.

— Você tem que confiar em mim, Philip.

— Você vai escrever quando eu embarcar de novo? Ou sair comigo enquanto eu estiver na cidade?

Não sei se é uma boa ideia, pensou Osla. Aquele encontro tinha sido acidental. Se eles começassem a ser vistos juntos pela cidade outra vez, talvez ela fosse repreendida e tivesse de enfrentar mais perguntas. *Entregue as cartas dele. Conte se ele tem contato com a família. Conte o que ele diz na cama...* E seu juramento a obrigaria a responder.

O rosto de Philip se fechou quando ela permaneceu em silêncio.

— Obrigado por bancar a enfermeira, princesa.

— Achei que seria melhor você ficar sabendo por um amigo — disse a voz ao telefone.

— David, que raio de conversa mole é essa? — Era véspera de Ano-Novo; Osla estava trabalhando no *FB* daquela semana, uma sátira cortante da peça de Natal da sociedade teatral de Bletchley Park, quando a proprietária disse que tinha uma ligação para ela. Osla ficou intrigada ao ver que era o amigo de Philip, David Milford Haven, do outro lado da linha. — Eu sei que Philip foi para Windsor no Natal depois da pantomima. Saiu nos jornais.

— O que não saiu nos jornais foi que saíram faíscas entre ele e a princesa Elizabeth. Jogos de mímica com a família depois do jantar de Boxing Day, danças ao som do gramofone...

— E daí? Philip e Lilibet se correspondem desde sempre. *Mímica*. Isso é algo que se joga com uma irmã mais nova.

— Não tão nova. Ela vai fazer dezoito anos em abril. É sensata, quer entrar para a ATS, tem olhos azuis, belas pernas. Philip ficou de olho nesses últimos quesitos enquanto ela saltitava pelo palco da pantomima numa calça justa de malha.

— Você tem que ser tão babão assim? — Osla torceu o nariz.

— Estou falando sério, Os. A princesa ficou olhando o Natal inteiro para Philip como se ele fosse Deus, e ele não estava exatamente desviando o olhar. Logo vão comentar, e achei que você preferisse ouvir de mim primeiro.

— Porque você tem um coração muito bom? Ah, como você é legal.

— Quer tomar uns drinques no Four Hundred? Só você e eu...

Osla desligou. Ficou parada no corredor um momento, olhando para as próprias pernas, que eram bem robustas e não seriam uma visão tão impressionante em calças justas de malha.

Princesa Elizabeth. A futura rainha da Inglaterra. E *Philip*?

Ele a chama de prima Lilibet. *Ele pensa nela como uma criança.*

— Osla! — A voz de Beth veio flutuando do portão da frente. — O ônibus...

— Estou indo! — Osla correu para fora de casa e para o trabalho, onde tentou o dia todo não pensar em princesas de olhos azuis.

55.

> *FUXICOS DE BLETCHLEY*, JANEIRO DE 1944
>
> Qual é a pior dificuldade imposta pelo necessário sigilo de BP? A preocupação de revelar informações sob anestesia no dentista, a pressão de mentir para os próprios amigos? Não, de acordo com uma pesquisa informal do FB, é ter de morder a língua quando a prima Betty fala mais uma vez enquanto todos comem o assado de Natal: "Pelo menos meu marido/irmão/pai usa farda, ao contrário do seu!"

Beth sentou-se em um dos reservados no Scopelli's, fones nos ouvidos, o queixo sobre os braços dobrados. Harry não viria naquele dia; tinha de receber um grupo de crianças de seis anos para o aniversário de Christopher, então dera a chave da loja de música a Beth para que ela fosse sozinha. As linhas paralelas da melodia de Bach estavam se despejando em seus ouvidos agora, precisas e ondulantes, e de olhos fechados Beth visualizava a nova cifra. A cifra em que Dilly estivera trabalhando antes de morrer.

Quem poderia saber o que os soviéticos estavam enviando com sua Enigma capturada, ou por quê? Beth imaginava que provavelmente eram mensagens de teste, mas a cifra em si a fascinava. Parecia ter sido enviada por uma Enigma de guerra alemã de três rotores, mas tinha algo diferente das outras que ela já vira. Dilly estava certo: a cifra espiralava para dentro; sendo hostil a ser aberta.

— Por que perder tempo com isso? — perguntou Peggy em uma noite calma, pouco depois da virada do ano. — Temos pilhas de mensagens não solucionadas mais recentes, se você estiver entediada. — Desde que Beth começara a trabalhar na seção de Knox havia uma cesta cheia de mensagens que ainda não foram decifradas. Trabalhavam nelas apenas quando não tinham mais nada para fazer, mas ninguém tinha muito tempo livre agora, com a invasão da França por parte dos Aliados se aproximando. — Por que perder tempo com essas coisas antigas do Dilly?

— Porque foi o último trabalho dele.

De tempos em tempos, desde que o trouxera de Courns Wood, ela voltava ao material sempre que tinha um tempinho livre e trabalhava pacientemente nele usando tudo que conhecia. Não conseguira nada, mas estar empacada naquilo não lhe dava a colossal e enlouquecedora frustração que Harry havia experimentado com o blecaute dos U-boats. Talvez porque o tráfego descartado de Dilly não havia sido considerado crítico; ninguém estava morrendo nas águas frias do Atlântico porque Beth não conseguia decodificar aquela cifra; era simplesmente um quebra-cabeça. Ela estava começando a ter sonhos em que uma rosa florescia em linhas da Enigma, que, em seguida, se dobravam sobre si mesmas como uma flor desabrochando ao contrário.

Estava virando o disco na vitrola quando a porta da loja se abriu com um estrondo. Harry entrou como um furacão, as mãos fechadas em punhos.

Ela tirou os fones.

— Aconteceu algo com Christopher? A festa...

Harry bateu a porta com tanta força que o batente sacudiu.

— Eu fui desconvidado.

— O quê?

— Christopher me pediu para não ir. Diz que os amigos dele vão fazer piadinhas com ele. Porque sou o único pai que não usa farda.

Aquele fedelho, Beth quase falou. Esperava que Sheila tivesse lhe dado uma bela bronca.

— Sheila ficou furiosa com ele — disse Harry, como se estivesse lendo sua mente.

— Ótimo — disse Beth. — Você devia ter ficado lá mesmo assim.

— É o aniversário dele. — Harry começou a andar de um lado para o outro. — Ele não estava tendo um ataque de birra nem querendo ser cruel. Meninos dessa idade, os meninos com quem ele convive na escola... Eles brincam de guerra, contam vantagem sobre qual pai está matando mais nazistas. Christopher já é mouro e aleijado... — Ele cuspiu as palavras com uma precisão selvagem. — Isso o deixa nas mãos de qualquer *bully* que esteja com vontade de se divertir um pouco. E, para completar, ele não tem um pai de quem possa se orgulhar.

— Claro que tem — disse Beth.

— Ele não tem a menor ideia do que eu faço.

— Sheila também não, mas ela sabe que é importante.

— Christopher tem *seis* anos. Tudo que ele sabe é que os outros meninos o atormentam porque o pai dele é um covarde, e eu não posso protegê-lo. E, quando ele me pergunta por que não estou lutando, não tenho uma resposta. — Harry se jogou na cadeira na frente de Beth, o rosto anuviado. — As mulheres que trabalham em BP... ninguém olha feio para elas porque não estão de farda. Estranhos não param você na rua e lhe perguntam como você consegue andar de cabeça erguida todo dia quando outros jovens fisicamente capazes estão morrendo. Homens não empurram você e dizem: "Você não pertence a este país, nem lutar por ele você luta."

— Eu só sou aceita neste trabalho porque estamos em guerra — disse Beth. — E mesmo assim não ganho o mesmo que você, Harry. Não venha me dizer que tudo é fácil para mim.

— Não estou dizendo isso — revidou ele, a fúria crescendo no olhar. Ela não desviou os olhos dele, e ele estendeu o braço sobre a mesa e envolveu a mão dela na sua, maior que a dela. — Desculpe. Eu não devia ficar choramingando assim.

Ela o examinou.

— Tem certeza de que é só Christopher?

Harry olhou para as mãos e estendeu os dedos como um leque.

— Se eu soubesse que vir para Bletchley Park significasse que eu nunca poderia lutar, que nenhum de nós jamais teria permissão para se alistar, porque não podemos correr o risco de ser capturados, não sei se eu teria vindo. E não sou o único que se sente assim.

— Você queria ter entrado para a Força Aérea Real e morrido em algum lugar acima de Kent em 1939? — perguntou Beth, incrédula. — Ou ser um soldado de artilharia e ser capturado em Dunkirk? Essa teria sido uma forma melhor de usar seu cérebro?

— Ser inteligente não deveria me isentar do perigo. Não estou dizendo que eles não estão certos de me impedir de me alistar agora. O segredo de Bletchley Park é mais importante. Mas queria ter tido a chance de fazer mais do que já fiz.

— Você está dizendo que não tem nenhuma influência nesta guerra? Calcule quantos transportes atravessaram o oceano em segurança porque você decifrou o tráfego dos U-boats. — Ela fez uma pausa. — Qualquer um pode ser bucha de canhão, mas só poucos conseguem decodificar cifras de alto nível. Esta guerra precisa do seu cérebro intacto. Deixe que outros explodam. Antes eles do que você.

— Você não está querendo dizer que somos melhores que os garotos que estão morrendo...

— Do que muitos deles, sim. Você é. *Nós* somos. Nossa alma não vale mais para Deus, mas nosso cérebro vale mais para a Grã-Bretanha.

Harry ficou olhando para ela por um instante.

— Deus é testemunha de quanto amo você, Beth — disse ele. — Mas às vezes é difícil gostar de você.

— *O quê?* — Ela sentiu como se tivesse levado um tapa.

— Nosso cérebro funciona de uma maneira... de uma maneira que nos faz úteis. E, sim, nós salvamos vidas. Mas é bem arrogante olhar com superioridade para essas vidas que salvamos só porque o cérebro deles não funciona como o nosso.

— Não é arrogante saber do nosso valor, Harry. E é ridículo pensar que atirar em nossos inimigos é uma parte mais nobre ou mais eficaz da luta do que decodificar os planos de combate do inimigo. Nós lutamos com lápis e papel, mas isso ainda é uma luta tão importante quanto.

— Eu sei. Eu sei que a luta é digna. Mas me deixou com um vazio tão grande por dentro que me pergunto se ainda vou parar dentro de uma cela acolchoada. Isso também pôs um alvo nas costas do meu filho, e não posso fingir que não me arrependo. — Ele se afastou, levantou-se e começou a andar outra vez.

— Eu não teria você se não fosse por este trabalho — disse Beth, sentindo-se indiferente. — Isso também é algo de que você se arrepende?

Harry parou. Ela viu a tensão em suas costas largas.

— Não — disse ele baixinho.

Mas?..., pensou Beth.

— Às vezes tenho inveja de você, sabia? — Harry se virou, apoiando o cotovelo no batente da porta. — O jeito como você vive cada dia sem ligar para nada que não seja trabalho. Ainda não consegui decidir se você realmente não se importa, ou se você se importa mas é tão focada que tudo deixa de existir assim que você mergulha nos códigos.

— Se importar? Com o quê?

— Com a guerra que existe fora de uma pilha de cifras. Com suas amigas, que eu sei que você ama, mas a quem não dá muita atenção...

— Claro que dou...

— Mab está se afundando na bebida no Galpão de Recreação todo dia depois do trabalho. Ela está por um fio. Será que você por acaso notou?

— Não... — Mab estava *infeliz*, é claro, mas por um fio? Mab, que ainda cortava o cabelo de Beth com o ondulado Veronica Lake todo mês, que a havia levado a Londres para obter o método contraceptivo. — Eu não percebi — disse Beth, a voz quase sumindo.

— E eu acabei de dizer que amo você, e você nem piscou. — Ele cruzou os braços sobre o peito. — Você me ama, Beth?

— Você também disse que era difícil gostar de mim — revidou Beth. — Talvez isso tenha me impactado mais.

— Quando você está concentrada nos códigos e se esquece de todo mundo à sua volta, sim, eu acho difícil gostar disso. O que não significa que eu não ame você. Eu amo. De uma maneira incurável.

Beth olhou para baixo e começou a mexer nos fones de ouvido na mesa, sentindo seu rosto ficar muito vermelho.

— Eu não... sei o que responder — disse por fim. — Ou o que fazer com isso. Não podemos mudar nada. Não *quero* mudar nada. Então por que temos que discutir isso?

Harry se aproximou, levantou o rosto dela e a beijou ternamente.

— Beth — disse ele —, você não sabe o que fazer com isso porque não está em um grupo de cinco letras.

56.

> *FUXICOS DE BLETCHLEY*, FEVEREIRO DE 1944
>
> O "gim holandês" servido no Galpão de Recreação não tem nenhuma semelhança nem com a Holanda nem com gim. É bebível só quando se teve o pior dia do mundo. Por exemplo, o tipo de dia que o FB teve, ao se deparar com a expressão *zur Endlösung* durante o trabalho. Fazia referência a um transporte de judeus e significa "para a solução final". O FB nunca ouviu falar disso, mas não é preciso ir muito longe para imaginar o que é, não é? [*Rascunho destruído sem ter sido lido por ninguém a não ser sua autora e substituído por um relato divertido sobre o torneio de xadrez de* BP.]

— Quatro meses? Que Deus nos ajude.
— Os preparativos estão bem adiantados.
— É bom que estejam mesmo...

A conversa no escritório do comandante Travis parou quando Mab pegou a bandeja de chá e uma pilha de informes, depois saiu e fechou a porta. Só falavam disso desde a virada do ano: o desembarque dos Aliados na França, que Mab agora sabia que estava planejado para junho ou perto disso. Ela também tinha conhecimento do número exato de bombardeiros Lancaster e de Fortalezas Voadoras direcionados para destruir os campos de pouso alemães em uma longa preparação para a invasão. Mab supôs, com indiferença, que estava mais bem informada acerca dos planos de guerra britânicos do que o Conselho de Ministros.

Depois de deixar a bandeja de chá, ela foi trancar os arquivos que acabara de recolher. Nada importante jamais era deixado ao alcance, nem por um instante sequer. Mab sabia que um daqueles armários guardava informes sobre tentativas de assassinato a Hitler e sobre as novas e melhoradas máquinas de computação de dados ali em BP que supostamente decifrariam o tráfego da Enigma ainda mais rápido do que as máquinas Bomba. Mas ela não pensava em nada disso. Seu cérebro não era requerido no novo emprego. Ela estava na administração agora; seu trabalho era arquivar, datilografar e organizar registros. Puro trabalho de secretária; algo que ela precisava levantar todo dia para fazer, mas que não exigia nenhum pensamento nem foco profundo.

O turno de Mab enfim acabou, e dez minutos depois ela estava de frente para seu primeiro drinque no Galpão de Recreação. Virou dois gins holandeses um atrás do outro, depois pediu uma cerveja e bebeu devagar. Dois depressa, um devagar; este era o segredo. Se ficasse bêbada rápido demais, acabaria chorando; devagar demais e não ficaria entorpecida o suficiente para conseguir dormir. Dois depressa, um devagar — repetir por quatro horas, até chegar a hora de cambalear, tonta, para o ônibus. Ela estava bem. Tudo estava bem.

Remexeu na bolsa à procura de um cigarro e franziu a testa quando encontrou as chaves dos armários da mansão onde havia terminado de arquivar os documentos naquele dia: tinha se esquecido de entregá-las ao vigia no salão principal. Ele tinha outro molho de chaves, felizmente, então era só ela passar lá e entregar as chaves antes de ir embora. Tudo estaria bem desde que as chaves permanecessem em Bletchley Park e nunca fossem deixadas sem vigilância.

— Rainha Mab, sua maravilhosa. Quer que eu pegue um drinque para você? — perguntou Giles, o rosto dele agradavelmente fora de foco. — Alguma fofoca boa? — perguntou de novo, quase sussurrando sob o barulho alegre dos decodificadores em fim de turno bebendo e jogando pingue-pongue e bridge ao fundo. — Travis já começou a beber por causa do estresse da invasão que se aproxima?

— Não vou dizer nada sobre trabalho, Giles. — Mesmo depois de três drinques, semiafogada em sua dor e abrigada ali no coração de BP, a resposta era automática.

— Querida, eu quero saber de *fofocas*, não segredos de trabalho. O *Fuxicos de Bletchley* não anda muito divertido esses dias, está deixando a desejar. Então me conte quem está com os nervos à flor da pele com a data dos desembarques, se o primeiro-ministro está mesmo gritando ao telefone dia sim, dia não por causa do Montgomery. Não podemos contar os segredos, mas de pessoas, sim. Nadica de nada? Bem, eu tenho muitas fofocas. As gêmeas Glassborow entraram para os Chapeleiros Malucos. Sabe quem elas são, não é? As de cabelo preto do Galpão Dezesseis? Meu Deus, como elas são chatas! Não param de dar risadinhas. Se é isso que os jovens estão virando, deveríamos jogar a toalha e deixar Hitler construir seu império. A propósito, nossa leitura do mês é *A casa soturna* de Dickens. Vou lhe poupar quinhentas páginas: é soturno.

Mab se lembrou de ter desbravado a maior parte da obra de Dickens em "cem clássicos da literatura para uma dama culta". Havia chegado a terminar a lista? Não que isso importasse agora.

— Estamos sentindo sua falta nas reuniões, Mab. Os Chapeleiros Malucos não são a mesma coisa sem você. Osla anda muito tristonha para nos entreter... Você ouviu as conversas sobre aquele príncipe dela? E a doce Beth pode ser muito inteligente, mas nunca foi de falar coisas divertidas. Embora eu deva confessar que é um pouco divertido ver ela e Harry se sentarem cada um de um lado, fingindo que não acabaram de dar uns amassos no abrigo antiaéreo. Quem aqueles dois pensam que estão enganando, eu não sei...

Mab virou o resto de sua bebida e pediu outra. As laterais de sua cabeça pareciam moles. Ela olhou para além de Giles e deu um pulo, endireitando o corpo. Era Francis sentado no canto mais distante do Galpão de Recreação; ele estava de costas para ela, mas aqueles ombros fortes eram sem dúvida dele, seu cabelo com os primeiros fios grisalhos... Ela deslizou do banquinho tão depressa que quase caiu e saiu empurrando um quarteto de jogadores de bridge.

— Dá licença... — Era Francis, ele estava vivo, e ia se virar sorrindo e dizer a ela que deixara Lucy dormindo no quarto.

Pousou a mão no ombro dele. O homem virou a cabeça, e não, não era Francis. Claro que não era. Só um homem corpulento com um rosto vermelho, nem um pouco parecido com Francis. Mab quase chorou. Ela se virou e voltou tropeçando para seu banco, errando-o quando tentou se sentar de novo.

— Cuidado. — Giles pôs a mão no ombro dela. — Suas pernas não parecem muito firmes.

Mab tinha sido amaldiçoada com aquilo desde o Natal: *ver* Francis e Lucy em todo lugar. Mas não realmente vê-los. Toda menina com pernas finas jogando bola se tornava Lucy; todo homem com um brilho castanho avermelhado no cabelo era Francis. Mab sabia que sua mente estava lhe pregando peças, mas não conseguia parar de correr na direção de estranhos, com uma esperança irracional. Mente louca, cruel. Mundo ainda mais louco e cruel. *Desligue isso tudo...*

Ela virou o restante da cerveja e olhou para Giles, abrindo os lábios em um sorriso.

— O que você disse? — Ela não ouviu nada do que ele respondeu, só ficou ali balançando a cabeça e bebendo até o mundo se transformar em efervescências e faíscas.

Mab acordou com o sol em seus olhos.

Ela se sentou, olhou em volta para o quarto estranho, sentindo o lençol nas pernas, que estavam nuas, a cabeça explodindo de dor, e se deparou com Giles deitado na cama ao seu lado.

— Não precisa sair correndo como se tivesse que pegar o último bote salva-vidas do *Titanic*.

Mab se levantou, com o estômago embrulhado, e começou a recolher suas roupas, que aparentemente haviam sido largadas por toda parte. Aquele devia ser o quarto de Giles — ele fora um dos felizardos a serem alojados na Shoulder of Mutton. Estava sentado na cama, o cabelo ruivo arrepiado, o lençol puxado até a cintura. Mab sentiu outra onda de enjoo.

— Estou atrasada para o trabalho? — Talvez aquele fosse um motivo de orgulho patético, mas, toda vez que ela chegara cambaleando em casa e fora para a cama semibêbada, nunca permitira que aquilo a fizesse chegar atrasada no dia seguinte. Havia falhado em todas as promessas que fizera para Lucy e Francis, mas não havia falhado no juramento para seu país. — *Giles...*

— Ainda não são nem seis horas. — Ele pegou o maço de Gitanes na mesinha de cabeceira.

Ela teria relaxado de alívio, mas aquela era só a primeira das preocupações que faziam seu estômago embrulhar.

— Nós... — começou ela, ainda segurando as roupas diante da própria nudez. Giles parecia estar de cueca, mas ela nem suportava olhar. — *Nós fizemos?...* — Ela não se lembrava de absolutamente nada depois de ter sido ajudada a sair pelos portões de BP.

— Não. — Ele acendeu um fósforo. — Pode tentar não parecer tão surpresa, por favor? Você estava bem a fim ontem à noite, e eu admito que estava bem a fim também, mas você apagou no momento em que caiu na cama. Não exijo declarações de amor eterno das mulheres que levo para a cama, mas exijo que estejam conscientes. Então cobri você e deitei também para dormir um pouco. Eu teria dormido no sofá, como um cavalheiro, mas, como você pode ver — disse ele, gesticulando para o pequeno quarto —, não tem sofá.

— O-obrigada. Desculpe por tudo isso, eu... — Mab conseguiu vestir a combinação. Seu estômago embrulhou outra vez. *O que mais eu fiz? Será que dei algum show?* Aquilo nunca havia acontecido, em todas as vezes que bebera no Galpão de Recreação. Como ela havia ficado bêbada e se jogado justamente em cima de Giles?

Um pânico totalmente diferente a atingiu quando ela se lembrou das chaves da mansão. Ela pegou a bolsa depressa.

— Giles, minhas chaves...

— Relaxe, minha querida. Você insistiu em deixá-las com o vigia no salão principal antes de virmos para cá. Você podia estar trêbada, mas irresponsável? Nunca.

Mab soltou o ar, aliviada.

— Posso usar sua pia?

Giles exalou uma nuvem de fumaça.

— Fique à vontade.

A água estava muito gelada, então ela bebeu meio copo e jogou o resto no rosto e no pescoço. Endireitando o corpo, ela se olhou no espelho e tomou um susto. As cinzas com que havia escurecido meticulosamente os cílios no lugar do rímel agora descem por suas faces como lágrimas pretas, e seu cabelo parecia um ninho de rato. Ela não parecia a esposa elegante de Francis Gray com seus chapéus chiques e sapatos lustrosos. Não parecia nem Mab Churt, a moça combativa de Shoreditch com vestidos de raiom que ia tirar Lucy do buraco onde ambas haviam nascido.

— Você chora enquanto dorme. — A voz de Giles emergiu quietamente atrás dela.

Mab começou a chorar, curvada sobre a pia.

— Não tem sido fácil, não é? — Giles estendeu o braço branco e sardento. — Não precisa ficar com vergonha. Você estava afogando suas dores ontem à noite e, para ser franco, eu também.

Sem nem se dar conta, Mab se viu de volta na cama e sob o braço dele. Ela se sacudia por chorar de soluçar, Giles lhe passou um lenço e, com delicadeza, de uma maneira que não exigia nenhuma resposta, disse:

— Eu tive uma paixonite terrível por você, sabia? Superei quando você se casou com o poeta de guerra, mas não posso dizer que minha sorte melhorou, porque logo fiquei doido por outra mulher que não posso ter. E é por isso que ontem à noite achei que talvez fosse uma boa ideia me esquecer dela nos *seus* braços, mas é você que precisa de braços neste momento. Coitada de você... — Ele apertou os ombros dela e os soluços de Mab foram diminuindo, embora sua cabeça continuasse latejando. — Parte de mim inveja você — continuou Giles. — Pelo menos Francis também te amou. Eu não consigo nem fazer com que Beth olhe na minha direção.

Ela sabia que ele não estava comparando sua paixão não correspondida com a morte de Francis. Estava tentando apenas distraí-la, e ela se sentiu grata por isso.

— Giles, não me diga que você gosta da Beth. — Mab pressionou os pulsos nos olhos.

— Desde que fui transferido para o SIK. Você não conhece de verdade uma pessoa em BP até vê-la trabalhar. Nunca soube o que Beth *fazia* até ir para lá. — Giles assobiou. — Quando está realmente trabalhando, ela quase reluz. Sempre achei que eu fosse muito inteligente, mas aqui todo mundo foi o primeiro da turma em Oxford ou traduz papiros egípcios. Cérebros como os meus valem centavos perto do da Beth, que vale uma moeda de ouro. O do Harry vale uma boa libra esterlina. Não me surpreende ela ter me ignorado e agarrado ele.

— Eu sinto muito — disse Mab.

— Vou superar. — Ele deu de ombros. — Além do mais, se eu esperar um pouco, Harry pode voltar para a esposa, e aí quem sabe Beth olhe para mim. Não custa nada sonhar, não é? Até lá... — Giles deixou seu último centímetro de cigarro no pires na mesinha de cabeceira e segurou o rosto dela. — Você tem alguém que gostaria de esquecer, e eu também. Agora que estamos os dois sóbrios, o que acha de tentarmos?

Parte dela queria, só para que sua cabeça, que ainda doía bastante, parasse de pensar. Mas era Giles ali diante dela, um dos poucos amigos que lhe restavam, e ele não merecia uma mulher que ia simplesmente fechar os olhos e desejar que ele fosse outra pessoa.

— Eu não posso, Giles.

Ele sorriu e baixou a mão.

— Então o que acha de um café da manhã, minha rainha?

57.

FUXICOS DE BLETCHLEY, MARÇO DE 1944

Trens e estações de trens — que coisa eles se tornaram nesses tempos de guerra. Quantos corações partidos e voltas para casa, êxtases e agonias nós experimentamos com o piso que treme, com a multidão na plataforma e um bilhete suado agarrado na mão?

Dessa vez era Osla esperando na plataforma em Euston.
    Cabelos loiros reluzindo — ali estava Philip, bem na hora, atravessando a multidão com seu jeito de andar com os braços soltos. Ele não havia lhe escrito desde o Natal nem a convidado para se encontrarem, até aquele dia. Disse que estava muito ocupado, transferido para um novo contratorpedeiro classe W em Newcastle...
    Perfeitamente razoável, pensou Osla, vendo-o se aproximar. Ela também andava cheia de trabalho; junho estava logo ali, e os desembarques planejados e os tradutores do Galpão Quatro não tinham folga. Mas, mesmo que tentasse se convencer de que estava tudo bem, não conseguia banir inteiramente a voz fria de Philip no Claridge's: "Você não respondeu à minha pergunta ontem à noite. Por que você parou de me escrever?"
    E a voz de David, o amigo de Philip: "Saíram faíscas entre ele e a princesa Elizabeth..."

Philip parou diante dela.

— Oi, princesa. — Seus olhos percorreram o vestido cor-de-rosa, o mesmo que ela usara na primeira vez em que se encontraram naquele lugar, e pousaram na insígnia naval presa entre seus seios. Ele sorriu espontaneamente, segurou a mão dela e a beijou. — Só vou ficar na cidade por uma noite. Amanhã volto a Newcastle. Muita coisa para fazer, supervisionar os reparos no *Whelp*.

— *Whelp*. Cãozinho. Que nome para um navio de guerra...

— É um navio excelente, e rápido... — Começou a falar termos técnicos, as mãos voando. Osla sabia que ele queria voltar para o mar. Um homem como Philip foi feito para mares revoltos e para se esquivar de fogo de artilharia, não para acompanhar damas por Londres. — E você? — Ele pôs a mão dela no braço e a conduziu para o abrigo da parede. Um trem acabara de chegar, soldados saíam, se espalhando pela plataforma, com bolsas de viagem, mulheres repreendiam crianças. — O que tem feito naquele seu trabalho entediante, Os?

Ontem, minhas colegas tradutoras e eu estávamos todas rindo de Herr Hitler, pensou ela. *O Führer parece ter descartado a ideia de que a invasão aliada vai vir pela França. Ele acha que vai ser pela* Noruega; *não é engraçado, Philip? Faz com que a gente reflita sobre Hitler. Se um punhado de debutantes amadoras consegue enxergar que não existe nenhuma maneira realista de uma enorme força anfíbia atravessar aquelas águas revoltas do Mar do Norte, depois escalar aqueles penhascos rochosos para o continente, seria de imaginar que o líder supremo de um Reich que deveria durar mil anos também conseguisse enxergar isso. Mas não, ele não enxergou, e um galpão cheio de mulheres está rindo à beça à custa dele. Esse é o resumo da minha semana! Não é hilário?*

— Ah, eu não tenho nada para contar. — Osla apertou o braço dele. — De acordo com seu amigo David, *você* tem algo para contar. Ele me ligou depois do Natal, dizendo que Lilibet está louca por você. Espero que não tenha partido o coração da nossa princesa. — O tom de voz dela foi afetuoso e provocante, convidando-o a rir, mas Philip olhou para ela e algo passou pela sua expressão.

— Estava mesmo me perguntando se isso teria chegado aos seus ouvidos.

— Isso o quê?

— Não. Nada.

— Então o que?... — Osla não sabia como prosseguir, então parou. Eles ficaram em silêncio na plataforma. Quanto tempo gastaram ali, esperando um pelo outro? — Philip, não estou com *ciúme*. Embora eu ache que esse tenha sido o objetivo do David. Por que outra razão alguém telefonaria para a namorada do amigo para contar que uma menina de dezessete anos com calças de malha justas passou o Natal olhando para ele numa pantomima?

A resposta de Philip foi afiada:

— Elizabeth é jovem demais para as pessoas estarem conversando sobre planos de casamento...

— Planos de *casamento*? — O coração de Osla acelerou. — Quem está conversando sobre isso?

Uma pausa.

— Prefiro não falar mais sobre esse assunto, Os.

— Não estou querendo me intrometer em... assuntos reais — disse ela. — Mas você me deu isto para usar — continuou, tocando a insígnia naval — e disse que me amava mais de uma vez nos últimos quatro anos. Ainda que as coisas tenham estado tensas recentemente, acho que tenho o direito de saber se seu nome está sendo considerado nos *planos de casamento* de outra pessoa.

— Não está — concluiu ele. — É cedo demais para isso.

— Puxa, que legal! — Então realmente havia algo. Algo que ia além de boatos. Osla soltou o ar devagar. — Então eu devo esperar um ou dois anos e trazer esse assunto à tona de novo? Acha que ainda será cedo demais? Ou tarde demais?

— Osla, vamos parar com essa conversa e ir atrás de um linguado com champanhe no Savoy.

— Perdi o apetite.

Ficaram olhando um para o outro. A plataforma estava quase vazia; a multidão do último trem tinha se dispersado e os passageiros do próximo ainda não estavam todos ali.

— Não vou discutir isso aqui — disse Philip por fim.

Osla sentiu um quê de desdém aristocrata que raramente surgia na voz dele; desdém por dizer qualquer coisa remotamente pessoal em público.

— Isto é o mais próximo que vamos ter de privacidade, Alteza, já que não temos um quarto no Claridge's desta vez. Portanto, gostaria de saber o que está acontecendo entre você e sua querida prima Lilibet.

Ele enfiou as mãos nos bolsos.

— Ela gosta de mim — disse ele por fim. — Desde que tinha treze anos.

— É só uma paixonite de menina boba.

— Ela não é boba. É muito séria, na verdade. Sensata. Ela sabe o que quer.

— E ela quer você. E agora que ela tem quase dezoito anos... — *A idade que eu tinha quando conheci você.* — As pessoas estão começando a cogitar com quem ela poderia se casar um dia.

— Imagino que sim. — Ele parecia nervoso. — Eu nunca pensei nisso, Os. Ainda não penso. Tenho um navio em que pensar. Estou indo para o combate, é com isso que ocupo a mente. Estamos em guerra.

Eu sei que estamos em guerra, Osla queria gritar. *Eu sei! Eu sei!* Mas algo mais estava acontecendo ao mesmo tempo que a guerra, e era a vida. E a vida continuou seguindo em frente até o momento em que parou, e era a vida dela, coxeando como um cavalo que de repente ficou manco, tudo porque alguém havia posto um obstáculo em seu caminho, um obstáculo chamado Lilibet.

— Quer dizer que ela está pensando em você, mas você não está pensando nela. — Osla controlou o tom de voz. — Por que você está tão nervoso então? E por que está me evitando desde o Natal?

— Eu não...

— Você está, sim.

Uma longa pausa.

— Minha família ficou entusiasmada — disse ele finalmente. — Alguns convidados no Natal notaram a situação... com Lilibet, quer dizer... e foi assim que meu primo George ficou sabendo. — *George*, o rei da Grécia, atualmente afastado do trono no exílio. — De repente, a família toda ficou alvoroçada. O tio Dickie adorou a ideia. A prima Marina não para de falar nisso. Ela escreveu para minha mãe. Todo mundo só sabe falar disso...

— E daí? — Osla cruzou os braços. — Eles não podem forçar você a subir no altar porque querem uma aliança, Philip. Não estamos na Idade Média.

— Eu tenho deveres. — Ele não conseguia olhá-la nos olhos. — Eles são minha família.

— Que família? A que está exilada da própria terra natal? A que se aliou a Hitler? Você me diz há anos que se sente como se nem tivesse uma família, e, agora que você talvez possa fazer uma aliança dessa família com a futura rainha da Inglaterra, os desejos dela de repente estão acima de tudo?

— Eu tenho deveres — repetiu ele, apenas.

— Você tem outros deveres primeiro, como já destacou. Estamos em guerra, *tenente*, e fascistas precisam ser combatidos. Mas e se esta guerra chegar ao fim e sua princesa séria e sensata ainda estiver determinada a ter você?

Uma longa pausa.

— Então minha família vai esperar que eu tome a iniciativa.

Osla descruzou os braços, apertando as mãos para que elas parassem de tremer.

— E o que você vai fazer?

Outra longa pausa. Osla se virou e sentou em um banco junto à parede, lembrando-se do blecaute em que ela e Philip ficaram ali sentados a noite inteira se beijando. Respirou fundo algumas vezes, esperando o aperto em sua garganta diminuir.

— Eu só fui um... passatempo para você?

— Você sabe que é mais do que isso!

— Será mesmo? Você me ama. Eu sei. Mas em algum momento estava em seus planos ter algo duradouro comigo? — Uma risada frágil. — Não, né? Você me disse na noite em que nos conhecemos: "Aposto que você vai ser difícil de esquecer."

— Nunca prometi a você que ia durar. — Philip se sentou ao lado dela, colocando as mãos entre os joelhos. — Você é boa demais para mim, de longe...

— Pare de ser educado. Isso é só outra maneira de dizer: "Você não é boa o suficiente." Mas eu sou, Philip. Eu sou maior de idade, sempre vou ter meu dinheiro, frequento os mesmos círculos que você e *sempre* fui boa o suficiente. Mesmo assim, eu ainda sou só aquela para quem você telefona para curtir a noite. — Ela ergueu o queixo, recusando-se a desviar o olhar. — Faz *quatro anos*. Por que você nunca...

— Vamos ser justos. Eu nunca fui tão longe para você ter criado expectativas.

— Você quer dizer que, como nunca dormiu comigo, então você não tem culpa.

— Fale baixo!

— Mas há outras maneiras de *criar expectativas*, Philip.

Ambos estavam tremendo. Philip parecia estar com vontade de lhe dar um bom tapa, pensou Osla. E ela queria arranhar o rosto dele até tirar sangue. Mas também não seria preciso muito para que eles caíssem nos braços um do outro. Nunca foi preciso muito. Ela afastou o olhar e fitou os trilhos, onde outro trem se aproximava. Os dois ficaram sentados esperando enquanto outro fluxo de passageiros saía e se acotovelava em direção à escada. Esperaram até o trem partir e a plataforma esvaziar outra vez.

— Talvez seja melhor você ir para casa. — A voz de Philip estava novamente sob controle. — Conversamos quando eu tiver mais que uma noite de licença do *Whelp*.

— E voltamos às coisas como elas eram, é isso que você está sugerindo?

— Como elas *são*, Os. Você sabe o que sinto por você. Nada mudou.

— Desculpe, Philip. Depois de quatro anos, acho que não quero dedicar meu coração a você. — As palavras saíram como vidro quebrado cortando sua garganta. — Agora que sei que você está pronto para vestir as cores da equipe de hipismo britânica no instante em que sua prima Lilibet vier trotando para a linha de partida.

— Não fale dela como se ela fosse um cavalo — irritou-se ele. — Ela tem sentimentos.

— *Eu também*. — Osla tentou engolir, apesar do espinho que sentia enfiado na garganta. — Você a ama?

— Eu estava na cama com você no Natal. Acha que eu ia sair dali direto para me apaixonar por uma garota que mal saiu da escola?

— Não sei. O que sua família esperaria? — Pausa. — Você *conseguiria* amá-la?

O silêncio mais longo da noite se instaurou. Osla sentiu um aperto no peito, como se seu coração estivesse desistindo dele.

— Acho que isso é um sim — ela conseguiu dizer.

Ele olhou para o chão entre os pés, como se estivesse vendo alguma outra coisa.

— O mundo em que ela vive... No Natal pude ver os bastidores um pouco melhor. A família dela não é como a minha, cada um para um lado e todos brigando. *Nós quatro*, o rei está sempre dizendo cheio de orgulho. Apenas um homem, sua esposa e suas duas filhas. Isso é o que eles são quando estão na companhia um do outro. Nenhuma grandiosidade.

— Nenhuma grandiosidade? Uma família que tem, o quê, dez palácios?

— Você sabe o que eles fazem nesses palácios? Eles tomam chá e ouvem discos no gramofone, e riem, enquanto os cachorros passeiam em volta de seus pés. Margaret lê uma revista enquanto a mãe fala de cavalos, e Lilibet e o pai saem para caminhar... Eu poderia fazer parte disso — terminou Philip, com a voz baixa.

É o que todo mundo quer, pensou Osla, amargurada. Não só uma princesa que era a esposa adequada para um príncipe... nem mesmo o fato de que seus parentes aprovavam. A princesa Elizabeth tinha aquilo que era irresistível aos que não tinham um lar, aquilo que a própria Osla desejava com todas as suas forças. Lilibet vinha com uma família pronta, unida e amorosa. Uma família, embrulhada em um laço com a futura rainha da Inglaterra, que era uma garota *séria*, e não uma debutante avoada.

Um oásis no deserto, para um menino criado sem lar. Um menino que virou um homem ambicioso... Osla conhecia Philip muito bem; claro que ele era ambicioso. Que homem desprovido e solitário rejeitaria uma chance daquelas: status, riqueza, poder, aliados a uma família amorosa *e* a uma garota por quem ele achava que conseguiria se apaixonar facilmente?

Nenhum, pensou Osla.

— Ainda não consigo pensar em nada disso — prosseguiu Philip. — Não até a guerra acabar. Não tenho tempo para isso. Mas Lilibet disse que continuaria me escrevendo. Ela nunca parou. — Ele olhou para Osla. — *Você parou.*

O fôlego abandonou Osla, como se ela tivesse levado um soco.

— Contei coisas a você que nunca contei a ninguém, Os. Sobre o Cabo Matapão, como miramos alvos no escuro e os vimos afundar. Em seguida eu volto para o mar e você para de escrever. Então eu penso que você está se afastando, caindo fora, e tenho que deixar, porque você está certa. Não me envolvi com você achando que duraria. Então, se você quer dar o fora, o justo é que eu a deixe ir. Mas daí volto para casa e no Natal você cai nos meus braços como se nada tivesse acontecido, e me confunde outra vez, mas não quer me dizer por que se afastou de mim, nem se vai voltar a me escrever... Posso ter feito com que você criasse expectativas, mas estamos quites nessa. Você me iludiu também.

Não é culpa minha, Osla queria rosnar. *Eu* protegi *você. Eu me afastei para tirar a inteligência de Londres das suas costas.* Mas não podia dizer nada daquilo. Ele esperava explicações, mas a Lei de Segredos Oficiais estava em seu pescoço como uma coleira de chumbo.

— Pelo menos, com Lilibet — disse ele por fim —, eu sei onde estou pisando.

— Você sabe *quem* você é com ela? — revidou Osla. — Comigo, você seria simplesmente Philip. Com ela, você seria sempre *o marido da rainha*. Acha que foi feito para isso, para ser o Albert de uma Vitória? Eu não acho. Você vai morrer de tédio em três anos.

Agora foi Philip que pareceu ter levado um soco.

O silêncio se estendeu, interminável, tenso, terrível. Em algum lugar distante, um relógio soou. Por fim, Osla se levantou, tirou a insígnia naval do vestido e a colocou na mão dele.

— Boa sorte com o *Whelp*.

Evitando o olhar chocado dele, ela caminhou com cuidado, um passo de cada vez, pela plataforma em direção à bilheteria, onde veria que horas sairia o próximo trem de volta para Bletchley. Parte de Osla torcia para que Philip viesse atrás dela, que a atração entre eles derrotasse a promessa de uma família, uma família da realeza ainda por cima. Mas ela sabia que ele não viria.

Sabia de outra coisa também. Com um passo de cada vez, chegaria lá — à bilheteria, a Bletchley, aonde quisesse que sua vida chegasse — sem se despedaçar. Levando tudo em consideração, perder Philip não era nem remotamente importante. Não em um mundo em que invasões da Europa eram planejadas, em que milhões de pessoas ao redor do mundo estavam morrendo. Não importava nada que ela se sentisse como se estivesse sendo dilacerada por alicates incandescentes.

Você vai superar, disse Osla a si mesma. *Estamos em guerra.*

A voz de Philip soou delicadamente atrás dela:

— Deixe pelo menos eu levar você para casa, princesa...

Osla se contraiu como se um chicote houvesse rasgado suas costas. Ela se virou a tempo de ver Philip travado no meio da frase, ciente de como sua escolha da palavra tinha sido inoportuna. Ela endireitou a postura, deixando-o dar uma boa olhada na fúria em seus olhos.

— Não sou nenhuma princesa, Philip — disse ela, por fim. — Você já tem uma.

58.

FUXICOS DE BLETCHLEY, ABRIL DE 1944

Uma reflexão, crânios e debutantes, e o FB tem consciência de que ela é radical: será que poderíamos aposentar a palavra "carcamano" do nosso vocabulário? Um termo *tão* divertido, uma piada *tão* legal, uma gíria *tão* afetuosa para jogar no meio da conversa em um momento de animação... mas o FB não acha o termo engraçado, nem aqueles a quem é dirigido, a julgar por sua expressão.

— Saiam daqui. — Beth entrou no meio do motim de crianças e puxou um menino loiro e um ruivo. Christopher Zarb estava no chão do próprio jardim, e os meninos jogavam lama nele.

— Ele não luta — falou o ruivo com desdém. — Igual ao pai dele...

Beth ergueu a mão e bateu na parte de trás da cabeça dele.

— Vão embora daqui.

Os meninos correram.

— Minha mãe falou que quem não luta pela Inglaterra não merece viver aqui — gritou um deles. — Malditos carcamanos...

Christopher ficou sentado na terra, tentando não chorar, tirando a lama de seu aparelho ortopédico. Beth sentiu um aperto no peito.

— Não ligue para eles. — Ela estendeu a mão, desajeitada, para o filho de seu amante. — Venha, vamos limpar você.

Sheila estava dentro de casa arrumando pão e margarina para a reunião dos Chapeleiros Malucos do mês, mas correu até o filho assim que o viu todo sujo de lama.

— Foi o Robbie Blaine? Aquele pestinha...

— Cuide do Christopher — disse Beth. — Eu termino de arrumar aqui.

Estava cedo, ela havia sido a primeira a chegar. Harry entrou quando ela estava pondo a chaleira no fogo e ficou irado quando ela lhe contou o que havia acontecido.

— Aqueles idiotas estão pegando no pé dele há meses. Quando dou um tapa neles, os pais vêm reclamar. — Harry passou uma toalha de mesa para ela. — Espero que isso melhore semana que vem.

— Semana que vem?

Uma longa pausa.

— Eu vou embora. — Ele a olhou nos olhos. — Eu me alistei, Beth.

O tempo parou, cristalizou, enquanto os dois continuavam ali parados na cozinha apertada. Então Beth soltou uma risada curta e incrédula.

— Você não pode.

— Posso, se eu for para a Fleet Air Arm — disse Harry, impassível. — O serviço de aviação naval. Quem é alvejado na Fleet Air Arm cai no mar. Sem risco de captura, sem risco para BP.

— O comandante Travis não...

— O Travis deu permissão para o Keith Batey do Galpão Seis em junho de 1942. Agora, para mim. Eu ia contar a você depois da reunião do clube, mas... — Harry respirou fundo. — Está feito, Beth.

— Não. — Aquilo saiu como um reflexo de Beth, subindo por sua garganta em algo muito próximo de um gemido. Ela ficou parada segurando a toalha, subitamente aterrorizada.

— Pelo visto contou para ela. — Sheila entrou na cozinha, enfiando uma mecha de cabelo de volta para dentro da redinha que o prendia. — Converse com ele, Beth. Eu já gastei toda minha saliva. Talvez, já que não quer ouvir a esposa, ele ouça a *amante*. — Olhou brava para Harry.

— Que injusta... — disse ele, tentando fazer graça. — *Amante* sugere uma mulher escondida e eu não estou escondendo a Beth em nenhum lugar onde ela não queira estar.

Ninguém riu da piada. Sheila se virou e começou a tirar xícaras do armário, irritada, deixando o ataque para Beth. Ela cruzou os braços e engoliu o medo.

— Há quanto tempo você está planejando isso?

— Desde janeiro.

Quando ela e Harry brigaram acerca de qual luta tinha mais valor, a luta com uma arma ou a luta com um lápis. Nenhum dos dois havia mencionado aquela briga desde então. Harry tinha sido carinhoso, puxava-a para o conforto de seu corpo toda vez que estavam juntos, e ela caía nos braços dele aliviada, feliz por não voltar à discussão. Sentira-se *aliviada*, e ele planejando aquele tempo todo. Beth respirou bem fundo, e, com o ar, saiu também a raiva.

— Seu burro — disse ela. — Sua seção precisa de você.

— Com toda sinceridade, não precisam, não. Não estamos mais em 1941, com gente insuficiente e todo mundo se desdobrando em mil. Nem em 1942, com o terrível blecaute. Você tem ideia de como minha seção está grande agora? BP está a todo vapor, agora milhares de engrenagens fazem o trabalho. Uma engrenagem a menos não vai fazer diferença.

— Você não é uma *engrenagem*. Eles podem encontrar mais jogadores de xadrez e estudantes de matemática, mas não podem encontrar outro Harry. — As palavras dela se atropelavam, tropeçavam, imploravam. — Eles não podem substituir você.

— Podem, sim. — A voz dele era calma, e ela odiava aquilo. — Eu não sou especial, Beth. Você poderia fazer meu trabalho melhor do que eu. Ou mulheres como a Joan Clarke, que é um dos melhores cérebros da minha seção. Esse foi o argumento decisivo para o Travis: as mulheres aqui se mostraram perfeitamente capazes de fazer o trabalho. Então deixe que elas o façam, e deixe os homens que querem se alistar ir ao front enquanto podem.

— Pausa. — Vai acontecer algo grandioso logo. Você sabe disso.

A invasão aliada. Todos sabiam que ela estava chegando.

— Você não pode dizer que mais um homem no campo de combate não fará diferença — continuou Harry com aquela voz calma. — Cada pessoa conta. Há muitas mulheres qualificadas que podem fazer meu trabalho. Mas essas mulheres não podem entrar para a Fleet Air Arm, e eu posso. E a Fleet Air Arm precisa de homens.

— Eles não precisam de *você*. — Mas aquele argumento não estava funcionando, então Beth mudou de estratégia. — E o seu filho? Ele precisa de vocês dois...

— Os pais da Sheila aceitaram ajudar.

— Ah, vai ser uma alegria — murmurou Sheila na pia, ainda batendo xícaras. — Você atirando em alemães sobre o Atlântico e eu ouvindo minha mãe dizer que estou fazendo tudo errado com os aparelhos ortopédicos do Christopher...

— Se você cair no meio do oceano, ele vai ficar *sem pai*. E ela vai ficar *viúva*. — Beth apontou para Sheila. — Você é tão egoísta assim, Harry?

— Não. — Algo alterou em seu tom de voz. — O que é egoísta é continuar enfurnado em um trabalho seguro e confortável aqui em Buckinghamshire enquanto todos os homens aptos deste país põem a vida deles em risco. Eles têm esposas e filhos também. Isso não os dispensa do perigo. Não tenho direito de ficar em segurança com minha família quando eles não podem fazer o mesmo, simplesmente porque não têm meu diploma e a facilidade que eu tenho para escapar.

— Ah, não seja tão *nobre* — disse Beth, ríspida, enquanto Sheila resmungava: "Quanta estupidez."

Harry só olhou para elas fixamente, imóvel como um pilar de granito na cozinha apertada.

— Eu vou — disse ele, quando elas terminaram. — Eu amo aquele menino lá no quarto mais do que o mundo, e amo vocês duas, mas eu vou.

Para seu horror, Beth foi para cima de Harry e começou a bater nele. Ela não conseguia parar. O pânico a arranhava por dentro como um passarinho preso.

— Desgraçado — rosnou ela, percebendo que estava prestes a chorar, socando-o com os punhos. — Seu *desgraçado*... — Harry continuou quieto, recebendo os golpes. Foi Sheila que a puxou.

— Pare com isso. As pessoas estão olhando.

Na porta, Beth viu um grupo de Chapeleiros Malucos que tinha acabado de chegar, sem saber o que fazer: Giles e Mab, as gêmeas Glassborow de olhos arregalados. Beth se virou para esconder o rosto enquanto Harry, meio sem jeito, convidava todos para entrar. Ela queria continuar batendo nele até tirar sangue. Apertou os braços em volta do corpo e curvou os ombros, envergonhada por ter perdido o controle.

— Por que eles estavam brigando? — Ela ouviu Valerie Glassborow sussurrar para a irmã quando entraram na sala.

— Alguém tem que explicar a você o que é um ménage à trois, criança? — perguntou Giles, ouvindo o comentário. — Não serei eu...

Beth pegou seu casaco.

— Eu não vou ficar.

Harry a seguiu até o lado de fora, no crepúsculo de primavera.

— Beth...

— Você é um matemático, cacete, não um piloto. — Ela se esquivou antes que ele pudesse tocar seu braço. — É muito mais útil aqui em BP, e mesmo assim vai embora por causa de um... senso equivocado de nobreza. E vai morrer no meio do Atlântico... — Beth sentiu os olhos encherem-se de lágrimas ao pensar em Harry afundando em um mar cintilante, em um avião crivado de balas pela Luftwaffe. Seu cérebro complicado e curioso transformado em um pudim cinzento, que nunca mais conseguiria decifrar combinações de U-boats ou teorizar provas matemáticas. A guerra tinha desperdiçado tantos homens; por que tinha de desperdiçar seu belo e brilhante Harry?

Você me ama?, Harry havia lhe perguntado em janeiro, e ela não soubera como responder. Seria aquela a maneira dele de descobrir?

— Eu odeio você — murmurou ela, ciente de que parecia uma criança, arrasada demais para se importar. — Não se atreva a me escrever quando for embora, seu zumbi idiota. Não se *atreva*.

Nove dias para o casamento real

11 de novembro de 1947

59.

Dentro do relógio

Era apenas na hora mais escura e sombria pouco antes do amanhecer que Beth conseguia se forçar a contemplar o último nome em sua lista para a posição de traidor de Bletchley Park.

Giles, uma possibilidade. Peggy, outra possibilidade. O restante da seção de Dilly, todos suspeitos, cada um deles.

E, por fim... Harry.

Beth apertou os olhos no negrume da noite, controlando um acesso de tosse. *O Harry não.*

Mas ele havia trabalhado na seção de Knox esporadicamente, quando precisavam de mãos extras. Ela conseguia até se lembrar dele reclamando que deveriam ajudar mais os soviéticos, nos tempos em que eles estavam perdendo milhões de soldados para o avanço oriental de Hitler.

Harry, um traidor.

Não pode ter sido o Harry, pensou Beth, defendendo-o, como havia feito milhares de vezes. Não era só um grito de "ele não teria feito isso comigo". Harry estava na Fleet Air Arm quando o traidor destruiu a vida dela.

Mas e se ele não tivesse ido para a Fleet Air Arm? E se aquilo tivesse sido apenas uma desculpa, e ele tivesse ido... para outro lugar? E se ele estivesse, de alguma maneira, monitorando a atividade do SIK, ou tinha uma pessoa fazendo isso para ele, quando Beth finalmente decodificou aquela mensagem fatal da cifra abandonada de Dilly?

Muito forçado... Mas, em três anos e meio, Harry nunca viera a Clockwell. Quando a guerra terminou, ela se agarrou à esperança de vê-lo entrar com seus passos largos pelos portões de ferro. Ele não tinha permissão para deixar seu regimento durante o combate, mas, quando a guerra acabou, Harry teria vindo procurá-la. Mesmo com a briga que tiveram antes de ele partir, *nada* o teria impedido de vir se ele soubesse que ela estava ali.

Eles vão fazer uma cirurgia em mim, Harry. Beth pensou em sua silenciosa parceira no jogo de *go*, sua única amiga, que foi levada para a cirurgia e não tinha voltado ainda. Será que também foi uma lobotomia? Vai saber... *Eles vão me abrir, e não sei o que vão fazer depois disso. Venha me buscar antes...*

Mas ele nunca veio.

Então... ou ele estava morto e nunca ficara sabendo o que havia acontecido com Beth, ou era o traidor, e a pusera ali, e não se importava se ela morresse naquele lugar.

Beth enfiou a cabeça no travesseiro e chorou.

York

— É a respeito do meu artigo sobre os chapéus de Ascot? — Osla segurou o telefone entre a orelha e o ombro, enquanto prendia suas meias. Não esperava que o chefe fosse ligar para ela em York. — Deixei em cima da sua mesa antes de sair de Londres.

— É, eu vi...

— Posso tentar transformá-lo em uma espécie de sátira da elite? Vai ficar hilário...

— Não, deixe como está. Mas não é para falar do seu artigo que te liguei, senhorita Kendall.

Osla olhou para o relógio. Se demorasse para sair do hotel, ela perderia o trem da manhã para Clockwell.

— Você me pediu uns dias de licença. Acho melhor tornarmos seu período de licença indefinido, até depois do casamento real.

Ela sentiu a mandíbula retesar.

— Os tabloides ainda estão a mil?

— Telefonando sem parar à sua procura. Dê um tempo até as coisas se acalmarem. O mundo não vai acabar se não publicarmos artigos sobre os chapéus de Ascot.

Osla soltou o ar pelo nariz.

— Quando posso voltar?

— Bem... você vai se casar em breve, então...

— O que isso tem a ver? — Ninguém parecia acreditar que Osla queria trabalhar. Talvez artigos divertidos e fúteis sobre os chapéus de Ascot não fossem exatamente mudar o mundo, mas, depois de traduzir tanta tragédia em BP, Osla achava que o mundo precisava de um pouco de diversão e futilidade. Ela *adorava* seu trabalho, poxa. — Não tenho intenção de parar de trabalhar depois que me casar.

— Seu noivo está de acordo com isso?

Quem liga?, pensou Osla, pegando seus sapatos. *Eu não crio caso com quem ele agita os lençóis pelas minhas costas, e ele não vai criar caso com meu trabalho.* Ela tranquilizou o chefe, desligou e telefonou para seu noivo. Ninguém atendeu, e ela baixou o fone com uma sensação culpada de alívio por não ter de falar com ele e inventar uma história...

— Você poderia arrumar coisa melhor, minha querida — dissera a mãe de Osla depois de conhecer o futuro marido dela. — Sem sombra de dúvida.

Não, não poderia, pensou Osla agora, deslizando o polegar sobre seu anel de esmeralda. Se aprendera algo com Philip, foi a não confiar na paixão. Era muito melhor se contentar com a realidade: um trabalho que ela adorava e um amigo de quem ela gostava, ainda que ele a chamasse de "gatinha" e provavelmente estivesse perambulando por aí no fim de semana com alguma vadia de Whitstable.

Osla levou a mala para baixo e chamou o porteiro.

— Se puder me fazer o favor de arrumar um táxi...

Ela parou. Recostada em uma antiga Bentley bem conservada, estacionada do outro lado da rua, muito elegante com suas calças pretas, seus enormes óculos de sol e um chapéu de aba inclinada, estava Mab.

Três anos antes

Maio de 1944

60.

Carta de Osla para seu bom samaritano do Café de Paris

Por favor, me diga que coração partido não é fatal. Por favor, me diga que essa sensação não vai me matar. Porque, neste momento, é o que gostaria que ela fizesse. Me envie uma mensagem em uma garrafa, senhor Cornwell, e me diga que vai ficar tudo bem...

Dava para sentir, pensou Osla, quando algo grandioso estava chegando a Bletchley Park. Ninguém compartilhava detalhes de seu trabalho, mas não havia como confundir com outra coisa a agitação tensa e acalorada no refeitório quando ondas de criptoanalistas entravam afobadas, mastigando às pressas pratos cheios de repugnantes picles de legumes temperados e queijo sem reclamar e saindo correndo já com o lápis na mão. Dava para *sentir*. A temperatura em BP subia como mercúrio em um termômetro.

A invasão estava próxima.

Não que não houvesse outras questões.

— Osla, você vê o tráfego da Fleet Air Arm na sua seção? — sussurrou Beth, sentando-se abruptamente ao lado de Osla no refeitório. — Preciso saber quais aviões são derrubados. Qual é a porcentagem de baixas.

— Ah, Beth. — Osla olhou para a colega de quarto, que vinha fazendo mais turnos do que nunca desde que Harry partira para o treinamento. Ela estava muito pálida. Osla empurrou o prato para ela. — Coma meus arenques. Você está um palito.

— Só quero saber os números!

Osla colocou um cacho atrás da orelha. Sua cabeça doía, as mãos estavam amarelas de aplicar maquiagem nas pernas depois que seu último par de meias bateu as botas, e ah, sim, ela ainda acordava todas as manhãs pensando em Philip e esperando a pontada de agonia que vinha em seguida. Até aquele momento, o plano de ignorar completamente seu coração partido seguindo a teoria de que isso não era importante em tempos de guerra não estava funcionando muito bem.

— Eu vejo parte do tráfego da Fleet Air Arm — disse ela a Beth, que parecia tão morta por dentro quanto Osla se sentia.

— Os números são tão ruins quanto os da Força Aérea Real?

Osla escolheu as palavras com cuidado:

— Quando são atingidos, eles... As coisas são muito mais definitivas do que com a Força Aérea Real. Porque eles não podem saltar de paraquedas para a terra e voltar andando para casa.

— Me conte se você vir alguma coisa sobre...

— Não tenho permissão, Beth. Eu não posso.

— Pode, sim. — A voz de Beth se elevou. — Não estamos em uma linha de telefone aberta, não estamos em público. Estamos dentro de BP. Você pode me contar.

— Não é sua...

— *Osla*. — Beth estava atraindo olhares do refeitório lotado, inclinada na direção de Osla com todo seu corpo dizendo "por favor".

Uma pausa, e Osla assentiu.

— Vou dar uma olhada no tráfego mais recente.

Uma mínima quebra de sigilo, mas algo que todos deixavam escapar: os galpões estavam cheios demais de mulheres ansiosas por notícias de seus maridos e irmãos que estavam na linha de frente para que não houvesse um pequeno e discreto compartilhamento de informações. A própria Osla não conseguia deixar de procurar o *Whelp*, agora que ele havia partido para o Pacífico, por mais que dissesse a si mesma que aquilo não era mais da sua conta. Por que corações não podiam simplesmente ser reiniciados, retrocedidos até que não sentissem nada mais do que a empatia usual que se sentia por qualquer homem que fosse para a guerra? Pelos olhos avermelhados de Beth, Osla achou que a amiga com quem dividia o quarto estivesse pensando a mesma coisa.

— Obrigada — disse Beth, com a voz mais baixa. — Desculpe te pedir isso.

— Ah, deixe disso, se eu não puder contornar uma regra só um pouquinho para você, para que eu sirvo?

Osla sentiu uma súbita onda de afeto. Era verdade, ela não tinha mais Philip, mas tinha *amigas*. Mais do que as amigas do trabalho como Sally Norton e as outras tradutoras; tinha amigas como Beth, que ela nunca teria conhecido se não fosse a guerra. A estranha, excêntrica, brilhante Beth, que havia confessado recentemente à meia-noite que estava morrendo de medo de não ter mais um trabalho como aquele depois que a guerra acabasse.

— Tenho que voltar para a minha seção — disse Beth e, em um piscar de olhos, estava de novo alerta e calma.

A carga de trabalho estava matando todo mundo naquele período que precedia os desembarques, mas Beth parecia revigorada. Osla a invejava.

Trabalhou na edição semanal do *Fuxicos de Bletchley*, mas, assim que voltou ao seu bloco, percebeu que teria de refazê-la. Havia notícias muito mais importantes para o FB do que uma sátira sobre o Highland Reel Club.

— A data foi definida — disse seu chefe, olhando para toda a seção naval reunida. — Seis de junho. Últimas horas do dia cinco, se as condições meteorológicas nos favorecerem.

Osla cravou as unhas nas palmas das mãos.

— Todas as folgas estão suspensas — prosseguiu ele. — Nosso foco agora são as interceptações relacionadas à posição das minas alemãs no Canal da Mancha. Boa caçada, senhoras.

Osla soltou o ar devagar. Talvez aquele fosse o propósito que ela estivera buscando a guerra inteira, a hora e o lugar de finalmente provar seu va-

lor. Dentro de apenas três semanas, navios anfíbios estariam avançando pelas águas do canal em direção à Normandia.
Vamos limpar o caminho para eles.
Ela pegou seu dicionário de alemão. *Mina, lançamento de minas, navio lança-minas...*
Hora de dar tudo de si.

61.

> *FUXICOS DE BLETCHLEY*, JUNHO DE 1944
>
> Suspender folgas, suspender refeições, suspender o sono. O dia está marcado.

Pedacinho por pedacinho, Beth foi abrindo a rosa.
— As frases são muito curtas — disse ela a Dilly. Imaginava-o encostado na mesa à sua frente, enchendo o cachimbo. — É muito pouco para servir de base. Provavelmente porque os soviéticos estavam só trocando mensagens de teste.
Ele assentiu.
— E então?
— Preciso de uma mensagem mais longa. — Beth mordeu o lábio, ignorando os olhares estranhos que seus colegas lhe lançavam da mesa mais próxima. — A estação Y recebeu mais alguma coisa nesta frequência?
Os olhos dele brilharam.
— Por que não verifica?
Beth fez a solicitação, deixando de lado a cifra que ela passara a chamar de Rosa. Cifras e chaves já haviam recebido nomes de cores, animais. Por que não flores? Tubarão e Golfinho eram cifras navais, conforme as conversas imprudentes de colegas do Galpão Oito que ouvira... Ela afastou logo o pensamento, porque o Galpão Oito era sinônimo de Harry, e pensar em Harry

ainda doía tanto em Beth que tudo que ela queria era não pensar nessa ferida.

Começou a trabalhar na Abwehr assim que ela chegou. Faltavam poucos dias para a invasão; Bletchley Park inteiro estava mais tenso que uma mola de relógio. Todos entravam mais cedo e iam para casa mais tarde. "Eles vão matar vocês de trabalhar, meninas!", havia exclamado a dona da casa onde elas ficavam em Aspley Guise.

Vai valer a pena, pensou Beth, *se conseguirmos tomar essas praias*. A contribuição de Beth para a Operação Overlord era engodo puro e simples. Os agentes duplos mais confiáveis que haviam sido encontrados por meio da Abwehr e virados contra o Terceiro Reich estavam todos falando a mesma coisa para Berlim: que o desembarque aconteceria em Pas-de-Calais.

Até ali, todas as mensagens da Abwehr que Beth decodificou diziam que Berlim havia mordido a isca.

— Meninas, como vocês conseguem manter esse ritmo? — resmungou Giles, todo jogado atrás de sua mesa com calça de tweed. — Vocês não são humanas.

Peggy e Beth se entreolharam, dando de ombros. Seria apenas mais um Matapão. Elas já haviam feito aquilo; e iam fazer de novo.

Mas sempre havia um momento, algumas horas antes da meia-noite, em que as coisas ficavam mais lentas e, toda noite, Beth voltava para as veredas e espirais da Rosa. Chegara uma resposta para a solicitação que ela fizera de todo o tráfego que Dilly identificara e todas as frequências associadas.

— Foi arquivado como baixa prioridade — disse o funcionário.

— Eu vou levar. — Uma bela página inteira para trabalhar, e não fragmentos frustrantes. — Se o tipo de indicador nessa máquina for o mesmo que na Enigma comum — murmurou ela, movendo rápido o lápis —, a *aparência* teria que ser a mesma, mas talvez...

Ela estava começando a entender.

Era cinco de junho.

— É HORA DE vocês irem para casa e dormirem um pouco — instruiu Peter Twinn ao pôr do sol. — A partir de meia-noite, todos de volta.

Quase todo o SIK se dirigiu para a porta, mas Beth voltou à sua mesa. Depois da meia-noite, o tráfego da invasão engoliria tudo. Ela preferia trabalhar na Rosa a algumas horas maldormidas ou tentar não pensar se Harry já estaria em um avião dirigindo-se para o canal. Ele com certeza ainda não havia terminado o treinamento, mas ela ouvira histórias aterrorizantes sobre pilotos enfiados precipitadamente em um avião com apenas poucas horas de voo...

Ela piscou com força e expulsou Harry de seus pensamentos, enquanto estendia a mão para a longa mensagem interceptada no código da rosa. Conseguiu a posição de um rotor, um R, e, depois de avaliar um número alucinante de blocos de chaves, pôs um Z no seguinte. Beth ficou olhando um pouco para aquilo e se perguntou se a mensagem poderia ter sido enviada com a chave C-Z-R, de "czar". Já que aquela era supostamente uma interceptação russa...

Deu uma olhada na sala ao lado, onde o SIK tinha agora máquinas Typex instaladas. Todos os decodificadores tinham ido embora; Beth hesitou por um instante, mas decidiu mexer na máquina mais próxima. Demorou um pouco para entender como configurá-la, mas acabou conseguindo fixar os rotores em CZR como posição inicial, depois se sentou e começou a datilografar cuidadosamente a mensagem cifrada.

— O que é isso? — Ela ouviu a voz de Peggy atrás dela, mas Beth não se virou.

— Vá embora.

— Espere, deixe eu ver...

— Peggy, *vá embora*.

Ela ouviu o barulho de saltos ofendidos se afastarem, e, aos poucos, a mensagem decifrada foi saindo.

— Vamos, vamos.

Tudo que Beth queria ver era se sairia uma mensagem coerente; não se importava com o que diria. Provavelmente *era* mesmo um tráfego de teste, os russos testando uma máquina capturada. Beth só queria saber se havia conseguido decifrar o código. Se ela conseguisse decifrar o Rosa, conseguiria decifrar qualquer coisa que lhe aparecesse na correria da invasão.

Estava tão acostumada a ver trechos sem sentido se transformarem em fragmentos de alemão que seu cérebro cansado demorou um momento para registrar o que estava vendo. Não era alemão; era inglês. Ela ergueu as sobrancelhas, hesitou, depois levou a folha de volta para sua mesa, pegou a pasta com o restante das mensagens interceptadas e tentou passá-las com a chave CZR. As combinações das máquinas mudavam sempre à meia-noite, mas às vezes os operadores se descuidavam...

Não dessa vez. Saiu tudo sem sentido, então Beth abandonou a Typex e voltou para a mensagem decodificada. Começou a separar os grupos de cinco letras em palavras, mas seus olhos saltaram à frente do lápis.

Beth ficou paralisada.

— Sinto muito, o comandante Travis ainda não chegou.

Beth olhou para a mulher de meia-idade que datilografava com a maior tranquilidade atrás da mesa. Um silêncio tétrico se instaurava na mansão, metade das salas deserta.

— Preciso falar com ele. É urgente.

— Tudo é urgente hoje em dia — suspirou a mulher. — Ele vai chegar à meia-noite. Todo mundo vai chegar à meia-noite.

Meia-noite? Ainda faltavam mais de quatro horas. Beth conseguia ouvir seu coração acelerado. Segurava a pasta com as mensagens do código da rosa junto ao peito como um escudo.

— Preciso falar com ele agora — repetiu ela.

Era tudo em que conseguia pensar desde que lera a mensagem cifrada em inglês.

— Ele deve estar dando uma cochilada. Se quiser deixar sua pasta...

— Não.

— Então sinto muito, mas não há nada que eu possa fazer — disse a mulher, claramente sem paciência.

— Escute aqui, sua imbecil...

— Escute você, senhorita Finch. Trate de se acalmar ou mando pôr você para fora daqui pelas orelhas.

Beth saiu, com a boca seca. Parou entre os grifos de pedra que ladeavam a entrada da mansão, sem a mínima ideia do que fazer. O gramado se estendia verde e liso até o lago, mas nenhum decodificador estava jogando *rounders* naquele longo crepúsculo de verão. Homens e mulheres circulavam a passos rápidos entre os blocos, e o céu estava cinza e agourento. Ao sul dali, praias designadas como Omaha, Utah, Sword, Juno e Gold eram lambidas por ondas calmas e sem sangue. Mas não iam permanecer sem sangue por muito tempo.

O que eu faço? Beth olhou para a pasta com a mensagem decodificada e suas revelações horripilantes. Não podia levá-la de volta para o SIK. Qualquer um poderia tê-la visto lá, em sua mesa, enquanto tentava passar as outras mensagens do Rosa pela Typex. Estava em inglês; qualquer pessoa poderia ter se aproximado e lido. Peggy tinha aparecido atrás dela enquanto ela a passava pela Typex. Será que ela tinha visto? E se?...

Não entre em pânico, disse Beth a si mesma, mas não conseguia decidir para onde ir, o que fazer. Não podia deixar a mensagem desprotegida. Não podia confiar em ninguém no SIK. E, quando Travis chegasse, será que a escutaria? A invasão começaria em questão de horas. Nada seria mais importante, nem naquele dia nem no seguinte, do que aquilo. Nem mesmo o que ela havia lido na mensagem decodificada.

Então guarde-a em um lugar seguro, pensou. *Até que seja possível lidar com ela.*

Naquele momento Bletchley Park não era um lugar seguro.

Ela enfiou a pasta por baixo do casaco e saiu pelos portões de BP, correndo até chegar à esquina mais próxima. Nunca havia pedido carona a um estranho em sua vida, mas fez isso agora, acenando para uma velha Vauxhall que seguia pela cidade.

— Senhor, é uma emergência. Será que poderia me levar até Courns Wood?

62.

> *FUXICOS DE BLETCHLEY*, 5 DE JUNHO DE 1944
>
> "Tende cuidado... com o modo como despertareis nossa adormecida espada de guerra." O bom e velho Shakespeare. Hoje podemos ter um inimigo diferente da época de Henrique v, mas o sentimento permanece o mesmo quando olhamos para a França.
> Boa sorte, crânios e debutantes.

— Esperando o ônibus? — Giles vinha caminhando com aquela colega loira de Beth do SIK.

Peggy, Mab se lembrou, era esse o nome dela. Os dois continuaram andando ao lado de Mab quando ela passou pelos portões de Bletchley Park.

— Eu saí na mesma hora de sempre, mas vou voltar à meia-noite para a mobilização. — Mab trocou a bolsa de braço, tentando evitar o olhar de Giles. Ela ainda estava tão constrangida por ter desmoronado na cama dele que quase não conseguia encará-lo.

Ele franziu a testa.

— Você está com uma cara de quem não tem dormido direito, Rainha Mab.

— Não tenho mesmo. — Ela havia parado com o gim e, sem a consoladora embriaguez, ficava virando de um lado para o outro por horas antes de adormecer. Na noite anterior, sonhara que procurava Lucy por um labirinto sufocante de cinzas e destroços e acordara chorando.

— Isso não é bom — disse Peggy, curta e grossa. — Precisamos de todos bem descansados esta noite. É fantástico, não é? — Ela fez um gesto com a cabeça para a vizinhança. — Nós sabemos que a invasão está acontecendo, e eles não têm a menor ideia.

— Não vou me preocupar com isso até os barcos chegarem às cabeças de praia. — Giles encolheu os ombros. — Vocês viram a Beth por aí? Queria convidá-la para um concerto ou algo assim depois de toda a correria que vai ser.

— Ela estava no SIK na última vez que a vi — falou Peggy, meio irritada. — Me mandou cair fora.

— Estou pensando que talvez tenha uma chance com ela agora que o Harry está fora de cena...

— Ela vai mandar você cair fora também. Não sei como ela ainda tem amigos — disse Peggy, olhando para Mab. — Confesso que nunca serei tão piedosa quanto você e a Osla.

— Por quê? — Mab franziu a testa.

— Você está falando do ataque a Coventry? — perguntou Giles a Peggy.

— É...

Mab parou na esquina.

— O que tem o ataque a Coventry?

Peggy pareceu ficar incomodada. Para Mab, cada detalhe do rosto dela se destacava com particular nitidez: o cabelo claro esvoaçante, o rosto fino e proporcional.

— Não era para eu ter falado isso? Achei que, depois do funeral do seu marido, ela teria se desculpado por...

Os ouvidos de Mab zumbiam como se ela estivesse dentro de uma colmeia.

— Pelo quê?

— Por não avisar a vocês que ficassem longe de Coventry. Imagino que ela não avisou, senão vocês não teriam ido. A Beth decodificou uma mensagem anunciando o ataque. Eu estava na mesa ao lado. — Peggy levantou as sobrancelhas. Giles estava em choque. — Ela não contou para vocês?

63.

—B eth? — A sra. Knox abriu a porta, surpresa. — Mas o que?... Minha querida, você está branca como um fantasma.

— Desculpe incomodá-la. — Beth sentia a pasta debaixo do casaco quase a queimando através da blusa. — Preciso ir ao escritório do Dilly.

Felizmente a sra. Knox era uma mulher acostumada a não fazer perguntas. Ela conduziu Beth até lá. Estava quase escuro; quando ela acendeu o abajur, a súbita luz amarela lançou sombras parecidas com gárgulas pelas estantes. Beth olhou para a poltrona de couro rachado onde Dilly tantas vezes se sentara e quase chorou. *Dilly, por que você teve que morrer?* Tudo teria sido mais fácil se ele estivesse vivo. Ele saberia o que fazer com a bomba que ela decodificara.

Mas Dilly estava descansando em seu túmulo desde fevereiro, e Beth estava sozinha.

Assim que a sra. Knox saiu, Beth correu até a mesa de Dilly. Ele mantinha a chave na corrente do relógio desde que Beth o conhecera; onde ela estaria agora? Suspirou aliviada quando, depois de remexer freneticamente as pilhas de papéis velhos, encontrou uma pequena chave de metal familiar. Ela foi até o painel na parede e o deslocou em suas dobradiças invisíveis, revelando o cofre. Uma volta da chave, e ele se abriu: vazio.

Beth puxou a pasta de baixo do casaco e hesitou. A maioria das mensagens nela ainda não tinha sido decifrada. Sentiu-se tentada a sentar à mesa de Dilly e ver se conseguia decifrar mais algumas. Mas o tempo estava passando e ela precisava estar de volta a BP à meia-noite. Olhou para o primeiro informe, o único que havia decodificado. O início ainda estava distorcido e não produzira nada, mas as linhas do meio da mensagem eram claras. Ela já as havia memorizado.

> [...] *possibilidade é interessante, mas por enquanto temos nossos próprios métodos. Por favor, transmita nossos agradecimentos à sua fonte do* SIK *e confirme que continuamos interessados em qualquer nova informação. A remuneração é a habitual.*

Havia uma espécie de nome em código como assinatura, uma palavra que Beth não conhecia. Não era essa a parte que lhe dera um frio na espinha.
Sua fonte dentro do SIK.
Essas não eram apenas mensagens de teste. Alguém dentro de Bletchley Park vinha passando informações... e, pela época desse tráfego, vinha fazendo isso desde 1942.

— Você desconfiava? — sussurrou ela alto, olhando para a poltrona de Dilly.

Mas seu simulacro ficou em silêncio naquela noite. Com certeza ele não tinha imaginado. Se o sigilo de Bletchley Park estivesse comprometido, a cifra Rosa teria uma seção designada só para ela, em vez de ser deixada com um homem moribundo em sua biblioteca particular. Não, Dilly a pegou porque a Rosa era diferente, interessante, uma anomalia. Seu último quebra-cabeça.

Agora meu quebra-cabeça, pensou Beth, e trancou a pasta ali dentro, fechando o painel da parede sobre o cofre. Se algo tão secreto como decodificações da Enigma tinha de ficar fora da área de Bletchley Park, pelo menos o cofre de Knox já tinha se provado uma localização segura. Beth não ousava levar a pasta para Aspley Guise, e também não podia deixá-la no SIK.

Alguém lá era um traidor.

Quem?, perguntou-se ela, totalmente arrasada — porque eles eram preciosos para ela, cada um deles. Peggy, que a ensinara a decodificar com as tiras de papelão; Giles, que dizia que ela era a melhor criptoanalista que ele

já havia conhecido e não parecia ressentido ao admitir isso; Jean, Claire, Phyllida e todo mundo da equipe de Dilly, que trabalharam com ela na crise de Matapão... Um *deles* estava vendendo informações de Bletchley Park?
A remuneração é a habitual.
Beth se sentiu enjoada.
Olhou para a chave do cofre e enfiou-a no bolso. Dilly sempre brincava que deveria ter mais de uma chave do cofre; se ele perdesse aquela, estaria em maus lençóis. O arquivo Rosa poderia ficar ali até Beth ter uma oportunidade de levá-lo para o comandante Travis, quando quer que isso fosse. *Se ele não me receber esta noite, vai me receber na hora em que a invasão estiver encerrada. Não vai passar disso.* Beth abriria caminho até o escritório dele com um machado de bombeiro se fosse preciso; ele ia escutá-la.
— Terminou, minha querida? — perguntou a sra. Knox quando Beth saiu da biblioteca.
— Terminei. Por favor, não conte a *ninguém* que eu estive aqui. Deixei uma coisa na biblioteca... não a procure.
— Claro que não. — A esposa de Dilly continuava imperturbável.
Beth hesitou, depois se aproximou e deu um abraço apertado e rápido em Olive Knox.
— Obrigada.
O velho ajudante geral da sra. Knox cumprimentou Beth quando ela saiu da casa.
— Para onde, senhorita? Tenho ordens de lhe dar uma carona.
Beth ia dizer *Bletchley Park*, mas uma dor chata e familiar começou abaixo do umbigo e ela sentiu as costas começarem a suar: sua menstruação ia descer. Para trabalhar dobrado a partir da meia-noite, ela precisaria de um absorvente.
— Aspley Guise — disse Beth ao motorista, e tentou conter uma sensação de profundo cansaço.
Como ela odiava ser mulher às vezes: mal remunerada, subestimada e traída pelo próprio corpo. Queria irromper em BP e gritar a plenos pulmões que eles tinham um *traidor*, droga, e era bom que todos escutassem. Mas eles escutariam uma mulher com sangue na saia? Muitos homens achavam que as mulheres ficavam loucas quando estavam menstruando.

Ela se arrastou escada acima em Aspley Guise, lutando contra as ondas frias de suspeitas enquanto sua mente se voltava de um colega do SIK para outro — *Não pode ser você. Ou pode? Você?* — e entrou em seu quarto compartilhado. Osla estava junto à pia, lavando o rosto, e Boots a olhou de sua cesta, bocejando.

— Beth — disse Osla —, está acontecendo alguma coisa? Recebi um telefonema, algo sobre Mab e Coventry...

Beth estava procurando sua latinha de absorventes, mas ajeitou a postura com uma súbita descarga nervosa.

— Coventry?

— Não consegui entender direito...

Mab entrou no quarto que ela um dia havia dividido com as duas e onde não pusera os pés desde que o marido e a filha morreram. Beth se virou e mal teve tempo de ver os olhos enfurecidos de Mab antes que ela lhe acertasse um tapa violento no rosto.

471

64.

— Você sabia. — Mab empurrou Beth contra a parede. A raiva a sufocava, subia pela sua garganta.
— Mab...
Beth tentou afastá-la, mas Mab era bem mais alta e estava inflamada pela fúria. Ela empurrou Beth contra o espelho, que ficou balançando, e Boots pulou para fora da cesta, latindo. Então Osla segurou Mab pelos ombros e a puxou para trás.
— Mab, *pare*. O que aconteceu?
Beth se encolheu, paralisada, os braços em volta do corpo, Boots aos seus tornozelos. Mab, parada sobre o tapetinho bordado à mão, tremia de raiva. Osla se postou entre as duas, miúda e determinada. De repente, Mab não sentia mais o emaranhado de cólera e dor ao olhar para Osla. Em Coventry, Osla cometera um erro, e esse erro fizera Lucy escapar e Francis ir atrás dela, mas tinha sido um *erro*.
Beth tinha feito uma escolha.
— Conte a ela — rosnou Mab, olhando para Beth. — Conte a ela sobre Coventry.
— Eu não tenho tempo para isso — disse Beth, torcendo as mãos. — Tenho que ir para BP.
Ela se dirigiu ao corredor. Mab foi até a porta do quarto, fechou-a com um baque e se postou na frente.
— O que está acontecendo aqui? — perguntou Osla.

Mab esperou, mas Beth ficou em silêncio, encolhida.

— A Beth decodificou um informe que falava do ataque a Coventry. O que matou... — Ela não conseguiu dizer os nomes. — Ela sabia que o ataque ia acontecer, horas antes de você e eu partirmos para encontrar o Francis lá com a Lucy. Ela nos deixou ir sem dizer uma palavra.

A acusação pairou no quarto como o peso de uma pedra em um lago, espalhando ondulações.

— A Beth não faria... — começou Osla.

Ao mesmo tempo, Beth murmurou:

— Como você descobriu?

— Sua amiga *Peggy*, mas que diferença faz? É *verdade*?

Beth levantou a cabeça.

— Se eu tivesse contado a vocês, ia comprometer...

— Não, não ia! — gritou Mab. — Nós nos despedimos de você no refeitório de BP naquela manhã, não tinha nenhum civil por perto, era seguro. Você não precisava contar detalhes. Tudo que precisava dizer era: "Por favor, confiem em mim e cancelem a viagem." — Mab teria telefonado para Francis, pedido a ele que as encontrasse em outro lugar. Ele estaria vivo. *Lucy estaria viva.*

— Eu não podia contar — repetiu Beth, em tom de súplica. — Como eu poderia pôr vocês acima de todos em Coventry, que teriam que enfrentar o ataque sem saber de nada?

— Porque em uma guerra, Beth, a gente salva quem a gente pode. *Sempre* que a gente pode. Não tinha um jeito seguro de você alertar Coventry, mas você podia ter nos alertado.

— E você já tinha feito isso. — A voz de Osla era muito baixa. — No outono de 1940, você nos contou quando a invasão alemã foi adiada.

Beth estremeceu.

— É por isso! Eu contei a vocês sobre a invasão e não devia ter contado. Jurei que nunca mais faria isso. Além do mais, aquilo foi diferente. Vocês saberem que a invasão tinha sido cancelada não mudou nada. Mas, se vocês soubessem sobre Coventry, iam dizer ao Francis que não fosse, e ele poderia dizer ao vizinho dele, que poderia alertar mais alguém, e aí, antes que a gente se desse conta...

— A gente não faria isso, Beth. Porque teríamos mentido para o Francis. Nós mentimos para todo mundo. Só não mentimos umas para as outras. — Osla estava postada ao lado de Mab agora, os braços cruzados como um escudo. — Nós sabermos não teria mudado nada, exceto que o Francis e a Lucy ainda estariam vivos.

— Eu não sabia disso. Só rezei para que tudo desse certo...

— E a minha filha *morreu* — gritou Mab. Talvez estivesse sendo injusta com Beth, que só havia tentado manter-se fiel a um juramento rígido. Mesmo em sua avalanche vermelha de fúria, Mab sabia disso. Mas não se importava. Beth tinha feito uma escolha, e a filha de Mab estava morta. Seu marido estava morto.

Beth balançava a cabeça, teimosamente.

— Eu fiz um juramento.

— Mas você espera que nós quebremos o nosso juramento quando é conveniente para você. — A pele de marfim de Osla tinha ficado vermelha. Mab se deu conta de que nunca tinha visto Osla Kendall furiosa. — Agora há pouco você estava me pedindo informações sobre a Fleet Air Arm, por causa do Harry, e *eu lhe dei*.

Beth abriu a boca, mas não disse nada.

— Sua hipocritazinha — disse Osla.

— Eu não devia ter pedido a você. — Os olhos de Beth estavam fixos no chão. — E você devia ter me dito não.

— Eu fiz isso porque nosso juramento não é tão preto no branco como você está querendo fazer parecer, e trabalhamos em BP há tempo suficiente para saber disso. Dá para contar alguma coisa discretamente sem nunca, nunca comprometer o sigilo.

— Eu não consegui pensar num jeito...

— Podia ter pensado. Mas você não tentou. Você disse a si mesma que ficaria tudo bem. E, quando deu tudo errado, você continuou me deixando te chamar de amiga. — Mab tremia de raiva, pensando em quanto havia contado com Beth naquele último ano. Quanto havia *confiado* em Beth, enquanto culpava Osla.

— Foi um entre muitos ataques! — A voz de Beth se elevou. — Então eu deveria ter avisado vocês toda vez que houvesse um ataque em Londres, quando vocês duas estavam indo para lá em todas as folgas que tinham?

— Todo mundo que vai para Londres sabe que tem um risco — contrapôs Mab. — Londres, Birmingham, Liverpool são alvos constantes. Todo mundo que lê um jornal sabe disso. A gente vai para lugares pequenos como Keswick ou Coventry para ficar *seguro*. Você sabe que achávamos que estaríamos seguros lá...

— Pois não deviam achar. Vocês foram a muitos lugares que já tinham sido bombardeados. Por fim aconteceu, e agora vocês estão me culpando porque rolaram o dado e perderam. Coventry já havia sofrido um ataque bem violento...

— Mas ninguém previa que ia ser alvo de novo. Não outro bombardeio tão grande como aquele...

Beth torceu as mãos.

— Eu não podia fazer isso.

Mab pulou em cima de Beth, ou teria pulado se Osla não a tivesse puxado para trás. Mab encheu os pulmões para gritar, Boots latia e rosnava na frente de sua dona... e então uma batida à porta fez com que todas ficassem imóveis.

— Meninas? — Era a dona da casa. — O serviço de transporte de Bletchley Park mandou um carro para pegar a senhorita Kendall e a senhora Gray. Ele está esperando na porta. É para vocês irem imediatamente. — Uma pausa. — Está tudo bem?

— Tudo — respondeu Osla.

Mab achou que a voz dela saiu dura como pedra.

Elas escutaram enquanto os passos da dona da casa se afastavam. Osla e Mab olharam uma para a outra, depois para Beth.

— Vamos — disse Mab. — Acho que não tem mais nada a ser dito aqui.

Os lábios de Beth tremiam.

— Eu não fiz nada além do que achei que era o melhor.

— Exatamente, você não fez nada, sua Judas. — Mab abriu a porta. — Você vem com a gente nessa droga desse carro ou não? — Porque, embora ela preferisse passar com o carro em cima de Beth a dividir o banco com ela, Bletchley Park ia precisar dela hoje.

Mas Beth desabou na cama, rindo em um tom agudo que arranhou os ouvidos de Mab como unhas. Ela ria, mas também chorava, as mãos pressionadas nas têmporas, balançando a cabeça para a frente e para trás. Boots ganiu de novo, mas ela o ignorou.

— Vocês não têm ideia — disse ela, entre as explosões de riso, enquanto as lágrimas pingavam de seu queixo. — Não têm ideia do que está acontecendo, nada, zero. Meu Deus. Dilly, por que você foi embora, por que você teve que ir?...

— Meninas — chamou a dona da casa do primeiro andar. — O carro...

Elas esperaram um instante, mas Beth continuou balançando, chorando, rindo daquele jeito estranho e macabro. E, por fim, Mab e Osla tiveram de deixá-la ali.

65.

—Senhorita Kendall. Senhora Gray. — O comandante Travis estava sentado, cansado e ereto, à sua mesa, o escritório lotado de sabe-tudo do serviço de inteligência com seus ternos monótonos. — Vocês foram chamadas aqui para fornecer informações de apoio. Seremos breves. Temos coisas mais importantes para fazer esta noite. — Ele folheou o arquivo de um funcionário e, mesmo de cabeça para baixo, Osla não teve dificuldade para ler o nome nele. O turbilhão de raiva e exaustão de Osla deu lugar à confusão. Por que, faltando poucas horas para o desembarque na Normandia e com Bletchley Park em estado de loucura, o comandante Travis estava com o nariz enfiado em um arquivo sobre Beth?

— Pelo que sei, vocês duas moraram com Bethan Finch durante os últimos quatro anos — disse ele. — O que podem me contar sobre ela?

Osla e Mab se entreolharam. Mab claramente também não fazia ideia do que dizer. Por mais furiosas que ambas estivessem com Beth, desabafar ressentimentos novos e mágoas antigas com o comandante não era relevante.

Ele estalou a língua, impaciente.

— Quando a viram pela última vez e como descreveriam seu estado emocional?

— Nós a vimos pouco antes de vir para cá — disse Mab, por fim, direta —, e ela estava completamente histérica.

Um homem atrás do comandante Travis fez "humm".

— Concorda com isso, senhorita Kendall?

Osla não queria, mas, sim, *histérica* era a palavra precisa para descrever a crise de riso/choro de Beth.

— Acho que sim. Mas ela normalmente não perde o controle desse jeito. — Osla sentiu que devia dizer. — Ela é muito equilibrada.

— O que ela disse quando estava histérica? — perguntou um dos homens da inteligência. Osla o reconheceu: o sujeito repulsivo que insinuara que ela havia desviado arquivos de seu galpão. — Ela soltou alguma teoria maluca? Falou sobre alguém de sua seção?

— Não. — Mab havia assumido uma postura calma e correta.

Osla pensou que era preciso conhecê-la muito bem para saber que ela ainda estava fervilhando de raiva.

— Ela disse alguma coisa sobre mensagens que decifrou?

Osla prendeu um cacho atrás da orelha.

— Não.

— Soubemos que faz tempo que ela tem uma ligação com um colega do Galpão Oito. — Risca de Giz pôs uma ênfase desagradável em "ligação". — Um colega *casado*... Harry Zarb? O mouro.

As duas assentiram, relutantes. Não havia por que negar; todos em BP sabiam.

— Sei que ele rompeu com ela quando se alistou, e isso a perturbou muito.

— O rompimento veio mais dela do que dele — disse Osla.

Mab deu de ombros.

— É, isso a perturbou.

— Ela já estava se comportando erraticamente antes dessa decepção amorosa, não é verdade? A morte de Dilly Knox, o mentor dela... a deixou imprevisível? Instável?

Mab e Osla se entreolharam.

— Isso dizia respeito ao trabalho dela, então nunca foi comentado.

Risca de Giz se inclinou, murmurando:

— Já falamos com as outras moças, a senhorita Rock e... Como era o nome da outra?

— Phyllida alguma coisa...

— E elas disseram que a senhorita Finch costumava conversar com Dilly depois que ele morreu, como se ele ainda estivesse no SIK, trabalhando. A senhorita Rock disse que isso lhe dava calafrios.

— Conversar com pessoas que não estão presentes... isso não é a coisa mais estranha que vão ver aqui, nem de longe — começou Osla, mas o comandante Travis fez um gesto para ela parar.

A impressão que dava era que ele não queria nada mais do que algumas horas de sono antes da invasão e, em vez disso, foi arrastado da cama pelo meio de um espinheiro até a sua mesa. *O que está acontecendo?*, pensou Osla, cada vez mais inquieta. Beth não poderia estar em apuros por causa do bombardeio em Coventry; ela só receberia elogios se seus superiores soubessem que ela havia guardado aquele segredo mesmo colocando a segurança de suas amigas em risco.

— Acho que temos provas mais do que suficientes de um comportamento cada vez mais errático — disse Risca de Giz. — A verdadeira questão...

O comandante Travis olhou para Osla e Mab.

— Bethan alguma vez violou a Lei de Segredos Oficiais, revelando informações secretas fora de Bletchley Park?

Osla olhou para Mab, que olhou diretamente para a frente e disse:

— Sim. Uma vez.

Três mulheres em um quarto totalmente escuro, sussurrando informações sigilosas entre si para se sentirem mais seguras em um mundo frio e violento.

Travis voltou-se para Osla.

— Senhorita Kendall, pode confirmar isso?

Uma hora antes, Osla havia jogado na cara de Beth o adiamento da invasão alemã. Ainda havia raiva em seu coração por causa do bombardeio de Coventry, mas ela nunca teria contado aos superiores de Bletchley Park sobre esse único caso de indiscrição de Beth. Não até aquele momento. Mas agora estavam todos olhando para ela com uma expressão fria, e Osla sabia que não podia mentir. Talvez eles tivessem razões muito importantes para precisar daquela informação. E, se ela mentisse, poderia ser acusada de um crime.

— Beth revelou uma informação secreta uma vez — disse Osla, com relutância. — Foi fora de BP, mas só para nós duas, em particular, sem mais ninguém ouvindo. Ela nunca mais fez nada desse tipo.

— Irrelevante — rosnou Risca de Giz.

Um outro homem começou um sermão:

— Vocês duas deviam ter...

Mas Osla o interrompeu:

— Por que está todo mundo preocupado com a Beth e as oscilações de humor dela? — Algo ali não cheirava bem, todas aquelas informações caindo de repente sobre a mesa de Travis. *Sobre mim e Mab também*, pensou Osla. — Beth é uma das melhores pessoas que temos aqui. Essa não é a hora de deixá-la de fora.

— Obrigado, senhorita Kendall, senhora Gray — cortou Travis. — Podem voltar a seus postos. Imagino que vocês duas serão necessárias.

Osla tentou de novo:

— Senhor, francamente, parece que alguém está conspirando contra a Beth. Eu não acho...

— Você não tem que achar nada, sua debutante tonta — disparou um dos sujeitos do MI-5.

Os olhos de Osla arderam, mas ela teria continuado a discutir se fosse adiantar de algo. Travis estava girando para lá e para cá em sua cadeira e dizendo:

— Podemos dar esse assunto como encerrado, cavalheiros? Já ouvimos as colegas de quarto da moça, já chamamos as colegas de seção e a mãe dela. Devem ter notado que temos mais coisas para fazer esta noite do que lidar com uma doida...

A porta do escritório se fechou, cortando a voz dele. Osla puxou o ar, intrigada, furiosa e com um mau pressentimento, mas um zumbido soou no céu, do lado de fora. Ela olhou para Mab, e ambas correram para o saguão de entrada, saindo da mansão. Ficaram paradas, o rosto voltado para o céu escuro e chuvoso, e decodificadores começaram a sair da mansão e dos blocos. Os ouvidos de Osla pulsavam enquanto as sombras passavam no alto atrás das nuvens: centenas e centenas de bombardeiros da Força Aérea Real puxando planadores a reboque, seguindo na direção do canal.

— Começou — alguém murmurou, e então todos começaram a gritar:
— Começou! Começou!

Não existia nenhuma outra coisa a fazer agora. Osla correu para o seu bloco, Mab voltou para a mansão, e tudo foi esquecido, exceto o fato de que a invasão havia, finalmente, começado.

66.

Beth não tinha ideia de quanto tempo demorou para conseguir se controlar. Quando parou de soluçar, rir e chorar, ela levantou o rosto inchado do cangote de Boots e olhou para Dilly Knox parado no canto. Ele não estava de fato ali, mas ficava mais tranquila imaginando que estivesse.

— Eu sei — disse ela. — Tenho que ir.

Não havia tempo para sofrer pelas amizades perdidas — para nada, na verdade.

Esfregou os olhos, pôs um absorvente, depois botou a coleira em Boots e o levou consigo; quem sabia quanto tempo a invasão a manteria presa em sua mesa no SIK. Meu Deus, como ela ia trabalhar várias horas seguidas decifrando mensagens interceptadas da Abwehr sabendo que alguém em quem ela confiava, talvez alguém do mesmo *galpão*, estava passando informações em troca de algo?

Ponha isso de lado, disse ela a si mesma, saindo sob o céu escuro e chuvoso. Tranque em um cofre de ferro atrás de um painel na parede, como o da biblioteca de Dilly.

Ela esperava pegar uma carona para Bletchley Park, mas nenhum carro passava. Beth estava quase uivando de desespero quando o ônibus chegou, cheio de decodificadores que ela não conhecia. Quanto havia mudado desde que ela fora recrutada! A organizada operação em três turnos de milhares de pessoas se misturando sem interrupção em seu ir e vir dos novos blocos de concreto não era nada parecida com os dias alegres, frenéticos e tumultuados dos galpões verdes. Ela desceu do ônibus na frente dos portões, determinada a dar seu relato ao comandante Travis antes de se perder na Abwehr até a invasão terminar. Naquele momento, os nós e gargalos da Abwehr pareciam um porto seguro. Beth se apressou, pegando seu crachá.

— É ela. — Um homem grande e bochechudo de terno xadrez avançou e segurou o ombro de Beth com a mão enorme. — A Finch. — Ele fez um sinal com a cabeça para um sujeito mais baixo com terno risca de giz que fumava um Pall Mall ao lado do posto da guarda.

— O que você quer? — Beth tentou se soltar, mas era como tentar sair de baixo de uma rocha. Aos seus pés, Boots gania. — Eu não conheço você...

— Mas nós a conhecemos, senhorita. — O homem de terno risca de giz se aproximou. — Você andou falando coisas que não devia. Ou talvez só não esteja batendo bem da cabeça. Felizmente, isso cabe a outras pessoas decidir. — Ele arrancou o crachá da mão dela e o jogou para o guarda. — Esse crachá está revogado. Ordens do comandante Travis. Bethan Finch não tem mais permissão para entrar em Bletchley Park.

— O quê? — A voz de Beth se elevou. — Não, eu preciso falar com o comandante Travis...

— Creio que não será possível, senhorita. Ele está muito ocupado neste instante.

— É importante. Eu tenho documentos... — Ela se lembrou de sussurrar, vendo o fluxo de decodificadores que passava pelos portões. Mostrando os crachás, entrando, dando uma olhada de canto para aquela confusãozinha. — Há informações sendo contadas fora de Bletchley Park. É muito importante...

— Ah, sim. Um informante? Um espião? — O homem de terno risca de giz riu. — Foi o que falaram que você ia dizer.

— Quem falou?

Deus do céu, o que estava acontecendo naquelas últimas horas? Ainda era dia quando ela saiu do SIK com suas decodificações do código da rosa, sem ninguém nem olhar para ela. E agora estava sendo escoltada para fora do local?

O homem fez um gesto para o bochechudo que segurava o ombro de Beth.

— Pode levar.

Boots latia loucamente, puxado pela guia presa no pulso de Beth enquanto ela era empurrada à força para uma longa Bentley preta.

— Só dez minutos com o comandante Travis...

Eles a ignoraram por completo. Risca de Giz se inclinou para falar com o motorista:

— Você sabe onde fica o Sanatório Clockwell?

— Sei, não é a primeira vez que levo um crânio louco para o manicômio.

Beth ouviu a palavra "manicômio" e ficou nervosa. Ela arrancou a mão do homem bochechudo do ombro, tirando sangue do nó dos dedos dele, e se virou para correr para os portões. Mas Boots ainda estava latindo e puxando a guia, e ela tropeçou nele e caiu com força na estrada. O homem bochechudo logo estava sobre ela, levantando-a do chão e carregando-a para o carro. A guia escapou de seu pulso enquanto ela se debatia e gritava. Todos os decifradores de Bletchley Park em um perímetro de cinquenta metros observavam, espantados.

— Não se preocupem — disse Risca de Giz, seco. — Ela teve um colapso nervoso e vai descansar um pouco.

Beth entendeu perfeitamente o que aquilo tudo daria a entender: o carro oficial reluzente; os homens oficiais reluzentes; a mulher descabelada de olhos inchados, roupa amassada, rosnando e uivando.

Ela se lançou sobre Bochecha outra vez quando ele entrou no carro ao seu lado, mas ele segurou seus pulsos, murmurando:

— Então você é *dessas*...

— Por favor — suplicou Beth para o motorista —, você não pode me levar para um *manicômio*. Eu não tive um colapso nervoso, tenho provas de um informante...

Mas o motorista não respondeu, e os olhos de Beth foram atraídos para o brilho prateado de algo que Bochecha tirou do casaco. Ela se contorceu freneticamente quando o carro começou a andar, olhando pela janela traseira, respirando fundo para gritar, e então sentiu uma picada de agulha atravessar a manga da blusa.

A última coisa que viu antes de apagar foi a forma cinzenta e peluda de Boots, correndo de um lado para o outro na estrada escura, arrastando a guia atrás de si enquanto a Bentley se afastava.

Ela acordou bem devagar, com o cheiro de cigarro e chuva. Seu corpo estava pesado; o crânio, cheio de algodão; a boca, seca.

O banco traseiro era banhado por uma luz acinzentada, só ela ali. Começava a amanhecer, e a Bentley estava estacionada em uma ladeira árida coberta pela neblina da manhã e por um mato espinhoso. Ela não via Bochecha nem Risca de Giz, apenas o motorista ao volante. Ele havia aberto uma fresta da janela, só o suficiente para bater seu cigarro do lado de fora.

— Você acordou. — Ele olhou para trás: um homem atarracado, comum, de meia-idade. Um completo estranho. — A gasolina acabou, caso queira saber onde os outros estão. Eles foram a pé até o posto uns quilômetros à frente para pegar um galão. Sabe como é, o MI-5 tem todos os cupons de gasolina que quiser. Eu disse que ia ficar aqui com você.

Beth olhou, tonta, para a maçaneta da porta, se perguntando se conseguiria sair correndo.

— Nem tente — disse ele, vendo o olhar dela. — Com aquela injeção que te deram, você vai se mover como se estivesse mergulhada em melado. Além disso, estamos no meio dos pântanos de Yorkshire. Não tem nada além de espinhos e uma ovelha aqui e ali.

Yorkshire. Eles deviam ter viajado a noite inteira. Qual era mesmo o lugar que tinham mencionado... Sanatório Clockwell? *O que é isso? Onde está Boots?* Ela ainda não tinha recuperado os sentidos; o terror não mais a despedaçava, como havia acontecido nos portões de Bletchley Park.

— Quem é você?

— Só o motorista. — Ele deu outra tragada no cigarro. — Dirigir para esses sujeitos de Londres não paga tão bem quanto deveria, então nunca recuso uma graninha extra... E, antes de sairmos de BP, alguém me deu cinco libras para que eu te desse uma coisa, se eu conseguisse ficar sozinho com você.

— Quem?

— Não dizer faz parte das cinco libras.

— Eu *pago* — disse Beth, desesperada. — Se me deixar ir, eu...

— Sem chance, garota. Cinco libras para entregar um bilhete que mais ninguém nunca vai ver é uma coisa. Deixar você ir embora é um problema que não quero para a minha cabeça. Quer o bilhete ou não?

Beth engoliu em seco.

— Quero.

Ele passou um papel dobrado pela divisão entre os bancos. Beth estremeceu enquanto lia as concisas palavras datilografadas.

```
Eu vi a mensagem que você decodificou no
SIK. Quero saber o que você fez com ela e com
as outras. Diga sim para o motorista, e eu
arrumo um jeito de você mandar a informação
de Clockwell. Depois que eu tiver feito uma
bela fogueira com elas, vou providenciar que
você seja liberada.
Diga SIM.
Se não disser, vai apodrecer num hospício
pelo resto da vida. Osla e Mab testemunha-
ram contra você. Sua mãe testemunhou contra
você. Ninguém vai te salvar.
Me dê o que eu quero.
```

Beth ergueu o olhar.

— Quem te deu isso?

Mas o motorista só pegou o papel de volta.

— Sim ou não?

— Você tem ideia do que está pedindo? Foi um *traidor* que te pagou.

Ele bufou.

— O que me disseram foi que você pegou uma coisa que não é sua, só isso. Você está indo para um hospício... acha que vou preferir acreditar na sua versão?

— Quando os outros voltarem com a gasolina, vou contar para eles...

— Fique à vontade. — O motorista segurou a mensagem datilografada do lado de fora da janela, pôs fogo nela com o cigarro e ficou olhando enquanto queimava antes de largá-la no chão. — Eu vou negar tudo. Dirijo para eles há cinco anos, e você é uma mocinha maluca cheia de sedativo na veia. E aí, sim ou não? Eu recebo mais cinco libras quando levar sua resposta.

Para o informante. Quem quer que fosse, havia feito um belo trabalho para ter total controle sobre ela, pensou Beth amargamente. Não era fazer com que uma criptoanalista com um colapso nervoso não parecesse confiável. Para BP, ela era um risco que havia sido removido; eles agora se esqueceriam dela e mergulhariam no caos dos desembarques na Normandia. Beth se perguntou vagamente como estaria a invasão. Soldados aliados já podiam estar enfrentando as ondas naquelas praias distantes, e ela não estava em sua mesa. Ela nunca mais estaria naquela mesa. Por um instante, isso doeu mais do que saber que seria levada para um hospício.

Você tirou isso de mim, disse ela para o traidor em sua cabeça, em um rompante de fúria assassina. Em um único dia, haviam tirado tudo dela: seu trabalho, suas amigas, seu juramento, sua casa, seu cachorro, sua liberdade.

Não tudo, disse Dilly Knox. *Você é a mais inteligente das minhas meninas.*

— E aí? — O motorista estava impaciente. — Sim ou não?

Beth se dobrou com uma súbita arfada, apertando abaixo do umbigo. Apalpou sob a saia o absorvente encharcado e tirou a mão toda suja de sangue.

— Minha menstruação...

Como a maioria dos homens, o motorista ficou totalmente atrapalhado ao ser confrontado com a fisiologia de uma mulher. Ele procurou desajeitado por um lenço, água, qualquer coisa que pudesse tirar o sangue dos dedos dela. Foi a coisa mais fácil do mundo Beth enfiar a mão limpa no forro duplo da calcinha, pegar a pequena chave do cofre da biblioteca de Dilly e colocá-la na boca.

O metal estalou entre seus dentes, com gosto de sangue. Ela respirou fundo, tremulamente, e a engoliu. Deu um pouco de trabalho fazer as bordas de metal passarem, controlando o refluxo, mas ela conseguiu.

— Olha, responda logo. — O motorista ficou olhando enquanto ela limpava o sangue menstrual dos dedos, parecendo arrependido de ter aceitado aquelas cinco libras. — Nossos amigos já devem estar chegando com a gasolina. Sim ou não?

Beth se recostou no banco e fechou os olhos.

— Não.

Ela não disse nenhuma palavra quando os outros retornaram, nem quando o carro voltou a andar. Não disse nada por horas, até a Bentley passar pelos portões de um muro alto e imponente em direção a uma majestosa casa de pedras cinza. Beth foi escoltada por um jardim de rosas até a porta do sanatório e ouviu o rangido das engrenagens de um grande relógio erguer-se como um grito em seus ouvidos quando os portões do manicômio se fecharam.

67.

Mensagens alemãs interceptadas e decodificadas em Bletchley Park durante o desembarque na Normandia:

De: 11ª Flotilha de Submarinos

Prontidão imediata. Indicações de que a invasão começou.

De: GRUPPE OESTE

URGENTE. Ao largo de LE HAVRE 6 couraçados e cerca de 20 contratorpedeiros.

De: Seeko NORMANDIA

URGENTE. MARCOUF informa: grande quantidade de lanchas de desembarque se aproximando, protegidas por couraçados e cruzadores.

Para: KARL

Tentar chegar a CHERBOURG. Atacar formações inimigas enquanto houver munição.

A voz do primeiro-ministro pelo telefone atingiu o ouvido de Osla fazendo um barulho de cascalho sendo pisado.

— Novidades? — Ela conseguia imaginá-lo andando de um lado para o outro em sua sala, olhando para a parede à direita, na direção da Normandia. — Hein?

— Um instante, senhor.

Osla estava sentada à sua mesa havia muitas horas para sentir alguma emoção falando com o primeiro-ministro. Ela passou o telefone para sua superiora e voltou a traduzir, a mente no automático. Não lia nada do que traduzia; o texto entrava pelos seus olhos, passava pelo lápis e saía sem deixar traços. Trinta horas depois, ela cambaleou de volta para casa.

E descobriu que a metade do quarto que era de Beth tinha sido desocupada. Suas blusas e seus vestidos não estavam mais no guarda-roupa; suas gavetas estavam vazias. Não havia nem um grampo de cabelo sequer indicando que Beth Finch tinha morado ali. Até Boots desaparecera.

Osla se sentou na cama. Nunca em sua vida se sentira tão esgotada, cansada demais até para se deitar. Um estalido conhecido de sapatos de salto soou nas escadas, e Mab entrou no quarto.

— A Beth foi embora — disse Osla. — Será que ela voltou para a casa da família? Ou...

— Ela foi para um sanatório — respondeu Mab. — Os guardas do portão me contaram. Ela endoidou de vez.

Osla arregalou os olhos.

— Você não pode estar falando sério. A Beth nunca ia perder a cabeça assim... — Mas bem ali, naquele quarto, quando elas estiveram juntas pela última vez, Beth teve uma crise de histeria. Rindo e chorando naquele tom muito agudo como um prego raspando em uma lousa. Osla massageou as têmporas doloridas. — Fomos *nós* que fizemos isso? Colocá-la contra a parede daquele jeito, por mais que ela merecesse, sendo que ela estava exausta e tensa por causa da invasão?

— Não sei. — Mab se sentou na cama sem lençol de Beth, tão exausta quanto Osla. — Eu não devia ter gritado com ela. Devia ter deixado isso para depois da invasão.

— E quem contou para o Travis que a Beth quebrou o juramento? — O jeito como tudo aquilo aconteceu ao mesmo tempo...

— O serviço de inteligência de Londres monitora todos nós informalmente, para ter certeza de que ninguém está falando. Ouvi eles falando sobre isso na mansão — disse Mab. — Alguém deve ter ouvido alguma coisa sobre a Beth, só isso.

Elas ficaram sentadas em silêncio por um tempo. A cabeça de Osla doía.

— A invasão — disse ela, por fim. — Você ouviu alguma coisa sobre isso na mansão?

— Os alemães morderam nossa isca de Pas-de-Calais com linha, anzol e tudo.

— Bem, que legal...

Outro silêncio enquanto elas desejavam que, lá longe, nas ondas e areias ensanguentadas da Normandia, o dobre de finados do Reich de Hitler estivesse soando pelas cabeças de praia.

— Eu vou embora de Bletchley — disse Mab. — Não hoje, mas logo. Estão enviando mulheres para o almirantado em Londres. No meio de toda a confusão de hoje, alguém se lembrou de me contar que fui escolhida. Sua amiga Sally Norton também, "para facilitar a cooperação entre Bletchley Park e os altos oficiais navais". Acho que querem que mostremos as pernas para os almirantes para que eles não encham o saco querendo saber como as informações navais de BP são obtidas.

Sem Mab em BP. Sem Beth também. Harry já foi, Sally indo...

— Cuide-se, Mab — disse Osla, se perguntando se elas continuariam amigas, ou algo assim. Ela lhe ofereceu a mão.

Mab se afastou, o rosto sério.

— Não precisa desejar o meu bem, Os.

— Está bem, tanto faz então. — Um lampejo de raiva passou pelo olhar de Osla. — Sua vagabunda de East End.

Mab olhou para ela com cansaço e desdém.

— Volte para Mayfair, sua debutante burra.

Osla nunca havia dado um tapa em ninguém na vida. Mas deu em Mab agora e saiu do quarto.

— Você está bem, minha querida? — A dona da casa vinha subindo, carregando uma pilha de toalhas.

— Estou. — Ela continuou descendo, revoltada por dentro. Aquele *debutante burra* depreciativo, saindo bem da boca de Mab...

Mas é isso que você é. Osla parou ao pé da escada. Nunca ia ser nada além disso, por mais que se esforçasse. Então, para que tentar?

Lembrou-se de quando conhecera Mab no trem para Bletchley Park: duas moças com brilho nos olhos, com suas malas e suas perguntas, perguntando-se o que estaria esperando por elas na misteriosa Estação X. Moças que queriam servir seu país, fazer amigos, ler livros... moças que estavam, acima de tudo, determinadas. Mab, a arrumar um marido; Osla, a provar seu valor.

Osla queria dizer àquelas garotas risonhas no compartimento do trem: "Cuidado com o que desejam. Ah, muito cuidado!"

Ela achou que era melhor tomar um pouco de chá, depois escrever um *Fuxicos de Bletchley* pós-invasão e voltar ao turno. Podia ser uma socialite avoada sem amigos, namorado ou casa, mas ainda tinha seu trabalho: fazer as pessoas rirem e traduzir horrores. Muito disso seria necessário, com certeza, nos meses que viriam.

Acabou tendo mais um longo e árduo ano. Houve alguns momentos bons nele: dividir o quarto com as efervescentes gêmeas Glassborow depois que Mab foi embora; ir ouvir Glenn Miller com Giles; receber a notícia de que o Galpão Seis havia decodificado a mensagem da rendição incondicional da Alemanha; sentar-se nas costas de um dos leões na Trafalgar Square no Dia da Vitória e encher a cara de Bollinger com dois soldados norte-americanos. Escrever cartas estilo mensagem-na-garrafa para J. P. E. C. Cornwell, onde quer que ele estivesse; finalmente contar aos Chapeleiros Malucos que era ela quem escrevia o *Fuxicos de Bletchley* desde o início e se divertir com os grunhidos e as risadas. E ah, o dia em que Valerie Glassborow estava em seu turno e recebeu a notícia de que o Japão havia se rendido, e ela se espalhou, e Osla se juntou aos outros no gramado jogando rolos de papel higiênico nas árvores com um entusiasmo insano, vendo as faixas brancas se desenrolarem em direção ao céu e chorando de felicidade.

Mas esse foi o epílogo, ela pensou depois. O verdadeiro Bletchley Park terminou para Osla no Dia D. O dia em que três amigas se falaram pela última vez; o dia em que Mab Gray recebeu uma transferência para Londres; o dia em que Beth Finch desapareceu para sempre.

Nove dias para o casamento real

11 de novembro de 1947

68.

Dentro do relógio

Até os internos de Clockwell haviam comemorado o Dia da Vitória na Europa e o Dia da Vitória no Japão. O suicídio de Hitler, a rendição alemã... Tanto funcionários quanto internos tinham chorado de alegria. E, poucos meses depois, veio a notícia das grandes bombas que deixaram o Japão de joelhos, e vinho barato foi servido em copos de papel para que todos pudessem brindar à vitória e à paz.

A Bletchley Park, brindou Beth mentalmente. *Sem* BP, *não haveria vitória nem paz.*

Ela se perguntou na época, como se perguntava agora, caminhando pelo roseiral para ver se sua parceira de *go* tinha retornado da cirurgia, o que acontecera com Bletchley Park depois que a guerra finalmente chegara ao fim. Imaginou as máquinas Typex ficando em silêncio, os galpões se esvaziando. Não haveria mais jogos de *rounders* no gramado, nem rins com torradas no refeitório às três da madrugada, nem reuniões dos Chapeleiros Malucos com pão e margarina e livros da biblioteca à margem do lago. Para onde todas elas iriam, aquela coleção de pessoas estranhas e notáveis reunidas pelo desespero da guerra? *Voltem para suas vidas de antes*, Beth imaginava que tinham dito a todos. *Voltem para suas vidas de antes e nunca falem sobre isso com ninguém.*

Bletchley Park teria ruído depois que os portões se fecharam atrás do último decifrador de códigos? Será que um dia alguém saberia o que havia acontecido lá?

Eu saberei, pensou Beth, tentando evitar um acesso de tosse, a chave de metal do cofre de Dilly guardada em segurança no esconderijo de costume em seu sapato. *Se eu ficar trancada aqui até os cento e três anos, ainda vou me lembrar do que aconteceu em* BP. *Eles podem tirar tudo de mim, mas isso nunca.*

Ela achava que também sabia quem era o traidor. Mais uma coisa que nunca poderia ser tirada dela.

Teve, afinal, três anos e meio para refletir. Três anos e meio escondendo a chave e analisando suas lembranças. Nos últimos dias, na agonia de esperar que Osla e Mab respondessem à sua mensagem cifrada, ela se manteve ocupada sopesando cada hipótese outra vez, até mesmo os nomes que doíam. E sua conclusão foi a mesma.

Trata-se de uma única pergunta muito simples: quem havia contado a Mab que Beth tinha decifrado o informe a respeito do bombardeio de Coventry?

Porque tudo havia acontecido de forma muito simultânea, muito conveniente. Aquela única informação colocou suas amigas contra ela, a atrasou e tirou dela as pessoas que poderiam defendê-la de acusações de instabilidade. Quem soltou essa bomba perfeitamente cronometrada?

Beth lembrou-se dela mesma murmurando: "Como você descobriu?" E de Mab respondendo com raiva: "Sua amiga *Peggy*."

Peggy, que estava trabalhando no SIK na tarde em que Beth decifrou o código da rosa. *O que é isso?*, perguntou ela enquanto Beth datilografava na Typex. *Deixe eu ver.*

Peggy, vá embora.

O som dos saltos se afastando...

— Foi você — sussurrou Beth.

Às vezes ela tinha suas dúvidas, mas na maior parte do tempo tinha certeza.

A traidora era Margaret Rock.

69.

Mab quase não conseguiu chegar ao Grand Hotel a tempo de pegar Osla antes que ela partisse para Clockwell. Estava arrumando sua maleta quando ouviu a porta da frente bater no primeiro andar; Eddie e Lucy fizeram o alvoroço de sempre e, então, seu marido entrou no quarto. Ele estava sorrindo para os gêmeos, pendurados nele como macaquinhos, mas seus lábios se contraíram quando olhou para Mab.

Outra briga não, pensou ela. *Eu não tenho tempo!*

Os olhos dele pararam na maleta.

— Indo para algum lugar? — perguntou ele com seu sotaque australiano, que persistia mesmo depois de cinco anos na Inglaterra.

— Marquei de última hora de passar um fim de semana com umas amigas que não vejo há muito tempo — disse Mab, alegremente. — Não faça essa cara de desânimo, Mike. A babá vai ajudar você com as crianças.

A voz dele soou controlada.

— Achei que pudéssemos terminar a conversa de ontem à noite.

— Eu não me lembro — mentiu ela. — Estava muito cansada.

— Mas não tão cansada para subir em cima de mim em vez de terminar a conversa. Que é como você geralmente escapa de qualquer conversa que não quer ter comigo.

— Eu achei que você estava feliz por ter uma mulher que não reclama de dores de cabeça na hora de se deitar. — Mab fechou a maleta. —

Deixei uma linguiça e torta de tomate para o jantar e uma de melado para a sobremesa...

— Pare, Mab.

— Sobrou um pouco de cozido se...

— Eu não ligo para o jantar. Quero *conversar*.

Ela olhou para o marido, de pé ali em mangas de camisa, equilibrando a pequena Lucy nos braços enquanto Eddie se agarrava à sua calça. Mike era tão bom com as crianças, uma coisa que ela não havia previsto quando o escolheu. Fora uma semana louca depois do Dia da Vitória; toda a Londres estava comemorando, e Mab classificava caixas de mensagens navais decodificadas no almirantado quando uma das secretárias entrou com o bebê apoiado no quadril, dizendo que sua mãe estava doente e perguntando se poderia ficar com seu filho no turno só daquela vez. "Segure-o, Mab..." E Mab estendera os braços totalmente em transe. Ainda vivia seus dias meio sonâmbula e enfrentava noites cheias de pesadelos, desde Coventry. Mas, no furor enlouquecido depois da rendição da Alemanha, quando todo o Reino Unido finalmente se fazia a pergunta "e agora?", Mab a fez também enquanto olhava para o menininho balbuciando em seus braços, e a resposta veio com um desejo que beirava a violência: *eu quero um bebê*.

Então ela trocara a lã preta por uma seda cor de vinho que farfalhava entre suas pernas como o pecado encarnado e saíra para lançar a rede sobre um segundo marido. Uma caçada muito diferente da primeira: como a viúva sra. Gray, ela já tinha uma conta bancária e uma casa; tudo que precisava de um segundo marido era gentileza, o desejo de ter filhos e ser o menos parecido com Francis Gray possível. Entra o tenente Mike Sharpe, dois metros, queimado de sol, ex-piloto da Força Aérea Real, que uma noite esbarrara casualmente nela na aglomeração do Savoy e dissera com uma cadência australiana: "Oi, linda."

Você vai servir, pensou Mab, mais ou menos no mesmo instante.

— Eu quero morar em algum lugar nublado e fresco, nunca mais voltar para a droga de Canberra, e voltar a trabalhar com engenharia — dissera Mike quando ela lhe perguntou o que ele ia fazer agora que a guerra tinha terminado.

Aquilo foi toda a confirmação de que ela precisava; Mab foi para a cama com ele na mesma noite, e, em uma semana, estavam casados. A guerra tinha acabado, e todos estavam se apaixonando, e Mike não era exceção. Ele estava apaixonado por ela, e Mab, pela ideia de bebês com o rosto lisinho e com aqueles olhos tão azuis.

Os olhos que agora olhavam para ela do rosto de seus dois filhos.

— Você nunca conversa comigo sem ser sobre o tempo, ou as crianças, ou o que tem para o jantar — disse Mike. — Eu nunca tenho a menor ideia do que está passando nessa sua cabeça. E, quando eu me atrevo a perguntar, você começa a falar de Eddie e Lucy, ou então sobe no meu colo e me fode como um furacão...

— Não seja obsceno — disse ela friamente.

— Para me impedir de, mesmo que por acidente, conhecer você melhor. E essa é uma tática muito boa, estrategicamente falando, mas já está ficando desgastante. — Ele fez uma pausa, mantendo visivelmente a compostura. Mike costumava ser um marido muito calmo, não do jeito fechado de Francis, que era como acessar um poço no centro da terra, mas do jeito que Mab aprendera ser muito australiano: bem na dele, mas, quando essa tranquilidade dava lugar à fúria, esta vinha como um tubarão se movendo por águas profundas. — Eu sei que a guerra foi difícil para você, mas você continua presa lá. Cansei de ficar sentado esperando você voltar para a realidade.

Mab desviou os olhos, se sentindo uma covarde.

— Você não entende...

— Você nunca me dá uma chance de entender.

É verdade, pensou Mab. No dia em que ela fez seus votos matrimoniais pela segunda vez, sentira uma pontada de um enorme terror irracional de que, se deixasse aquele homem acessar seus sentimentos do jeito que deixara Francis acessar, o mundo a destruiria outra vez. Abrir seu coração daquela maneira era pedir problemas. Ela não podia fazer isso. Ela se *recusava* a fazer isso. E não havia razão para fazer, porque, até onde Mab podia ver, a maioria dos homens não era como Francis; eles não esperavam uma intimidade de alma com suas esposas. Esperavam seguir juntos, o marido em sua esfera e a esposa na dela, amistosos, satisfeitos. Então ela trancara Francis e a mulher que ela havia sido com ele dentro de um cofre e, de modo geral, achava que tudo com Mike estava indo bem.

Mas, recentemente, começaram a surgir essas pequenas brigas.

— Sinto muito se eu te decepcionei tanto assim — disse ela, severa, enquanto puxava a mala da cama. — Considerando que eu não te encho a paciência, não sou extravagante, mantenho a casa em ordem e lhe dei dois filhos lindos...

— Sim, sim, você é uma boa esposa. Você fala como se estivesse ticando os itens de uma lista. Boas refeições, casa limpa, mãe amorosa, confere, confere, confere...

— O que tem de errado nisso? — revidou ela. Mab tinha *orgulho* de ser uma boa esposa, droga. Quando se casava com um homem bom como Mike, era preciso dar valor a essa pessoa. Mab sabia que lhe dava valor. Ele não tinha razão para reclamar, *nenhuma*.

— Eu queria saber se você me ama — disse ele. — Ou se teria aceitado qualquer idiota mais ou menos que pudesse lhe dar filhos.

Mab ficou sem ar como se tivesse recebido um chute. Ele a olhava fixamente, sem desviar o olhar.

— Desculpe — disse ela por fim. — Preciso ir.

— Você vai voltar?

— Se esse é seu jeito de perguntar se estou tendo um caso...

— Você é a última mulher na face da terra que teria um caso. Você teria que se *abrir* primeiro para fazer isso. — Ele soltou o ar. — Não vá. Converse comigo. É importante, Mab.

Não, ela queria gritar, *não é mais importante que o que eu tenho que fazer! Tenho que visitar uma lunática em um hospício para averiguar se existe um traidor solto no país. Um traidor que, para conseguir algo em troca, usou segredos militares de guerra de um lugar tão secreto que eu não tenho permissão nem para sonhar com ele. É isso que é mais importante aqui, meu querido!*

Mas não havia nenhum jeito de dizer isso em voz alta. Como era estranho ter tantos segredos em um casamento. Seu marido compartilhava a mesa, a cama e o corpo com ela, e não tinha a menor ideia de quantas mentiras Mab tivera de lhe dizer ao longo dos anos.

As crianças começaram a ficar agitadas, sentindo a tensão no quarto. Mab pegou seu filho no colo e lhe deu um abraço apertado.

— A mamãe vai ficar fora alguns dias, Eddie. — Ela se perguntou se os homens se sentiam assim ao partir para a guerra. *Eu não quero ir, mas há uma luta para ser vencida e eu preciso fazer isso.* Passou Eddie para o pai e afundou o nariz no cabelo escuro e macio de Lucy. A pequena Lucy não tinha cachos como sua irmã mais velha e Mab ficava feliz com isso. Aquela Lucy podia ter o mesmo nome da outra, uma homenagem, mas era totalmente ela mesma, não uma cópia ou uma substituição. — Vamos conversar quando eu voltar, Mike. — Mab afagou o punho gorducho de Lucy. — Prometo.

— Vamos mesmo? — Mike seguiu Mab pela escada, a voz brava mas as mãos gentis enquanto descia os degraus com os gêmeos, cada um agarrado a uma perna. — Não é para um fim de semana com amigas que você está indo, é? Eu sei quando você está inventando uma desculpa, Mab.

— Você nem sempre é tão aberto assim também. — Mab virou o jogo, para não ter de responder. — Você conta muitas histórias sobre o trabalho em campos aéreos agora, mas acho que não ouvi você dizer mais do que duas palavras sobre seus anos na guerra.

— Eu não gosto muito de reviver a parte em que fui abatido sobre Kent e dispensado por causa de uma perna ruim. — Mike soltou a mão dos gêmeos para eles poderem ir até a caixa de brinquedos. — Agora, sua vez.

Em vez disso, Mab beijou seu rosto. Ele virou a cabeça e beijou Mab na boca, puxando-a para perto. Mab retribuiu o beijou com toda a fúria que tinha, o calor dele acendendo-a de imediato. Essa parte sempre fora fácil entre eles; havia fogo de sobra. Mas não havia tempo, então se afastou e retocou o batom diante do espelho do corredor.

— Vejo você daqui a alguns dias.

— Para onde você vai? — A voz dele era assustadoramente baixa quando ela abriu a porta. — Por que não pode me contar? Segredo de Estado?

Exato, pensou Mab, batendo a porta ao sair. *Acertou na mosca*. E ela deixou a bagunça que era seu segundo casamento para trás, no espelho retrovisor da Bentley, e dirigiu até o Grand Hotel para esperar Osla.

— Entre. — Mab recebeu sua velha amiga sem cerimônias, divertindo-se com a expressão espantada de Osla. — Você olha o caminho para o sanatório no mapa, eu dirijo.

70.

—Ah, aí está você! — Beth se sentou diante do tabuleiro de *go*, forçando um sorriso. — Estava te procurando. Quer jogar?

A mulher ficou olhando para ela sem expressão. Tinha uma bandagem em volta da cabeça; seu cabelo fora raspado no topo da cabeça.

Beth manteve o sorriso colado no rosto e posicionou as peças brancas e pretas.

— Você começa.

A mulher dos olhos atentos só continuou ali sentada, olhando para o tabuleiro como se nunca o tivesse visto.

São só as drogas, disse Beth a si mesma. Todo paciente ficava meio desnorteado depois de uma cirurgia. A maioria das cirurgias ali era coisa pequena... Beth estendeu o braço e tocou a mão da mulher, mas quase morreu de susto quando uma enfermeira falou atrás dela.

— Visita para você no roseiral, senhorita Liddell.

Osla? Beth quase derrubou a cadeira, esquecendo-se de sua parceira de *go* por um instante. Ou *Mab?* Ai, meu Deus, uma delas tinha finalmente vindo...

Mas era um homem ali de pé ao lado do banco de pedra no centro do jardim silencioso. Um homem alto com um sobretudo caro, de costas para Beth, fumando um cigarro. A fumaça tinha um cheiro diferente, mas familiar.

Cigarros Gitanes.

Giles Talbot se virou, um sorriso fixo nos lábios, que desapareceu quando ele viu Beth. Ficou olhando para ela com algo mais do que horror... culpa. Beth manteve os olhos nele enquanto a enfermeira recitava as regras de visita, e conexões se formaram em seu cérebro como um *lobster* se encaixando no papel.

— É você — disse ela, quando a enfermeira foi embora. — Você. — Não Peggy, no fim das contas.

Ele forçou um sorriso melancólico.

— Olá, Beth.

Ela olhou para seu velho amigo. O terno dele também era caro, e o cabelo ruivo reluzia; estava bem distante do acadêmico de roupas amarrotadas que ela conhecera em Bletchley Park. *Giles*. Todo aquele tempo tinha sido Giles, e não Peggy. Beth sentia a fúria em ebulição dentro dela. Se ele a tocasse, os dedos dele ficariam pretos.

— É seguro falar. — Ele apagou o cigarro, sem olhá-la muito nos olhos. — Não dá para confiar em salas de visitas. Qualquer um pode estar escutando. — Não havia ninguém ali por perto; o dia estava frio demais para que as internas se aventurassem ao ar livre. — Mas um jardim... Acho que podemos conversar à vontade.

— O que há para dizer? — perguntou Beth.

— Olha, eu sinto muito mesmo. Nunca tive a intenção de pôr você nesta situação. Eu só... entrei em pânico. Tinha que tirar você da jogada antes que você falasse com o Travis sobre aquela mensagem.

Então era ele que tinha visto a mensagem na mesa de Beth enquanto ela tentava decifrar as outras mensagens do código da rosa.

— Achei que fosse a Peggy — Beth se ouviu dizendo. — Ela contou para a Mab sobre o bombardeio em Coventry.

— Porque eu contei para *ela*. Ela já estava irritada depois que você foi grossa com ela no SIK. Eu ia dar a dica para Mab a respeito de Coventry, mas achei que seria melhor se viesse de outra pessoa, então contei para a Peggy. Não sabia se ia dar certo, mas foi só eu puxar o assunto que ela falou sem eu nem precisar dar um empurrãozinho.

— Bem pensado — disse Beth. De fato foi. — Por que você veio aqui, Giles? Por que agora?

— Eu nunca pensei que ia levar tanto tempo assim. Está na hora de pôr um fim nesse impasse.

Aquilo soava sinistro, mas Beth estava com muita raiva para ter espaço para o medo.

— Eu só posso receber visitas da família. Quem você supostamente é? Meu irmão?

— Consegui que eles flexibilizassem as regras para um velho amigo. E é isso, não é? — Ele sorriu. — Nós somos mesmo velhos amigos.

— Amigos não trancam amigos no manicômio.

— Calma aí, aqui não é ruim. Eu me certifiquei disso. Atendimento de alta qualidade, tratamento gentil...

— Ah, sim, eles são muito *gentis* quando me amarram em uma camisa de força sempre que reclamo de alguma coisa. — Beth cuspiu as palavras. — Traidor.

Ele limpou um pouco de pólen que havia caído em sua manga.

— Não sou traidor.

— Você violou a Lei de Segredos Oficiais.

— Sou um patriota...

Beth riu.

— Sou tão patriota que cometi uma traição em nome do meu país. — A voz dele era grave, ardente. — Cresça, Beth. Países são ideais elevados e brilhantes, mas governos são feitos de homens egoístas e gananciosos. Você poderia afirmar com sinceridade que nossos colegas lá de cima sempre sabem o que estão fazendo? — As palavras jorravam dele em uma torrente. Beth se perguntou se ele estaria aliviado por, finalmente, ter uma plateia para todos aqueles argumentos escolhidos a dedo dele. — Quantas vezes você os viu desperdiçar informações que nós lhes passávamos? Fazer uso errado ou ignorar, ou escondê-las de aliados que estavam morrendo por não ter acesso a elas?

— Eu não sei. — Beth se inclinou para a frente, baixando a voz também. — O que era *feito* com as informações nunca foi da minha conta. Meu trabalho era decodificar e passar adiante.

— A abelhinha-operária. Mas vou te dizer: para alguns de nós, isso não é suficiente. — Ele se inclinou, seu nariz quase tocando o dela. Uma pessoa de fora poderia achar que eram namorados, pensou Beth. Um homem e uma mulher se aproximando um do outro entre as rosas, olhos nos olhos, sem piscar, em uma comunhão apaixonada. Só que essa paixão era ódio, não amor. — Pode ser que você consiga fazer vista grossa para onde seu trabalho vai e deixar a Lei de Segredos Oficiais guiar a sua consciência. Mas eu não. Se vejo informações que deveriam ser passadas para nossos aliados apodrecendo dentro de uma gaveta em Whitehall porque o Conselho de Ministros não quer compartilhar seus brinquedinhos, não arrumo desculpas. Eu ajo. Eu sabia quais eram as consequências, sabia o que meu pessoal podia fazer comigo, e agi mesmo assim. Porque era o certo a fazer, se queríamos derrotar Hitler e sua ideologia odiosa.

— Não era nosso trabalho decidir qual era a coisa certa a fazer.

— É trabalho de todo ser humano pensante, especialmente na guerra, e não venha me dizer que não. Deixar o errado acontecer porque as regras te proíbem de agir... esse foi o argumento que muitos alemães usaram para se defender depois da guerra. *Eu estava cumprindo ordens.* Mas isso não livrou o pescoço deles quando os julgamentos por crimes de guerra começaram. Eu olhava para meus superiores e sabia que eles estavam agindo errado, então tomei uma atitude. Obtive um contato em Moscou e passei informações que salvaram milhares de vidas de aliados na URSS.

— Passou informações ou vendeu? — perguntou ela, irônica.

— Eles me pagaram, mas nunca pedi isso. Teria feito sem receber nada.

— Então você ainda é um patriota. Só que mais rico — disse ela, olhando para seu casaco caro, seu ar de sucesso. — Tudo isso em troca de desviar mensagens decodificadas?

— E coletar fofocas. Mulheres adoram falar. Faça confidências a uma mulher e diga a ela que está apaixonado por alguém. Esse é o segredo. Ou ela fica aliviada porque sabe que você não vai lhe dar uma cantada ou vê isso como um desafio e começa a flertar. De um jeito ou de outro, ela começa a falar.

Beth balançou a cabeça.

— Ainda acho inacreditável que ninguém nunca tenha pegado você.

— Osla quase pegou — confessou ele, despreocupado. — Eu me enfiei no Galpão Quatro quando todos estavam do lado de fora babando com a visita de um almirante e ela quase me flagrou copiando uns arquivos.

Beth se lembrou de algo.

— Foi você que depois denunciou que ela tirou arquivos do Galpão Três? Ele deu de ombros.

— Ela ficou xereteando, investigando coisas... Eu não queria que ninguém acreditasse nela.

— Que valente você — disse Beth. — Jogando outra amiga na fogueira.

— Você não sabe nada sobre ser valente. — Giles se aproximou ainda mais. — Você nunca teria a coragem de fazer o que fiz, sua seguidora de regras. Você não conseguiria fazer uma escolha tão séria e enfrentar as consequências.

— Mas você não está exatamente enfrentando as consequências, não é? — sussurrou Beth. — Eu estou. Você está andando livre por aí enquanto eu estou trancafiada por um colapso nervoso que nunca tive. Você roubou a minha vida porque eu descobri seu joguinho. — Ela se afastou e olhou no fundo dos olhos dele. — Você não fica com a consciência pesada?

Ele se encolheu quase imperceptivelmente. *Aí está*, pensou Beth. *Esse é o ponto fraco*. Seu velho amigo realmente achava que não havia feito nada de errado ao vender informações confidenciais... mas *sabia* que havia agido errado ao trancafiá-la ali.

— Não foi minha intenção que isso acontecesse...

— Mas aconteceu. A estrada para o inferno, Giles. Com o que ela é pavimentada mesmo?

— Você é a única responsável. — Ele recuou e começou a andar depressa em volta do banco de pedra. — Você pode sair daqui quando quiser. É só me dar aquelas mensagens decodificadas.

Beth pensou no cofre de Dilly, na chave que mantinha escondida no sapato pelos últimos três anos e meio. Sua pequena vitória lhe deu um quentinho no peito como uma súbita chama. Giles a havia enredado perfeitamente, mas não sabia de sua escapada para Courns Wood.

— Eu sei que você escondeu em algum lugar — continuou ele. — Você obteve mais alguma coisa das outras mensagens? Alguma delas mencionava o meu nome?

Beth não respondeu.

— Não importa. É só me dizer onde elas estão e eu dou um jeito de tirar você daqui.

— O que dá a você essa autoridade? — perguntou ela de volta. — Por que você teria algum direito de decidir o meu futuro?

— Estou no MI-5 agora, Beth. Fui recrutado depois da guerra. Não sou o designado para cuidar de seu caso aqui em Clockwell, mas meus chefes não vão estranhar se eu começar a me interessar por você, já que éramos amigos. Posso me voluntariar para assumir o seu caso, entregar um relatório de que você retomou seu juízo e seu autocontrole. Você será liberada.

Ser livre. Ar puro, torradas com manteiga, uma cama cheirando a linho engomado, e não a manchas velhas de xixi... Beth mordeu o interior da bochecha. Aquilo era uma ilusão, e ela não se deixaria enganar.

— Faça uma coisa por mim — disse ela. Ergueu as mãos e mexeu nas pontas do cabelo mal cortado. — Por favor?

— Qualquer coisa. — Ele se inclinou, pegou as mãos dela. — Eu quero te ajudar.

— Todas as noites, diga a si mesmo o que você disse para mim. Que você é um patriota, não um traidor. Que você é o *herói* dessa história, não o vilão. — Beth sorriu. — Depois se lembre de que fez uma mulher inocente ir parar num hospício para salvar sua pele e pergunte a si mesmo: o que tem de heroico *nisso*?

Ele não disse nada. O sangue se esvaiu de seu rosto.

— A propósito — acrescentou Beth —, há quanto tempo você está vendendo segredos do MI-5 para Moscou? Imagino que desde sua primeira semana.

Seu rosto ficou ainda mais sem cor. Beth se sentou no banco, pensando, *Xeque-mate*. Tinha sido só um chute.

— Não sei do que você está falando — disse ele, por fim.

Ela sorriu com desprezo.

— Como... — começou ele, e parou.

Nós vencemos a guerra e nenhum mal foi causado a BP, *mesmo com a sua interferência*, pensou Beth. *Mas quem sabe que danos você poderia causar agora, interferindo nos assuntos do MI-5?*

— Os soviéticos não são mais nossos aliados. Como você justifica isso, Giles? Vender para nosso *inimigo*. Você ainda chama isso de patriotismo ou é só pelo dinheiro mesmo agora? — perguntou ela, levantando as sobrancelhas. — Ou talvez seja autopreservação. Você lhes dá o que eles querem ou eles o deduram? Só agora está percebendo o controle que eles ganharam sobre você, pelo tempo que eles quiserem?

— Não vai ser para sempre. — O rosto dele enrijeceu como o de uma criança teimosa. — Só umas coisinhas, depois estou fora.

— É isso que eles dizem a você? Ou o que você diz a si mesmo?

Ele segurou a mão de Beth, um gesto que teria parecido amistoso para qualquer enfermeira que olhasse de longe, mas dobrou o dedo mínimo dela para trás quase até o pulso. Uma agulhada de dor percorreu o braço de Beth, e ela gritou, surpresa.

— Eu estava tentando fazer isso da melhor maneira — sussurrou ele. — Mas, se você vai ser burra, para mim chega de enrolar. Me dê o que eu quero.

— Não. — Beth tentou se soltar.

— Sim. Se você não der, vai ser uma idiota babona para sempre. O novo médico-chefe examinou o caso de Alice Liddell e tem uma sugestão para melhorar o temperamento ruim e as ocasionais crises de violência dela. Ah, e a promiscuidade. Parece que esses dias você fez uma proposta sexual para um funcionário no armário. Eles não permitem atos promíscuos entre as pacientes. Não seria bom para a reputação da clínica. — Giles se inclinou mais para a frente. — Você sabe o que é uma lobotomia?

A dor ainda atravessava o braço de Beth.

— É um procedimento neurológico muito comum nos Estados Unidos. As conexões entre o córtex pré-frontal e o resto do cérebro são cortadas cirurgicamente.

A pele de Beth se arrepiou como se um rato tivesse corrido sobre seus nervos.

— Eles raspam a cabeça e fazem um furo no crânio, depois enfiam uma espátula de metal lá dentro e vão golpeando até cortar todas as conexões. — A voz dele era brutal. — Você fica acordada o tempo todo. As enfermeiras a incentivam a cantar músicas, recitar poesias, responder a perguntas. O procedimento termina quando você não consegue mais falar.

Ela sentiu um frio na espinha. Beth se imaginou na mesa de operação, sua cabeça presa em um torno, cantando "quando Cunningham venceu em Matapão pela graça de Deus e Beth". Esforçando-se para lembrar o verso seguinte. Silenciando-se...

Como sua parceira de *go*.

— Depois da cirurgia, você vai entrar em um estado que eles chamam de "infância cirurgicamente induzida". — As palavras dele atingiam Beth como ondas. — Parece bem bacana, não parece? A gente não adorava ser criança? Mas pode não ser muito divertido na segunda vez, depois que você passar do treinamento para usar o banheiro. Idealmente, você vai permanecer em um estado infantilizado e eles vão te fazer desenvolver uma personalidade mais dócil e cordata. Os resultados variam, claro. Você pode virar um vegetal, fazendo xixi na cama pelos próximos cinquenta anos.

Beth conseguiu soltar a mão. Seu braço estava todo dormente; ela ficou segurando-o e tremendo.

— Você está dizendo a si mesma que eu estou mentindo. Mas não estou. — Ele olhou para ela e mordeu o lábio, como se fosse ele que estivesse sentindo dor. — O doutor Seton é um grande entusiasta desse procedimento. Ele já começou a lobotomizar alguns pacientes dele, talvez você tenha notado. Ele não devia ter me contado que você estava na lista, considerando que não fui designado para o seu caso, mas eu consigo ser muito persuasivo.

Beth sentou-se no banco, ofegante. Buracos em seu crânio. Treinamento para ir ao banheiro. Podia imaginar-se sentada naquele banco, com um sorriso vago, lembrando-se de algo sobre chaves e rosas, mas sem a mínima ideia do que tudo aquilo significava. Sentada naquele banco pelos próximos cinquenta anos.

Você está mentindo, pensou ela. Mas não acreditava mais nisso.

— O MI-5 não vai contestar a recomendação do seu médico, Beth. — Giles se sentou no banco ao lado dela. — Talvez você saia bem, só um pouco confusa. Mas talvez vire uma casca com a cabeça cheia de purê. — A voz dele se elevou. — Então me dê o que eu quero, ou então vão amarrar você em uma mesa e furar seu crânio com uma broca.

Beth gritou. Ela pôs as mãos na boca para conter o grito, mas ele continuou indefinidamente dentro de sua cabeça. Sua cabeça, seu cérebro. Ela não era nada sem sua mente. Havia sobrevivido ali por mais de três anos por causa de sua *mente*.

— Quero que saiba que não sugeri isso. Eu nem sabia que o procedimento existia. Mas vou deixar acontecer. — Ele chegou mais perto dela. — Quer saber por que eu finalmente estou aqui falando com você? Porque estou cansado de ficar me perguntando se você descobriu que era eu. Estou subindo na vida, logo vou ter uma família e cansei de me preocupar que você possa levar tudo isso embora. Então me diga o que eu quero saber. Ou você sai daqui sem nenhuma prova contra mim, ou vai ficar nesse lugar para sempre, sem nem conseguir se *lembrar* de que tinha uma prova. De um jeito ou de outro, eu estou livre.

Ele se levantou.

— Pense nisso. Porque deteste a ideia de alguém cortando esse seu cérebro admirável, mas, juro por Deus, estou cansado de viver na corda bamba.

Ele esperou.

Beth foi para cima dele. Ela não conseguiu evitar, não conseguiu pensar, não conseguiu raciocinar, apenas foi para cima de Giles e tentou rasgá-lo em pedaços. Teria arrancado os olhos dele com as unhas, mas ele a jogou para trás como uma boneca de pano antes mesmo que os funcionários se aproximassem.

— Sua cirurgia está marcada para a tarde depois do casamento real. — Ele se afastou e arrumou a gravata. — Vou telefonar para cá de manhã, no dia do casamento. Diga aos médicos que você quer me ver. Eu falo com o cara do MI-5 que é responsável pelo seu arquivo, faço a cirurgia ser cancelada e me ofereço como voluntário para assumir o seu caso. Se você não disser nada, a cirurgia segue em frente. — Pausa. — Eu gosto de você, Beth. Sempre gostei. Então não me obrigue a fazer isso.

71.

—Desde quando você dirige? — perguntou Osla a Mab enquanto elas saíam de York.

— Meu marido me ensinou. — Mab fez uma curva fechada em velocidade, autoconfiante. — Ele é australiano. Cresceu a mais de mil quilômetros de qualquer coisa importante e mais de quinhentos quilômetros de qualquer coisa, então ele aprendeu a dirigir novinho.

Osla lançou um olhar para ela.

— O que você disse a ele sobre essa viagem?

— Que ia visitar uma velha amiga. As melhores mentiras são as mais verdadeiras.

— *Isso* com certeza é verdade.

Elas trocaram olhares cautelosos quando a Bentley parou em um cruzamento. *Quem sabe conseguimos passar esse dia sem nos alfinetar*, pensou Osla.

— Você não costumava usar calça comprida — disse Mab, olhando para a elegante calça vermelha de Osla. — Deixa a gente atarracada. Esse racionamento prolongado é uma bênção para algumas pessoas...

— Você não está em *Casablanca* — revidou Osla —, então pare de usar esse chapéu inclinado como se fosse uma Ingrid Bergman de terceira categoria.

Mab a olhou com irritação. Enquanto subiam pelos pântanos, Osla traçou a rota para Clockwell.

— Umas duas horas de viagem.

— E quando chegarmos lá? — Mab fez uma curva. — Como vamos entrar?

Osla explicou seu plano.

— A enfermeira que me atendeu não devia ter me contado tanto, mas eu a entreti com uma longa e divertida fofoca sobre o casamento real, e nesse momento a maioria das mulheres está disposta a contar quase tudo, principalmente em troca de fofocas sobre o casamento real. Deixei escapar que o buquê da noiva seria de murta e lírios, e ela ficou comendo na minha mão.

— O buquê da noiva vai ser de murta e lírios?

— Eu sei lá. Inventei. Mas quanto a visitar sem identificação... — Osla repassou os últimos detalhes. — Se eles criarem caso, nós começamos uma choradeira. Estamos *tão angustiadas*, doutor, por favor, nós viajamos *todas essas horas*. — Osla enxugou o rosto com um lenço imaginário. — É incrível o que homens, até mesmo médicos, fazem para se livrar logo de mulheres chorosas.

— Você consegue chorar na hora que quer?

— Claro. É bem útil.

Uma sombra melancólica pairou sobre o carro, talvez fosse uma nuvem deslizando na frente do sol.

— O que você acha que vai acontecer? — perguntou Osla.

Mab manteve os olhos fixos na estrada.

— Vamos encontrar a Beth maluca como o Chapeleiro e daí vamos esquecer essa história toda.

— Isso é o que você *quer* que aconteça. Bem cruel da sua parte — Osla não pôde deixar de acrescentar.

— Eu sou uma pessoa cruel, Os. Isso me tem sido deixado bem claro nos últimos tempos. Por você, por meu... — Ela parou, os lábios apertados.

— De certa forma, fico feliz por você ser cruel. — Osla sentou em cima da perna. — Se a Beth não estiver louca e não estiver mentindo, vamos ter que fazer alguma coisa. Prefiro ter uma durona fria do meu lado para essa briga do que uma bobinha tímida.

— Tire o sapato do banco!

Osla a ignorou.

— Quem você acha que é o traidor?

— Talvez você — sugeriu Mab.

— Cale a boca. O traidor...

— Precisamos mesmo continuar falando "o traidor"? Eu me sinto em um romance da Agatha Christie, e não de uma maneira boa.

— Não estou conseguindo pensar em nenhuma maneira *boa* de estar em um romance da Agatha Christie.

— Sendo um cadáver no capítulo um — propôs Mab, com um sorriso irônico.

O carro serpenteava cada vez mais para dentro das terras úmidas.

— Você parece estar quase gostando disso — observou Osla. — Deve ter tido um problema e tanto com seu marido para estar a ponto de gostar de uma viagem para uma clínica de loucos *comigo*, querida.

Isso lhe rendeu um olhar fulminante.

— Só esse olhar bravo, nenhuma resposta sarcástica? Você está perdendo o jeito, Rainha Mab. — Talvez Osla pudesse desfrutar aquele momento também, só um pouquinho. — Se eu passar a chamar o traidor de "informante" você para de me olhar assim?

— Aceito "informante".

— Ótimo. E se o informante for... alguém que nós conhecemos?

— Se a Beth conhecia — respondeu Mab, sobriamente —, nós provavelmente conhecemos também. Mais chances de que seja uma mulher.

— Por que você acha isso?

— Havia mais de nós em BP. E as pessoas não desconfiam de mulheres.

— Não fale besteira! — bufou Osla. — Nós não podemos andar sozinhas com um homem sem sermos chamadas de fáceis, não podemos fazer check-in num hotel sem desconfiarem que estamos lá para um fuque-fuque...

— As pessoas desconfiam de que as mulheres façam fuque-fuque — corrigiu Mab. — Mas nunca desconfiam de mulheres espiãs. Todo mundo acha que mulheres não conseguem guardar segredos.

— Quais são os três meios de comunicação mais rápidos? — Osla começou a contar a velha piada, e ela e Mab recitaram a resposta juntas: — Telégrafo, telefone e mulheres.

— Você não tem ideia de quanto odeio essa piada — disse Mab.

— Minha querida, eu sei muito bem disso.

Elas ficaram em silêncio. Ultrapassaram um velho caminhão agrícola que seguia lentamente por uma estrada rural estreita sem vegetação em volta, o barro salpicando o para-brisa.

— Por que você veio morar em Yorkshire? — perguntou Osla.

— Porque meu marido arrumou um trabalho aqui, e porque é longe de Londres e de Bletchley — disse Mab, sucintamente. — Porque não tem nenhuma lembrança

Osla girou no dedo sua grande esmeralda.

— Você disse que tem uma família agora... — Ah, droga, ela não podia perguntar se Mab tinha filhos, por causa do fantasma da pequena Lucy pairando entre elas. Isso era como enfiar a faca até o cabo.

— Eu tenho gêmeos — disse Mab, inesperadamente. — De dezoito meses. — O lampejo de amor no rosto dela foi o primeiro enternecimento que Osla notou desde que se reencontraram.

— Fico feliz por você — respondeu Osla com sinceridade. — Como é o nome deles?

— Edward... Eddie... e Lucy.

Osla sentiu o pulso de uma menininha escapando de sua mão.

— Mab...

— Nem começa.

Osla olhou para a estrada à frente, que seguia em curvas morro abaixo.

— Pode continuar me odiando — disse ela. — Espero que isso ajude.

— Eu não odeio você, Os. — Não dava para ver os olhos de Mab atrás de seus enormes óculos de sol. — Eu tento não sentir muito atualmente, o que quer que seja, nem amor nem ódio. Eu amo o Eddie e a Lucy, porque não tem como não amar nossos filhos, e é assim que tem que ser. Mas é mais fácil se você não tiver muitos sentimentos pelas pessoas.

— Mais fácil de quê?

— Suportar.

Elas seguiram em silêncio.

72.

Doze de novembro. Nove dias antes da cirurgia de Beth, e ela estava passando por cada vez mais exames; oito dias para o casamento real, sobre o qual as enfermeiras falavam sem parar.

— Estão dizendo que as damas de honra vão vestir branco, mas com as princesas usando branco... — Falatório e mais falatório, enquanto Beth, sentada diante de sua parceira de *go*, tentava desesperadamente obter alguma reação dela.

— Só um movimento. A pedra preta. — Nada. — Você prefere xadrez? — Beth montou o tabuleiro de xadrez. — Lembra quando você me ensinou a transformar um peão em uma dama?

Nada. A mulher que antes jogava xadrez como um grande mestre agora estava ali sentada completamente parada, completamente alheia, e às vezes fazia cocô na própria roupa. Seus olhos eram vazios como janelas fechadas. *Não é para ser assim*, Beth gritou por dentro. *Nem para você, nem para mim. Não é!*

E foi então que veio:

— Presente especial para você, senhorita Liddell — arrulhou a enfermeira.

Um torno para a minha cabeça. Depois o zumbido de uma broca, o som molhado de uma ferramenta cirúrgica entrando e cortando seu cérebro...

Será que anteciparam o procedimento?

O pânico invadiu Beth, e o tabuleiro de xadrez caiu em uma confusão de peças pretas e brancas se espalhando enquanto ela tentava fugir.

73.

Era para ter sido apenas uma viagem de duas horas até o manicômio, mas deu tudo errado. Umas das pistas havia cedido, e elas tiveram de fazer um desvio de horas; um pneu furou, depois caiu uma chuva torrencial.

— Isso estragou tudo — disse Osla, furiosa. — O horário de visita já vai ter terminado quando chegarmos lá.

Ela e Mab acabaram passando uma noite desagradável em um hotelzinho a cinco quilômetros de Clockwell e retomaram o caminho até os portões do sanatório na manhã seguinte.

Mab dirigiu pelo terreno da clínica e estacionou no local indicado. Não houve nenhum problema quanto aos nomes delas e nenhum pedido de identificação quando Mab e Osla entraram com seu mais autoconfiante balanço de quadris e de bolsas.

— Estamos aqui para ver nossa irmã Alice Liddell. Senhora Riley e senhora Chadwick. — Eram os nomes das irmãs casadas de Beth.

A enfermeira na recepção se levantou.

— Vou levá-las até ela. Pedimos que não mencionem durante a visita a cirurgia que será feita na irmã de vocês, por favor.

O coração de Osla acelerou.

— Que cirurgia? — Aquele lugar havia parecido tão amistoso quando elas chegaram: uma simpática casa de campo feita de pedras com uma extensão de duas alas, cercada por vastos jardins. Agora, a luz brilhante de inverno que entrava pelas janelas parecia ofuscante, um holofote que cortava qualquer um que o atravessasse.

— A cirurgia foi discutida com os pais dela, que são os parentes mais próximos. É um procedimento que tem tido enorme sucesso em melhorar o temperamento de pacientes com oscilações de humor ou emocionalmente perturbados. Uma pequena cisão cirúrgica das conexões entre...

— Sem linguagem médica, por favor — disse Mab. Osla apertou a borda da mesa, seu pulso acelerando sinistramente.

— É uma novidade em tratamento avançado de pessoas com problemas mentais. Muito mais comum nos Estados Unidos, mas nosso novo médico-chefe é versado nas técnicas mais recentes. — A enfermeira sorriu. — Chama-se lobotomia.

— O que é uma lobotomia? — A palavra deixou Osla toda arrepiada.

— Um procedimento inofensivo, podem ter certeza. A irmã de vocês vai ficar muito melhor depois. — A enfermeira deu uma piscadinha. — Agora, venham comigo.

O JARDIM ESTAVA ressecado e morto, mas mulheres com batas brancas e olhares vazios ainda caminhavam por ele.

— As pacientes usam o jardim à tarde para fazer um pouco de exercício...

Osla ignorou a enfermeira. Elas foram levadas para esperar ao lado dos bancos de pedra no centro dos roseirais e estavam prestes a ver Beth, em quem Osla não punha os olhos havia três anos e meio. Ao seu lado, Mab piscava rápido demais para estar de fato calma, embora fosse a imagem da elegância com seu chapéu inclinado de forma chique.

— Não... — Uma voz rouca assustou Osla, o tom de desespero tão evidente que deixou seus pelos em pé. — Eu não quero um *presente*, eu sei para onde você está me levando...

— Sua boba, suas irmãs estão aqui. — A voz exasperada de uma enfermeira se aproximou entre as rosas. — Não quer vê-las?

Beth entrou no centro do roseiral e ficou imóvel.

Osla e Mab ficaram sem reação também. Aquela era *Beth*? A amiga com quem dividiam o quarto, que de uma solteirona insossa enfiada em um blusão cor de mariposa se transformara em uma criptoanalista estelar com seus cabelos à la Veronica Lake? Aquela mulher era uma aparição de casa mal-assombrada, só tinha ossos, tendões e uma vontade crua e raivosa. As unhas de Beth estavam roídas até sair sangue; o cabelo loiro, cortado na altura dos ombros, em cujas pontas irregulares ela mexia constantemente. Ela se sobressaltava violentamente a cada som, mas Osla não achava que ela estava com medo. Parecia louca demais para saber o que era medo: um ser esquálido que se contorcia e só seguia de pé pela fúria.

— Ela pegou pneumonia na primavera — disse a enfermeira, na defensiva, ao ver a expressão de horror delas. — É por isso que está tão magra... Vou deixar vocês à vontade, está bem? As visitas duram uma hora.

Ela se afastou. Beth continuou imóvel, olhando para as duas, e o nariz de Osla coçou com o cheiro de suor, medo, falta de banho.

— Eu... — começou Beth, sua voz mais rouca do que era, e parou. — Não olhem para mim, não estou acostumada a me olharem. Bem, os médicos olham, o tempo todo, e as internas estão sempre olhando, mas os médicos e as internas não esperam que você se comporte bem. Vocês precisam que eu me comporte bem, ou vão embora achando que estou no lugar certo, e eu não estou... — Ela ficou sem fôlego, falando em um tom monocórdico, tão rápido que elas quase não conseguiam acompanhar.

— Beth. — Osla se sentou no banco, cruzou os tornozelos e indicou o assento à frente para Beth como se elas estivessem se sentando para tomar um chá. *Costas retas, meninas!*, ela conseguia ouvir o grito das professoras de sua ex-escola de boas maneiras. *Não há nenhum desastre social que não possa ser remediado com bons modos!* — Nós estamos aqui e vamos te ouvir. — Osla manteve a voz o mais calma possível.

Beth engoliu em seco. Mab se sentou ao lado de Osla, e Osla conseguiu ler seu olhar como se fosse um texto. *Louca?*, estava pensando Mab. *Ou aterrorizada?*

Osla se inclinou para a frente. Não havia ninguém perto o suficiente para escutar; ela podia finalmente fazer a pergunta.

— Quem é o traidor? — E dessa vez a palavra não parecia estar num melodrama. Parecia verdade.

— Giles Talbot — respondeu Beth, e o horror inundou Osla em uma torrente gelada. *Não*, pensou ela, *o Giles, não*. Mas as palavras se despejavam de Beth sem parar.

Ela olhava principalmente para as rosas enquanto falava, e sua fala tinha uma pressa abrupta, como se ela tivesse sonhado com aquele momento havia tempo demais para não deixar as palavras correrem. Por fim, ela parou. Osla olhou para Mab e soube que ambas estavam visualizando o vibrante e ruivo Giles com uma ridícula cartola enfeitada e um prato de pão com margarina. Giles, que, aparentemente, havia estado ali *ontem* mesmo, ameaçando Beth.

Osla olhou para suas mãos apertadas. O que quer que ela estivesse esperando Beth dizer, não era aquilo.

— Ele sempre estava atrás de fofocas. — Mab esfregou a mão na cabeça, desfazendo as ondas cuidadosamente arrumadas de seu cabelo. — Não tentando induzir a gente a falar, mas só sendo... amigo.

— Ele gostava de contar para uma mulher que estava apaixonado por outra — disse Beth. — Fazia com que elas se sentissem seguras, ou competitivas, mas, de um jeito ou de outro, elas falavam.

— Ele me disse uma vez que estava louco por você. — Mab olhou para Beth, perplexa.

— Ele me disse uma vez que estava louco por você — falou Osla, tensa, olhando para Mab.

— Todas nós confiamos nele — disse Beth.

— Ele é bom nisso, sem dúvida. — Osla ouviu a própria voz sair muito baixa enquanto olhava para a esmeralda em seu dedo. — E também é o meu noivo.

EM MEADOS DE 1944, foi com Giles ver a orquestra de Glenn Miller perto de Bletchley Park. Dançou ao som de "Chattanooga Choo Choo", tomou goles do copo de Giles, tentou banir as memórias de dançar com Philip, banir seu maldito *coração partido*. Deixou Giles beijá-la quando a música mudou para "In the Mood".

— Estou com vontade de fazer uma coisa — murmurara Giles em seu ouvido. Ele a estivera provocando, tentando conseguir alguma dica do que ela andava traduzindo no Galpão Quatro, mas ela não dissera nenhuma palavra, e, quando o maravilhoso e insuperável Glenn Miller mudou de tom, Giles mudou também. — Vamos lá, Os. Você está querendo esquecer uma pessoa. Então por que não tentar comigo? — E Osla, um pouco bêbada e totalmente infeliz, pensou: "Por que não?" Ser certinha a havia levado para onde na vida a não ser onde estava agora, arrasada e de coração partido?

Então eles foram para o carro de Giles, entraram no banco traseiro e tudo estava terminado quatro minutos depois, e Osla não se sentia diferente em nada, exceto em pensar que todo o alvoroço em torno "daquilo" era claramente um monte de som e fúria que não significava nada — como toda a ideia do amor, aliás. *Isso é tudo que você vai ter*, pensou ela. *Isso é tudo que há.*

Giles também não parecia esperar muito, apenas lhe deu um tapinha amistoso no quadril e a levou para casa. Ele continuou sendo exatamente o mesmo: um bom amigo, uma saída ocasional, e até umas idas para baixo dos lençóis de vez em quando depois da guerra. O divertido e exasperante Giles, que se aproximou dela exatamente no momento certo mais no início daquele ano, no momento em que ela estava totalmente desesperada, pensando que talvez fosse melhor simplesmente se casar para seguir em frente com sua vida, e disse: "Vamos tentar, Os. Romance é para livros ruins, mas casamento é para amigos... como nós. O que você acha?"

Novamente, ela pensou: "Por que não?" E o deixou colocar uma esmeralda em seu dedo.

E ali estava ela agora, ouvindo uma velha inimiga lhe contar que seu futuro marido era um traidor da Coroa.

— Seu *noivo*? — Beth ficou tão branca que parecia prestes a desmaiar. — Ele me contou ontem que logo ia ter uma família. Mas não disse... — Ela parou, raspando as unhas umas nas outras. — Você contou para ele que eu tinha mandado uma mensagem? Que vinha *aqui*?

— Não.

E por que não havia contado? Osla não pôde deixar de se perguntar no meio de seu choque. Giles sabia sobre Beth e Bletchley Park; esse era um dos atrativos de se casar com ele: ela não teria de mentir sobre seus anos na guerra. Osla poderia ter pedido a opinião dele quando decifrou a cifra de Vigenère de Beth. Mas por que não fez isso?

Algo instintivo havia selado sua boca como um cofre.

— Você não acredita em mim. — A voz de Beth era desalentada quando olhou para Osla. — Você acredita nele.

Osla abriu a boca, sem nem saber o que ia dizer, mas as lembranças estavam se encaixando nos lugares com o clique súbito de chaves virando na fechadura.

— Era junho de 1942 quando fui chamada na sala do comandante Travis por causa daqueles arquivos desaparecidos — disse ela devagar. — Travis disse que alguém tinha me denunciado...

— Giles — disse Beth. — Ele me contou. Disse que você quase o pegou, mais de uma vez. Algo sobre caixas de arquivos no Galpão Quatro.

Osla pensou naquele vislumbre de um casaco sumindo de vista. *Eu sabia que tinha alguma coisa errada...* Mas a constatação não lhe agradou nem um pouco.

Mab acrescentou:

— Uma vez, depois que fui transferida para a mansão, Giles ficou me servindo bebida no Galpão de Recreação à noite. Fiquei totalmente chumbada. Eu estava com as chaves dos arquivos. Ele disse que eu tinha devolvido para o vigia depois de sair do Galpão de Recreação, mas eu não me lembrava...

— Ele mexeu nos arquivos da mansão quando você estava bêbada. — A voz de Beth era séria. — Ele devolveu as chaves, mas só depois de dar uma boa xeretada.

Mab ficou branca também, e Osla sabia que ela devia estar repassando na mente os tipos de informes que poderiam ser acessados com aquelas chaves. O queixo dela se levantou, e Osla viu que sua palidez era, na verdade, fúria.

— Ele me usou. Ele me usou, me roubou e depois me *confortou*.

E ele nos colocou contra a Beth, pensou Osla. Sentiu outra pontada no estômago: dessa vez era vergonha.

Ela olhou para Beth: cheia de tiques e sobressaltos, desesperada, esquálida. Será que ela continuava totalmente sã, depois de mais de três anos em um lugar como aquele?

Mas, mesmo que ela não estivesse totalmente *sã*, ainda assim não estava *errada*.

— Eu acredito em você — disse Osla.

— Você... — A nova voz rouca de Beth era pouco mais que um sussurro. — Você acredita?

Mab também assentiu.

— Vamos tirar você daqui. — Osla olhou em volta para ver se havia alguém ouvindo. A hora de visita estava acabando. — Vou direto para Londres comunicar isso. Assim que as engrenagens começarem a girar...

— Vai demorar muito. Eles vão me operar um dia depois do casamento real. Vão cortar meu *cérebro*... — Beth estremeceu violentamente. — Por favor... vocês não podem deixar que eles façam isso comigo. Me tirem daqui agora.

Ela conseguiu manter o olhar firme dessa vez, sem desviá-lo. Osla e Mab se entreolharam.

— Eu tenho um plano — sussurrou Beth. — Passei três anos e meio observando a rotina daqui. Vocês vieram de carro ou de trem?

E, entre as rosas moribundas, suas mentes se uniram.

74.

Osla estava sendo encantadora, e Mab, aterrorizante, e, com o trabalho das duas, Beth ousou ter esperança de que poderia sair.

Mab havia abordado dois funcionários, a enfermeira-chefe e um médico que estava em seu turno.

— Estou muito preocupada com a saúde da minha irmã. — Braços cruzados, unhas vermelhas tamborilando. — Gostaria de conversar sobre as terapias de vocês...

Osla tinha juntado todas as enfermeiras à vista e a maioria das internas e estava falando sem parar, como uma tagarela empolgada de Mayfair.

— Duzentas libras de pétalas de rosas só na catedral. Ela vai pegar emprestada uma tiara absolutamente incrível da rainha — disse confidencialmente, inclinando-se para a frente e fazendo as mulheres se inclinarem também. — Vocês não podem contar para ninguém, porque o senhor Hartnell me fez prometer guardar segredo na minha prova do vestido, mas a rainha vai usar seda lilás, lindíssimo...

— Como você conseguiu um convite para o casamento real? — perguntou uma das enfermeiras.

— Meu marido tem muitos contatos em Londres. Nós vimos o príncipe Philip uma vez. Vocês nem imaginam, um *sonho*...

Ninguém estava prestando atenção em Beth, que se mantinha perto, mas não perto demais, do galpão de jardinagem trancado.

— Talvez aumentar as atividades ao ar livre? — sugeriu Mab ao médico, que estava visivelmente aflito para agradá-la. — Minha irmã sempre adorou trabalhar no jardim. Se isso ajudasse com essas oscilações de humor que o senhor descreve...

— Gauloises, alguém aceita? — Osla fez circular sua cigarreira, lançando sorrisos como lascas de diamantes. — Nada se compara a cigarros franceses, calcinhas francesas e *homens* franceses! Mas as damas de honra da princesa...

— Que tipo de ferramentas de jardinagem vocês têm para as pacientes? — Mab conduziu seu grupo até o galpão. — Tenho certeza de que minha irmã ia melhorar se pudesse mexer um pouco na terra. Deixem-me ver o que vocês têm...

A enfermeira-chefe destrancou a porta do galpão. Pendurado ali dentro estava o molho de chaves que abriam as pequenas portas de acesso por onde os jardineiros transportavam carriolas com folhas secas para fora da propriedade. Nos três anos e meio em que Beth estivera observando, o galpão nunca tinha sido deixado sem vigilância, nem que fosse só por um intervalo para fumar um cigarro.

— Dizem que a princesa Margaret vai usar organza branca, mas acho que ela vai mudar no último minuto para causar uma comoção... — Osla parou, enxugando a testa. — Nossa, vocês também estão com calor?

Olhares para o céu nublado.

— É novembro, senhorita...

O galpão estava aberto; Mab entrou e olhou para as ferramentas com ar crítico.

— Vocês têm poucas pás e espátulas. Vou falar com meu marido e ver se ele consegue fazer uma doação. Que outros suprimentos seriam úteis para a instituição?

— Sério, está tão quente... — A voz de Osla subiu no fim da frase, incerta. Ela se levantou, franzindo a testa... e desabou na grama.

— *Doutor!* — gritou Beth.

("Grite *alto*, Beth. Precisamos que todas as cabeças se virem para Osla.")

O médico se afastou de Mab e veio correndo. As enfermeiras e até as internas se aglomeraram em volta de Osla, caída no chão com as pernas e os braços se contraindo e a cabeça curvada para trás.

("Os médicos daqui já viram várias crises de epilepsia. Você não pode só fingir que viu uma aranha?")

("Vai funcionar, Beth.")

— Enfermeira, parece uma convulsão. Segure a cabeça dela...

Osla se contraía comedidamente, sem exageros. *Você é boa*, pensou Beth, a esperança começando a martelar em suas costelas.

("Assim que todo mundo estiver distraído, Mab entra em ação.")

Com todos os olhos em Osla, Beth viu a mão de Mab se mover para o molho de chaves dentro do galpão.

("As chaves não estão identificadas, mas tem que ser uma das menores. Não sei qual. Pegue todas. Tem certeza de que consegue fazer isso sem que ninguém veja?")

("Pode fazer muito tempo que eu roubava batons na Selfridges, mas ainda sou rápida.")

Beth viu o braço dela se mover em um movimento ágil, e então Mab fechou a porta do galpão e se embrenhou no meio da multidão em volta de Osla.

— Minha irmã sempre teve essas pequenas indisposições. Deem um espaço a ela...

Osla começou a mover as pálpebras. Mab a ajudou a se sentar; Osla enrubesceu e pediu desculpas. *Ah, doutor, estou tão, tão constrangida...* Uma das enfermeiras, Beth viu com o canto do olho, estava trancando o galpão apressadamente, sem se preocupar em olhar dentro dele.

Médicos e atendentes se adiantaram para ajudar Osla a se levantar, e ela se apoiou graciosamente em todos os solícitos braços masculinos.

— Hora de levar minha irmã para casa — anunciou Mab, e passou pelo meio do grupo de pessoas em direção ao prédio, um cortejo de enfermeiras e pacientes ia com ela. Mab e Beth chegaram à porta ao mesmo tempo e esbarraram uma na outra. Beth sentiu as três pequenas chaves pressionadas em sua palma.

("Depois disso, Beth, é com você.")

*

NÃO SE APRESSE, pensou Beth.

Esperar Mab e Osla serem acompanhadas para fora. Esperar a comoção pelo desmaio de Osla arrefecer, a sala comunitária voltar ao normal. Esperar as enfermeiras retornarem à sua rotina. Esperar.

Mas e se os jardineiros voltarem ao galpão? E se eles virem?...

Beth tentou não entrar em pânico. Havia esperado três anos e meio; não ia ser impulsiva e arruinar tudo agora.

Moveu-se devagar pela sala comunitária, como se estivesse voltando à sua cela. Em vez disso, foi para o corredor e se escondeu atrás de uma cortina. As enfermeiras da recepção não deviam se ausentar da entrada do prédio, mas elas saíam o tempo todo. As pacientes eram tão quietas que não havia nenhum risco de fato. Além disso, os muros do lado de fora as continham se elas cruzassem a porta. A enfermeira Rowe, que estava na recepção naquele dia, não conseguia passar quarenta minutos sem um cigarro... Dito e feito: ela virou o corredor e desapareceu após quinze pacientes minutos de espera. Beth escapuliu para fora, quase sem respirar.

Desceu os degraus de pedra. Lembrou-se de ter subido aqueles degraus no dia em que chegou ali, sentindo-se como Alice ao cair na toca do coelho. *Eu não sou mais Alice*, pensou a ex-srta. Liddell. *Não estou mais presa dentro do relógio.*

Moveu-se com cuidado, sem correr, contornando a ala feminina em direção aos fundos da casa, agachando-se sob as janelas. Viu a porta de acesso e olhou para o relógio da torre. Dez e meia. Os funcionários inspecionavam o muro a cada hora, a próxima ronda seria às onze.

Ela foi até o portão, pegando as três chaves da manga. A primeira não serviu. Ela a arrancou da fechadura, ofegante, e se atrapalhou com a segunda, deixando-a cair...

— O que você está fazendo aqui?

Um funcionário estava olhando para ela, parando de abotoar o casaco sobre o uniforme. Cabelo ruivo, muito magro, claramente indo embora depois do fim do expediente. Era o que Beth havia levado para o armário de roupas de cama quando tentou descobrir o que era lobotomia. O que mexera no seu cabelo depois.

— Você não devia estar aqui fora — começou ele, indo em direção a ela, e Beth não hesitou.

Ela jogou a chave inútil na cabeça dele e, aproveitando a reação, jogou-se em cima dele. Ele gritou, surpreso, tentando afastá-la, mas ela levou a cabeça à frente como uma cobra e enfiou os dentes no rosto dele. O homem ganiu como se estivesse sendo escaldado, e Beth pôs a mão na boca dele, tentando conter o grito. Ele caiu pesadamente, e Beth sentiu o impacto em todo o seu lado esquerdo enquanto caía junto, mas só cravou mais os dentes nele. Ela se ouviu produzindo um gemido insano. Toda a raiva impotente dos últimos três anos e meio efervesceu em sua garganta e rugiu ao encontrar o travo metálico do sangue do homem em sua boca. Ela sentia mais do que o gosto de sangue: sentia o sabor calcário dos comprimidos sedativos e o gosto antisséptico dos dedos das enfermeiras se enfiando em sua boca para manter seus maxilares abertos. Sentia a vergonha e o desespero, e a vontade urgente de enrolar um lençol no pescoço e se enforcar. Sentia um ódio duro e frio por Giles e um desprezo menor e mais bruto pelas enfermeiras e atendentes que intimidavam as internas; sentia o metal da broca que teria aberto seu crânio e a ruptura das ligações de seu cérebro enquanto sua mente decifradora de códigos era mutilada.

— Me larga! — guinchou ele em seu ouvido, ambos com as faces unidas, como se estivessem dançando de rosto colado. — Me larga, sua louca maldita...

— *Não* — rosnou Beth entre os dentes presos no rosto do homem e conseguiu enfiar os dedos no cabelo dele para puxar sua cabeça contra o chão. Bateu a cabeça dele uma, duas vezes, e ele ficou inerte. Ela bateu mais uma vez para ter certeza.

Os ouvidos de Beth zumbiam. Seus maxilares doíam quando ela abriu a boca. Esfregou a mão trêmula na boca e sentiu o sangue manchar sua pele. Olhou para o homem inconsciente no chão, a bochecha com uma ferida aberta. Não sabia se tinha sido por causa das batidas com a cabeça dele no chão ou se ele tinha desmaiado, mas estava apagado. Ela verificou o pulso dele. Batia.

Ele era pesado demais para carregar, e não havia como escondê-lo. Teria de contar com a sorte e acreditar que levaria um tempo até o encontrarem.

Beth se levantou, tremendo, e cambaleou de volta para o portão de acesso. No começo, suas mãos tremiam muito para encaixar a segunda chave na fechadura. Ainda sentia o gosto metálico de sangue. A segunda chave não entrou. *Por favor*, rezou Beth, tentando a terceira.

A chave virou.

Ela passou pela porta como um raio, fechando-a de novo e trancando pelo lado de fora: fora dos muros, pela primeira vez em três anos e meio. O caminho descia por uma encosta gramada em direção a uma estrada que ela nunca tinha visto. Beth desceu voando, as pernas latejando. Havia lhes dito onde esperar; se elas não estivessem lá...

Por favor, rezou ela de novo.

Ali estava Osla, sentada no longo capô de uma Bentley verde-floresta, o cabelo esvoaçando na brisa fria. Mab estava recostada no banco do motorista, acendendo um cigarro e dizendo:

— Estou tentando parar, mas a semana em que a gente participa da fuga de um manicômio *não* é a semana para largar o cigarro.

Elas olharam para cima ao ouvir os passos de Beth e se contraíram diante do sangue em sua boca. Elas tentaram disfarçar, mas Beth viu. Ela hesitou por um instante.

Osla deslizou do capô e abriu a porta.

— Você vem?

Beth entrou e se deitou no banco traseiro. Estava repentinamente tonta, inalando aromas que não sentia havia anos: estofamento de couro, o perfume Soir de Paris de Osla, o Chanel nº 5 de Mab... e seu próprio cheiro, de medo, amônia e suor. *Eu quero tomar um banho.* Mab saiu com o carro e deu meia-volta.

— Não corra — disse Beth. — Não queremos chamar atenção.

— Fique escondida embaixo disso — instruiu Osla, jogando um tapete de carro pela divisão entre os bancos.

Beth se enfiou embaixo dele, mas não resistiu espiar pela janela traseira quando se afastaram pela estrada. O sanatório era apenas uma grande casa de pedras cinza atrás de um emaranhado de roseiras mortas e muros altos, diminuindo à distância. O castelo da Bela Adormecida desmoronando. O ar entrando pela janela aberta era gelado e cheirava a samambaias. Ar livre...

— Deite — disse Mab, pisando no acelerador.
Beth se deitou, com a cabeça girando. Mab e Osla conversavam baixo.
— Quando eles perceberem que não somos irmãs da Beth...
— Eles não têm a menor ideia de quais são nossos nomes de verdade...
De repente, Beth perguntou algo de baixo do tapete:
— Vocês sabem o que aconteceu com o Boots?
Uma pausa surpresa. Beth se encolheu, com medo da resposta.
— Ele foi devolvido para Aspley Guise depois que levaram você embora — disse Osla. — A dona da casa onde a gente morava ficou com ele. Ela o mencionou no último cartão de Natal.
Beth apertou os olhos com força. Seu cachorro estava vivo e seguro. Isso parecia o melhor prenúncio do mundo.
— Para onde nós vamos, Beth? — perguntou Mab.
Beth abriu a boca e a fechou de novo. A primeira decisão real que lhe era oferecida em três anos e meio. A Bentley disparava pela vegetação, e Beth Finch fechou os olhos cheios de lágrimas com um soluço de alegria.
Alice escapou do espelho, Giles. E agora ela vai atrás de você.

75.

— Por que o Giles se envolveu com os soviéticos? — Mab perguntou, trocando a marcha. A Bentley estava passando velozmente por Blackpool agora, bem ao sul de York, para mais longe ainda de Clockwell. — Várias pessoas em BP flertavam com esse lado político, mas Giles não parecia ter nenhuma tendência ideológica.

— Ele achou que BP não estava ajudando o suficiente nossos aliados. — Beth estava sentada no banco traseiro agora, com um vestido estampado que Mab trouxera na mala; ele sobrava em seu corpo magro. Osla havia lhe emprestado um pente também, e perfume: "Sem querer ofender, minha querida, mas você está parecendo comida de cachorro." — Ele viu uma oportunidade para ajudar os soviéticos a vencerem a guerra deles e fez isso. Aos seus olhos — ela cuspiu as palavras —, ele foi um *patriota*.

— O primeiro-ministro *estava* mesmo sendo mesquinho no compartilhamento dos nossos achados com os soviéticos — comentou Osla. — Eu não gostava nem um pouco disso também.

— É, mas você não traiu seu país — disse Beth.

Será que eu estaria defendendo tanto o meu país se fosse eu que tivesse sido trancada em um hospício?, perguntou-se Mab. Porque Giles podia ter plantado as sementes, mas foi a obsessão de BP por sigilo que tornou a prisão de Beth possível. Mas era fato que Beth sempre havia tido aquele traço rígido peculiar. Não importava se seu país a tinha traído; ela havia feito um juramento e manteria esse juramento até a morte. Talvez tenha sido esse veio de ferro inflexível em sua alma que a impediu de desmoronar, cercada por lunáticos.

— Poderíamos falar com o comandante Travis primeiro — sugeriu Osla.

— Ele está morando em Surrey agora. Ele nos conhece e, com as conexões dele, o contato com o MI-5 seria...

— Não — interrompeu Beth. — Sem Travis, sem MI-5. Pelo menos por enquanto.

Mab tirou os olhos da estrada por tempo suficiente para lhe lançar um olhar insatisfeito.

— Precisamos regularizar sua posição o mais rápido possível. Já estamos nos arriscando a acusações criminais, por ter tirado você...

— Não se esqueça de que foram vocês que me puseram lá — disparou Beth.

A tensão que vinha impregnando a atmosfera da Bentley de repente explodiu.

— Beth. — Osla estendeu o braço para tocar a mão de Beth apoiada no banco traseiro, depois aparentemente pensou melhor e desistiu. — Não sabíamos que eles estavam pensando em mandar você para um manicômio. Se soubéssemos disso quando nos interrogaram...

— Perdi três anos e meio da minha vida porque vocês duas estavam bravas comigo. — Os dedos de Beth se fechavam e abriam, se fechavam e abriam. — Não acham que já não fui castigada o suficiente? Vocês têm *ideia* de como era em Clockwell?

— Claro que não. — Mab pisou no freio quando chegaram a um cruzamento, com mais força do que o necessário, e todas foram lançadas para a frente. — E eu nunca desejaria isso para você, por mais ressentimento que tivesse entre nós. Só estou dizendo que, se você quer apontar culpados, isso vale para os dois lados. Então sugiro que não façamos isso, porque *não importa*. A pessoa culpada de um crime aqui, de um crime real, é Giles Talbot, e a Osla e eu estamos aqui para ajudar você a dar a ele o que ele merece. Então por que não podemos procurar as autoridades agora?

Beth tirou uma coisa do bolso e a balançou: uma pequena chave de metal.

— Porque eu ainda preciso decifrar o código da rosa.

76.

Passava das dez da noite quando elas atravessaram Buckinghamshire, a Bentley avançando devagar por estradas rurais totalmente escuras. Haviam ficado em silêncio desde uns cinquenta quilômetros antes — mais ou menos quando, Beth notou, passaram perto de Bletchley Park.

— Não estive mais lá desde que parti para o almirantado no outono de 1944 — disse Mab de repente. — Ainda estava a todo vapor, como um mecanismo de relógio. Tínhamos *milhares* de trabalhadores naquela época. Vocês se lembram dos primeiros dias, quando tudo era tão caído e a gente conhecia cada rosto na mudança de turno?

— Eu fui liberada em setembro de 1945 — disse Osla. — Aquele pequeno comunicado simpático: "Devido à cessação das hostilidades etc. etc., por favor, caia fora e nunca fale sobre o que você fez aqui, ou será enforcada, afogada e esquartejada." — Um suspiro. — A desocupação já tinha começado antes mesmo de eu ir embora. Eles mandaram um grupo de nós de volta ao velho Galpão Quatro e nos fizeram vasculhar cada tábua. As pessoas costumavam enfiar pedaços de mensagens nas fendas das paredes quando estava ventando muito. Tivemos que encontrar cada papelzinho e queimar tudo.

Parte de Beth desejava parar nos portões de Bletchley Park, e parte estava feliz por ser muito perigoso se arriscar a ser vista tão perto de onde cresceu. Ela não sabia se suportaria ver BP vazio e abandonado. *Fizemos tantas coisas aqui, e ninguém nunca vai saber.*

Pegaram o desvio da estrada principal em silêncio, estacionaram e saíram do carro com as pernas duras. Beth nunca estivera tão cansada: naquela manhã, ela acordara em sua cela; ao meio-dia, estava fora de lá; viajaram a tarde inteira e parte da noite cruzando quase toda a Inglaterra. Tudo isso havia mesmo acontecido em um só dia?

Mab tocou a campainha na porta da casa escura por um bom tempo; por fim, as dobradiças rangeram.

— O que foi? — perguntou alarmada a viúva de Dilly Knox. — Aconteceu um acidente?

— Não, nenhum acidente. — Beth avançou e viu os olhos da mulher idosa se arregalarem. — Desculpe incomodá-la, senhora Knox, mas é uma emergência. Três anos e meio atrás, eu tranquei uma coisa no cofre do seu marido. Vim pegar de volta.

QUANDO ENTROU NA biblioteca, Beth sentiu a presença de Dilly tão forte que quase chorou. *Eu não te decepcionei*, pensou ela, passando pela velha poltrona desgastada dele. *Eu não entreguei os pontos*. Osla e Mab ficaram para trás, observando enquanto Beth ia até a parede e abria o painel.

Respirou fundo, olhou para a porta do cofre e inseriu a chave. Beth sentiu o discreto *clique* tanto no coração quanto em seus ouvidos. Ouviu as outras duas puxarem o ar no momento em que ela enfiou a mão ali dentro e tirou o arquivo do Rosa.

— É esse? — sussurrou Osla.

Beth levou o arquivo até a grande mesa de carvalho de Dilly e espalhou as páginas. A visão dos conhecidos blocos de cinco letras da Enigma trouxe uma onda de recordação que a emocionou. Fez com que uma parte felina e dormente de seu cérebro se desenrolasse e se espreguiçasse, faminta. Ela organizou as páginas, começando pela única mensagem que havia decifrado e passado pela Typex em seu último dia no Park, e percebeu que suas mãos não estavam mais se atrapalhando, mas moviam-se com rápida precisão.

— Venham ver — disse ela, e as outras obedeceram, lendo sobre seu ombro as palavras que ela memorizara anos antes.

Osla foi a primeira a ver o problema.

— Estamos totalmente empacadas — disse ela, sucinta.

— Não diz o nome dele. — Mab parecia prestes a cuspir fogo. — Será que *ele* não reparou nisso?

— Ele não sabia o que eu tinha. — Beth bateu o dedo nas palavras "sua fonte dentro do sik". — Sem um nome, isso não vai servir para pegá-lo.

— Mas ele agiu contra você assim que você descobriu isso. Ele jogou você num manicômio para não poder entregar isso ao Travis. — Mab pegou a mensagem decodificada. — Isso prova que é ele.

— Ele pode dizer que a fonte dentro do sik era *eu*. Que era eu que estava prestes a agir contra *ele*. Se ele virar toda a história ao contrário não fica parecendo menos plausível do que a nossa versão. E é ele que tem uma carreira respeitada, não uma mulher cheia de tiques que fugiu de um hospício.

— Mas a acusação mancharia a reputação dele. — Osla estava roendo a unha pintada. — Isso é o tipo de coisa que destrói carreiras. Especialmente depois que eu enfiar essa esmeralda pela garganta dele e começar a espalhar a história de que ele traiu a Inglaterra para todos os contatos influentes que eu tiver, e eu tenho *muitos* contatos.

— Ele pode perder o cargo dele. Pode ter que viver debaixo da suspeita. Mas eu ainda teria que voltar para Clockwell e ter meu cérebro lobotomizado. — Beth levantou os olhos, com um olhar decidido. — Precisamos de mais que isso antes de procurar o MI-5. *Eu* preciso de mais. Quero algo com o nome dele, algo de que ele não possa escapar com uma mentira. Um desses códigos — continuou ela, espalhando as mensagens não decifradas sobre a mesa — pode ter isso. — *Eu espero.* — Preciso decifrá-los. E preciso fazer isso agora.

Mab tamborilou na mesa.

— Quanto tempo até ele descobrir que você escapou?

— O manicômio vai notificar meu desaparecimento ao MI-5. Mas o Giles não era o contato deles. Outra pessoa está cuidando do meu caso. Então, mesmo com o MI-5 atrás de mim, o Giles não vai saber que eu...

— Ele vai descobrir — declarou Mab. — Você sabe que ele deve ter marcado seu nome para ser informado de qualquer mudança, qualquer ocorrência inesperada. O responsável pelo seu caso vai contar para ele que você sumiu, e aí? Ele vai ficar sentado esperando, dando a você todo o tempo necessário para decifrar essa mensagem?

— Talvez ele *não* descubra. — Osla estava pensativa. — Logo depois que o Giles e eu ficamos noivos, perguntei se ele poderia sondar umas coisas no trabalho, tentar descobrir o que havia acontecido com a Beth...

— Você perguntou? — surpreendeu-se Beth.

— Acha que eu passei três anos e meio sem nunca pensar em você? Claro que eu queria saber. Giles tentou descobrir algo, mas ninguém lhe contava nada. Alguma coisa a ver com "conflito de interesses", porque ele tinha sido seu amigo — explicou Osla. — Então, se ele disse a você que poderia ser transferido para o seu caso na hora em que quisesses, acho que estava blefando. Ele pode ter convencido os médicos de Clockwell a darem informações a ele sobre você, mas isso não funcionou com os superiores dele no MI-5. Eles não contaram nada, e acho que não vão contar que você escapou, por mais alertas que ele tenha tentado acionar.

— Giles estava mentindo para uma de nós. — Beth mordeu o lábio. — E se foi para você?

— Acho que não. Quando ele mente, é sempre a seu favor. E ele não gostou de me dizer que o ignoraram como se ele fosse insignificante. Ele quer que todos o vejam como um homem que pode mexer os pauzinhos, conseguir o que quiser.

— Mas ainda é um risco — disse Mab. — Esperar até o restante das mensagens ser decodificado...

— Não temos escolha. Se formos até o MI-5 agora, sem provas concretas, ele *vai* dar um jeito de escapar. — Beth respirou fundo. — Minha cirurgia está marcada para um dia depois do casamento real. Giles disse que ia telefonar para Clockwell de manhã nesse dia. Se confiarmos que o MI-5 vá deixá-lo fora da história até então...

— Uma semana. — Osla olhou para as outras duas. — Na manhã depois do casamento, nós vamos para o MI-5 com o que tivermos.

Sete dias para decifrar o código da rosa e colocar Giles Talbot contra a parede. Beth só havia decifrado uma mensagem, que lhe levara meses. A imensidão da tarefa se ergueu à sua frente.

Todas deram um pulo ao ouvir uma batida à porta da biblioteca. A sra. Knox entrou, de penhoar e equilibrando uma bandeja.

— Chá — anunciou ela, bocejando. — Abri uns quartos lá em cima. Façam o que precisarem, minhas queridas, seja o que for. Vou voltar para a cama. Não me contem nada.

Seis dias para o casamento real

14 de novembro de 1947

77.

— Ela está tendo algum avanço? — perguntou Osla.
— É difícil dizer. — Mab balançou a cabeça.
Ver Beth trabalhar nos dois últimos dias tinha sido fascinante e um tanto perturbador. Ela se apossou da grande mesa de carvalho de Dilly, desenhou tiras de papelão que chamava de *rods* e produziu listas aleatórias de cribs; quebrou infinitos lápis e bebeu infinitos bules de café. Tinha longas conversas com o antigo mentor, como se ele de fato estivesse sentado ali. "E se..."; "Eu tentei isso, Dilly..."; "Você já tentou..." Depois ficava em silêncio por horas, concentrada.

— Era *assim* que os crânios faziam isso durante a guerra? — Mab não pôde deixar de perguntar, intrigada.

Ela havia trabalhado em muitos estágios da cadeia de inteligência em BP, mas nunca participara do estágio em que os decifradores faziam as primeiras e fundamentais descobertas. Enquanto Mab observava, Beth rabiscava algo, riscava, bebia todo o café de sua xícara e começava de novo. Estava nisso havia quase trinta e seis horas ininterruptas.

— Agora entendo por que os sabe-tudo da inteligência achavam que o pessoal de BP era todo biruta — disse Osla, arrependendo-se logo em seguida. Mas Beth nem havia notado. Mab achava que Beth não notaria nem se a casa explodisse. Seu cabelo desgrenhado estava preso atrás das orelhas, as bochechas, coradas, e os olhos cintilavam como cacos de vidro. Sendo bem sincera, ela não parecia *sã*.

Ela está realmente fazendo alguma coisa?, pensou Mab. *Ou estamos assistindo a uma louca remexendo papéis?*

— Às vezes leva meses — falou Beth, como se estivesse lendo os pensamentos de Mab, sem tirar os olhos de uma fileira de letras que ela tabulava.

— Pois é, mas não temos tudo isso — disse Mab. — Mesmo que você consiga achar a combinação dos rotores, como vai decodificar sem uma Enigma ou uma Typex?

— As máquinas foram todas tiradas de BP no fim da guerra — refletiu Osla. — Será que viraram sucata?

— Com milhares de Enigma, Typex e Bomba, seria de imaginar que pelo menos algumas tenham sobrevivido. — Mas Mab não sabia como descobrir isso. Elas não podiam sair perguntando onde máquinas de decodificação ultrassecretas eram guardadas.

— Não sei se o meu tio Dickie poderia conseguir alguma informação. Ele está na Índia agora, mas talvez os antigos auxiliares dele no almirantado... — Osla se virou com um revoar de saia em direção ao telefone no corredor.

Beth levantou os olhos tão abruptamente que Mab se assustou. Ela levou um tempo para focar o rosto de Mab.

— Pode pegar um café para mim?

— Em um instante, Alteza — disse Mab, com certa irritação, mas não havia outra maneira de ajudar. Ela não saberia decodificar o código da rosa; não tinha conexões poderosas que pudessem mexer pauzinhos; então podia muito bem se encarregar do café. *O que eu estou fazendo aqui, afinal?*, perguntou-se Mab, indo para a cozinha de Courns Wood.

— Se não for aquela menina querendo mais café — disse a sra. Knox da pia —, eu engulo meu avental.

A sra. Knox certamente conhecia decifradores de códigos.

— É isso mesmo.

— Já tem um bule novo a caminho. Você me ajuda com a louça?

Mab prendeu um pano de prato no vestido de algodão azul com estampa floral.

— Vá descansar e deixe que eu faço isso, senhora Knox. É o mínimo que podemos fazer depois de invadir a sua casa.

— Gosto de ouvir este lugar com vida outra vez. — A sra. Knox enxugou uma xícara, pensativa. — Faz quase cinco anos que meu marido morreu.

— Só o conheci de vista... Eu trabalhava em outra seção. Mas soube que ele foi um grande homem.

— Foi mesmo. Um grande homem, mas me tirava do sério. A maioria dos grandes homens é assim. O jeito que ele consumia tabaco e canetas... E, minha nossa, a conta de água por causa de todos aqueles longos banhos quentes na banheira quando ele estava tentando solucionar um problema! — A sra. Knox balançou a cabeça, sorrindo. — Sinto falta dele.

Uma lembrança de Francis doeu em Mab: ele fazendo a barba diante do espelho do hotel em Keswick. Ela piscou para afastar aquela memória, engolindo em seco com força.

— A senhora tem mais sabão?

— Só esse pedacinho mesmo. Vou ficar feliz quando o sabão não for mais racionado. — Ela examinou Mab, curiosa. — Tenho a sensação de que já te vi, senhora Sharpe. Nós nos encontramos em alguma apresentação teatral em Bletchley Park?

— Pode ser. Eu... Eu era a senhora Gray na época.

— Ah. — Gentilmente, a sra. Knox pegou uma xícara da mão de Mab. — Minhas condolências, querida. Que bom que você encontrou de novo a felicidade.

Mab ficou olhando para a água. *Eddie*, pensou ela. *Lucy*. Mas, sob o intenso sentimento de amor por seus filhos, estendia-se um oceano insosso e insípido de *nada*. Ela só preferia não admitir que ele estava ali na maior parte do tempo.

— O Dilly foi meu segundo amor. — A voz da sra. Knox era meditativa. — Eu tive um noivo. Ele morreu na França, na *primeira* guerra. Meu Deus, faz tanto tempo. Quando recebi o telegrama... nunca tive tanta certeza de que ia morrer. Mas a gente não morre, claro. Por um tempo pensei que nunca me permitiria gostar tanto de alguém outra vez. Mas isso também não é uma coisa que a gente consegue fazer. Fechar-se para a vida é como estar morta. Eu teria deixado de conhecer um tal professor tradutor de papiros muito distraído, com um dom para decifrar códigos e uma mania de tomar banhos longos. Imagine o que teria acontecido.

— É — Mab se forçou a dizer, a voz seca. — Pronto, esta é a última xícara. Vou ver por que Osla está demorando... — Escapando para o corredor, Mab parou um momento, esfregando as mãos para cima e para baixo no pano de prato amarrado no vestido, e então viu Osla encostada no telefone, meio desanimada. Mab enrijeceu. — O que foi?

Osla levantou os olhos, um sorriso triste.

— Estou na dúvida se devo ou não ligar para o Giles. Dar uma satisfação rápida por estar demorando mais do que o planejado... Mas não suporto a ideia de ouvir a voz dele. — Percorreu com o dedo o fio do telefone, o anel de noivado de esmeralda cintilando. — Fui muito burra por ter confiado nele.

— Você não foi a única. — Mab pensou na noite em que ela ficou bêbada e foi parar na cama dele. — Graças a Deus eu não dormi com ele.

— Sorte sua. Ele é um tédio total debaixo dos lençóis.

Os cantos dos lábios de Mab se levantaram. Os de Osla também, e, por um momento, elas quase tiveram um acesso de riso. Então, Osla disse:

— Não adianta ficar adiando.

Ela pegou o telefone, e Mab voltou à biblioteca, onde Beth andava de um lado para o outro.

— Você parece uma heroína gótica prestes a se atirar em um poço — disse Mab, mas Beth só balançou a cabeça.

— Não dá. Nunca vou decifrar isso a tempo. Estou muito enferrujada...

Mab a interrompeu.

— Ligue para o Harry.

Beth estremeceu.

— O quê?

— Você só não quer ligar para o Harry — disse Mab, impaciente — porque não o vê há três anos e meio e não sabe o que ainda significa para ele e não quer enfrentar nada disso agora, mas precisamos de outro cérebro. Alguém que ajude a decodificar essas mensagens e não dedure você. — Mab cruzou os braços. — Ligue para o Harry.

Beth não teve tempo de responder, porque Osla irrompeu na biblioteca, com o rosto vermelho de fúria.

— Péssimas notícias... — grunhiu ela. — Chegou um convite para mim e para o Giles, e eu tenho que correr para Londres. Senhora Knox — disse ela, quando a viúva de Dilly chegou com o bule de café —, será que elas podem continuar abusando da sua hospitalidade por mais um tempo?

— É claro, minha querida. Minha casa não fica tão agitada desde o Dia da Vitória. — A sra. Knox começou a distribuir as xícaras tranquilamente.

— Mas quem solicitou sua presença em Londres? — perguntou Mab.

— E se eu disser que foi o palácio?

Cinco dias para o casamento real

15 de novembro de 1947

78.

—Vossa Alteza Real.
Osla estava vagamente consciente de que Giles estava se curvando, enquanto os outros convidados entravam na sala de estar privativa para onde todos eles haviam sido conduzidos. Osla não tinha a menor ideia de quem os outros eram; não podia deixar de pensar neles como *a camuflagem*. Especialmente quando ela fez a reverência apropriada e endireitou o corpo, diante do vestido azul-claro, o colar de pérolas, o rosto que era como um escudo sereno... e os imperturbáveis olhos azuis que se mantinham firmes nos dela.

— Como vai? — murmurou a princesa Elizabeth.

Uma lembrança passou pela mente de Osla como um flash: ela correndo para se encontrar com Philip na estação de trem, o rosto levantado para o dele, percebendo que havia se esquecido de como os olhos dele eram azuis. *Eles terão belos filhos de olhos azuis.*

— É um prazer conhecê-la, senhorita Kendall. — A bonita, irreverente princesa Margaret, de amarelo-creme, olhou de cima a baixo o vestido que a mãe de Osla lhe trouxera de Paris: seda estriada lilás-escura, uma saia enorme, uma faixa larga com espirais de flores impressionistas, como um punhado de lírios de Monet em volta da cintura. — Vestido elegante, o seu. Dior?

Seja amistosa, Osla lembrou a si mesma, quando todos foram conduzidos a uma mesa reluzindo de prata folheada a ouro e cristal, e ela e a princesa Elizabeth se sentaram uma diante da outra em um farfalhar de anáguas e olhares imperturbáveis. *Esta refeição é apenas para isso.* Alguém no palácio havia claramente se cansado das fofoquinhas nos tabloides a respeito da ex-namorada de Philip e decidira tomar uma providência para pôr fim às especulações: Osla e seu noivo à vontade com as princesas em um almoço, todos em um clima amigável, e depois uma simpática menção nos jornais no dia seguinte. Osla não sabia se tinha vontade de rir ou de gritar por causa da péssima escolha do momento. Por um lado, preferia comer pregos a enfiar garganta adentro um almoço sofisticado com seu noivo traidor e *qualquer outra pessoa*, quanto mais com a futura esposa real de seu ex-namorado. Por outro lado, Giles associaria a rigidez de Osla ao nervosismo por estar no Palácio de Buckingham e não ao fato de ela ter descoberto o jogo dele.

— E, se ele estiver no palácio, não vai estar pensando na Beth — lembrara Mab. — Fique de olho nele, Os. Se ele parecer preocupado...

Mas ele não parecia. Parecia empolgadíssimo por estar no palácio, e Osla se sentiu cautelosamente otimista de que a suposição de Beth estivesse correta: ele não tinha sido notificado de sua fuga.

— Você está maravilhosa — suspirou ele no ouvido de Osla quando o primeiro prato foi servido. — Como dei a sorte de ter uma mulher como você?

Porque você me pegou em um momento em que eu teria dito sim até para o carteiro, pensou Osla. Ela andava refletindo muito sobre a proposta aparentemente casual dele desde que descobrira quem seu noivo realmente era. Ele podia ter sido um dos primeiros em Cambridge, mas não frequentava os mesmos círculos que ela... círculos em que ele havia se mostrado muito ansioso para entrar. *Alpinista social*, pensou Osla, dando a Giles seu mais largo sorriso sobre a sopa de tartaruga. *Nunca fui uma amiga para você, só um degrau na escada.* Estava muito aliviada por Philip não estar naquele almoço. Ao contrário de seu noivo, ele teria notado o verdadeiro humor dela em dois segundos. Não só sua raiva, mas o que estava por trás: um arrepio de medo por estar sentada ao lado de um homem que deixaria uma mulher ser lobotomizada porque ela não quis lhe dar o que ele queria. Um homem capaz de *qualquer coisa*. Um homem com quem ela ia se casar.

A futura rainha tomou sua primeira colherada do prato raso de cerâmica Coalport, e todos a acompanharam.

— Espero poder lhe apresentar minhas felicitações pessoais em seu casamento próximo, Alteza — disse Osla, pegando o touro pelos chifres. — Eu lhe desejo toda felicidade.

Um tênue abrandamento surgiu nos olhos da futura rainha.

— Obrigada.

— Quanto alvoroço por causa de um dia — disse a princesa Margaret, com ar de enfado. — Me faz ter vontade de fugir direto para o cartório quando chegar a minha vez. Não acho que o Philip se oporia a isso. Ele sempre foi partidário da informalidade, senhorita Kendall... Mas, claro, você sabe disso. Nem vou lhe contar o apelido que ele me deu na infância, é bem pouco lisonjeiro. — Os olhos da princesa Margaret brilharam. — Que apelido ele deu a você?

Osla preferia ser amarrada a instrumento de tortura a dizer que Philip a chamava de princesa. Giles a salvou com uma história autodepreciativa sobre apelidos escolares. Alguns dos outros homens riram; a princesa Elizabeth se dirigiu a uma senhora mais velha ao seu lado. A sopa de tartaruga foi substituída por perdiz assada com batatas. A princesa Elizabeth virou-se novamente para Osla com um comentário educado sobre o tempo; Osla respondeu e agarrou outro touro pelos chifres.

— A cobertura do casamento pelos jornais tem sido implacável. Deve ser um alívio saber que o escrutínio logo voltará aos níveis normais.

Não estou aqui para causar problemas em seus planos de casamento, ela queria dizer, preferencialmente em letras de um metro bordadas em uma bandeira. *Posso pular a sobremesa e ir para casa? Tenho um traidor para pegar, e ele está aqui sentado tagarelando sobre a época de escola!*

Uma das outras mulheres estava perguntando a Giles se eles haviam marcado uma data para o casamento.

— Junho — respondeu ele com um sorriso, pressionando seu joelho no de Osla embaixo da mesa. Osla teve vontade de espetar o garfo de sobremesa de prata folheada a ouro na perna dele. — Vamos estar um pouco fora de moda, com a nova tendência de casamentos no inverno. — Deu um sorriso adulador para a futura rainha; Osla viu com toda clareza o queixo da princesa Elizabeth se enrijecer enquanto ela bocejava sem separar os lábios. Uma mulher que conseguia bocejar com a boca fechada era digna de respeito.

— Um casamento em junho! — A princesa Margaret bebeu de uma só vez o restante de seu vinho. — Que original!

Alguma menção foi feita ao serviço da princesa Elizabeth durante a guerra, e Osla se sentiu grata pela mudança de assunto, enquanto a perdiz era substituída por crepes macios cobertos de geleia de damasco.

— Soube que a senhora esteve na ATS no último ano da guerra. Que interessante trabalhar com motores e automóveis.

— Eu gostei. — Uma centelha iluminou os olhos azuis da princesa. — Pode-se fazer muito quando se é treinada da forma adequada.

— É verdade — disse Osla, pensando no Galpão Quatro.

A princesa Elizabeth inclinou a cabeça.

— A senhorita serviu, senhorita Kendall?

— Sim, senhora. — Ela deu uma mordida no crepe. — Eu me sentiria totalmente envergonhada se não fizesse a minha parte.

— Não em um dos serviços femininos, imagino?

— Eu gostaria de poder dizer mais, senhora — respondeu ela, engolindo o crepe —, mas receio que seus superiores não aprovariam.

A futura rainha ficou surpresa. Osla sorriu docemente. *Motivo de comemoração; a primeira vez que apreciei o sigilo em torno de* BP: *durante um almoço no Palácio de Buckingham.*

A princesa Margaret estava com outra taça de vinho na mão quando o grupo se levantou da mesa e levou Osla até a janela como se fosse lhe mostrar os jardins.

— Fui eu que quis convidar você. A Lilibet não ficou feliz com a ideia. — Os olhos dela faiscavam com más intenções. — Vamos lá, fale tudo. Como é o Philip quando você o pega... *sozinho*?

Osla piscou, inocente. A princesa Elizabeth deu uma olhada para elas, depois voltou a assentir enquanto Giles lhe contava mais uma história.

— Talvez o Philip não seja lá grande coisa, considerando que você seguiu em frente. — Margaret olhou para Giles. — Seu noivo é bem bonito.

— É chato de doer. — Estranho como um traidor também podia ser puro tédio.

A princesa riu.

— Então largue dele! Dá para entender a necessidade de uma data de casamento agora, mas depois...

— Concordo totalmente — disse Osla.

Margaret sorriu.

— Você não é tão água morna quanto parece! Achei mesmo que não fosse. O Philip detesta gente insossa.

— Ele vai ser muito feliz com sua irmã, tenho certeza.

— Se outras pessoas não atrapalharem... Mamãe não foi muito favorável. — Margaret lançou um olhar inquisidor para Osla. — Escute, você o conhece. Ele está à altura? Ele será capaz?

Osla se lembrou das próprias palavras para Philip, naquele último encontro na estação Euston: "Você acha que foi feito para isso, para ser o Albert de uma Vitória? Acho que não." A expressão no rosto dele depois... Olhando para Margaret agora, Osla viu que poderia complicar a entrada de Philip naquela família, com apenas algumas gotas de veneno.

— Pode confiar nele — disse Osla. — Ele não é perfeito, não espere isso. Mas ele é quase um órfão, como eu, e família é tudo para pessoas como nós.

— E quanto ao país? — perguntou Margaret, provocativa. — Mamãe o chamava de "o huno".

— Como ele mesmo disse, ele praticamente cometeu homicídio em defesa do Império Britânico — disse Osla, sorrindo da expressão surpresa de Margaret. — Talvez um dia, se ele realmente tiver confiança, ele lhe conte sobre as experiências que teve em Matapão.

Família *era* tudo, pensou Osla. E talvez, a julgar pelo seu desejo de voltar a Courns Wood, ela tivesse mais família do que imaginava.

— Foi tudo às mil maravilhas! — Giles estava exultante quando foram conduzidos para fora. — Já consigo imaginar as notícias de amanhã: "As princesas tiveram um almoço privado com amigos especiais, que incluíram senhor Giles Talbot e sua noiva, senhorita Osla Kendall..."

Osla procurou suas luvas na bolsa, rezando para que Giles não quisesse sair com ela para uma noite de coquetéis. Ah, Deus, se ele tentasse levá-la para a cama, ela ia *vomitar*.

— Com licença, senhorita Kendall. — Um funcionário os alcançou no meio do saguão de entrada reluzente e fez uma reverência. — Poderia me acompanhar? Suas luvas...

Mas não havia nenhuma luva quando Osla deixou Giles e retornou à sala de estar. Apenas Philip, de pé e com as mãos nos bolsos, perto da janela.

— Oi — disse ele, com um sorriso de canto.

Ela sentiu um frio na barriga de repente.

— Oi. — Ela não sabia ao certo como se dirigir a ele: ele seria alçado a duque na manhã do casamento, mas não havia recebido o título ainda; tinha renunciado à cidadania grega para se casar com uma princesa da Inglaterra, portanto não era mais Philip da Grécia.

Philip fez um sinal para o funcionário se retirar, indicando que a porta deveria ficar entreaberta. Um encontro privado, então, pensou Osla, mas não *privado*.

— Eu queria dizer oi, já que não pude acompanhá-los no almoço. Como foi?

— Tenho certeza de que você já foi informado. — Algo dizia a Osla que Philip já havia falado com a noiva. — Espero que ninguém pense que eu tive alguma coisa a ver com aqueles artigos sensacionalistas.

— Eu conheço você, Os. Nunca foi seu estilo.

Eles olharam um para o outro. Philip parecia estranho sem farda, seu cabelo brilhante não combinava mais com a cintilação do galão dourado, mas reluzia sobre um terno civil. Seus olhos pousaram no anel de esmeralda de Osla.

— Achei que você odiava verde.

Ela odiava. Desde o bombardeio do Café de Paris, depois do qual seus pesadelos eram cheios de flashes de seu vestido verde manchado de sangue. *Ozma de Oz... vamos levar você de volta à Cidade das Esmeraldas, sã e salva.*

— Aprendi a tolerar — disse Osla. — Como muitas outras coisas.

— Margaret acha que seu noivo é um bobo.

— Margaret fala demais.

— Ela também contou o que você disse sobre mim. — Pausa. — Obrigado. Você poderia ter lhe dito muitas coisas... que teriam chegado à irmã dela e... Bem, você poderia ter dificultado a situação entre minha noiva e eu. Eu nem a culparia, considerando como tudo terminou.

Um oceano de palavras flutuou visivelmente nos lábios dele. *Eu não me comportei como devia*, talvez. Ou: *eu me deixei envolver mais do que devia e acabei magoando você*. Tudo isso permaneceu sem ser dito. Philip estava mais reservado do que Osla se lembrava: o futuro consorte, sempre pesando cada comentário. Ela sentiu uma tristeza passageira pelo tenente cheio de energia que ria e falava por impulso.

— Você parece bem. — Philip a examinou. — Queria ver você feliz também. É Giles Talbot que vai fazer isso?

— Acho que você não tem o direito de dar palpite sobre meu futuro marido — disse ela, sem mudar o tom de voz.

— Tem razão.

— Não pense que estou me roendo de ciúme, Philip. — As pontadas de mágoa às vezes doíam, mesmo agora, mas o coração de Osla não estava mais despedaçado. Não era mais sofrimento, era... — O que me dói — disse ela devagar, prudente — é que nunca me permitiram deixar você no passado. Quando vou poder ser Osla Kendall outra vez, e não a ex-namorada do príncipe Philip? — Ela respondeu à própria pergunta: — Eu sei que uma hora isso vai acontecer. Você vai se tornar o marido da nossa futura rainha, terão pequenos príncipes e princesas de olhos azuis, e eu meu próprio marido e filhos, e as pessoas vão esquecer. Eu só queria que acontecesse mais depressa... o dia em que meu nome vai se tornar meu de novo, e não apenas uma coisa para lembrar as pessoas de alguém mais importante.

Ele apertou os lábios.

— Eu sei como é isso.

Ele devia saber mesmo. Havia escolhido uma mulher que tinha uma posição superior à dele, que sempre teria. *Se você tivesse se casado comigo*, pensou Osla, *seria um tenente naval, talvez um capitão a esta altura, livre para navegar pelo mundo, e eu seria sempre a* esposa do príncipe. *Você vai se casar com ela, e provavelmente nunca mais navegará para uma batalha, e sempre será* o marido da rainha.

— Você vai se sair bem — disse Osla. — O que eu disse na estação, que você nunca poderia ser o Albert de uma Vitória, no caso a princesa Elizabeth... Você pode, sim, Philip. Eu sei que pode. Ela vai precisar de alguém como você, e a Inglaterra também, alguém que não é leal só da boca para fora. — Ao contrário de Giles, que havia nascido na nação que Philip escolhera e pela qual lutara, e mesmo assim jogara fora sua lealdade.

— Obrigado — disse ele apenas. — Ela... me faz feliz.

— Fico contente por você ter encontrado seu lugar no mundo então.

— Qual é o seu lugar, Os?

— Eu vou ser a mais espirituosa e bem-sucedida satirista da *Tatler*. Com uma coluna fixa antes dos trinta anos — disse Osla com um jeito irreverente, mas percebeu que era exatamente o que queria. Talvez não tivesse se permitido perceber antes, porque lhe parecia que era como querer a lua... Mas Osla decidiu naquele instante que ia ter uma coluna, e ia ser uma coluna sensacional.

— Quer que eu telefone para alguém na *Tatler*? — perguntou Philip. — Eu poderia dizer algo a seu favor.

— Não, eu vou conseguir sozinha — respondeu Osla. Quer dizer, assim que resolvesse essa questão de pegar um traidor.

— Vai ser um prazer ler o seu trabalho. — Philip hesitou. — Amigos, Os? Eu não quero perder você.

— Você não vai perder.

— Então aceite isto. — Ele lhe estendeu um papel. — É o número do meu telefone privativo aqui no palácio.

— Um brotinho de Mayfair como eu tem permissão para telefonar para um duque no Palácio de Buckingham? — brincou Osla.

— Você não é um brotinho de Mayfair e sabe muito bem disso. — Philip hesitou. — Talvez você não possa me contar, mas sei que fez mais durante a guerra do que apenas datilografar relatórios.

Aquilo tirou Osla de prumo por um instante.

— *O quê?*

— As pessoas que estiveram na guerra, que sofreram com ela de alguma maneira... a gente vê as marcas. Os danos. Conheci rapazes que não podiam suportar barulhos altos depois de Matapão, rapazes que ficaram com tremores depois que fomos bombardeados no Mediterrâneo. Eu não sei o que você fez, Os, não pensei muito nisso na época, mas, depois, me lembrando daquele tempo, percebi... pelas suas reações nervosas, que você não era só uma datilógrafa. — Ele ergueu a sobrancelha. — Embora você tenha me convencido muito bem.

Osla ficou olhando para ele, quase sem fôlego.

— Me diz uma coisa — disse Philip. — O que quer que tenha sido, você era boa no que fazia?

— Eu era *ótima* — respondeu ela.

— Pronto. Então chega dessa conversa de "debutante avoada", certo?

Ela sorriu.

— Como consorte real, *talvez* você tenha permissão para descobrir o que eu fazia. Talvez. Pergunte ao MI-5.

— Vou fazer isso. — Philip olhou para o relógio. — Tenho que ir. Escute, não tenha medo de telefonar se precisar de alguma coisa. Um dos meus assistentes vai atender, seja dia ou noite.

— Você tem *assistentes* agora? — provocou ela. Ele sorriu, aproximando-se para lhe dar um beijo no rosto, e ela sentiu o perfume de uma colônia diferente. — Foi bom ver você, Philip.

Quando Osla foi escoltada de volta para onde Giles a aguardava entre um espelho e uma horrorosa natureza-morta de meados do período vitoriano, ele estava bem-humorado.

— Você demorou muito para pegar um par de luvas, gatinha. Eu deveria ficar com ciúmes?

Ela abriu um grande sorriso para Giles, desarmando-o antes de lançar o ataque.

— É você que vem alimentando os tabloides de escândalos com notícias de mim, não é? — Era um tiro no escuro, mas razoável.

Ele teve a elegância de parecer envergonhado.

— Só uma ou duas vezes. O que os jornais pagam por essas coisas...

Excelente, pensou Osla. Agora ela poderia brigar com ele durante todo o caminho de volta a Knightsbridge, e ele estaria ocupado demais caçando desculpas para sequer pensar em convidá-la para coquetéis, ou, que Deus a livrasse, para a cama. E também ocupado demais para pensar em Beth.

— Você é *podre*, Giles Talbot! — gritou Osla, fingindo chorar enquanto saía batendo os pés pelo interminável saguão do palácio.

Aquele tremor de medo que a presença dele lhe dava se desfez em uma onda de alívio. Ela poderia sumir e voltar para Beth, Mab e Courns Wood ao anoitecer. Voltar para as pessoas que importavam.

79.

— S oube que você estava precisando de um crânio.
Beth levantou a cabeça, assustada. Harry estava apoiado na porta da biblioteca, com o velho casaco pendurado no ombro. Seu cabelo escuro estava mais curto; ele não devia mais se esquecer de ir ao barbeiro por semanas seguidas por causa de maratonas de turnos triplos decifrando códigos de submarinos alemães. Ela havia se esquecido de como ele era grande.

— Como assim?... — disse ela, o coração acelerado.

O olhar dele a percorreu, e ela se retraiu com o horror que passou brevemente pela expressão dele. Ela estava muito limpa agora — um banho demorado na banheira da sra. Knox havia removido todo o cheiro do manicômio —, mas não tinha como esconder sua magreza esquelética, o cabelo sem corte e as unhas roídas.

— Harry — disse ela, ouvindo a aspereza da própria voz, a rouquidão perpétua de anos de vômitos matinais.

— A senhora Knox me disse para entrar. — Ele parecia ter um rio de palavras implorando para ser liberado, mas manteve a voz cuidadosamente baixa. Como um homem tentando não cutucar um animal selvagem. — Mab e Osla, elas...

— Mab está fazendo café, Osla teve que ir para Londres. — Harry agora tinha uma bolsa de pesquisa na faculdade onde estudou em Cambridge. Mab o havia localizado no dia anterior. Beth sentiu sua mão subindo para mexer nos cabelos, mas parou.

— A faculdade me devia alguns dias. — Harry deu um passo à frente. — Beth...

— Como está a Sheila? — perguntou Beth depressa. Ela queria saber por que ele nunca tinha ido a Clockwell. Mas também não sabia se suportaria ouvir a resposta. — E o Christopher?

Harry pareceu sentir um alívio imediato.

— Christopher... está bem. Meu pai mudou um pouco de ideia sobre nós nunca aparecermos na frente dele. Ele mandou o Christopher a um especialista para operar o tornozelo. Está andando muito melhor agora. Sheila não se aguenta de felicidade.

— Que bom. — Beth respirou fundo. — Mab contou a você sobre o Giles?

— Contou. — Harry xingou Giles baixinho. — Essa mensagem cifrada que você decifrou... Como os soviéticos estavam falando sobre o Giles, em inglês, por meio de uma Enigma, se eles não usam a Enigma para o próprio tráfego?

Beth já havia se perguntado isso.

— Provavelmente é uma máquina do exército alemão capturada. Talvez eles estivessem se comunicando com a pessoa responsável por ele na Inglaterra, perguntando mais sobre seus usos e suas operações. Vai saber...

Harry puxou uma cadeira.

— Como eu posso ajudar?

Ela empurrou as mensagens do código da rosa sobre a mesa.

Ele deu uma olhada nas folhas de tráfego da Enigma, com um sorriso de canto, o que tocou uma corda no coração de Beth.

— Quanto tempo. — Ele cheirou o papel com os códigos. — Estou trabalhando com matemática teórica agora, a conjectura de Poincaré, coisas de que senti falta quando estava em BP. Pesquisa pura, sem vidas em jogo. Mas às vezes olho ao meu redor, no escritório, e sinto falta dos turnos da noite, do café de chicória, da correria da manhã com o tráfego dos U-boats...

— Todo mundo trabalhando junto na seção do Knox, um atropelando o outro quando os mensageiros chegavam... — Beth poderia ter tido mais um ano daquilo, se tivesse trabalhado até o fim da guerra. Mais uma coisa que Giles havia tirado dela. Ela fez um esforço para afastar a raiva; não havia tempo para isso agora. — Não temos muito em termos de cribs... — Ela explicou a Harry como havia decifrado a primeira mensagem do Rosa. Ele começou a trabalhar sem dizer mais nada; ela o acompanhou, respirando fundo mais uma vez para se estabilizar.

— Eu procurei você assim que fui dispensado — disse ele cerca de uma hora depois, palavras ditas em voz baixa caindo no silêncio. — Sua mãe me disse que você tinha morrido em uma instituição. Nem quis me dizer onde você estava enterrada.

Beth fechou os olhos com força. *Ah, mãe.*

— Você nunca falou sobre ela... eu não tinha por que não acreditar. — Uma pausa incômoda. — Eu amava você e te larguei naquele lugar...

— Harry — Beth o interrompeu depressa. — Vamos nos concentrar, está bem? Eu não posso...

Ela parou. Harry soltou uma respiração entrecortada.

— Está bem.

Beth olhou para a mensagem cifrada à sua frente, sem enxergá-la por um momento. *Eu amava você.* Passado.

Enfim, três anos e meio era muito tempo.

Ela voltou às espirais do Rosa com muito custo. Outra hora se passou, trabalhando em um crib que não deu em nada. Beth recostou-se na cadeira, os olhos ardendo.

— Por que eu não consigo mais? — murmurou ela. — Já estou tentando há três dias, e não sai nada. Eu não consigo *ver* do jeito que via antes.

— Você vai conseguir.

— E se eu não conseguir? — As palavras saíram com mais desespero do que ela pretendia. — E se eu não souber mais fazer isso?

Era a coisa que mais a aterrorizava: ficar bloqueada. Aquela emoção do mergulho de cabeça pelo meio da espiral para o País das Maravilhas, o mundo de letras e padrões em que ela havia entrado com tanto encantamento e com um brilho no olhar. Agora ela estava batendo nos portões do País das Maravilhas até seus punhos sangrarem, e tudo permanecia trancado.

— Quanto da minha mente eu deixei dentro daquelas paredes? — Ela havia se sentido a pessoa mais sã do manicômio. Agora que estava fora, se sentia como uma louca em uma gaiola sendo exibida em um circo.

A mão grande de Harry se estendeu sobre a mesa. Beth hesitou, depois deslizou os dedos, e suas unhas roídas, até a mão dele.

— Beth, você não deixou nenhuma parte da sua mente lá. — Ele olhava fixamente para ela. — Você ainda consegue fazer isso.

Os olhos dela se encheram de lágrimas. Ele era afetuoso, ele era são e ele acreditava nela.

— Só... não me trate como se eu fosse de vidro, Harry. Não tenho tempo para ser quebrada neste momento. — Mais tarde, quando Giles fosse pego, ela se permitiria tremer e soluçar, sentir todo o dano que o manicômio havia lhe causado. Mas agora não.

Ele apertou a mão dela com firmeza.

— Então vamos voltar ao trabalho.

Depois de mais uma hora, Harry estava analisando sequências de letras enquanto Beth tentava seguir um raciocínio sobre *crabs* e movimentos de rotores, ao estilo de Dilly, e ambos levantaram os olhos quando saltos soaram no corredor.

— Nós estamos totalmente enroladas — disse Osla, entrando na biblioteca ainda com o traje de gala que usou no Palácio de Buckingham. — Não tive nenhuma sorte... *Harry*!

— Oi, linda. — Harry se levantou e ergueu Osla em um abraço, deixando para trás seus sapatos finos de couro. — Achei que você seria uma duquesa a esta altura.

— Pior do que isso, meu querido. Eu estou noiva de um traidor, não lhe contaram? — Osla se virou para Beth quando Harry a pousou de novo nos sapatos, e Mab entrou na sala enxugando as mãos em um pano de prato. — Entrei em contato com o pessoal do meu padrinho em Londres, discretamente. Mas não consegui descobrir onde poderíamos encontrar uma Enigma.

— Esqueça a Enigma por enquanto. Ainda precisamos decifrar o código antes de termos algo para inserir nela. — Beth mexeu nas pontas ressecadas do cabelo. — E não estamos chegando lá tão rápido quanto gostaríamos.

— Precisamos de mais cérebros trabalhando nisto. — Harry ficou pensativo, tamborilando na mesa. — Vou telefonar para o Professor. Ele está em Cambridge, em um ano sabático. E meu primo Maurice: ele trabalhou com cifras no Bloco F e está no Crédit Lyonnais em Londres agora. Se eles pudessem vir e passar uns dias...

— Não podemos contar a ninguém sobre isso — protestou Beth, o pânico começando a correr por suas veias. — Não podemos confiar...

— Podemos. — A voz de Harry era calma, mas muito segura. — Beth, pouquíssimas pessoas têm amigos com autorização oficial para trabalhar em serviços de inteligência e total capacidade de guardar segredos como nós. E temos um traidor solto e poucos dias para conseguir pegá-lo. Vamos chamar as pessoas em quem podemos confiar.

— Nós confiamos no Giles — lembrou Osla.

— Temos que acreditar que ele é a única maçã podre em nossas relações. Nós *fomos* selecionados. Nós *fomos* investigados. De maneira geral, temos que confiar que o processo funcionou. Ou BP jamais teria tido sucesso.

Uma longa pausa.

— O que vamos dizer a eles? — perguntou Beth, roendo a unha do polegar.

— Que se trata de BP — disse Mab. — Eles vão largar tudo e vir correndo, como nós fizemos. Eles passaram uma guerra inteira fazendo isso. Está no sangue deles.

— Vou arrumar mais algumas camas — disse a sra. Knox, atrás de Mab. — Se bem que eu aposto que vocês não vão dormir muito. Meu Deus, que emoção! — Ela saiu, recusando ajuda, e os outros se entreolharam.

— Vamos reunir os Chapeleiros Malucos. — Osla foi até o telefone. — Convites serão enviados para uma última e absolutamente fantástica reunião do clube.

80.

Toc-toc.
— Senhor Turing — Mab cumprimentou o homem de cabelos escuros e ombros curvados que ela tinha visto perambular por BP seguido por sussurros de admiração. — Obrigado por ter vindo assim tão às pressas. Toma... — A mão dele envolveu instantaneamente a xícara de café. Ela havia aprendido uma coisa naqueles últimos dias sobre como lidar com criptoanalistas: indique-lhes o café e o problema e saia do caminho. — O trabalho é ali, na biblioteca do Dilly.

O Professor se moveu calmamente até uma cadeira de frente para Beth e Harry, e Beth lhe empurrou uma pilha de mensagens cada vez mais manuseadas.

— Vamos ver... — Ele começou a cantarolar desafinadamente, e Mab teve de se controlar para não dizer: "Pare com isso!" Mas ela não ia se irritar justo com Alan Turing, era só o que faltava, só porque estava sentindo saudade de sua família e tinha vontade de descontar em alguém. Mab havia telefonado para casa naquela manhã e avisado que ficaria fora mais alguns dias; a conversa com Mike tivera muitos silêncios difíceis e perguntas das quais ela não tivera escolha a não ser se esquivar. *Pense nisso depois*, disse a si mesma.

Toc-toc.
— Da equipe do Dilly? — supôs Mab, avaliando a mulher de bochechas rosadas no corredor.

— Phyllida Kent. Escute, terei prazer em ajudar, mas preciso de uma autorização ou prova de que o que vocês estão fazendo aqui é...

— Estamos trabalhando nisso. Venha, dê uma olhada...

Toc-toc. Uma mulher loira, energética e magra como um cabo de vassoura, vestida com uma blusa tricotada à mão, foi entrando sem pedir licença e beijou a sra. Knox no rosto. Mab não a conhecia direito, só sabia que era mais uma da equipe de Dilly. *Achei que ela fosse a traidora,* havia dito Beth. *Graças a Deus não é, porque ela é uma decodificadora tão boa quanto eu.*

— Peggy Rock, vim o mais rápido que pude. O que vocês têm aí e por que tenho que conseguir uma autorização para investigarmos isso?

— Estamos chamando de Rosa. — Harry puxou uma cadeira para ela se juntar ao que Mab já apelidara de Ilha dos Crânios: a mesa grande e outras duas mesas menores unidas e cobertas de mensagens criptografadas, lápis e tiras de papelão. Como a Ilha dos Puffins, na costa do País de Gales, para onde Mike a levara na lua de mel, só que cheia de criptoanalistas estranhos em vez de pássaros estranhos.

— Ei, olá — Peggy cumprimentou Beth. — Achei que você tinha enlouquecido.

— Foi tudo armado — disse Beth apenas.

— Maldito. — Peggy passou os olhos sobre tudo enquanto ouvia o restante da explicação sucinta de Harry. — Muito bem, vou dar um jeito de arrumar uma cobertura oficial para tudo isso por intermédio do meu escritório. Operação semiautorizada a fim de investigar o código restante para fins de pesquisa e segurança, talvez. — Isso, pensou Mab, deveria satisfazer qualquer um dos voluntários de BP que quisesse algo mais concreto do que a palavra de Beth de que eles estavam trabalhando para fins legítimos. — Vou falar com meu superior no GCHQ. — Beth fez cara de que a sigla não lhe dizia nada. — Sede de Comunicações do Governo. É onde eu trabalho agora. O nome mudou dos tempos da ECCG, mas é mesma coisa. Decifração de códigos quando *não* estamos em guerra.

— Alguma chance de você conseguir arrumar uma Enigma por meio do seu escritório? — interveio Mab. — Não é possível que todas tenham sido destruídas depois da guerra.

Peggy virou-se para o telefone.

— Vou ligar para uma pessoa...

Aquilo era realmente extraordinário, pensou Mab. Homens e mulheres de BP entravam e saíam de Courns Wood, alguns eram Chapeleiros Malucos que ela conhecia como se fossem da família, outros vagos conhecidos de turnos da noite ou do refeitório, todos eles de confiança. Peggy arrumou para eles algumas autorizações misteriosas, trabalhou quarenta e oito horas seguidas, depois foi embora com uma expressão neutra. O Professor ia e vinha com um jeito inexpressivo, duas horas aqui, quatro horas ali, sempre que conseguia vir de Cambridge. Um sujeito de óculos da Worcester College chegou de Oxford e já estava com um lápis na mão antes que Osla terminasse de dizer: "Asa, que fantástico. Alguém conhece o Asa do Galpão Seis?" O primo de Harry, Maurice, veio — um homem de aspecto cadavérico com o terno mais caro que Mab já tinha visto —, depois um sujeito chamado Cohen com sotaque de Glasgow...

Ninguém disse o nome de Giles. Ninguém falou sobre a traição dele. Ninguém precisou ser avisado a não dizer nada quando fosse embora.

— Estava com saudade disso — suspirou Phyllida quando teve de ir embora.

Eu também, pensou Mab. *Eu também estava com saudade.*

Embora o trabalho ainda tivesse seus estresses.

— Beth — disse Mab, notando que a ex-colega de quarto havia quebrado dois lápis na última meia hora —, pare por cinco minutos. Vou cortar seu cabelo.

— Por quê? — perguntou Beth, espantada.

— Porque você precisa de um pouquinho de cuidados para conseguir recuperar o foco.

Criptoanalistas, Mab havia aprendido, precisavam receber uma atençãozinha para que conseguissem dar seu máximo. Pensando na sra. Knox, em sua admiração engraçada pelas manias de Dilly e em como ela estava sempre abastecendo o súbito fluxo de visitantes com café, Mab mandou Beth para o banheiro, pegou uma tesoura emprestada e começou a ajeitar aquele cabelo loiro retalhado enquanto Beth lentamente retornava ao mundo à sua volta.

— Por que está fazendo isso? — perguntou ela, quando Mab arrumou uma mecha lateral. — Apesar de ter me ajudado a sair do manicômio, você me odeia.

— Eu não te odeio mais tanto assim, Beth. — Isso surpreendeu Mab, e ela refletiu enquanto fazia o melhor possível para recuperar aquela onda à la Veronica Lake. Depois do que Beth havia sofrido no sanatório, era como se só alguém com um coração de pedra pudesse condená-la ao ódio implacável. — Quando olho para você, sinto um calafrio. E acho que nunca vou te entender. Mas nenhuma mulher deve andar por aí parecendo que acabou de sair de um liquidificador. — E Beth voltou ao trabalho, balançando seu cabelo arrumado com certa satisfação e, uma hora depois, tinha conseguido encontrar a combinação de um rotor em uma das mensagens.

— Estamos com sorte. — Peggy voltou à biblioteca com uma caixa de madeira nos braços. Mab sentiu um arrepio na nuca. Nunca tinha visto uma Enigma, apenas uma Typex, que parecia um trambolho. Aquela tinha as mesmas fileiras de letras, o mesmo conjunto de rotores de um lado, mas era mais refinada, mais compacta... mais perigosa.

— Como? — perguntou Maurice, o primo de Harry, surpreso.

— Digamos apenas que nem todas as máquinas foram destruídas depois da guerra — disse Peggy, com toda a discrição do GCHQ. — Há um bunker subterrâneo; não importa onde. Meu superior mexeu uns pauzinhos para me arrumar uma emprestada. Ele é ex-BP, o que ajuda.

— Há alguma chance de que esse bunker tenha uma máquina Bomba também? — perguntou Harry quando Peggy fechou a caixa de madeira no cofre de parede de Dilly. — Ganharíamos dias com isso.

— Você acha que posso conjurar uma Bomba tão facilmente quanto uma Enigma? Uma máquina duas vezes maior que um guarda-roupa?

— Sim — Beth, Osla e Mab responderam em uníssono. Osla acrescentou: — Aposto que você andou perguntando por aí.

Peggy deu seu sorrisinho. Uma Bomba. Mab odiava aquela monstruosidade, mas não havia muito que ela pudesse fazer ali em Courns Wood a não ser trazer café. Se eles conseguissem arranjar uma Bomba...

— *Talvez* eu tenha feito algumas consultas com meu superior. *Talvez* haja algumas Bomba sobreviventes armazenadas e *talvez* uma delas possa estar emprestada para um projeto computacional de pesquisa com base em Londres. — Peggy deixou de lado as hipóteses ao ver as expressões impacientes. — Ela está em um laboratório de reparos no momento, e não tem como tirá-la de lá, mas talvez possamos ir até ela. O laboratório está fechado nos últimos dias antes do casamento real. Eu poderia conseguir acesso, mas só teríamos até o casamento para trabalhar em privacidade.

Mab viu Beth se encolher diante da ideia de sair da biblioteca de Dilly. Mas, mesmo assim, ela concordou.

— Isso ajudaria.

— Mais uma coisa — acrescentou Peggy. — Como é um laboratório de reparos, não há garantia de que a máquina esteja em boas condições.

— Os engenheiros da Força Aérea Real faziam a manutenção das máquinas Bomba durante a guerra — disse o homem chamado Cohen com seu sotaque de Glasgow. — Eu costumava conversar com eles no refeitório de BP. Deixe-me ver... — Desapareceu em direção ao telefone.

— Precisamos de mais do que um técnico — afirmou Harry. — Precisamos de alguém para operar essa coisa.

Mab sentiu um sorriso puxar seus lábios quase até atrás das orelhas.

— Eu posso fazer isso.

Uma discussão abafada veio do corredor, e, por fim, Cohen voltou.

— Alfred está em Inverness agora, e David está de férias em Penzance, mas tem outra pessoa que pode se juntar a nós amanhã à noite.

— Peça a ele que nos encontre em Londres — disse Peggy.

De manhã, eles estavam todos amontoados em diversos carros, acenando em despedida para a sra. Knox, com a Enigma e Beth escondidas embaixo de um cobertor no banco detrás da Bentley de Mab. O Bletchley Park em miniatura improvisado deles estava de mudança.

Toc-toc.

Agora os recém-chegados tinham de entrar por uma porta dos fundos no fim de um complexo de depósitos feios afastados do centro de Londres. Fazia eco dentro do laboratório de reparos vazio, que estava trancado; alguém anônimo foi até a entrada dos fundos e falou rapidamente com Peggy, e em seguida eles estavam montando um escritório outra vez em um grande galpão de manutenção cheio de ferramentas e canecas de chá usadas.

— Deixe-me adivinhar — disse Mab a Peggy enquanto Beth e os outros começavam a juntar mesas e a desempacotar os arquivos do Rosa. — Não precisamos saber que pauzinhos você mexeu para fazer isso acontecer.

Peggy estava com uma expressão imperturbável, desembalando a Enigma.

— Nós nunca deixamos as máquinas sozinhas, e *ninguém* entra se não for autorizado.

Outro *toc-toc*, e Peggy abriu a porta para Osla, que equilibrava um monte de sanduíches, biscoitos e cigarros nos braços.

— Mantimentos, meus queridos. — Ela colocou a comida na mesa, pôs um sanduíche diretamente na mão de Beth porque senão ela não ia comer e foi até onde Mab trabalhava com sua prenda: a Bomba emprestada de um bunker misterioso, que se erguia em um canto como um altar pagão. — Como está indo?

— Os discos estão uma bagunça. — Mab sacudiu os dedos, doloridos e machucados por causa das horas separando fios enrolados com sua pinça de sobrancelha. — Onde está esse maldito técnico?

— Atrasado, pelo visto. Vou ver se arrumo mais pessoas para ajudar com os fios enquanto isso...

Toc-toc.

— Val Glassborow — disse Mab, alegre, quando Peggy abriu a porta para um rosto conhecido algumas horas mais tarde.

— Val Middleton agora. Você teve sorte de eu estar na cidade para o casamento real. — Ela jogou para trás o cabelo castanho brilhante e passou por Beth e os crânios debruçados sobre mensagens cifradas. — Peggy já resumiu o que está acontecendo. O que você quer que eu faça?

— Pegue um disco, querida — falou Osla de onde estava sentada, com um disco no próprio colo. Bletchley Park havia se encaixado perfeitamente no galpão de manutenção e um relógio batia incessantemente sobre suas cabeças, tão urgente quanto qualquer outro sob o qual haviam trabalhado em Bletchley Park.

Toc-toc. Muito depois do pôr do sol, Peggy deixou entrar o último convocado.

— Desculpe o atraso — uma voz masculina veio do corredor. — Tive que achar alguém para ficar com as crianças. — O sotaque australiano penetrou os ouvidos de Mab com certo atraso, ela estava tão concentrada no disco à sua frente. Ela franziu a testa e levantou a cabeça no mesmo instante em que a voz masculina dizia: — Mab?

Na porta, com uma bolsa na mão, estava seu marido.

— Galpão Seis — disse Mab. — Depois Galpão Onze e Onze-A, depois a mansão.

— Eu trabalhei em Eastcote, Wavendon, as estações remotas — disse Mike. — Depois que meu avião foi abatido, eles ficaram sabendo que eu era engenheiro, jogaram a Lei de Segredos Oficiais na minha cara e me puseram para consertar máquinas Bomba. — Ele balançou a cabeça. — Você era uma das operadoras? Achei que elas eram todas Wrens.

— Fui preencher uma vaga porque era alta. Depois me tornei efetiva.

Os dois trabalhavam sozinhos na Bomba. Osla tinha levado Valerie, as pinças e uma pilha de discos para o outro lado do compartimento, dando discretamente uma privacidade a Mab e seu marido. Mab estava sentada separando fios, e Mike, apenas em mangas de camisa e suspensórios, tinha os braços enfiados até o cotovelo na fiação da parte traseira do gabinete. Mab mal conseguia olhar o marido nos olhos.

Mike tinha trabalhado em Bletchley Park? Seu marido?

— Como nós nunca nos encontramos? — Ele sorriu, fazendo uma operação delicada com um pequeno alicate. — Vira e mexe eu era chamado para bp. Foi como eu conheci o Cohen, uma daquelas amizades das três da manhã no refeitório. Se eu tivesse visto você, teria notado.

— Quando você ia lá? Mil novecentos e quarenta e quatro? Havia milhares de pessoas em bp nessa altura. Nossos caminhos não se cruzaram, só isso. — Era perfeitamente possível. Provável, até.

— Então foi por isso que você teve que viajar para o sul com tanta pressa. — Mike enxugou a testa na manga da camisa. — Agora as coisas estão começando a fazer sentido na minha cabeça.

— Eu não gosto de mentir — disse Mab, apenas para ser clara. — Mas não me restou escolha.

Ele assentiu.

— É o que tem que ser feito.

— Para pessoas como nós — concordou ela.

— Ele sabia? — Mike olhou para ela. — O Francis?

— Sabia. — Ela se concentrou no disco, separando dois fios amassados. — Ele não era de BP, mas estava no mesmo mundo.

— Isso tornava as coisas mais fáceis?

— Nós... não tivemos tempo para saber.

— Já que estamos falando verdades... — Mike estava com aquela expressão fechada que sempre assumia quando Francis era mencionado. — Quando eu olho para você, penso em como tenho sorte. Quando você olha para mim, pensa em como não sou ele.

Mab baixou os olhos para o disco em seu colo.

A voz de seu marido era firme.

— Estou errado?

— Está. — Ela separou dois fios. — Não penso nele quando olho para você... porque faço de tudo para que eu não precise pensar nele. Dói menos assim.

— Acho que você acabou evitando pensar em mim também.

Francis: atarracado e infinitamente calmo; abraçando-a junto a si; raramente ria. Mike: alto e exuberante; abraçando seus filhos; raramente sem um sorriso.

— Pode ser — disse Mab, os olhos se enchendo de lágrimas até ela mal conseguir enxergar os fios do disco.

— Eu gostava da poesia dele. — Mike pegou uma chave inglesa. — Li o livro dele quando estava na Força Aérea Real. Não vivemos a mesma guerra, e ele não era piloto, mas eu podia ver que ele tinha entendido. A guerra.

— Sim. — As lágrimas dela escorreram. Não uma torrente, só um fio de pura dor pelo homem com a menininha nos braços, de pé nos destroços de Coventry, com a vida de ambos se estendendo à frente.

— Tudo bem se você quiser falar sobre ele... — A voz de Mike subiu no fim, o restante pairando no ar sem ser dito: "Só quero que você converse comigo."

— Vou te contar mais sobre ele um dia. — Mab enxugou os olhos. — Mas, agora, prefiro ouvir sobre você. Como era consertar máquinas Bomba?

Mike aceitou a mudança de assunto e se virou de volta para ela com seu sorrisinho australiano.

— Às vezes eram quarenta e oito horas tentando encontrar um defeito, com uma Wrens perto de mim tendo ataques. Como era o seu trabalho?

— Entediante. Empolgante. Estressante. Chato. Um pouco de tudo. — Mab conseguiu dar um sorriso. — Quer que eu lhe conte da noite em que todas as Wrens e eu tiramos a roupa e trabalhamos só de roupa de baixo?

— Opa, se quero!

Horas mais tarde, Mab e o marido se levantaram, olharam em volta do galpão de manutenção e viram que todos tinham ido embora, menos Beth.

Era meia-noite, véspera do casamento real, e a máquina Bomba estava pronta.

81.

— Amanhã — disse Mab, os olhos brilhando —, ou melhor, daqui a pouco vamos ver o que acontece quando ela for ligada.

Ela e o marido saíram de braços dados, sujos de óleo de máquina. Os últimos a ir embora, Beth percebeu. Um por um, os Chapeleiros Malucos exaustos tinham voltado para casa e para suas famílias, que não desconfiavam de nada, ou ido para apartamentos onde passavam pouco tempo para tirar umas poucas horas de sono, ou saído com Osla, que abrigou os demais em seu apartamento, em Knightsbridge.

— Você vai dormir aqui? — Harry tinha perguntado a Beth, enquanto vestia o casaco. Ele fora o primeiro a sair naquela noite, logo depois da chegada de Mike Sharpe.

— Fiz uma cama de cobertores no armário de suprimentos. Peggy não quer que as máquinas fiquem sozinhas. — Além disso, Beth não tinha a menor vontade de sair na rua, mesmo longe do centro de Londres, enquanto Giles estivesse na cidade. — Você vai voltar para Cambridge?

— Vou ficar aqui até o fim. Christopher sabe que o pai dele tem um trabalho importante agora. — Harry sorriu. — Sheila mandou um abraço para você.

Beth se lembrou de algo em que não havia pensado até então.

— O piloto dela sobreviveu?

— Sobreviveu. É um bom rapaz, eu o conheci. Sheila passa as terças e quintas no apartamento dele em Romford. — Harry tinha dado uma boa-

-noite e ido embora... e, agora, todos tinham ido, e Beth estava sozinha naquele espaço amplo e vazio, olhando para a face de metal impassível da Bomba.

— É bom você ser útil — disse ela em voz alta.

Primeiro me alimente com algo útil, respondeu a máquina.

Ela voltou à Ilha dos Crânios e folheou a pilha de mensagens novamente.

— Vamos, Rosa, abra-se. — Beth se lembrava de por que havia chamado aquela cifra de Rosa: o jeito como ela se enrolava em si mesma, sobrepondo-se, escondendo-se. Levara meses para decifrar a Abwehr e não tinham meses para a Rosa. Nem mesmo dias.

Uma batida soou à porta externa horas mais tarde. Beth tinha cochilado em cima das mensagens e acordou com um susto. A voz de Harry ecoou:

— *Sou eu.*

— O que você está fazendo já de volta? — Ela abriu a porta.

— Vim te trazer um amigo. — Harry colocou um cesto coberto no chão e levantou a tampa. Boots ergueu a cabeça cinzenta e quadrada.

— Aaah... — Beth caiu de joelhos e pegou seu cachorro. Ele se contorceu e a cheirou, tentando pular com as perninhas curtas, e os ombros de Beth se sacudiram. Ela não saberia dizer quanto tempo passou abraçando Boots e dizendo que o amava, antes de se virar para Harry com os olhos molhados. — Você o trouxe para mim.

— A dona da casa ficou feliz em saber que você está bem. Eu a fiz jurar sigilo, claro. — Harry pegou o cesto. — Boa noite de novo, Beth.

— Não. Fique. — A palavra saiu de sua boca sem que ela tivesse tempo de pensar.

Ele parou, uma figura vasta e escura na frente da porta.

— Ou talvez você não queira — completou Beth depressa. — Essa semana inteira, você nem... olhou para mim.

Harry largou o cesto, voltou em um único passo largo e se sentou no chão ao lado dela, estendendo o braço devagar. Sua mão grande esquentou a lateral do pescoço de Beth.

— Eu não sabia se você suportava olhar para *mim* — disse ele, baixo.

— Por quê?

— Porque *eu deixei você lá*. — A voz dele era calma, mas deslizou a mão para o cabelo dela e o apertou. — Quando sua mãe me pôs para fora da cozinha dela, eu voltei arrasado para casa e chorei, mas devia ter ido atrás do comandante Travis, ou da Mab, ou da Osla. Acreditei naquela górgona da sua mãe, e você ficou lá *apodrecendo...*

— Pare de falar. — Beth pôs as mãos no pescoço dele, o coração acelerado. — Você me quer? Você me ama? Se a resposta para uma dessas perguntas, nem precisa ser para *as duas*, for sim, por favor, *faça* alguma coisa.

Harry enfiou o rosto no pescoço dela, os ombros chacoalhando. Por um momento, Beth achou que ele estivesse chorando, mas ele estava rindo.

— Sim, senhora — disse ele, soltando o primeiro botão do vestido dela, depois o seguinte. Ela o ajudou com o resto, louca para entrar dentro dele e não sair nunca mais. Ele se levantou, pegou-a no colo, passou por cima de Boots e a levou para o pequeno armário de suprimentos sem tirar a boca da dela. Fechou a porta com o pé, tornou a abri-la um instante depois, pôs Boots para fora com um "desculpe, amiguinho", e eles se deitaram na cama improvisada de cobertores.

Três anos e meio, pensou Beth — mas era como se nunca tivessem se separado. O peso de Harry sobre ela; a mão dele segurando os pulsos dela e prendendo-os sobre sua cabeça; os dedos dos pés se fechando em volta dos joelhos dele enquanto ela arqueava as costas. Depois ficar deitados no escuro, peito colado no peito, palma na palma, só respirando.

— Você está com aquela cara. — Harry se levantou para deixar Boots entrar. O schnauzer deu uma volta em torno dos pés deles, bufando, e então se enrolou no chão, com uma expressão de ultraje. — No que está pensando?

— Em *rods* e *lobsters* — respondeu Beth, sonolenta.

— Sabia. — O peito de Harry vibrou com uma risada enquanto ele puxava um cobertor sobre ambos. — Puxa, como eu te amo.

— Ponha um lenço no pescoço — disse Osla a Beth ao amanhecer, quando os outros Chapeleiros Malucos retornaram. — Quase dá para contar os beijos, sua safadinha! — Beth, debruçada sobre a pilha de mensagens do Rosa, o cabelo preso para trás deixando o pescoço cheio de marcas de beijo à vista, nem a ouviu direito. De volta ao trabalho desde as três da manhã, Boots ressonando aos seus pés, ela estava profundamente mergulhada na espiral.

Durante o dia inteiro até o crepúsculo de inverno, Beth tinha a sensação de que havia enfiado uma unha na borda do portão do País das Maravilhas. O Rosa estava lutando, mas ela o tinha firmemente em suas mãos, espiralando para baixo em direção ao cálice. *Eu venci a Enigma naval italiana*, Beth lhe disse. *Venci a Enigma Espiã. Você não é páreo para mim, Rosa.* Não era páreo para Harry também. Harry, que estava trabalhando ao lado dela desde as três, inclinando-se de vez em quando para dar um beijo em sua nuca. Ou para o Professor, ou para Peggy, ou para o rapaz do Galpão Seis chamado Asa que viera novamente de Oxford quando Cohen e Maurice tiveram de voltar a seus escritórios.

Nós vamos abrir você esta noite, pensou Beth, calmamente.

— Já temos o suficiente — disse Harry por fim, muito depois da hora do jantar. Ninguém havia saído para comer ou dormir: eles estavam muito perto, e com o tempo quase esgotado. — A Bomba pode começar com isso. — *Tem que começar*, ele não precisou dizer. As horas escoavam como grãos de areia em uma ampulheta.

Mab deu uma olhada para a bagunça de tabelas e pares de letras, quadros de combinações de rodas e diagramas.

— Alguém pode fazer um menu para a Bomba? — perguntou. Beth olhou sem entender. — Meu Deus do céu, o jeito que eles compartimentalizaram nossas funções é absurdamente improdutivo.

— Bem burro da parte deles, minha querida — comentou Osla. — Não terem percebido nossa necessidade de entender toda a operação se um caso de traição surgisse.

— Eu fiz menus em BP... — Asa já estava transformando o trabalho de Beth em um diagrama organizado.

Mab o pegou com um movimento afirmativo da cabeça, e todos se juntaram em volta. Mike assistia com um enorme sorriso enquanto a esposa lidava com aquela massa complicada de plugues e fios como uma encantadora de serpentes enfiando víboras em cestos. Valerie Middleton estava de olhos arregalados.

— Então é assim que funciona...

— Fiquem longe — ordenou Mab, e pôs a máquina para funcionar.

Os discos começaram a chiar e rodar, o estrondo mecânico enchendo a sala e fazendo uma corrente de empolgação descer pela coluna de Beth.

— Parece tão primitivo agora — disse o Professor, de pé ao lado de Harry. — Comparado com as máquinas em que tenho trabalhado desde então...

Os discos continuaram girando, e o zumbido mecânico foi aumentando. As sobrancelhas de Mab subiram junto.

— Voltem ao trabalho com as outras mensagens — disse ela, mandando os outros embora. — O tempo médio para uma tarefa completa é cerca de três horas com uma chave de três rodas como essa e eu vou ter que repetir vários ciclos. Mesmo quando, e se, ela decifrar o código, não temos garantias de que essa mensagem tem o que precisamos.

Beth tirou os olhos das rotações hipnóticas e pegou uma das outras mensagens.

Não saberia dizer quantas horas se passaram, quantos ciclos de funcionamento Mab repetiu na máquina Bomba enquanto os outros esperavam. A certa altura, Beth levantou os olhos e viu que a máquina tinha parado e que Mab fazia uma checagem complexa na Enigma, que, até então, tinha ficado de lado.

— Preciso testar as paradas — murmurou ela. — Encontrar o *Ringstellung*... a Sala das Máquinas do Galpão Seis fazia essa parte, mas não fiquei lá muito tempo...

Todos ficaram aguardando.

Por fim, Mab olhou para eles e afastou o cabelo escuro dos olhos. Sorriu.

— Trabalho feito, tirar tudo.

Todos comemoraram, fazendo as vozes ecoarem no galpão de manutenção. Valerie passou para trás da Enigma e configurou os rotores enquanto Mab lia as posições. Passava muito da meia-noite, Beth percebeu, enquanto esfregava o pé nas costas de Boots. Na verdade, talvez estivesse quase amanhecendo. Harry a abraçou por trás; ela sentia o coração dele batendo forte no peito. Asa estava limpando os óculos, Peggy enfiava um grampo no coque claro de seu cabelo, Osla não parava quieta. O Professor mudava o peso do corpo de um pé para o outro. Mab se encostou em um lado da Bomba e seu marido no outro, ambos murmurando palavras de estímulo enquanto Val datilografava meticulosamente a mensagem criptografada do Rosa.

— Dê aqui! — Osla agarrou o texto cifrado assim que ele saiu da máquina.

Veio em inglês, Beth viu de relance, mas a tradutora de BP em Osla entrara em serviço mesmo assim: ela ocupou seu lugar na cadeia de funções, separando os grupos de cinco letras em palavras com alguns riscos de lápis. Beth não aguentava mais esperar; correu para espiar sobre o ombro esquerdo de Osla, vagamente consciente de que Mab tinha corrido para o lado direito, e todos os demais aguardavam aglomerados atrás.

Os lábios delas se moviam em silêncio enquanto liam o código da rosa decifrado.

Beth falou com uma satisfação calma, imaginando o rosto de Giles Talbot e seu cabelo ruivo.

— Nós o pegamos.

82.

— Giles, querido. — Osla o cumprimentou ao telefone com um trinado perfeitamente natural. Estava em uma cabine telefônica, fora do laboratório; espremida ao seu lado, Mab fez um movimento curto de aprovação com a cabeça. — Eu acordei você?

— Claro que acordou. — A voz sonolenta de Giles veio pela linha. Ao ouvi-lo, os olhos de Beth adquiriram aquele brilho feroz e perturbador que arrepiava todos os nervos de Osla. Ninguém nunca mais ia olhar para Beth Finch, depois do hospício, e achar que ela era uma coisinha tímida. — São seis da manhã.

Osla fez um gesto de *xô* para os Chapeleiros Malucos agrupados em volta da cabine. Eles lhe deram espaço, e ela continuou.

— Nem se atreva a ficar nervosinho, Giles. Ainda estou furiosa com você por ter falado com os jornais.

— Eu já pedi desculpas. — O tom dele era adulador. — Você não vai me dar um pé na bunda, vai?

— Eu devia. — Osla fez questão de soar amuada. — Mas me recuso a ir ao casamento hoje sem um acompanhante, então considere-se perdoado. Passo no seu apartamento daqui a algumas horas...

— De jeito nenhum, eu pego você.

— Não precisa...

— Minha querida, é o mínimo que posso fazer.

Osla deixou passar. Se insistisse muito, ele poderia ficar desconfiado.

— Sem se atrasar — disse ela, combinando o horário.

— Você que manda, gatinha.

Essa é a última vez que você me chama de gatinha, seu rato descarado. Osla desligou e olhou para os Chapeleiros Malucos.

— Passo dois cumprido.

O passo um, claro, tinha sido ligar para o MI-5 apesar da hora, mas ou as linhas estavam ocupadas, ou só ficava chamando ou vozes irritadas insistiam para que deixassem uma mensagem em vez de ouvir o que tinham a dizer. Peggy também não teve sorte com suas conexões no GCHQ:

— Meu superior está fora e não vou falar sobre isso com mais ninguém.

Osla não ficara surpresa. Ninguém em toda a Grã-Bretanha — serviços de inteligência, forças de segurança e de polícia combinados — tinha tempo de escutar alguém com o casamento do século acontecendo dali a algumas horas.

— Vamos para Londres pegar o Giles nós mesmos até o casamento acabar, assim podemos apresentá-lo ao MI-5 com as provas — disse Beth.

— Para que pegá-lo? Se ele não estiver desconfiado, não vai para lugar nenhum.

— E se ele decidir ligar para o manicômio um dia antes e descobrir que eu fugi? Se não podemos prendê-lo até o fim do casamento, quero ele sem poder agir.

Eles fizeram uma última limpeza no galpão de manutenção e foram embora, depois deram um último afago na Bomba coberta com um pano.

— Me pergunto quando eles vão perceber que ela, de repente, está muito melhor que antes — comentou Mike.

Alguns dos Chapeleiros Malucos estavam voltando para casa agora que já tinham feito sua parte: o Professor, para Cambridge, Asa, para Oxford, Valerie murmurando: "Não tenho a menor ideia do que vou dizer ao meu marido, nadinha." Peggy ia levar a Enigma direto de volta para o GCHQ e jurou que continuaria telefonando até conseguir que alguém no MI-5 a escutasse.

Cinco deles se amontoaram na Bentley de Mab e seguiram para Londres: Mike ao volante (e não é que ele era uma graça?, pensou Osla; ele e Mab iam ter os filhos mais altos do *mundo*), Mab ao lado dele com Boots, Harry espremido no banco detrás com Beth, Osla e o Rosa decodificado.

— Isso me faz lembrar das caronas para Londres com pilotos da Força Aérea Real meio bêbados — disse Osla, tentando tirar o cotovelo da orelha de Harry. — Espremidos como sardinhas em lata, fazendo curvas cegas em alta velocidade, totalmente chumbados. Não sei como sobrevivemos à guerra.

— Eu devia estar em casa hoje recebendo pessoas para ouvir o casamento real — comentou Mab. — Aprendi a fazer cisnes com guardanapos.

Por algum motivo, Osla achou aquilo engraçado. Talvez fossem as horas sem dormir, ou a euforia com o fato de que, naquele dia, Giles ia se dar mal. Logo todos estavam se acabando de rir enquanto a Bentley avançava rapidamente para o coração de Londres.

Onde se depararam com o trânsito indo para o casamento e pararam.

— Vinte minutos para o Giles chegar! — Osla abriu a porta de seu apartamento e foi correndo para o quarto.

Haviam levado literalmente *horas* para passar pela cidade congestionada e chegar a Knightsbridge; acabaram abandonando a Bentley e correndo os últimos seis quarteirões. Beth desabou com Boots sob o braço, vermelha como uma cabine telefônica, e Mab se curvou, ofegante.

— Agora você vai parar com os malditos cigarros? — perguntou Mike, mancando atrás de todos por causa de sua antiga lesão no joelho.

Osla já havia arrancado a saia amassada e estava se enfiando no vestido justo de cetim prateado que tinha separado para o casamento real. Giles ia bater à porta; Osla ia abrir, pronta para a catedral; ela lhe pediria um cigarro — *Meus nervos estão à flor da pele, querido* —, e, assim que a porta se fechasse, Harry e Mike iam segurá-lo. Giles Talbot passaria o resto do dia e a noite ali, com os Chapeleiros Malucos sentados em cima dele até que pudessem escoltá-lo, com o arquivo do Rosa, até o MI-5.

Osla se apressou, calçando as longas luvas brancas, prendendo presilhas com diamantes no cabelo.

— É cedo demais para um drinque?

O som de vivas e o barulho das ruas abaixo entravam pelas janelas. Osla pôs alguns colares de pérola no pescoço, pegou o copo que Harry lhe oferecia e deu longos goles. Estavam todos esperando a batida à porta. Harry rondava de um lado para outro como um leão de juba escura; Beth roía as unhas; Mab estava ao telefone tentando falar com alguém do MI-5, do GCHQ, qualquer lugar.

— Posso dar um soco nesse canalha? — perguntou Mike, massageando o joelho.

— Eu sou o primeiro — grunhiu Harry.

— *Eu* sou a primeira — protestou Beth. — Fui eu que ele trancou em um hospício.

Os minutos se passaram. Mab ligou o rádio, e eles ouviram os comentaristas: "No Palácio de Kensington, Sua Alteza Real, o Duque de Edimburgo" — então aquele era é o novo título de Philip, pensou Osla — "com o marquês de Milford Haven, seu padrinho, conferiram a hora para o início de seu trajeto..."

— Giles está atrasado. — Mab e Osla se entreolharam. — Ele nunca se atrasa.

— Será que não é o trânsito?

Osla não ia arriscar.

— Mike, fique aqui. Pegue-o se ele aparecer. — Osla, Mab, Beth e Harry foram para a porta. Osla largou a estola de pelos de raposa-prateada que teria usado se realmente fosse ao casamento e vestiu o velho e fiel sobretudo de J. P. E. C. Cornwell enquanto corria até a escada. Não era possível que Giles tivesse desconfiado da armadilha...

O apartamento dele ficava a poucos quilômetros do de Osla, mas era preciso passar bem pelo centro da cidade e não havia esperança de conseguirem um táxi. As calçadas estavam lotadas de gente, que transbordava para a rua; aqui e ali, um automóvel passava lentamente, tocando a buzina, mas a multidão era um rio interminável fluindo inexoravelmente em direção à catedral. Harry forçou passagem pelo meio da aglomeração, Beth ao seu lado, Mab e Osla atrás. No alto, o céu parecia baixo, cinza e nublado. O coração de Osla batia acelerado.

Será que ele está tentando fugir?

Passaram mais de uma hora abrindo caminho entre a multidão. No Palácio de Buckingham, o ajuntamento tinha até cinquenta pessoas de profundidade, com espelhos levantados para poder ver melhor. Bandeiras e flâmulas se agitavam, e um forte clamor percorreu a multidão quando uma carruagem a cavalo surgiu dos portões e começou a se dirigir à catedral: a rainha e a princesa Margaret. Osla viu um relance de flores brancas no cabelo escuro da dama de honra, e a carruagem se foi. A multidão se movimentou, e Harry gritou para que elas dessem as mãos e as puxou pela multidão.

Finalmente saíram das vias principais, chegando às ruas residenciais, onde pessoas ainda se acotovelavam em direção à catedral. O prédio de Giles... Osla sentiu uma dor aguda na lateral do corpo, como uma alfinetada, mas subiu os degraus de dois em dois. Quantas vezes fora ali depois de uma saída juntos, conversando amigavelmente? *Que ódio*, pensou ela, batendo os nós dos dedos enluvados na porta, esperando que sua falta de fôlego passasse por empolgação.

— Giles, querido, não fique enrolando. Por que está demorando tanto?

Nenhuma resposta.

— Eu vou arrombar — disse Harry, forçando a maçaneta...

Mas a porta abriu, estava destrancada.

O quarto havia sido revirado. Todas as gavetas abertas, as roupas espalhadas no chão, moedas no chão perto da porta como se dinheiro tivesse sido contado com pressa demais.

Beth soltou um rosnado sem palavras, quase animalesco.

Não é possível que eu tenha dado uma dica para ele, pensou Osla freneticamente, repassando a conversa com Giles pelo telefone. Ela podia *jurar* que Giles não tinha percebido nada na voz dela que pudesse alarmá-lo. Se ela tivesse cometido o erro que acabara arruinando aquela operação...

— Ele estava indo encontrar você. — Harry pegou as luvas sobre o chapéu elegante ao lado da porta, os toques finais de um cavalheiro para um traje de casamento formal. — Não foi seu telefonema que o assustou. O que o fez...

Mab levantou um jornal que estava ao lado de uma xícara. A primeira página era toda de notícias sobre o casamento, mas ele estava dobrado nas páginas detrás: uma fotografia do rosto sério de Beth.

— *Recompensa oferecida por notícias da mulher nesta fotografia. Contato com o número abaixo. A família está preocupada.* É um número do MI-5, tenho certeza. *Avistada recentemente em Buckinghamshire.* Droga, será que algum dos vizinhos do Dilly viu...

— Não importa quem viu. Giles sabe que a Beth escapou. — Osla sentia um gosto amargo na boca. — E ele deve saber que, se ela foi até Buckinghamshire, conseguiu encontrar amigos de BP. Pessoas que acreditariam nela.

Beth estava em silêncio, tremendo, furiosa.

— Certo, então ele se mandou — disse Mab. — Onde quer que se esconda, o MI-5 vai encontrá-lo. Vamos continuar com o plano, apresentar nossas provas e deixar que eles o peguem.

— Pode demorar até amanhã de manhã para eles entrarem em ação. E se ele aproveitar a confusão do casamento para pegar um trem para fora de Londres, ir para o canal? Se ele sair do *país*...

Todos se entreolharam.

— Ele não pode ter ido muito longe ainda. — Osla pôs a mão na chaleira no fogão. — Está quente. Ele nunca vai conseguir um carro para atravessar essa multidão, então deve estar a pé. Provavelmente tentando pegar o próximo trem para sair da cidade. — Osla conhecia os trens dali como a palma de sua mão. — A estação Victoria é a mais próxima.

Aquilo os levaria para o meio do tumulto outra vez, mas não havia outra coisa a fazer. Mab telefonou para o apartamento de Osla e disse para Mike encontrá-los em Victoria, enquanto Osla disparava escada abaixo. Os outros a seguiram, de volta à rua principal, onde se depararam com uma profusão de gritos. Toda a Londres estava indo à loucura. Uma carruagem adornada de ouro puxada por dois cavalos brancos de trote rápido estava passando, e Osla viu de relance uma renda branca na janela: a noiva real de Philip.

— Por aqui — gritou Osla, levantando a cauda prateada de cetim do seu vestido e saindo em disparada para Victoria por entre os festejos do casamento.

83.

Ele vai escapar. As palavras deslizaram pelo sangue de Beth como veneno. Ela não acreditava que o MI-5 pudesse encontrá-lo se ele desaparecesse de Londres. E se as conexões de Moscou o ajudassem a sumir em outro país? Talvez o medo fosse irracional, mas ela não conseguia deixar de pensar que, se ele escapasse agora, poderia escapar para sempre.

— Ele pode pegar a linha Chatham até Dover. — Os olhos de Mab percorreram a grade de horário dos trens. — Desaparecer do outro lado do canal...

— Tem um trem vinte minutos antes desse para Brighton, pode ser que ele queira pegar o primeiro que sair de Londres...

— Vamos olhar os dois.

Mike e Mab correram para a linha de Brighton como um casal de galgos. Harry foi para a linha Chatham, Osla atrás com seu cetim prateado e seus diamantes, Beth em seguida. A estação Victoria parecia mais uma casa de loucos do que Clockwell durante a lua cheia. Mulheres com seus melhores trajes de dia de casamento saíam dos trens com flores e flâmulas, homens passavam frascos de bebida entre si para brindar ao casal real, crianças gritavam de empolgação. A multidão fluía em ondas para as escadas como um barco em um mar revolto; Beth e seus amigos aparentemente eram os únicos tentando abrir caminho para dentro e não para fora. Ela não conseguia respirar com o grito engasgado em seus pulmões. *Ele não vai escapar. Ele não vai escapar...*

Osla parou, rosas de diamantes se soltavam de seu cabelo enquanto ela erguia o pescoço. Parecia uma dama de honra real que havia sido cortada da festa de casamento e ficado louca — *louca, louca, louca*; a palavra ecoava na mente de Beth. Eles foram seguindo pelo meio dos passageiros até a última plataforma, Harry checando cada banco, Beth entrando no banheiro masculino em busca de um vislumbre de cabelo ruivo. "Ei!", protestou um homem pego de surpresa, respingando xixi nos sapatos. De volta, em direção à entrada da estação. O trem mais recente já havia se esvaziado, passageiros se espremiam pela escada até a superfície; o movimento diminuiu. Os olhos de Beth vasculharam o local. Nada.

— Tarde demais. — As palavras forçaram passagem entre seus lábios rígidos como pedra.

— Aquele *filho* da puta — grunhiu Osla.

A bilheteria mais próxima estava com o rádio ligado no volume máximo. Sobre o rangido das rodas de trem veio o som da transmissão da catedral: "Philip, aceita esta mulher como sua legítima esposa?"

— Não é tarde demais — disse Osla, enfurecida, uma pequena leoa enfeitada de diamantes, e puxou Beth consigo. Por cima da aglomeração de gente, Beth viu Mab e Mike se aproximando, sem nenhum sinal de um ruivo sendo arrastado entre eles. O soluço subiu em sua garganta.

"Elizabeth Alexandra Mary, aceita este homem..."

Então, a multidão se dispersou, e Beth o viu.

Um relance, uma fração de segundo de um homem com um casaco impecável e um chapéu de feltro, os dedos tamborilando na alça da maleta enquanto ele olhava para os trilhos, e então uma família empolgada com seus melhores trajes de domingo passou pela plataforma e o tirou de vista.

Mas ele estava lá.

— Giles — sussurrou Beth e, no mesmo instante, começou a correr até ele. — Giles. — Tirou do caminho um homem com o dobro de seu tamanho, derrubando um display de flâmulas de casamento. — *Giles*.

Não era possível que ele a ouvisse daquela distância, mas levantou a cabeça de repente, como se sentisse que ela estava vindo. Beth viu o choque se estampar no rosto dele. Mesmo com todo o medo por ter visto no jornal que ela fugira, medo suficiente para fazê-lo sair correndo para pegar o próximo trem, ele certamente nunca pensou que ela estivesse tão perto: Beth Finch, a mulher que ele prejudicara, não mais confinada por paredes e em camisas de força, mas a poucos metros de distância, mirando nele para golpeá-lo com a espada. E, atrás dela, os outros: Osla, Mab, Harry, Mike, avistando o inimigo e fechando o cerco como cães de caça.

Tenha medo, pensou Beth, sentindo o cabelo voar na frente do rosto com a rajada de vento de mais um trem enquanto avançava sobre ele. *Tenha medo agora, traidor.*

Giles largou a mala e correu.

Beth disparou atrás dele, e Osla estava só meio passo atrás, cetim prateado farfalhando às suas costas.

Um grupo de estudantes passou na frente de Mike e Harry, atrasando-os, mas a figura alta de Mab rompeu pelo meio da agitação. Beth viu o grito que escapou de Giles no momento em que ele percebeu a inconfundível cabeça de valquíria de Mab. Ele virou à esquerda; Mab tentou agarrá-lo pelo cotovelo e deu um puxão em sua manga de gabardine, mas ele só de desequilibrou um pouco e continuou correndo, deslizando entre a aglomeração de passageiros que desembocavam do trem mais recente. Estava indo em direção às escadas, para chegar à rua.

Mab, Osla e Beth corriam juntas agora, Harry e Mike em algum lugar atrás, mas a multidão era muito compacta e todos eles já não tinham fôlego para chegar até a estação. A respiração de Mab saía em chiados de fumante, Osla com seus passos menores estava ficando para trás, Beth tentou dar uma arrancada, mas seus pulmões ainda estavam fracos da pneumonia no manicômio, e Giles avançava com um pulo para os primeiros degraus da escada. Se ele se perdesse no meio da enorme multidão do lado de fora...

Beth viu Osla se virar para um homem que estava encostado na parede da estação lendo um pesado livro encadernado em couro. Osla o arrancou das mãos dele e o atirou como uma bola em um jogo de *rounders* em Bletchley Park.

O livro atingiu Giles em cheio no ombro, e ele tropeçou nos degraus. Aquilo era tudo de que Mab precisava; ela o alcançou com três longos passos de suas pernas intermináveis, segurou-o pelo cotovelo e o jogou de volta para a estação com um rosnado que a fez mostrar todos os dentes.

Giles soltou o braço com um grito, mas o impulso o fez colidir com Beth. Tudo pareceu ficar mais lento nesse instante, o suficiente para ela unir os braços e se lançar sobre o peito dele. Beth o levou ao chão com um grito de raiva que escapou de sua garganta como um punhado de facas e fez todas as cabeças se virarem em um raio de cinquenta metros.

No súbito silêncio, Beth ouviu vozes vindo do rádio da bilheteria: o coro de Westminster Abbey, que se elevava em um canto alegre e vibrante. Os cônjuges reais estavam casados.

Embaixo dela, Beth sentiu Giles tremendo. Ela olhou para o rosto dele a centímetros do seu, e uma onda de asco e fúria a invadiu quando percebeu que ele estava chorando.

— Desculpe — sussurrou ele.

— Eu não... quero... suas *desculpas* — grunhiu Beth, os pulmões ainda lutando por ar. — Seu traidorzinho barato, medíocre, *burro*.

— Eu não sou...

— É exatamente isso, sim. — Osla chegou mancando, ofegante, sem um dos sapatos, e sentou com a cascata de cetim prateado sobre as pernas de Giles. — Nem pense em se levantar. E, a propósito... — Arrancou do dedo o anel de esmeralda. — O noivado acabou. Nunca gostei de pedras verdes mesmo.

— Espeto ele? — Mab colocou uma de suas botas de salto sobre a testa de Giles, olhando furiosamente para ele, que se contorcia no chão, as lágrimas rolando pelo rosto em filetes cansados. Murmúrios se elevavam entre as pessoas que olhavam em volta, espantadas.

— Ei, o que está acontecendo aí? — perguntou um policial de rosto vermelho, indignado, a visão mais bem-vinda do planeta. — Brigando no dia do casamento de Sua Alteza. Não vou tolerar isso, não aqui na estação Victoria.

Mab tentou explicar, a voz de Harry soou, e então as pessoas estavam se empurrando, vozes se erguendo. Um condutor de trem tentou puxar Mab de onde ela ainda estava com o pé sobre Giles, e Mike prontamente lhe deu um soco. O homem caiu como um saco de batatas. Osla estava gesticulando para o policial, que a mandou calar a boca, e Beth foi a única que ouviu o sussurro aterrorizado de Giles.

— O que vai acontecer comigo?

Beth olhou no fundo dos olhos dele. O homem que havia roubado anos de sua vida. Traidor de seus amigos; traidor da futura rainha que estava naquele momento assinando seu registro de casamento; traidor do rei gago e leal que a conduzira até o altar. Traidor de Churchill, que sorria ao lado do novo primeiro-ministro na catedral; Churchill, que coxeara até Bletchley Park e lhes dissera que não poderiam vencer a guerra sem eles.

Traidor de Bletchley Park e tudo que aquilo representava, tudo que Beth amava.

Ela saiu de cima de Giles cambaleando. Não queria mais tocá-lo.

— O que quer que aconteça com você — respondeu ela, a voz rouca — ainda não será suficiente.

— Vocês estão todos presos — anunciou o policial, e o mundo continuou indo à loucura.

84.

Eu perdi o casamento do século, pensou Osla, contemplando as barras de sua cela. *Pois é...*

A polícia acabara prendendo Giles, Osla, Mab, Beth, Harry, Mike, o homem do livro encadernado em couro e dois bilheteiros. Agora eles estavam todos em uma prisão temporária para bêbados sabe-se lá onde, com o policial ameaçando que poderiam muito bem ter que ficar ali a noite toda ou até o fim das comemorações do casamento, o que acontecesse primeiro. Mais adiante no corredor, Osla vira Mab e Mike entrarem em uma cela; Beth, Harry e Giles em outra. Giles estava protestando, mas não com muita clareza. De alguma maneira, na confusão, antes que as algemas aparecessem, ele havia tropeçado na bota de Harry, caído de boca no chão e deslocado a mandíbula. Que triste. Osla sorriu, olhando para a ruína de cetim prateado da Dior, ouvindo o som metálico das barras. *Nós conseguimos*, pensou ela.

Bem, quase. Giles Talbot não poderia convencer a polícia a soltá-lo antes que Peggy Rock falasse com alguém do GCHQ e solicitasse ajuda; ou, se isso não desse certo, antes que Osla usasse seu trunfo.

— Se não for muito, muito inconveniente, senhor — havia falado ela sedutoramente para o sargento, deslizando discretamente uma nota de uma libra para a mão dele —, será que eu poderia dar uma passadinha na recepção e fazer só um telefonema bem rapidinho antes que o senhor solte alguém do nosso grupo? — continuara ela, exagerando seu sotaque de Mayfair: claramente uma mulher com o tipo de família que ninguém queria ver aparecendo irada à porta para resgatar sua princesa desaparecida.

— Malditas debutantes avoadas — tinha murmurado o sargento, mas Osla só sorriu. A expressão tinha perdido o amargor. Uma debutante avoada podia ter ajudado a capturar um traidor da Coroa? Não. E as pessoas que importavam, ou seja, sua família de BP, o consorte da futura rainha e uma parte altamente secreta do MI-5, sabiam, ou logo saberiam, o que ela havia feito. Se o restante do mundo continuasse desvalorizando-a, bem, quem estava perdendo eram eles. Osla Kendall já havia provado seu valor para todos que importavam.

— Você definitivamente não é minha esposa — disse uma voz do outro lado de sua cela. Osla levantou os olhos e viu um oficial alto com farda do regimento de infantaria Rifle Brigade.

— Eu também acho que não sou sua esposa — respondeu Osla. — A não ser que esteja sofrendo de amnésia.

O oficial se virou para o sargento.

— Por que fui chamado até a cadeia por causa de uma mulher com quem não sou casado? — A voz dele parecia conhecida...

O sargento entregou a ele o sobretudo de Osla.

— Seu nome estava na etiqueta, major Cornwell. O funcionário devia ter verificado... — Uma movimentação mais adiante no corredor fez o sargento parar de falar. — Um momento, eu já volto...

Ele saiu apressado, e Osla olhou para o sobretudo velhinho que ela trazia consigo desde o Café de Paris. Olhou para o homem que o segurava: cabelo escuro, uma insígnia de major na farda, uma condecoração da Cruz Militar...

— Você é J. P. E. C. Cornwell. — O seu bom samaritano com a voz grave, que tanto a tranquilizara depois da explosão. *Sente-se, Ozma, e deixe-me ver se você está ferida...* Osla levantou depressa e foi até as barras. — O que significam essas iniciais? Faz *anos* que quero saber.

— John Percival Edwin Charles Cornwell — disse ele, ainda intrigado e fazendo uma pequena saudação. — Major, Rifle Brigade. Primeiro no Egito, depois com os partisans na Tchecoslováquia...

Osla enfiou a mão entre as grades da cela, agarrou o colarinho de seu bom samaritano, puxou a cabeça dele para baixo e o beijou calorosamente na boca. Sentiu cheiro de urzes e fumaça, aquele cheiro maravilhoso que já tinha desaparecido havia tanto tempo de seu sobretudo.

— Eu lhe devo isso desde que você me tirou do meio dos escombros do Café de Paris — disse ela, afastando-se com um sorriso. — Mas, por favor, me diga: quem é Ozma de Oz?

— A princesa perdida de L. Frank Baum. Meu livro favorito. — Ele a fitou com um olhar lento e pensativo. — Prazer em conhecê-la, Osla Kendall. Devo dizer que você tem uma letra muito bonita.

— Ah, droga. Você realmente leu minhas cartas? — Osla tinha como certo que aquelas missivas haviam caído no limbo, considerando a falta de resposta. Ela nunca havia escrito nada sobre BP, mas mesmo assim...

— Encontrei uma pilha delas com uma mulher que me abrigou quando finalmente voltei a Londres. Eu escrevi de volta para você, mas aquele endereço em Buckinghamshire não era mais válido. — Ele a examinou com um sorriso quase invisível. — Você superou aquele rapaz que partiu seu coração?

Osla fez um gesto com a mão.

— Ah, ele é águas passadas, meu querido.

— Que bom. Você pareceu bem deprimida por um bom tempo naquela ocasião.

— Na verdade costumo ser bem animada. Você é que está sempre dando de cara comigo quando estou nos meus momentos ruins. De coração partido, no meio de um bombardeio, presa...

— Ah, sim, por que, exatamente, você está presa?

— Infelizmente não posso dizer. Lei dos Segredos Oficiais.

O major John Cornwell passou a mão pelo cabelo escuro, intrigado outra vez, mas o sargento falou:

— Pode ir, senhor. Desculpe pelo inconveniente. E você, senhorita Kendall, foi autorizada a dar seu telefonema.

— *Não* vá a lugar nenhum — disse Osla a J. P. E. C. Cornwell com um sorriso luminoso, passando por ele em direção à recepção, onde seu trunfo foi jogado na mesa quando ela discou um número que sabia de cor.

— Uma mensagem para o príncipe Philip, por favor... Isso, o duque de Edimburgo. Eu sei que ele está no café da manhã nupcial. — Ela baixou a voz e murmurou por um longo instante, enquanto todos os policiais em volta a olhavam boquiabertos. — Não, não posso dar mais detalhes. Mas ele me deu este número para emergências, e isso é urgente.

85.

*****SECRETO: APENAS PARA OS DESTINATÁRIOS PRETENDIDOS*****
SOB PENA DE PROCESSO COM BASE NA LEI DE
SEGREDOS OFICIAIS 1911 E 1920
21 de dezembro de 1947

Nosso amigo ruivo falou bastante. Depois que terminarmos o interrogatório, recomendo a instituição de Kiloran Bay na Escócia — significativamente mais segura, ainda que mais fria, do que o sanatório que não conseguiu deter a senhorita Finch.

Um último comentário... há indícios de que nosso amigo ruivo não seja o único indivíduo comprometido em nossos círculos. Depois que o assunto em questão estiver encerrado, sugiro que direcionemos nossos esforços para essa nova informação.
Hora de acertar as contas.

—Parece morto — disse Mab.
— Mais morto do que Manderley depois do incêndio — concordou Osla.

Beth olhou para a mansão de Bletchley Park do outro lado do lago sufocado de ervas. A cúpula de cobre esverdeada e a alvenaria elaborada se erguiam contra o céu cinzento de inverno. Umas poucas pessoas entravam e saíam, mas BP tinha mudado. Os longos blocos e os velhos galpões verdes de madeira estavam fechados para o Natal, o terreno todo praticamente vazio, mas era mais do que isso. Beth estremeceu por baixo de seu elegante casaco novo de *tartan* e seu cachecol vermelho, inclinando-se para afagar a cabeça de Boots. De repente, ficou feliz por não ter ido sozinha.

— Não costuma ficar tão vazio assim. O espaço está alugado agora, para cursos de treinamento e coisas do tipo. — A respiração de Osla formou uma nuvem no ar frio; com seu casaco de saia rodada cor de marfim com bordas de vison prateado, e um capuz de vison sobre os cabelos escuros, ela parecia uma fadinha de árvore de Natal. — Se não fosse dois dias antes do Natal, ia estar todo movimentado.

— Não o nosso tipo de movimento. — Mab olhou para a mansão. — Lembra quando nós chegamos e você disse que parecia uma casa de banho gótica?

Beth ainda não conseguia dizer nada. As portas duplas da mansão, que ela havia aberto com um empurrão no meio de uma noite chuvosa, segurando os planos de combate de Matapão decodificados... a margem do lago onde os Chapeleiros Malucos tinham discutido tantos livros... o *Cottage*, que não podia ser visto dali, caiado e rústico. Mentalmente, ela abriu a porta e viu Dilly Knox à sua mesa. *Você tem um lápis? Estamos decifrando códigos...*

As lágrimas embaçaram seus olhos.

— Vamos embora.

Nem Osla nem Mab questionaram. Elas se viraram e voltaram andando para os portões, que não eram mais vigiados por guardas sisudos. Um leve chuvisco de neve embranquecia o chão.

— Então encerramos nossos depoimentos. — Mab vestia uma calça verde-floresta e um casaco longo verde-jade, uma boina em estilo masculino inclinada sobre a testa. — O MI-5 não vai nos chamar de novo, com certeza.

— É pouco provável, querida — disse Osla. — Alguma de vocês descobriu por que os russos estavam falando sobre o Giles usando tráfego da Enigma, para começo de conversa? Perguntei durante meu depoimento, mas o sujeito foi terrivelmente lacônico.

— A Peggy me contou depois do depoimento dela — disse Beth. — Meu palpite estava certo. Os Vermelhos capturaram uma Enigma alemã durante um daqueles avanços e recuos pelo território soviético. Eles transmitiram algumas mensagens através do contato do Giles em Londres, para fazer um teste. O Giles esperava que eles a adotassem para o seu próprio tráfego codificado. Nossas estações Y estavam monitorando as conversas de rádio soviéticas, então elas foram interceptadas e o Dilly as viu.

— O que vocês acham que aconteceu com o Giles? — Mab olhou para o lago, e Beth sabia que ela estava se lembrando do dia que ela e Osla o viram pela primeira vez: saindo da água de cueca, sorridente e amistoso.

— Acho que nunca vamos saber — disse Beth, indiferente.

— E eu não dou a mínima — declarou Osla. — Desde que ele desapareça.

Elas saíram de BP, sem olhar de novo para trás.

— Vamos todas para a estação? — perguntou Osla, por fim. — Eu vou voltar para Londres, a Mab vai para York. *Não* me diga que você vai visitar sua família, Beth.

— Não. — A família Finch estava em alvoroço: primeiro a fuga de Beth de Clockwell, depois sua liberação oficial, em seguida a notícia de que seu pai havia, de repente, largado sua mãe. Ele se mudara para um apartamento pequeno e se recusava a voltar; a casa, aparentemente, teria de ser vendida; a mãe tinha se confinado à cama, aos gritos; nenhum dos irmãos de Beth queria que ela fosse morar com eles... Beth já havia decidido que o problema poderia ser resolvido sem ela. — Vou esperar aqui. O Harry está vindo de Cambridge.

Osla inclinou a cabeça.

— Você e o Harry... isso ainda está acontecendo? Você não quer uma coisa mais, sei lá, *normal*?

Casamento, Beth supôs que ela quisesse dizer. Filhos, uma casa, sapatos masculinos para ficarem ao lado dos seus. Beth balançou a cabeça, mas sorriu.

— Isso é o que eu quero, e sim, ainda está acontecendo.

— Bem, onde você vai morar? Pode ficar comigo em Knightsbridge o tempo que quiser, você sabe.

A querida Osla, pensou Beth, mas *não*. Três anos e meio no manicômio; o que ela desejava agora era um espaço para si mesma. Um espaço para processar o que lhe havia acontecido, deixar os pesadelos virem, passar por eles e sair do outro lado. Harry entendeu isso sem que ela precisasse dizer nenhuma palavra; arrumou para ela um trabalho de atendente na Scopelli's Music Shop em Cambridge, e um quarto também — *o senhor Scopelli disse que você pode usar o quarto dos fundos, que servia de abrigo antiaéreo, até arrumar um lugar para ficar.* Beth imaginava manhãs sozinha com Boots e uma xícara de chá, ouvindo partitas de Bach; tardes trabalhando quietamente no balcão; manhãs de domingo na capela, pensando em códigos enquanto os hinos eram entoados. Harry trazendo o almoço da faculdade todos os dias, passando a noite quando sua família não precisasse dele... Ela sorriu de novo. Por enquanto, estava muito bom.

— Eu ainda acho que o MI-5 lhe deve uma indenização — disse Mab, asperamente. — Trancada injustamente e, ainda assim, conseguiu levar um traidor até a porta deles? Um dinheirinho para você alugar um apartamento era o mínimo que eles deviam dar.

— Quem sabe um dia. — Beth sabia que não ia trabalhar na loja de música para sempre. *Se você quiser um trabalho em que use seus talentos, venha para o* GCHQ *comigo,* Peggy tinha dito depois de seu depoimento final. *Mesmo sem uma guerra, a Grã-Bretanha precisa de pessoas como nós. Eles vão pular de alegria por ter você.*

Sim, pensou Beth. Seu trabalho era como uma droga que ela não tinha nenhum desejo de eliminar do sangue; ela queria voltar... só que não ainda. Não estava mais presa dentro do relógio, mas tampouco sentia que havia entrado totalmente no ritmo do tempo fora dele.

— Para você ir se virando até aquelas cobras muquiranas do MI-5 abrirem a mão... — Osla pegou sua cigarreira e tirou algo verde brilhante do meio dos Gauloises. — Tome. Penhore isso.

Beth olhou para o anel com uma esmeralda do tamanho de uma moeda.

— Tem certeza?

— Pensei em jogar na cara do Giles quando fomos presos — respondeu Osla. — Mas, sério, por que eu tinha que devolver para *ele*? E, a não ser nos romances, quem realmente sai jogando anéis de esmeralda por aí como se fossem conchinhas? Prefiro que ele te ajude a alugar um apartamento.

Ou talvez, pensou Beth, aquilo pudesse pagar um tratamento para sua parceira de *go*, que continuava trancada em Clockwell. Ver se algo poderia ser feito por ela.

— Obrigada, Os.

— Me dá um cigarro? — pediu Mab, antes de Osla guardar a cigarreira. — E um isqueiro... Ah, o que é isso? — Examinou o isqueiro de prata de Osla. — JPECC?

— O honorável John Percival Edwin Charles Cornwell — respondeu Osla, acendendo dois Gauloises.

— Como você conseguiu entrar na cadeia com um traidor e sair dela com um lorde?

— Ele não é um lorde, ainda. O pai dele é o sétimo barão Cornwell, só isso. Eles têm uma casa incrível em Hampshire. Vou visitá-los no Ano-Novo, assim que tiver negociado meu novo cargo com o editor da *Tatler*. — Osla passou um cigarro para Mab. — Você vai passar o Natal em York, minha rainha?

— Vou chegar a tempo de agasalhar a Lucy e o Eddie para a primeira guerra de bolas de neve deles. Vocês não imaginam como o Mike fica entusiasmado com neve. Coisa de australiano. — Mab girou sua aliança de casamento no dedo. — Vai ser bom estar em casa.

— Casas são estranhas. — Osla estava pensativa, dando uma longa tragada no cigarro. — Eu vivia achando que não tinha uma casa de verdade. Quer dizer, eu tinha casas, hotéis, lugares para ficar, mas não um lar. Não uma família de verdade. Não um lugar ao qual eu pertencia. — Ela olhou de volta para Bletchley Park. — Mas tem este lugar.

— Este lugar está morto — lembrou Beth.

— Mas nós ainda pertencemos a ele. Todas nós. Veja só como todos atenderam ao chamado, até pessoas que mal conhecíamos: Asa, o Professor, Cohen e Maurice, o primo do Harry. Todos correram para Courns Wood, sem fazer nenhuma pergunta. É como uma família. — Osla sorriu, alguns flocos de neve se prendendo nos cílios escuros. — Não exatamente o tipo de família com que eu sempre sonhei, mas mesmo assim uma família.

Elas ficaram paradas sob a neve que caía suavemente, adiando o momento da partida. *Osla voltando para Londres,* pensou Beth, *eu para Cambridge, Mab para York.* Apesar do que Osla tinha dito sobre família, quais eram as chances de que elas se encontrassem outra vez sem o trabalho de Bletchley Park para juntá-las? As três não tinham nada em comum além de BP. No curso normal da vida, seus caminhos nunca sequer teriam se cruzado.

— Obrigada — disse Beth. — Vocês duas. Por me tirarem do manicômio, me esconderem... — Isso precisava ser dito. Precisava agradecer a elas. E se não houvesse outra oportunidade?

— Não preciso de agradecimentos. — Mab deu a última tragada em seu cigarro. — Dever, honra, juramentos, isso não é só para soldados. Não é só para homens.

— Quero agradecer mesmo assim. — Beth respirou fundo, os olhos se embaçando. — E... pedir desculpas. Por Coventry. Por não avisar vocês...

Beth não conseguiu continuar olhando para elas. Ela desviou os olhos, de volta para Bletchley Park.

— Que droga, Beth. — Mab largou o cigarro e o esmagou sob a bota de salto alto. — Tem algumas coisas que você fez que eu não quero perdoar, nem você nem a Os, e talvez eu nunca consiga perdoar completamente. Mas isso não significa que nós... — Ela parou e levantou os olhos, as sobrancelhas inclinadas em seu ângulo mais feroz.

O repentino abraço triplo foi intenso, estranho, desajeitado. Beth sentiu a maciez do vison de Osla na face, inalou o perfume tão familiar de Mab.

— Escutem... — Mab franziu a testa quando elas se separaram. — Tem muitos trens que vão até York. Não sumam, vocês duas.

— Nós podíamos escolher um livro, voltar com os Chapeleiros Malucos. — Osla enxugou os olhos. — Fazer encontros no Bettys, comer biscoitos e geleia...

Beth prendeu sua onda de cabelo atrás da orelha.

— Estive lendo *Principia Mathematica*. — Ela achou Isaac Newton uma leitura monótona, mas às vezes pegava um vislumbre de espirais intrigantes nas bordas dos exercícios complicados que Harry lhe mostrava. Espirais de números, em vez de letras.

— Ah, querida, não nos faça ler matemática — gemeu Osla. — Que tal *A estrada para Oz*? Estou devorando Baum.

— Fantástico demais — protestou Mab. — Tem um novo Hercule Poirot saindo...

— Nós nunca concordamos a respeito de livros — disse Osla.

— Nós nunca concordamos a respeito de nada — resumiu Mab, e olhou para seu relógio. — Vou acabar perdendo meu trem.

Um último aceno com a cabeça, e então Beth ficou diante dos portões com Boots bufando pelo solo congelado, olhando o casaco cor de marfim e o verde-jade subirem pela estrada.

— Osla! — chamou ela de repente, quase gritando. — Mab!

Elas se viraram juntas, aquelas duas moças elegantes de cabelos escuros que, em 1940, haviam entrado tão cheias de estilo na cozinha dos Finch e na vida de Beth.

Beth encheu os pulmões.

— *Aqui forjaram sua queda e sua ruína...*

Osla continuou:

— *Sem vocês saberem de nada...*

E então Mab:

— *Garotas inglesas mexendo papéis...*

E, com um grito triunfante, terminaram:

— *Na noite fria de Bletchley!*

E, pela última vez em décadas, ressoou em Bletchley Park a risada de decifradoras de códigos.

Epílogo

DUQUESA DE CAMBRIDGE REABRE BLETCHLEY PARK

Junho de 2014

— Trabalho feito, tirar tudo! — A réplica da máquina Bomba para, e a duquesa de Cambridge sorri para a demonstradora durante seu tour por Bletchley Park, o agora famoso centro de decifração de códigos da Grã-Bretanha. Durante a Segunda Guerra Mundial, esta casa imponente pulsava com atividades ultrassecretas, enquanto homens e mulheres trabalhavam para desvendar os códigos militares indecifráveis do Eixo: uma façanha que, de acordo com muitos historiadores, encurtou a guerra em pelo menos dois anos.

A duquesa de Cambridge, antes Kate Middleton, encantadora com uma saia azul-marinho e branca em estilo militar e blusa de Alexander McQueen, reabre oficialmente Bletchley Park depois de um projeto de um ano que restaurou a mansão e seus galpões circundantes de forma que voltassem à aparência que tinham no tempo da guerra. O local se deteriorou e quase foi abandonado após a guerra, mas, agora, recebe centenas de milhares de visitantes todos os anos. A duquesa tem um motivo pessoal para visitar BP: sua avó, Valerie Middleton, nascida Glassborow, trabalhou no Galpão Dezesseis. Retraçando os passos da avó, a duquesa se encontrou com decodificadores veteranos, como a sra. Mab Sharpe, que trabalha meio período em BP como demonstradora da máquina Bomba. A sra. Sharpe, uma senhora ereta de cabelos grisalhos com um metro e oitenta de altura aos noventa e seis anos de idade, instruiu a neta de sua colega de trabalho de longa data a respeito da arte de interceptar e decodificar uma mensagem em código Morse.

— Que história incrível — disse a duquesa. — Eu tinha conhecimento dela quando era pequena e sempre fazia perguntas à minha avó, mas ela era muito discreta e nunca disse nada.

— Não falávamos sobre isso naqueles dias, senhora. Ainda não falamos. — Quando lhe perguntaram se mulheres como ela haviam sido chamadas para fazer uso de seus talentos depois da guerra, a sra. Sharpe deu um sorriso evasivo. — Ah, não... É suficiente ver o trabalho reconhecido hoje.

Essa não é uma visão compartilhada por todos os veteranos de Bletchley Park, mesmo agora que o prazo de sigilo está oficialmente expirado. A sra. Sharpe, cercada de filhos, netos e bisnetos de um metro e oitenta de altura, parece feliz em contar suas lembranças para os visitantes de BP. Outros veteranos se recusaram a divulgar suas histórias até sua morte — basta ver as várias memórias póstumas, como *Fuxicos de Bletchley* de Lady Cornwell, nascida Osla Kendall, a premiada satirista e colunista da *Tatler* cujo relato divertido e tocante de seu tempo como tradutora no Galpão Quatro só foi publicado depois de sua morte em 1974. E outros veteranos consideram que o juramento de sigilo tem valor perpétuo. A srta. Beth Finch, aposentada do GCHQ, foi uma das poucas mulheres criptoanalistas de Bletchley Park, mas a senhora de cabelos brancos e noventa e oito anos, com seu cardigã cor-de-rosa, recusou-se educadamente a falar sobre seu trabalho na guerra. "Isso seria uma violação de meu juramento."

O código de sigilo mantido pelos trabalhadores de Bletchley Park é tão notável quanto as realizações deles na decifração de códigos. Em uma era de redes sociais instantâneas, é impressionante a ideia de que milhares de homens e mulheres estivessem de posse do segredo mais incendiário da guerra e o tenham guardado, cada um deles. Churchill, em uma fala famosa, referiu-se a eles como "as galinhas dos ovos de ouro que nunca cacarejavam".

Apesar da movimentação em Bletchley Park hoje — os flashes das fotos da visita real, os milhões de visitantes que vêm se maravilhar com as máquinas Bomba —, algo daquele silêncio de ouro ainda permanece nessas terras em um murmúrio de segredos honrados e guardados. Há histórias aqui ainda não contadas, sem dúvida: histórias trancadas a sete chaves em mentes de decodificadores, por trás dos lábios também trancados a sete chaves deles.

As paredes de Bletchley Park foram reformadas. Se elas pudessem falar...

Mas alguns códigos nunca serão decifrados.

Este livro foi composto na tipografia Minion Pro,
em corpo 11/15, e impresso em
papel off-white no Sistema Cameron da
Divisão Gráfica da Distribuidora Record.